Er ist ein junger britischer Soldat, sie ist eine sechzigjährige Kunsthistorikerin, die ihre geliebten Gemälde vor den Bomben des zweiten Weltkriegs bewahren will. Ein einziger Abend eröffnet Ulysses eine Sichtweise auf die Welt, die ihn für immer verändert. Nach dem Krieg kehrt er aus Florenz in seine Heimat London zurück, zu den alten Bekannten, die sich täglich in Col's Pub treffen. Dort wartet auch Peg, die Liebe seines Lebens, die ihr Herz aber an einen amerikanischen Soldaten verloren hat. Ulysses hofft auf einen Neuanfang. Da ihn seine Jahre in Italien nie loslassen, bricht er in ein ungewisses Abenteuer auf: ein Leben in Florenz. Im Gepäck hat er nicht nur Pegs Tochter Alys, sondern auch den alten Cress und den Papagei Claude. Sarah Winman hat einen warmherzigen, atmosphärischen Roman über Freundschaft und Schönheit geschrieben und darüber, dass es nie zu spät für einen Neubeginn ist, auch wenn man sich selbst dafür zu alt fühlt.

Sarah Winman, geboren 1964 in Essex, arbeitete als Schauspielerin bei Theater, Film und Fernsehen, bevor sie zu schreiben begann. Zuletzt erschien bei Klett-Cotta ihr Roman »Lichte Tage«. »Das Fenster zur Welt« wurde ein internationaler Bestseller. Sarah Winman lebt in London.

Elina Baumbach, geboren 1981 in Berlin, studierte Amerikanistik, Anglistik und Kunstgeschichte in Augsburg, sowie Literarisches Übersetzen in München. 2020 erhielt sie für »Lichte Tage« von Sarah Winman das Stipendium »Junge Kunst & Neue Wege«.

SARAH WINMAN

DAS FENSTER ZUR WELT

Aus dem Englischen von Elina Baumbach

Klett-Cotta

Klett-Cotta
www.klett-cotta.de
J. G. Cotta'sche Buchhandlung Nachfolger GmbH
Rotebühlstraße 77, 70178 Stuttgart
Fragen zur Produktsicherheit: produktsicherheit@klett-cotta.de

Die Originalausgabe erschien unter dem Titel »Still Life«
im Verlag Fourth Estate, London.

Cover: Anzinger und Rasp Kommunikation GmbH, München
Nach einem Entwurf von Ellie Game/4th Estate. Illustration: Shutterstock
Gesetzt von C.H.Beck.Media.Solutions, Nördlingen
Gedruckt und gebunden von Druckerei C.H.Beck, Nördlingen
ISBN 978-3-608-98867-3
E-Book ISBN 978-3-608-12289-3

Für Mum
Für Patsy
Für Stella Rudolph (1942–2020)

»Zwei Menschen, die sich gegenseitig zur Erlösung führen, ist für mich das einzig lohnenswerte Thema.«
E. M. Forster, *Commonplace Book*

»Ein zentrales Anliegen des aufgeklärten Reisenden in Italien ist üblicherweise, sich mit den dortigen Kunstschätzen vertraut zu machen. Auch diejenigen, die sich gemeinhin mit Dingen prosaischer Natur beschäftigen, werden in Italien unwillkürlich zu Bewunderern von Lyrik und Kunst. Beides ist hier so sehr Teil des täglichen Lebens, dass der Reisende auf Schritt und Tritt ihrem Einfluss ausgesetzt ist und zwangsläufig empfänglich wird für die Erhabenheit der Künste.«
Karl Baedeker, *Italy: Handbook for Travellers, 1899*

DER MENSCH ALS DAS MASS ALLER DINGE
1944

Irgendwo inmitten toskanischer Hügel nahmen zwei englische Jungfern, Evelyn Skinner und eine Margaret Irgendwer, auf der Terrasse eines bescheidenen *albergo* ein spätes Mittagessen ein. Es war der zweite August. Ein schöner Sommertag, wenn man nur vergessen könnte, dass Krieg herrschte. Das weinumrankte Spalier über ihnen und der Einfallswinkel der Sonne waren der Grund dafür, dass eine im Schatten saß, die andere im Licht. Sie aßen nur eine Kleinigkeit, feierten den Vorstoß der Alliierten aber mit einem großen Glas Chianti. Der Schatten eines Bombers, der tief über sie hinwegflog, hing für einen kurzen Augenblick über ihnen. Sie nahmen ihre Ferngläser und suchten nach den Erkennungszeichen. »Einer von unseren«, stimmten sie überein und winkten.

»Das Kaninchen schmeckt vorzüglich«, sagte Evelyn und fing den Blick des Besitzers auf, der neben der Terrassentür stand und rauchte. »*Coniglio buonissimo, signore!*«, wiederholte sie.

Der Signore steckte sich die Zigarette zwischen die Lippen und hob den Arm – teils Salut, teils Gruß, sie waren sich nicht sicher.

»Glaubst du, er ist Faschist?«, flüsterte Margaret.

»Nein, kann ich mir nicht vorstellen«, erwiderte Evelyn. »Obwohl die Italiener politisch gesehen eher wankelmütig sind. Waren sie schon immer.«

»Ich hab gehört, sie werden jetzt erschossen, die Faschisten.«

»Jeder erschießt jeden«, sagte Evelyn.

Zu ihrer Rechten ertönte das Kreischen einer Granate, die kurz darauf auf einem entfernten Hügel explodierte und eine Gruppe kleiner Zypressen entwurzelte.

»Eine von ihren«, stellte Margaret fest und hielt den Tisch fest, um Kamera und Weinglas vor der Schockwelle zu schützen.

»Angeblich hat man den Botticelli gefunden«, sagte Evelyn.

»Welchen?«, fragte Margaret.

»*Primavera.*«

»Gott sei Dank«, erwiderte Margaret.

»Und Giottos *Madonna* aus den Uffizien. Rubens' *Nymphen und Satyrn* und noch eines«, Evelyn dachte angestrengt nach. »Ah, ja«, sagte sie, »*Abendmahl in Emmaus.*«

»Der Pontormo! Hat man etwas von seiner *Kreuzabnahme* gehört?«

»Nein, noch nicht«, sagte Evelyn, während sie sich ein Stückchen Knochen aus dem Mund zog.

In der Ferne erleuchtete plötzlich Artilleriefeuer den Himmel. Evelyn sah auf und sagte: »Ich hätte nie gedacht, dass ich das in meinem Alter nochmal erleben würde.«

»Sind wir nicht gleich alt?«

»Nein. Älter.«

»Du?«

»Ja. Acht Jahre. Ich werde vierundsechzig.«

»Im Ernst?«

»Ja«, erwiderte sie und schenkte sich Wein nach. »Die Schwalben tun mir leid«, fügte sie hinzu.

»Das sind Mauersegler«, sagte Margaret.

»Bist du sicher?«

»Ja. Diese schrillen Schreie, das sind Mauersegler.« Sie lehnte sich zurück, wobei sie ein fürchterliches Geräusch von sich gab, das nicht im Geringsten nach dem Schrei eines Mauerseglers klang.

»Mauersegler«, sagte Margaret, wie um ihren Standpunkt zu unterstreichen. »Die Schwalbe ist natürlich der Florentiner Vogel, ein Sperlingsvogel der Unterordnung Singvögel. Der Mauersegler hingegen nicht. Aufgrund seiner Beine. Die Füße sind nicht besonders gut zum Laufen geeignet, aber er hat eine große Spannweite. Ein Vogel aus der Ordnung der Seglervögel oder Apodiformes. Apodiformes ist Griechisch und bedeutet ›schlecht zu Fuß‹. Die Mehlschwalbe dagegen gehört zu den Seglervögeln.«

Meine Güte, dachte Evelyn, nimmt das denn nie ein Ende?

»Schwalben«, fuhr Margaret fort, »haben einen gegabelten Schwanz und einen roten Kopf. Und eine Lebenserwartung von etwa acht Jahren.«

»Wie deprimierend. Nicht einmal zweistellig. Glaubst du, Schwalbenjahre zählen wie Hundejahre?«, fragte Evelyn.

»Nein, das glaube ich nicht. Habe ich wenigstens noch nie gehört. Mauersegler sind braun, erscheinen im Flug aber eher schwarz. Da sind sie wieder!«, rief Margaret. »Da drüben!«

»Wo?«

»Da! Du musst aufpassen, sie sind ziemlich flink und ständig in Bewegung!«

Plötzlich stürzten sich zwei Falken aus den Wolken und rissen einen der Mauersegler brutal in zwei Hälften.

Margaret schnappte nach Luft.

»Waren ziemlich flink und ständig in Bewegung«, sagte Evelyn und sah zu, wie die Falken hinter den Bäumen verschwanden. »Ein guter Tropfen, der *classico*. Habe ich das schon erwähnt?«

»Das hast du in der Tat«, erwiderte Margaret spitz.

»Naja, ich sag es noch einmal. Ein Jahr Besatzung hat die Qualität nicht gemindert«, ihr Blick begegnete dem des Besitzers und sie deutete auf ihr Glas, *»buonissimo, signore!«*

Der Signore nahm die Zigarette aus dem Mund, lächelte und hob wieder seinen Arm.

Evelyn lehnte sich zurück und legte ihre Serviette auf den Tisch. Die beiden Frauen kannten sich seit sieben Jahren. Anfangs hatten sie eine kurze Liebesbeziehung gehabt, doch schon bald war gegenseitiges Begehren einem geteilten Interesse an der toskanischen Protorenaissance gewichen – eine willkommene Wende für Evelyn, jedoch weniger willkommen für Margaret Irgendwer. Sie stürzte sich Hals über Kopf in die Ornithologie. Der Eintritt des Kriegs hatte zu Evelyns Glück weitere Avancen seitens Margaret verhindert. Doch dann kam Rom. Zwei Wochen nachdem die Alliierten in die

Stadt gekommen waren, öffnete Evelyn die Tür der Villa ihrer Tante in der Via Magento und sah sich mit dem Unvorhergesehenen konfrontiert. »Überraschung!«, sagte Margaret. »So leicht wirst du mich nicht los!«

Überraschung war nicht das Wort, das Evelyn in den Sinn kam.

Sie stand auf und streckte sich. »Zu lange gesessen«, sagte sie und klopfte Krümel von ihrer Leinenhose. Stehend war sie eine beeindruckende Erscheinung mit wissendem Blick, der sowohl von Intelligenz zeugte als auch von dem Schalk, der ihr im Nacken saß. Zehn Jahre zuvor hatte sie ihr grauer werdendes Haar blond gefärbt und diese Entscheidung nie bereut. Sie ging zu dem Signore und bat ihn in perfektem Italienisch um eine Zigarette. Sie steckte sie sich zwischen die Lippen und ließ sich von ihm Feuer geben. »*Grazie*«, flüsterte sie, und er drückte ihr das Päckchen in die Hand und bedeutete ihr, es einzustecken. Wieder dankte sie ihm und ging zurück zum Tisch.

»Stopp«, sagte Margaret.

»Was?«

»Das Licht in deinem Gesicht. Wie grün deine Augen sind! Dreh dich ganz leicht zu mir. Bleib so.«

»Grundgütiger, Margaret.«

»Jetzt mach schon. Halt still.« Margaret nahm ihre Kamera und machte sich an der Blendeneinstellung zu schaffen.

Evelyn zog theatralisch an der Zigarette (Klick), blies Rauch in den frühen Abendhimmel (Klick) und bemerkte die sich wandelnden Farben, die untergehende Sonne, einen einsamen Mauersegler, der unruhig seine Kreise zog. Sie strich sich eine Haarsträhne aus der gerunzelten Stirn (Klick).

»Was beschäftigt dich, meine Liebe?«

»Wahrscheinlich die Mücken.«

»Höre ich da ein wenig Rührseligkeit heraus?«, fragte Margaret. »An was denkst du?«

»An nichts Neues.«

»Da spricht der Lagerkoller«, erwiderte Margaret. »Wir können nicht vorrücken, uns bleibt nur der Rückzug.«

»Das ist nichts Neues«, sagte Evelyn.

»Genau wie die Minen der Deutschen, Dummchen!«

»Ich will einfach nur nach Florenz. Irgendetwas tun. Mich nützlich machen.«

Der Besitzer kam und räumte den Tisch ab. Auf Italienisch bot er ihnen Kaffee und Grappa an, was sie dankbar annahmen; dann riet er ihnen, sich nicht wieder zu weit zu entfernen, und sagte, seine Frau würde später die Fensterläden in ihrem Zimmer schließen. Ach, und hätten sie gerne ein paar Feigen?

»Oh, *sì, sì. Grazie.*«

Evelyn blickte ihm hinterher, als er davonging.

»Ich wollte dich schon die ganze Zeit fragen«, sagte Margaret. »Robin Metcalfe hat mir erzählt, du hättest Forster getroffen.«

»Wen?«

»Den mit der Aussicht.«

Evelyn lächelte. »Ach ja, genau.«

»So wie Robin Metcalfe es erzählt, hört es sich an, als wärt ihr die besten Freunde gewesen.«

»Lächerlich! Wenn du es genau wissen willst, habe ich ihn bei einem Abendessen – es gab Kochfleisch – in der furchtbaren *Pensione Simi* kennengelernt. Wir waren die armselige Besatzung eines kleinen Schiffes an den Ufern des Arno, verzweifelt auf der Suche nach dem wahren Italien, und das mit einer waschechten Londoner Vermieterin. Gott hab sie selig.«

»Cockney?«

»Ja.«

»Warum eine Cockney?«

»Keine Ahnung.«

»Ich meine, warum in Florenz?«

»Ich habe sie nie gefragt.«

»Jetzt würdest du fragen«, sagte Margaret.

»Jetzt würde ich mit Sicherheit fragen«, entgegnete Evelyn und nahm sich eine Zigarette.

»Ist wahrscheinlich als Kindermädchen hergekommen«, überlegte Margaret.

»Ja. Wahrscheinlich«, Evelyn öffnete die Streichholzschachtel.

»Oder als Gouvernante. Das wird es sein.«

Evelyn riss ein Streichholz an, hielt es an die Zigarette und inhalierte.

»Wusstest du, dass er an einem Buch schrieb?«, fragte Margaret.

»Meine Güte, nein. Er war erst seit Kurzem Gelehrter, wenn ich mich richtig erinnere. Noch beansprucht von den Nachwehen seines Abschlusses – schüchtern, unbeholfen, du weißt schon. Ausgesetzt in der Welt ohne jegliche Erfahrung.«

»Waren wir nicht alle so?«

»Ja, das waren wir wohl«, erwiderte Evelyn, nahm eine Feige und drückte mit dem Daumen gegen die empfindliche, weiche Schale. »Das waren wir wohl«, wiederholte sie leise.

Sie brach die Frucht in zwei Teile und betrachtete das erotisch glitzernde Fleisch. Sie errötete und hätte es auf das hereinbrechende Abendlicht geschoben, auf die Wirkung des Weins und des Grappas und der Zigaretten, aber in ihrem Herzen, in einem verborgenen, sorgsam behüteten Teil von ihr regte sich leise eine Erinnerung und versetzte sie in stille Aufruhr.

»Auf merkwürdige Weise charismatisch allerdings«, sagte sie und kam wieder in die Gegenwart zurück.

»Forster?«, fragte Margaret.

»Ja, wenn er allein war. Aber die Anwesenheit seiner Mutter nahm ihm jede Luft zum Atmen. Jede Rüge schnürte ihm die Kehle zu. Seltsame Beziehung. Daran erinnere ich mich noch sehr gut. Sie, mit ihrem Sonnenschirm und ihrem Riechsalz, und er, in schlechtsitzendem Anzug, mit einem abgegriffenen Baedeker in der Hand.«

Margaret griff nach Evelyns Zigarette.

»Ich weiß noch, wie er immer in einem ruhigen Moment auftauchte. Man sah ihn, aber man hörte ihn nie. Groß und schlaksig in der Ecke. Oder mit einem Notizbuch im Salon. Immer am Kritzeln. Hat einfach beobachtet.«

»So fängt es doch an, oder?«, fragte Margaret und gab die Zigarette zurück.

»Was?«

»Ein Buch.«

»Ja, vermutlich.«

»Diese kurzen Augenblicke, die sonst niemand bemerkt. Die kleinen, heiligen Momente des Alltags.« Sie nahm ihre Kamera (Klick). »Wie dieser Moment (Klick). Oder dieser.«

»Meine Güte, hör auf damit, Margaret. Was ist los mit dir?«

Margaret nahm die Kamera herunter. »Du siehst nicht, was ich sehe«, sagte sie in verführerischem Ton.

»Du hast da was zwischen den Zähnen.«

»Wieso hast du nichts gesagt?«

»Habe ich doch. Jetzt gerade.«

Margaret wandte sich ab und nahm die Hand vor den Mund. Sie fuhr sich mit der Zunge über die Schneidezähne.

»Besser?« Sie bleckte die Zähne.

»Ja.«

Unvermittelt arrangierte Margaret den Aschenbecher, die Feigen und das Weinglas auf dem Tisch neu. Sie änderte die Blendeneinstellung (Klick). Sie verschob das Weinglas, die Zigarettenpackung (Klick) (Klick) (Klick) (Klick).

»Ich war einundzwanzig, als ich das erste Mal nach Florenz kam«, sagte Evelyn. »Hab ich das erwähnt?«

»Ja, ich glaube, das wissen wir alle«, entgegnete Margaret.

»Oh.«

Evelyn fuhr fort: »Die Wirtin des *Simi* hatte eine Bedienstete, ihr Mädchen für alles. Sie stand während der Mahlzeiten immer in der Ecke des Speisesaals, beobachtete uns ständig, stets bereit, uns zu bedienen und den Tisch abzuräumen, stets dabei, uns jeden Wunsch von den Augen abzulesen.«

(Klick.)

»Sie fiel auf«, sagte Evelyn. »Aufgeweckt. Hübsch.«

(Klick.)

Margaret lehnte sich zurück. »Wie hübsch?«, fragte sie.

»Sie war ein Kunstwerk Leonardos«, erwiderte Evelyn.

»Welches?«

»*Dame mit dem Hermelin*.«

»Oha«, sagte Margaret und zog eine Augenbraue hoch.

»Nicht ihrer Garderobe nach natürlich – die war abends hauptsächlich schwarz-weiß, weiß, wenn sie das Frühstück servierte. Immer zugeknöpft, aber das war damals eben so. Das waren wir wahrscheinlich alle. Doch ihre Haut, ihre Augen, diese Haarsträhne, die ihr immer in die Stirn fiel, die roten Wangen.«

»Du warst offenbar ziemlich angetan von ihr?«

»Alle waren angetan von ihr«, gab Evelyn zurück.

»Selbst Forster?«

»Nein, meine Liebe. Der war schwul.«

Evelyn pausierte. Margaret beobachtete sie aufmerksam, während sie die Asche von ihrer Zigarette abklopfte.

»An jenem Abend war er nicht da«, fuhr Evelyn fort. »Der Abend meines Geburtstags. Er war noch nicht in der Pension.«

»Wie hieß sie?«, unterbrach Margaret sie.

»Ich weiß ni…«

»Hm, wir sollten ihr einen Namen geben.«

»Nein, wir sollten …«

»Irgendetwas wie Beatrice!«

»Grundgütiger, Margaret! Es geht nicht um den Namen, es geht um den Moment. Das ist alles. Ihr Name spielt keine Rolle.«

»*Apologees*«, erwiderte Margaret, wobei sie sich theatralisch zurücklehnte und sich dem Rest ihres Grappas widmete. »*Continuez*.«
Evelyn fuhr fort: »Sie wusste, dass mein Geburtstag bevorstand, da

seit Tagen über nichts anderes gesprochen wurde, und obwohl sie kaum Englisch sprach, verstand sie, worüber wir uns unterhielten. Eine sonderbare Weltgewandtheit – nichts zu sagen und doch alles zu verstehen. Sie bat Signora Cockney um Erlaubnis, sich für unseren Abend um das Essen kümmern zu dürfen, um uns allen – in Wirklichkeit mir – etwas ganz Besonderes zuzubereiten. Signora Cockney war natürlich begeistert, weil das für sie weniger Arbeit bedeutete, und sie ging früh schlafen.«

»Was kein großer Verlust war«, ergänzte Margaret.

»Ganz im Gegenteil«, bestätigte Evelyn. »Ich weiß noch, wie aufgeregt ich war, als ich die Treppe herunterkam und …«

»Du bist ohne Begleitung gereist?«, unterbrach Margaret wieder.

»Ja. Ohne Anstandsdame bis nach Rom.«

»Ohne Anstandsdame? Wie um alles in der Welt …?«

»Margaret, bitte. Wir waren keine konventionelle Familie. Skandale gehörten bei uns zum Erwachsenwerden. Darf ich fortfahren?«

Margaret bedeutete ihr, fortzufahren.

»Ich hätte merken sollen, dass da etwas im Busch war, als ich in den Salon kam und alle schlagartig verstummten. Constance Everly hat mich angelächelt, meine Hand genommen und …«

»Constance Everly?«

»Ja.«

»Die Dichterin?«

»Ja. Constance Everly, die Dichterin, Margaret.«

Evelyn lehnte sich erschöpft zurück. Nie konnte sie eine Geschichte erzählen, ohne unterbrochen zu werden.

»Und?«, fragte Margaret.

»Und was?«

»Constance Everly nahm deine Hand …?«

»Und. Drückte. Sie«, sagte Evelyn.

»Warum redest du so komisch?«

»Für den Fall, dass du mich wieder unterbrechen willst. Ich mache

Pausen. Zwischen. Den Wörtern. Damit du nicht dazwischenfunken und stören kannst, wenn …«

»Ach, erzähl einfach die verdammte Geschichte, Evelyn.«

Evelyn lachte. »Constance ging mit mir in den Speisesaal. Überall standen Kerzen, und in der Mitte des Tisches standen eine Reihe Weißer Veilchen – schwer aufzutreiben zu der Jahreszeit – und Rosmarinzweige, und der Duft war berauschend. Irgendjemand hatte sich offensichtlich Gedanken über die Dekoration gemacht, darüber, wie der Raum auf die wirken würde, die hereinkamen. Große Steingutkannen mit Wein und *fiaschi* – in Stroh gewickelte Flaschen – standen auf dem Tisch, und das Dienstmädchen schenkte mir ein und ließ mich Platz nehmen. Dann kamen die anderen Gäste – sie waren sichtlich ergriffen von der Schönheit, der *bellezza*, unseres Moments. Endlich hatten wir unseren authentisch italienischen Abend. Sie servierte uns einfache *papardelle* mit einem *ragù* …«

»Bestimmt hat sie Suppenfleisch verwendet«, warf Margaret ein.

»Und Kaninchen mit weißen Bohnen und einem herben, grünen Gemüse, das sie wahrscheinlich am Straßenrand in Fiesole oder Settignano gesammelt hatte. Es war zubereitet nach *ripassati*-Art mit Knoblauch und Öl. Sie servierte das Essen, und als sie alle bedient hatte, stellte sie sich in ihre Ecke abseits vom Kerzenlicht und beobachtete uns beim Essen. Sie genoss unseren Genuss, und ich konnte mich nicht von ihrem Anblick losreißen. Ich war einundzwanzig, als mir dieser Abend geschenkt wurde, und die Bedeutung dieses Geschenks entzog sich meinem Verständnis. Erst später begriff ich, was sie mir hatte zeigen wollen.«

»Ach ja? Und was wollte sie dir zeigen?«

»Ein Fenster zu ihrer Welt. Unbezahlbar.«

Margaret schenkte sich ein weiteres Glas Grappa ein und nippte daran. Sie kniff die Lippen zusammen. »Das hast du mir noch nie erzählt.«

»Ach nein?«

»Daran würde ich mich erinnern. Warum jetzt?«

Ja, warum jetzt?, dachte Evelyn und sagte: »Das Kaninchen.«

»Das Kaninchen?«

»Ja.«

»Hast du seitdem kein Kaninchen mehr gegessen?«

»Und die Musik.«

»Welche Musik?«

»Die Ouvertüre zu Spontinis *La Vestale*. Der Signore hat sie heute Morgen gespielt. Einfach eine Erinnerung an das Teatro Verdi.«

»Und hier endet die Geschichte, nehme ich an?«

»Beinahe«, erwiderte Evelyn. »Nach dem Essen gingen die anderen Gäste wie üblich auf ihre Zimmer. Irgendwo war leise ein Klavier zu hören. Ich sagte Constance, dass ich noch bleiben und mich bei dem Mädchen bedanken wolle, und sie ging ins Rauchzimmer. Da stand ich nun, in einem Schlachtfeld aus Weingläsern und welkenden Kerzenstumpen. Und dann kam das Dienstmädchen. Ich glaube, sie hat mich zuerst gar nicht bemerkt – sie wirkte abwesend, ihr Gesicht war leicht gerötet. Doch dann entdeckte sie mich. Sie nahm eines der Veilchen und gab es mir. *Per voi*, sagte sie. Für mich. Der Abend war für mich, das wusste ich. Ich bedankte mich, nahm das Veilchen und ging aus dem Zimmer. Später habe ich es in meinem Baedeker gepresst.«

»Hast du es noch?«

»Den Bae…«

»Das Veilchen.«

»Ich glaube nicht. Nach all den Jahren, Margaret. Warum sollte ich?« Evelyn zündete sich eine Zigarette an und sie schwiegen. Sie konnte Margarets Blick auf sich lasten spüren. Die stumpfe Schneide ihrer Eifersucht.

»Was du alles erlebt hast«, sagte Margaret kühl.

Die Sonne näherte sich dem Horizont, und die Schatten wurden länger. Die Wärme des Tages ergab sich zögerlich der allabendlichen Brise. Aus dem Inneren des Hauses klang das Rattern einer Nähmaschine: Die Signora stopfte Laken. Irgendwo spielte leise ein Radio –

ein klandestiner Kanal, über den die Alliierten und die Widerstandsbewegung in Kontakt blieben.

»Ich glaube, ich gehe rein und lese. Du?«, fragte Margaret.

»Ich bleibe noch ein Weilchen. Rauche die Zigarette zu Ende. Genehmige mir noch einen Grappa.«

»Geh nicht zu weit weg.«

»Mache ich nicht. Nur bis zu der Landstraße. Und da bleib ich dann ganz artig stehen. Und hoffe auf ein Taxi oder ein Pferd oder irgendetwas, das kommt und mich zu Tode trampelt.«

Evelyn sah Margaret hinterher, als sie durch die Tür verschwand, und spürte, wie sich die Anspannung in ihren Schultern löste. Sie stand auf, trank den Grappa aus und spazierte zur Straße. Das unerwartete Dröhnen eines alliierten Fliegers in der Ferne ließ sie ihren Blick suchend auf die Grundstücksgrenze richten. Sie holte ihr Fernglas hervor. Die Zypressenhügel lagen bereits im Dunkeln. Es war nicht kalt, doch das schräg einfallende Licht und das malvenfarbene Leuchten der Landschaft ließen sie erschauern. Vor beinahe fünfundvierzig Jahren hatte sie sich in ein junges Dienstmädchen namens Livia verliebt. Weit entfernt das Krachen von Geschossen wie Donnerschläge. Geschützfeuer blitzte auf und teilte den Himmel. Natürlich hatte sie das verdammte Veilchen aufbewahrt.

In einem Wald irgendwo zwischen Staggia Senese und Poggibonsi warteten alliierte Truppen auf ihren Einmarsch in Florenz. Die Dämmerung senkte sich, und zwischen den Bäumen erklang ein Akkordeon, gestohlen aus einer Fabrik bei Tricot.

Ein junger Mann stand neben seinem Jeep und betrachtete sich in einem zerbrochenen Spiegel: Wangen und Kinn bedeckt mit Rasierschaum. Vorsichtig zog er die Rasierklinge über die Rinne zwischen Nase und Oberlippe, wobei er die Narbe vermied, die sich dort vor zwei Jahren gebildet hatte.

Sein blondes Haar schimmerte rötlich unter der frühen Abendsonne. Niemand in seiner Familie – beide Seiten hatten dunkles Haar – konnte sich erklären, von wem er das Rot geerbt hatte, und sein Vater witzelte gerne, dass er in dem Winter, als sein Sohn gezeugt wurde, reichlich Rote Bete gegessen habe. »Du wurdest eingefärbt«, sagte ihm sein Vater immer.

Die Gesichtszüge hatte er von seiner Mutter: die schmale, gerade Nase, ein klein wenig zu lang, als dass man die Proportionen als ausgewogen hätte bezeichnen können. Die nach oben geschwungenen Augenbrauen erweckten den Eindruck eines guten Zuhörers, und seine Ohren, wenn auch nicht übermäßig abstehend, waren auffallend aufmerksam. Wenn er lächelte, was er oft tat, bildeten sich Grübchen in seinen Wangen, die auf sein Gegenüber sofort entwaffnend wirkten.

Seine Frau, Peg, war der Meinung, er sollte – in Anbetracht der Tatsache, dass er nur die besten Eigenschaften seiner Mutter geerbt hatte – eigentlich attraktiver sein. Sie meinte es als Kompliment, doch ihre Worte waren ein zweischneidiges Schwert, heiß und kalt, gütig und grausam, aber das war eben Peg. Niemand konnte ahnen, dass er Jahre später seine Apotheose erfahren würde. Er sollte ein relativ attraktiver Mann mittleren Alters werden und ein bemerkenswert gutaussehender älterer Mann.

Er freute sich über das Kreischen der Vögel, die über ihm ihre Runden zogen. Wie er waren sie allen Widrigkeiten zum Trotz Hunderte Kilometer nach Norden gereist, um im Hier und Jetzt anzukommen – die Mauersegler Ende März, er im Juni –, und die Liste der Beinaheunglücke und der geglückten Fluchten, die er auf seiner Reise durch Afrika, Sizilien und entlang der Adria durchlebt hatte, würden jeden Priester und jeden Astrologen in Staunen versetzen. Irgendetwas hatte über ihn gewacht. Wieso nicht auch ein Mauersegler?

Er sah auf die Uhr, wusch sich das Gesicht und lud seine Tasche und sein Gewehr in den Jeep, als Sergeant Lidlow aus dem Speisezelt kam.

»Wohin geht's, Temps?«

»Den Captain abholen, Sarge.«

»Sei so gut und bring mir ein, zwei Flaschen mit.«

Ulysses schaltete die Zündung ein, und der alte Jeep sprang sofort an.

Er fuhr den Hügeln entgegen und ließ die dunklen Silhouetten der Panzer und der Männer hinter sich. Er kam an mehreren Alliierten-Lagern vorbei, überall junge Männer wie er, vorzeitig gealtert. Das weiche Licht folgte ihm durch Wälder und Wiesen, bis nur noch Zirrusrosa den Himmel färbte und die Nacht aus dem Westen heranjagte. Er hatte versucht, sich seine Ambivalenz diesem Land gegenüber zu bewahren, jedoch vergebens. Italien versetzte ihn in Staunen, dafür hatte Captain Darnley gesorgt. Zusammen hatten sie das Land bereist, vornehmlich als Kundschafter, doch hin und wieder waren sie einfach umhergewandert; sie kamen durch abgelegene Dörfer, stießen auf Fresken und kleine Kapellen.

Etwa einen Monat zuvor waren sie nach Orvieto gefahren, eine Stadt erbaut auf einem gigantischen Felsbrocken, der hoch über dem Paglia-Tal aufragt. Sie hatten auf der Motorhaube des Jeeps gesessen und Rotwein aus ihren Feldflaschen getrunken, während über ihnen Bomber zum Monte Cetona nahe der toskanischen Grenze donnerten. Schwankend hatten sie den Dom betreten und die Kapelle San Brizio, wo sich Luca Signorellis Meisterwerk, der Freskenzyklus *Die vier letzten Dinge: Tod, Gericht, Hölle und Himmel* befand. Obwohl keiner der beiden gläubig war, fühlten sie sich von den Abbildungen zur Rechenschaft gezogen.

Darnley erzählte ihm, dass 1899 Sigmund Freud die Kapelle besucht hatte, er sich aber nicht an Signorellis Namen erinnern konnte. Dies hatte er als Abwehrmechanismus der Verdrängung bezeichnet, später einer der Grundpfeiler in Freuds Traumdeutung. »Ach Gott, das weißt du wahrscheinlich schon, Temps, oder?« Und ohne eine Antwort abzuwarten, marschierte Darnley hinaus an die junge Junisonne und ließ Ulysses zurück, dem schwindlig geworden war von diesem Strudel aus Informationen und Darnleys unerschütterlichem Vertrauen in ihn.

Die Straße machte eine Biegung und aus einer Baumgruppe in der Ferne flackerte ein Lichtstrahl über sein Gesicht. Er bremste ab und blieb mit laufendem Motor stehen. Durch seinen Feldstecher konnte er am Straßenrand eine Frau erkennen, die ihn ebenfalls durch ein Fernglas beobachtete.

Mit Zigarette in der Hand winkte sie ihm zu, und als der Jeep neben ihr zum Stehen kam, rief sie: »Ach, Gott sei Dank! 8. Armee?«

»Nur ein kleiner Teil davon, fürchte ich«, sagte Ulysses, und sie gab ihm die Hand. »Ich bin Evelyn Skinner.«

»Private Temper«, erwiderte Ulysses. »Woher kommen Sie, Miss Skinner, wenn ich fragen darf?«

»Rom«, antwortete sie.

»Wie? Jetzt?«

»Gütiger Himmel, nein! Aus dem *albergo* hinter dem Wäldchen da. Ich bin vor einer Woche mit einer Freundin angereist, und wir haben in Cortona Halt gemacht, um eventuelle Beschädigungen des Francesco di Giorgio zu untersuchen. Wie durch ein Wunder unversehrt. Seitdem warten wir.«

»Auf was warten Sie?«

»Ich versuche die Militärregierung der Alliierten zu kontaktieren.«

»Zu welchem Zweck?«

»Um mit den Kunstschutzoffizieren zusammenzuarbeiten. Sie wissen, dass ich hier bin, aber sie haben mich scheinbar im Stich gelassen. Ich bin Kunsthistorikerin und dachte, ich könnte von Nutzen sein, sobald all die Werke aus Museen und Kirchen ausfindig gemacht werden. Sie wurden alle hier in der Gegend beschlagnahmt, die ganzen Meisterwerke. Die üblichen Verdächtigen, sogar der gute, alte Cimabue. Aber das wissen Sie vermutlich, oder?«

Ulysses lächelte. »Ich habe Gerüchte zu Ohren bekommen, Miss Skinner.«

»Haben Sie Feuer?«, fragte sie.

»Davon würde ich abraten. Da, sehen Sie, was mir passiert ist«, und er deutete auf die Narbe über seiner Lippe. »Heckenschütze. Knapp verfehlt.«

Evelyn starrte ihn an.

»Aber Sie wurden getroffen.«

»Allerdings nicht der wichtige Teil«, erwiderte er und tippte sich an die Stirn. »Hat mir aber beinahe die Lippen weggeblasen. Und was würden Sie dann machen?«

»Mir mit meinen Plosivlauten schwertun, Private Temper. Und jetzt, Feuer. Bitte.«

Ulysses beugte sich zu ihr und riss ein Streichholz an.

»Danke«, sagte sie und blies den Rauch in einem perfekten Ring aus. Sie hob ihren Arm und sah sich um. »Sehen Sie? Keine Heckenschützen. Also, denken Sie, Sie können mir helfen? Ich werde Ihnen auch nicht zur Last fallen. Und meine Lippen, obgleich vollkommen intakt, sind für immer versiegelt. Was sagen Sie?«

»Sie bringen mich da in eine ungemütliche Lage, Miss.«

»Nun, das ist Ihnen sicherlich nicht neu.«

»Glauben Sie an Schicksal, Miss Skinner?«

»Schicksal? Es ist ein Geschenk. Laut Dante jedenfalls.«

»Ein Geschenk? Das gefällt mir. Dann kommen Sie, Miss, steigen Sie ein.«

»Ach, spar dir das Miss. Grundgütiger«, sagte Evelyn und setzte sich neben ihn. »Ich heiße Evelyn. Und du?«

»Ulysses.«

»Ulysses! Wundervoll! Und gibt es eine Penelope, die auf dich wartet?«

»Nein. Nur eine Peggy. Und ich bezweifle, dass sie wartet.« Und er ließ den Jeep an und fuhr los.

Der vereinzelte Beschuss, der den Nachmittag eskortiert hatte, war eingestellt worden, und ein zerbrechlicher, beinahe glaubhafter

Friede legte sich über die bewaldeten Hügel und ihre Schutzhütten, über die dunkle Symmetrie der Weinreben, die die Hänge flankierten.

Ulysses steckte sich eine Zigarette an.

»Also«, sagte Evelyn, »erzähl mir …«

»London. Vierundzwanzig. Verheiratet. Keine Kinder.«

Evelyn lachte. »Das ist nicht das erste Mal.«

»Man muss schnell schalten, oder? Könnte morgen schon tot sein. Du?«

»Kent. Vierundsechzig. Unverheiratet. Kinderlos. Und dein Leben vor all dem hier?«

»Globen«, antwortete er. »Pa hat sie gebaut, ich hab sie verkauft. Als er gestorben ist, hab ich dann angefangen sie zu bauen.«

»Dank dir dreht die Welt sich weiter!«

»Falls du mal einen Globus von Temper & Sohn zu Gesicht bekommst, kannst du irgendwo darauf den Namen meiner Mutter entdecken.«

»Eine Stadt namens …?«, fragte sie.

»Nora.«

»Wie romantisch.«

»Schön, oder?«

»So wie du und Peggy?«

»Nein, Peggy und ich sind das Gegenteil. Wenn es nach mir ginge, würde ich Sterne nach ihr benennen. Wir haben nach einem Besäufnis geheiratet, das war die einzige Möglichkeit für uns. Als sie am Morgen danach den Ring gesehen hat, hat sie mir ins Gesicht geschlagen. Trotzdem der glücklichste Tag meines Lebens. Dann bin ich zur Armee, und wir waren wieder Fremde.«

»Schreibt ihr euch denn nicht?«

Er schüttelte den Kopf. »Wir wissen beide, was der andere macht«, sagte er. »Tatsache ist, dass es am Ende immer nur uns gab. Immer dieser Funke, wenn das Licht ausgeht. Ist das Liebe?«

»Da fragst du die Falsche. Auf dieses Pferd habe ich nie gesetzt.«

»Nie?«

»Einmal. Zweimal vielleicht.«

»Einmal reicht. Man muss wissen, wozu das Herz fähig ist, Evelyn.«

»Und du weißt, wozu es fähig ist?«

»Ja. Zorn und Gnade.«

Evelyn lächelte und nahm einen tiefen Zug von ihrer Zigarette.

»Also war das«, sie deutete auf seine Lippe, »kein Heckenschütze, sondern Peg.«

»Nein, das war ganz sicher ein Heckenschütze. Hier«, er hob seinen rechten Unterarm und zeigte ihr die Narbe an seinem Handgelenk. »Granatsplitter.« Er neigte seinen Kopf und strich die Haare zur Seite. »Heckenschütze«, sagte er. Er zog das Hosenbein hoch. Evelyn zuckte zusammen. »Artilleriefeuer. Die Wunde hat sich entzündet. Und das hier«, und er knöpfte sein Hemd auf.

»Ach du lieber Gott«, stieß Evelyn hervor. »Noch so ein *knapp verfehlt?*«

»Nein. Gerade noch davongekommen. Das ist was anderes.«

»Inwiefern?«

»Alles eine Frage der Einstellung. Wie ich das Leben zu einem bestimmten Zeitpunkt sehe. Die letzte Narbe stammt aus Triest, und seitdem war nichts mehr. Und jetzt weiß ich, dass ich nicht sterben werde, und ich bin wesentlich glücklicher.«

»Wie bitte?«, fragte Evelyn.

»Dass ich nicht hier sterben werde, meine ich.«

»Hier in Italien?«

»Hier im Krieg«, erwiderte er. »Das ist wie eine Schuld, die auf einem lastet. Man weiß, dass sie irgendwann eingefordert wird, aber nicht, wie sie eingefordert wird. Ich meine diese ganzen Gelegenheiten, die sie hatten, mich umzubringen. Ich bin immer noch hier. Dafür gibt es einen Grund.«

»Mangelnde Treffsicherheit könnte einer sein«, sagte Evelyn.

»Du bist witzig, Evelyn.«

»Und du bist ein äußerst optimistischer junger Mann.«

»Das bin ich«, sagte er, »schön, dass dir das aufgefallen ist.« Den Optimismus habe er von seinem Vater, Wilbur, fuhr er fort, dessen weiser Rat ›Das Leben ist, was du daraus machst, Junge‹ schon seit Kindheitstagen tief in ihm verwurzelt war. »Er war ein Träumer«, sagte Ulysses. »Hatte das Glück des Verlierers und ein gewinnendes Lächeln. Und ohne das mulmige Gefühl in der Magengegend, das er seinen Wetten zu verdanken hatte – ein Gefühl, das er oft mit Liebe gleichsetzte –, war er nie wirklich zufrieden. Aber dann ist es eines Tages wirklich passiert. Er ging in den Pub, stieg auf einen Tisch und verkündete, dass er sich Hals über Kopf verliebt hätte. Alle dachten, sie wäre irgendein hübsches, junges Ding, aber das stimmte nicht. Sie war beinahe so alt wie er, schlitterte auf die sechzig zu. Ein müdes, freundliches Gesicht, mit stechend blauen Augen, die ihn ansahen, als wäre er der neue Messias. Und zwei Monate später – aller Wahrscheinlichkeit zum Trotz – teilte sie ihm mit, dass sie sein Kind erwartete. Für beide ein erstes Mal.«

»Die schönsten Worte, die es gibt«, sagte Ulysses.

»Ich erwarte dein Kind?«, fragte Evelyn.

»Aller Wahrscheinlichkeit zum Trotz.«

Doppeltes Glück – Ehefrau, und Kind unterwegs – brachte Wilbur Temper wieder auf den Geschmack, er hatte wieder dieses Wettgefühl in der Magengegend.

»Und seine Hände und Fußsohlen fangen an zu kribbeln«, erzählte Ulysses weiter, »er kennt dieses Gefühl, es ist Siegesgewissheit, und wenn man sich so fühlt, muss man etwas unternehmen, denn alles andere wäre unnatürlich. Also geht er zu meiner Ma und sagt ihr, was er vorhat. Zum letzten Mal, befiehlt sie. Zum letzten Mal, verspricht er. Sein Kumpel Cressy hat ihm nämlich von diesem illegalen Windhund-Rennen in Essex erzählt, streng geheim, hohe Einsätze. Also fahren sie zusammen raus, studieren Form und Verfassung, und Cressy kritzelt eine eindrucksvolle Konstellation aus Zahlen, Subtraktion und Addition in sein Notizbuch, eine algebraische Formel zum Glück. Letztes Rennen. Alles auf Schwarz. Das hat er immer gesagt. Alles oder nichts. Und mein Pa setzt alles auf einen braunweißen Hund namens *Ulysses' Boy*, bei einer Wettquote von 100:1. Der Rest ist Geschichte. Der Hund gewann das Rennen, und war so ausschlaggebend für zwei Dinge: genug Geld für einen kleinen Laden, in dem mein Pa seine Globen verkaufen konnte, und einen denkwürdigen Namen für seinen Sohn und Erben.«

»Du wurdest nach einem Windhund benannt?«, fragte Evelyn.

»Nach einem Gewinnerhund, Evelyn. Einem Gewinner.«

Die erdrückende Anwesenheit von Artillerie und Infanterie zeigte sich schon lange vor der Villa. Am Checkpoint wurden sie einfach durchgewunken. In der Einfahrt standen Wachposten, und italienische Zivilisten stellten ›Zutritt verboten‹-Schilder vor allen Eingängen des prachtvollen Gebäudes auf. Captain Darnley erwartete sie bereits. Er putzte gerade seine Brille mit einem Hemdszipfel und sah mit zusammengekniffenen Augen auf, als der Jeep sich näherte. Sein dunkles Haar war an den Schläfen frühzeitig ergraut, was ihn älter als seine dreißig Jahre erscheinen ließ. Die dunklen Augen blickten aus dunklen Höhlen und verliehen ihm einen Ausdruck von kontinuierlichem Kummer. Er setzte seine Brille wieder auf und ging zu dem Jeep.

»Temps!«, rief er. »Temps!«

Ulysses parkte und stieg aus.

»Was liegt an, Sir?«, fragte er.

»Wir haben einen Keller entdeckt. Jerry muss ihn übersehen haben. Wir trinken schon den ganzen verdammten Tag. Ich glaub, ich hab mich nüchtern getrunken.«

»Nein, noch nicht, Sir. Sir, das ist Miss Evelyn Skinner. Miss Skinner, Captain Darnley.«

Sie gaben sich die Hand. »Ist mir ein Vergnügen, Miss Skinner«, sagte Darnley.

»Ebenso, Captain«, antwortete Evelyn.

»Miss Skinner ist Kunsthistorikerin«, sagte Ulysses. »Sie versucht die Kunstschutzoffiziere der alliierten Militärregierung zu kontaktieren. Ich dachte, sie könnten vielleicht hier sein, Sir.«

»Bisher noch nicht, Temps«, erwiderte Darnley. »Aber keine Sorge, Miss Skinner, wir besorgen Ihnen einen Kontakt. Aber jetzt kommen Sie erstmal mit. Komm, Temps, du auch.«

Sie gingen auf die Villa zu, und er sagte: »Ist eine gute Ausbeute. Erst vor vierundzwanzig Stunden entdeckt.«

Als sie über den Hof gingen und an den Wachen vorbeikamen, fragte Evelyn: »Verstehe ich Sie richtig, Captain Darnley?«

»Hier entlang«, sagte Darnley und stemmte die Flügel der großen, barocken Holztür auf, die in den *salone* führte. Der Gestank überwältigte sie.

»Ach du liebes Bisschen!«, stieß Evelyn aus und hielt sich die Nase zu.

»Tut mir leid, Miss Skinner«, sagte Darnley, »ich hätte Sie vorwarnen sollen. Die Deutschen scheißen gerne alles voll, bevor sie den Rückzug antreten. Passen Sie auf, wo sie langgehen. Ist eine ziemlich üble Kloake hier.«

Außer den dunklen Umrissen der Möbel konnte man kaum etwas erkennen. Die Fensterläden waren geschlossen, die Luft stand totenstill, und die Fliegen schwirrten fröhlich. Unter ihren Füßen das Geräusch zerbrochenen Glases und zerbrochener Fliesen, und Staub, den sie mit ihren Schritten aufwirbelten. »Warten Sie hier«, sagte Darnley und ging zu einer Lampe auf der anderen Seite des Zimmers. Er bückte sich, riss ein Streichholz an und hob mit theatralischer Geste die Lampe. Ein Leuchten erfüllte das Zimmer, und in der Mitte, erwachsen aus Gestank und Finsternis, stand ein großes, unbeschädigtes Altargemälde.

»Ach du meine Güte«, flüsterte Evelyn.

»Ulysses Temper, Miss Evelyn Skinner, ich würde Ihnen gerne Pontormos *Kreuzabnahme* vorstellen.«

»Denken Sie, wir könnten es vielleicht gleich mitnehmen und denen die Mühe sparen, Captain Darnley?«, fragte Evelyn.

Darnley lachte. »Wir können ja fragen.«

»Was genau ist das, Sir?«

»Eines der vortrefflichsten Altargemälde, die das Leben Christi darstellen, Temps. Oder etwa nicht, Miss Skinner?«

»Sie haben recht, Captain. Gemalt für die Capponi-Kapelle, in der Kirche von Santa Felicità, wo es über dem Altar hängen sollte. Fertiggestellt circa 1528. Den Stil nennen wir frühen Manierismus, Ulysses – ein Bruch mit Traditionen, nichts weiter –, weg von den klassischen Vorbildern der Hochrenaissance und allem, was man damit verband. Man sieht, dass es eine gewollte Verleugnung des realistischen Stils ist, durchdacht und künstlich. Das Licht – hier, schaut – theatralisch.«

Und sie ging dazu über, den Unterschied zwischen einer Kreuzabnahme und einer Grablegung zu erläutern. Die Verwendung der Farben, gleich einem Traum, die Klarheit in der Abbildung, der Tanz.

»Es geht um Gefühle, Ulysses«, sagte sie, »das ist alles. Wir alle versuchen uns einen Reim auf etwas zu machen, auf das wir uns keinen Reim machen können.«

Leises Gelächter drang in das Zimmer.

»Es ist einfach die Leiche eines jungen Mannes, die seiner Mutter gezeigt wird«, sagte Darnley.

»Immer dasselbe alte Lied«, sagte Evelyn.

»Das da wäre?«

»Trauer, Temps. Einfach verdammt viel Trauer.«

Sie wagten sich weiter in das Innere der Villa vor. Wachen des Militärs und italienische Aufseher beladen mit religiösen Artefakten und Statuen marschierten an ihnen vorbei. Sie traten zur Seite, um Filippo Lippis *Verkündigung* durchzulassen, die unsanft an ihnen vorbeimanövriert wurde.

Darnley blieb vor einer kleinen Holztür stehen. »Hier wären wir«, sagte er. »Das am schlechtesten gehütete Geheimnis der Toskana. Wollen wir?«

Kerzenlicht schien auf die knapp bemessenen Stufen eines Treppenabgangs. Ein starker Geruch von feuchtem Stein und Talg machte sich breit, und die Luft wurde dünner, je weiter sie hinunterstiegen. Die Treppe endete schließlich in einem geräumigen, von Öllampen erleuchteten Keller. Was aussah wie Blutflecken am Boden, war in Wirklichkeit der Inhalt Dutzender aufgebrochener Eichenfässer. Papiere und Bücher lagen verstreut herum, und die Decke wurde von Holzbalken gestützt. Man hatte einen Weg durch Schutt und Asche geräumt, hin zu einer Regalwand, die sich bei näherer Betrachtung als ein hervorragendes Trompe-l'œil entpuppte. Als sie näher kamen, konnte Ulysses den deplatziert wirkenden Umriss einer Tür erkennen.

»Abrakadabra«, verkündete Darnley.

»Was ziehen Sie noch alles aus dem Hut, Captain?«

»Jetzt nichts mehr, Miss Skinner. Bitte, nach Ihnen.«

Darnley öffnete die Tür, und Gespräche und Musik quollen heraus. Dahinter lag ein langer, schmaler Korridor, und das schwache Kerzenlicht vermochte es nicht, bis in die Ecken vorzudringen, die von caravaggioesken Schatten besetzt wurden. Glasscherben bedeckten den Boden, und zwei ausgeräuberte Weinregale verschwanden in der Tiefe des Raumes. Rauchwolken hingen über Tischen besetzt von alliierten Offizieren und italienischen Inspektoren, und frische Luft kam nur aus einem Gitter in der Decke, durch das der Mief in sporadischen Zügen nach draußen gesaugt wurde.

»Was darf es sein, Miss Skinner? Ein Roter?«

»Überraschen Sie mich«, sagte Evelyn.

Darnley ging zu dem Regal, wackelte nachdenklich mit den Fingern und griff nach einer Flasche. Er blickte auf das Etikett und reckte den Daumen nach oben.

»Ein Carruades de Lafite, Jahrgang 1902. Pauillac!«, rief er. »Himmlisch!« (Ein Wort, das er oft verwendete, was seltsam war für einen Mann, für den das Jenseits bloßes Unbewusstsein bedeutete.)

Sie setzten sich an einen freien Tisch, und ein Soldat löste sich aus den Schatten. Er trug drei Kristallgläser, einen Korkenzieher und einen kleinen Teller mit dünn geschnittenem Pecorino-Käse.

»Sehen Sie, Miss Skinner. Hier ist es fast wie im *Garrick*.«

Evelyn lachte.

Darnley servierte. Ein adrettes Plopp, den Korken zur Nase, und das tröstliche Gluckern beim Einschenken.

»Auf was trinken wir?«, frage Darnley. »Was meinst du, Temps?«

»Auf diesen Augenblick, Sir.«

»Oh, sehr schön«, sagte Evelyn.

»Auf diesen Augenblick.«

Die Unterhaltung wandte sich schnell Evelyns und Darnleys gemeinsamer Liebe zu Florenz zu. Darnley erzählte von seinem Vater, der – wenigstens für einen kurzen Zeitraum – Vikar der St. Mark's English Church gewesen war. »Glückliche Tage«, sagte er. »Die Sommer in den Uffizien waren meine Ausbildung. Als ich schließlich von der Schule ging, hatte ich kaum noch an etwas anderem als Kunst Interesse. Kurzer Aufenthalt in Chelsea, kurzer Aufenthalt an der Royal Academy of Arts. Und jetzt hier. Ich bin ein privilegiertes Klischee, Miss Skinner …«

»Ach, das waren wir, glaube ich, alle schon mal, Captain …«

»Zu nichts zu gebrauchen, außer zur Weinverkostung und dazu, hin und wieder den Urheber eines Kunstwerks zu benennen.«

Darnley griff in seine Jackentasche und holte ein fleckiges Notizbuch und einen Bleistiftstummel hervor. »Wenn Sie gestatten?«, fragte er. »Ich mache mir nur Notizen zum Wein – das Gedächtnis, Sie wissen schon. Überlegungen. Solche Sachen.«

»Nein, bitte, machen Sie nur«, erwiderte Evelyn.

Lange, schlanke Finger. Eine Haarsträhne fällt ihm in die Stirn, er wirkt beinahe kindlich. Er erinnerte sie an Forster, und sie beugte sich zu Ulysses und sagte es ihm.

»Wer ist Forster, Evelyn?«

»Wie, was?«, fragte Darnley und sah auf.

»Ich meinte eben zu Ulysses, dass Sie mich an E. M. Forster erinnern.«

»Sie kennen ihn, Miss Skinner?«

»Ich habe ihm sein erstes *bombolone* gekauft und ihm meinen Baedeker geliehen.«

»Großer Gott! Es gibt Leute, die würden Ihnen dafür einen Heiratsantrag machen!« Darnley klopfte eine Zigarette aus seiner Packung und bot sie ihr an. »Wie war er so?«, fragte er.

»Ganz reizend«, antwortete Evelyn. »Er war seiner Mutter ziemlich zugetan und kein Freund von Rubens.«

»Könnte mein Zwilling sein«, bemerkte Darnley, während er sich eine Zigarette ansteckte und sein Glas in einem Zug austrank.

»Haben Sie Zeit für ein weiteres Glas, Miss Skinner?«

»Alle Zeit der Welt«, erwiderte Evelyn.

»Und Temps, Musik? Etwas Sanfteres, passend zum Wein, bitte.«

»Alles klar, Sir.« Ulysses ging zu dem Grammophon und requirierte einen weiteren Teller mit Käse.

Die zweite Flasche war ein Château Margaux, Jahrgang 1900, begleitet von Joan Merrills *There Will Never Be Another You.* Eine einzigartige Kombination, fanden sie alle. Darnley schenkte den Wein ein. Man roch eindeutig: Tabak, Trüffel, Zedernholz, Erdbeere. Sie hoben die Gläser. »Auf diesen Augenblick!«

»Ich war einundzwanzig«, fuhr Evelyn fort. »Beinahe so alt wie du, Ulysses. Es war mein erster Besuch in Florenz. Ich war ohne Begleitung und bereit, mich zu verlieben.«

»Und hast du das, Evelyn?«

Evelyn pausierte und probierte den Wein. »Das habe ich tatsächlich«, sagte sie. »Zum einen in eine Person und zum anderen in die Stadt selbst. Das steht dir alles noch bevor, Ulysses. Öffne dein Herz. Das ist der Ort, an dem Dinge geschehen, wenn du es zulässt. Wunderbare Dinge.«

Plötzlich fuhr ein Ruck durch den Keller, die Erde über ihnen erzitterte unter Geschützfeuer. Evelyn rang nach Luft. Teile der Decke brachen heraus, fielen zu Boden und löschten die Kerzen; einige der Männer hielten die Tische fest, während andere darunter in Deckung gingen. Gläser und Flaschen stürzten zu Boden.

»Das ist verdammt nervtötend!«, rief Darnley, die Flasche Margaux schützend an die Brust gezogen.

Ulysses griff über den Tisch nach Evelyns Hand. Er fing an, mit ihr zu reden, sogar für sie zu singen, und er sang immer noch, als das Sperrfeuer geendet hatte. Das leise Klicken des Plattentellers, der sich dem unausweichlichen Stillstand entgegenbewegte. Der sanfte Fall weißen Staubs in der Stille dazwischen. Ein lachender Darnley.

Hinaus in die Nacht, und sie atmeten die frische, willkommene Luft. Darnley setzte sich nach hinten, Evelyn nach vorne, und sie fuhren ab zwischen betrunkenen, salutierenden Soldaten, die noch ein Stück weit neben dem Jeep herrannten und ihnen zuriefen, dass sie sich in Florenz wiedersehen würden!

Bäume flankierten die Straßen, und der helle Dreiviertelmond leuchtete ihnen in Abwesenheit von Scheinwerfern sporadisch den Weg, bis sie schließlich von der Dunkelheit verschluckt wurden. Die mächtigen, überhängenden Bäume und die abfallende, kurvenreiche Straße verliehen ihnen das Gefühl, sich nicht länger auf der Erdoberfläche zu befinden, sondern langsam in trüben, wildbewachsenen Tiefen zu verschwinden. Die Luft roch schwer und grün. Bald schon fiel Darnley in einen tiefen, alkoholisierten Schlaf, und das Innere des Jeeps wurde von seinem ruckartigen Schnarchen perforiert. Ulysses nahm den Fuß vom Gas, und langsam glitten sie den Rand der Nacht entlang.

Evelyn drehte sich um und betrachtete Darnleys Gesicht. »So selbstsicher, oder?«, fragte sie. »Sie ihn dir an. Im Prinzip ist er nur ein Junge. Ihr seid alle nur Jungen. Du magst ihn gerne, oder?«

»Das tue ich, Evelyn. Das tue ich wirklich«, antwortete er und fuhr an den Straßenrand, um einen Alliiertenkonvoi vorbeizulassen. Der Lärm überwältigte sie, und sie lehnten sich zurück und beobachteten die vorbeifahrenden Lastwagen. Die bleichen, versteinerten Gesichter der Soldaten darin starrten zurück. Weltuntergangsstimmung.

»Sie kommen bald in der Stadt an, oder?«, fragte sie.

»Höchstens noch ein paar Tage. Erst die Neuseeländer. Dann die Südafrikaner. Und dann wir.«

»Wird es schlimm?«, fragte sie.

»Vermute ich mal. Es ist immer schlimm.«

Die letzte Staubwolke des letzten Lastwagens hatte sich gelegt. Ulysses zündete zwei Zigaretten an.

»Dieses Gemälde. Der Pont …?«, sagte er.

»… ormo«, gab sie zurück. »Pontormos *Kreuzabnahme?*«

»Jep.« Er reichte ihr eine Zigarette. »Darnley hat erzählt, er hat es vor dieser ganzen Geschichte hier studiert, und ich habe gefragt, was es da zu studieren gibt. Es ist ja nur ein Bild, oder?«

»Es ist nur ein Bild. Du hast recht«, antwortete Evelyn. »Kunsthistoriker haben Männer zu Göttern gemacht.«

»Also?«

»Also.«

»Die ganze Aufregung?«

Evelyn lachte. »Mit der Aufregung, wie du es nennst, kann man es bestimmt übertreiben. Aber für mich geht es stets um Reaktion. Ein Gemälde verlangt nach einer Reaktion. Die größten tun das ausnahmslos alle.«

»Was für eine Reaktion?«

»Sag du es mir.«

»Was soll das heißen?«

»Die Wolke im Hintergrund hat deine Aufmerksamkeit gefordert. Sie hat dich interessiert, dich vereinnahmt.«

»Sie sieht anders aus als der Rest des Bildes«, erwiderte Ulysses.

»Vielleicht verfolgt sie das Drama, das sich gerade abspielt. Ein Symbol für den Himmel? Den Heiligen Geist? Oder einfach eine Erinnerung daran, dass die Szene im Freien spielt. All das ist Reaktion, Ulysses. Viel komplizierter ist es nicht. Natürlich können wir noch die Umsetzung hinzunehmen – wie gut jemand malt – und die Geschichte des Werks, seinen Ursprung, und so können wir einen

Wert bestimmen. Doch für mich wird der wahre Wert immer die Reaktion bleiben, wie sehr ein Werk jemanden bewegt.«

»Und deshalb sollte man es erhalten?«

»Das glaube ich. Das glaube ich tatsächlich. Um sicherzustellen, dass es für die nächste Generation auch noch existiert. Weil es wichtig ist, Ulysses.«

»Wichtiger als Menschen?«

Evelyn nahm einen tiefen Zug von ihrer Zigarette. »Das eine geht mit dem anderen Hand in Hand. So war es schon immer. Wir haben uns in einer Höhle oder auf einem Blatt Papier verewigt, um zu zeigen, wer wir sind, um unsere Weltanschauung zu teilen und das Leben, das uns aufgebürdet wurde. Diese gemalten Gesichter offenbaren unseren Seelenkonflikt – mal auf liebevolle, mal auf groteske Weise, aber Kunst wird immer zum Spiegel. Der ganze Symbolismus, das Paradoxe – es liegt an uns, das zu interpretieren. So wird es zu einem Teil von uns. Und als Ausgleich für unser Leiden haben wir die Schönheit; denn Schönheit gefällt uns, oder? Etwas Schönes zu sehen, muntert uns auf. Es macht etwas mit uns auf molekularer Ebene, es bereichert uns, wir fühlen uns lebendig. Die schönen Künste öffnen uns die Augen für die Schönheit der Welt, Ulysses. Sie verändern unsere Sichtweise und Urteilsbildung. Das Flüchtige wird in der Kunst für immer eingefangen. Wir sind nichts als ein kümmerlicher Fleck im Lauf der Geschichte. Das Heer namens Zeit marschiert voran. Kunst versus Menschheit ist nicht der Punkt, Ulysses. Das eine kann ohne das andere nicht existieren. Kunst ist das Gegengift. Reicht das aus, um ihr Bedeutung zu verleihen? Das denke ich auf jeden Fall.«

Zwischen den Olivenbäumen konnte man das *albergo* erkennen. »Da wären wir«, flüsterte Evelyn, während der Jeep langsamer wurde und schließlich stehenblieb. Das Ticken des Motors, der langsam abkühlte. In der Ferne der Ruf einer Eule. Darnleys schwerer Atem.

»Schau«, sagte Ulysses und deutete auf ein schwaches Licht, das in einem der oberen Zimmer leuchtete. »Empfangskomitee?«

»Das wage ich zu bezweifeln«, sagte Evelyn und stieg aus. Sie beugte sich zu Darnley, legte ihm die Hand auf die Schulter und flüsterte ihm ins Ohr: »Captain Darnley.«

Er wachte benommen auf.

»Zeit sich zu verabschieden«, sagte sie.

»Miss Skinner.«

»Nein, nein. Bleiben Sie sitzen«, und sie reichte ihm die Hand. »Danke. Für heute Abend. Ziehen Sie den Kopf ein und bleiben Sie unter den Lebenden, wenn Sie so freundlich wären.«

Darnley lächelte. »Passen Sie auf sich auf, Miss Skinner. Es war mir ein Vergnügen.«

»Ebenso.«

»Ich lege ein Wort bei der alliierten Militärregierung für Sie ein. Versprochen.«

»Vielen Dank.« Evelyn drehte sich zu Ulysses. »Ich glaube, ich schaffe es nicht, dir auf Wiedersehen zu sagen, junger Mann.«

»Dann mach es nicht, Evelyn.«

Ulysses stieg aus dem Jeep und reichte ihr seine Hand. Sie umschloss sie mit ihrer.

»Ein Geschenk, richtig?«, sagte er.

»Ganz genau. Ein Geschenk«, erwiderte sie. »Dante Alighieri. Du findest ihn in Florenz, draußen vor Santa Croce. Er macht einen eher griesgrämigen Eindruck. Grüß ihn von mir.«

»Mach ich.«

»Und bleib unbesiegbar«, fügte sie hinzu.

Er salutierte und blickte ihr hinterher, wie sie über das vertrocknete Gras auf die Terrasse zustapfte.

Es war zu dunkel, als dass er hätte sehen können, wie sie sich umdrehte und ihn ansah. Aber das tat sie. Sie beobachtete, wie er in den Jeep stieg und hinter der Biegung verschwand. Sie flüsterte etwas, kein Gebet, nur einen Wink an das Schicksal, ihn zu beschützen.

Im Osten Londons war Peggy Temper mit hämmerndem Kopf aufgewacht. Sie war beinahe eine Stunde zu spät für die Vorbereitungen; den Großteil dieser Stunde hatte sie über dem Waschbecken zugebracht und versucht, ihre Erinnerung an die vorangegangene Nacht zu wecken. Draußen vor dem Fenster unterhielten sich die Bierfahrer, und sie zog die Vorhänge zurück, geblendet vom Sonnenlicht. Sie sah, wie Col Bierfässer ablud, wobei er einen kurzen Blick zu ihrem Fenster hinaufwarf. Sie ging blitzschnell in Deckung, doch er hatte sie gesehen, da war sie sich sicher.

Sie trat vor den Spiegel und stöhnte. Mit nassen Fingerspitzen versuchte sie eine Locke hier, eine Locke da zu ermuntern, bevor sie sie in einem Schleier aus Haarlack festigte. Eine Katzenwäsche und ein Spritzer Parfüm halfen ihr, in ihre Kleidung zu schlüpfen, und sie rauchte eine halbe Zigarette, um den Kopf freizubekommen.

Sie wankte die Treppen hinunter und versetzte alles in Habachtstellung. Im Schankraum herrschte sie: »Halt bloß dein Maul, Col«, was er auch tat und ihr einen Gin pur zuschob. »Danke«, sagte sie und trank das Glas leer. »Oh Gott«, stöhnte sie, und Col stieß mit dem Fuß den Wischeimer in ihre Richtung.

Sie war eine Bürde, aber wenigstens eine gutaussehende. Ihr Gesicht und ihr Mundwerk brachten die Soldaten hierher, und selbst wenn sie sich die Seele aus dem Leib kotzte, tat sie es mit Stil. Ihr Hintern hüpfte bei jeder Bewegung und versprach das süße Aufblitzen ihrer Strümpfe. Col spürte, wie sich eine Erektion gegen seine Unterhose drückte. Er ging in den Keller, um eine Flasche Rum zu holen. Als er wieder nach oben kam, stand sie mit einem Glas in der Hand am Ausschank.

»Reparierbier?«

Reparierbier, dachte sie höhnisch, eine verdammte Brauerei würde sie heute Morgen nicht reparieren können. Was zur Hölle redete er da?

»Ziehs von meinem Trinkgeld ab«, sagte sie, setzte sich und steckte eine Zigarette an.

Er setzte sich zu ihr. »Schöner Abend?«, fragte er. Sie sah ihn an und lachte.

»Bist einzigartig, Peggy«, sagte er, und sie lächelte dieses Lächeln, und die Blaukehlchen sangen.

»Col?« (Oh, verdammt, was jetzt? Wie sie dreinschaut …)

»Ja, Peg?«

»Diesen Samstag.«

»Keine Chance, Peg.«

»Ich weiß, ich weiß, aber diesmal ist es wichtig.«

»Es ist immer wichtig.« Col trank aus und stand auf. »Du hast Durchhaltevermögen, das muss ich dir lassen.«

»Das ist doch was Gutes, oder?«

Und Peggy stellte sich ihm gegenüber und begann zu tanzen. »Das ist was Gutes, oder, Col?«

»Komm schon, Peg, Zeit aufzumachen. Und pass auf, dass du nicht in die Sauerei trittst, die du da mit dir rumschleppst.«

Peggy hielt inne und blickte hinter sich. »Was für eine Sauerei?«, fragte sie.

»Deine Leber. Und jetzt schließ auf, verdammt.«

Die warme Morgenluft wogte herein, zusammen mit dem Gestank von Ziegelstaub und Teer. Ginny Formiloe, Cols Nachwuchs, kam gerade vom Bäcker, einen Laib Brot wie einen Säugling gegen die Brust gedrückt. Ginny winkte ihr zu, und Peg winkte zurück. Ginny liebte Peg, sagte ihr das jeden Morgen mit ihrer seltsam nasalen Stimme. Ginny war dem Körper nach Frau und dem Geist nach Kind. Sie sammelte die Gläser im Pub ein, und manchmal schenkte sie Bier aus, aber hauptsächlich waren es die Gläser und das Zählen der Münzen am Ende des Abends. Liebes, liebes Kind, mit ihrem eigentümlichen Denken, den Beinen ihrer Mutter und ihrem hübschen Blumenkleid. Die Ähnlichkeit mit Cols Frau war nicht zu übersehen, was Col in den Anfangszeiten das Herz gebrochen hatte. Ginny war nicht von Geburt an so, irgendetwas war passiert, wahrscheinlich das Fieber, an dem sie beinahe gestorben war. Cols Frau hatte ihn wegen seiner Trinkerei verlassen, aber eigentlich ging es um etwas anderes, und sie war auf und davon, noch lange bevor der Krieg ausbrach. Sie ging nach Schottland auf die Äußeren Hebriden, wo ihre Schwester einen Bauernhof hatte. Niemand traute sich auszusprechen, was alle dachten: Wie schlimm musste es gewesen sein, dass es für sie auf einem Granitbrocken im Nordatlantik geendet hatte?

Col hörte mit dem Trinken auch nicht auf, als seine Frau ihn verließ, aber er schränkte es ein. Außerdem war in Gegenwart seiner Tochter sein Zorn wie weggeblasen. Er wurde zu einem sentimentalen Säufer mit patriotischen Liedern und Tränen in den Augen. So war er nun mal.

Ginny blieb an der Bordsteinkante stehen. Sie sah nach links, nach rechts, nach links, nach rechts, bevor sie über die Straße ging. »Peggy!«, rief sie. Peggy breitete die Arme aus und Ginny stürzte sich hinein. »Hab dich lieb, Peggy«, sagte sie. Ginny roch streng nach Monatsfluss, und Peggy sagte: »Komm, Ginny, wir suchen dir frische Sachen.«

Am Ende des Nachmittags war Peg fix und fertig. Der Pub hatte sich zum Leichenschauhaus gewandelt, und sie machte ihre Pause draußen. Sie betrachtete die Straße mit ihren ausgeblichenen Vordertreppen und genug Tratsch, um die Kanalisation zu füllen. Sie ließ sich auf einen Stuhl fallen und streckte ihr Gesicht in die Sonne. Kinder, manche von ihnen erst acht, fuhren auf ihren Rädern vorbei und pfiffen: »Alles klar, Peg?« Sie hob ihren Arm. »Ja, alles klar, Jungs«, ahmte sie sie nach. Sie hatte gerade erst die Augen geschlossen, als Old Cress vorbeikam. Sie wusste, dass er es war, der in der Sonne stand und versuchte, ihre Aufmerksamkeit zu erregen. Cress war Pegs Fels in der Brandung. War er immer gewesen, würde er immer sein. Er hielt sie für die schönste Frau der Welt, und er würde alles für sie tun. Sogar den Mond vom Himmel holen, wenn er könnte. (Und bitte was soll ich mit dem Mond anfangen, Cress? Ihn gegen die Sonne tauschen. Greif nach den Sternen, Mädchen.)

»Gut heimgekommen?«, fragte er.

»Du hast mich nach Hause gebracht, du Depp. Ich weiß vielleicht nicht mehr viel, aber das weiß ich noch.«

»Kommst du rein und schenkst mir 'nen Pint ein?«

»Ich hab Feierabend«, sie zeigte auf das Schild: GESCHLOSSEN. »Col steht an der Theke, und ich lieg in der Sonne.«

Er ließ sie allein und sie zog ihr Kleid nach oben über die Knie. Die Sonne wärmte ihr den Schritt, machte sie leichtsinnig und heiß, so wie sie sich gefühlt hatte, als sie American Boy das erste Mal zu Gesicht bekommen hatte.

Er war ein guter Tänzer. Das war ihr zuerst aufgefallen. Besser als sein Freund, aber wenn man sich die beiden so ansah, hätten sie Brüder sein können. Sein Freund ging zur Bar, und Eddies Blick begegnete ihrem. »Wie Sternblitzen«, würde er später zu ihr sagen. Und dann tanzten sie wie auf Wolken, bis ihre Kleidung nass und ihr Appetit nicht mehr zu zügeln war. Sie aßen in einem Café in Old Compton Street, ein jämmerliches Gericht aus nicht identifizierbarem Fleisch und Kartoffeln.

Eddie hatte schönes Haar (dick, glänzend, dunkel); Peg fuhr mit den Fingern hindurch und sagte, es fühle sich an wie Seide, und Eddie wurde rot, denn trotz seines Alters war er immer noch ein Junge. Eddie erzählte ihr, dass er nach dem Krieg auf eine Hochschule gehen würde, um später das Geschäft seines Vaters zu übernehmen, und Peggy wollte wissen, was für ein Geschäft, und er antwortete, Orangen. Peg meinte, sie habe seit zwei Jahren keine Orange mehr gegessen, und Eddie sagte, darum würde er sich kümmern müssen. Er fragte, ob er sie Samstag sehen könne, Peg erwiderte, er solle nur versuchen, sie davon abzuhalten, und Eddie lachte. Schöne Zähne hatte er ebenfalls. Amerikanisch weiß. Leichter Überbiss, wenn er sie küsste, aber nichts, was man nicht mit ein wenig Übung aus der Welt schaffen könnte. Eddie zahlte und fragte, ob er mit zu ihr kommen könne, und sie sagte: »Nicht heute Abend, Sonnenschein«, und er: »Ich mag deinen Akzent«, und sie: »Trotzdem nicht heute.« Dann sagte Eddie etwas von einem Hotelzimmer Samstagabend, und Peg wäre ihm beinahe an Ort und Stelle erlegen. »Ich werde dich wie eine Prinzessin behandeln«, sagte er.

Musik vom Plattenspieler im Pub: *Someday My Prince Will Come.* »Du verdammter Komiker, Col!«, rief sie, stand auf und ging zurück an die Bar, eine dunkle Wolke über ihr.

Die ganze Woche über stand sie früh auf, wischte Tische und kontrollierte den Ausschank. Sie war nüchtern und charmant, trotzdem nahmen immer noch alle Habachtstellung vor ihr ein. »Was ist mit Peg los?« »Woher zur Hölle soll ich das wissen«, sagte Col, während er sie mied, als wäre sie ein Vulkan, der kurz vor dem Ausbruch stand. Doch nichts dergleichen geschah – sie rauchte einfach bloß. Sie erledigte die Buchführung, gab Bestellungen auf und nahm Ginny mit zum Kanal hinunter, um die Kätzchen zu suchen, die laut Cress dort vor einer Woche geboren worden waren. Donnerstagabend polierte Peg die Theke mit einer weiteren Schicht Brasso, und Col fand, sie strahle wie eine Kristallkugel. »Ich sehe Samstagabend«, sagte Col. »Ich sehe dich und den Goldjungen unterwegs in der Stadt.«

Peg dachte, sie habe sich verhört. »Wie bitte?«, fragte sie.

»Du hast mich schon gehört«, erwiderte Col, und Peg sprang ihm in die Arme und umschloss seine Hüften mit ihren schönen, starken Beinen, und er spürte wieder diesen unverwechselbaren Druck. »Schon gut, schon gut«, sagte er und musste in den Keller gehen, um sich Erleichterung zu verschaffen.

Als der Samstagabend sich schließlich herabsenkte, senkte er sich warm und gelb, und der Kanal schimmerte mit abertausenden verrückten Sternen und brachte die Hunde zum Bellen.

Klack, klack, klack, Pegs Absätze auf der Treppe. Col konnte sie riechen, bevor er sie sah, und sie roch französisch und blumig, vollkommene Verlockung. Sie kam in die Bar mit blauen Augen und roten Lippen, blondem Haar und engem Rock.

»Ich hoffe, er ist es wert«, sagte Col. Und Peg: »Er ist Amerikaner, Col. Er ist es wert.«

Col reichte Peg einen Gin Tonic.

»Stürz dich da nicht in was rein, Peg. Kein Hals über Kopf.«

»Ich trinke auf Hals über Kopf«, sagte Peg und hob ihr Glas.

»Hier«, sagte Col. »Das hat Kathleen für dich vorbeigebracht.«

Er schob einen Umschlag über die Bar. Peg öffnete ihn und steckte das Geld ein.

»Erzählt er irgendwas?«, fragte Col.

»Briefe sind nicht so unser Ding, Col, das weißt du doch. Das Geld heißt, er ist am Leben, und das ist alles, was mich interessiert. Um den Rest kümmern wir uns, wenn er wieder da ist.«

»Er ist ein guter Junge.«

»Das weiß ich.«

»Wart nicht auf mich, Sonnenschein«, fügte sie hinzu.

»Peg?«

Sie drehte sich um. »Was?«

»Dir kann niemand das Wasser reichen.«

Es war ein schickes Restaurant. Streicher spielten und ein Kellner schüttelte ihre Serviette auf und legte sie ihr auf den Schoß. Er nannte sie sogar Madame, was wirklich verdammt vornehm war. Eddie strahlte sie an, mit blitzenden Zähnen und Pfefferminzatem. Seine Attraktivität stieg ihr direkt zu Schoße.

Er schob zwei Schachteln über den Tisch.

»Mach auf«, sagte er. »Damit du weißt, dass ich es ernst mit dir meine.«

Peg konnte die Blicke der anderen Gäste spüren. Sie öffnete die größere der beiden Schachteln und nahm eine Orange heraus. Es war eine absolut perfekte Orange. Sie schloss ihre Augen und roch daran. Hätte an Ort und Stelle reinbeißen können, und als sie jemand lachen hörte, verdarb ihr das beinahe den Moment.

»Die nächste«, sagte er, und sie wappnete sich schon dafür, Freude über den Inhalt zu heucheln, aber als sie den Deckel abnahm, war da eine wunderschöne Brosche, sodass sie sich das sparen konnte. Eddie nahm sie ihr aus der Hand und hielt sie gegen das Licht.

»Der Stein ist eigentlich Muschel, hast du gesehen?«

»Natürlich hab ich das«, sagte Peg (obwohl sie das nicht hatte).

»Ich nicht«, sagte er und hielt sich die Brosche ans Ohr.

»Kannst du das Meer hören?«, fragte sie ihn.

Er schüttelte den Kopf. »Nein. Nur eine Stimme«, sagte er und verzog das Gesicht.

»Was sagt sie?«

»Lass uns zu dir gehen«, lachte Eddie.

Peg lachte nicht.

»Aber das geht nicht, Eddie. Das hab ich dir doch gesagt. Ich dachte, wir würden in ein Hotel gehen.«

»Es war entweder die Brosche oder ein Zimmer«, entgegnete er. »Und ich dachte mir, du hättest gerne die Brosche.«

Peg trank über die Grenzen des Akzeptablen hinaus und fand sich schließlich unter einem Brückenbogen wieder, mit dem Rücken gegen eine Mauer gedrückt. Es war eine schwarz-weiße Nacht, Mondlicht splitterte über schwarze Kiesel, streifte stellenweise Pegs weiße Haut. Ihr amerikanischer Soldat küsste sie heftig, und er hatte ihr ein Zimmer versprochen, aber stattdessen eine Brosche geschenkt, und so waren sie hier gelandet, an eine Wand gelehnt mit einem Strauß billiger Blumen zu ihren Füßen.

Er fummelte an ihr herum auf der Suche nach dem Paradies, und sie sagte, da müsse er schon weiter südlich ziehen, um es zu finden.

»Na bitte«, sagte sie, und er stöhnte.

Ihr gefiel, wie er sie Baby nannte, wie er sagte: »Ich habe noch nie ein Mädchen wie dich getroffen, Peg«; wie er sie vögelte. Aber sie konnte nur daran denken, dass er ihr ein Zimmer versprochen hatte, und sie versuchte den Gedanken zu verdrängen, aber je mehr er sie in die Wand hineinrammte, umso mehr drängte sich der Gedanke höhnisch nach vorn.

»Du hast mir ein Zimmer versprochen«, sagte sie.

»Ich weiß, ich weiß.« Er tat geschäftig. »Nächstes Mal.«

»Für mich gibts kein nächstes Mal«, kam es plötzlich von ihr, und sie nahm ihr Bein herunter.

»Hör auf«, sagte sie, »ich hab genug«, und sie zog ihn an seinen zu perfekten Haaren.

»Mensch, Peg! Was machst du da?«

»Ich hab gesagt, hör auf!«

Ein Zug fuhr über die Brücke, und die Pfeiler erbebten. Peg zog ihren Rock herunter und lief los über die Straße.

»Peggy!« Das Echo ihres Namens wurde von den Ziegelsteinen zurückgeworfen. Das Geräusch seiner Schritte hinter ihr.

»Warum können wir nicht zu dir gehen?«, fragte er. »Bist du verheiratet oder so?«

»Nein. Ich bin nicht verheiratet oder so. Ich wohne über einem Pub. Ich arbeite da. Das hab ich dir schon hundertmal gesagt. Du hast mir ein Zimmer versprochen und auf einmal geizt du rum.«

»Die Brosche war …«

»Ruf mich an, wenn du das Zimmer gebucht hast, Eddie. Und nichts mehr von wegen draußen unter Brücken. Das schreit zu sehr nach Hure.«

Sie ging mit einem so knallharten Ausdruck im Gesicht zum Kanal hinunter, dass ihr sogar die Ratten aus dem Weg gingen. Eine verlassene Bank, sie setzte sich und zündete eine Zigarette an. Ein Betrunkener schwankte den Uferpfad entlang und wollte sie ansprechen, aber sie kam ihm zuvor. »Scheiße, versuch es gar nicht erst!«, sagte sie mit so schneidender Stimme, dass er es bleiben ließ. Sie kam gut allein zurecht, schon immer, und die Stadt hatte ihr noch nie Angst eingejagt, besonders nicht nachts. Der Kanal zog die Einsamen und die Träumer an, und jetzt, in diesem Augenblick, war sie beides.

Sie wollte hier raus, und American Boy war ihr *hier raus*. Kalifornien. Neue Welt. Neues Leben. Vorsichtig barg sie diesen Traum in ihren Händen, auf dass er ihr keinesfalls entschlüpfen möge.

Sie rieb sich den Fuß – Anfänge eines Überbeins, wie bei ihrer Mutter. Die Frau hatte kastaniengroße Auswüchse seitlich an beiden Füßen gehabt; Gott bewahre, sollte sich das noch vererben. Zehn Minuten nach eins. Im Dunkeln ein bekanntes Gesicht.

»Kommst öfter hierher?«, fragte Cress.

»Wird zur Gewohnheit«, antwortete sie.

»Willst du nach Hause? Dann komm«, er zog sie hoch, und sie stand vor ihm, überragte ihn. Cressy hatte ihr einmal erzählt, dass er aufgrund seiner Größe davon geträumt hatte Jockey zu werden, aber dann doch in der Werft gelandet war. »Einmal, wenigstens einmal«, hatte er gesagt, »wär ich gern auf einem von den Booten mitgefahren.«

»Du musst nicht um die Welt reisen, um weltgewandt zu sein«, hatte sie erwidert.

»Du findest, ich bin weltgewandt?«

»Der weltgewandteste von allen. Auf das hier kommt es an«, und sie zeigte auf seine Magengegend. »Wir lieben aus dem Bauch heraus.«

Sie stiegen die Treppe zur Straße hoch.

»Liebst du diesen Yankee?«, fragte Cress, doch Peg antwortete ihm nicht.

»Komm schon, Mädchen, du bist kein Kind mehr.«

Peg blieb stehen und zog ihre Schuhe an. »Ja, ich liebe ihn. Ohne ihn kann ich nicht mehr leben.«

»Meine Güte, dich hats ja ganz schön erwischt.«

»Frag gar nicht erst.«

»Erzählst du ihm von dir?«, fragte Cress.

»Ich erzähle ihm überhaupt nichts.«

»Erzähl ihm was. Worte, Peg. Irgendwann ist er vielleicht nicht mehr da.«

»Erzählt man dir irgendwas?«

»Nicht viel. Aber Worte sind Goldstaub für einen klapprigen, alten Knacker wie mich.«

»Du bist nicht klapprig«, erwiderte sie und öffnete ihre Handtasche. »Hier, eine Orange.«

»Jetzt schaut euch das an«, stieß er hervor und hielt sie nach oben, gegen den schwarzen Himmel. »Weißt du, wie das hier entstanden ist, Peg?«

»Ein Navel-Pärchen auf einem schlüpfrigen Wochenendausflug?«

Er lachte.

»Das hier ist der Bastard einer Mandarine und einer Pomelo.«

»Was zur Hölle ist eine Pomelo?«

»*Citrus Maxima.*«

»Hast du schon mal eine gesehen?«

»Ne. Nur davon gelesen. Sieht aus wie eine große Pampelmuse mit dicker Schale und viel weißer Haut.«

»Also ein bisschen wie Col«, sagte sie, während sie auf die dunkle Silhouette des Pubs zusteuerten.

»Wann siehst du ihn wieder?«

»Übermorgen.«

»Dann erzähl ihm von dir, Peg. Gib ihm Hoffnung.«

Eine Woche nachdem das Florentiner Stadtviertel Oltrarno befreit worden war, waren Ulysses und Darnley im Boboli-Garten hinter dem Palazzo Pitti zugange, wo sie den ganzen Morgen Versorgungskonvois koordiniert hatten. Darnley stand auf einer Mauer mit Blick über die Stadt. Das Donnern von Schüssen hallte über den Arno, und Rauch stieg aus den Straßen unter ihnen empor. Ulysses lag hinter einem Busch in Deckung, Zielfernrohr auf das Forte di Belvedere gerichtet, wo ein Heckenschütze der Faschisten schon seit den Morgenstunden wütete.

»Das hier geht immer noch in Ordnung, Sir?«

»Ja, ja«, antwortete Darnley. »Wenn ich hier sterbe, sterbe ich glücklich. Was dagegen, wenn ich rauche?«

»Wie Sie möchten. Sie sind schließlich der Lockvogel.«

»Ich bin ein Lockvogel«, sagte Darnley. »Ich bin ein Lockvogel meiner selbst.« Er lachte und riss ein Streichholz an. »Die Aussicht hier… Das Mysterium von richtiger Zeit am richtigen Ort. ›*Luce intellettual, piena d'amore*‹.«

»Was bedeutet das, Sir?«

»Licht der Erkenntnis: Liebe hält's umsponnen.«

»Schön.«

»Nicht wahr?«

»Von Ihnen, Sir?«

»Nein! Dante. Der Glaube, dass eine Mischung aus Intellekt und Schönheit die Welt zu einem besseren Ort machen kann. Hast du unseren Heckenschützen schon entdeckt?«

»Noch nicht, Sir«, antwortete Ulysses und wischte sich Schweiß aus den Augen. »Isst wahrscheinlich gerade zu Mittag.«

»Wahrscheinlich«, gab Darnley zurück und blies eine dicke Rauchwolke aus. »Da drüben im Zentrum, versinnbildlicht den Ruhm der Stadt …«

»Was meinen Sie, Sir?«

»Na, die Kathedrale. Brunelleschis Kuppel. Hat den großartigen Renaissance-Humanismus mit eingeleitet. Integrierte Erhabenheit, sodass die, die daruntersaßen, Gott leichter begegnen konnten. Und doch ist sie zuallererst ein Zeugnis der Ordnung und Schönheit des Universums. Ein Universum, das antwortet, statt zu urteilen, Temps, und in dem die Menschheit ihren Platz hat: der Mensch als das Maß aller Dinge. Die Dichter und Künstler haben diese Überzeugung übernommen. Perspektivische Kompositionen, arrangiert um den menschlichen Körper herum. Das Quadrat und der Kreis wurden zur Grundlage der Architektur des fünfzehnten Jahrhunderts, und im Sinne Vitruvs platzierte Leonardo den Menschen ins Innere beider. Wissenschaft und Theologie existierten nebeneinander, Temps. Der Intellekt und künstlerische Errungenschaften als Gottesgeschenke, genau wie der Glaube. Was für eine Zeit, in der diese eigenwilligen Querdenker zusammenfanden. Ja, es war von kurzer Dauer, aber was solls? Die Energie, die aus dieser Ära hervorbrach, zerstörte Mythen und Aberglauben und zeigte das Himmelreich als das, was es ist: Verfall und Wandelbarkeit ausgeliefert. Genau wie wir.«

Darnley schnipste seinen Zigarettenstummel zu Boden. »Ich habe nachgedacht«, sagte er, »nach dem Krieg könnten wir …«

»An nach dem Krieg denken wir nicht, oder, Sir?«

»Ach, Scheiße, verdammt! Natürlich nicht. Tut mir leid. Das macht die Aussicht. Bringt mich zum Träumen.«

»Mehr Wut, bitte, Sir.«

»Mehr Wut?«

»Ja, bitte«, sagte Ulysses. »Und mehr Bewegung. Winken Sie mit den Armen.«

»So?«

»Perfekt«, sagte Ulysses. »Ah, na bitte, ich kann ihn sehen …«

»Mein Leben in deinen Händen, Temps.«

»Immer, Sir«, und er hielt die Luft an. Er visierte den Mann mit seinem Zielfernrohr an, der Abzug leistete keinerlei Widerstand. Das krachende Peitschen eines Schusses ertönte, und ein Körper stürzte von dem Turm in der Ferne, dann, einen Augenblick später, ein *panino*. Darnley jubelte und sprang von der Mauer. Ulysses kroch hinter dem Busch hervor und klopfte sich den Dreck von der Kleidung.

»Riechst du das, Temps?«

»Allerdings, Sir. Tod und ungewaschene Männer, würde ich sagen.«

»Ganz genau«, erwiderte Darnley, während sie in Richtung des Neptun-Brunnens gingen.

»Alles wie gehabt«, sagte Ulysses.

Als sie zu dem Brunnen kamen, war eine Gruppe von Frauen damit beschäftigt, ihre Kinder und ihre Kleidung in dem fauligen Wasser zu waschen.

Darnley schüttelte den Kopf. »Grundgütiger! Niccolò die Raffaello di Niccolò dei Pericoli würde sich im Grab umdrehen.«

»Ich bezweifle, dass er noch Platz hätte, sich zu bewegen, Sir, wenn sein Name mit ihm begraben liegt.«

»Es bereitet mir körperliche Schmerzen, den Garten in diesem Zustand zu sehen, Ulysses.«

»Ich weiß, Sir.«

»Das kannst du sehen?«

»Das kann ich.«

»Kümmert das die Leute nicht?«

»Es ist schwer, sich um etwas zu kümmern, wenn man nichts zu essen hat, Sir. Oder zu trinken.«

Darnley seufzte.

»Komm schon, Alexander St John Darnley. Lass uns einen Jeep suchen und dich hier rausbringen.«

Der Gestank von Armut schlug ihnen entgegen, als sie zum Palazzo Pitti hinunterstiegen. Es ging zu wie in einem neapolitanischen Elendsviertel: Tausende traumatisierter Menschen mit nur einem einzigen Zugang zu Trinkwasser, ganz wie nach einer Belagerung. Ulysses und Darnley bahnten sich einen Weg durch den Matsch in Richtung Versorgungskonvoi. Zu ihrer Linken brach ein Streit über die Zuteilung von Mehlrationen aus. Laken und Kleidung hingen von den oberen Balkonen des Palastes, und geschützt vor der Sonne unter dem Säulengang lagen überall Matratzen auf dem Boden verstreut und auf den Matratzen Menschen, die sich an ihre erbärmlichen Besitztümer klammerten. Provisorische Kohleöfen wurden geschürt, und die Luft war von beißendem Qualm erfüllt. Das hier waren Leute, die einmal in der Nähe des Arno gelebt hatten. Gezwungen, ihre Häuser zu evakuieren, bevor die auf dem Rückzug befindliche deutsche Armee die Brücken in die Luft sprengte. Alle bis auf eine, um genau zu sein.

Die Ponte Vecchio wurde von einem sentimentalen Führer, der die Stadt 1938 besucht hatte, gerettet, denn das berühmte Wahrzeichen war ihm ans Herz gewachsen. Darnley meinte, dies sei der Beweis, dass der Mann einen verdammt schlechten Geschmack habe. »Genau wie in Polen einzumarschieren«, ergänzte Ulysses.

»Auf geht's, Sir!«, rief Ulysses. Darnley stieg in den Jeep, und sie fuhren hinaus in die Hitze und ließen die eindrucksvolle Fassade des ehemaligen Herzogsitzes hinter sich. Am Ende des Gefälles der Via Guicciardini blockierte eine dreißig Fuß hohe Wand aus Geröll den Zugang zur Ponte Vecchio. Ulysses wendete und fuhr weiter nach Westen. Der Gestank gebrochener Abwasserrohre und leckender Gasleitungen brodelte unter der Augustsonne. Die Luft schimmerte wie Wasser.

Sie waren bei der Piazza del Carmine angekommen, als Darnley plötzlich rief: »Halt an!«

»Sir?«

»Anhalten«, wiederholte Darnley.

Bewohner der Stadt, die auf dem Rückweg nach Florenz waren, strömten scharenweise an ihnen vorbei, viele zogen Handkarren hinter sich her.

»Was ist los, Sir?«

»Du musst Zeit in dieser Stadt verbringen, Temps. Das hab ich Miss Skinner versprochen, oder etwa nicht? Los, steig aus. Aber sei vor Einbruch der Dunkelheit wieder zurück.«

Einwand war zwecklos. Ulysses nahm sein Gewehr, stieg aus, und Darnley rutschte hinter das Lenkrad.

Er fuhr davon, und Ulysses blickte ihm nach, sich nicht ganz im Klaren darüber, was gerade geschehen war. Er nahm einen Schluck aus seiner Feldflasche. Über ihm schien unbarmherzig die Sonne. Die weitläufige Piazza bot keinen Schatten, und die Pflastersteine waren gänzlich ausgebleicht. Ulysses ließ die Kirche hinter sich und folgte einem Radfahrer, der sich ohne Eile auf eine Straße zubewegte, die völlig im Schatten lag.

Die Kühle und die Aussicht auf freie Stunden belebten seine Sinne wieder. Männer schüttelten ihm unaufhörlich die Hand, als wäre er der alleinige Befreier ihrer Stadt, Frauen küssten ihn und hinterließen Spuren leuchtenden Lippenstifts auf seinen Wangen, doch er störte sich nicht daran. Niemand zu Hause hätte verstehen können, was Besatzung mit einem Volk anrichtete. Die Aushöhlung von Körper und Seele. Die tägliche Entscheidung, zu überleben, aber zu welchem Preis, und manchmal auf Kosten der anderen. Er trat zurück und salutierte den Panzern der Alliierten, die vorbeifuhren. Ein Soldat zeigte ihm den Finger. Ulysses lachte. Er hatte wahrhaftig andere Probleme.

Er folgte der Straße zu einem von Bäumen umgebenen Platz, dessen gegenüberliegende Seite von einer Kirche dominiert wurde. Die Glocken läuteten, und er drängte sich durch eine Menschenmenge, die sich vor einem Café versammelt hatte. Er setzte sich auf eine Bank im Schatten nahe eines Brunnens, doch das vertraute Plätschern blieb aus – die Wasserversorgung der Stadt war schon vor langer Zeit abgestellt worden. Er zündete sich eine Zigarette an und verfolgte den Flug der Mauersegler durch den Campanile und über die Terrakottakuppel, die den azurblauen Himmel vervollkommnete. Irgendwo jaulte ein Hund. Ein Radfahrer fuhr vorbei. Ulysses hatte das überwältigende Gefühl, dass hier etwas Schlimmes geschehen war, aber da war noch etwas anderes, das die Spannung verschärfte.

Eine Gruppe wild gestikulierender Leute. Er stand auf und ging zu ihnen, folgte ihrem Blick nach oben, zu einem klappernden Fensterladen. Dahinter eine solitäre, dunkle Silhouette. Es hätte eine Statue sein können, wäre da nicht die kaum merkliche Bewegung des Armes gewesen, mit der der Mann sein Gleichgewicht hielt. Er begann, sich langsam das Dach hinunterzubewegen, bis er an den Rand gelangte, wo er wie versteinert stehenblieb. Ein Windstoß riss ihm den Hut vom Kopf und trug ihn wirbelnd nach unten. Mühelos fischte Ulysses den dunkelgrauen Borsalino-Fedora aus der Luft.

Er eilte auf das Gebäude zu, überrascht, die Eingangstür verschlossen zu finden. Er versuchte es bei den benachbarten Häusern, bis schließlich eine Tür nachgab und er sich in einer alten, steinernen Eingangshalle wiederfand. Zwei Stufen auf einmal nehmend rannte er die Treppe hinauf und brachte so eine Reihe von Ereignissen ins Rollen, die die Leute sich in den folgenden Tagen immer wieder gerne erzählen sollten.

Sein Sturm durch das Treppenhaus würde später in dem Café in den verschiedensten Versionen wiedergegeben werden. Das Privileg, die Geschichte so zu erzählen, wie sie sich wirklich zugetragen hatte, ohne die Unterbrechungen oder Ausschmückungen der vielen unzuverlässigen Erzähler, die sich stets auf dem Platz vor dem Café einfanden, wurde schließlich Signor und Signora Mimmi zuteil. Die beiden waren Anfang sechzig, immer noch sehr verliebt und erst vor Kurzem in ihre Wohnung im obersten Stockwerk zurückgekehrt. Sie waren es gewesen, die dem *soldato* die Tür geöffnet hatten.

»Er trommelte an unsere Tür«, sagten sie wie aus einem Mund. »Aber nicht so, wie als die Deutschen kamen«, fügte die Signora hinzu. »Könnten Sie das vielleicht demonstrieren?«, fragte der Priester, und sie ballte die Hand zur Faust und begann, auf den Tresen zu trommeln. Alle waren sich einig, dass das kein wütendes Trommeln sei, sondern man einen gewissen rücksichtsvollen Ton heraushören könne. »Oh ja«, räumte Signora Mimmi ein, »er war sehr höflich. Er hat sich die Stiefel an der Fußmatte abgestreift und *buongiorno* gesagt. Aber das war es auch mit seinem Italienisch. Er sah freundlich aus, mit hübschen Augenbrauen und Grübchen. Er hat immer wieder mit dem Finger nach oben gezeigt und versucht, uns etwas zu erklären. Und er hat geschwitzt. Wir hatten kein Wasser, deshalb haben wir ihm ein großes Glas Wein gegeben, das er auf einmal ausgetrunken hat. Wir haben ihn in die Küche gebracht, und als er die Leiter zur Terrasse gesehen hat, auf der mein Mann zwei Feigenbäume hat und Regenwasser sammelt, ist er sofort hinaufgeklettert. Aber es hat ja schon seit Wochen nicht mehr geregnet, und die Feigenbäume sind tot.«

»Meine auch«, sagte der Metzger.

»Und dann, als er von der Leiter aufs Dach gestiegen ist, haben wir ihn aus den Augen verloren«, teilten Signor und Signora Mimmi ihren Zuhörern einmütig mit. »Hat es euch denn nicht interessiert?«, wollte der Gemüsehändler wissen. »Nein«, antworteten sie, »wir wollten Liebe machen.«

Und so fand sich Ulysses angenehm beschwipst auf dem Dach wieder, in einer Höhe von guten dreißig Metern zusammen mit einem ihm unbekannten Mann, gefährlich nahe am Rand und ein leichtes Ziel für selbst den unfähigsten Heckenschützen.

»*Signore?*«, sagte Ulysses. »Ich glaube, ich habe Ihren Hut.« Und er hielt ihm beiläufig und so unbedrohlich wie möglich den Hut hin. Er dachte, dass diese Gesprächseröffnung ein guter Weg sei, um festzustellen, ob der Mann (a) sprechen konnte und (b) Englisch verstand. Die darauffolgende Stille zeugte von seinem Unvermögen in beiden Punkten. Ulysses legte den Hut auf die Terrasse und bewegte sich vorsichtig die Dachschräge hinunter. Unten schnappten die Schaulustigen hörbar nach Luft. Als er näher kam, konnte er sehen, dass der Mann ungefähr Mitte fünfzig war und Anzug und Krawatte trug. Ausgerechnet. Gekleidet für seine Beerdigung. Was hat dich bloß hierhergebracht?, fragte sich Ulysses und lächelte, denn ihm wurde immer gesagt, dass er ein unglaublich entwaffnendes Lächeln habe.

Unten hatte der Besitzer des Cafés, Michele, irgendwo ein Fernglas hervorgezaubert und erstattete der stetig wachsenden, neugierigen Menge geflissentlich Bericht.

»Er lächelt«, sagte er.

»Arturo?«

»Nein, der Soldat. Jetzt steckt er sich eine Zigarette an.«

»Arturo?«

»*Madonna mia*, der Soldat!« Michele gestikulierte wild und senkte das Fernglas.

Auf dem Dach nahm Ulysses einen Zug von der Zigarette und versuchte, die Situation einzuschätzen. Es war ein herrlicher Sommernachmittag.

Die Sonne stand ihm im Rücken und warf ein Netz aus Strahlen über die Dächer; rosa Licht fiel auf den Bellosguardo-Turm und die Kathedrale, und ein schimmernder Lichtschleier hatte sich über die Hügel gelegt. Eine Welle der Dankbarkeit durchflutete ihn. Sollte das hier das Ende sein, dann war es eben so. Er spürte seinen Vater bei sich. Und den Vater seines Vaters. Er war ein Temper, Nachkomme einer langen Linie sanftmütiger, anständiger Männer, die nie viel mehr vom Leben erwartet hatten, als ab und an eine faire Chance. Er fragte sich, ob der Name womöglich von den Templern, dem Ritterorden, abstammte. Kämpfen im Namen des Glaubens und der Liebe, wenn auch fehlgeleitet. Natürlich hatte alles seine Konsequenzen …

Das war es, was ihn beschäftigte, kurz bevor sich unter ihm ein Dachziegel löste und er sich in freiem Fall befand.

Die Menge unten zog scharf die Luft ein. »*O mio Dio!*«, rief Micheles Frau Giulia. »*O mio Dio!*« Der Priester bekreuzigte sich mehrmals, und ein Fremder mit faschistischen Tendenzen drückte die Daumen für ein schlimmes Ende.

Das Dilemma, soweit Ulysses das beurteilen konnte, bestand nicht darin, dass er nur noch mit einer Körperhälfte auf dem Dach lag, sondern dass der Lauf seiner Waffe sich in der Regenrinne verfangen hatte. Er lag eingekeilt in einer eher unbequemen Position, und Hoden waren noch nie für ihre Belastbarkeit bekannt gewesen. Ulysses wandte sein Gesicht dem Mann zu, immer noch zuversichtlich, dass eine Unterhaltung ohne gemeinsame Sprache möglich sei, und sagte: »Hören Sie mir gut zu, *Signore* …« Und er erklärte, dass er sich schon einmal in einer ähnlichen Situation befunden habe und er abgesehen von den körperlichen Schmerzen, die beachtlich seien, auf ein gutes Ende hoffe. Wenn er nur – hier sprach er mit ruhiger, gemäßigter Stimme, ohne auch nur im Geringsten einen flehentlichen Ton anzuschlagen – wenn er nur so freundlich wäre und sich zu ihm beugen und den Lauf seiner Waffe befreien könne.

Der Signore runzelte die Stirn.

Die Waffe. Ulysses ließ seinen Blick zu der Waffe wandern. Peng, peng. Alles, was nötig war, sagte er, sei eine kleine Handbewegung. Nach vorne lehnen, leicht in die Hocke gehen und eine ausgestreckte Hand. Ein Unterfangen, für das man lediglich etwas Gleichgewicht aufbringen musste. In etwa so, wie wenn man ein Kind aus einem Teich zog. Nichts weiter.

Unten vor dem Café verkündete Michele den Schaulustigen: »Die Waffe des Soldaten hat sich in der Regenrinne verkeilt.«

Ungläubiges Gemurmel wurde laut.

»Sie scheinen sich zu unterhalten«, sagte Michele.

»Wie sollen sie sich bitte unterhalten?«, fragte die betagte Contessa. »Arturo spricht kein Englisch, der Soldat kein Italienisch. Eine Katastrophe! Jetzt unternimm etwas, du Esel.«

Michele trat einen Schritt vor und rief in seinem ausgeprägten Dialekt: »Oi, Arturo! Der Waffenlauf hängt fest! Du musst die Waffe aus der Regenrinne lösen!«

Die Menge begann zu rufen: »Die Waffe lösen! Die Waffe lösen! Die Waffe lösen!«

Arturo bückte sich.

»Nein, nicht die Augen zumachen«, sagte Ulysses.

Arturo sah ihn an.

»Genau so. *Sì, sì*. Genau so. Fast geschafft. Fast …«

»Er hat die Waffe rausbekommen!«, rief Michele. Die Menge jubelte und applaudierte. »Gut gemacht, Arturo!«, riefen sie und begannen seinen Namen zu skandieren. Arturo blickte verwirrt auf sie herab. Er hatte den Tod gesucht, keinen Beifall.

Ulysses dankte ihm mit nach oben gestrecktem Daumen, bevor er eilig seine nächsten Schritte plante. Sein Körper fühlte sich vom Dach wesentlich mehr angezogen als vom Fall, und er begann, dem Gebäude zuzuhören, seiner soliden Härte, den jahrhundertealten Terrakottafliesen, der Regenrinne, den vor langer Zeit im Haus gelebten Leben. Und in diesem Akt des Zuhörens steckte eine einfache Frage: Kann ich dir vertrauen? Es war eine Frage, die er stets unverzüglich und schweigend an alles und jeden richtete, den er kennenlernte. Peggy: grausam, aber vertrauenswürdig. Evelyn Skinner: vertrauenswürdig. Captain Darnley: Ihm würde ich bis ans Ende der Welt folgen.

Er sah einem Insekt zu, das über seinen Arm krabbelte, und dachte, dass das wahrscheinlich die beste Antwort sei, die er erhalten würde. Er fing an, sein Bein zu schwingen, und die Regenrinne erzitterte. Vor und zurück, bis er genug Schwung generiert hatte, um sich nach oben zu wuchten – für einen Augenblick zwischen Himmel und Dach hängend –, und endlich stehend schwankte er leicht nach hinten, was dem Priester unten einen Schrei entlockte. Doch er fühlte den Widerstand unter seinem Stiefel, den wunderbaren Widerstand. Er bürstete sich ab, rückte sein Gemächt zurecht, und ein Crescendo von Beifall ertönte von unten.

Zur gleichen Zeit blickten drei Häuser weiter die Mimmis aus dem Fenster, die sich des Dramas, das sich über ihnen abgespielt hatte, überhaupt nicht bewusst waren, da sie auf dem Sofa zugange gewesen waren wie zwei Teenager.

»Komm schon, Arturo«, sagte Ulysses. »Es ist vorbei.« Er hielt ihm seinen Arm hin, Arturo hakte sich ein, und zusammen gingen sie das Dach wieder hinauf, hin zu dem Hut, zu der kleinen Terrasse, zu dem stillen Zuhause darunter.

Die Euphorie, dem Tod von der Schippe gesprungen zu sein, wich einer schweren Ruhe, und Ulysses ließ Arturo am Küchentisch zurück, um ins Bad zu gehen. Die Toilette roch stark nach Ammoniak, was er sehr zu seinem Bedauern nur noch schlimmer machte.

Das erste Zimmer links im Flur war ein Schlafzimmer. Ulysses legte sich auf das Bett, und die aufwendig bestickte Daunendecke war kühl und verlockend. Über ihm ein Fresko. Irgendetwas Klassisches, nichts Religiöses, und er erkannte die Akanthusblätter wieder, die Darnley ihm in den letzten Monaten immer wieder gezeigt hatte. Ein Fries mit Trompe-l'œil-Effekt, weiter Himmel und Vögel im Flug. Eine Brise wehte und die Fensterläden quietschten.

Er konnte den Mann in der Küche hören, er klang nach Trauer und Einsamkeit.

Drei weitere Schlafzimmer gingen vom Flur ab, zwei mit Blick auf die Kirche und den Platz davor, das andere mit Blick auf einen *cortile*, der nach hinten hinausging. Sie alle waren in demselben schlichten Stil dekoriert, eine luxuriöse Schnörkellosigkeit von Geschmack und Manier, Fresken an den Decken, aber nur Linien und Blätterschmuck, weiß und blau oder weiß und rosa, ausgeblichen vom Alter und geschickter Pinselführung.

Im Wohnzimmer dämmten zwei Bücherwände den Raum, und Teppiche waren auf dem Terrakottaboden ausgelegt. Zwei große Sofas, orangefarben in dem schwindenden Licht, verstärkten die Atmosphäre von Geselligkeit; keine Schutzbezüge, keine schweren Holzstühle, wie man sie sonst oft in florentinischen Häusern zu sehen bekommt. Die Wände waren mit Bildern überladen, Abbildungen von Obst und Küchentischen, verstreute Zutaten in verschiedenen Stadien des Zerfalls, gewöhnliche, häusliche Szenerien, in die er seine Mutter hätte einfügen können.

Er setzte sich an den Schreibtisch hinter die Schreibmaschine und tippte seinen Namen wieder und wieder, die Tasten durchbrachen die Stille mit schwerer Perkussion. Er nahm das Buch neben der Schreibmaschine in die Hand, sah den enggeschriebenen Text und alte Fotografien von Gemälden. *Il Restauro dei Dipinti* groß auf dem Buchdeckel. Mit dem Daumen blätterte er die Seiten durch, hielt inne bei einer der Abbildungen.

In der Tür zur Küche stehend, hielt er das Buch geöffnet und sagte: »Ich habe es gesehen.«

Arturo drehte sich um. »*La Deposizione del Pontormo?*«

»Ja«, erwiderte Ulysses, »gesehen«, wobei er mit dem Finger auf seine Augen, zum Bild und zum Fenster zeigte.

»*Dove l'ha visto?*«, fragte Arturo.

»Südlich von hier«, antwortete Ulysses, und er zog einen Stuhl heran und stellte seine Tasche auf den Boden. Er legte das Buch zwischen sie und sagte: »Es geht um Trauer. Die älteste Geschichte der Welt.« Und er legte Arturo seine Hand auf den Arm.

»Sie versuchen sich einen Reim auf etwas zu machen, auf das sie sich keinen Reim machen können. Menschen festgehalten in exakt dem Moment, in dem Jesus vom Kreuz genommen wird. Und in diesem Moment wohnen Energie und Emotion. In etwa so, wie wenn man einen Tanz abbricht. Alles, was bleibt, ist Stille. Und Kummer. Und dein Puls rast.«

Arturo starrte ihn an. Schließlich stand er auf, stieß seinen Stuhl zur Seite und kroch unter den Tisch. Er nahm ein paar der Bodenfliesen heraus, und der dunkle Schlund eines Stauraums offenbarte sich, eine versteckte Vorratskammer, die ihn ein Jahr lang am Leben gehalten hatte. Er holte eine Flasche Wein, eine Kerze und ein Stück Käse hervor.

»Ein Festmahl«, sagte Ulysses und griff in seine Tasche, holte eine Dose Schinken heraus und stellte sie auf den Tisch.

Arturo begann zu weinen.

»Es ist doch nur Schinken«, sagte Ulysses.

Und die nächsten zwei Stunden wurde Wein eingeschenkt, Käse geschnitten, und die beiden Männer unterhielten sich. Worüber? Wer weiß. Über Liebe, Krieg und Vergangenheit. Sie lauschten mit dem Herzen statt mit den Ohren, und im Kerzenschein in der Küche im dritten Stock eines alten Palazzo wurde der Tod auf Eis gelegt, für eine weitere Nacht, einen Tag, eine Woche oder ein Jahr.

Die Dämmerung senkte sich über den Platz, und Ulysses machte sich auf den Weg. Das dumpfe Knallen der Tür hinter ihm brachte einen Hund zum Heulen. Die eindrucksvolle Fassade der Kirche leuchtete, und vereinzelte Mauersegler stürzten sich in ein aussichtsloses Spiel. Ein paar Versprengte zogen ziellos umher, aber mit Einbruch der Dunkelheit war der Platz beinahe verlassen. Er musste sich beeilen, um rechtzeitig vor der Ausgangssperre ins Lager zu gelangen. Anstatt links abzubiegen, rannte er über den Platz und fand sich schließlich unten am Fluss wieder. Das Wasser stand niedrig, und eine Staffel Stechmücken schwebte in der Luft, auf der Suche nach Blut. Die alten Gebäude, die einst über den Arno geragt hatten, waren verschwunden. Die Balkone, Bogen und Türme waren nurmehr ein riesiger Haufen Mauerwerk, der am Ufer verstreut lag oder sich am Grund des Flusses niedergelassen hatte. Eine noch nicht fertiggestellte Behelfsbrücke verlief über die maroden Stumpen der Ponte Santa Trìnita, und das gelegentliche Knallen von Scharfschützenfeuer nördlich der Stadt drängte ihn nah an die Mauer und in die dunkelsten Schatten. Am anderen Ufer fuhren deutsche Panzer den *lungarno* entlang. Die metallene Masse in der Dämmerung wie Elefanten an einem Wasserloch; das Aufglimmen deutscher Zigaretten in deutschen Mündern. Ein Anblick, der nicht hätte schön sein sollen, es aber auf verwegene Weise war. Er ging zurück in das Labyrinth dunkler Straßen und nach Westen, bis er wieder zu der weitläufigen Piazza del Carmine kam, und weiter nach Westen, bis der Boboli-Garten wieder zu seiner Linken lag. Wenn er sich rechts davon hielt, würde er schließlich die Porta Romana und eine Alliierteneinheit erreichen und sich von dort auf den langen Weg nach Hause machen.

Er hörte den vertrauten Klang englischer Vokale vor sich und beeilte sich, sie einzuholen. Es waren Versprengte des Bataillons auf dem Rückweg von einem Bordell, und – zu mehreren ist man sicherer – sie ließen den Checkpoint sowie die Gefahr, vor das Kriegsgericht gestellt zu werden, hinter sich und liefen schwankend zu der Villa, in der sie einquartiert waren. Die Blüten von Zitronenbäumen hingen schwer über der Mauer, und die Nacht begann zu duften. Der Geruch hüllte sie ein, füllte den Raum zwischen ihnen und machte sie leicht benommen.

Darnley wartete in dem Obstgarten neben Ulysses' Zelt. Die vertraute, vornübergebeugte Silhouette, die Zigarette, die verstohlen zum Mund geführt wurde, die gerunzelte Stirn in kaltes, blaues Mondlicht getaucht. Darnley hörte ihn kommen und drehte sich um. »Schöner Hut, Temps«, sagte er.

»Danke, Sir.« Ulysses nahm ihn ab und reichte ihn Darnley. Darnley wies ihn an, ihm zu folgen, und sie gingen zu den Bäumen im hintersten Teil des Gartens, weg von all den Ohren.

»Wir ziehen ab.«

»Was?«

»Morgen. Zurück an die Adria. Die fünfte Armee bleibt.«

»Scheiße.«

»Allerdings.«

»Bisschen plötzlich. Alles in Ordnung, Sir?«

»Nein, nicht wirklich.« Darnley fuhr mit seiner Hand die Hutkrempe entlang. »Ich weiß nicht«, sagte er. »Irgendetwas stimmt nicht. Ist es heute Abend kälter, oder liegt es an mir?«

»Schon ein bisschen kälter, Sir«, log Ulysses.

»Dachte ich mir«, erwiderte Darnley und setzte Ulysses den Borsalino wieder auf den Kopf.

»Ich habe heute einem Mann das Leben gerettet, Sir.«

»Du rettest mein Leben jeden Tag, Temps. Geht's ins Bett?«

»Gleich, Sir.«

»Dann gute Nacht, Temps«. Und ohne nachzudenken verabschiedete sich Darnley auf die italienische Art. Vor dem zweiten Kuss jedoch entstand eine kurze Pause, und in diesem intimen Raum war ein Brunello di Montalcino, Jahrgang 1937. Entkorkt. In diesem intimen Raum lag etwas Unausgesprochenes. Kein Sir mehr. Und kein Krieg.

»Du siehst wirklich gut aus heute«, sagte Darnley, bevor er zwischen den Bäumen verschwand und zur Villa zurückging.

Am darauffolgenden Tag, dem 11. August, läutete *la Campana del Popolo* im Palazzo Vecchio durchgehend und ermunterte alle anderen Glocken in Florenz dazu, es ihr gleichzutun. Der Klang vertrieb die Deutschen nach Fiesole und in die umliegenden Hügel.

In dem bescheidenen *albergo* standen Evelyn Skinner, Margaret Irgendwer und der Signore auf der Terrasse und lauschten.

»*Gloria. Gloriosus. Glorreich*«, artikulierte Evelyn.

Margaret sagte nichts, denn sie war immer noch gekränkt wegen Pontormos *Kreuzabnahme* und war am Abend zuvor ins Nebengebäude gezogen, in ein bedeutend kleineres, kühleres Zimmer.

»*Liberazione!*«, sagte der Besitzer.

Auf mehr als nur eine Art, dachte Evelyn.

Sie begleitete ihn, um ihm bei der Suche nach einigen Flaschen *frizzantino* zu helfen, und der Besitzer, überwältigt von den Emotionen der morgendlichen Geschehnisse, versuchte Evelyn in dem alten Kuhstall zu küssen (kein Euphemismus, würde sie eines Tages erzählen). Ach, was solls, dachte sie und ließ ihn gewähren. Er war überraschend sanft, doch der Kuss bestätigte sie in dem Wissen, dass Männer immer noch nichts für sie waren. Hinterher bedankte sie sich in perfektem Italienisch und versicherte ihm, dass dieser Kuss ihr erster und letzter bleiben sollte. Sie drehte sich um und sah Margaret in dem lichtgesprenkelten Türrahmen stehen, Lippen gespitzt, als ob sie eine Wespe verschluckt hätte.

»Wie konntest du nur?«, flüsterte Margaret.

»Reiß dich zusammen«, erwiderte Evelyn und ging schnellen Schrittes an ihr vorbei und auf die Terrasse zu.

Der Besitzer ließ den Korken knallen und traf um ein Haar eine nichtsahnende Schwalbe.

Evelyn hob ihr Glas und verkündete: »Auf die Freiheit und alle, die unter ihrer Flagge segeln!«

Die Glocken geleiteten Darnley und Ulysses aus der Stadt, als wären sie Könige.

Darnley bat Ulysses, an die Seite zu fahren und an einer Stelle zu halten, von der aus man einen unglaublichen Ausblick über die Stadt hatte, und er stand auf und nannte die Namen aller Kirchen und Denkmäler, die man sehen konnte.

Ulysses beobachtete ihn, wie er der Stadt salutierte: Es war die längste und leidenschaftlichste Beziehung, die er je gehabt hatte.

»Komm schon, Temps. Los geht's!«, und der Jeep fuhr an und folgte dem Konvoi Richtung Osten. Die Sonne stand hoch und Schatten war spärlich. Der Geruch von Staub, Zitronenblüten und Männern lag in der Luft. Darnley plapperte in einem fort von einem Bildhauer, dessen Arbeiten jemand anderem zugeschrieben worden waren.

»Ich halte dich für einen der besten Männer, die ich kenne. Den besten überhaupt.«

Darnley wandte sich ihm zu und lächelte. (Klick.) Für immer festgehalten.

Captain Darnley fiel am 9. September 1944 in den Hügeln bei Coriano. Drei Tage vor seinem einunddreißigsten Geburtstag.

Ulysses wurde still an jenem Tag. Er sollte jahrelang nicht von ihm sprechen.

IRGENDWO ZWISCHEN ATOMEN UND STERNEN 1946–53

Es war Anfang November, und Old Cressy starrte einen kleinen Zierbaum an. Eine *Prunus Serrulata*, eine Japanische Blütenkirsche. Niemand wusste, wer ihn gepflanzt hatte, denn in der Gegend gab es überwiegend Platanen, aber irgendein brillanter Kopf hatte einst eine brillante Idee gehabt und dem Bäumchen in einem Akt fröhlicher Rebellion hier ein Zuhause geschenkt. Oder vielleicht hatte ein Vogel vor langer Zeit den Samen ausgeschissen, der für dieses erstaunliche Phänomen verantwortlich war. Doch wer oder was auch immer der Grund war, der Baum war für Cressy zu einem Symbol alles Guten geworden.

Was ihn am meisten erstaunte, war, dass der Baum den Blitzkrieg überlebt hatte, sowie die Explosion einer V2-Rakete, die die Gaswerke zerstört hatte, was wiederum die Fenster der umliegenden Gebäude bersten ließ und straßauf, straßab Kohle zum Plündern versprengte. Zwischen dem Heulen der Sirenen und haushohen Flammen hatte Cressy eine Hand auf den Stamm gelegt und ihm versichert, dass das Schlimmste vorbei wäre, da es sonst nicht besonders viel in der Gegend gab, das sich zu bombardieren gelohnt hätte. Sogar die Kirche war schon nicht mehr.

Es war nach diesem letzten Akt der Zerstörung, dass Cressy es sich zur Aufgabe gemacht hatte, sich um den Baum zu kümmern. Ursprünglich – so hatte er gelesen – war er in den Wäldern Zentralasiens beheimatet, was Cress für eine beachtliche Reise hielt. In vielerlei Hinsicht war Cressy sehr tiefgründig. Also goss er ihn und sprach mit ihm, wann immer er vorbeikam. Es machte nichts, dass die Frucht, die der Baum trug, für ihn ungenießbar war, denn Kirschen verursachten ihm Bauchschmerzen. Das war schon immer so gewesen. Mit Äpfeln kam er besser klar.

Jedes Jahr im April, wenn dicke Büschel weißer und rosa Blüten schwer und niedrig hingen und zum Gesprächsthema der Nachbarschaft wurden, ging Cressy zielbewusst mit Zen und einem Glas Starkbier von Col in der Hand los und setzte sich unter den blühenden Baum, um ganz bewusst die japanische Hanami-Tradition zu pflegen. Davon hatte er in der Bibliothek gelesen. Die Leute, die vorbeikamen, lachten, doch Cress schloss die Augen und lauschte dem Gesang des Windes in den Blüten. Nichts mehr existierte, außer dieser Moment. Kirschblüten und Starkbier. Schwer zu übertreffen.

Old Cress war nie Young Cress gewesen. Er kam als Alfred Cresswell zur Welt und wurde aufgrund seines frühzeitig kahl werdenden Schädels schon bald zu Egg. Frei nach der kulinarischen Vereinigung von Eiern und Kresse auf Toast folgte der Spitzname Egg 'n' Cress, doch letztendlich blieb einfach nur Cress hängen. Er konnte alles reparieren, alles finden und war jedermanns Mädchen für alles. Erst mit dreißig hatte Cress lesen gelernt. Viel Scham steckte in dieser verlorenen Zeit.

Peg hasste den Winter. Sie hasste den Geruch von feuchter Wolle und Kohlenrauch. Sie hasste Nächte, die um drei Uhr nachmittags begannen, und Tage, die kaum ihren Kopf vom Kissen hoben. Sie hasste das immer gleiche Lied, das der Winter sang. Sie hasste die Trümmergrundstücke und die Entbehrung und die Spiegel, die niemals logen. Sie hasste Zeitschriften, die das Leben in Amerika zeigten, mit weiten Ebenen und schicken Autos und dem Schriftzug Hollywood, der die Menschen von Größerem träumen ließ. Sie hasste die sonnengebräunten Frauen mit ihren riesigen Sonnenbrillen vor ihren riesigen, weiß eingezäunten Häusern und die Werbeanzeigen für Zigaretten mit knurrigen Cowboys und rotlippigen Schönheiten. Sie hasste Eddie Claytons Verschwinden vor zwei Jahren. Sie hasste den Wind, der ihre Zähne klappern ließ, und sie hasste es, dass der Sommer noch viel zu weit weg war und dass Weihnachten zwischen ihr und einem weiteren Jahr stand.

Als sie die Treppe herunterkam, verhakte sie sich mit ihrem Strumpf und ließ sich auf die unterste Stufe plumpsen. Peggy weinte nie, denn sie hatte keine Tränen mehr, doch das bedeutete nicht, dass sie nichts fühlte. Manchmal fühlte sie das Verlangen zu sterben, aber wer will das schon hören?

Klack, klack, klack, die Straße entlang. Peggys Song.

»Alles klar, Peg?«, fragte Old Cress unter seinem Baum.

Peg nickte und ging weiter.

»Es ist nie so schlimm wie …«

»Es ist beschissen heute, Cress. Spar dir die Mühe.«

Col stand in der Tür zum Pub und rauchte. Ach, die Einsamkeit in seiner Seele. Sie manifestierte sich als Säurereflux, und der Winter brachte ein unaufhörliches Brennen in seiner Speiseröhre zusammen mit dunklen, diesigen Tagen und einem diesigen Verlangen nach der Frau, die seine Ehefrau gewesen war. Agnes Agnew mit hugenottischen Genen und Namen war für Col ein Quantensprung gewesen. Wer war er damals, und wer war er jetzt? Weiter war er auf den Umwegen seiner existenziellen Grübeleien nicht gekommen. Er wusste, dass etwas schiefgelaufen war, aber er wusste beim besten Willen nicht, wie er es wieder in Ordnung bringen sollte.

Agnes war immer noch irgendwo da draußen. Auf einem Felsbrocken Schafe hüten, oder vielleicht Ziegen. Die Leute hätten mehr Mitleid mit ihm gehabt, wäre sie gestorben, und das hätte ihm gefallen, ein bisschen mehr Mitleid. Gott sei Dank hatte er Ginny, um ihn auf dem rechten Weg zu halten. Ach, Ginny. Mittlerweile ähnelte sie Agnes. Cressy fand sie faszinierend, und sie war faszinierend, so lange, bis sie ihren Mund öffnete und zum Kleinkind wurde. Ginny machte sich ständig aus dem Staub (die Säure beginnt zu brodeln, wenn er daran denkt, wie oft sie verschwindet). Während des Blitzkriegs hatte sie ein paarmal Unfug angestellt – er hatte sie knutschend mit einem Matrosen erwischt. Der Matrose wollte nicht verstehen, als Col auf ihn einschlug und immer wieder sagte: »Sie ist erst zehn, du Arschloch.« Und so verbrachte der Matrose seinen Landurlaub im Krankenhaus.

Col wickelte ein Pfefferminz aus. Heftige Blähungen bahnten sich gleich einem Güterzug ihren Weg durch seinen Dünndarm.

So sah das London aus, in das Ulysses zurückkehrte. Winter 1946, zwei Monate bevor die Schneestürme kamen. Eine graue Stadt, die am Hungertuch nagte, wie ein alter Kerl vor der Suppenküche, aufrecht, aber abgehalftert.

Ulysses nahm den Bus Richtung Osten, stieg in der Kingsland Road aus und lief neben dem hastenden Verkehr zu dem Trümmergrundstück, das einst die Werkstatt seines Vaters gewesen war. Cressy hatte ihn vor dem Anblick gewarnt und ihm einen Brief im Telegrammstil nach Nordafrika geschickt:

Ulysses. STOP. Werkstatt deines Vaters getroffen. STOP. Ein Globus und Kupferplatten gerettet. STOP. Keine Toten. STOP. Hoffe Afrika ist interessant. STOP. Cress.

Es stimmte, sein Vater war nicht bei dem Bombardement ums Leben gekommen. Er war einige Jahre zuvor an seltenem Blutkrebs gestorben.

»Wenigstens ist es nicht meine Lunge«, hatte er gesagt, als sie zusammen das London Hospital verließen.

Zwei Wochen später bestellte man ihn wieder ins Krankenhaus.

»Es ist Ihre Lunge«, wurde ihm gesagt.

Sein Vater, Wilbur, glaubte, er würde ›diesen Krebs‹, wie er es nannte, besiegen. Er glaubte das mit derselben unangebrachten Gewissheit, dank derer er zu seinen Lebzeiten Tausende von Pfund und ein paar enge Freunde verloren hatte. »Das Glück ist auf meiner Seite, Junge, das spür ich«, sagte er. Das Rezept für Desaster schlechthin.

Es war September, als sie zu Tubby Folgates gingen, um eine letzte Wette abzuschließen, die folgendermaßen lautete: Sein Vater würde das neue Jahr noch erleben. Tubby lachte und meinte, er würde ihm bessere Quoten für eine weiße Weihnacht bieten.

Am gleichen Abend saßen sie in dem kleinen, von Ziegelmauern umgebenen Hof. Keiner wusste, was er zum anderen sagen sollte. Mrs Ashleys Sopranstimme drang aus dem benachbarten Klo, und sie gab sich jede Mühe, die bevorstehende Abschiedsszene zwischen Vater und Sohn mit rührender Zärtlichkeit auszuschmücken. So ſeinſühlig.

Wilbur holte sein Notizbuch hervor und sagte mit leiser Stimme: »Ich hab die Zahlen durchgesehen, Junge, und die Rechnung geht auf.« Sein schmaler Finger glitt über die Seite und folgte dem unleserlichen Mysterium der Wahrscheinlichkeit. »Siehst du?«, fragte er. Und dann stach er mit seinem Finger in den nächtlichen Himmel und entblößte seine erschreckend transparente Haut.

»Schau«, sagte er.

Und plötzlich lichtete sich der Nebel, als ob der Himmel nur für ihn einen Vorhang öffnete. Derselbe schmale Finger glitt über das Himmelsgewölbe, über Konstellationen in all ihrer Besonnenheit und mit all ihren Hoffnungen. Und der Spieler als Philosoph sagte: »Ich habe unter dem launenhaften Lauf planetarischen Abenteuers gelebt, und ich hatte lange, dunkle Nächte, als die Sirenen heulten. Aber sobald die Sterne günstig stehen und frischer Wind dich von einem süßen Morgen grüßt, dann wird aus Rätseln Offenbarung und aus glücklicher Fügung Liebe …«

Nora steckte ihren Kopf aus der Haustür.

»Was erzählt er da, Schatz?«

»Keine Ahnung, Mum. Ich glaube, das ist das Morphium.«

»… und am Ziel seines Flugs lässt sich Tausende Kilometer von zu Hause entfernt ein kleiner Vogel nieder, mit Hitze im Gefieder und in stiller Freude über die Kunst seiner Navigation.«

Wilbur verwelkte. Noch im selben Monat begann seine Lunge zu rasseln wie ein altersschwacher Heizkessel, und er wurde Zähne und Knochen und Essenz. »Alles auf Schwarz«, waren seine letzten Worte. Er starb mitten in der Nacht auf dem Sofa unten im Wohnzimmer.

Ulysses hielt in einem Sessel neben ihm Nachtwache, und als er sich zu seinem Vater drehte, lag dieser in Licht getaucht auf dem Bett. Der Schein einer Straßenlaterne hatte sich zwischen den Vorhängen hereingeschlichen und den alten Jungen wie einen mittelalterlichen Heiligen aufleuchten lassen.

Der Leichenschmaus fand bei Col statt. Starkbier und Whisky und Tee. Peg schmierte Sandwiches und vergaß, sie zu belegen, und Ginny weinte, denn sie war ein Kind und würde immer ein Kind bleiben. Es war eine schöne Abschiedsfeier. Tubby Folgate schickte ein Blumengebinde, bezahlt von der letzten Wette seines Vaters, und eine Karte, auf der stand: »So haben wir nicht gewettet.«

»Das Ende einer Ära«, sagte Cressy zu Ulysses. »Jetzt liegt es an dir, Junge.«

Ulysses war siebzehn. Große Worte für schmale Schultern.

Ulysses bog um die Ecke und sah Cols Pub vor sich. *The Stoat and Parrot* war ein schäbiges, georgianisches Wirtshaus, das noch nie bessere Tage gesehen hatte. Zerfetzte Fahnentücher – Überbleibsel des VE-Day zu Kriegsende – hingen von der Regenrinne, und die Ziegel waren mit so viel Taubenscheiße bedeckt, dass sie die Nelsonsäule alt aussehen ließen. Jahrelang war der Pub als *The Stoat* bekannt gewesen, bis eines Tages der namengebende Vogel durch den Schornstein geflogen kam und sich weigerte, wieder abzuziehen – der Auslöser für eine umgehende und gedankenlose Namensänderung.

Das Schild schwang mit einem müden Quietschen träge im Wind: Komm rein oder verpiss dich, komm rein oder verpiss dich.

Ulysses öffnete die Tür, und das Feuer zu seiner Rechten schürte den überreifen Geruch herber, schmerzender Körper. Die Alten saßen zusammengedrängt um den Kamin, genauso wie er sie zurückgelassen hatte: dieselben Gesichter, weniger Zähne. Über der Feuerstelle auf einem schmalen Regalbrett das ausgestopfte Wiesel, mit demselben Gesichtsausdruck, den es trug, als es starb: wütend und ungläubig.

Gegenüber an der Bar bewachte die große Blaustirnamazone mit einem Ausdruck schläfriger Verdrossenheit die Kasse. Ulysses stellte seinen Seesack neben die Fußstützen und kraulte dem Papagei die Brust. »Hallo, Claudie«, sagte er. »Weißt du noch, wer ich bin, Junge?« Doch Claude starrte ihn schweigend an, Augen glasig von posttraumatischem Stress. Plötzlich beugte er sich vornüber und schlug mit dem Kopf wiederholt gegen eine Glocke. Col kam aus dem Kabuff hinter der Bar.

»Da schau an! Schön dich zu sehen, Tempy. Wir dachten schon, du hast uns vergessen.«

Sie gaben sich die Hand.

»Ist Peg da?«, fragte Ulysses. Er nahm seinen Hut ab, sah in den Spiegel hinter der Bar und glättete sich die Haare.

»Nee. Arbeitet nicht mehr hier, Junge.«

»Peg arbeitet nicht mehr hier?«

»Nee. Schon seit 'ner Weile. Hat Karriere gemacht. Tippse. Sechzig Wörter die Minute… mit ihrer Gosche. Warst du schon bei Kathleen?«

»Warum sollte ich zu Kathleen gehen?«

»Einfach so.«

(Die Leute starrten ihn an.)

Col zapfte ihm einen Pint. »Hier, für dich, Kumpel«, sagte er.

»Danke, Col«, und Ulysses trank. Er blickte zu dem Papagei und sagte: »Bin überrascht, dass er noch lebt, Col.«

»Bin ich auch, Junge, bin ich auch. Je größer der Vogel, desto länger das Leben. Hab' ich zumindest gehört. Und der kleine Scheißer hier ist ganz schön fett. Ich glaub, er ist auf den Tag sechzig. Wird mich noch überleben.«

»Spricht er nicht mehr?«

»Nicht seitdem die Gaswerke in die Luft geflogen sind. Hat Federn und Stimme verloren, einfach so. Stress von der Explosion. War ein richtig hässliches Kerlchen. Wie ein Fasan fertig fürs Rohr. Ginny hat ihn wieder aufgepäppelt. Hat heilende Hände, das Mädchen. Ich hätt ihn natürlich gern tot gesehen. Hatte schon immer den Verdacht, dass er was mit Agnes' Verschwinden zu tun hatte.«

»Im Ernst?«

»Er hat Partei ergriffen, Temps. Und sowas kann ich nicht vergessen.«

Col schenkte sich einen Whisky ein und hob das Glas. »Auf dich, Kumpel«, sagte er. »Schön dich wiederzuhaben.«

»Danke, Col.«

»Weißt du, was komisch ist?«

»Was?«

»Das Letzte, was der Vogel vor der Mauser gesagt hat: Die Art der Gnade weiß von keinem Zwang. Seltsam für einen Vogel, oder? Was meinst du, wo er das herhat?«

»Shakespeare.«

»Glaubst du?«

»Ich weiß es.«

»Hm.«

Sie tranken schweigend und starrten den Vogel an.

Ulysses sah sich um. »Hast dich also von dem Sägemehl getrennt?«

»Jep, war an der Zeit. Hat die falschen Leute angezogen.«

»Tapete ist noch dieselbe.«

»Jep. Aber du weißt ja, was man sagt: Was nicht kaputt ist …«

Aber sie war kaputt, dachte Ulysses. Der ganze verdammte Pub war kaputt. Die Tapete rollte sich an den Nahtstellen auf, und die Lichter flackerten, als sei ein Sturm im Anmarsch, wobei der Effekt noch verstärkt wurde von den grünen Bleiglasfenstern in den Erkern, durch die das strahlende Nachmittagslicht als ein wässriges Schimmern in den Raum fiel. Und, natürlich, ein Papagei, der nicht sprach.

»Eigentlich«, fuhr Col fort, »gibt es doch etwas Neues. Ich habe diversifiziert. Ich verkaufe jetzt auch Aspirin und Briefmarken. Alles aus einer Hand.«

»Glanzleistung, Col.«

»Das dacht ich mir auch. Hast du ’nen Plan?«

»Noch einen Pint nach der hier, bitte.«

»Kommt sofort, Junge«, sagte Col und sah ihn über den Rand seiner Brille hinweg an. »Schaust heile aus. Bist du noch intakt?«

Ulysses nickte.

»Kannst jederzeit hier anfangen, aber das weißt du ja.« Col schob ihm den Pint zu. »Aufs Haus«, sagte er.

Ulysses hob das Glas.

»Ach, verdammt«, sagte Col. »Ich halt’s nicht aus. Du musst zu Kathleen gehen. Tut mir leid, Junge, aber …«

Ulysses stellte den Pint ab und wischte sich über den Mund. »Niemand fasst mein Bier an«, sagte er.

»Bestimmt nicht, Kumpel«, erwiderte Col, und Ulysses drehte sich um und stapfte nach draußen.

Er ging die Straße hinunter, bog nach links auf den Platz mit den gotischen Villen, dann nach rechts. Er stand vor einem stolzen Haus in einer Reihe Plackerei.

»Kathleen!«, rief er und klopfte. »Kathleen!«

Eine robuste Rothaarige mittleren Alters öffnete die Tür und sagte: »Schau an, wen haben wir denn da?«

»Col hat gesagt, ich soll herkommen.«

Sie lachte. »Natürlich hat er das!«

»Wo ist Peg?«

»Nicht hier.«

»Was soll das heißen?«

»Willst du nicht reinkommen, Schätzchen?«

»Ich will wissen, was los ist.«

»Sechs Jahre, das ist los. Sie hat nicht gewartet, Tempy.«

»Hab’ ich nie erwartet. Haben wir noch unsere alte Wohnung?«

»Einen feuchten Dreck habt ihr. Die Masons haben sie gebraucht, als sie ausgebombt worden sind. Alle stehen auf ’ner Warteliste.«

»Herrgott«, flüsterte er.

Ein kleines Kind kam hinter Kath zum Vorschein. »Bist du jetzt Oma?«

»Noch nicht, Klugscheißer.«

»Wie heißt sie?«, wollte er wissen.

»Weißt du das nicht?«

»Genau, ich bin jetzt unter die Hellseher gegangen. Sag Peg, dass ich wieder da bin.« Er machte Anstalten, zu gehen. »Sag ihr …«

»Sie ist Pegs Kind, Temps.«

Er hielt inne.

Kath gestikulierte zu dem Kind.

»Das Kind. Sie ist von Peg.«

»Ich habs verstanden.«

»Siehst du die Ähnlichkeit nicht? Yankee-Vater.«

»Peg geht's gut?«

Kathleen zuckte mit den Schultern. »Das Mädchen heißt Alys«, sagte sie.

»Okay.«

Fünf Minuten später öffnete sich die Tür zum Pub und Ulysses erschien auf der Schwelle.

»Bei Kathleen gewesen?«

»Jep.«

»Guter Junge. Also brauchst du Arbeit und 'ne Wohnung, oder?«

Col schob ihm sein Bier hin.

»Hat das auch niemand angefasst?«

»Bestimmt nicht«, sagte Col.

Ulysses trank. Er wischte sich den Mund ab und rückte mit einem Blick in den Spiegel seinen Hut zurecht.

»Schöner Hut«, sagte Col.

Ulysses nahm ihn ab und zeigte ihn Col. »Italienisch, siehst du? Solltest du irgendjemand hier mit dem Hut sehen, dann weißt du, dass er ihn geklaut hat. Ganz einfach. Der Hut gehört mir. Den fasst niemand an.«

»Genauso wie niemand dein Bier anfasst?«, fragte Col.

»Genau so.«

»Du solltest deinen Namen reinschreiben.«

»Vielleicht mach ich das.«

»Wenn du reden willst, jederzeit«, sagte Col, warf ihm die Schlüssel zu und verschwand im Kabuff.

Ulysses spazierte zum Kanal. Sofort hüllte ihn die vertraute Dunstwolke des Ortes ein, die eisig neblige Luft in der Kehle, die Gasometer stolz und kolossal. Er setzte sich auf eine Bank. Ein Frachtkahn zog langsam vorbei, dann Stille. Er sah zu, wie die Welt sich schwerlich bewegte. Es gibt also ein Kind, dachte er, und bevor er weiterdenken konnte, hörte er jemanden seinen Namen rufen, blickte auf und sah Old Cressy die Stufen herunterkommen. Ulysses stand auf. Cressys Kopf roch nach Kohlestaub und Hustensaft. »Bist du auch wirklich hier, Junge?«, fragte Cress und hielt Ulysses' Gesicht in seinen Händen. »Größtenteils«, antwortete Ulysses. »Gott sei Dank«, sagte Cress und boxte ihm leicht auf beide Arme, ein spielerisches eins-zwei, eins-zwei, denn der alte Bursche war den Tränen nahe.

Sie setzten sich und Cressy hielt die Tasche in seiner Hand hoch und sagte: »Hier ist er. Der einzig Überlebende«, und vorsichtig nahm er einen Globus von der Größe eines Fußballs heraus. »Das war vielleicht eine Nacht, Temps. Hab gehört, dass alle Weltkugeln in die Luft geschossen sind, als die Bombe eingeschlagen hat. Sind in der Luft geschwebt, in dem warmen Aufwind, und haben sich gedreht. Ein Mini-Universum, erleuchtet vom Schein der Flammen. Das hätte man sehen müssen, oder? Sie ist übrigens in Nicaragua.«

»Wer?«

»Deine Mutter. Ich hab sie gesucht. Hat über einen Monat gedauert. Aber ich hab sie gefunden. In Nicaragua. Bei Managua.«

»Peg hat ein Kind, Cress.«

»War nicht an mir, dir das zu sagen, Junge.«

»Ich weiß, Cress, ich weiß.«

Ulysses holte seine Zigaretten hervor.

»Kennst du den Typen?«

»Amerikaner. War gefühlt eine Minute hier. Dann ist er verschwunden.«

»Hast du ihn gesehen?«, fragte Ulysses und gab sich Feuer.

»Das hat niemand. Sie hat ihn von hier ferngehalten. Das war anständig.«

Cressy nahm sich eine Zigarette.

»Da waren Gefühle im Spiel, Junge. Er war keine Eintagsfliege.«

Ulysses nickte. »Ist Peg schlecht drauf?«

»Sie würde sich eher auf die Zunge beißen, als es zuzugeben.« Cress stieß eine Rauchwolke aus und pflückte sich einen Tabakkrümel von der Zunge.

»Sollte ich zu ihr gehen?«

»Lass sie in Ruhe. Sie hat beschissene Karten auf der Hand und hat die ganze Zeit nur geblufft. Wenn du jetzt bei ihr auftauchst, heißt das, dass sie die Karten auf den Tisch legen muss. Aber es soll nach ihren Regeln gespielt werden. Das war schon immer so. Hast du vergessen, wie sie tickt?«

Sie sahen einem einsamen Schwan hinterher, bis er unter der Brücke verschwunden war.

»Hey«, sagte Cress und stieß Ulysses an. »Was zum Nachdenken für dich. Hab ich gelesen.«

»Lass hören.«

»Die Größe eines Menschen – räumlich gesehen – liegt ungefähr mittig zwischen einem Atom und einem Stern.«

Ulysses sah ihn an und runzelte die Stirn. »Atom und Stern?«, fragte er.

Cress nickte. »Räumlich gesehen«, erwiderte er.

»Das muss ich erstmal verdauen.«

»Allerdings, oder? Ich kann nicht mehr ruhig schlafen, seitdem ich das weiß.«

»Naja, kein Wunder, oder?«

»Obwohl ein besserer Kandidat für die Position in der Mitte wahrscheinlich ein Nilpferd wäre.«

»Was, glaubst du, bedeutet das?«

Cress überlegte einen Moment lang.

»Alles ist miteinander verbunden, glaube ich.«

Und diesmal nickten beide.

Sie wandten ihren Blick dem Kanal zu, gerade als der Schwan wieder auftauchte.

Cress sagte: »Du bist wieder da. Ich glaube, heute Nacht kann ich schlafen.«

»Hast du gesehen, wer wieder da ist?«, fragten sie Peg, als sie aus der Schreibzentrale zurückkam. Mrs Lundy, die Bäckerin, hatte es dem Metzger erzählt, der es den Cranes erzählt hatte, den Besitzern des Cafés. Gloria Gosford, die Kurzwaren verkaufte, trank gerade Tee in dem Café und hörte zufällig mit, als der Metzger es den Cranes erzählte. Sie ging daraufhin direkt zu Mr Bellingham, dem Möbelhändler. »Und natürlich hat Mr Bellingham es mir erzählt«, sagte Linda, die, wie allgemein bestens bekannt war, eine Affäre mit dem Mann hatte.

Plappernd begleiteten sie Peg ein Stück die Straße entlang. »Ja, ja, jetzt wird's langweilig«, sagte Peg zu ihnen allen. Sie war erleichtert, als sie den Schlüssel in das Schloss steckte und die Tür hinter sich schloss.

Später bei Gin sagte Kath, Ulysses habe vernünftig ausgesehen. »Er war schon immer verdammt vernünftig«, erwiderte Peg, worauf Kath entgegnete, er habe ein wenig attraktiver ausgesehen, und sie sagte, das sei kein Kunststück, und Kath grinste, »fies«, und Peg hasste sich dafür, dass sie so ein Miststück war, denn was hatte er ihr bitte jemals getan? Sie geheiratet für den Fall, dass er sterben würde. »Du würdest Geld bekommen, Peg«, hatte er gesagt. Er wollte immer nur, dass es ihr gutging.

Sie ging nach oben in ihr Zimmer und streifte ihre Stilettos ab, setzte sich an die Schreibmaschine und ließ zwanzig Minuten lang ihre Finger über die Tasten huschen. Sie wurde immer besser. Auch ihre Steno wurde immer besser. Sie würde ihr Geld in Amerika selbst verdienen können, wenn Eddie sie holen kam. »Jetzt kommt er sicher nicht mehr«, hatte Kath gesagt. Was zur Hölle wusste die schon? Er hatte ihr den Pitman-Kurs geschenkt. Hatte gesagt, sie könnte alles haben, was sie wollte, und gedacht, sie würde einen Pelzmantel oder etwas Funkelndes wollen, aber sie hatte geantwortet, ein Schreibmaschinen-Kurs, und bemerkt, wie er sie an diesem Tag anders ansah, so, als ob auch sie Träume hätte. Als ob sie etwas wert sei. »Er wird kommen, weil er mich liebt«, antwortete sie, und Kath erwiderte: »Ich hab nie behauptet, dass er dich nicht liebt.«

»Du hast es gesehen, oder?«, fragte Peggy.

»Ich hab's gesehen«, sagte Kath.

Neben ihr bewegte sich das Kind. Das Kind, das aussah wie er. Dasselbe glänzende, dicke, dunkle Haar und diese strahlenden Augen. Es gab Nächte, da war diese Ähnlichkeit wie ein Schlag in die Magengrube. Sie hatte nie ein Kind gewollt, genauso wenig wie ihre Mutter sie gewollt hatte. Verdammte, leichtsinnige, blöde Kuh. Und jetzt war Tempy wieder da.

Im Spiegel sah sie eine Katastrophe. Ihrer Mutter hätte es gefallen, sie so zu sehen. »Jetzt weißt du, wie ich mich fühle«, hätte sie gesagt. »Hast gedacht, du wüsstest, wie der Hase läuft, oder? Hältst dich für was Besseres, oder?«

Das ist es, was ihr Männer mit uns Frauen macht, dachte Peg. Ihr schafft es, dass wir uns hassen. Mit eurer Abwesenheit. Mit euren Lügen. Mit eurer Brutalität.

Sie stand auf und ging ans Fenster. Ich bin immer noch hier, Eddie. Und ich weiß, dass du irgendwo da draußen bist.

Eine ganze Woche lang saß der gesamte Pub wie auf glühenden Kohlen und wartete nur darauf, dass Peggy Pistolenheldin in die Stadt kam, um den Frieden zu zerschießen. Ulysses sperrte auf, und die Stammgäste in ihren nach Mottenkugeln miefenden Mänteln strömten herein und beschwerten sich, dass sie hatten warten müssen. Dann hielten sie inne und sahen sich um. »Ist sie schon hier?«

»Nee, noch nicht«, sagte Col.

»Was treibt das Mädchen?«

»Was soll sie schon treiben?«, fragte Col.

Die Spannung knisterte. Im Pub war es noch nie so still gewesen. Mr Mason hatte einen Herzinfarkt, während sie warteten, und der Tod hatte ihn sich gepackt, noch bevor er auf dem Boden aufschlug, aber wenigstens passierte irgendetwas.

Sie alle wussten, dass Peg früher oder später wieder auftauchen würde, aber es ging darum, wie sie es tun würde. Sie enttäuschte nicht. Vier Abende später, eine Stunde und zehn Minuten vor Sperrstunde – Piano Pete war gerade in Fahrt gekommen –, öffnete sie die Tür und stand im Eingang vor einem strahlenden Hintergrund, Gefälligkeit einer besonders hellen Straßenlaterne. Ganz MGM, und der Löwe brüllte. Sie ließ ihre Zigarette zu Boden fallen und trat sie aus.

»Ey, auf mit dir«, sagte Col.

Und Ulysses hob seinen Kopf von der Theke.

»Ruhig, Kumpel«, flüsterte Col, »ganz ruhig.«

Der Schwung ihrer Hüften, das Klappern ihrer Absätze. Witzbold Pete schlug im Takt ihrer Schritte ein Ces an, bis sie bei ihm angekommen war und das Ces verstummte. Sie blätterte seine Noten durch, aber sie wusste längst, was sie singen würde. »Das hier«, flüsterte sie und reichte ihm die Blätter. »Langsam. Ganz langsam.« Und Pete gehorchte, Finger behände über den Tasten, Asche fiel von seinen feuchten Lippen, und Rauch reizte seine blutunterlaufenen Augen.

Ulysses beobachtete jede ihrer Bewegungen. Er hatte Frauen in Italien gehabt, aber keine wie sie. In Neapel hatte er immer die Frauen gemustert, die ins amerikanische Lager gegangen waren. Die Yanks hatten Geld, waren charmant, und die Frauen waren schön und traurig. Was für eine Mischung, dachte er. Er hatte nie eine Chance gehabt.

Er spürte Cols Hand auf seinem Rücken. Col wusste, dass er keine Chance hatte.

Peg – man musste sie nur ansehen, um zu wissen, dass sie für Besseres bestimmt war. Sie wusste es, und er sah es. Sie schwamm flussaufwärts, kämpfte gegen eine ihr spottende Strömung, aber, verdammt nochmal, sie traute sich. Sie sang für niemanden, blickte niemanden an. Visierte eine leere Ecke des Raumes an, in der sie ein Gespenst sah, das sie bis ans Ende ihrer Tage heimsuchen würde. Getränke wurden verschmäht, Wangen glänzten vor Tränen. Sie hypnotisierte, denn das war Peggys Zauber. Sie hatte Klasse, auch wenn sie sie gestohlen hatte. Und das sagte sie dir, wenn sie sang, denn sie sang um ihr Leben und auch um deines, denn die Welt war nie so, wie man sie gerne gehabt hätte. Sie drehte sich einfach, und man konnte sich nur festklammern.

Der letzte Takt klang aus, und ihre Stimme brach. Piano Pete weinte. Tosender Beifall, Pfeifen, Jubel, und sie gab sich so bescheiden – ein Ausdruck, den sie gut geübt hatte. Old Cressy gab ihr einen Gin aus, sie prosteten sich zu, und sie trank ihr Glas in einem Zug aus. Dann steuerte sie auf die Bar zu, und dreißig Köpfe folgten ihr, dreißig Nacken knackten. Schwingende Hüften, schwingende Arme, und bei Gott, sie spielte jetzt wahrhaftig mit offenen Karten. Cressy sagte, sie hätte ein schlechtes Blatt, aber alle konnten sehen, dass sie die Asse auf der Hand hatte.

»Halt dich im Zaum«, sagte Col, bevor er im Kabuff verschwand.

Ulysses und Peggy sahen einander an, und es war vertraut; da war Geschichte, aber auch ein Waffenstillstand.

Sie ging zum Tresen, und man hätte eine Stecknadel fallen hören können.

»Hallo, Soldat«, sagte sie und berührte seine Wange.

»Hallo, du«, erwiderte er und berührte ihre Hand.

»Ich …«, sagten sie gleichzeitig.

»Du zuerst«, sagte sie. »Nein, du«, sagte er. »Okay.«

»Ich will die Scheidung, Tempy.«

»Verdammt.«

Dreißig Münder, die die Luft ausstießen. Claude, der manisch auf seine Glocke einhackte.

Am nächsten Morgen wachte Peg in seinem Bett auf, denn so waren sie nun einmal. Sie stöhnte laut und klemmte ihn zwischen ihre Oberschenkel, bevor er schlaff wurde. Sie rollte sich herunter und sagte: »Ich bin froh, dass du nicht tot bist.«

(Das war romantisch für sie.)

Sie kletterte aus dem Bett, und er setzte sich auf und beobachtete sie. Ihr Hintern im frühen Morgenlicht, Mond und Sonne in einem. Ihr Arm über dem Bauch versteckte die Streifen, die dort entstanden waren, nachdem er England verlassen hatte.

»Erzähl mir etwas, was mir noch nie jemand erzählt hat«, sagte sie.

»Du bist perfekt«, erwiderte er.

Sie lachte, zog sich an und er sah ihr zu.

»Ich könnte dir mit dem Kind helfen …«, sagte er.

»Dafür bist du nicht verantwortlich, Temps.« Sie stand vor dem Spiegel und richtete sich die Haare.

»Aber wir können uns immer noch gegenseitig kümmern. Aufeinander aufpa–«

»Du bist zu gut.« Sie trug Lippenstift auf.

Er lächelte.

»Nein, Temps. Du bist zu gut. Das ist kein Kompliment.« Bereit zu gehen, mit einer Hand an der Türklinke, drehte sie sich um und sagte: »Wir sehen uns.«

»Morgen zur selben Zeit?«

»Das werden wir nicht mehr machen.«

»Das werden wir ja sehen«, erwiderte er und warf ihr eine Kusshand zu.

Er hörte, wie sie die Treppe hinunterstapfte. Das Öffnen und Schließen der Eingangstür. Ginny, die ihr hinterherrief. Er stand auf und schaltete die elektrische Heizung an, wickelte sich in ein Laken und sah vom Fenster aus zu, wie sie die Straße überquerte. Er fragte sich, weshalb er zurückgekommen war, wenn nicht ihretwegen.

Ginny lief ohne ihren Mantel auf die Straße, und Peg rieb ihr mit sanfter Besorgnis die Arme. Cressy kam um die Ecke gebogen und zog einen riesigen Tannenbaum hinter sich her. Ein rostiges Schild schwang in dem heiseren Keuchen der Dezemberluft vor dem Pub, und drinnen saß ein traumatisierter Papagei zu weit weg von zu Hause. Das hier war jetzt seine Welt. Irgendwo zwischen Atom und Stern.

Februar 1947 kam und mit ihm der Schnee.

Dichtes Gestöber von dem Zeug verstopfte die Stadt, und der Kanal fror zu. Ulysses verbrachte seine Tage damit, so gut es ging Wege freizuräumen und die Feuer am Brennen zu halten. Kohle war schwer zu bekommen, Fenster vereisten. Die Straßen waren still und die Nächte mit Weiß überhäuft.

»Die Eskimos haben fünfzig Wörter für Schnee«, sagte Cressy und blickte aus dem Küchenfenster.

»Und ich hab eins für Depp«, sagte Col, »und ich schau es grade an. Ich dachte, du wolltest Eintopf machen? Ich hab neun Kaninchen in der Kühltruhe rumhüpfen, die auf 'nen Topf fürs Mittagessen morgen warten.«

Ulysses roch an der Milch und goss sie in seinen Tee.

»Was gibt es da zu lachen?«, fragte Col.

»Nichts«, erwiderte Ulysses.

»Du bist wie einer von diesen Affen.«

»Ein Makak«, warf Cressy ein.

»Ein was?«

»Ein Makak. Er ist wie ein Makak.«

»Hör auf, dieses Scheißwort zu sagen. Herrgott. Tausende brauchen Arbeit und ich muss mit euch vorliebnehmen.«

»Mit dem falschen Fuß aufgestanden, Col?«

»Nein, Temper. Au contraire.«

»Neue Freundin«, flüsterte Cress.

Ulysses verzog das Gesicht.

»Das ist der erste Tag vom Rest meines Lebens«, sagte Col.

»Und was ist morgen, Col? Wird das wieder der erste Tag? Oder der zweite?«, fragte Ulysses.

Col überlegte, rülpste. »Auch wieder wahr«, sagte er.

»Verdammt, Col, du stinkst.«

»Leberwurst«, entgegnete er und hielt sein Sandwich hoch. »War billig.«

»Machst du die Hunde damit verrückt?«

»Hast du Ginny gesehen?«, fragte Col.

»Ist sie nicht oben?«, erwiderte Ulysses.

»Hätt ich sonst gefragt?« Col hielt sich den Magen, als ein Schwall Säure nach oben stieg.

»Ich gehe sie suchen«, sagte Ulysses, trank seinen Tee aus, griff nach seinem Mantel und den Stiefeln und machte sich auf den Weg.

Zuerst ging er zu Mrs Lundy, die ihm mitteilte, dass Ginny bei ihr gewesen sei und wie üblich einen Laib Brot gekauft habe. Er machte einen Umweg zu Cressys Baum, aber dort war sie auch nicht. Dann ging er zum Kanal hinunter, auch wenn sie dort allein eigentlich nicht hingehen sollte.

Es war still dort unten. Ein paar Lastkähne, die Rauchwolken ausstießen, und Enten auf dem Eis. Er blies sich in die Hände und steckte sie in die Manteltaschen.

»Ginny!«, rief er.

Er ging den Uferpfad entlang, folgte frischen Fußspuren in kürzlich gefallenem Schnee. Ein mit Kohle beladenes Lastschiff zog langsam vorbei und brach das Eis. Kohle war mittlerweile teurer als Gold – jedenfalls laut Col.

»Ginny!«

Sie saß auf einer Bank ein Stück weit vor ihm.

»Ginny«, sagte Ulysses. Er setzte sich neben sie und legte ihr seinen Arm um die Schultern. »Kalt, oder?«, fragte er. »Ist dir auch warm genug?«

»Das Brot ist warm, Uly«, sagte sie mit ihrer näselnden Stimme, wobei sie den Laib an sich drückte.

»Was machst du hier unten?«

»Enten füttern.«

Ein Ende des Laibs war abgebrochen worden.

»Du bist lieb«, sagte er und küsste sie auf die Stirn. »Hast du mit irgendjemandem hier gesprochen?«

»Ich darf nicht mit Fremden sprechen.«

»Braves Mädchen«, erwiderte er und zündete sich eine Zigarette an. Er blies den Rauch aus und merkte, dass sie ihn nachahmte.

»Mir gefällt es hier unten«, sagte sie.

»Mir auch.«

Sie legte ihren Finger auf die Narbe an seiner Lippe.

»Tut weh?«

»Nicht besonders.«

»Lüge.«

Er nahm ihren Finger und grinste. »Du weißt aber auch alles, oder?«

»Hat Peg mir gelernt.«

Gibt schlechtere Lehrer, dachte er und schnipste die Zigarette weg.

»Du liebst Peg?«, fragte Ginny.

»Natürlich tu ich das.«

»Bist ihr Freund?«

»Es ist kompliziert, Ginny.«

»Weil du weggegangen bist?«

»Nicht nur deswegen.«

»Du siehst traurig aus«, sagte sie.

»Ja.«

»Kalte Füße, Uly …«

»Kein Wunder. Komm schon, Gin Gin, lass uns raufgehen. Wir bringen dich ins Warme.«

»Nimm mein Brot.«

»Klar«, sagte er. »Hey, Ginny?«

Ginny drehte sich um.

»Danke für den Plausch.«

»Jederzeit, Uly. Ich hör immer zu.«

Er lachte und drückte sie an sich.

Es war eine Woche vor der großen Schneeschmelze. Ein Abend für Stammgäste mit denselben alten Gesichtern, die hereinschlurften und um den besten Platz am Feuer buhlten. Sie waren frech geworden und hatten begonnen, ihre eigenen Sandwiches mitzubringen. Mrs Lovell hatte sogar einen Rostbraten mit hereingeschmuggelt. Sie sogen die Hitze auf wie Eidechsen, und der Rest des Pubs zitterte unter Wintermänteln. Col wartete nur darauf, dass sie starben.

Im Kabuff machten sich ein paar Polizisten wichtig und sahen zu, dass alles sauber blieb. Col schenkte großzügig aus, um zum Sperrstundenaufschub zu ermuntern, ein Trick, um den stinkenden Stapel Leberwurstsandwiches auf dem Tresen loszuwerden.

Piano Pete wärmte sich mit ein bisschen Beethoven auf. Er hatte den ganzen Nachmittag für einen Anfängerkurs von Stepptänzern mit zwei linken Füßen gespielt – die stinkende Eiterbeule seines vergeudeten Lebens. Alle wussten, dass Pete jederzeit auf die *Royal Academy of Music* hätte gehen können. Nahtlos ging er zu Wagner über, ein sicheres Zeichen dafür, dass er gereizt war.

»Leg los, Pete«, sagte Col, der bemerkte, dass die Stimmung umschlug. Und Pete schwang um zum Swing, und der Pub von Dürre zu Durst.

Der Wechsel zu fröhlicherer Musik wirkte sich auf alle aus, aber ganz besonders auf Claude. In einer seltenen Darbietung von aeronautischer Kunstfertigkeit schoss er in die Höhe und trieb dieses Schauspiel in einer Demonstration von komplexem, unstetigem Schwebeflug zum Finale, was ihm stürmischen Beifall der sonst nicht so leicht zu beeindruckenden Gäste einbrachte.

»Der Vogel gibt an«, sagte Old Cress. »Der Vogel ist verliebt.«

»Dir hat doch jemand ins Hirn geschissen«, erwiderte Col.

Aber Cressy kannte sich mit Vögeln aus, und Claude landete vor dem Spiegel und rieb sich energisch an einer Flasche Rum.

»Ekelhaft«, sagte Col.

»Was macht er da?«, fragte Ginny.

»Erleichtert seine geschwollene Kloake«, antwortete Cress.

»Auch ein Wort, das man nicht so oft zu hören bekommt«, sagte Ulysses.

»Muss man das?«, fragte Col.

Um elf wurden die restlichen Gäste offiziell eingesperrt, und die Polizisten hatten sich mit ein paar Pfund in der Tasche aus dem Staub gemacht. Die Elemente hatten sich an diesem Abend verschworen, und Ulysses ging in den Keller, um Kerzen zu holen.

Piano Pete saß in einer Ecke und setzte einer Flasche Whisky übel zu.

»Alles klar, Pete?«

»So weit, so gut, Temps. Bei dir?«

»So weit, so gut. Soll ich sagen, ich weiß nicht, wo du bist?«

»Wenns dir nichts ausmacht, Temps. Hab irgendwie mein Selbstvertrauen verloren.«

Ulysses lächelte. Er mochte Pete. Schon immer. Pete war nicht leicht einzuordnen. Er hätte reich oder arm sein können, hätte in einem Schloss oder unter einer Brücke aufgewachsen sein können. Pete war Kriegsdienstverweigerer und hatte eine Zeit lang gesessen. Pete war lädiert, aber er war kein schlechter Mensch.

»Hier, bitte, Pete«, sagte Ulysses und legte ihm eine Armeedecke über die Schultern. Er zündete eine Kerze an und stellte sie neben ihn.

»Ich komm gleich hoch«, sagte Pete.

»Bleib ruhig hier«, erwiderte Ulysses.

»Du bist der Beste.«

Oben im Pub verteilte Ulysses Untersetzer mit Kerzen auf den Tischen. Er schaltete das Licht aus, und die Alten beschwerten sich, aber Ulysses ignorierte sie. Er legte eine Schallplatte, die er von Cress bekommen hatte, auf den Plattenspieler. »Ich glaube, das könnte vielleicht was sein. Du weißt schon, was Spezielles«, hatte Cress gesagt, und er lag richtig. Eine Frau sang auf Italienisch, und ihre Stimme nahm ihn mit zurück, zu einem Gemälde, in ein anderes Land und zu einer anderen Version seiner selbst. Col kam aus dem Hinterzimmer und machte sich über die Stimme der Frau lustig. Er steckte voller Imitationen an diesem Abend, und er äffte sie mit schrill bebender Stimme nach. Das tat Col immer, wenn er etwas nicht verstand: Er zog es ins Lächerliche und holte es auf ein akzeptables Niveau herunter – üblicherweise auf Schritthöhe, sodass er draufpinkeln konnte. Peg war ähnlich, und er hätte es kommen sehen sollen, aber Musik, Kerzenlicht und der leise Schneefall vor den Fenstern hatten ihn töricht und träumerisch werden lassen.

Peg hatte getrunken wie ein Fisch, und eine gewisse Schärfe umgab sie, etwas Grausames lag in ihrem Blick. An Abenden wie diesem konnte sie Schönheit schwer ertragen – als ob es nur für ihre eigene Platz gäbe. Sie winkte ihn zu sich, und sobald er sich gesetzt hatte, begann sie von Eddie zu sprechen. Erzählte ihm, was sie tun wollte, wenn Eddie kam, um sie zu holen. »Ich war alles für ihn, und er war alles für mich.« Sie war fest entschlossen, ihm ans Bein zu pinkeln. Ulysses trank sein Bier und ignorierte sie. Und dann stieß sie ihn an und fragte: »Hast du jemanden kennengelernt?« Er dachte über die Frage nach, über die zwei Auswege, die sich ihm boten: das Ja und das Nein, das zu Hohn oder zu Mitleid führen würde. Er antwortete, das habe er tatsächlich. Und mit Leichtigkeit erzählte er von Evelyn. Schon lachte Peggy ihn aus, stieß ihn an, von wegen ältere Frau und dieses und jenes, und er sagte nur, das wäre es nicht. Es ging darum, wer sie war, wovon sie sprach und was sie wusste. Ulysses war sich im Klaren darüber, dass er das nicht hätte tun sollen, aber er tat es trotzdem, denn die Musik stellte ihm einen anderen Tagesanbruch in Aussicht. Er sprach von Kunst und Gemälden und Italien, von Dingen, die Evelyn ihm erzählt hatte, Dinge, über die er zu den widerstreitenden Klängen der Nacht oft nachgedacht hatte.

Hier schlug Peggy zu.

»Tommy Bruskin ist nicht zurückgekommen. Mick Dodds ist nicht zurückgekommen. John Baines hat ein Bein verloren. Gary Castle ist durchgeknallt, verdammt. Und du redest von Kunst? Was hattest du bitte für 'nen Krieg? Hattest 'nen schönen Krieg, oder, Tempy? War's schön, verdammt nochmal?«

Alle starrten sie an. Alle dachten: Das kommt schon eher hin. Feuerwerk statt Sonaten.

Bedächtig stellte Ulysses sein Glas ab. Er sah sie an und sagte: »Ich war sechs Jahre lang damit beschäftigt, mich nicht abknallen zu lassen, Peg. Dein Gefasel ist ein Scheißdreck dagegen.«

Stapf, stapf, stapf, und sie schmiss die Tür so heftig ins Schloss, dass die Glasscheibe brach.

»Das stell ich dir in Rechnung, Kumpel«, lachte Col.

»Mach das«, sagte Ulysses, während die Musik weiterspielte.

Am nächsten Morgen schaufelte Ulysses Schnee, während Col und Cress die von ihm reparierte Tür begutachteten. Plötzlich konnte man durch das Buntglas einen großen Schatten erkennen, der sich der Tür näherte.

»Was zum Teufel!«, stieß Col hervor, schnappte sich den Hammer und holte aus. Es war Pete, der durch die Tür kam, nach bester Lazarus-Fasson. »Ich fühle mich, als hätt ich alles verloren, Temps. Tage, Wochen …«

»Du machst mir Angst, Pete«, sagte Col. »Schau mich an.«

Pete sah ihn an, Augen und Mundwinkel mit Schlaf und Speichel verklebt.

»Das wird schon wieder. Du musst dich nur mal richtig ausschlafen«, sagte Ulysses.

»Und denk dran«, warf Col ein, »heute ist der erste Tag vom Rest deines Lebens.«

Pete verstand nicht so recht und begann zu weinen.

»Das ist bloß der Whisky, der rauswill«, sagte Col. »In 'ner Stunde geht's dir wieder besser. Lass laufen, Kumpel.«

»Komm, Pete«, sagte Cress, »ich bring dich nach Hause. Stütz dich auf mich, Junge.«

Col blickte ihnen hinterher. »Der Blinde führt den Lahmen«, sagte er. »Hallo, hallo«, er stieß eine dicke Rauchwolke aus. »Wen haben wir denn da?«

»Verpiss dich, Col«, sagte Peg und kam auf sie zu.

»Ich verpiss mich genau jetzt«, erwiderte Col und zog sich ins Warme zurück.

Peg war befangen und zitterte. Sie war ein bisschen unterkühlt und extrem verkatert. »Geht's dir gut?«, fragte sie Ulysses.

Er wusste, dass das ihre Entschuldigung war. »Nicht schlecht. Dir?«, fragte er.

»Ach, du weißt schon.« (Hängende Schultern, Hände in den Taschen, tiefe Furche zwischen den Augenbrauen.)

Er schaufelte weiter Schnee, und sie überraschte ihn, indem sie eine Entschuldigung nuschelte.

»Wie bitte?«, fragte er.

»Du hast mich schon gehört«, gab sie zurück.

»Nein, hab ich nicht. Sags nochmal.«

»Tut mir leid«, flüsterte sie.

»Und nochmal?«

»Es tut mir leid.«

Sie lachte und boxte ihm in die Seite, er ließ die Schaufel fallen und zog sie an sich. »Verdammt, Peg«, sagte er, »ich hab dich vermisst, und du fängst an rumzustänkern.« »Ich weiß, ich weiß«, erwiderte sie. »Ich bin wieder da, im Gegensatz zu einem ganzen Haufen anderer.« »Ich weiß, ich weiß.« »Und diese Dinge haben mir geholfen, und ich habe Sachen gelernt und Leute getroffen, und ich bin stolz auf das, was ich gelernt habe.« »Ich weiß, ich weiß.«

Er fing an, mit ihr zu tanzen, und sie lachte noch lauter. Er hatte ganz vergessen, dass es das Schönste auf der Welt war, sie zum Lachen zu bringen. Sie hörten auf zu tanzen und holten Atem. Peg wirkte wärmer, sie hatte wieder Farbe im Gesicht.

»Willst du dich immer noch scheiden lassen?«

»Machts dir was aus?«

»Nein.«

Also ließen sie sich scheiden und wurden noch bessere Freunde. Und sie teilten sich die Kleine, Alys. Peg behielt den Namen Temper, denn unter keinen Umständen wollte sie wieder Potts heißen. Die Wochen und Monate kamen und gingen, und es kehrte Alltag ein. Der Schnee verschwand, die Sonne schien wieder, und alle beschwerten sich über die Hitze und waren sich einig, dass der Winter doch wirklich besser war. Das Kind namens Alys wuchs, und Cols neue Freundin hieß Denise. Peg fand Arbeit als Schreibkraft für eine Versicherungsfirma in der Nähe der Tottenham Court Road, und Ulysses gewöhnte sich wieder ans Zivilleben.

Im Sommer 1948 war London bereit für die Olympischen Spiele. Col freute sich, dass weder Japan noch Deutschland zur Teilnahme eingeladen worden waren, und Denise stimmte ihm zu und sagte, dass England jetzt wahrscheinlich bessere Chancen beim Schießen hätte.

Col wollte mehr Kundschaft anlocken, und Cress schlug vor, einen Fernseher anzuschaffen. Er sagte, er kenne jemanden, der jemanden kenne, der wüsste, wo immer mal wieder was vom Laster falle, und schon bald stand ein kleiner, als Vogelkäfig getarnter Fernseher im Kabuff – ein wunderbarer 9-Zoll-Pye. Das Wembley-Stadion eine Miniatur seiner selbst.

Eine Woche vor der Eröffnungsfeier kam Cress in den Pub, benommen und mit glasigen Augen, und Col sagte: »Du siehst ein bisschen fertig aus, Kumpel.«

»Ich bin fertig«, erwiderte Cress.

»Komm, setz dich«, sagte Ulysses, zog einen Stuhl heran und reichte ihm ein kleines Bier.

»Also, was ist los?«, fragte Col.

»Ich hatte eine Vision.«

»Ach Gott«, sagte Col.

»Nicht der. Fanny Blankers-Koen.«

»Wer?«

»Niederländische Leichtathletin«, antwortete Ulysses und fütterte Claude eine Paranuss.

»Sie war am Putzen«, sagte Cress.

»Und sie ist dir erschienen? Dir, Alfred Cresswell? Ausgerechnet dir?«

»Sie hat mich angeschaut und ›vier‹ gesagt.«

»Vier?«

»Ja, vier. Niederländisch für four. Vier. Und dann hat sie mir einen Ehering gezeigt. Also bin ich zu Tubby und hab eine Wette abgeschlossen.«

»Darauf, dass sie viermal heiraten wird?«, fragte Col und lachte.

»Darauf, dass sie vier Goldmedaillen gewinnt.«

»Wie viel hast du gewettet?«, fragte Ulysses.

»Alles.«

»Grundgütiger, Cress.«

»Also nicht viel«, sagte Col und verschwand im Kabuff.

»Das ist absolut sicher, Tempy. Dein Pa war bei mir. Ich konnte ihn spüren. Ich konnte ihn riechen …«

»Kleingeld?«

»Ganz genau. Du setzt, was du dir leisten kannst, Junge. Die Sache läuft. Glaub mir. Das ist wieder wie damals: Alles auf Schwarz.«

Also glaubte Ulysses ihm. Ging in seiner Pause zu Tubby und

setzte den gesamten Inhalt seines Geldbeutels und seiner Sparbüchse.

In den darauffolgenden Tagen kamen immer mehr Leute ins Kabuff, die von Cressys Wette gehört hatten. Er wurde auf der Straße aufgehalten und man wünschte ihm Glück. Doch mit Glück hatte das alles nichts zu tun, das wusste er. Das hier war Schicksal.

Am 2. August um 16:45 Uhr und 12 Sekunden lief Fanny über die Ziellinie und gewann die Goldmedaille über 100 Meter. Ginny und die Kleine hüpften wie wild auf und ab, und Pete schrie und dachte, er habe sich die Mandeln herausgehustet. »Geht das überhaupt, Temps?« »Ich glaube nicht, Pete.«

Ulysses schrieb auf die Tafel: Eine gewonnen, drei stehen aus.

»Nicht mal im Traum, Kumpel«, sagte Col. »Keine Chance. Nur über meine Leiche.«

»Bring mich nicht in Versuchung«, sagte Peg.

Am 4. August um 16:00 Uhr und 11,2 Sekunden lief Fanny als Erste über die Ziellinie und gewann den 80-Meter-Hürdenlauf. Aufgrund des früheren Starts waren weniger Leute da als beim letzten Rennen, und Col sagte: »Ja, wen interessiert schon der Hürdenlauf der Frauen?« »Mich«, erwiderte Denise, lüpfte ihren Rock und stürzte mit dem Gesicht voran über einen Barhocker. Ulysses griff nach der Kreide.

›Zwei gewonnen, zwei stehen aus‹, erschien auf der Tafel.

»Du bist auf einmal so still, Col«, sagte Ulysses.

»Verpiss dich, Spatzenhirn.«

Am 6. August, ein Freitag, um 16:30 Uhr und 24,4 Sekunden gewann Fanny die 200 Meter, und Cress musste im Kabuff für Ruhe sorgen und brachte einen Toast auf Fanny aus. »Auf ihren leicht gängigen Schritt und ihre Entschlossenheit. Auf ihre dreißig Jahre. Auf ihre unscheinbare Schönheit. Auf ihre Zielstrebigkeit und auf ihren …«

»Was hat er nur mit dieser Frau?«, fragte Col.

»Keine Ahnung«, erwiderte Ulysses.

»… Mut«, sagte Cress.

Alle hoben ihre Gläser. »Auf Fanny«, kam es wie aus einem Mund.

›Drei gewonnen, eine steht aus‹, erschien auf der Tafel.

An diesem Abend kamen die Leute, um Cressy die Hand zu schütteln. Wünschten ihm Glück für das große Rennen am nächsten Tag, als ob er selbst an dem Staffellauf teilnehmen müsste. Ein Reporter der *Hackney Gazette* kam vorbei, um einen Artikel über ihn zu schreiben. Anfangs lief es gut, Ulysses brachte zwei Pints an ihren Tisch und hörte, wie Cressy sagte: »Wegen dem Krieg hat sie schon zweimal die Olympiade verpasst. Und jetzt waren fast alle der Meinung, dass sie zu Hause bleiben und sich um ihre Kinder kümmern sollte. Was ist das bitte für eine Einstellung?«

Ulysses stand draußen auf dem Gehweg. Der Abend war trist, das Versprechen des Sommers hatte sich in Luft aufgelöst. Falls er ein wenig Geld gewinnen würde, dachte er, dann könnte er vielleicht von hier weg, aber wahrscheinlich würde er eher Peg aushelfen. Was für die Kleine machen, ihr eine Woche an der Sonne spendieren. Cress und der Reporter kamen streitend nach draußen.

»Natürlich ist an meiner Unterstützung von Mrs Blankers-Koen nichts Unpatriotisches!«, rief Cressy. »Sie hat eben Talent. Und Sie sind ein Schwachkopf!«

Der Artikel sollte nie erscheinen. Ulysses ging wieder hinein, um ein Fass zu wechseln.

Der nächste Tag war ein Samstag. Die Wolken hatten sich nach Hammersmith verzogen, und ihnen blieb ein blauer Himmel mit einer kalten Sonne, nur Strahlen ohne Hitze. Eine Menschenmenge wie bei einer Hochzeitsfeier fand sich vor dem Pub ein. Der Fernseher lief bereits, Col verlangte Eintritt und hielt sich für besonders schlau. Doch niemand beschwerte sich, und als Old Cressy im Kabuff erschien, jubelten ihm alle zu und führten ihn zu einem Stuhl in der vordersten Reihe.

Ulysses sah sich nach Peg um. Er fragte Col, ob er sie gesehen habe, aber der schüttelte den Kopf, nannte ihn einen armen Trottel und fragte, ob er denn immer noch nichts verstanden habe? Die Eingangstür flog auf und Peg, Ginny und die Kleine stürzten herein, voller Aufregung und Entschuldigung, gerade als die Staffeln an den Start gingen. Der Pub verstummte. Und das Einzige, was man dort um 16:40 Uhr vernehmen konnte, war der Lauf der Geschichte, die geschrieben wurde.

Peng!

Als Fanny Blankers-Koen den Staffelstab übernahm, war sie vier Meter hinter der Australierin. Col sagte immer wieder, dass sie es nicht schaffen würde, nicht schaffen würde, und Ulysses konnte kaum hinsehen. Peg und Pete schrien sich die Seele aus dem Leib, und die Kleine sprang auf und ab, und Claude schiss ohne Unterlass. Cressy allerdings blieb gelassen, ohne auch nur im Geringsten ins Schwitzen zu geraten. Fanny Blankers-Koen lief als Erste über die Ziellinie – 47,5 Sekunden nachdem der Startschuss gefallen war. Es war Fannys vierte Goldmedaille. Man nahm Cressy auf die Schultern, der König des Abends, während fünf Straßen weiter Tubby fluchte und seinem ältesten Sohn ins Gesicht schlug, weil er die Wette überhaupt angenommen hatte.

Col stellte sich neben Ulysses und flüsterte: »Was meinst du, wie viel er gewonnen hat?«

»Ein verdammtes Vermögen«, antwortete Ulysses, nur um ihn zu ärgern.

Wie viel Old Cress tatsächlich gewonnen hatte, wurde zum Stoff für Legenden und war noch lange Gesprächsthema, selbst nachdem es den Pub nicht mehr gab. Niemand wusste es, nicht wirklich, aber spekuliert wurde reichlich. Cress kaufte auf dem Markt bei einem Kriegsveteranen ein Paar Bermudashorts, ein weites, sandfarbenes Ding, zu dem er Jackett und Krawatte trug und manchmal auch einen Pullunder. Soweit man wusste, war das das Einzige, was er sich nach seinem großen Gewinn zulegte, und alle fragten sich, was mit dem restlichen Geld geschehen war. Getreu der menschlichen

Natur verspotteten ihn schon bald diejenigen, die ihm vor ein paar Monaten noch zugejubelt hatten.

Tubby wusste natürlich, wie viel es gewesen war, der Verlust schmerzte ihn zu jeder wachen Stunde, und irgendwann würde irgendjemand dafür bezahlen müssen. Tubs schickte einen Mann mit einem magischen Schlüssel los, um in Cressys Bude herumzuschnüffeln, aber Cress wusste immer sofort Bescheid, denn er war imstande, Spuren fremder Aura zu sehen.

Cress verstand nicht, wieso er nicht schon früher im Leben zu all dem Geld gekommen war. Die Wahrheit war, dachte er, dass es zu spät für ihn war, sich noch zu ändern, so wie es ein jüngerer Mann vielleicht getan hätte. Aber er setzte sich unter den Baum und lauschte. Er bewunderte seine Beine, die aus den Bermudas herausschauten, und er wusste, dass sie das Beste an ihm waren, denn er hatte die Beine seiner Mutter. Der Gedanke an seine Mutter brachte ihn zum Weinen.

Das Jahr 1950 und der Anfang eines neuen Jahrzehnts war mehr als willkommen. Zur Hölle mit den Vierzigern, was habt ihr schon je für uns getan? Col zündete seine letzte Feuerwerksrakete, die ein Jahrzehnt der Hoffnung einleiten sollte. »Wie schlimm kann es schon werden, denk ich mir?«, sagte er, Himmel und Explosionen beschwörend. Genau, wirst schon sehen.

Britische Wehrpflichtige wurden eingezogen und nach Korea geschickt, und Abwesenheit und Kummer standen wieder auf dem Plan. Ulysses schloss sich Piano Pete auf einer Demonstration gegen den Krieg an und betrank sich hinterher in stummer Trauer in einem Pub in Soho. Die Kleine war zu einem mitteilsamen Mädchen herangewachsen, mit einem Mund voller amerikanischer Zähne. Sie nannte Ulysses Ulysses, und er nannte sie Kleine. Peg wurde befördert und spielte es herunter, aber Ulysses konnte sehen, dass sie völlig aus dem Häuschen war. Selbst nur eine Sprosse weiter oben auf der Karriereleiter war die Luft frischer und die Aussicht besser. Cressy half Ginny, Karotten und Kartoffeln im Hof hinter dem Pub anzupflanzen, und sie schenkte ihre erste Ernte Mrs Kaur, der Besitzerin des Lebensmittelladens, einfach weil sie sie mochte und weil sie so eine schöne Hautfarbe hatte. Piano Pete winkte das Schicksal in Form einer Show im West End. Er spielte einen kleinen, aber bemerkenswerten Part: einen Pianisten mit Alkoholproblem im Wilden Westen. Da er nur im ersten Akt auftrat, konnte er seinen Verpflichtungen im Pub weiterhin nachgehen. Der Stepptanzkurs für Anfänger konnte ihn allerdings mal kreuzweise. Col tauschte Denise gegen Elaine, aber letzten Endes hielt auch sie nicht lange durch. Er verguckte sich stattdessen in einen Krankenwagen Baujahr 1930, weil er schon immer einen hatte haben wollen. Seit dem Tag, an dem er zusehen musste, wie seine Mutter in einem davongefahren wurde. »Meine Güte«, sagte Peg, »so genau wollt ichs gar nicht wissen.«

Die Hitze staute sich in diesem ersten Sommer des Jahrzehnts. Sie machte die älteren Semester zittrig und die Hunde verrückt. Die Schlange für das Schwimmbad erstreckte sich die Whiston Street entlang, während weiter unten Kinder in den Kanal sprangen, wie es Kinder nun einmal tun, und Rattenpisse schluckten. Aber es war die Sache wert, wenn auch bloß, um eine leichte Brise auf der nassen Haut zu spüren.

Ulysses hörte Peg seinen Namen rufen. Er blickte auf und winkte. Sie stöckelte die Treppe hinunter und setzte sich zu ihm auf die Bank. Zusammen sahen sie den Kindern zu – ein Getümmel aus schlaksigen Armen und Beinen in Unterhosen –, die quietschend und sich triezend in den Kanal sprangen. Wasser spritzte über den Uferpfad und auf ihre Beine und Schuhe, doch es kümmerte sie nicht im Geringsten.

»Das waren wir«, sagte Ulysses und rückte seinen Hut zurecht. »Vor gar nicht mal so langer Zeit.«

Peg seufzte.

»In einem anderen Leben«, sagte er.

Als Teenager hatten sie in dem Gebüsch neben ihnen rumgemacht, ohne den Gestank nach Hundescheiße oder die achtlos weggeworfenen Pariser wahrzunehmen. Für ihn war es mit ihr das erste Mal gewesen; für sie nicht, aber sie hatten sich alle gegenseitig ausgeliehen, um besser zu werden und sich besser zu fühlen. Blasse Haut im Mondlicht... Peg bewahrte ihre Vergangenheit. Sie kannte die Namen derer, die längst tot waren, wusste, wer was gemacht und wer wen geliebt hatte.

»Eine Insel der Seligen«, sagte Ulysses.

Was für eine seltsame Bemerkung, dachte Peg. Sie war noch nie auf der Insel der Seligen gewesen. Nicht damals, nicht heute. Sie stand unter Strom, schon immer, und trieb in einem nie endenden Teufelskreis Blut und Lipide ununterbrochen voran. Sie konnte sich an ihn als Jungen erinnern. Klein und gedrungen und strahlende Augen, die ständig nur den Silberstreif im Blick hatten. Sie hatte ihm immer einen geblasen, nur um ihn dankbar zu sehen. Mit der Zeit wurde er muskulöser. Hatte Unterarme, die die Mädchen verrückt machten. Und seine Augen wurden blauer, und seine Eltern starben, und er machte Weltkugeln und ließ sie auf seiner Fingerspitze drehen. Und er sagte: »Ich will es später mal zu was bringen, Peg. Was hältst du davon?«

Aber was sollte sie davon halten? Später war zu weit weg.

Sie bückte sich und schnallte ihren Schuh enger. »Ich habe jemanden kennengelernt«, sagte sie.

Ulysses sah sie an, »Ach ja?«, und sah wieder zu den Kindern.

»Es ist was Ernstes, glaub ich.«

Er nickte.

»Ich lass es langsam angehen. Wollte nur, dass du es von mir hörst.«

»Danke, Peg.«

Sie stand auf und musterte ihn. Immer er. Sie mussten mit dem Sex aufhören. Sie sagte es ihm. »Ist nicht fair Ted gegenüber.« »Also

Ted heißt dein Typ?« Sie nickte. »Okay«, sagte er, obwohl er wusste, dass sie nicht aufhören würden.

»Kann ich Alys morgen mit in die Ausstellung nehmen?«, fragte er.

»Klar kannst du das.«

»Morgen Vormittag in Ordnung?«

»Den ganzen Tag, wenn du magst.«

Er lachte, wusste aber, dass sie es ernst meinte.

»Du bist eine gute Mutter, Peg.«

»Nein, bin ich nicht, aber nett, dass du das sagst. Deine Mum war eine gute Mutter, Temps. So sieht eine gute Mutter aus. Meine war Konkurrenz.«

Am nächsten Tag in der *Whitechapel Gallery* war es kühl. Alys lief voraus und ließ den Blick prüfend über die Bilder schweifen, denn sie wusste, was sie suchte. Schließlich setzte sie sich in einer ruhigen Ecke auf den Boden. Sie öffnete ihr Skizzenbuch und holte einen Bleistiftspitzer aus ihrer Socke hervor. Ulysses kniete sich hin, sammelte die Späne ein und steckte sie sich in die Tasche, denn das war seine Aufgabe. Und für eineinhalb Stunden sah er unauffällig dabei zu, wie die Kleine ihre Version eines Gemäldes von Joan Eardley produzierte: Kinder, die auf einem Gehweg sitzen und ein Comicbuch lesen. Eine Welt, die sie verstand.

Sie war fünf. Würde sie sich an diesen Moment so deutlich erinnern wie er?

Wahrscheinlich nicht. Aber sie würde sich erinnern, denn Jahre später sollte sie anderen davon erzählen. Der kühle Boden unter ihren nackten Beinen, die Linien, die sie auf dem Papier gezeichnet hatte. Sie sollte sich erinnern, wie aus dem Morgen Nachmittag wurde, wie Leute die Bilder an den Wänden anstarrten und in ernstem Ton über sie sprachen. Wie das sanfte Gemurmel zu weißem Rauschen wurde und sie beruhigte. Wie sie dank Ulysses warmem Blick dachte, etwas zu sein, oder genug von etwas zu sein. Wie froh sie war, nicht bei ihrer Mutter zu sein. Wie sie eine als Mann gekleidete Frau sah und dachte, wie interessant das Leben sein könnte. Wie dieser Tag ihr gezeigt hatte, wo sie endete und die Welt begann.

Ulysses überließ die Kleine sich selbst. Er spazierte durch die Ausstellungshalle. Sheila Fell, Eva Frankfurter, Dorothy Cunningham.

Seit seiner Unterhaltung mit Evelyn auf dem langen, dunklen Weg zurück in das *albergo* hatte er viel über die Galerie nachgedacht. Wie Evelyn sich über den Snobismus in der Kunst lustig gemacht und gesagt hatte, dass Privileg immer die Verantwortung haben müsste, anderen unter die Arme zu greifen. Wie er nun hier stand, bezog er ihre Unterhaltung auf den Raum, der ihn umgab. Bilder von Schulkindern waren an der gegenüberliegenden Wand ausgestellt, und er dachte, dass es vielleicht das sei, was sie gemeint hatte. Ein Stück weiter fing eine Künstlerin an, über ihre Werke zu sprechen.

Von hinten hätte man sie für einen Mann halten können: kurzes Haar, hochgerollte Hemdsärmel und hochtaillierte Hosen. Ihre Stimme war jedoch zweifellos die einer Frau. Sie wurde mit Miss Cunningham angesprochen – Dorothy Cunningham, nahm er an. Er war fasziniert von ihrem mitreißenden Vortrag über ihre Kunst – ihr Gesichtsausdruck intelligent und offen für die Fragen, die ihre Zuhörer unablässig stellten. Ihre neuesten Arbeiten beschrieb sie als wohlüberlegt bis vehement spontan. Er ließ sich diese Worte auf der Zunge zergehen.

Ulysses blickte zu der Kleinen. Immer noch in ihrer stillen Welt, das Bleistiftende zwischen den Lippen.

Ein Paar ging an ihm vorbei, und er schnappte Gesprächsfetzen auf, eine Bemerkung über Spanien, die ihn ins Jahr 1938 zurückversetzte. Es war ein Jahr nachdem seine Eltern gestorben waren und Picassos *Guernica* an die Galerie ausgeliehen wurde. Das Bild war um die Welt gereist und hatte Spenden für den Kampf der Rebellen gegen Franco eingeworben. Deshalb hatte Ulysses damals die Ausstellung besucht – seine erste überhaupt –, angezogen von einer trügerisch romantischen Vorstellung von Krieg. Die Galerie war eine Art inoffizielles Hauptquartier, und der Eintrittspreis für alle, die nicht bezahlen konnten, ein Paar Stiefel gewesen. Einen Tag nach seinem Besuch ging er zurück und stellte ein Paar Stiefel seines Vaters vor den Eingang. Auf der Lederzunge stand eine Nachricht von ihm: Viel Glück.

Dorothy Cunninghams Stimme holte ihn in die Gegenwart zurück, wo er seine Gedanken in ihrem Vortrag wiedertraf. »Ja«, sagte sie, »*Guernica* habe ich gesehen.«

Er stand da wie elektrisiert.

»Das denke ich auch«, fuhr sie fort. »Wir haben auf die harte Tour gelernt, dass gegen den Faschismus immer aus moralischer Überzeugung vorgegangen werden muss.«

Ulysses fragte sich, wie er wohl auf das Gemälde reagieren würde, wenn er es jetzt zu sehen bekäme.

»Ganz und gar nicht«, sagte Dorothy Cunningham. »In Picassos vom Krieg geprägten Werken findet man keinerlei Heldentum. Keinen Sieg, bloß Horror.«

»Wie die vorsätzliche Bombardierung von Zivilisten am Markttag«, sagte Ulysses.

Dorothy Cunningham wandte sich um.

»Wir sind nicht immun. Es waren nicht nur die anderen. Auch wir haben getan, was wir für nötig hielten.«

Alle sahen ihn an. Die Kleine sah ihn an.

Daran sollte sie sich später erinnern: der Klang seiner Stimme, der die Stille durchbrach. Wie die Leute ihm zuhörten, ihn nicht auslachten. Sie stand auf, ging zu ihm und nahm seine Hand, und von diesem außergewöhnlichen Moment an gehörte er für immer ihr.

Sie verließen die friedliche Stille der Ausstellung und wurden augenblicklich vom Lärm der Straße verschluckt. Ulysses kaufte ihr eine Limonade, während sie auf den Bus warteten. »Das ist der schönste Tag meines Lebens«, sagte sie.

»Es kommen noch andere«, erwiderte er.

»Ich weiß. Ich bin erst fünf.«

Abends zu Hause sah Peg der Kleinen beim Schlafen zu. Ihr Gesicht war immer noch gerötet von dem Ausflug mit Temps. Er konnte gut mit ihr, wesentlich besser als Peg. Sie saß auf dem Bett und blätterte das Skizzenbuch der Kleinen durch. Sie kam sich schlecht vor, als ob sie ein Tagebuch lesen würde, aber nicht schlecht genug, um es wegzulegen. Eine Zeichnung von Temps, die Narbe an seiner Lippe gleich einer Ziffer. Die Kleine hatte Talent, und das hatte sie nicht von Peg. Eddie, natürlich. Es gab so vieles, was sie nicht wusste. Ob er tot oder am Leben war, zum Beispiel, ob er jemals an sie dachte, an ihre gemeinsamen Nächte. Cress hatte einmal zu ihr gesagt, sie müsse Eddie von sich erzählen. »Worte sind Goldstaub«, hatte er gesagt. Also hatte sie Eddie von sich erzählt, Dinge, bei denen ihr sich jetzt die Fußnägel kräuseln würden. Hatte ihm ihr Herz geöffnet, es aufgeschnitten und ausgeschüttet – eine Autopsie der Liebe. Ein Hotelzimmer konnte ein Mädchen zu so etwas bringen. Sex auf weichen Laken und Zimmerservice. Pläne schmieden. Und die ganze Zeit über hatte der Krieg auf der Lauer gelegen …

Peg stand auf und verschüttete Gin auf der Bettdecke. Manchmal konnte sie es nicht ertragen, die Kleine anzusehen. Die stetige Erinnerung an das Leben, das ihr nie vergönnt gewesen war.

Der April 1952 hielt Old Cressy unter seiner *Prunus Serrulata*, seiner Japanischen Blütenkirsche. Es war Abend und dicke Büschel weißer und pinker Blüten hingen schwer und tief und reflektierten das goldene Flammen einer sinkenden East-End-Sonne. Cressy saß unter dem Baum mit einem Glas Starkbier in der Hand und lauschte den Geheimnissen Gaias.

Ginnys Stimme zauberte ein Lächeln auf sein Gesicht.

»Was machst du, Cressy?«

»Ich praktiziere das japanische Hanami-Ritual, Liebes.«

»Das, wo man Papier faltet?«

»Nicht ganz, Schätzchen. Komm, setz dich zu mir«, und er stand auf und überließ ihr seinen Stuhl.

»Regen«, sagte sie.

»Fängt gerade erst an«, erwiderte Cressy und blickte nach oben. »Wird nicht lang dauern. Warten wirs einfach ab, okay?«

Ginny nickte. »Der Geruch«, sagte sie.

»Petrichor.«

Ginny wiederholte das Wort wieder und wieder.

»Der Geruch von Regen auf trockener Erde«, erklärte Cress und nahm einen Schluck Bier.

»Es geht nicht weg«, sagte sie.

»Doch, bald schon, Liebes«, erwiderte er.

»Das hier.«

»Was?« Cress sah sie an. Sie hatte den Kragen ihrer Bluse heruntergezogen und ein kleiner Knutschfleck, so groß wie ein Fingerabdruck, kam zwischen Schlüsselbein und Brust zum Vorschein.

»Es geht nicht weg, Cressy.«

Cressy lächelte. »Es wird schon weggehen, Liebes. Überdeck es und zeig es niemandem. Hast du's deinem Pa schon gezeigt?«

Ginny schüttelte den Kopf.

»Dann mach das auch nicht. Ist besser so. Es wird schneller verschwinden, wenn er es nicht sieht.«

»Danke, Cressy«, sagte sie. »Keine Angst mehr.«

Er beugte sich zu ihr und legte ihr die Hand auf die Wange. »Gut. Musst du nicht haben.«

Aber Cressy hatte Angst. Er schloss die Augen und spürte die Wurzeln unter seinen Füßen, spürte, wie sie sich in die dunkle, feuchte Erde erstreckten. Vorbei an den Toten und den römischen Tongefäßen bis hin zum Geflüster der Erde.

»Regnet nicht mehr«, sagte Ginny.

Als Cress und Ginny in den Pub zurückkamen, saß Ulysses am Tresen und sagte: »Alys ist oben, Gin«, und sie schlüpfte unter der Klappe durch und verschwand.

»Hab dich so früh nicht zurückerwartet«, sagte Ulysses. »Geht's dir gut, Cress?«

Cress nickte und stellte sein leeres Glas auf die Theke. »Komm morgen früh zum Baum, Junge. Übliche Zeit. Und bring Peg mit.«

Am nächsten Tag stand Ulysses vor dem Pub in der Sonne und wartete auf Peg. Er winkte ihr zu, als sie um die Ecke kam, und spürte bei ihrem Anblick dieses vertraute Ziehen in der Magengegend.

»Weshalb bin ich hier, Tempy?«, fragte sie, und bevor er antworten konnte, knatterte ein grüner Krankenwagen mit rotem Kreuz und dem ganzen Drumherum die Straße entlang auf sie zu.

»Du liebes Bisschen«, sagte sie.

»Er hat ihn in Swindon gekauft.«

»Verschrotten die ihr Gerümpel da nicht mehr?«

Col parkte den Krankenwagen vor dem Pub und war dabei auszusteigen, als die Sirene plötzlich losheulte.

»Herrgott nochmal, du blödes Scheißteil!«, schrie Col und schlug auf das Armaturenbrett ein.

Wieder ganz der alte Col, dachte Ulysses.

Die Sirene verstummte. Col schloss vorsichtig die Türe hinter sich und kam zu ihnen.

»Was haltet ihr davon?«, fragte er.

»Sprachlos«, erwiderte Ulysses.

»Peg?«

»Keine zehn Pferde würden mich da reinbringen, Col. Nichts für ungut, aber bei dem Teil ist wirklich der Lack ab.«

Col wirkte verletzt, aber sagte nichts. »Ich fahre morgen mit Fionnula nach Epping Forest, eine Nacht Camping im Wald«, sagte er.

»Wenn du sie damit abholst, glaubt sie noch, du willst sie entführen und umbringen.«

»Schon gut, hab schon verstanden. Ich frag sie, ob sie heute Nachmittag herkommen will, um ihn sich anzusehen. Ihr könnt vielleicht nerven«, sagte Col und stapfte zurück in den Pub.

Peg hakte sich bei Ulysses ein und sie liefen los.

»Ist dir schon mal aufgefallen, dass Col sich seine Freundinnen in alphabetischer Reihenfolge zulegt?«, fragte Ulysses.

»Deshalb wolltest du mich sehen?«, entgegnete Peg, aber hielt gleich darauf ein. »Ich glaub's nicht, du hast recht. Denise, Elaine, Fionnula …«

»G als Nächstes«, sagte er.

Sie trafen Cress unter seinem Blütenmeer, und ein Gefühl enger Vertrautheit überkam sie. Cress wirkte besorgt. Er sprach mit leiser Stimme und sagte: »Ginny hat sich auf einen Kerl eingelassen«, und erzählte ihnen von dem Knutschfleck, und Peg sagte: »Herrgott, nicht schon wieder.« »Bist du dir sicher, dass das nicht alles ganz harmlos ist, Cress?«, fragte Ulysses, und Cress zuckte mit den Schultern. »Keine Ahnung, Junge. Ich weiß nur, dass es ihr guttun würde, ein bisschen bemuttert zu werden.« Die beiden sahen zu Peg, und Peg fluchte, denn bemuttern war nicht ihr Ding.

Die Neuigkeiten von Ginny verschlechterten Pegs Laune, und den ganzen Nachmittag über war sie fies zu der Kleinen, die schließlich einen weiten Bogen um sie machte, und was hätte sie auch sonst machen sollen? Abends bat die Kleine sie, ihr eine Geschichte vorzulesen, und streckte ihr *Der Kleine Prinz* entgegen, das Buch, das Ulysses ihr eine Woche zuvor geschenkt hatte.

»Und wie soll ich das bitte anstellen?«, hatte Peg ihn gefragt. »Ganz einfach, Peg«, war seine Antwort gewesen, »du setzt dich auf die Bettkante und liest laut vor.«

Also setzte sie sich auf die Bettkante, ihre Stimme holprig und wenig überzeugend, aber die Kleine war wie verzaubert und schlief schließlich ein. Peg las weiter. Kindheit. Bricht einem das Scheißherz.

Am Abend darauf fuhr der Krankenwagen gehüllt in eine Wolke von Cols Rasierwasser in Richtung Epping Forest. Hinten hatte er ein Bett eingebaut. Er hatte einen kleinen Gasofen eingepackt sowie zwei Dosen Tomatensuppe und Tee und Milch zum Frühstück. Sein

Ziel war das gemeinsame Frühstück, und seine Eier waren geschwollen wie schon lange nicht mehr. Es war zu viel Zeit vergangen, seit er eine echte Frau gehabt hatte, eine, die nicht nur aus Mitleid mit ihm zusammen war.

Der Krankenwagen schaffte es nur bis zu Cressys Baum, bevor die Sirenen zu heulen begannen. Cressy blickte unter seinen Blüten hervor und sah, wie Col puterrot wurde. Fionnula starrte neben ihm aus dem Fenster mit dem blanken Gesichtsausdruck einer Geisel.

Das Abendlicht spiegelte sich im Kielwasser eines Kanalboots, und Möwen saßen oben auf den Gasometern. Peg und Ginny gingen Hand in Hand den Uferpfad entlang, und auf Außenseiter hätten sie zweifellos wie Freundinnen, wie Gleichgestellte wirken können. Doch eine Ente zerstörte diese Illusion, denn Ginny rannte ihr mit wedelnden Armen hinterher, bis die Ente schließlich wieder aufs Wasser flatterte. Peggy lachte. »Komm her, Ginny, setz dich neben mich.«

Ginny setzte sich.

»Wie geht's dir, Gin?«

»Glücklich. Du, Peggy?«

Peggy nickte. »Ja, glücklich.«

Sie holte eine Packung Chips aus ihrer Tasche, Ginny öffnete sie und verscheuchte eine neugierige Taube.

»Wen hast du hier unten am Kanal getroffen, Ginny?«

»Ich darf nicht hierherkommen.«

»Das weiß ich, aber ich weiß auch, dass du trotzdem herkommst«, und Peg zog sie an sich und stupste sie in die Seite. »Wir sind früher alle immer hierhergekommen. Ich hatte einen Freund, den niemand mochte, und ich hab ihn immer hier unten getroffen, und dann sind wir den ganzen Weg nach Islington gelaufen. Es war so dunkel unter den Brücken, und es gab nur ihn und mich. Manchmal hab ich mich auch nachts mit ihm getroffen, Ginny, und das war ein ganz wunderbares Gefühl, weil ich mich kein bisschen um die ganzen Regeln gekümmert hab. Und dieser Typ, mein Freund, der war älter als ich, und weil er älter war, hab ich mich auch älter gefühlt. So, als ob ich endlich in der Welt angekommen wär. So wie er mich angesehen hat.«

Ginny hörte zu.

»Er hat mir aus der Hand gefressen, Gin. War total verrückt nach einem Schulmädchen. Hat mir nie erzählt, dass er verheiratet war.«

Peg nahm sich ein paar von Ginnys Chips. »Ich weiß, dass du auch einen Freund hast, Ginny.«

Ginny schüttelte den Kopf.

»Doch, das hast du. Die sagen uns immer, dass wir niemandem von ihnen erzählen dürfen. Behandelt er dich gut, Gin? Ist er nett?«

Ginny nickte.

»Heißt er Travis?« (Travis? Wie war sie auf diesen Namen gekommen?)

»Nein, Dummerchen«, sagte Ginny und stand auf und winkte einem vorbeifahrenden Frachtkahn zu. Sie sagte etwas, das Peg nicht ganz verstand, und Peg fragte: »Davy? Hast du Davy gesagt? Ist er auf dem Schiff da?«, und sie zeigte auf den Frachtkahn.

Ginny blickte verwirrt drein. »Nein.«

»Wie sieht Davy aus, Ginny? Wie dein Pa oder Ulysses?«

»Nein.«

»Überhaupt nicht wie die beiden?«

Sie schüttelte den Kopf.

»Anders.«

»Wie anders?«

»Hör auf, Peggy. Zu müde.«

Ginny legte ihren Kopf in Peggys Schoß. Peg strich ihr über die Haare.

»Kein Blut mehr, Peg«, sagte sie.

»Seit wann kein Blut mehr, Gin?«

»Schon lange.«

Peg legte ihre Hand auf Ginnys Bauch. Sie spürte eine kleine, straffe Schwellung unter dem weitgeschnittenen Kleid.

In dieser Nacht schlief Peg in der Wohnung über dem Pub. Am darauffolgenden Morgen stand sie mit Old Cress und Ulysses draußen, als der Krankenwagen heulend um die Ecke bog. Col war allein.

Er parkte und knallte die Tür zu. Die Sirene erstarb mit dem Motor.

»Wie wars?«, fragte Ulysses.

»Verpiss dich«, erwiderte Col und ging in den Pub.

Die drei folgten ihm ins Innere. Col ging direkt zum Ausschank. Zwei Gin, pur, auf ex.

»So schlimm?«, fragte Peg.

»Ich will nicht drüber reden«, sagte Col.

»Doch, das willst du«, entgegnete sie.

»Ich hab den Dosenöffner vergessen. Der Infusionsständer ist auf sie draufgefallen, als wir ins Bett gegangen sind …«

»Was für ein Infusionsständer?«, fragte Peg.

»Direkt hier drauf«, sagte Col und deutete auf den äußeren Rand seines Auges. »Und dann, mitten in der Nacht, war das, was sie für meine Zehen hielt, in Wirklichkeit eine Ratte.«

»Scheiße«, sagte Peg.

»Aber das Schlimmste war, wie sie mich angesehen hat, Peg. Als ob ich die niedrigste Lebensform überhaupt wäre.«

»Ein *Phylum Porifera*«, sagte Cress.

»Was?«

»Ein *Phylum Pori…*«

»Hör auf, dieses Scheißwort zu sagen!«

»Das ist die niedrigste Lebensform«, sagte Cress. »Ein Schwamm.«

»Ich fühl mich echt beschissen. Viel schlimmer kanns wirklich nicht werden«, sagte Col.

»Doch, kann es«, sagte Peg. »Ginny ist schwanger.«

Geschlossen aufgrund
UNVORHERGESEHENER
Umstände

Ulysses fegte einen Pfad durch die Trümmer frei. Das Knirschen von zerbrochenem Glas unter seinen Füßen und zu seiner Linken ein Haufen zersplitterter Stühle neben dem Kamin.

Cols Ausbruch war heftig gewesen, aber dank mangelnder Fitness und hohen Blutdrucks war er genauso schnell vorüber, wie er begonnen hatte. Danach war er auf die Knie gesunken, schnaufend und rülpsend, während schier endlose Wogen von Magensäure sich ihren Weg nach oben bahnten. Ginny stand in der Tür, starrte ihn an und erhaschte für einen kurzen Moment einen Blick auf etwas, das möglicherweise der Grund dafür gewesen war, dass ihre Mutter sie verlassen hatte.

Ulysses stellte einen umgeworfenen Tisch wieder hin. Blaue Federn und Staub wurden durch die Luft gewirbelt. Claude war plötzlich wieder in die Mauser gekommen und hatte nun bloß noch Federn an Schwanz und Flügeln. Er war einer der Unschuldigen, genau wie das ausgestopfte Wiesel. Ein Aschenbecher hatte es am Unterkiefer getroffen, der nun zwar nicht am seidenen, aber doch nur noch an einem braunen Faden hing.

Ulysses zündete sich eine Zigarette an.

Von draußen drangen Stimmen herein; es waren hauptsächlich die Alten und ihr aggressiver Durst. Er sah auf die Uhr. Der Pub sollte mittlerweile geöffnet sein, und die Stammgäste waren schon aus geringerem Anlass auf die Barrikaden gegangen.

Er konnte Mrs Lovell sagen hören: »Unvorhergesehen heißt unerwartet.« Und dann hörte er: »Unerwartet? Was? Tod?« »Col würde für einen Todesfall nicht schließen. Außer es ist sein eigener.« »Was? Col ist tot?«

So verbreiteten sich die Gerüchte.

Plötzlich klopfte es an der Tür. Es war das Klopfen eines Pianisten: rhythmisch, nicht zu fest. Petes langes Gesicht spähte durch das Buntglas.

Ulysses sperrte auf und zog ihn hinein. Durch den Spalt schob er Mrs Lovell und ihren Rostbraten zurück. »Heute Abend haben wir geöffnet, Mrs Lovell«, sagte er. »Versprochen.«

»Ist Col gestorben?«, fragte sie, wobei sie offensichtlich ihre Rolle als Wortführerin genoss.

»Soweit ich weiß nicht«, antwortete Ulysses, zog die Tür zu und verriegelte sie. Pete sah sich erstaunt um: »Ich bin vorbeigekommen und hab die Leute draußen gesehen. Hat Col wieder einen von seinen Anfällen gehabt?«

»Du weißt ja, wie er ist. Alles klar, Pete?«

»Ganz okay, Temps. Bei dir?«

»Nicht schlecht, Pete.« Und Pete schlich ihm auf Zehenspitzen hinterher. »Ich will nur nichts anfassen, für den Fall, dass ich es noch schlimmer mache«, sagte er.

Ulysses trug den samtüberzogenen Klavierstuhl zurück zum Piano.

»Ich trau mich gar nicht zu fragen«, sagte Pete.

»Wie durch ein Wunder unversehrt«, erwiderte Ulysses. »Peg hat sich zwischen Col und Klavier gestellt, als er mit dem Schürhaken ausgeholt hat. Wag es ja nicht, Col, hat sie geschrien. Wag es ja nicht! Und dann hat sie sich über die Tasten geworfen.«

»Eine verdammte Jeanne d'Arc«, sagte Pete. »Und dann?«

»Es war, als wäre er hypnotisiert. Er hat den Schürhaken fallen lassen, nur noch geblinzelt und sich den Magen gehalten.«

»Und dann?«

»Dann ist er umgekippt.«

»Hat Peg ihn getreten?«

»Nein, hat sie nicht. Sie ist jetzt oben bei ihm.«

»Hat er Beruhigungsmittel genommen?«

»Genug, um ein Pferd ruhigzustellen.«

»Wo ist Cress?«

»Im Keller, nach Ware suchen. Die Schnapsflaschen haben ganz schön was abbekommen.«

Pete nickte, verdaute erst einmal alles. Er setzte sich auf den Hocker und hob den Tastaturdeckel. Seine Finger tanzten über die zwölf Durtonleitern.

»Also?«, fragte er. »Was kann ich für dich tun, Temps?«

»Irgendwas Beruhigendes, Pete.«

»Klar. Ich weiß schon was«, und er steckte sich die erste von zwei Dutzend Zigaretten an.

Ulysses wollte sich gerade wegdrehen, als ihm einfiel: »Schöne Jacke übrigens.«

»Das alte Teil? Hab ich schon seit Jahren.«

Den ganzen Nachmittag über kümmerten sie sich um den Pub – glücklicherweise eine dankbare Aufgabe. Chopins *Nocturnes* dirigierten die Arbeiten, und Pete interpretierte sie mit derselben Leidenschaft, die in sein Vorspiel im West End geflossen war. Tische wurden in die Brauchbarkeit zurückgehämmert und Bilder mit Wänden wiedervereint. Das Feuer zehrte von zerbrochenem Holz und schon bald zog sich ein warmer Schein durch die Räume, der sie wieder zu neuem Leben erweckte. Ulysses ging los, um weitere Stühle zu suchen, wurde fündig und kam viermal mit jeweils vier Stühlen bepackt zurück. Er holte den Globus seines Vaters von oben und stellte ihn auf die Theke, sodass Claude ihn als Sitz benutzen konnte. Cress kochte Kartoffel-Rind-Eintopf, genug, um auch noch abends die Gäste zu versorgen. Pete sagte, Cress würde einen wunderbaren Lebenspartner abgeben, und alle stimmten zu. Peg, Ginny und die Kleine machten einen Spaziergang mit Cress und kamen beladen mit Kirschblütenzweigen zurück, was eine schmerzhafte Erfahrung für Cress gewesen sein musste, aber er ließ kein Wort darüber verlauten. Wahrscheinlich hatte er mit dem Baum eine Vereinbarung getroffen. Die Kleine und Ginny schmückten die Regale mit Gefäßen voller rosa und weißer Blüten, Peg bandagierte den Kiefer des Wiesels, und um 18:30 Uhr traten sie alle einen Schritt zurück und bewunderten ihr Werk. Sie hatten es geschafft. Sie konnten aufsperren. Der Pub wirkte vielleicht noch etwas mitgenommen, aber man konnte sehen, dass viel Liebe hineingeflossen war, und Liebe war hier noch nie zu Hause gewesen.

Mit Claude auf der Schulter und dem Wiesel auf dem Arm ging Ulysses Temper zur Tür, um mit fünf Minuten Verspätung aufzusperren. Mrs Lovell stand als Erste in der Tür. Sie begutachtete zuerst ihn, dann die Bar.

»Wir sind zwar erledigt, aber noch nicht am Ende«, sagte Ulysses.

»Gut genug«, erwiderte sie und marschierte hinein.

Auf der Straße erblickte Ulysses Tubby Folgates schwarzen Jaguar Mark V, der langsam vorbeifuhr, mit Tubby auf dem Beifahrersitz, der den Schaden abwägte und sich Chancen ausrechnete. Hat nicht lange gedauert, bis er davon gehört hat, dachte Ulysses.

Peg saß in Cols Zimmer und wachte an seinem Bett, ihre Gefühle irgendwo zwischen Wut und Mitleid. Die meisten Frauen empfanden so für Col. Gott sei Dank war sie in all den Jahren, die sie ihn kannte, nie mit ihm im Bett gelandet. Immerhin etwas.

»Peg?« Col bewegte sich und zog die Decke herunter.

»Col.«

»Wie lang bin ich schon hier?«

»Seit Tagen.«

Er schoss in die Höhe.

»Spaß«, sagte sie und zündete ihm eine Zigarette an. »Der Pub ist geöffnet. Sicher nicht dank dir.«

»Ich sollte runtergehen.«

»Nein, noch nicht.«

(Geräusche von unten.)

»Ich kann mich nicht erinnern, was passiert ist«, sagte er, also erzählte Peg es ihm.

»Ginny geht's gut?«

»Keine Ahnung, Col, was glaubst du?«

»Peg …«

»Ist sie schwanger oder ist sie so verdammt furchtbar, dass du sie wegsperren willst? Oder erniedrigen?«

»Peg.«

»Das Schütteln? Erinnerst du dich daran? Wie du sie geschüttelt hast?«

»Hör auf«, sagte Col und schlug die Hände übers Gesicht.

»Kommt dir bekannt vor, oder, Col? Ich dachte, das hätten wir hinter uns.«

»Ich wollte es einfach nur wissen. Das will ich immer noch.«

»Sie wirds dir nicht sagen.«

»Sie hat Angst vor ihm«, sagte Col.

»Sie hat Angst vor dir. Die gleiche Geschichte wie mit Agnes.«

(Agnes sagte immer, er zerstöre alles, was er liebe. Agnes sagte, er wäre sein eigener Untergang. Agnes sagte, Agnes sagte …)

»Also, sag mir, geht's Ginny gut?«, fragte Peg.

Col legte sich wieder hin, erschöpft. »Es geht ihr gut«, sagte er.

»Dann hab sie wieder lieb. Du bist alles, was sie hat.«

»Was soll ich bloß machen, Peg?«

»Als Erstes gehst du runter und sagst es allen. Sags ihnen einfach, verstecken kannst du es sowieso nicht. Und dann fragst du ganz ruhig, ob jemand etwas weiß.«

»Und wenn niemand was weiß?«

»Dann lässt du es gut sein und machst keine Dummheiten.«

»Du machst mich fertig, Peg.«

»Ja, vielleicht. Aber außer mir hast du niemanden.«

Peg ging nicht gleich zurück in die Bar, sondern stand erst noch kurz in der Tür. Sie musste zu Atem kommen, den Cortisolspiegel senken. Ihm zuzusehen, wie er einen Pint zapfte, war Balsam für ihre Seele. Er und dieser Papagei. Sie hatte die Tempers immer für einen bekloppten Haufen gehalten – mit ihren Grübchen und Augenbrauen und Ohren und ihrer Überzeugung, dass das Leben einem eine Verschnaufpause gönnt, wenn man es am wenigsten erwartet. Sie hätte alles gegeben, um eine Mutter wie Nora zu haben. Nora war so weich und so liebevoll. Peg konnte liebevoll sein, aber sie war bei Weitem nicht so voller Liebe, dass ihr das ununterbrochen gelungen wäre. Es war wie mit ihrem Gehalt. Mitte des Monats war nichts mehr da.

Sie stellte sich hinter Ulysses und legte ihm die Hände auf die Oberarme, und er drehte sich nicht um, denn er wusste, dass sie es war. Wie die beiden Teile einer Schwalbenschwanzverbindung, das waren sie. Sie fügten sich ineinander. Peg atmete seinen Duft ein, und er spürte nicht einmal den Kuss, den sie ihm ganz leicht auf den Rücken hauchte. Claude sah es allerdings und öffnete seinen Schnabel, als wolle er etwas sagen. Aber Peg legte den Finger auf die Lippen und zwinkerte ihm zu: unser Geheimnis.

Um acht Uhr war es dann endlich so weit. Col kam hereingeschlurft, halb Invalide, halb Altes Testament, mit einer Decke über den Schultern und Motten im Kopf. Er teilte die Stille wie Gott das Rote Meer, kippte einen Gin und rieb sich die Schläfen. Er stellte sich in die Mitte des Raums, alle Augen auf ihn gerichtet. »Halt dich ans Skript«, sagte Peg, und er nickte. Er räusperte sich und begann: »Das Leben stellt uns vor vielerlei Herausforderungen.« (PAUSE.) »Ginny ist schwanger.«

Man wechselte Blicke, schnappte nach Luft und runzelte die Stirn, aber im Großen und Ganzen lag nichts in der Luft, bis auf die stillschweigende Aufnahme von Informationen. Nicht mehr und nicht weniger.

»Ich will nur wissen, wer da seine Hände im Spiel hat«, sagte Col.

Schweigen.

»Ihr könnts mir jetzt sagen oder später. Persönlich oder anonym.«

Schweigen.

»Irgendwer?«, fragte Col, lauter werdend.

»Setz dich hin, Col«, sagte Peg.

»Col!«, wiederholte sie streng. »Setz dich hin.«

Col setzte sich. »Ist ja wie in ner verdammten Leichenhalle hier«, murrte er.

»Und wer ist schuld?«, fragte Peg.

»Wo ist Pete?«, wollte Col wissen.

»Aufm Klo.«

»Wie wärs mit nem Lied, Peg?«

»Tut mir leid, mir ist grad nicht danach, Col.«

»Temps, wie wärs mit dem Zaubertrick? Der mit dem Ei.«

»Das war nicht ich, Col.«

Pete kam zurück und wischte sich die Hände an der Hose trocken.

»Verdammte Scheiße, Pete, mach irgendwas«, sagte Col. »Wir werden noch wahnsinnig hier.«

Was Pete von einem Publikum nicht wusste, war es nicht wert, gewusst zu werden.

Er schloss die Augen und ließ sich von der Muse küssen. Das Wort, das sie ihm gab, war Einheit. Merkwürdigerweise mit nordirischem Akzent.

Das Mikrofon knackte. Das Klavier war eingehüllt in eine dichte, blaue Rauchwolke.

»Ich würde dieses Lied gern der Liebe widmen«, sagte Pete. »Ich hab es geschrieben, als ich in Jugoslawien war.«

»Wann war Pete in Jugoslawien?«, fragte Ulysses, zu Peg gebeugt.

»Es handelt von Reue«, sagte Pete. »Es heißt *If I'd known what I know now.*«

»Späte Einsicht«, flüsterte Cress.

»Was?«, fragte Col und zuckte.

»Späte Einsicht«, erwiderte Cress. »*If I'd known what I know now.* Das ist späte Einsicht.«

»Halt verdammt nochmal die Klappe«, sagte Col, und Pete fing an zu singen.

Unvermittelt senkte sich ein Gefühl von Vergebung über die Nacht und durchdrang den Pub. Verstaubte Geister verpasster Gelegenheiten, alter Groll und Unausgesprochenes wurden zur Ruhe gebettet, Rücken gestreckt, Muskeln entspannt, und Herzen wurden leicht. Old Cress zog sich zurück an einen Ort tief in seinem Inneren, intim und leuchtend. Ulysses sah Peg über die Theke hinweg an, und ihre Blicke trafen sich, vereint in zufälliger, langsamer Umarmung. Col erahnte ein Leben auf Reisen, unter freiem Himmel, und sein Magen beruhigte sich. Peg blickte zur Tür und sah unerwartet Ted dort stehen. Mr Versicherung, Mr Risikoscheu, der vielleicht oder vielleicht auch nicht verheiratet war.

Peg und Ted begannen zu tanzen. Claude saß auf Ulysses' Schulter und knabberte an seinem Ohr. Cress stand an der Theke und drehte den Globus wie einen Roulettekessel. Die Eingangstür wurde wie von einer Windböe aufgestoßen und gleich einem Rorschach-Tintenklecks erschien Tubby Folgate auf der Schwelle. Zigarre im Mund, stand er da, beobachtete das Geschehen und wiegte sich zu Petes sanfter Melodie sachte hin und her.

Nachdem das Lied zu Ende war, erklang – wie auch anders nicht zu erwarten – tosender Beifall. Pete hatte alles gegeben. Peg jubelte, Ted applaudierte verhalten, Col pfiff, doch dann wandte sich die allgemeine Aufmerksamkeit schlagartig Tubby zu, und der Applaus versiegte, und Tubby sagte: »Lasst euch von mir nicht stören.« Aber sie ließen sich von ihm stören und der Raum verfiel in Schweigen.

»Wunderschön«, sagte Tubby, sein Akzent so scharf wie eine Klinge. Er humpelte durch die Bar – ein Bösewicht wie im Bilderbuch. Der dicke, verstärkte Stiefel an seinem linken Fuß war von einem Cousin maßgefertigt. Die Seite von Tubbys Familie, die dem Schusterhandwerk nachging, ließ sich über Generationen zurückverfolgen und war im Vergleich ein eher angenehmer Haufen. Tubby baute sich vor Cols Tisch auf. Er war sich dessen Kummer sehr wohl bewusst, und seine bloße Anwesenheit war Salz in Cols Wunde. Er blies eine Rauchwolke aus und betrachtete Col mit seinem guten Auge – das, das ihm all die Jahre zuvor nicht von dem Lasthaken genommen worden war.

»Ich habe gehört, dass Ihnen etwas zu schaffen macht, Mr Formiloe«, sagte er. »Wollen Sie darüber sprechen, mein Freund?«

»Nicht mit dir, du Arschloch.«

Col, Peg und Tubby blickten zur Theke. Dies war wohl der denkwürdig schlechteste Moment für den Papagei gewesen, seine Stimme wiederzuerlangen.

Mit dem Herbst kamen die kurzen Tage, frühe Nächte und endlose Kohlefeuer, die die Luft verschluckten. Ginny wurde zu Cols Schwester nach Bristol geschickt, um dort das Kind zu bekommen, und der Pub war nicht derselbe ohne sie. Alys blieb oft bei Ulysses, während Peg sich immer mehr auf Ted einließ. Tubby kam jede Woche vorbei, um geflüsterte Worte mit Col zu wechseln. »Was gibst du dich mit dem ab?«, fragte Peg. »Der hat irgendwas vor«, sagte Ulysses. »Das wird kein gutes Ende nehmen«, sagte Cress.

Aber Col hörte nicht auf sie. Col war im Stillen auf der Suche nach Davy.

Und so trug es sich zu.

Ein Freitag Anfang Dezember. Meteorologisch gesehen eigenartig. Es ging kein Wind, und eine Schicht kalter Luft war unter einer Schicht warmer Luft gefangen, wodurch sich ein dicker Schleier gelbbraunen Nebels herabsenkte, der nicht mehr weichen wollte. Abends stank ganz London nach faulen Eiern, die Stadt war zum Stillstand gekommen und die Straßen wie leergefegt.

Auf der Themse wurde der Schiffsverkehr eingestellt, und Peg berichtete von Schaffnern, die mit Taschenlampen vor den Bussen herliefen. Nur drei der Alten schafften es in den Pub, außer Atem von der kurzen Strecke, die Gesichter verrußt wie Kohlekumpel. Um acht waren sie auch schon wieder gegangen, und der Pub ähnelte einem Geisterschiff.

Cressy und Ulysses standen vor dem Pub. Der Asphalt unter ihnen war ölig, und Cress fragte: »Kannst du mich noch sehen?«

»Jep.«

»Und jetzt?«

»Grad noch so.«

»Jetzt?«

»Nein.«

»Zwei Meter«, sagte Cress und kam wieder in Sicht. »Ein bemerkenswertes Phänomen.«

Ein Scheinwerferstrahl bog um die Ecke. Cress und Ulysses sahen die dunkle Silhouette eines Autos an ihnen vorbeifahren, und schon war es nicht mehr zu sehen. Das Auto hielt irgendwo in der Brühe. Der Klang eines Motors im Leerlauf, eine Tür wurde geöffnet, zugeschlagen, dann noch eine Tür. Zwei Paar Schritte und leise Unterhaltung, ein hörbares Humpeln. Noch eine Tür wurde geöffnet und zugeschlagen, dann etwas, das klang wie ein Sack Kartoffeln, der zu Boden fiel.

»Sieh zu, dass du wegkommst, Cress«, flüsterte Ulysses. »Wenn ich dich brauche, komm ich dich holen.«

»Ich lass dich nicht allein, Junge.«

»Du musst. Geh.«

Cress drehte sich um; drei Schritte, und er war ein Geist.

Ulysses lag auf dem Bett, und das Radio lief leise. Eine Bigband spielte, dazu ein kleiner Scotch. Die elektrische Heizung gab zu dem leisen Gemurmel der Stimmen unten puffend ihre Wärme ab. Als Col Tubby vor der Tür stehen sah, hatte er Ulysses gesagt, er solle Schluss machen für heute, was er auch getan hatte. Er schaltete das Radio aus und ging zur Tür. Die Ohren wach, das Herz dank des Tumults unten im Pub laut klopfend.

Plötzlich ein Auto, das angelassen wurde. Ulysses sprang zum Fenster und öffnete es. Die Straßenlaternen so gut wie nutzlos gegen die Suppe, bloß rote Rücklichter, die verschwanden. Schnell schloss er das Fenster wieder, aber der Gestank von Sulfur zog trotzdem herein.

»Temps!« Es war Col. »Temps! Komm runter, Kumpel!«

Ulysses zog Pullover und Schuhe an und ging nach unten in die dunkle Bar.

»Col?«

Der flackernde Schein des Feuers und eine glimmende Zigarette zwischen Cols Lippen.

»Col? Kumpel?«

»Es ist erledigt, Temps. Der Gerechtigkeit wurde an diesem bitteren Abend Genüge getan.«

Und Col deutete mit seiner Zigarette auf den Kamin und die dunklen Umrisse eines Körpers.

»Verdammte Scheiße, Col! Was zum Teufel hast du getan?«

»Nichts. Meine Weste ist weiß wie Schnee. Ich entsorge nur den Müll, das ist alles. Und das da ist Davy.«

Vielmehr war es Davy gewesen, denn Davy war zweifellos tot, nur sein Kopf spitzelte unter der schmutzigen Plane hervor.

Ulysses ging einmal um die Leiche herum. »Woher weißt du, dass das Davy ist?«

»Weil Tubby gesagt hat, dass das Davy ist, also ist das verdammt nochmal Davy«, sagte Col und schenkte sich noch einen Gin ein.

»Wo ist Claude?«

»Irgendwo hier.«

Ulysses ging in die Küche. »Hier nicht«, rief er. Er ging zur Eingangstür und hob eine blaue Feder vom Boden auf. Er streckte sie Col hin. »Wo ist er, Col?«

»Muss Tubby nach draußen gefolgt sein.«

»Was hast du mit ihm gemacht?«

»Nichts.«

»Was hast du getan?«

»Schön ist wüst und wüst ist schön.«

»Was bitte?«

»Das hat er zu mir gesagt. Und dann: Wirbelt durch Nebel und Wolkenhöhn. Woher kennt er sowas bitte? Der Vogel macht mich wahnsinnig.«

Plötzlich erschien ein Gesicht direkt hinter der Glasscheibe der Eingangstür, und die beiden Männer schrien auf.

»Ich bins nur«, sagte Cressy durch das Buntglas.

»Nicht reinkommen«, rief Ulysses.

»Lass ihn rein«, rief Col.

»Lasst mich rein«, forderte Cress, und sie ließen ihn herein. Sie standen alle nebeneinander und blickten auf die Leiche hinab.

»Und wer hat den da hierhergeschafft?«, fragte Cress.

»Tubby«, antwortete Ulysses. »Angeblich ist das Davy.«

»Was soll das von wegen ›angeblich‹?«, sagte Col. »Selber angeblich.«

»Der sieht mir nicht nach 'nem Davy aus«, sagte Cress.

»Gott steh mir bei«, kam es von Col.

Plötzlich ging das Feuer aus.

»Schön ist wüst und wüst ist schön«, sagte Ulysses.

»Herrgott«, sagte Col. »Lasst ihn uns hier rausschaffen.«

Col, Ulysses und Cress saßen nebeneinander vorne im Krankenwagen, der Motor lief, und die Scheinwerfer machten in der dunklen Brühe so gut wie keinen Unterschied.

»Ich geh schon«, sagte Ulysses, band sich ein Taschentuch über Mund und Nase und schaltete die Taschenlampe ein. Er lief vor dem Fahrzeug her und leitete es vom Nichols Square bis zur Hackney Road, wo er wieder einstieg. Ein paar Autos kamen vorbei, dann ein Lastwagen. Col wartete einen Trolleybus ab, hängte sich hintenan und folgte ihm in Richtung Leyton. Langsam entspannten sich die drei Männer.

Cress brach schließlich die Stille: »Der Tod ist die letzte Grenze.«

»Ohne Scheiß, Einstein«, erwiderte Col.

»Stell dir vor, du hast nicht mehr lange, Temps. Was würdest du dir als Henkersmahl wünschen?«

»Was für 'ne Frage, Cress.« Ulysses dachte kurz nach. »Rinderbrust. Kein Zweifel. Aber als ich in Italien war, hat mir mal eine Frau Spaghetti gekocht, wie ich sie noch nie gegessen hab. Tomatensoße, bisschen scharf, würzig. Hat mir so viel bedeutet damals. Vielleicht, weil ich dachte, dass das meine letzte Mahlzeit sein würde. Ich dachte, ich wäre der glücklichste Mensch der Welt.«

Col und Cress nickten einvernehmlich und fragten sich, wie es sich wohl anfühlte, der glücklichste Mensch der Welt zu sein. Sie starrten nach vorne in unbekanntes Terrain. Ihr Blick folgte den zwei matten Lichtstrahlen, die im Nirgendwo endeten.

»Meine letzte Mahlzeit würd ich mir zwischen den Beinen von 'ner Frau genehmigen«, sagte Col.

»Ich glaub, du hast die Abfahrt verpasst«, bemerkte Ulysses.

Col fluchte. Er bremste scharf ab und wendete.

Kurz nach zwei Uhr morgens kamen sie am Rand des Waldgebiets Epping Forest an, und Mutter Natur ging in Deckung. Die Bäume hatten den Großteil der trüben Suppe geklärt, und der Nebel schien weißer, beinahe überirdisch, und legte sich wie ein feiner Schleier um die Baumstämme. Col stellte die Zündung ab, und Dunkelheit umgab sie. Der Ruf einer Eule. Das Ticken des abkühlenden Motors. Das Grummeln in Cols Magen.

»Hier bin ich mit Fionnula hergekommen«, sagte er. »Genau an diese Stelle. Kommt mir vor, als wärs ewig her.«

»Hier bist du mit Fionnula hergekommen?«, fragte Ulysses.

»Jap. Genau an diese Stelle. Meilenweit keine Menschenseele. Selbst damals hab ich mir schon gedacht, dass das der perfekte Ort wäre, um 'ne Leiche zu verscharren.«

»Lass dir bloß nie von irgendjemandem einreden, du wärst nicht romantisch«, sagte Cress.

Ulysses band sich das Taschentuch wieder um und sagte: »Also gut, ich fang an, Col. Zeig mir, wo genau.«

Das war das Zeichen für Col und Cress, sich ebenfalls Tücher über Mund und Nase zu binden, und alle drei stiegen aus und schalteten ihre Taschenlampen an. Col ging nach hinten und öffnete die Tür.

»Ist er noch tot?«, fragte Cress.

»Idiot«, erwiderte Col und zog das Bündel aus dem Krankenwagen und ließ es zu Boden fallen. Col lief herum wie ein Goldgräber, untersuchte die Beschaffenheit des Waldbodens und befingerte die Erde.

»Hier«, sagte er zu Ulysses. »An der Stelle.« Und Ulysses fing an zu graben.

Das Erdreich war feucht, hauptsächlich uralte, verrottete Blätter und Würmer, eine sich langsam, aber stetig bewegende, organische Welt.

»Meine Mutter hatte Angst vor Rinderbrust«, sagte Col.

»Tut mir leid zu hören«, entgegnete Ulysses.

»Sie litt unter pathologischer Angst vor den meisten Dingen. Büchereien. Gewitter. Rinderbrust. Die Welt überforderte sie. Sie hat sich das Leben genommen.«

»Col?«, sagte Ulysses plötzlich und sah auf. »Der perfekte Ort um 'ne Leiche zu verscharren hier, oder?«

»Ja, genau.«

»Naja, uns ist jemand zuvorgekommen. Da liegt schon eine.«

Col leuchtete mit der Taschenlampe in das Loch.

»Also, ich werd… Scheiß drauf. Wir werfen ihn einfach obendrauf.«

Und das taten sie.

Cress warf eine Handvoll Erde hinterher und flüsterte ein paar Worte.

»Willst du mich verarschen?«, fragte Col.

»Er war irgendjemandes Sohn.«

»Hat irgendjemandes Sohn wütend gemacht, wohl eher«, und Col ging zurück zum Krankenwagen.

Die Sonne ging auf, als sie zum Pub zurückkamen. Nicht, dass man sie wirklich gesehen hätte, denn der braune Nebel war noch dicker und klebriger als zuvor. Sie begegneten niemandem, als sie parkten, und auch nicht, als sie zum Pub gingen.

Col schenkte drei großzügige Whiskys ein, hob sein Glas und sagte: »Was im Epping Forest passiert ist, bleibt im Epping Forest.«

Sie stießen an und wiederholten den Toast.

Ulysses schloss sich nach dieser Nacht für ein paar Tage in seinem Zimmer ein. Er wollte niemanden sehen, und – wie Cress es Peg gegenüber ausdrückte – setzte sich selbst ein bisschen zu. Er sagte nicht viel, aber Peg war nicht dumm, man konnte ihr nichts vormachen. »Du hast doch nichts dummes …?« »Nein, wir sind sauber. Ich geb dir mein Wort, Peg«, sagte Cress. »Der Junge ist sensibel, das ist alles. Dachte eigentlich, er hat das alles hinter sich gelassen.«

Im Februar 1953 kam Ginny zurück. Sie kam ohne Baby, denn sie hatte es jemandem überlassen, den sie damit sehr glücklich gemacht hatte. Diese Version erzählte jedenfalls Ginny, und niemand wusste, was man dazu sagen sollte, also nahmen die Leute sie einfach nur in den Arm und sagten: »Schön, dass du wieder da bist, Liebes.«

Col wollte ihr eine Puppe schenken, aber Peg warnte: »Wag es ja nicht, du Schwachkopf«, und so ließ er es bleiben. Sie sah ihn an, als sei er eine vollkommen nichtswürdige Kreatur, und das Wort Schwamm geisterte ihm wieder im Kopf herum. Tubby machte weiterhin seine Geschäfte im Kabuff, und selbst Col begann zu überlegen, wie er ihn loswerden könnte.

Claude blieb verschollen, also nahm Ulysses die Leiter und änderte das Schild wieder zu *The Stoat*. »Übermal den Vogel einfach mit 'nem Baum«, sagte Col, und das tat Ulysses. Er malte eine große Eiche.

Und mit dem ersten Ostwind des Jahres schwang das Schild wieder hin und her, den altvertrauten Refrain anstimmend.

Ab dem ersten März war wieder Normalität im Pub eingekehrt. Am Fünften jedoch kehrte Claude zurück. Er kam durchs Fenster in Ulysses' Zimmer geflogen und landete auf dessen Brust. Zum zweiten Mal war es Liebe auf den ersten Blick, und Ulysses hätte nicht glücklicher sein können. Er nahm Claude mit nach unten, und Col stöhnte: »Ach, Herrgott nochmal.«

Nachmittags stand Ulysses wieder auf der Leiter und übermalte die englische Eiche mit einer großen Blaustirnamazone. Als er von der Leiter stieg, kam ein Polizist um die Ecke gebogen.

»Bitte sehr, Constable«, sagte Ulysses und schob ihm ein Radler zu.

Der Polizist holte eine Fotografie aus der Jackentasche und fragte: »Den schon mal irgendwo gesehen? Wird jetzt schon seit drei Monaten vermisst.«

Ulysses betrachtete das Foto und sein Herzschlag beschleunigte sich.

»Mir wärs ehrlich gesagt egal, wenn er die Radieschen von unten zählt. Schlimmer Typ.«

»Noch nie gesehen«, sagte Ulysses. »Wer ist das?«

»Der Bruder von 'nem Freund von Reggie und Ronnie. Deshalb schlägt die Sache Wellen. Ist bekannt als Eric Davy.«

Cress kam herein: »Probleme?« Ulysses gab ihm das Foto. »Schon mal gesehen, Cress?«

Cress studierte die Fotografie. »Noch nie gesehen«, sagte er.

Col kam herein.

»Schon mal gesehen, Col?« Ulysses hielt ihm das Foto hin. »Eric Davy. Wird seit drei Monaten vermisst. Ist der Bruder von 'nem Freund von Reggie und Ronnie.«

Col betrachtete das Foto. Er wurde blass, seine Oberlippe zuckte leicht und er legte die Hand auf den Magen.

»Noch nie gesehen«, sagte Col, wickelte ein Pfefferminzbonbon aus, und bevor er weitersprechen konnte, kam Tubby aus dem Kabuff. Col gab ihm das Foto und sagte: »Heißt Eric Davy. Schon mal gesehen, Tubby? Eric Davy.«

Tubby warf einen Blick auf das Foto und lächelte. »Ja, ich kenne ihn. Bruder von 'nem Freund von Reggie und Ronnie. Schmieriger Kerl. Verlogen bis zum Gehtnichtmehr. Hat mir 'nen Haufen Kohle geschuldet.«

»Tatsache?«, fragte Col.

»Jep. Ist er tot?«

»Wissen wir nicht«, antwortete der Polizist und trank sein Bier aus.

»Dem wird man keine Träne nachweinen«, sagte Tubby.

»Na gut, wenn ihr was hört, sagt mir Bescheid«, sagte der Polizist, nahm die Fotografie und ging im gleichen Moment, als Peg zur Tür hereinkam.

»Aber hallo«, sagte Tubby. »Da hat jemand noch was vor heute.«

Doch Peg ignorierte ihn und ging direkt auf Col zu. »Es gibt da was, das du wissen solltest.«

»Leg los«, sagte er.

»Hier?«

»Wieso nicht? Wir sind unter Freunden.«

»Bist du dir da sicher?«

Col lachte.

»Davy ist wieder da«, sagte sie.

Standbild: Col, der sich schreiend auf Tubby stürzt, Arme ausgestreckt, dabei, ihm mit beiden Händen an die Kehle zu gehen. Tubbys Grinsen zur Grimasse gefroren. Tubby, wie er hintenüber fliegt, Fuß mit Stahlkappenstiefel auf Hüfthöhe, während er Cols Angriff abwehrt. Cols Knie in Tubbys Schritt, neben dessen Geldbündel. Ein Wasserstrahl spritzt von links ins Bild. Old Cress am Siphon, als ob er einen Granatwerfer bedienen würde. Claude in der Luft, beeindruckende Flügelspanne, nicht in der Mauser, dafür mit konstanten Ausscheidungen. Ulysses auf Cols Rücken in dem Versuch, ihn von Tubby wegzuziehen. Peg, die einen Aschenbecher in Tubbys Mund leert.

Plötzlich ging die Tür auf, und ein Mann erschien.

»Ich suche einen Ulysses Temper!«, rief er. Er nahm einen Stuhl hoch und knallte ihn auf den Boden. »Ein Ulysses Temper! Irgendjemand?«

Das Handgemenge nahm ein jähes Ende. Stöhnen und Ächzen stieg von dem Haufen Körper auf, und fünf Köpfe drehten sich in seine Richtung. Der Mann lüpfte seinen Hut und sagte: »Roland Burgess, zu Ihren Diensten.«

Ulysses stand auf und streckte ihm die Hand hin. »Ich bin Ulysses Temper.«

Mr Burgess lächelte und wischte sich eine blaue Feder von der Schulter. »Mr Temper. Sie können sich nicht vorstellen, wie erfreut ich bin, Sie kennenzulernen.«

Ulysses führte Mr Burgess die schäbigen Treppen hinauf und in sein Zimmer. Er schloss die Tür hinter sich und bedeutete ihm, am Tisch Platz zu nehmen.

»Bitte entschuldigen Sie, Mr Burgess«, sagte Ulysses.

»Ärger?«

»Nein. Lange Geschichte.« Ulysses setzte sich ihm gegenüber. »Was kann ich für Sie tun, Sir?«

»Meine Visitenkarte«, Mr Burgess öffnete seinen Aktenkoffer.

»Jurist?«

»Sie sind Teil einer langen Geschichte, die in der italienischen Kirche in Clerkenwell endete, Mr Temper.«

»Bin ich das?«

»Ja. Ich habe schon öfter für die Gemeinde dort gearbeitet. Besonders nach dem Krieg. Schwierige Zeit, wie Sie sich bestimmt denken können. Also haben die Leute mich um Hilfe bei diesem kleinen Vorhaben gebeten. Und ich habe Sie gefunden.«

»Mich gefunden, Mr Burgess?«

»Ja. Arturo Bernadini. Sagt Ihnen der Name was?«

Ulysses schüttelte den Kopf. »Ich kenne ihn nicht, Sir. Ich gehe nicht in die italienische Kirche. Ich meine, ich war mal zu einer Prozession da, aber nicht …«

»Nein, nein. Sie verstehen falsch. Mr Arturo Bernadini aus Santo Spirito, Florenz. Nicht St Peter's, Clerkenwell. Der Name …?«

»Einen Moment«, sagte Ulysses. »Arturo Arturo?«

»Ich denke, das wird er wohl sein. Arturo Bernadini ist vor einem

Jahr gestorben«, Mr Burgess holte einen Stapel Dokumente aus seinem Aktenkoffer, »ja, hier haben wir's. Das hier, Mr Temper, ist eine Kopie seines Testaments.« Er hielt es Ulysses hin.

»Was hat das mit mir zu tun, Mr Burgess?«

»So einiges, Mr Temper«, und er nahm das Dokument und las: »Ich hinterlasse Mr Ulysses Temper, Soldat der britischen Armee, all meine weltlichen Besitztümer.«

Ulysses starrte ihn an.

»Sie sind der einzige Begünstigte seines Nachlasses, Mr Temper. Sie werden also verstehen, dass es unabdingbar war, Sie zu finden.«

Schweigen.

»Ich weiß nicht, was ich sagen soll«, sagte Ulysses.

»Das wüsste wahrscheinlich niemand.«

Ulysses stand auf und holte eine Flasche Scotch. »Weltliche Besitztümer?«, fragte er.

»Eine Immobilie und die darin vorhandene Ausstattung. Außerdem eine gewisse Summe Geld auf einem Bankkonto.«

Ulysses reichte Mr Burgess ein Glas Whisky.

»Glauben Sie an Schicksal, Mr Temper?«

»Es ist ein Geschenk, oder? Zumindest sagt das eine Freundin von mir.«

»Ein Geschenk? Das gefällt mir. Na dann, lassen Sie uns auf das Schicksal anstoßen. Und bevor ich es vergesse, einen Brief habe ich auch noch.« Er kramte in seinem Aktenkoffer und überreichte Ulysses einen Brief.

Ulysses öffnete ihn. »Der ist auf Italienisch«, sagte er.

»Soll ich ihn übersetzen?«

»Ja, danke, Sir.«

Mr Burgess nahm den Brief und begann vorzulesen.

Mein lieber Ulysses,

wenn Du diesen Brief liest, bin ich tot.

Neun Jahre sind vergangen seit unserer flüchtigen Begegnung. Und das

Bild von Dir, wie Du mir gegenüber an meinem Küchentisch sitzt, hat mich seither begleitet.
Habe ich mein Leben in Bahnen gelenkt, die die Güte reflektieren, die Du mir erwiesen hast? Ich weiß es nicht. Ich hoffe es. Auf meine eigene Art und Weise habe ich das vielleicht, denke ich. Kein Akt von Großmut bleibt je allein – Großmut zieht weite Kreise.
Und was haben Dir die Jahre gebracht? Zufriedenheit, hoffe ich.
Indem ich Dir mein Zuhause vermache, biete ich Dir gleichermaßen Ausweg und Dilemma, das ist mir bewusst. Aber diese Räume waren meiner Mutter und mir einmal ein gutes Zuhause, und gute Dinge sind hier geschehen. Du bist eines davon.
Man wird Dir gesagt haben, dass das Geld reicht, um die Reisekosten zu decken, wie auch immer Du zurückkehren willst. Es gibt viele Möglichkeiten. Das Geld reicht selbstverständlich auch für Frau und Kinder – ich male mir stets ein erfülltes Leben für Dich aus.
Wie auch immer Du Dich entscheidest, ich werde es respektieren.
Und hiermit schließe ich.
Ich wünsche Dir ein langes und ertragreiches Leben, Ulysses Temper. Und ich danke Deinen Eltern dafür, dass sie Dich so genannt haben. Hätten sie das nicht getan, hätte ich Dich niemals gefunden.

»In der Tat«, sagte Mr Burgess.

Dein Freund,
Arturo
Santo Spirito, Florenz

Die Sonne stand tief und feuerte rotgolden glühende Flammen auf das Wasser. Blesshühner und Enten trieben auf dem Wasser, und zwei Männer saßen tief in Gedanken versunken auf einer Bank.

»All sein Hab und Gut?«, fragte Cress.

»Jep. Alles.«

»Ich werd nich mehr.«

Ulysses stand auf und versuchte, einen Stein über die Wasseroberfläche hüpfen zu lassen. »Was soll ich machen, Cress?«

»Was möchtest du machen?«

»Ich weiß es nicht. Ich weiß es nicht.« Er setzte sich wieder und verschränkte die Hände hinter dem Kopf. »Ich könnte Mr Burgess beauftragen, alles zu verkaufen.«

»Ist es das, was du willst? Das Geld?«

»Will das nicht jeder? Wäre schön.«

Cress zündete sich eine Zigarette an. »Währt auch nicht ewig, Geld.«

»Was denkst du?«

Cress schob die Ärmel hoch und streckte in einer abwägenden Geste die Hände vor sich aus. »Ausweg und Dilemma – das hat er gesagt, oder? Du musst der Sache ins Auge blicken.«

»Und was ist Sache?«

»Ein Spiel mit den Wünschen. Du hast dir etwas gewünscht. Vielleicht weißt du es gar nicht, aber das hast du. Du hast um etwas gebeten und es bekommen. Und nur du weißt, was es ist.«

Ulysses stand auf und trat gegen ein paar Grashalme.

»Es geht dir um Peg und die Kleine, oder?«, fragte Cress.

»Und um dich«, sagte Ulysses.

»Nichts ist ewig«, gab Cress zurück und blies eine Rauchwolke aus. »Wie ist Florenz denn so?«, fragte er.

»So wie das hier«, antwortete Ulysses und deutete auf die leuchtenden Farben auf der Oberfläche des Kanals, ein friedliches Schillern unter schimmerndem Licht.

»Und das Haus, das er dir vererbt hat?«

»Mehrere Schlafzimmer. Viel Platz. Eine Terrasse.«

Die beiden Männer schwiegen.

»Was würde mein Pa tun, Cress?«

»Keine Frage, Junge. Alles auf Schwarz«, und er schnipste seine Zigarette zu Boden. »Aber bei Gott, ich werd dich vermissen«, sagte Cress.

»Komm mit, Cress.«

»Ich bin zu alt. Alles auf Schwarz, Junge.«

In den darauffolgenden Tagen verbreitete sich die Nachricht von der Erbschaft wie ein Lauffeuer und drängte jegliches noch vorhandenes Getratsche über die Schwangerschaft und Davy in den Hintergrund.

»Zwei halbe Starkbier«, sagte Mrs Lovell, »und was wirst du jetzt tun?«

»Ich weiß nicht, Mrs Lovell. Was würden Sie an meiner Stelle tun?«

»Das Geld nehmen und den Spaghettis sagen, sie können mich mal.«

»Naja, das wäre auf jeden Fall eine Möglichkeit, Mrs Lovell. Hier, bitte.« Und Ulysses schob zwei Gläser Starkbier über die Theke.

Peg und die Kleine stürmten herein. Kummer klopfte in seiner Brust.

»Ihr seid eine Augenweide«, sagte er.

Die Kleine lächelte. »Wo ist Ginny?«

»Oben«, sagte er und sie tauchte unter der Klappe im Tresen hindurch und verschwand.

»Hast du dich schon entschieden?«, fragte Peg.

Er schüttelte den Kopf. »Kann ich mit dir reden?«

»Jetzt nicht, Temps …«

»Nein, nein. Nicht jetzt, irgendwann. Aber nur wir beide.«

»Geht's dir gut?«

Ulysses zuckte mit den Schultern.

»Danke, dass du dich um sie kümmerst.«

»Ich liebe sie.«

»Das weiß ich«, sagte Peg. »Wie wärs mit Freitag?«

»Freitag? Hast du nichts vor?«

»Ich komm früher zurück.« Peg trank ihr Getränk aus. »Freitag reden wir. Nur wir beide.«

Die Tage bis Freitag vergingen langsam, auch dank Col, der sich immer wieder einmischte und nach der Arbeit Reden schwang.

»Verstehst du nicht? Die sind nicht wie wir. Und dann das ganze fremde Essen.«

Cress stand am Tresen zusammen mit Pete, der schwermütig gestimmt war und ein Gesicht zog wie schon seit Monaten nicht mehr.

»Das ist jetzt schon etwas harsch, finde ich«, sagte Pete. »Ich kaufe meine Noten von einem sehr netten Polen.«

»Wir leben auf unterschiedlichen Planeten, Pete. Es gibt uns, und dann gibt es die anderen.« Col verwendete den Globus als Requisite. »Das europäische Festland. Und Großbritannien. Und dazwischen der Kanal. Den gibt es aus gutem Grund. Ein von Gott geschaffener Graben. Wir können die Zugbrücke hochziehen, denen sagen, sie sollen sich zum Teufel scheren, und alles bleibt wie gehabt. Man muss sich doch bloß das verdammte Chaos da drüben anschauen. Du solltest das eigentlich wissen, Temps, du warst doch dort. Was haben die je für uns getan, außer uns Kummer und Elend zu bereiten?«

Col ging beinahe einer ab in der Stille, die auf seine Worte folgte.

»Uhren«, sagte Cress.

»Was?«, fragte Col.

»Was haben die je für uns getan? Mechanische Uhren.«

»Ich bin beeindruckt.«

»Das solltest du sein«, sagte Pete. »Es ist Zeit.«

»Cognac«, sagte Ulysses. »Cellos.«

»Gläser«, sagte Cress.

»Schon gut, schon gut. Aber der springende Punkt ist ein anderer.«

»Ich hab 'nen springenden Punkt für dich«, sagte Pete, ermutigt von seinem vorherigen Beitrag, »Fotografie.«

»Lass gut sein, Pete.«

»Kino«, sagte Cress.

»U-Boote«, sagte Ulysses.

»Klarinetten.«

»Fernsehen.«

»Ich geh schlafen.« Col marschierte davon.

»Fallschirme«, sagte Claude.

Col kam zurück und beäugte den Papagei. »Was hast du gesagt?«

»Fall-schir-me«, wiederholte Claude, sein Schnabel direkt vor Cols Nasenspitze.

»Und Teleskope«, sagte Cress.

Schließlich war es doch noch Freitag geworden, Ulysses stieß einen Seufzer der Erleichterung aus und machte um neun Uhr Schluss.

»Wer hat dir das erlaubt?«, fragte Col.

»Du«, erwiderte Ulysses.

Als Peg vor der Tür stand, traf er gerade letzte Vorbereitungen in seinem Zimmer. Er ließ sie herein und sah, was sie sah: Er hatte sich Mühe gegeben. Kerzen auf dem Tisch, eine Flasche Schampus, von der das Kondenswasser tropfte, eine Schüssel Kartoffelchips, Narzissen in einem Milchkrug, und in der Luft hing der leise Duft seines Rasierwassers. Die Laken gewaschen und gebügelt.

Aber es war immer noch ein Zimmer über einem Pub, in dem ein Demob-Anzug am Kleiderständer hing. Ein Zimmer, dessen Fenster alle paar Tage aufs Neue rußverschmiert waren, und in dem er die Auseinandersetzungen draußen auf der Straße sowie die drinnen im Pub mitanhören durfte. Die Widrigkeiten des Alltags. Ginnys nächtliche Spaziergänge. Cols saures Aufstöhnen.

»Hübsch hast du's«, sagte Peg und schloss die Tür.

Sie stellte sich vor den Spiegel und strich sich eine Strähne aus der Stirn. »Dreiunddreißig«, sagte sie. »Wer hätts gedacht?«

Ulysses kämpfte mit dem Korken. Es ploppte gedämpft.

»Das gute Zeug?«, fragte sie.

Er nickte und war froh, dass er sich die Flasche geleistet hatte.

Er reichte ihr ein Glas und sagte: »Auf die nächsten dreiunddreißig. Alles Gute, Peg.«

»Ist das da für mich?«

Ulysses nickte und drückte ihr einen Umschlag in die Hand.

Peg nahm ihn verlegen und fragte: »Was ist drin?«, und Ulysses antwortete: »Mach ihn auf.«

Peg zog einen Stadtplan heraus. Auf der anderen Seite war ein Foto von einem Fluss mit einer Brücke, auf der sich kleine Häuser aneinanderreihten. Im Hintergrund ein Ruderer. Goldenes Licht. *FIRENZE* in Großbuchstaben am Himmel.

»Komm mit«, sagte Ulysses.

Behutsam legte Peg den Stadtplan auf den Tisch.

»Komm mit«, wiederholte er.

Sie nahm einen Schluck Champagner.

Leise: »Ich kann nicht. Ich bin mit Ted zusammen.«

»Du liebst ihn nicht.«

»Das muss ich nicht.«

»Komm mit mir. Du, ich, Alys. Wir könnten zusammen leben. Es ist so schön dort, Peg. Ein neuer Anfang.«

»Und Italienisch lernen?«

»Warum nicht? Leute lernen ständig neue Sprachen. Mrs Kaur und Mr Wassily mussten Englisch lernen – sie haben es hingekriegt. Das könnten wir auch. Wir sind nicht so anders.«

»Du träumst.«

»Das ist keine Träumerei, sondern unsere Chance.«

Ulysses setzte sich und faltete den Plan auf. »Peg.« Er griff nach ihrer Hand. Er war so zärtlich, und sie gab nach. »Schau, das Tor da«, sagte er. »Es liegt im Süden, und da sind wir im Krieg in die Stadt gekommen. Zu dem Palast und den Gärten da sind wir hin. Sind ziemlich groß. Und es gibt Brunnen und …«

Sie betrachtete ihn. Sein Staunen, dieses kindliche Staunen, das er sich bewahrt hatte: glänzende Augen, Tatendrang, fähige Hände, die alles einfangen konnten, egal ob Ball oder Sternschnuppe. Und sie wünschte, sie könnte ja sagen, aber dazu reichte ihre Vorstellungskraft nicht, nicht seit Eddie.

»… die ganzen Leute hatten da ihr Lager aufgeschlagen«, fuhr er fort. »Und da auch, auf dem Platz. Hier ist eine Kirche, und hier würden wir wohnen. Ganz weit oben, mit Terrasse. Wir könnten Gemüse anpflanzen. Und wenn wir morgens rausschauen, würden wir die Berge sehen – stell dir das mal vor! –, und die Luft, Peg, die Luft ist so sauber und …«

»Nimm Alys mit.«

»Was?«

»Nimm Alys mit.«

»Nein.«

»Gib ihr das Leben, das du mir schenken willst.«

»Sie braucht ihre Mutter.«

»Sie braucht jemanden, der sie liebt. Jemanden, den sie lieben kann.«

»Peg.« (Er klang so unglaublich traurig.)

»Ich war mal wie sie«, sagte sie. »Ich kann sehen, wie sie sich dir gegenüber verhält. Wenn es so ein gutes Leben ist, dann gib es ihr. Hier kann ich ihr nichts bieten.«

Peg nahm seine Hände und küsste sie. »Ich kann betteln, wenn du –«

»Hör auf, Peggy.«

»Bitte nimm sie mit. Zeig ihr die Welt, bring ihr was bei. Das wird dein Geschenk an mich sein. Sag mir, dass du das machst.«

Peg lag wach, irgendwo an der unabwendbaren Grenze zwischen Nacht und Tag. Ihr Körper an seinen geschmiegt. Sie hatte ihn mürbe gemacht, das wusste sie. Aber sie war nicht stolz darauf, sondern fühlte sich wie ausgehöhlt. Sie löste sich von ihm und rollte zur Bettkante. In nur vier Stunden hatte sich ihr Leben verändert. Genau wie damals, 1944. All die Vierer und der Tratsch, der folgte. Sie strich ihre Bluse und den Rock glatt, nahm ihre Schuhe und den Mantel, doch er bewegte sich nicht, und sie würde ihn nicht wecken. Er hatte versprochen, die Kleine mitzunehmen. Ihr war schwindelig und schlecht, und sie musste an die frische Luft. Sie zog die Tür hinter sich zu und schlich nach unten.

Auf dem Gang, aus der Dunkelheit, eine dünne, näselnde Stimme.

»Ginny. Wieso bist du schon auf, Liebes?«

»Du siehst traurig aus.«

»Peg ist nie traurig. Komm.« Und sie nahm Ginny an der Hand und ging mit ihr in die Bar zurück. Claude öffnete die Augen und Peg sagte: »Schlaf ruhig weiter, Claude«, schenkte sich ein und nahm Cols Zigaretten von der Theke. Sie setzte sich, und Ginny kuschelte sich an sie. Die Bar war kalt, aber Ginnys Körper war warm. Ginny zu lieben war leicht. Ginny zu lieben fiel ihr leichter, als ihr eigenes Kind zu lieben. Durch das Fenster konnte sie sehen, wie das Licht langsam den dunklen Himmel aufriss. Entfernt das Zwitschern einer Amsel, das Klappern von Kutsche und Pferd, doch vor allem brachten die frühen Morgenstunden eine Stille, die genauso kontemplativ wie konfrontativ war. Wieso kannst du dein eigenes Kind nicht lieben, Peg? Sie nahm eine Zigarette und steckte sie sich zwischen die Lippen. Weil sie zu viel von mir hat.

Ginny riss das Streichholz an und hielt es Peg hin. »Was trinkst du da?«, fragte sie.

»*Mother's Ruin.*«

»Wieso heißt es so?«

»Das willst du nicht wissen«, antwortete Peg und küsste sie auf die Stirn.

»Peg weint«, sagte Ginny.

»Das ist nur der Rauch, Gin Gin.«

Ein leichter Nieselregen empfing Peg vor der Tür. Nicht kalt, sondern beruhigend, und die Tropfen in Pegs Haar fingen das Mondlicht ein. Sie kann wieder atmen. Sie wirft den Kopf zurück, breitet die Arme aus und fängt an zu singen. Leise, Sängeratmung, rauchiges Timbre.

Peggy Temper geht aufrecht und stolz durch die Straßen ihres

Reviers. Sie feuert ihren Schmerz mit einem lässigen Peitschenhieb in die Gosse, zu tausend anderen blutenden Herzen. Links, rechts, links, rechts, ihre Hüften schwingen wie ein schmutziger Traum, und orange glühende Asche tropft von ihren ungeschminkten Lippen und an diesen Lippen möchte man für immer hängen – so manch einer hat es schon versucht. Das Echo ihrer Schritte in den Straßen. Die dunklen Umrisse der Gasometer und immer der Geruch von Kohlestaub und einem überreifen Kanal. Das alles ist Teil ihres Zuhauses. Und sie weiß, dass sie nie weggehen wird. Nur für den Fall, du weißt schon. Eddie.

»Fahr«, sagte Old Cress.

Es war Mitte April und Ulysses und Cress saßen unter der Blütenkirsche und schmiedeten einen Plan für die Abreise. Mr Burgess kümmerte sich um die Reisepässe und die Vormundschaft für Alys, und nun lag es an Ulysses, sie beide nach Italien zu bringen.

»Fahr«, wiederholte Old Cress.

»Klopf, klopf«, sagte Piano Pete vor dem Blütenwunder.

»Komm rein, Pete«, antwortete Cress, und Pete kam herein mit drei Gläsern Bier in den Händen. »Hier, bitte, Jungs.«

»Hübsche Krawatte, Pete.«

»Danke, Temps. Französische Seide.«

»Ich hab ihm gesagt, er soll mit dem Auto nach Italien fahren«, sagte Old Cress.

»Guter Rat, Cress. So können deine Emotionen mit der Landschaft harmonisieren. Dover nach Calais, Dijon, Poligny, St-Cergue, Lyon, Geneva – vielleicht einmal um den See –, Milan, Bologna. Und fertig ist die Kiste.«

Erstaunt sahen Ulysses und Old Cress ihn an.

»Das ist ziemlich präzise, Pete«, sagte Ulysses.

»Eine ehemalige Freundin hat '48 mal 'ne ähnliche Spritztour gemacht. Schöne Strecke, malerische Landschaft. Braucht ihr 'nen fahrbaren Untersatz?«

»Wär nicht schlecht.«

»Ich frag mal, ob sie ihre alte Betsy vielleicht verkaufen will. Sie ist mittlerweile Motorrad-Enthusiastin. Zieht die Freiheit vor.«

Und zwei Wochen später kam Pete mit Betsy angefahren, einem Jowett-Bradford-Kleintransporter in einem attraktiven Blauton.

Ulysses öffnete die Motorhaube. »Eine Schönheit. Wie viel, Pete?«

»Mach dir keinen Kopf«, sagte Cress. »Fanny hat sich um alles gekümmert. Also, ich hab sie mir angeschaut und ein bisschen was dran gemacht. Vier Liter auf fünfzig Kilometer mit ’ner Höchstgeschwindigkeit von achtzig. Sie ist fünf Jahre alt, aber immer noch zuverlässig. Bringt dich sicher nach Italien.«

»Und sie kennt den Weg«, sagte Pete.

Und bevor Ulysses noch etwas sagen konnte, kam Col hupend in seinem Krankenwagen angefahren und bestand auf seinem Parkplatz. »Zieh Leine, Verräter!«, rief er.

Mitte Mai schenkte man Ulysses’ nahender Abreise kaum mehr Beachtung, die meisten Leute waren mit ihren Gedanken bei dem erfreulicheren Ereignis der bevorstehenden Krönung von Königin Elizabeth II. Patriotische Paraphernalien schmückten dank Cols neuer Freundin, Gwyneth, die Außenwände des Pubs. Sie war Floristin und legte Wert auf Zurschaustellung. Ginny lernte, wie man die Kasse in Mrs Kaurs Laden bediente, und Mrs Kaur sagte, sie sei von unschätzbarem Wert für ihr expandierendes Geschäft. Peg litt schweigend unter dem drohenden Verlust ihres besten Freundes und der Kleinen, und sie missbrauchte die Flasche und sagte kein Wort an dem Abend, als Ted sie missbrauchte. Ulysses bekam Muffensausen und sagte zu Cress, er wisse nicht, wie man sich um ein Kind kümmert oder einen Neuanfang macht. Er sagte, er habe nach dem Krieg auch nicht neu angefangen, sondern war einfach nur in eine Art Starre verfallen, die ihn aufrecht gehalten hatte, denn das war es, was er gebraucht hatte. Die Sonne ging auf, die Sonne ging unter, und die Bierfässer mussten gewechselt werden. Cress beruhigte ihn natürlich. »Ich wünschte, du würdest mitkommen, Cress.« Aber Cress war den Tränen nahe und brachte kein Wort heraus. Und schließlich, eine Woche vor der Abfahrt, kam Mr Burgess mit den Vormundschaftspapieren und einem riesigen Stapel Lire.

Sonntagabend. Die Kleine aß eine Schüssel Spaghetti in Ulysses' Zimmer.

»Heißt das, dass ich jetzt dir gehöre?«

»Nein. Wir leihen uns nur gegenseitig aus«, antwortete er.

Die Kleine dachte darüber nach.

»Wir passen aufeinander auf«, fügte er hinzu. »Nur für eine Weile. Schauen, ob es funktioniert. Wir können jederzeit zurückkommen, falls du deine Mum vermisst.«

»Ich werd sie nicht vermissen.«

Knallhart, dachte er.

»Oder falls du London vermisst?«

»Ich werd überhaupt nichts vermissen.«

»Nicht mal Ginny und Cress?«, fragte er.

»Sie können uns besuchen. Und Weihnachten kommt Pete.«

»Tut er das?« Ulysses lachte. »Vorerst werden es nur wir beide sein. Ist dir das genug?«

»Mehr als genug.«

Am Morgen der Abreise war es trübe und kalt, und eine kleine Schar von Leuten hatte sich vor dem Pub eingefunden, um sie zu verabschieden.

Ulysses trug seinen Demob-Anzug und legte die Kupferplatten seines Vaters vorsichtig in den Kofferraum. Die Schlafsäcke warf er auf den Rücksitz.

»Col? Hast du Cressy gesehen?«

»Wollte sich wahrscheinlich nicht verabschieden. Ist enttäuscht von dir …«

»Herrgott nochmal, Col. Hör schon auf.«

Die letzten Taschen wurden in den Transporter geladen. Pete kam mit Ulysses' Globus aus dem Pub und lud ihn in den Kofferraum.

»Danke, Pete.«

»Ich mag keine Abschiede, Temps. Hab ich noch nie«, und er schlang Ulysses die Arme um den Hals und begann zu weinen. »Weihnachten komm ich euch besuchen, Temps. Wenn ich den Gig im Palladium nicht bekomme.«

»Rosemary Clooney, hab ich gehört?«

»Ja, große Sache. Da muss ich die Nerven behalten.«

»Er wirds verkacken, wie immer«, sagte Col.

»Wo ist Claude?«, fragte Ulysses.

»Mich brauchst du nicht fragen«, erwiderte Col.

»Ich frag dich aber. Ich wollte mich verabschieden.«

»Von dem Scheißvogel?«, fragte Col kopfschüttelnd, murmelte irgendetwas Unanständiges und ging zurück in den Pub.

Ulysses drehte sich um und rief: »Hey, da sind sie ja!« Ginny und die Kleine kamen auf ihn zugerannt. Peg, klack, klack, klack hinter ihnen, biss sich auf die Lippe.

Er nahm Peg den Koffer ab und lud ihn ins Auto.

»Fertig?«, fragte sie.

»Jep.«

»Hast du Cress gesehen?«, fragte er.

»Ist er nicht hier?«

Ulysses sah auf die Uhr. »Wir sollten los.«

»Gib ihm noch einen Moment«, sagte Peg.

»Dachte, ihr wärt mittlerweile weg.« Col kam wieder aus dem Pub. »Ich erwarte 'ne Lieferung. Die brauchen den Platz.«

»Col?«

»Was?«

»Hör auf.«

»Was?«

»Hör auf. Gib mir die Hand. Gib sie mir schon, verdammt.«

Col gab sie ihm.

»Pass auf dich auf, Kumpel«, sagte Ulysses. »Danke, Temps«, und Col wollte noch etwas über Freundschaft und Entfernung hinzufügen, doch Emotionen und Reflux kamen ihm in die Quere, und das Geräusch, das seiner Nase entwich, war schleimig und furchterregend. Er stolperte zurück in den Pub, Hand auf dem Magen, eine stumme, schrumpelige Hülse aus ständig wachsender Reue.

Ulysses sah sich nach Cress um. »Wir müssen los, Peg. Sag Cress –«

»Keine Sorge.«

Sie umarmten sich, und er flüsterte: »Wir haben uns alles gesagt?«

»Natürlich haben wir das«, entgegnete sie.

»Ich werd gut auf sie aufpassen.«

»Das weiß ich doch.«

Pegs Finger auf seinen Lippen. »Schh. Genug jetzt.«

»Komm schon, Ulysses!« Die Kleine zerrte an seiner Jacke. »Lass uns fahren.«

»Los«, sagte Peg. »Jetzt oder nie.«

»Ciao, Ginny!«

»Ciao, Uly!«

Das Knallen der Autotüren. Luftholen und Schweigen. Ulysses wandte sich der Kleinen zu. »Fertig?«

»Fertig«, sagte sie und streckte beide Daumen hoch. Er nickte und drehte den Schlüssel in der Zündung. Der Motor sprang sofort an. Selbst der Transporter konnte es nicht abwarten, endlich hier wegzukommen.

Er fuhr einmal um den Häuserblock herum, dehnte die Zeit bis an ihre Elastizitätsgrenze, ungläubig, dass der alte Knabe nicht gekommen war, um sie zu verabschieden. Peg schien unbesorgt, hatte gesagt, dass er es vielleicht nicht ertragen könne, du weißt ja, wie er ist. Sie würde später nach ihm sehen. Aber trotzdem. Noch einmal fuhr Ulysses an dem Kirschbaum vorbei, dem bodenständigen, stummen Zeugen der Geschehnisse in diesem kleinen Teil der Welt. Jahre später würde er vor der Abrissbirne kauern und wie so viele Bäume vor ihm seinem Untergang begegnen, würdevoll und bescheiden angesichts der ewig gleichen Geringschätzung des Menschen.

Ulysses ließ den Pub hinter sich, das rostige Quietschen des Schildes, sowie die Wimpel der Krönungsfeier, die sich bereits lösten und zu Boden fielen wie Späne. Er legte den nächsthöheren Gang ein, fuhr an dem alten Haus seiner Eltern vorbei und in Richtung Kanal. Ein letzter Versuch, Cressy zu finden, bevor sie über die Brücke und nach Süden fahren würden.

Es gibt Momente im Leben, so monumental und still, dass die Erinnerung daran nie hervorgerufen werden kann, ohne schlucken zu müssen oder ohne dass der Herzschlag sich beschleunigt. Die Erinnerung wird immer das beunruhigende Gefühl hervorrufen, dass dieser Moment beinahe nicht eingetreten wäre.

Und genau so ein Moment ereignete sich für Ulysses, als Cressy im Rückspiegel auftauchte. Er trat auf die Bremse und stieß die Tür auf.

»Cressy!«, rief er.

»Cressy!«, rief die Kleine.

Cressy rannte mit Koffern in der Hand auf sie zu, die sandfarbenen Bermudas flatterten ihm um die Beine.

»Wartet!«, rief er. »Wartet! Ich habs mir anders überlegt!«

DER STOFF, AUS DEM TRÄUME SIND
1953–54

Als Betsy in Richtung Küste fuhr, wehrte Cress die Fragen der beiden nach dem *Warum?* und *Wie?* mit einer Version der Ereignisse ab, die Ulysses und die Kleine zum Lachen brachte und nach Luft schnappen ließ. Die Wahrheit allerdings kam leiser als Vergnügen. Brachte mehr Regung mit sich, wie der alte Knabe es wohl selbst ausgedrückt hätte.

Diese Version hatte drei Monate zuvor begonnen, als Old Cress mit Ulysses auf einer Bank gesessen hatte und den Blick über den Kanal hatte schweifen lassen. Die Sonne stand tief und feuerte rotgolden glühende Flammen auf das Wasser. Ulysses hatte ihm gerade von seiner Angst, London zu verlassen, erzählt und Cress hatte gefragt: »Es geht dir um Peg und die Kleine, oder?«, und Ulysses hatte geantwortet: »Und um dich.«

Und um dich.

Diese drei Worte hatten Cress verwirrt, denn es war ihm noch nie viel Liebe entgegengebracht worden. Die tiefe Zufriedenheit, die diese drei Worte ausgelöst hatten, und der Kummer, sie noch nie zuvor gehört zu haben, schlossen ein unbequemes Bündnis, das ihn veranlasste zu sagen: »Nichts dauert ewig« – eine banale und klischeehafte Erwiderung auf die Worte der Zuneigung eines jungen Mannes.

»Wie ist Florenz denn so?«, hatte er gefragt.

»So wie das hier«, hatte Ulysses geantwortet und auf die leuchtenden Farben des Wassers gedeutet, ein friedliches Schillern in schimmerndem Licht. Und Ulysses hatte gefragt: »Was würde mein Pa tun, Cress?«

»Keine Frage, Junge. Alles auf Schwarz«, und er hatte seine Zigarette zu Boden geschnipst.

Und dann hatte Ulysses es gesagt.

»Komm mit, Cress.«

»Ich bin zu alt«, hatte Cress erwidert.

Zu viel Liebe für einen Tag. Ich bin zu alt. Ende.

In den Nächten, die dieser Unterhaltung folgten, hatte Cress wenig Schlaf gefunden. Zu viele *Was wäre, wenn* lagen unter seinem Kissen, und sie waren knurrig und hart und trieben den alten Knaben hinaus auf die Suche nach Antworten.

»Zu alt?«, fragte der Kirschbaum. »Das ist vielleicht ein bisschen zu viel des Guten. Einer meiner Vorfahren ist über tausend Jahre alt und immer noch unternehmungslustig. Deine Vorstellung von Zeit ist ziemlich begrenzt.«

»Findest du?«, fragte Cress.

»Ich mein ja nur.«

Eine Brise schlüpfte zwischen den Ästen hindurch, und die *Prunus Serrulata* erschauerte.

»Ich liebe es, wenn er das tut«, sagte der Baum. »Ach, und noch etwas: Ich dachte, du willst dir einen Reisepass besorgen? Davon erzählst du jetzt schon seit Jahren.«

Es stimmte, Cressy erzählte seit Jahren davon.

Also füllte er den Antrag aus, und ein paar Monate später – Anfang Mai – erhielt er seinen Reisepass mit der Post. Als er ihn zum ersten Mal öffnete, gab er ein hörbares Knarzen von sich.

Doch Cress hing immer noch in der Schwebe.

»Du hast die Zeit, und du hast immer noch das Geld«, sagte der Baum.

Cress nickte – es stimmte, das hatte er.

»Und du bist schon seit Jahren auf eine Veränderung aus.«

»Das bin ich.«

»Es geht um Peg, oder?«, fragte der Baum schließlich.

»Ja«, sagte Cressy mit hängenden Schultern, »es geht um sie.«

Cress traf sie einige Tage später am Kanal. Klack, klack, klack kam sie die Stufen herunter.

»Hast du dich schon entschieden?«, fragte sie, und er schüttelte den Kopf. »Soll ich für dich entscheiden?«, fragte sie, und er nickte.

»Geh. Du wolltest schon immer die Welt sehen. Kümmer dich um die beiden, tu's für mich. Pass gut auf sie auf.«

Cress nahm ihre Hand. »Ich werd auch nicht jünger. Ich kann den Gedanken nicht ertragen, dich nie wiederzusehen.«

»Es ist Italien, Cress, nicht der verdammte Mond.« Sie stand auf, küsste ihn auf die Stirn und blickte nicht zurück.

Am nächsten Tag ging Cress zu Thomas Cook im West End und kaufte sich ein Ticket. Er hatte sich die Abfahrtszeit von Ulysses' Fähre notiert und gab den Zettel der jungen Frau am Schalter. »Dover, Calais«, sagte er. Es hatte etwas sehr Ehrfurchtgebietendes, wie das Leben sich entfaltete.

»Wann geht's los?«, fragte der Baum.

»Übermorgen«, antwortete Cress.

»Ach herrjeh, so bald schon?«

Cress nickte und schlürfte sein Bier.

»Musst du vorher noch viel erledigen?«

»Ein oder zwei Dinge.«

»Danke für alles. Es hat mich gefreut, deine Bekanntschaft gemacht zu haben.«

»Ebenso«, sagte Cress. »Du kommst zurecht?«

»Ich bin ein Baum. Ich hab das hier schon tausendmal gemacht.«

»Was gemacht?«

»Abschiede.«

»Wirklich?«

»Überleg doch mal. Meine Blätter.«

Dover kam kurz vor dem Mittagessen in Sicht, und der Jowett Bradford fuhr in den Hafen und zu den Eastern Docks, wo die Luft nach Diesel und Salz roch. Hinter Kränen und Anlegestellen wartete das offene Meer mit erheblichem Wellengang. Es war ein kalter Tag, der sich scheinbar in der Jahreszeit geirrt hatte.

Sie parkten neben dem Zollhäuschen und vertraten sich die Beine. Cress nahm seinen kleinen Koffer aus dem Auto, und Ulysses sagte, er solle ihn bei dem restlichen Gepäck lassen, aber Cress bestand darauf, ihn mitzunehmen. Vielleicht war es Cressys ungewöhnlicher Aufzug oder das Ticket ohne Rückfahrt, das sie alle hatten, aber im Gegensatz zu den oberflächlichen Durchsuchungen der anderen Fahrzeuge wurde ihres komplett auseinandergenommen. Die Kleine fand es spannend und folgte dem Zollbeamten – sehr zu dessen Verärgerung – auf Schritt und Tritt.

»Haben Sie hier schon reingeschaut?«, fragte sie. »Und hier? Vielleicht ist ja irgendwas in den Reifen versteckt?«

Ein letzter Blick in Cressys großen Koffer enthüllte nichts als eine kleine Auswahl an Kleidung und ein paar andere Dinge: zwei knopflose Hemden, Unterwäsche, ein Flanellanzug, ein Rasierset, Zahnbürste und Zahnpasta, Stricknadeln und Wolle, alte Stiefel und drei Bücher: der 1899 erschienene Baedeker *Italy: Handbook for Travellers, Bradshaw's Complete Anglo-Italian Phrase-book*, und ein Roman – eine ungewöhnliche Wahl für einen Mann der Fakten wie Cress –, E. M. Forsters *Zimmer mit Aussicht*. Erstausgabe, der hintere Buchdeckel fehlte.

»Cress?«, sagte Ulysses.

Cress erzählte dem Beamten gerade, wie er Ulysses und die Kleine in letzter Minute noch erwischt hatte.

»Cress?«, wiederholte Ulysses. »Sie sind fertig. Du kannst deine Sachen wieder einladen, der Typ interessiert sich nicht dafür.«

Cress klappte den Deckel seines großen Koffers zu und ließ die Verschlüsse zuschnappen. Der doppelte Boden, der mehrere hundert Pfund des Fanny-Gewinns enthielt, war nicht entdeckt worden. Und, noch viel wichtiger, der kleine Koffer, den er bei sich trug, war nicht kontrolliert worden.

»Wieso siehst du so zufrieden aus?«, fragte Ulysses.

Cress zuckte mit den Schultern und ging zenerfüllt zum Auto zurück. Die Kleine kletterte auf den Rücksitz, und Cress setzte sich nach vorn mit dem Koffer auf dem Schoß. Die ganzen Stunden, die er damit verbracht hatte, über psychophysische Magie zu lesen, hatten sich bezahlt gemacht, dachte er. Das Sichtbare unsichtbar zu machen war zu einem seiner größten Triumphe geworden.

Ulysses stieg ein und startete den Motor. »Auf nach Calais!«, sagte er, warf seinen Hut nach hinten und blickte zu Cress. Er war sich nicht sicher, aber es kam ihm so vor, als würde Cress den Koffer an sich drücken wie ein kleines Kind.

Auf Deck tönte das Signalhorn und der Wind blies ihnen etwas Verfaultes um die Ohren. Sie winkten den weißen Klippen zum Abschied zu. Auf Wiedersehen, England! Auf Nimmerwiedersehen! Ulysses dachte an Peg, Cress dachte an Peg, und die Kleine dachte ans Mittagessen. Sie gingen nach unten ins Warme und aßen Schinkensandwiches und Chips, während die Wellen hart gegen die Seiten des Schiffs prallten. Die Kleine konnte ihren Blick nicht von einem Mann losreißen, der in die Ecke kotzte, und Cress hielt sich an seiner Tasse englischen Tees fest, als sei es seine letzte.

Um vier Uhr nachmittags fuhren sie aufs französische Festland. Der Himmel hing dunkel und tief, und es regnete. Fremdartige Schilder rauschten vorbei, und die Autos fuhren auf der falschen Straßenseite. Sobald Betsy die Anlegestelle hinter sich gelassen hatte, bat Cress Ulysses anzuhalten, und da er dachte, Cress müsse dringend aufs Klo, fuhr er an die Seite und bremste scharf ab. Doch Cress rührte sich nicht von der Stelle. Autos fuhren vorbei und Regen prasselte auf die Windschutzscheibe. »Alles in Ordnung, Cress?« Aber Cress saß so reglos da wie ein meditierender Mönch. Schließlich streckte er seine Finger und atmete laut aus. Er öffnete die Verschlüsse des Koffers und hob den Deckel. Obenauf lag ein orangefarbener Wollpullover, den er vorsichtig herausnahm. Darunter, schlafend oder tot, lag eine große Blaustirnamazone.

»Claude!«, rief die Kleine.

»Verdammt, Cress, wie …?«

»Schh«, sagte Cress. »Ist immer noch in Lebensgefahr«, und er fühlte nach dem Puls. »Nichts«, sagte er niedergeschlagen. Er hob den Papagei an sein Ohr. »Ganz schwach, aber er atmet«, und er begann die Brust des Vogels zu massieren. »Da müsste irgendwo eine Pipette mit Wasser in dem Koffer sein, Temps.«

»Ja, hier«, sagte Ulysses, und Cress steckte die Pipette behutsam in Claudes Schnabel. »Er trinkt. Ein gutes Zeichen.«

»Aber wie zur Hölle hast du …?«

»Ich hab ein Buch über Veterinärmedizin gelesen. Hauptsächlich über die Dosierung von Beruhigungsmitteln beim Transport von Hühnern. Aber ich dachte mir, dass sie sich genetisch mehr oder weniger ähnlich sind. Ich habs einfach riskiert, Temps. Hätte ihn doch nicht mit Col alleinlassen können, oder? Er hätte die nächste Mauser niemals überlebt. Ohne ihn wäre ich nicht gegangen. Darum war ich so spät dran. Die Betäubung hat nicht richtig gewirkt.«

»Kann ich ihn halten, Cressy?«, fragte die Kleine.

»Klar kannst du das«, und Cress wickelte den Papagei in seinen Pullover und gab das Bündel nach hinten.

»Vorsichtig«, sagte er. »Halt ihn aufrecht, und gib ihm Wasser. Genau so. Und hin und wieder leicht die Brust massieren. So ists gut.«

Claude öffnete die Augen und blinzelte verwirrt. Es dämmerte ihm langsam, dass er knapp zweihundert Kilometer vom Pub entfernt war, ohne auch nur einen Meter geflogen zu sein. Und für einen Papagei war das nicht leicht zu verdauen. »Sind wir bald da?«, fragte er, und die drei lachten, und Ulysses zwinkerte ihm im Rückspiegel zu. Claude überkam das Gefühl verliebt zu sein, und er verspürte den plötzlichen Drang, sich an etwas zu reiben. Er erinnerte sich an die vergorenen Samen, die er und seine Freunde im Amazonas immer gefressen hatten. Gute Zeiten, dachte er, noch bevor er einschlief und träumte, er sei mit feinem rosa Flaum überzogen.

Drei Stunden fuhren sie durch die Ebenen von Picardy. Als sie sich Laon näherten, sagte Ulysses zu Cress und der Kleinen, dass sie nach dem Dorf Soutigny Ausschau halten sollten, dessen Besuch sie laut

Pete bestimmt nicht enttäuschen würde. Aber als sie schließlich in dem nichtssagenden französischen Dorf ankamen, regnete es immer noch in Strömen, die verlassenen Straßen standen unter Wasser, und man konnte sich nur schwer vorstellen, dass dieser Ort zu etwas anderem fähig war, als zu enttäuschen. Ulysses fuhr an den Straßenrand und starrte zwischen den hektisch hin- und herschlagenden Scheibenwischern nach draußen.

»Was genau hat Pete gesagt? Wort für Wort?«, fragte Cress.

»Dass er ›so manch glückliche Nacht in einem Juwel von einem Etablissement am Dorfplatz‹ verbracht hat.«

Cress schloss die Augen und konzentrierte sich. Dorfplatz, Dorfplatz, Dorfplatz. »Geradeaus«, sagte er und öffnete die Augen. »Sicher?« »Absolut.«

Und als die Glocken acht Uhr schlugen, rollte der Jowett Bradford auf den gesuchten – und einzigen, muss man dazu sagen – Dorfplatz. Sie hielten vor einem Bistro mit einer weißen Lichterkette und einem blinkenden, roten Neonschild mit der Aufschrift *Chambres*.

»Da haben wir das Juwel«, sagte Ulysses.

Claude pickte auf die Glocke an der Rezeption ein, und hinter einem staubigen Vorhang kam eine ältere Wirtin zum Vorschein, als sei sie die glamouröse Assistentin eines Zauberkünstlers. »*Bienvenue, welcome!*«, schnurrte sie. (Kein *willkommen*, denn Deutsche waren in dem Dorf nicht willkommen. Dafür war es noch zu früh.) Sie erklärte, sie habe noch genau ein freies Zimmer und würde ihnen ein Feldbett für die Kleine besorgen sowie Zeitungspapier für den Papagei. Sie drückte einen Schalter hinter der Theke und das rote Neonschild erlosch. »Voll«, sagte sie stolz.

Sie führte sie in das Speisezimmer, dunstig von Rauch und den Unterhaltungen der Vertreter. Die Fotografien an den Wänden zeigten ihre vielen Liebhaber und Ehemänner, erklärte sie. »Das haben sie zumindest gedacht«, sagte sie, und die drei mussten sich anstrengen, um ihre Ohren an das gebrochene Englisch zu gewöhnen.

»Rind *Bourguignon* und Pommes frites?«, fragte sie. »Ja, danke«, nickten sie. Sie brachte sie an einen Tisch, ihr Kellner, der phlegmatische Denis, war ein örtlicher Boules-Champion mit einem ausladenden Schnurrbart und einer beeindruckenden Trophäe.

Sie brachte ihnen eine Karaffe Rotwein und Sonnenblumenkerne für den *perroquet* und machte Cressy so unverblümt schöne Augen, dass er wünschte, seine Bermudas wären länger.

Als sie ging, schenkte Cress den Wein ein, und die Kleine hielt ihm ihr Glas hin und sagte: »Einmal vollmachen, Cress.«

»Du bist zu jung. Wenn du älter bist.«

»So wird das hier also ablaufen?«, fragte die Kleine.

»So wird was ablaufen?«

»Das hätt ich auch zu Hause haben können«, und die Kleine lehnte sich beleidigt zurück.

Und hier haben wir Peg, dachte Ulysses.

Eine halbe Stunde später schlief die Kleine neben einem Teller Pommes.

Sie waren die Letzten im Speisezimmer. Die Wirtin brachte ihnen einen Brandy aufs Haus, und Ulysses sagte zu Cress, dass sie dank ihm, dank seiner Anwesenheit vollständig waren. Cress wusste nicht, was er mit so einer Bekundung anfangen sollte – schon wieder diese ganze Liebe. Ulysses zahlte und hob die Kleine auf den Arm, ohne sie aufzuwecken.

Als sie aus dem Speisesaal gingen, blieb er plötzlich vor einer Fotografie stehen, die neben der Tür hing. »Cress, schau dir das mal an«, sagte er.

Cress kniff die Augen zusammen. »Du liebes Bisschen. Ist das der, für den ich ihn halte …?«

»Jep.« Ulysses lächelte.

»Wer's glaubt …«

Es war Pete. Vor einem Klavier, aufgenommen im Streit mit der Wirtin. Er trug eine große Baskenmütze und sonst nichts.

»Ich hab ihn noch nie mit Hut gesehen«, sagte Cress.

»Ich auch nicht«, sagte Ulysses. »Auf dem Kopf würde er ihm sogar noch besser stehen.«

Sie brachten die Kleine ins Bett, und Ulysses spürte eine Welle der Zärtlichkeit in sich aufsteigen, den unbedingten Drang, über sie zu wachen. Cress kam aus dem Badezimmer, die Vorderseite seines Pyjamas völlig durchnässt. »Aus dem Heißwasserhahn kommt es kalt und aus dem Kalten heiß. Und der Wasserdruck ist ziemlich hoch. Dachte mir, ich warne dich lieber vor«, flüsterte er.

»Danke, Cress.«

»Hab mich ein bisschen erschreckt ...«

»Naja, wenn mans nicht erwartet ...«

»Alles so neu ...«

»Erweitert den Horizont.«

Cress wählte die linke Seite des Betts und legte sich hin. »Als ich klein war«, sagte er, »bin ich immer so dagelegen wie jetzt und hab mir vorgestellt, dass es da draußen noch eine andere Welt gibt. Und jetzt bin ich mittendrin, Temps.«

»Gutes Gefühl, oder?«

»Unvergleichlich.«

»Morgen müssen wir früh los, Cress.«

»Keine Sorge, ich werde da sein.«

Es sollte acht Tage dauern.

Acht Tage, um drei Länder und zahllose Landschaften zu durchqueren. Gelegentlich zogen sie eine Landkarte zu Rate, aber die meiste Zeit lag ein Gefühl von Urlaub, von Spontanität in der Luft, und das war Cress zu verdanken. Dass Cress sich ihnen angeschlossen hatte, veränderte alles. Er sah aus dem Fenster, in dem Bewusstsein, dass sein Leben kleiner gewesen wäre, hätte er vor seinem Tod nicht noch einen anderen Teil dieses Planeten zu sehen bekommen. Die Kleine sah nur dann von ihrem Skizzenbuch auf, wenn der Geruch der Landwirtschaft mit seiner erdig jauchigen Note in das Auto drang.

Sie schliefen in ihren Schlafsäcken unter den Sternen, windabwärts von schwelenden Lagerfeuern, um die Mücken in Schach zu halten. Die Tage begannen früh, mit der aufgehenden Sonne und einem kühlen Fluss, um sich zu waschen. Ein Ausflug in das nächste Dorf brachte Brot, Marmelade und Kaffee, und die Kleine fand daran Geschmack und trank ihn mit Milch. Mittags aßen sie warm, aber abends gab es Brot mit Käse und Wein, und viel Steinobst, denn das Obst war süß und reichlich vorhanden. Cress bekam Durchfall, und am darauffolgenden Tag kamen sie langsamer voran, denn Cress grub Löcher im bergigen Jura, und sie verloren etwas Zeit. Dunkle Wälder und schnell fließende, silberne Ströme und Sphären alles durchdringender Stille. Es gab schlimmere Orte zum Hinternabwischen. Und an diesem Tag fanden sie die Wahrheit über Davy heraus.

Die Kleine klebte eine Postkarte in ihr Skizzenbuch. Orte, die sie besucht hatte – die Idee ihrer Mutter. Sie blätterte die Seite um, und eine Zeichnung stach Ulysses ins Auge. »Das ist Ginny, oder?«, fragte er.

Die Kleine nickte.

Die Zeichnung zeigte Ginny Händchen haltend mit einem Jungen mit Brille. Das gleiche Lächeln, die gleiche Größe. Der Junge hatte dunkle Haut.

»Und das da bist du?«, fragte Ulysses und zeigte auf eine dritte, kleinere Person.

»Jep, und das da ist Ginnys …« Die Kleine brach ab.

»Ich weiß, dass sie einen Freund hat«, sagte Ulysses. »Cress auch.«

»Worum geht's?«, fragte Cress, der in diesem Moment zurückkam.

»Ginnys Freund«, sagte Ulysses.

»Ach ja, Davy«, sagte Cress.

Die Kleine rollte mit den Augen. »Devy.«

»Devy?«, wiederholten Cress und Ulysses gleichzeitig.

»Devyan. Er ist genau wie Ginny. Er ist groß, aber ein Kind. Er wohnt woanders, Mrs Kaur ist seine Tante.«

»Mrs Kaur?« Und mit einem Mal ergab alles einen Sinn für Ulysses.

»Was ist los?«, fragte die Kleine.

»Darf ich das Bild behalten?«, fragte Ulysses.

»Warum?«

»Ich will es Peg schicken.«

»Glaubst du, es würde ihr gefallen?«

»Da bin ich mir sicher. Wir stecken es mit einer Postkarte zusammen in einen Umschlag. Zeigen ihr, wie weit wir es schon geschafft haben.«

Alle drei schrieben die Postkarte, und alle drei schrieben ›Wünschte, du wärst hier‹. Ulysses schrieb noch eine Notiz mit einer Erklärung zu dem Bild. In der Schweiz gab Ulysses den Brief an Peg auf, und die Kleine bekam ihre allererste Sonnenbrille als Dankeschön. Sie war ihr zu groß, aber wen kümmerte das schon? Cress meinte, er würde ihr zur Sicherheit eine Schnur daran befestigen, und die Kleine erwiderte, dass er besser eine schöne Schnur nehmen solle. Sie schlenderten die Promenade entlang und beobachteten die Dampfer, die über den See fuhren. Die Luft roch scharf und teuer. Licht wurde von Bergspitzen grell zurückgeworfen, und Touristen in eleganter Kleidung blieben stehen, um Fotos zu machen.

(Klick.) Zwei Männer – einer in Bermudas –, ein Mädchen und ein Papagei. Da hat man was zu erzählen.

Am neunten Tag kamen sie von Emilia-Romagna in die Toskana. Olivenbäume trugen weiße Blüten, Schwalben und Mauersegler besetzten den Himmel. Das Gras roch versengt, und überall standen Mohnblumen. Hin und wieder der Duft von Rosmarin und Lavendel, der als berauschende Begleitung am Straßenrand gesät worden war.

Sie fuhren nach Süden durch einen dunklen Schleier aus Zypressen, und plötzlich erschien Florenz vor ihnen im Arnotal, prachtvoll im goldenen Junilicht. Ulysses hielt an und stieg aus. Er lüpfte seinen Hut und salutierte der Stadt, so, wie es Darnley damals getan hatte. Claude breitete die Flügel aus und hob ab, und das Blau seiner Federn vor dem Hintergrund aus Terrakottadächern war ein spektakulärer Anblick, der ihnen einen wohligen Schauer über den Rücken jagte.

Sie hatten mehr als dreitausend Kilometer zurückgelegt, zwanzig Teller Spaghetti gegessen, neun Schüsseln Eintopf, siebzehn Baguettes, einen Baum Aprikosen und einen Laib Käse. Sie hatten vierzig Kaffees getrunken, acht Flaschen Wein, sieben Biere und zwei Brandys. Nächte in einem Bett: eine. Die erste. Sie hatten Wildschweine und Falken gesehen und Sternschnuppenfall über den Alpen. Und sie hatten begonnen, sich aufeinander zu verlassen, denn sie waren alles, was sie hatten.

Der Notar, oder *notaio*, mit dem sie ein Treffen vereinbart hatten, war laut der Karte in Cressys Baedeker im Norden der Stadt, ein paar Straßen hinter der Piazza della Santissima Annunziata. Ulysses parkte auf dem prunkvollen Platz, unter einer großen Reiterstatue, von der Cressy behauptete, es sei Ferdinand der Erste. »Wer ist Ferdinand der Erste?«, wollte die Kleine wissen, und Cress sagte, Ferdinand sei ein Mann gewesen, der überall seine Finger im Spiel gehabt hatte. Sie ließen Claude zurück, um das Auto zu bewachen.

Die engen Straßen wimmelten von Fahrrädern und Fußgängern, und aus dem Nichts rumpelten Karren an ihnen vorbei, turmhoch beladen mit Weinkisten oder Gemüse. Die Luft roch schwer nach Knoblauch, Kaffee und Abwasser. Es gab so viel zu sehen! Zu riechen! Zu hören! »Hier lang«, rief Cress und ging, Stadtplan in der Hand, voraus. Um fünf Uhr erreichten sie das Büro von *il Signor Massimo Buontalenti*. Die Kleine drückte auf die Klingel an dem Messingschild, und die Tür zu dem schlichten Gebäude aus dem achtzehnten Jahrhundert öffnete sich sofort.

Das Büro war im zweiten Stock, und Signor Buontalenti erwartete sie oben am Treppenabsatz mit einem Tablett Kaffee. Er war ihnen sofort sympathisch. Er war ein modebewusster Mann um die vierzig, mit einem freundlichen Lächeln und wild sprießendem, dunklem Haar, das den Eindruck erweckte, er stehe unter Strom. Sein Englisch war nahezu perfekt. »Signor Temper!«, sagte er. »Endlich! Ich habe sie erwartet! Ich habe schon vor zwei Tagen mit Ihnen gerechnet.«

»Wir sind in den Alpen aufgehalten worden, *signore.*« Was für ein Satz, ich hätte auch nicht gedacht, dass ich das mal sagen würde, dachte Ulysses.

Der offizielle Teil wurde problemlos abgewickelt, die Dokumente waren im Nu unterschrieben und die Besitzurkunden für die Immobilie überschrieben. Signor Massimo sagte, er würde Ulysses in den nächsten Tagen zur Bank begleiten, um ein Konto zu eröffnen, auf welches das restliche Geld eingezahlt werden könne. Er steckte die Kappe auf seinen Füllfederhalter – ein distinktes und sehr teures Klicken – und ließ ihn wieder in der Brusttasche seines Jacketts verschwinden. »*Allora?*«, fragte er und lächelte.

Und Cress dachte, dass er genauso gut jetzt einen Anfang mit der Sprache machen könne, und erwiderte: »*Allora?*«

»Gibt es sonst noch etwas, das Sie brauchen, Signor Temper?«

»Ich habe eine Liste gemacht, *signore*«, und Ulysses reichte Massimo ein Blatt Papier.

Massimo überflog es. »*Lavanderia* – Wäscherei, ja, ich empfehle Manfredi. (Murmel, murmel) Schulen?«

»Wer hat gesagt, dass ich zur Schule gehen muss?«, flüsterte die Kleine.

»Schh, wir unterhalten uns später«, sagte Ulysses.

»Ich bin nicht hergekommen, um zur Schule zu gehen«, sagte sie. »Das hätte ich auch zu Hause haben können.«

»Isst du gerne Eis, *signorina?*«

»Wer tut das nicht?«, erwiderte die Kleine.

»Eis ist eine Lebensphilosophie hier.«

»Reden Sie weiter«, sagte sie.

»Zwei Orte für dich: *Perchè no!* Und *Vivoli.*«

Die Kleine blickte zu Ulysses. »Notiert?«

»Ist notiert.«

Massimo fuhr fort: »Der Friedhof, auf dem Arturo begraben liegt? Ich glaube, das ist der bei San Miniato al Monte.« Er blätterte ein paar Papiere durch. »Ja, ja, das ist er. Im Familiengrab auf dem Cimitero delle Porte Sante. Was noch? Ah, Telefon. Kein Problem. Sie brauchen Münzen – *gettoni* – für die öffentlichen Telefonzellen, und auf dem Postamt können Sie Anrufe nach England tätigen. Möchten Sie jetzt gleich in England anrufen?«

»Ginge das?«

»Ihr Wunsch ist mein Befehl.« Und als sie den Kaffee ausgetrunken hatten, brachte Massimo sie in ein Büro in einem der unteren Stockwerke, wo eine junge Frau die Nummer wählte und sie verband. »*Un momento*«, sagte sie, bevor sie den Hörer an Ulysses weiterreichte.

Es war Col, der abgehoben hatte: »*Un* scheiß *momento?*«

»Col, ich bin's.«

»Ich weiß schon, wer dran ist. Gott sei Dank, dass du es bist. Cressy ist verschwunden. Ich hab der Polizei gesagt, sie sollen den Kanal absuchen. Armer Kerl, was für ein Scheiß.«

»Cressy ist bei mir.«

»Was? Was hast du getan? Ihn entführt?«

»Nein, ich hab ihn nicht entführt.«

Cress beugte sich zum Hörer und sagte: »Ich bin freiwillig hier, Col. Ich amüsiere mich großartig.«

»Verräter. Alle beide. Habt ihr vielleicht auch den verdammten Papagei?«

»Wie kommst du darauf?«, fragte Ulysses.

»Keine Ahnung. Das war ein Witz. Pete glaubt, Tubby hat ihn gegessen.«

»Warum würde irgendwer einen Papagei essen wollen?«

»Um mir zu zeigen, wozu er fähig ist.«

»Und was soll das sein? Ausgewogene Ernährung?«

»Schmeckt wahrscheinlich wie Hühnchen«, sagte Cress.

»Was hat er gesagt?«, fragte Col.

»Cress hat gesagt, Papagei schmeckt wahrscheinlich nach Huhn.«

»Himmel Herrgott«, sagte Col.

»Meerschweinchen schmecken wie Ente«, sagte Cress.

»Was hat er jetzt schon wieder gesagt?«

»Irgendwas von wegen Meerschweinchen.«

»Herrgott. Grad als ich angefangen hab, ihn zu vermissen. Tubby hätte ihn zuerst essen sollen. Egal. Temps, was willst du? Du hast mich sicher nicht angerufen, um übers Wetter zu reden.«

»Heiß und sonnig.«

»Halts Maul.«

»Sag Peg, dass wir angekommen sind.«

»Lass mich das schnell aufschreiben: Sag… Peg… Temps …«

»Ja, haha. Und pass auf sie auf für mich.«

»Hab ich das nicht schon immer?«

»Ist Ginny okay?«

(Ulysses konnte hören, wie Col ein Pfefferminz auswickelte.)

»Ihr geht's gut«, antwortete Col. »Sie ist bei Mrs Kaur. Keine Ahnung, was sie an dieser Frau findet, aber wenn sie bei ihr ist, ist sie glücklich.«

»Ich muss aufhören, Col. Pass auf dich auf, okay? Und vergiss Peg nicht.«

»Peg vergess ich nie.«

Ulysses legte auf.

Massimo hielt ihm einen Schlüsselbund hin, »Wollen wir?«, und begleitete sie zur Tür. »Erzählt mir im Auto von dem Papagei und dem Meerschweinchen«, fügte er hinzu.

Entgegen Massimos äußerer Erscheinung war er im Grunde seines Herzens ein unkonventioneller Mann. Das war er immer gewesen. Und mit einem Papagei auf der Schulter auf dem Beifahrersitz eines englischen Autos namens Betsy zu sitzen, war so ziemlich das Beste, was das Leben zu bieten hatte. Er dirigierte sie mit klaren Anweisungen durch den Verkehr und in den südlichen Teil der Stadt: »Hier links. Vorsicht, Straßenbahn, Signor Temper. Hier rechts. Die Straßenbahn, Signor Temper!« Er nickte lächelnd Fußgängern zu, die ihn verwirrt anstarrten, wie um sich zu vergewissern, dass ihre Augen ihnen auch keinen Streich gespielt hatten. Ja, er war es, Signor Massimo Buontalenti, der beliebte Notar und eloquente Rechtsexperte, der sich hier als verkappter Bohemien zu erkennen gab.

Mit der Dämmerung überquerten sie den Arno. Das Wasser leuchtete in den Farben des Abends, und die spiegelglatte Oberfläche fing die Reflexionen der Gebäude am Ufer ein. Ein einzelner Ruderer passierte die Brücke, und Cressy zog angesichts dieser Szene ehrfürchtig die Luft ein. »Schaut«, sagte er. »Schaut nur. Wie wundervoll.«

Ein Labyrinth aus engen Straßen führte den Jowett Bradford zu einer Kirche am nordöstlichen Rand einer von Bäumen gesäumten Piazza. Die letzten *contadini*, die Bauern, waren gegangen, und von dem täglichen Markt war nur noch Stroh und Eselmist zu sehen, sowie verdorbenes Obst, um das die Fliegen wie verrückt ihre Runden drehten. Auf der gegenüberliegenden Seite des Platzes waren Leute vor einem Café zusammengekommen, wie auch schon neun Jahre zuvor. Ulysses stieg aus, lehnte sich gegen die Motorhaube und ließ die Szene auf sich wirken. Er traute seiner Erinnerung nicht ganz über den Weg. Ein Fahrradfahrer mit einem Stapel goldlackierter Bilderrahmen über dem Lenker steuerte über die Pflastersteine.

»Es ist das Gebäude da drüben«, sagte Massimo und deutete auf ein cremefarben und braun gestrichenes Haus, das die Südseite des Platzes dominierte.

»Bist du bereit, Junge?«, fragte Cress.

»Bereit.«

»Auf was warten wir dann noch?«, rief die Kleine und setzte ihre Sonnenbrille auf. »Los, kommt«, und sie hob den Globus und ihren Koffer aus dem Auto.

Sie nahmen so viel Gepäck mit, wie sie tragen konnten, und marschierten – unabsichtlich – wie die Orgelpfeifen über den Platz. Die alten Frauen auf den Steinbänken sahen von ihrem Strickzeug auf und blickten ihnen nach. Ein paar Jungen am Brunnen zeigten lachend auf den Papagei und riefen *pappagallo*. Eine Gruppe Männer kam aus dem Café und Ulysses verstand die Wörter *soldato* und *arrivato*.

»Hier entlang«, sagte Massimo und hielt mit dem Fuß eine große Holztür auf. Die Eingangshalle war kühl und roch dumpf nach Stein und Jauche, laut Massimo die zwei Schutzheiligen des Florentiner Gestanks. Auf einer Seite führte eine elegante Glastür in einen *cortile*, in dem auf kreuz und quer gespannten Leinen Wäsche zum Trocknen hing. »Das hier ist Ihr Briefkasten, Signor Temper.« Er deutete auf den, an dem kein Name stand. »Und jetzt klettern wir«, sagte er.

Er führte sie die Treppe hinauf in einen hellen, schwarz-weiß gefliesten Flur, in dem eine einzelne sterbende Topfpflanze stand. Er wartete, bis sie alle versammelt waren, bevor er eine Hand gegen die Tür legte und sagte: »Hier wären wir also. Ihr neues Zuhause.«

»Der Beginn unseres neuen Lebens«, sagte Cress.

Für einen kurzen Moment verharrten sie halb ehrfürchtig, halb erwartungsvoll, bis Massimo den Schlüssel ins Schloss steckte, die Tür aufsperrte und in dem dunklen, stickigen Flur verschwand.

Sie folgten ihm blind, und als ihre Augen sich an das Dunkel gewöhnt hatten, konnten sie vereinzelt mit weißen Laken bedeckte Möbelstücke ausmachen. Hie und da ein schwacher Streifen Tageslicht, der durch die maroden Fensterläden drang. Signor Massimo klatschte in die Hände, schaltete das Licht ein, und Flur und Wohnzimmer erstrahlten im Schein der Glühbirnen. Cress ließ sein Gepäck fallen.

»Verdammt nochmal, Temps! Die Wohnung ist ja riesig.«

Fenster wurden geöffnet, Läden aufgeklappt, und sie wurden bestürmt von den Klängen der *piazza*. Ulysses sah sich um. So gut wie nichts war verändert worden, und er ließ die Zeit rückwärts laufen. Da war er, wieder jung und unbesiegbar an der Schreibmaschine, die seinen Namen preisgegeben hatte.

Die Kleine jubelte und rannte mit Claude durch die Wohnung auf der Suche nach ihrem Zimmer, während Cress immer noch die Größe und Eleganz des Apartments kommentierte. »Schau dir bloß die ganzen Bücher und Gemälde an, Temps!« Massimo lächelte leise über ihre Begeisterung. Massimo, ein Geschenk des Himmels, und schon bald ihr Freund. Außerdem ein Klavier – umfunktioniert zum Beistelltisch, dem Nippes und dem Kandelaber auf dem Deckel nach zu urteilen. »Signor Temper?«, sagte Massimo und riss Ulysses aus seiner Trance. »Wollen wir?« Und gemeinsam nahmen sie die Laken von zwei Samtsofas, deren verblichenes Orange nach dem Krieg durch ein kräftig strahlendes Blau ersetzt worden war.

Terrakottafliesen verliefen unter ihren Füßen, und über ihnen Freskos – blasses Rosa und Blautöne, Akanthusblätter, Vögel im Flug, und ein sternenklarer Himmel mit Konstellationen, der zur richtigen Stunde im richtigen Licht echt wie die Nacht selbst wirken würde. Es gab vier Schlafzimmer, nicht drei, wie Ulysses gedacht hatte. Zwei gingen nach vorne auf den Platz hinaus, zwei nach hinten auf den *cortile*. Ein Badezimmer, das Ulysses' Erinnerung ebenfalls Lügen strafte, da es viel größer zu sein schien als damals, oder vielleicht war es in den Jahren seit seinem Besuch einfach viel größer geworden.

Und die Küche.

»Ein Kühlschrank!«, rief Cress. »Wer hat schon einen Kühlschrank?« »Wir«, erwiderte die Kleine, immer noch ihre Runden drehend. Zwei Öfen, einer Gas und ein alter, unbenutzter Kohleofen, und Cressy, der versuchte hinter die Funktionsweise einer neuen Ordnung zu kommen. »Der Sicherungskasten ist hier«, sagte Signor Massimo. »Der Heizkessel ist im Keller. Alles ganz einfach.« Massimo drehte den Absperrhahn auf und im Bad begann es im Spülkasten zu rumoren. Er ging aus der Küche, und die Kleine kam hereingestürmt und verkündete, sie habe ein Teleskop entdeckt. »Komm gucken, Cressy.« Und Cressy ging gucken.

Und dann Stille.

Ulysses war allein. Er stand in der Tür zur Küche und erinnerte sich daran, wie er ein Buch über Gemälde aufgeschlagen und stockend eine Erklärung zu Trauer und Tanz geliefert hatte, Dinge, die Evelyn und Darnley so eloquent, so mühelos erklären konnten. Wenn man ihn damals gefragt hätte, ob sie alle unversehrt davonkommen würden, er hätte sein Leben darauf verwettet. Hätte Leib und Seele auf das grüne Tableau geschoben, während das Rad sich drehte.

Er kroch unter den Tisch und tastete nach der hervorstehenden Kante einer Fliese. Abgebröckelte Terrakotta setzte sich unter seinen Nägeln fest, doch er zog weiter an der Kante, bis die Fliese sich löste. Er griff in das dunkle Loch des Hohlraums und überlegte, ob sich über die Jahre hier wohl Mäuse oder Ratten eingenistet hatten. Dieser Gedanke verabschiedete sich jedoch, als seine Hand auf der glatten, kalten Oberfläche einer Weinflasche landete. Er zog sie heraus ans Licht. An einer Seite haftete eine Abbildung von Pontormos *Kreuzabnahme* – die herausgerissene Seite aus einem Buch. Du wusstest, dass ich kommen würde, dachte er.

Er ging auf die Terrasse hinaus. Er und ein welkender Orangenbaum, der auf die Fürsorge eines alten Mannes wartete. Mauersegler kreischten hoch oben in der Luft, während Zypressenhügel in Dunst und Dunkelheit verschwanden. Essensduft zog von unten herauf. Lila Licht fiel auf die Stadt und hüllte sie in Unendlichkeit. Er kletterte über das Geländer und fing an, das Dach hinunterzulaufen. Unten vor dem Café stand ein großer Mann in einer Schürze und beobachtete ihn.

Es war nicht so steil, wie er es in Erinnerung hatte, aber trotzdem blieb er auf der Hälfte des Wegs bei einem der Schornsteine stehen, denn er wusste, dass er nicht mehr unbesiegbar war.

»Alles in Ordnung, Signor Temper?«, rief Massimo ihm von der Terrasse aus zu.

Ulysses nickte.

»Dann setzen Sie hier und jetzt dem vielleicht größten Abenteuer meines Lebens kein Ende. Kommen Sie bitte wieder rein.«

Sie standen alle im Flur, als die Sonne nach Westen abtauchte und die letzten Schatten lang über den Boden krochen. Ulysses reichte Massimo die Hand und bedankte sich für alles. »War mir ein Vergnügen«, erwiderte Massimo. »Aber wir haben noch Geschäftliches abzuwickeln, bevor wir uns verabschieden. Wie müssen noch nach unten gehen.«

»Nach unten?«

»Ja. Die Wohnung im unteren Stockwerk, Signor Temper. Wussten Sie das nicht? Die gehört ebenfalls Ihnen.«

Es war spät und die Kleine schlief schon, als Cress und Ulysses in der Stille, die Massimos Abwesenheit hinterließ, am Küchentisch saßen. Wohlstand hatte die beiden Männer mürbe gemacht.

»Wenn sich reiche Leute auch so fühlen«, sagte Cress, »dann wundert es mich nicht, dass sie unglücklich sind.«

Das zweite Apartment hatte einen ähnlichen Grundriss, war aber spartanischer ausgestattet als das darüber. Es war bis vor einem Jahr vermietet gewesen, und Massimo hatte Ulysses angeboten, ihm zu helfen, sollte er sich dazu entscheiden, dasselbe zu tun oder es zu verkaufen. »Ich weiß nicht, was ich machen soll«, hatte Ulysses geantwortet, und Massimo hatte gelacht und ihm freundschaftlich auf den Rücken geschlagen. »Rufen Sie mich an«, hatte er noch gesagt, bevor der Klang seiner Schritte im Treppenhaus verhallte.

Ulysses zündete eine Zigarette an und reichte sie Cress.

»Wir sind der Stoff, aus dem Träume gemacht werden«, sagte Claude.

Sie sahen den Papagei an.

»Wo nimmt er es bloß her?«, fragte Ulysses.

Cress zuckte die Schultern. »Keine Ahnung.«

Sie rauchten und lauschten dem Wasser, das durch die Rohre

floss, und dem Surren des Kühlschranks. Ulysses ging, um nach der Kleinen zu sehen, und als er wieder in die Küche kam, fragte er: »Was sollen wir machen, Cress?«

»Jetzt? Oder in einem Monat? Oder …?«

»Jetzt.«

Cress überlegte einen Augenblick. »Beobachten und lernen, denke ich. Aber zuerst machst du den Wein auf, und ich hole meinen Notvorrat an Käse und Wurst.«

Ulysses stand auf, um einen Korkenzieher zu suchen.

»Wir sind dabei, Neuland zu betreten. Wir müssen eine neue Sprache lernen, uns mit einer neuen Ordnung vertraut machen. Unser Alltag wird aus Gaffern, Missverständnissen und Demütigungen bestehen, und es wird uns mächtig an die Nieren gehen. Aber wir dürfen uns von unserer Unwissenheit nicht unterkriegen lassen, auch wenn es überwältigend scheint. Wir müssen neugierig bleiben und offen für alles. Ich sag nur eins: Ley-Linien.«

»Ley-Linien?«

»Gerade Linien elektromagnetischer Strahlung, die durch Kraftorte verlaufen und sich über den gesamten Erdball spannen. Mit ihrer pulsierenden Energie ziehen sie Menschen – und Visionen – magisch an. Uns hat es hierhergezogen, Temps, kein Zweifel. Wie schon viele andere vor uns. Weißt du, was in dem Baedeker steht?«

»Nein, was?«

»Dass selbst ›diejenigen, die sich gemeinhin mit Dingen prosaischer Natur beschäftigen, in Italien unwillkürlich zu Bewunderern von Lyrik und Kunst‹ werden. Wäre das denn so schlimm? Bewunderer von Lyrik und Kunst zu werden? Bis wir uns einen Reim auf alles machen können.«

»Das wäre es bestimmt nicht, Cress.«

»Durchdrungen zu werden von dem jahrhundertealten Puls der Stadt, sodass sich uns nach und nach unsere Bestimmung offenbart, wie eine Schwertlilie, die langsam ihre Blüten entfaltet.«

Ulysses musste grinsen. »Es hat schon angefangen, Cress.«

»Was?«

»Das mit der Lyrik.«

Cress lief rot an und stand auf. »Ich geh mal den Käse holen.«

Tags darauf herrschte schon früh geschäftiges Treiben auf dem Platz. »Schon gehört, wer wieder da ist?«, bekam man in Micheles Café von allen Seiten zu hören. Clara, die Bäckerin, hatte es dem Metzger erzählt, der es dem Priester während der Beichte erzählt hatte. Gloria Cardinale, die Inhaberin des Kurzwarengeschäfts, zündete in der Kirche gerade eine Kerze an und hörte zufällig, was der Metzger dem Priester erzählte. Sie konnte es kaum abwarten, ihrem Nachbarn, dem Kuttelverkäufer, davon zu erzählen, der es Signor Malfatti, dem Käsehändler, weitererzählte. »Und Signor Malfatti konnte es natürlich kaum erwarten, mir davon zu erzählen«, sagte die betagte Contessa, die sich lautstark und in aller Öffentlichkeit mit dem Mann über das angebliche Gewicht einer Kugel Ricotta gezankt hatte.

»Also?«, fragte sie und beugte sich vertraulich über Micheles Theke, mit ihrem ersten Espresso des Tages in der Hand. »Ein Kind und keine Ehefrau?«

»Und was soll ich da Ihrer Meinung nach machen?«, gab Michele zurück.

»Ich mein ja nur«, erwiderte die Contessa und löffelte den Rest ihres Kaffees aus. »Und ein Papagei«, fügte sie hinzu. »Und diese kurzen Hosen.«

»Der Papagei hatte kurze Hosen an?«, fragte Giulia, Micheles Frau.

Die Contessa blickte sie missbilligend an.

Signora Mimmi kam herein, und bevor sie etwas sagen konnte, rief Giulia: »Wir habens schon gehört, *signora* – er ist wieder da!«

»Er wirkt nicht mehr so kindlich, oder?«, bemerkte Signora Mimmi. »Seine Wangen sind ein wenig eingefallen. Aber seine Grübchen hat er noch. Und ist das sein Vater, den er mitgebracht hat? Sein Vater hat eine gewisse …«

Der Priester kam hereingeeilt. »Habt ihr gesehen, wer wieder da ist?«

»*Madonna mia*«, murmelte Michele und kippte seinen vierten Espresso an diesem Morgen hinunter.

Die betagte Contessa war die Erste, der die übernächtigten Engländer an diesem Vormittag begegneten. Sie stiegen gerade die Treppe hinunter, als sie ihnen entgegenkam. Claude krächzte, und sie blieb stehen und starrte ihre neuen Nachbarn mit offenem Mund an.

»*Buongiorno*«, sagte Cress und verbeugte sich leicht.

»Ist es das?«, entgegnete sie und beeilte sich in ihre Wohnung im ersten Stock zu kommen.

»Scheint nett zu sein«, sagte Cress.

Als die Glocken neun Uhr schlugen, traten sie hinaus auf den Platz, und ihr Auftritt hätte nicht spektakulärer inszeniert sein können. Strahlendes Sonnenlicht wurde von dem cremefarbenen Stuck der Kirche zurückgeworfen, der Himmel war blau, die Dächer rot, die Bäume grün. Jahrelang hatten sie sich vor einer Palette aus Grau und Entbehrung bewegt. Und jetzt das …

Die Luft war durchtränkt von den Gerüchen und Klängen des Markts, und eine feuchtheiße Dampfwolke kam gleich einem Schlag ins Gesicht vom Stand des Kuttelverkäufers ums Eck gezogen. Claude flog zu der weißen Marmorstatue von Cosimo Ridolfi und ließ sich auf dessen Kopf nieder. Er sollte den ganzen Morgen über dort bleiben und ihm auf den Kopf scheißen.

Blicke folgten ihnen, während sie über die Pflastersteine gingen, und Ulysses hörte wieder das Wort *soldato*. Die Kleine lief zu einem Esel, und Cress bewunderte lautstark die Fülle an Obst und Gemüse – ein ›Füllhorn der Wonne‹ war der exakte Wortlaut. Typisch Cressy. Ulysses ging zu einem Tisch vor Micheles Café und setzte sich. Er zündete sich eine Zigarette an und fragte sich, wie er das Leben eines anderen Mannes zu seinem eigenen machen könnte.

»Hier drüben!«, rief er, als der Kaffee gebracht wurde.

»Schon unterwegs!«, antwortete Cressy, der gerade eine Wassermelone in der Größe eines Medizinballs erstanden hatte.

An diesem Tisch vor Micheles Café fingen sie an, das italienische Lebensgefühl zu verinnerlichen. Das Lokal war bei Einheimischen und Touristen gleichermaßen beliebt, eine Jukebox spielte ohne Unterlass, und Fotos von Schauspielern gepaart mit Postern von Campari verliehen den nikotinfleckigen Wänden ein wenig Glamour. Die Gerichte, die serviert wurden, mussten dem prüfenden Blick Giulias – selbst ein Hauch von Glamour – standhalten, und nach und nach lernten sie auch deren Namen. Dinge wie *faraona* – »Perlhuhn«, sagte Cress. Und *fiori di zucca fritti* – »Gebratene Kürbisblüten«, sagte die Kleine.

Sie lernten, dass, sobald die *carabinieri* abgezogen waren, der allgemein bekannte Lastwagen auf dem Markt erschien und Unmengen an Reliquien und geklauten Radios feilbot. Ganz wie zu Hause also, und der Korb, der aus einem der oberen Fenster heruntergelassen wurde, war für Schuhe bestimmt, wenn die Schusterei geschlossen hatte. In den Uffizien lernten sie einen Botticelli von einem Leonardo zu unterscheiden. »Welcher?«, fragte Cress. »Botticelli«, antwortete Ulysses. »Falsch geraten«, lachte die Kleine. Und sie lernten, dass die alten Frauen sich jeden Tag auf den Steinbänken einfanden, um zu stricken und Klatsch auszutauschen.

Die Kleine hatte schon bald ein Vokabular von 152 italienischen Wörtern angehäuft und schimpfte im Jargon, mit dem finsteren Blick der Einheimischen. Sie probierte zum ersten Mal *coccoli*, frittierte Brotbällchen, und erklärte den Tag zum zweitbesten ihres Lebens. Der *Citrus Aurantium* – der dekorative Bitterorangenbaum, der im Schatten vor sich hin welkte – wurde dank eines größeren Topfes und ein paar ermunternder Worte wieder zum Leben erweckt. Am

Abend des Vierundzwanzigsten blitzten Feuerwerkskörper am Himmel, und niemand wusste so recht weshalb. »Feier zu Ehren San Giovannis«, sagte der Baum zu Cress.

Eines Nachmittags entdeckte Ulysses im Keller ein Fahrrad und fuhr damit von *San Niccolò* im Osten nach *San Frediano* im Westen. Er kam an den verschiedensten Werkstätten vorbei: Reparaturen antiker Möbel, Bildhauer, Vergolder, Zimmerer, aber niemand stellte Globen her. Ihm fiel auf, dass italienische Männer keine Socken in den Schuhen trugen und der Saum ihrer Hosen nur bis knapp über den Knöchel reichte. Die Frauen waren schön, aber nicht schöner als Peg, und überall starrte man ihm hinterher.

»Das Starren ist nicht böse gemeint«, klärte Massimo ihn auf, einen Monat nachdem Ulysses sein italienisches Bankkonto eröffnet hatte.

Sie spazierten zusammen die Via dei Calzaiuoli hinunter, und Massimo hatte wieder einmal den Papagei auf der Schulter, was der Konformität seines Alltags ein gewisses Flair verlieh. Überall verrenkte man sich die Köpfe nach ihm. Die Wahrheit war, dass er sich noch nie so lebendig gefühlt hatte, wie seitdem Ulysses in sein Leben getreten war.

Er verriet Ulysses, dass er angefangen hatte, Zeit in der Gegend von Santo Spirito zu verbringen, nur um Gesprächen zu lauschen und die Auswirkung von Ulysses' Anwesenheit in der Nachbarschaft zu eruieren. Er meinte, das öffentliche Badehaus in der Via Sant'Agostino war zu einer verlässlichen Informationsquelle geworden, und er betastete sein Haar, als er das sagte.

Sie bogen von der Hauptstraße ab und blieben vor der Außenbestuhlung eines kleinen Cafés stehen. Die Luft roch streng, und die Julihitze vermehrte die Sporen. Sie holten Espressi an der Theke und setzten sich abseits an einen Tisch im Schatten. Massimo fuhr fort.

»Das sind die *San Fredianini*. Die betreiben gerne Vetternwirtschaft.«

»Aber du bist nicht so«, erwiderte Ulysses.

»Nein, aber meine Familie kommt auch aus Emilia-Romagna. Jedes *quartiere* in Florenz ist anders. Santa Croce unterscheidet sich grundlegend von Santo Spirito, und Santo Spirito unterscheidet sich grundlegend von Santa Maria Novella und so weiter. Und«, er machte eine Pause, um einen Schluck Espresso zu nehmen, »manche missgönnen dir dein Glück.«

»Wie kann ich das ändern?«, fragte Ulysses.

»Gar nicht. Das kommt mit der Zeit. Eines Tages wirst du aufwachen, und alles wird anders sein.« Er schnipste erfolglos mit seinen verschwitzten Fingern.

Er steckte sich eine Zigarette an, und Claude krächzte.

»Und ihr habt einen Kühlschrank«, fügte er eilig hinzu.

»Ach, darum geht es.«

»Das musst du verstehen. In Micheles Bar gibt es eine inoffiziell gemeinschaftliche Kühltruhe. Die Leute bewahren neben seinem *gelato* ihre Milch und ihren Sonntagsbraten auf. Und du, du kommst hier an und hast einen Kühlschrank.«

»Arturo hatte einen Kühlschrank.«

»Hab etwas Geduld, mein Freund.« Massimo trank seinen Espresso aus und stand auf. »Wollen wir?«

Sie gingen zurück zur Via dei Calzaiuoli.

»Hast du dir schon überlegt, was du machen willst?«, fragte Massimo.

»Noch nicht«, antwortete Ulysses und blieb vor dem Schaufenster eines Schneiders stehen. »Ich würde gerne wieder Globen machen«, sagte er, abgelenkt von Slippern und modischer Extravaganz.

»Ah, *mappamondi! Bellìsimi!*«, rief Massimo. »Gefallen dir die Hosen da?«

»Das tun sie. Und das Hemd. Und die Schuhe«, sagte Ulysses und wandte sich Massimo zu. »Ich muss zuerst eine Werkstatt finden. Für die Globen, meine ich. Und eine Quelle für das richtige Papier.«

»Kein Problem, mein Freund.«

»Und jemanden, der die Globusstreifen drucken kann.«

»Da finden wir schon jemanden. Mond oder Erde?«

»Ich hab immer nur die Erde gemacht.«

»Palazzo Castellani«, sagte Massimo. »Das Institut und Museum für Wissenschaftsgeschichte. Da gibt es sowohl Himmelsgloben als auch Erdgloben von *infinitesimale* Schönheit. Sollen wir reingehen und uns die Hosen zeigen lassen?«

»Würde es dir was ausmachen?«

»Ob es mir was ausmacht? Einkaufen ist meine zweite große Leidenschaft.«

»Nach was?«

»Tanzen.«

Massimo hielt einen Straßenjungen auf und wechselte mit ihm einige derbe Worte über Claude. Sie schüttelten sich die Hand, und Massimo erklärte Ulysses: »Ich habe ihm gutes Geld geboten, wenn er hier mit dem *pappagallo* wartet. Für den Fall, dass er sich aus dem Staub machen will, hab ich gesagt, du würdest ihn finden und umbringen. *Bene*. Lass uns reingehen.«

Ulysses folgte Massimo einen schmalen Treppenabsatz hinauf, der nach Leder und aromatischem Rauch roch. Oben angekommen erwartete sie schon Piccolo Nico, ein kleiner (und natürlich) hutzeliger Schneider mit einem Maßband um den Hals und einer *sigaretto* im Mundwinkel.

Massimo sagte ihm, was Ulysses suchte, und im Handumdrehen hatte der kleine Mann Maß genommen für einen Anzug, eine weitere Hose und zwei Hemden. Nico runzelte die Stirn, sagte: »*Un momento*«, und verschwand in seinem Atelier.

Als er wiederkam, hielt er eine cremefarbene Baumwollhose in der Hand, die er als ›sommerleicht‹ anpries und vor zwei Monaten für einen jungen Mann angefertigt hatte, der unerwartet verstorben war. »Scheinbar genau deine Größe«, sagte Massimo. »Er gibt sie dir zum Schleuderpreis, wenn du nicht abergläubig bist.«

»Wenn sie passen, bin ich das nicht«, entgegnete Ulysses und nahm die Hose mit in den Umkleideraum.

Sie passte wie angegossen. Er kombinierte sie mit einem Paar weicher, brauner Lederslipper ohne Socken und fühlte sich wie verwandelt.

»Dein Glück, dass der Mann guten Geschmack und schlechte Gene hatte«, sagte Massimo.

»Ja, mein Glück«, erwiderte Ulysses. »Ich nehme sie, *signore*. Hose und Schuhe.«

Zwanzig Minuten später verließ er, gekleidet wie ein Italiener, den Laden, seine alte Kleidung in braunes Papier gewickelt unter dem Arm. Den Anzug und die beiden Hemden würde er im September abholen können.

Als sie die Ponte Vecchio überquerten, flog Claude voraus, und Ulysses sagte: »Ich habe nachgedacht, Massimo. Wie wäre es mit einem Telefon?«

Massimo blieb stehen. »Was meinst du?«

»Wie wäre es, wenn wir uns einen Anschluss legen lassen würden?«

»Oh nein, nein. Zu früh.«

»Zu früh?«

»Glaub mir. Zu früh. Nicht nach der Sache mit dem Kühlschrank.«

Sie kamen rechtzeitig zum *aperitivo* zum Platz zurück, und Claude flog von Baum zu Baum und gab vor einer Gruppe amerikanischer Touristen, die gerade von der Brancacci-Kapelle zurückkamen, spontan seine Flugkunst zum Besten. Sie setzten sich an einen Tisch bei Michele, und Giulia kam heraus, um sie zu begrüßen. Sie war immer freundlich und immer elegant gekleidet, heute in einem schwarz-grünen Hauskleid, das ihre breiten Rumbahüften betonte, die laut Massimo dreiundzwanzig Jahre zuvor zwei Mädchen zur Welt getanzt hatten. Ihre Haare waren mit Bernsteinspangen zurückgesteckt, die einst ihrer Lieblingsgroßmutter gehört hatten. »Woher weißt du das alles?«, fragte Ulysses, doch bevor Massimo antworten konnte, sagte Giulia etwas, das ihn zum Lachen brachte. Sie bestellten zwei Campari Soda bei ihr, und sie ging zurück in die Bar.

Als sie nicht mehr zu sehen war, lehnte Massimo sich über den Tisch und sagte: »Sie findet, du siehst sehr gut aus in deinen neuen Kleidern.«

Ulysses errötete und steckte sich eine Zigarette an. Seine letzte bot er Massimo an.

»Danke«, sagte Massimo. »Du siehst wirklich sehr gut aus.«

Die Leute aus der Nachbarschaft trafen nacheinander ein. Die älteren Frauen nahmen ihren Platz auf den Steinbänken ein und riefen den jungen Kellner zu sich, um eine Runde Wermut zu bestellen. »Siehst du die Frau ganz links?«, fragte Massimo. »Erkennst du sie?«

»Nein.«

»Das ist Signora Mimmi. Sie hat dich sofort wiedererkannt. Sie und ihr Mann haben dir damals im Krieg die Tür geöffnet. Es war ihre Küche, durch die du aufs Dach gelangt bist.«

»Ach ja?«

Massimo nickte und nahm einen Zug von der Zigarette. »Ihr Mann ist scheinbar kurz darauf gestorben. Neben ihr ist die Contessa. Sie waren alle hier, du weißt schon. Als du da oben warst.« Massimo zeigte zum Dach. »Michele hat den Sprechchor gestartet, um Arturo dazu zu bringen, die Waffe loszumachen. Und der Priester da drüben hat gebetet. Schau dir die Leute an, *Ulisse*. Der Postbote, die Bäckerin, ihr Mann. Sie kannten dich alle, schon lange bevor du sie kennengelernt hast. Vielleicht fühlt es sich nicht so an, aber du gehörst hierher. Die Wogen müssen sich nur ein wenig glätten. Gib der Sache mit dem Telefon noch ein bisschen Zeit.«

»Jedes Mal, wenn ich dich anrufe, hören alle mit.«

Massimo lachte. »So werden Informationen weitergegeben. So lernen die Leute dich kennen. Es ist ein fester Bestandteil dieser Gemeinde. Ich hab's dir gesagt.«

»Jemand hat sich bei mir nach deiner Mutter und ihren Nierensteinen erkundigt.«

»Hast du erzählt, dass sie draußen sind?«

»Darum geht es nicht, Massimo. Ich muss auch in England anrufen. Ich hätte gerne ein bisschen Privatsphäre.«

»Du kannst zu mir ins Büro kommen, wann immer du willst.«

Giulia brachte ihre Getränke.

»*Grazie, signora*«, sagte Ulysses. Er konnte sie dabei nicht ansehen.

»*Prego, Signor Temper.*«

Ulysses lächelte. Es gefiel ihm, wie sie Temper sagte. Wie sie ihr R rollte. »Was?«, fragte Ulysses. »Wieso siehst du mich so an?«

»Privatsphäre ist für die Beichte«, sagte Massimo.

»*Salute!*« Sie stießen an.

»Also«, sagte Massimo, »das bringt mich zu der anderen Frage, die alle stellen. Kirche.«

»Kirche?«, gab Ulysses lachend zurück. »Keine Chance«, und er stand auf und ging ins Café.

Drinnen begrüßte er Michele und bat um eine Packung Camels, die Michele ihm über den Tresen zuschob. Ulysses legte eine Handvoll Münzen hin und wandte sich zum Gehen. Er hob seinen Hut, um sich die Stirn abzuwischen, die Hitze war bereits gnadenlos und der Deckenventilator streikte mal wieder. Er zwang sich durch den Gestank von Knoblauch und Männern, und die frische Luft schlug ihm beinahe gewaltsam ins Gesicht.

»Ich bin ein Idiot, *Ulisse!*«, rief Massimo und griff in seine Jackentasche. »Tut mir wirklich leid! Ein Brief. Heute Morgen im Büro angekommen. Hier …«

Ulysses blickte auf den Briefumschlag, in der Hoffnung, er sei von Peg. Es war allerdings nicht ihre Handschrift, und der Umschlag roch stark nach Zigaretten.

Lieber Temps,
ich wohne seit Kurzem im Pub, nachdem mein Nachbar über mir mich rausgeschwemmt hat. Der arme Kerl ist gestorben. Und das dreimal. Col sagt, man kann nicht dreimal sterben, aber ich sag dir, der Kerl ist der Beweis: Hatte einen Herzinfarkt in der Badewanne, hat nach dem Rand

gegriffen, die elektrische Heizung erwischt und einen Stromschlag abbekommen, wurde zurück in die Wanne geschleudert und ist ertrunken. Wenn es einen Gott gibt – und ich will auf keinen Fall andeuten, dass das so ist –, dann war das meiner Meinung nach schon ziemlich unbarmherzig. Der Kerl ist nur eingezogen, weil er neu anfangen wollte. Große Beerdigung allerdings. Schöne Geste mit dem Trompeter.

Gestern hat Col mich mit dem Pinsel auf die Leiter geschickt, und der Pub ist wieder bei ›The Stoat‹ angekommen. Aber Gwyneth hat das Wiesel rausgeschmissen, als sie umdekoriert hat, und es Col nicht erzählt. Sie hat ein paar helle Kissen gekauft (auch wenn sie sie weiche Einrichtung nennt) und Col hat sich aufgeregt: »Wie können wir uns ›The Stoat‹ nennen, wenn wir kein verdammtes Wiesel haben?« »Wie wärs, wenn wir ihn ›The Queen's Head‹ nennen?«, hat Gwyneth vorgeschlagen. »Wie wärs mit ›The Queen's Legs‹?«, hat Col geschrien. »Rund um die Uhr geöffnet!« »Du widerst mich an, Colin Formiloe«, wieder sie. »Raus!«, schreit Col. »Und nimm die Scheißkissen mit.« Und das hat sie dann auch gemacht, Temps. Hat sie eins nach dem anderen eingesammelt, sogar eins unter Mrs Belten rausgezogen, wo doch jeder weiß, dass sie diese wunde Stelle hat.

Und als ob das nicht genug wär, ist Peg an dem Abend gekommen. Ich hab ihr sofort angesehen, dass irgendwas nicht stimmt. Ist direkt zum Klavier rüber, und ich denk mir nur so: Oh weh. »Ein Wort«, hat sie zu mir gesagt: »Gershwin.« Bei Gott, Temps. Sie ist wirklich einzigartig. Nach nur drei Takten war kein Auge mehr trocken im ganzen Pub. Und dann kommt Teds Frau rein. Peg hört nicht auf zu singen, sondern legt sich noch mehr ins Zeug. Ich sag dir, die Luft war am Brennen. Und – jetzt stell dir das mal vor – Teds Frau fängt an zu weinen. Und genau da kommt Ted rein. Seine Frau schaut ihn an – und das ist das Außergewöhnlichste an der ganzen Sache –, ihr Gesichtsausdruck sagt: ›Du hast gewonnen. Ich bin fertig mit dir‹. Und dann ist sie zur Tür raus. Peg singt das Lied zu Ende, und sie ist selbstbewusst, ganz Starlet. Sie nimmt ihr Getränk, und Ted geht zu ihr, und sie sagt: »Wag es ja nicht.« Dann dreht sie sich zu mir um und fragt: »Kannst du mich heimbringen, Pete?« »Klar kann ich das«, sag ich.

Es war einer dieser seltenen Sommerabende, an denen England gar nicht mal so übel ist. Ich war mit ihr am Kanal unten, haben ›My Heart Cries for You‹ gesungen. Aber meins hat um sie geweint. Dieser Typ, Eddie. Irgendwas hat er mit ihr angestellt, Temps. Ich weiß, es ist komisch, dir davon zu erzählen, aber irgendwas in ihr ist zerbrochen, als er nicht zurückgekommen ist. Kein Weg mehr zum Glück für sie.

Cressys Baum hat die Würde von dem alten Jungen in sich. Die Wurzeln geben eine beruhigende Energie ab, so als ob er sich unterhalten will. Hab eines Morgens da draußen gesessen und ein neues Stück komponiert – ›Sorry's Just a Word‹. Hat sich ganz von selbst geschrieben.

Bei meinem Vorspiel für ›Annie Get Your Gun‹ hat ihnen meine Interpretation von ›There's No Business Like Show Business‹ nicht gefallen, und ich glaube, ich war auch nicht so gut drauf an dem Tag. Bitter haben sie es genannt. Also mach ich wieder den Stepptanzkurs für Anfänger. Das Wiesel hab ich übrigens auch gefunden. War draußen bei den Mülltonnen. Die Hinterbeine fehlen, und jetzt ist es nur noch Torso und ein bandagierter Kiefer. Ich glaube, das war 'ne Ratte. Ich hab es zurück in die Bar gebracht und es neben eine Flasche Fernet Branca geklemmt. Manchmal erkenn ich mich darin wieder: ein Leben als Anhängsel.

Das Leben ist nicht mehr dasselbe, seitdem ihr alle weg seid, aber ihr habt gut daran getan, zu gehen.

Wenn ich Rosemary Clooney nicht bekomme, dann weißt du ja, wo ich im Dezember sein werde. Trink einen (oder zwei) bicicletta für mich.

Pass auf dich auf, Temps.

Dein Freund,

Pete

P. S.: Sieh dich vor. Die Augusthitze hat Klauen. Hat mir damals in Palermo beinahe die Haut von den Schultern gerissen.

Der August kam, und immer noch keine Nachricht von Peg. Die Hitze stieg, ganz wie Pete es prophezeit hatte, und brachte den penetranten Geruch ungewaschener Leute ans Tageslicht. Heiße Nächte machten Schlaf unmöglich, und ein anhaltendes Gefühl von Schläfrigkeit machte sich breit. Die Klänge körperlicher Liebe erstarben, denn niemand wollte sich mehr so nahe kommen. Eiskugeln schmolzen auf dem Weg in Münder, und Touristen verfluchten sich dafür, nicht im Mai gekommen zu sein. Massimo verschwand auf die Insel Giglio in sein Elternhaus und wurde schwer vermisst. Claude meckerte und litt unter pfeifendem Atem, dank der Mückenschutzmittel, die Tag und Nacht die Luft penetrierten. Männer beschimpften Frauen, und Frauen beschimpften Kinder, und Kinder traten Hunde, einfach nur, weil ihr Blut am Kochen war. Dann, alle paar Tage, ballten sich Wolken über den Hügeln zusammen, und Arme wurden erwartungsvoll nach oben gestreckt, während wütende Gewitterstürme heranrollten. Und für einen kurzen Moment gab es Erleichterung.

Die Monatsmitte kroch langsam näher, und Ulysses wurde unruhig. Die Hitze begann, ihn zu beeinträchtigen – sowohl Cress als auch die Kleine sahen das –, und jeden Tag wartete er auf einen Brief von Peg. Schickte ihr sogar eine Postkarte, auf der stand: ›Hast du uns schon vergessen?‹ Cress meinte, er hätte das nicht tun sollen, und er wusste, dass das stimmte, und hatte es auch augenblicklich bereut, aber was konnte er jetzt noch daran ändern? Cress sagte, es läge wahrscheinlich an der unzuverlässigen italienischen Post. Ulysses entgegnete, es gehe ihm nur um die Kleine, und Cress erwiderte, der Kleinen gehe es gut. »Sie sagt uns schon Bescheid, wenn sie etwas braucht.« »Meinst du?« »Das weiß ich«, sagte Cress.

Eines Nachmittags vor Micheles Café ließ Ulysses die Bemerkung fallen: »Ich frage mich, ob es zu Hause genauso heiß ist wie hier.« Und Cress legte seinen Baedeker zur Seite und bemerkte im Stillen den Kontext und den unbewussten Gebrauch des Wortes Zuhause. Es war die erste Blöße, die sich der Junge gab.

»Komm«, sagte Cress und strich die Falten in seinen Bermudas glatt, »lass uns spazieren gehen.« Er legte eine Handvoll *lire* auf den Tisch, und Ulysses rief nach der Kleinen. Sie stand neben dem Brunnen und unterhielt sich mit einem Jungen.

»Natürlich ist das mein Papagei!«, sagte sie gerade und spuckte auf den Boden. Claude flog zu ihr und landete auf ihrem Arm.

Die Kleine plapperte den ganzen Weg bis zum Pitti-Palast. Sie erzählte, Signora Giulia habe sie gefragt, was sie abends immer so machten.

»Was hast du ihr gesagt?«, fragte Ulysses.

»Ich habe gesagt, dass wir Lieder singen und Karten spielen. Um Geld.«

»Das hast du ihr erzählt?«, fragte Ulysses, leicht fassungslos.

»Und dass wir manchmal über das Leben reden, über die guten und die schlechten Zeiten, und dass wir harten Alkohol trinken.«

»Das kannst du alles auf Italienisch sagen?«, erkundigte sich Cress ein wenig neidisch.

»Jep.«

Die Kleine balancierte auf einem Mäuerchen. »Ich habe gesagt, ihr seid sauber und einsam.«

Cress und Ulysses blieben stehen. »Wer ist was?«

Die Kleine zeigte auf Ulysses. »Einsam.«

»Das hast du zu ihr gesagt?«

»Jep.« Das Mäuerchen war zu Ende, und sie sprang herunter.

»Warum hast du ihr das erzählt?«, fragte Ulysses.

»Weil es stimmt.«

Ein Tourist kam vorbei und warf ihnen ein paar Münzen hin.

»*Grazie!*«, rief die Kleine und bückte sich, um sie aufzusammeln.

Durch den Hof des Pitti-Palasts, die Steintreppen hinauf, wo ihnen endlich eine Brise entgegenkam. Schwalben und Mauersegler und Glocken in der Luft. Scharenweise Florentiner unterwegs, wie immer in den Sommermonaten kamen sie hierher oder in den Parco delle Cascine. Für niemanden gab es etwas Wichtigeres, als den Straßen, dem Staub, dem Gestank und den belanglosen Streitereien zu entkommen. Die Zeit verstrich auf sonderbare Weise, als ob die Hitze auch sie in die Knie zwang und Vergangenheit und Gegenwart sich stoisch in einem schwülheißen Reigen drehten.

Sie stiegen die Anhöhe zum Casino del Cavaliere hinauf, während Sturmwolken sich immer weiter türmten, ohne aufzureißen. Wie schön das Licht war! Zu ihrer Linken schnitten die alten Stadtmauern durch Olivenhaine, der Himmel über ihnen ein behäbiges Violettgrau. Alles war umrankt von Kunst und Leben. Cress schlug seinen Schmöker auf und verkündete: »Baedeker!«, als sei es eine neue Religion. Ihr Blick auf die Stadt gerichtet, sagte er: »Das da unten ist unser Zuhause, Temps. Wer hätte das gedacht?«

»Ich jedenfalls nicht«, erwiderte die Kleine. »Zwick mich, ich träume.«

»Siehst du?«, flüsterte Cress. »Ihr geht's gut.«

Goldenes Licht säumte die dunkelgrauen Wolken, und Cress gebrauchte die Worte ›skrupellose Schönheit‹, um die Gärten zu beschreiben. Cress wurde zu Poesie. Als sie wieder hinuntergingen, bat er die beiden um einen Moment für sich in der *limonaia,* bloß er, umgeben von Zitronen und Emotion. Ein schöner Satz, einer von Cressys ganz besonderen. Er sagte, er würde sie später auf dem Platz wiedersehen.

Er setzte sich in einen Holzstuhl, und Claude trank aus einem Blumentopf, der danebenstand. Cressys Wurzeln drangen tief in das dunkle Labyrinth, hinunter zu antiken Trümmern und der Rhopografie längst vergangener Leben. Er spürte die Geister derer, die vor ihm gegangen waren. Die Dichter Browning, Everly, Shelley. Cressy hoffte, mit der Zeit seine Angst vor Gedichten zu verlieren, besonders vor dem Zeug, dass sich nicht reimte. Cress war ein Mann der Tatsachen, und Tatsachen waren Stein. Poesie jedoch war Sand, für immer verglichen mit Sternen – Staub der Ewigkeit. Für immer in Bewegung.

Die Kleine zerrte Ulysses in eine Zypressenallee, um Verstecken zu spielen, und blieb eine halbe Stunde verschwunden. Eine primitive, rumorende Urangst ergriff ihn, und er wurde sich bewusst, dass diese Angst nun der Mittelpunkt seines Lebens war und sich das auch nie mehr ändern würde. Er suchte angestrengt, aber er konnte sie nicht finden. Sie war direkt vor seiner Nase, aber er konnte sie nicht sehen. Es war sein schlimmster Albtraum, und letztendlich wurde er von ihrem Kichern daraus erweckt. Sie war in einen Busch geklettert wie eine kleine Katze und hatte sich ganz ruhig verhalten. Sie war so zufrieden mit sich selbst, dass er ihr übertrieben überschwänglich gratulierte, nur um ein Schluchzen zu unterdrücken.

Hand in schwitziger Hand gingen sie zum *isolotto* und betrachteten die Skulptur von Perseus auf dem Rücken eines Pferdes, das im Galopp die Wasseroberfläche durchbricht.

»Das würde ich auch gerne machen«, sagte sie.

»Ich auch«, erwiderte er.

Und er dachte, dass sie so unvorbereitet für den Sommer gewesen waren, und schwor sich, dass ihnen das nicht noch einmal passieren würde. »Ich werd uns ein Schwimmbad suchen«, sagte er. »Versprochen?«, fragte die Kleine. »Versprochen.« Sie setzten sich in den Schatten, sahen den Enten zu und teilten sich einen Streifen Kaugummi, den er in seiner Tasche fand.

»Ich glaube, deiner Mutter würde es hier gefallen«, sagte er.

»Da bin ich mir nicht sicher«, erwiderte sie.

(Knallhart, dachte er.)

»Sehe ich ihr ähnlich?«, fragte die Kleine.

»Nicht besonders. Nur wenn du lächelst.«

»Wem sehe ich dann ähnlich?«

»Eddie, schätze ich.«

»Kennst du ihn?«

»Nein.«

»Ich auch nicht.«

»Bist du sicher, dass es dir gutgeht?«

»Ja«, antwortete die Kleine, »heute ist ein guter Tag.«

»Ich will, dass alle Tage gut sind.«

»Das ist unrealistisch. Du musst Peg nicht ersetzen.«

Er lachte. »Tue ich das?«

»Lass es langsam angehen. Nur so als Vorschlag.«

»Sonst noch was?«

»Vielleicht solltest du dich nach einer Freundin umschauen.«

»Im Ernst?«

»Jemand wie Signora Giulia. Oder auch gleich Signora Giulia.«

»Sie ist mit Michele zusammen.«

»Er hat zu hohen Blutdruck und Angina. Könnte jeden Moment sterben.«

»Woher weißt du das alles?«

Die Kleine tippte sich an die Nase.

»Sonst noch was?«

»Du machst das nicht schlecht«, erwiderte sie.

»Danke.«

»Und ich möchte nirgendwo anders sein.«

»Gut zu wissen.«

Als die Tore geschlossen wurden, machten sie sich auf den Weg. Die Menschen vor den Cafés rochen abendlich frisch nach Seife. Zurück auf dem Platz blieben sie kurz stehen, um einem Gitarrenspieler auf den Stufen vor der Kirche zuzuhören. »Das werd ich auch eines Tages machen«, sagte die Kleine. »Ich weiß«, entgegnete Ulysses. »Du kannst es nicht abwarten, erwachsen zu werden.«

»Ist das was Schlechtes?«

»Nur für mich.«

»Da ist Cressy!«, sagte die Kleine und zeigte zur Terrasse. Cress hatte mit dem Teleskop nach ihnen Ausschau gehalten. Die Kleine winkte.

»Cress weiß ganz schön viel, oder, Ulysses?«

»Cress weiß alles.«

»Cress ist nie zur Schule gegangen.«

»Ich weiß. Aber stell dir vor, das wäre er.«

Zwei Tage später radelte der *postino* bei Michele vorbei und warf eine Postkarte auf ihren Tisch. Sie landete mit dem Bild nach oben und zeigte ein Fort und ein von einer Mauer umringtes, toskanisches Dorf. Ulysses drehte sie um. Sie war von Massimo.

Die wichtigsten Neuigkeiten waren, dass Massimo sich die Haare hatte schneiden lassen, was ihn um knapp acht Zentimeter hatte schrumpfen lassen und an den Rand der Verzweiflung getrieben hatte. Es war notwendig gewesen, nachdem sein Neffe ihn mit Läusen infiziert hatte. Er erzählte, dass die Nierensteine seiner Mutter zurück waren. *Aber was hat sie erwartet? Sie trinkt kein Wasser.* Er sagte, er vermisse seine neuen Freunde, und bat Ulysses, ihn unter folgender Nummer umgehend anzurufen.

Giulia brachte ihnen eine weitere Runde Kaffee und *biscotti*. Die Kleine sagte auf Italienisch, dass die Postkarte von Massimo sei, und zeigte ihr das Bild. »Ah, Giglio!«, erwiderte Giulia und erkundigte sich nach Massimos Mutter.

»Die Nierensteine sind wieder da«, berichtete die Kleine. »Aber was hat sie erwartet? Sie trinkt kein Wasser.« Sie zuckte geringschätzig mit den Achseln und schlürfte ihren Kaffee. Ulysses nahm die Karte und ging nach drinnen. Die Hitze, die ihm aus der Küche entgegenschlug, war gnadenlos, und der Deckenventilator mal wieder außer Betrieb. Er ging zum Telefon und wählte die Nummer. Massimo antwortete sofort, als ob er den ganzen Morgen neben dem Telefon gesessen und gewartet hätte. Was tatsächlich auch so war.

Er redete schnell und deutlich, für den Fall, dass die Verbindung unterbrochen werden sollte. Seine Mutter sei aufgrund ihres Unwohlseins im Unterleib zurück aufs Festland gefahren und habe seine Schwester und seinen verlausten Neffen mitgenommen. Einer seiner Brüder war nach Elba gefahren, und der andere Bruder würde in ein paar Tagen zu Massimo kommen. Deshalb – und das war der springende Punkt – ist das Haus leer. »Kommt für *Ferragosto* zu Besuch!«

»Was? Wohin?«

»Giglio. Fahrt runter Richtung Grosseto, dann Porto ...«

Michele reichte Ulysses Stift und Papier. »Porto?«, fragte Ulysses und bedankte sich mit einem Nicken bei Michele.

»Porto Santo Stefano«, sagte Massimo. »Lasst das Auto dort und nehmt die Fähre zur Isola del Giglio.«

Ulysses schrieb alles mit.

»Ihr müsst morgen schon los, wegen des *Ferragosto*-Wochenendes.«

»Das Ferra was?«, fragte Ulysses.

»Feiertag. Wenn ihr morgen nicht fahrt, seid ihr aufgeschm …«

Die Verbindung wurde unterbrochen. Das Klappern der Münzen, die vom Apparat geschluckt wurden. Ulysses legte den Hörer auf und wandte sich um. In der Bar war es ganz still geworden. Alle sahen ihn an, und nicht jeder blickte erfreut drein. Irgendjemand fragte: »Fährst du jetzt nach Giglio?«

Sie fuhren früh am nächsten Morgen los, wie angewiesen. Die Sonne hatte kaum den Himmel im Osten erhellt, als sie aus dem Haus traten. Mit Rucksäcken und Wasserflaschen bepackt gingen sie über den Platz, und Claude flog voraus zu Betsy.

Sie fuhren in südlicher Richtung durch die Toskana, während die Sonne aufging, und schließlich wich die Landschaft der Bergdörfer dichten Wäldern, Kastanien und Sonnenblumenfeldern. Es war ein ziemlich sehenswerter Anblick. Cress lehnte sich aus dem Fenster, und die Kleine sagte: »Wer als Erster das Meer sieht«, aber das Meer hatte sie schon längst erspäht. Sie trug nur ihren neuen Badeanzug, die Nase an der Scheibe plattgedrückt, um ja nichts zu verpassen.

Von Orbetello aus überquerten sie die Lagune und fuhren hinauf auf die wilde Monte Argentario, eine felsige Halbinsel, umgeben vom Tyrrhenischen Meer. Der Wald hatte sich die Straßen zurückerobert, es roch salzig und krautig, und von den hohen Klippen aus konnte man Blicke auf Buchten und Strände erhaschen.

Das dunkelgrüne Blätterdach lichtete sich, und die Straße kurvte hinunter zum Hafen. Die Auswirkungen des Krieges waren immer noch deutlich zu sehen. Ulysses parkte abseits der Hauptstraße, und sie packten ihre Taschen und rannten zur Fähre. Sie waren die Letzten an Bord, das Horn tönte, und mit einem langsamen Tuckern stieß der Motor dunkle Rauchwolken in den makellosen Himmel. Das Wasser war so kristallklar und türkisfarben, wie sie es noch nie gesehen hatten, und Claude flog hoch und frei. Ein leichter Gegenwind lenkte die Sonnenstrahlen auf Nase und Stirn, und die Kleine setzte ihre Sonnenbrille auf. Sie war noch nie auf einer Insel gewesen und sprang auf und ab und klatschte sich vor Freude auf die Oberschenkel.

Als Giglio in Sicht kam, war auch hier das lange, heiße Sommerdorren erkennbar. Die Granitfelsen hatten außer vereinzelter Büschel *macchia mediterranea* kaum etwas zu bieten. Als sie sich dem Hafen näherten, erklang wieder das Horn, und die helle Sichel eines Strandes war zu erkennen sowie Fischerhütten und Esel, die darauf warteten, das Gepäck die Steilhänge der Insel hinaufzutransportieren. Es war, als wäre die Zeit zurückgedreht und die gesamte Szene mit einem Sepiaton überzogen worden. Die Fähre legte an der Hafenmauer an, und sie sahen sich nach Massimo um. Claude sah ihn als Erster, er stand in einem kleinen Boot und winkte wie wild.

»Ihr seid gekommen!«, rief er. »*Mio Dio!* Ihr seid gekommen!«

Du siehst so gut aus, was sagt man zu der Hitze, mir gefällt dein Haarschnitt, hast du immer noch Läuse? Nein, nein, keine mehr, ich habe einen neuen Badeanzug, Cressy spioniert die *signore* von der Steinbank aus.

»Bereit?«, fragte Massimo und rang nach Luft. »Bereit«, antworteten sie und rangen ihrerseits, und Massimo zog am Anlasser, und jeglicher Friede, der sich über dem Hafenbecken ausgebreitet hatte, jegliche Konversation, die noch geführt werden würde, wurde von dem hässlichen Heulen des Zweitakters verschluckt.

Das Boot schmiegte sich an den Küstenbogen der Insel, die sich ihren aufgeregten Besuchern Stück für Stück offenbarte: Weingüter in Hanglage, Kakteen behangen mit Feigen, und in Granitfels geschlagene Treppen, die ins Wasser führten. Die Kleine lehnte sich über die Seite und fing jede Welle ein, die gegen den Rumpf klatschte. Schließlich wurde der Motor ruhiger, und das Boot steuerte auf einen großflächigen Kieselstrand zu. Weiter hinten konnten sie ein Haus erkennen, geschützt von heimischen Pinien und Eukalyptusbäumen. Massimo klappte den Motor ein, und der seichte Rumpf glitt mühelos auf den Strand.

Cressy betrat als Erster die Insel, es fehlte nur noch die Flagge, die er in den Boden rammen konnte. Er betrachtete die Fülle an Existenz um sich herum und war sich ihrer vollends bewusst, seine Fußsohlen verbunden mit Mutter Erde.

»Hier lang!«, rief Massimo.

Der regelmäßige Schlag der Wellen auf dem Kies überschnitt sich mit dem Schreien der Möwen. Massimo marschierte voraus und ruderte auf eine höchst sonderbare Weise mit den Armen. Er war nervös und schüchtern, denn er hatte hier noch nie Besuch empfangen – hatte noch nie jemanden eingeladen, um ehrlich zu sein –, und er war dankbar, als der Kiesstrand endete und das Haus sich mit seinem disproportionalen Charme vor ihnen aufrichtete, halb Ferienhaus, halb Schuppen.

»Das ist es«, sagte er. »Sucht euch schon mal ein Schlafzimmer aus, während ich das Mittagessen zubereite«, und er hielt eine Stofftasche hoch, randvoll mit Lebensmitteln. Jetzt stand nichts mehr zwischen ihnen und drei Tagen Urlaub.

Die Kleine rannte los über den Strand, der Kies heiß unter ihren Fußsohlen, Ulysses nicht weit dahinter. Sie war noch nie im Meer geschwommen, und ganz bestimmt nicht dort, wo die Fische genauso gestreift waren wie sie. »Kein bisschen kalt!«, rief sie.

Sie hielt sich die Nase zu, tauchte unter und kam prustend wieder an die Oberfläche.

»Nochmal«, sagte sie.

»Ich bin dabei«, erwiderte Ulysses.

Sie tauchte unter. Er tauchte unter. Sie durchbrachen zusammen die Oberfläche.

Massimo rief ihnen zu, das Mittagessen sei fertig.

»Ich brauch kein Mittagessen«, sagte die Kleine.

»Doch, das tust du«, erwiderte Ulysses. »Komm schon«, und sie wateten durch das flache Wasser zu ihren Handtüchern am Strand.

»Alle zu mir schauen!«, rief Massimo mit der Kamera in der Hand, stellte den Selbstauslöser ein und rannte zu ihnen.

(Klick.) Für immer festgehalten.

Auf der Linken steht Old Cress, dann Massimo und Ulysses. Die Arme umeinandergelegt. Die Kleine steht vor Massimo und hat Claude auf dem Arm. Claude mit zu voller Spannweite ausgebreiteten Flügeln. Hinter ihnen kann man die Terrasse erkennen, Geranien, ein langer Holztisch, auf dem die Reste von *spaghetti al pomodoro*, Kartoffeln *baccalà* und zwei Flaschen eines lokalen, weißen *Ansonica* stehen. Eine der Flaschen ist zu zwei Dritteln voll. Über ihnen spenden gespannte Weinreben ausreichend Schatten, und mehrere Rispen hängen tief herunter. Die Kleine trägt Badeanzug und Sonnenbrille. Es sind die besten Sachen, die sie je besessen hat. Der Anzug ist noch feucht vom Meerwasser, und ihr Po ist bis zum Abend wundgerieben. Es wird unangenehm sein, aber die Sache wert. Cress trägt ein hellblaues Hemd und seine Bermudashorts. Er ist barfuß, und sich der Länge seiner Zehennägel sehr wohl bewusst. Abgesehen davon fühlt er sich gut und ist voller Tatendrang. Er weiß, dass er hier verlorene Zeit wieder aufholt. Massimo trägt einen marineblauen Zweiteiler. Bermudashorts aus einem Baumwoll-Leinen-Gemisch, in einem ähnlichen Blauton wie sein gebügeltes, kurzärmeliges Hemd. Bevor seine Freunde ankamen, hatte er sich für seinen Haarschnitt und das zusätzliche Gewicht um seine Mitte geschämt, aber Ulysses sagte, er sehe glänzend aus – ›Du bist wirklich ein attraktiver Typ, Mass‹, waren die Worte, die er benutzt hatte. Und manchmal braucht es nicht mehr als das, um sich wieder zu voller Größe aufzurichten. Massimo wird sich die Haare nicht wieder wachsen lassen. Ulysses trägt eine kurze, weiße Hose, die über dem Knie endet. Seine Knie sehen gut aus, und der gesteppte Saum bringt diese Tatsache noch stärker zur Geltung. Er trägt eine weiße Weste, ähnlich der, die Marlon Brando in *Endstation Sehnsucht* trug. Ulysses hat den Film nicht gesehen. Die Weste sitzt eng, denn sie ist eingegangen. Sein Lächeln ist so entwaffnend wie immer. Seine Augenbrauen sind zusammengezogen, weil die Sonne ihn blendet, und seine Ohren zeigen die Anfänge eines Sonnenbrands.

Es sollte das erste vieler Fotos sein, die Massimo im Lauf der Jahre auf Giglio machen würde. Er hängte es schließlich ins Wohnzimmer zwischen zwei Fenster, wo weiße Vorhänge sich in einer salzschwangeren Brise blähten. Durch die Fenster drang der spezielle Geruch der Eukalyptusbäume.

Sie sind seit ungefähr sechsundzwanzig Stunden und siebenunddreißig Minuten auf der Insel. Nicht besonders lange, aber Cress rechnete das auf Tausende kleiner Momente herunter, denn Cress war nun einmal so.

Ihr letzter Tag rückte immer näher, als Cress wieder einmal – und zur rechten Zeit – seine Verschrobenheit zum Ausdruck brachte.

Massimo hatte gerade Kaffee gekocht und fragte Ulysses, ob er schon wüsste, was er mit der Wohnung im unteren Stockwerk machen wolle, als Cress dazwischenplatzte und sagte: »Ich weiß, was wir mit der Wohnung machen.«

»Interessant«, sagte Massimo. »Macht er das oft?«

»Ziemlich oft«, erwiderte die Kleine.

Cress nahm einen Schluck Wasser und stolperte zu einem Stuhl. »Ich hatte eine Vision«, verkündete er, und fuhr fort zu beschreiben, was ihm vor einigen Augenblicken zugestoßen war.

»Ich hatte gerade meinen Kaffee ausgetrunken – vorzüglich übrigens, Massimo – und es mir gemütlich gemacht, um mit dem Roman anzufangen, den ich aus England mitgebracht habe. Wie ihr wisst, ist Belletristik Neuland für mich.« Cress nahm noch einen Schluck Wasser. »Ich habe das Buch aufgeschlagen und angefangen zu lesen. Und dann war mir, als ob ein riesiger, himmlischer Finger sich herabsenken und direkt auf mich, Alfred Cresswell, zeigen würde. Wie in Michelangelos *Die Erschaffung Adams*, als Gott mit dem Finger zeigt und – in diesem Fall – einer Idee Leben einhaucht.«

»Und?«, fragte Ulysses.

Cress hielt seine Ausgabe von *Zimmer mit Aussicht* hoch. »Hier ist der Präzedenzfall, Temps.« Er blätterte die Seiten durch. »Ich zitiere: ›Und außerdem eine Cockney!‹«

(PAUSE.)

»Und außer was?«, fragte Ulysses.

»Eine Cockney-Wirtin im Bertolini.«

»Was ist das Bertolini?«

»Eine *pensione*«, sagte Cress. »Eine Pension. Hauptsächlich für Engländer. Furchtbare Engländer. Und, um ehrlich zu sein, das Essen macht auch nicht viel her, aber trotzdem.«

Ulysses griff nach dem Buch und blätterte darin herum.

»Eine Cockney-Wirtin hatte vor circa fünfzig Jahren eine Pension in Florenz, und mehr müssen wir nicht wissen. Das könnte unsere Geschichte sein«, sagte Cress. »Wir könnten was anfangen mit der Wohnung. Uns ein bisschen Perspektive verschaffen.«

»Und Geld«, warf die Kleine ein.

»Eine *pensione!*«, rief Massimo. »Was für eine wunderbare Idee!«

»Ich bin dabei«, sagte die Kleine.

»Was denkst du, Temps?«

»Was gibt es da zu denken?«, erwiderte er. »Das machen wir.«

Massimo sagte, er würde nach *Ferragosto* einen Kollegen kontaktieren, um Lizenzierung und Gewerbeanmeldung zu besprechen, und durch Cress sprach der Gott der Gastlichkeit. Er konnte seine Einfälle nicht schnell genug aufschreiben: Schlösser an den Türen, mehr Bettwäsche, Handtücher, Seife, Wäscheservice – vielleicht eine Waschmaschine kaufen? Zu früh für eine Waschmaschine, Massimo? Massimo sagte, er würde zu Hause die Stimmung der Nachbarschaft ausloten.

»Ab ins Badehaus mit dir«, sagte die Kleine und Massimo errötete und griff sich ins Haar, das natürlich nicht mehr da war.

Nachmittags gingen sie spazieren und suchten nach Feigen, Aprikosen und Kapernäpfeln, und Ulysses bemerkte, dass er eine gemeinschaftliche Obstschale sehr einladend fände.

»Schöner Gedanke«, sagte Massimo.

Und Cress schrieb ›Obstschale‹ auf.

»Und Blumen«, sagte Massimo.

›Blumen‹, schrieb Cress.

»Wie wäre es mit einem Serviertisch und Getränken zur Selbstbedienung?«

»Selbstbedienung!«, höhnte Claude, der immer mehr nach Col klang.

»Ganz ruhig, Claude«, sagte Ulysses. »So funktioniert das bei uns hier nicht«, und Claude war ein wenig beschämt und entschuldigte sich.

»Wie sieht es mit Werbung aus?«, fragte Massimo.

Cress stieß angesichts dieses ungeheuerlichen Gedankens einen Pfiff aus. »Können wir nicht einfach mit einem Schild am Bahnhof auf die Touristen warten und sie dann mit dem Jowett in die Pension fahren?«

»Das könnte ich doch machen«, sagte die Kleine. »Wer kann einem süßen Mädchen mit einem Papagei schon etwas abschlagen?«

»Niemand«, erwiderte Massimo. »Bestimmt niemand. Und habt ihr auch vor, eure Gäste zu bekochen?«

Cress wirkte entmutigt. »Sie mit was zu bekochen?«

In einer Dampfwolke in der Küche verkündete Massimo: »Und wenn ich euch sonst nichts beibringe, das hier muss sein: das korrekte Verhältnis von kochendem Wasser zu Salz zu Pasta. Wenn ihr das meistert, dann werdet ihr immer essen wie Könige.«

»Und wenn man es verpfuscht, dann hat man den Schlamassel namens *pappa al pomodoro*. Oder, Cress?«

»Ein wenig Knoblauch, Olivenöl und Chili dazugeben – hier, probiert mal. Spürt ihr den Widerstand der Spaghetti? Das wollt ihr jedes Mal so hinbekommen.«

Cress und Ulysses beobachteten und machten sich Notizen. Die Kleine aß einfach nur.

»Seid ihr bereit?«, fragte sie.

»Vielleicht könnten wir unseren Gästen auch Gutscheine für Micheles Café geben?«, überlegte Cress.

»Das hört sich schon besser an«, sagte Claude.

Die Nacht senkte sich über die Terrasse. In der Ferne glitt die Fähre in einem leuchtenden Bogen über das dunkle Meer. »Morgen sind wir dran«, sagte die Kleine, noch ganz euphorisch von ihrem Tauchgang zwischen Seeigeln. Ulysses zündete sich eine Zigarette an einer Kerze an. Erdnussschalen lagen zwischen leeren Salatschüsseln verstreut auf dem Tisch. Massimo schenkte Wein nach, und Claude setzte an, ein paar Worte zu sagen, überlegte es sich dann aber anders.

Der Mond und Fledermäuse, das träge Pulsieren des Meeres, Freundschaft und der Beginn eines neuen Abenteuers. Es musste nichts mehr gesagt werden.

Außer …

»Ihr braucht einen Namen«, sagte Claude, auf einem Stück Wassermelone kauend.

»Wie wäre es mit Bertolini?«, fragte die Kleine. »Was nicht kaputt ist …«

Sie lachten, und die Kleine war im siebten Himmel und auch ein bisschen müde.

Und so kam die *Pensione Bertolini* (Punkt zwei) zustande. Cress sollte diese Geschichte schließlich allen Gästen erzählen, die bereit waren zuzuhören. Ein bisschen Geschichte, die sie mit nach Hause nehmen konnten. Ein bisschen von ihm, so gesehen.

Sein Innerstes glühte, als er an diesem Abend schlafen ging, so hell, er war sein eigenes Sternenzelt.

Sie kamen erholt zurück in die Stadt. Die Insel hatte Wunder gewirkt, hatte ihnen Halt geboten und ihnen eine Lebensweise gezeigt, nach der sie streben und zu der sie immer wieder zurückkehren würden. Cress reparierte den Deckenventilator in Micheles Bar, und als die Luft wieder beherzt durch den Raum blies, brachen alle in Jubel aus. Michele drückte Cress an seine Brust, was für die Umstehenden aussah, als ob ein Bär ein Zicklein ersticken würde. Ulysses ging zum Palazzo Castellani, dem Institut und Museum für Wissenschaftsgeschichte, und verbrachte viel Zeit bei den Globen Coronellis. Sie waren noch viel schöner, als er gedacht hatte, und er musste an die Weltkugeln seines Vaters denken, Sphären in leuchtenden Farben, das Britische Empire in Pink. Er selbst würde die Welt selbstverständlich mit anderen Farben bemalen. Grün für Wälder, Weiß für Eis, Braun für Land und Blau für die Meere. Er würde die Grenzen wieder richtig setzen und den Ländern ihre Namen zurückgeben.

Und dann, völlig unerwartet, kamen am Geburtstag der Kleinen drei Briefe von Peg an. Ausgerechnet. In dem Brief, der auf Juni datiert war, stand Pegs neue Telefonnummer, und Ulysses und die Kleine rannten zu Massimo ins Büro. »*Un momento*«, sagte die junge Frau, die die Verbindung herstellte.

»Ich bin acht«, sagte die Kleine und strich sich die Fransen aus der Stirn. »Wer hätte das gedacht?« Und sie erzählte Peg von ihren Geschenken: eine Gitarre von Ulysses und Cress, eine Taucherbrille von Massimo, und Signora Giulia hatte ihr Cannoli gebacken. »Sie kommt aus Sizilien. Alles in allem war es ziemlich gut.« Die Kleine hielt die Hand über die Sprechmuschel und wandte sich an Ulysses. »Peg sagt, sie hat mir Geld geschickt.« Sie war entzückt.

Ulysses hörte, wie Peg *Happy Birthday* sang, und er ging aus dem Zimmer, um der Kleinen ein bisschen Privatsphäre zu geben, aber die Wahrheit war, dass es ihm das Herz zerriss. Er wartete auf dem Flur, bis die Kleine ihn rief. »Peg will mit dir reden«, sagte sie und gab ihm den Hörer. Dann folgte sie der jungen Frau, um zu lernen, wie man einen anständigen Espresso kochte.

»Tut mir leid«, sagte er.

»Was?«, fragte Peg.

»Hast du uns schon vergessen?«

»Wenn das alles ist, was du in petto hast, Temps, dann bin ich ja nochmal glimpflich davongekommen.«

»Arbeit in Ordnung?«

»Ted will, dass ich aufhöre.«

»Aber das machst du nicht, oder?«

»Er will, dass wir heiraten.«

»Mach das nicht.«

»Was? Aufhören zu arbeiten oder heiraten?«

»Beides, Peg.« Ulysses zündete sich eine Zigarette an.

»Alys wirkt glücklich.«

»Das ist sie. Komm her und überzeug dich selbst. Hat sie dir von der *pensione* erzählt?«

»Was zur Hölle ist eine *pensione?*«

Er lachte. »Ein kleines Hotel.«

»Hast du so viele Zimmer?«

»Verrückt, oder? Hey, Peg, hast du 'nen Stift? Schreib dir die Nummer auf … Ist ein Café. Da kannst du immer eine Nachricht hinterlassen … Hast du's?«

»Jep.«

»Was ist eigentlich mit Ginny?«

»Hast du den Brief nicht gelesen, Temps?«

»Wir sind direkt hierhergekommen. Ohne irgendwas zu lesen.«

»Ich hab Mrs Kaur von ihr und Devy erzählt.«

»Ach ja?«

»Ich musste es tun. Sie erinnert mich an deine Mutter. Sie ist so freundlich und ruhig, und sie behandelt Ginny, als würde sie zur Familie gehören. Sie hat eine wirklich liebe Art, mit ihnen umzugehen. Auch der Junge ist wirklich lieb. Col sag ichs, wenn er bereit ist zuzuhören.«

»Wir haben dich lieb, Peg.«

»Was hast du gesagt?«

»Ich habe …«

»Bist du noch dran? Temps? Temps?«

Der September kam und mit ihm kühlere Nächte und der lange Abschied der Schwalben. Auch Ulysses verschwand, aber nur für einen Tag. Eine Angewohnheit, die er sich über die Jahre hinweg beibehalten sollte, und letztendlich gewöhnten Cress und die Kleine es sich ab, zu fragen, wohin er ging. Die Kleine und Cress bastelten eine Laterne aus buntem Papier und schlossen sich der Prozession zum *Festa della Rificolona* an, die Feier zur Geburt der Jungfrau Maria. »Man kann nicht Jungfrau sein und ein Baby zur Welt bringen, oder, Cress?«, fragte die Kleine. »Nein, das kann man nicht«, antwortete er. »Wollte nur sichergehen, dass ich das nicht falsch verstanden habe«, entgegnete sie. Auf den Weingütern der Toskana wurde mit der Ernte begonnen, und in den Bäckereien gab es wieder das traditionelle, süße Gebäck *schiacciata all'uva*. Restaurants, die den August über geschlossen blieben, öffneten wieder mit neuen Speisekarten, gespickt mit *porcini*.

Und, zu guter Letzt, so sehr die Kleine auch versucht hatte, es abzuwenden, kam mit dem September die Schule.

Am Abend davor war sie nervös und wollte partout nicht ins Bett gehen. Sie ging auf die Terrasse und fand Cressy, im Gespräch mit seinem Baum.

»Was machst du da, Cress?«

»Mich mit dem kleinen Kerl hier unterhalten.«

Die Kleine setzte sich neben ihn und lauschte.

»Sagt nicht viel, oder?«

»Das passiert alles in den Wurzeln«, erwiderte er. »Die Wurzeln erzählen Sachen an andere Bäume weiter.«

»Wie was zum Beispiel?«

»Wo man Wasser findet, zum Beispiel. Oder wo man guten Kaffee bekommt.«

Die Kleine schnalzte missbilligend mit der Zunge.

»Sie können sich auch gegenseitig warnen«, sagte Cress.

»Vor was?«

»Leben. Problemen. Gefahren. Sie sind ein bisschen wie wir: sozial. Sie können sich vernachlässigt fühlen und Schmerz empfinden.«

»Habe ich auch Wurzeln?«

»Sehr starke sogar. Wie siehts aus? Bist du bereit für die Schule morgen?«

»Was ist, wenn ich keine Freunde finde?«

»Du hast uns. Und Massimo, das sind schon mal drei. Und Giulia. Und Claude. Da siehst du, ein ganzes Meer von Freunden.«

Cress griff nach seinem Bier.

»Darf ich einen Schluck?«, fragte sie.

»Klar«, sagte er, denn er wusste, dass sie es scheußlich finden würde.

»Schau nach oben«, sagte Cress. »Das Sonnensystem. Entstanden vor 4.6 Milliarden Jahren. Und hier unten sind wir. Zusammen siebenundsiebzig Jahre alt. Wie jung wir sind! Und die Erde dreht sich mit fast 1700 Kilometern pro Stunde alle vierundzwanzig Stunden einmal um sich selbst. Das ist es, was die Welt regiert, Alys. Raum, Zeit und Bewegung. Stunden, Tage, Jahreszeiten. Unser Leben ist eine Aneinanderreihung von Momenten. Siehst du den schwachen Lichtfleck dort drüben? Das ist der Andromedanebel. Wenn wir ihn ansehen, blicken wir 900 000 Jahre in die Vergangenheit.«

»Große Zahlen, Cress.«

»In der Tat große Zahlen, Liebes. Darum werden zehn Jahre Schule auch im Nu vorbeigehen.«

»Ich hab schon verstanden«, sagte sie.

»Dachte ich mir.«

»Acht«, sagte die Kleine. »Nicht mehr als acht.«

»In Ordnung«, erwiderte Cress. »Nicht mehr als acht.« Und er gab vor, sich in die Hand zu spucken, und sie besiegelten es mit einem Händedruck.

Der Morgen brachte tiefhängende Wolken und kühle Luft. Die Kleine trug die dunkle Uniform, die alle Kinder trugen, mit übergroßem Kragen und Schleife, und sie sagte, sie sähe aus wie ein Clown. »Stimmt«, entgegnete Ulysses. Auf dem Platz verabschiedete sie sich von Cress und Giulia und kletterte auf die Stange von Ulysses' Fahrrad. »Du kannst es dir immer noch anders überlegen, das weißt du, oder?«, sagte sie zu ihm. »Ja, ja«, überging er ihren Einwand, trat in die Pedale und fuhr mit dem Verkehr Richtung Westen nach San Frediano. Keine Schlangenlinien zwischen Karren und Motorrollern diesmal, und er blieb auf sicherem Abstand zu den Straßenbahnen. Sie kamen am Kuttelverkäufer vorbei, über ihnen Schwalben auf Wäscheleinen bereit zum Abflug. »Ciao, Vögel! Bis nächstes Jahr!«, rief die Kleine.

Ein Stück weiter vorne versammelten sich Kinder vor der Schule. Ulysses bremste, und die Kleine sprang ab. Er schob das Rad neben ihr her.

»Du kommst klar?«, fragte er und gab ihr ihre Schultasche.

»'Türlich«, antwortete sie.

Eine Lehrerin kam heraus, läutete die Glocke, und die Kinder liefen zur Tür.

»Ich hol dich später wieder hier ab«, sagte Ulysses und beugte sich zu ihr, um ihr einen Kuss zu geben, aber sie wich aus.

»Mach keinen Aufstand«, sagte sie.

Er stellte sich etwas abseits hin, wo sie ihn nicht sehen konnte, und blickte ihr nach, als sie hineinging. Klein und kompakt war sie, mit durchgedrücktem Rücken und einem Blick, der *Verpiss dich* sagte. Die anderen Kinder redeten miteinander, aber nicht sie – sie war ganz Peg. Er würde töten für sie. Das wusste er schon seit einer ganzen Weile. Und hier stand er nun verstohlen in einem Hauseingang und unterschied sich kein bisschen von Col. Er fuhr auf Umwegen zurück und hielt bei Kunstgeschäften und Antiquitätenläden, in der Hoffnung, Gussformen für Globen zu finden.

Zu Hause machte er sich einen Kaffee und öffnete eine Packung *biscotti*. Im Wohnzimmer schob er die beiden Sofas an die Wand und schaltete das Radio ein. Er ging ins Schlafzimmer, holte die Kupferplatten und legte sie auf dem Boden aus. Es waren sechs Stück, ungefähr vierzig Zentimeter mal ein Meter vierzig. Hunderte Stunden akribischer Arbeit seines Vaters.

Bevor er in den Krieg gezogen war, hatte Ulysses sie geputzt und poliert und sie mit einer dünnen Schicht Vaseline eingerieben, um sie zu schützen. Er hatte sie in Papier gewickelt, in Kartons gepackt und an jedem Päckchen ein Blatt Papier befestigt, auf das der Reihenfolge nach die zwölf Globusstreifen – die Segmente, die zusammen die sphärische Oberfläche des Globus ergaben – gedruckt waren. Zu guter Letzt hatte er noch Decken um die Kartons gewickelt, denn die Platten waren für ihn von unbezahlbarem Wert.

Er kniete sich auf den Boden und wickelte die erstbeste Platte aus. Mit den Fingern fuhr er die kontinuierliche Präsenz des Äquators entlang, der die Streifen an der jeweils breitesten Stelle durchschnitt und die Längengrade zerteilte, die von Norden nach Süden verliefen. Die besonderen Breitenkreise – der Arktische Polarkreis, der Nördliche und der Südliche Wendekreis, und der Antarktische Polarkreis – waren auf jedem Segment als gleichmäßig geschwungene Linien eingezeichnet. Er las die Namen der Länder: Persien statt Iran, Konstantinopel statt Istanbul. Russland war Russland. Man konnte den Druck wahrscheinlich auf die späten 1920er datieren.

Sein Vater, Wilbur, hatte immer Weltkarten abgepaust, und das war der Anfang gewesen. Namen von Städten, Ländern, Gebirgszügen, Flüssen, Ozeanen, was immer ihn gereizt hatte. Und immer irgendwo Noras Name. Wenn er mit dem Durchpausen fertig gewesen war, hatte er das Papier umgedreht, sodass die Welt und ihre Orte spiegelverkehrt erschienen. Dann zeichnete er ein Gitternetz über das gesamte Papier und übertrug die Informationen der einzelnen Quadrate auf die mit einem ähnlichen Raster versehenen Globusstreifen und arbeitete sich so penibel durch die zwölf Segmente der Erde. Er besaß ein instinktives, künstlerisches Verständnis der Verzerrung, die beim Übertrag von glatten auf sphärische Oberflächen entstand.

Das Getöse der Rennbahn verstummte in diesen Momenten, der Nervenkitzel des Wettens verflog. Und mit ruhiger Hand holte sein alter Herr die seitenverkehrte Zeichnung von Pauspapier auf Kupferplatte.

Ulysses hatte seine erste Kopie erst Monate vor dem Tod seines Vaters angefertigt. Länder, Breitengrade und Längengrade, aber keine Namen. Er erinnerte sich an das Erfolgsgefühl, als der bedruckte Bogen frisch aus der Presse kam. An das anerkennende Nicken seines Vaters. Das Ausschneiden und Ordnen der Globusstreifen. Das Aufmalen der Meere und der Landmassen. Der Geruch des Klebers. Das Aufkaschieren des ersten Segments – der Äquator genau auf der Linie, die er zur Markierung des Kreisumfangs auf den blanken Globus gezeichnet hatte. Der bittere Kummer, als das Papier sich zu sehr spannte und riss.

Er setzte sich auf und griff nach seinem Kaffee. Es war kalt, aber Ulysses spürte es kaum. Wieder dachte er über Gussformen nach und woher er sie beziehen könnte. Sein Pa hatte Bakelites verwendet – für sich genommen bereits ein Kunstwerk. Er steckte sich eine Zigarette an und lehnte sich zurück. »Ach, verdammt!«, entfuhr es ihm plötzlich mit Blick auf die Uhrzeit.

Sie wartete allein vor dem Schultor, und er hielt mit quietschenden Bremsen neben ihr.

»Weißt du, wie spät es ist?«, fragte sie und tippte sich aufs Handgelenk.

»Entschuldige«, entgegnete er und beugte sich zu ihr, um ihr einen Kuss zu geben.

»War es eine Frau?«

»Eine Kupferplatte.«

»Typisch.«

»Wie war es?«

»Werd mich schon dran gewöhnen, denk ich.«

»Hunger?«

»Was glaubst du?«

Sie hielten bei dem Kuttelverkäufer und bestellten Sandwiches mit *lampredetto*. Die Kleine ergatterte einen Schluck Wein. »Nach dem Tag, den ich gehabt hab, wer kanns mir verübeln?«, sagte sie.

Als sie fertig gegessen hatten, hob er sie auf den Sattel und schob das Rad am Straßenrand entlang.

»Du musst zum Frisör«, sagte sie und schnipste mit den Fingern gegen sein Ohr.

»Danke.«

Mit der Schule trat der Alltag in das Leben der Kleinen, und das auf eine Weise, die Ulysses sich nicht hatte träumen lassen. Sie schlief, wenn sie schlafen sollte, und wachte erholt zusammen mit der Sonne auf. Sie war aufgrund der Sprache ein Jahr zurückgestuft worden, aber das würde sie am Ende des Sommers wiedergutgemacht haben. Ihr Kaffeekonsum beschränkte sich auf einen äußerst milchigen am Morgen, während sie las oder italienische Grammatik büffelte. Die Tatsache, dass sie die Älteste in ihrer Klasse war, hatte ihre fürsorgliche Seite zum Vorschein gebracht, und sie kümmerte sich um diejenigen, die nicht so fähig oder nicht so vom Schicksal begünstigt waren, und das waren viele. Sie war den anderen voraus in Mathematik, Kunst und Literatur, und Aufsätze zu schreiben bereitete ihr ebenfalls keine Schwierigkeiten. Es war ein Spaziergang, dessen war sie sich bewusst, aber was kümmerte es sie?

Ihr dunkles Haar ließ sie in dem Heer von dunklem Haar unsichtbar werden, und sie wollte auch von niemandem bemerkt werden, besonders nicht von den Jungen. Manchmal ärgerten sie sie, um ihre Aufmerksamkeit zu erlangen, dann fluchte sie im Dialekt und schlug zurück. Gelegentlich wurde sie gerügt, gelegentlich gelobt. *Nicht übel*, hätte sie es genannt.

Am Ende ihrer ersten Woche holten Ulysses, Cress und Massimo sie von der Schule ab und nahmen sie mit ins Kino, um sich Fellinis *Vitelloni* anzusehen. »Mit dem hier wird er berühmt werden«, verkündete sie während der Pause.

Der Herbst schritt voran, und Massimo kam mit einer hochgeschätzten Flasche Olivenöl aus der neuen Ernte vorbei. Er berichtete außerdem, dass der Papierkram erledigt sei und die *pensione* ihre Pforten öffnen könne. Eine Woche später brachte er einen Priester vorbei, der das Vorhaben absegnen sollte, und Ulysses wartete sicherheitshalber mit einem guten *Rosso di Montalcino* auf. Der Priester blieb, bis die Flasche geleert war, und segnete alles und jeden, inklusive Claude. Zweimal.

Es wurde kühler, und Cress griff zurück auf lange Hosen, während Ulysses eine Werkstatt in einer Nebenstraße der *Via Maggio* fand. Seine Briefe nach England schilderten diese Zeit als eine magische, eine zur Ruhe gekommene Zeit. ›Ich glaube, wir sind über den Berg‹, schrieb er.

»Mein herzliches Beileid zum Tod von Alys' Mutter«, sagte die Lehrerin.

Es war Ende Oktober. Unablässiger Regen vor den Schultoren.

Der Schock, der sich in Ulysses' Gesicht abzeichnete, wurde von ihr wohl als Trauer interpretiert, denn der Lehrerin schossen die Tränen in die Augen. Sie versicherte ihm nachdrücklich ihre Bewunderung dafür, ein Kind ganz allein großzuziehen, und überreichte ihm einen Schokoladenkuchen, den sie am Abend zuvor gebacken hatte. Verlegen versuchte er den Kuchen abzulehnen, aber davon wollte sie nichts hören. Er stolperte zu seinem Fahrrad, wo die Kleine auf ihn wartete, mehr Witwer als der robuste Junggeselle, der er war. »Du siehst furchtbar aus«, empfing sie ihn, kletterte auf die Stange und nahm stolz den Kuchen entgegen.

Mit flatternder Öljacke radelte er mit der Kleinen zurück und direkt zu Michele auf einen Tee. Drinnen war es warm, und unter dem Kleiderständer hatte sich eine Pfütze gebildet. Michele nickte

Ulysses zu und sagte irgendetwas über das Wetter. Ulysses stimmte zu. Sein Italienisch brachte ihn mittlerweile durch seichte Konversation. Er folgte der Kleinen in den hinteren Teil der Bar und stellte den Schokoladentodeskuchen zwischen sie auf den Tisch. Sie bestellte eine Portion Rinderragout mit *pappardelle* und zum Nachspülen ein *chinotto*.

»Also?«, sagte sie nach einer Weile. »Du siehst aus, als hättest du was zu sagen, Sonnenschein.«

Er wusste nicht, wie er anfangen sollte. »Peg ist nicht tot«, sagte er. (Ungeschickt.)

»Das weiß ich«, erwiderte die Kleine und fing an zu essen.

»Warum erzählst du den Leuten dann, dass sie es ist? Alys? Schau mich an«, sagte er. »Warum hast du erzählt, dass deine Mutter tot ist?«

Die Kleine blickte trotzig drein. Peg durch und durch.

»Alys? Wir können die ganze Nacht hierbleiben, wenn …«

»Weil es besser ist, als die Wahrheit.«

»Die da wäre?«

»Dass sie mich weggegeben hat.«

Plötzlich wurde sie rot. Da waren Wut und Scham, und sie begann zu weinen, weil sie keine Ahnung hatte, wie sie irgendetwas davon erklären sollte. Zu jung, um zu wissen, wie tief es ging. Sie konnte nur noch an das Mädchen auf dem Spielplatz denken, die keine Schuhe gehabt hatte. Also hatte Alys ihr erzählt, dass sie keine Mutter hätte. Was macht das schon für einen Unterschied? Schuhe oder Mutter, wenn etwas fehlt, dann fehlt es, und das tut weh.

»Bitte nicht, bitte«, sagte Ulysses und versuchte, sie zu umarmen, aber sie rannte zu Giulia. Und das ist es, was mir fehlt, dachte er. Weichheit und Arme, die wissen, was zu tun ist. Er zündete sich eine Zigarette an. Wie hatte er das nicht wissen können? Wie zur Hölle konnte er nicht wissen, was in ihrem Kopf vor sich ging? Nach all der Zeit? Er fing Giulias Blick auf, und sie lächelte. Es war in Ordnung. Aber es war eben nicht in Ordnung, dachte er.

Nach einer Weile kam die Kleine zurück und setzte sich neben ihn. »Bin ich in Schwierigkeiten?«, fragte sie.

»Niemals.«

»Darf ich dann was von dem Kuchen haben?«

»Nein. Den haben wir unter falschem Vorwand bekommen, und morgen geben wir ihn zurück.«

»Das wird peinlich werden.«

»Das erledige ich.« (Er erledigte es, und es war peinlich.)

Die Kleine fragte, ob sie stattdessen einen *budino* haben könne, und er sagte, natürlich könne sie das.

Er gab ihr eine Münze für die Jukebox, und sie aß ihren Pudding und hörte *Here in My Heart* von Al Martino.

An diesem Abend lag Ulysses neben ihr im Bett, bis sie eingeschlafen war. Er sah sich in ihrem Zimmer um. Sie hatte es sich wegen der rot-grünen Tapete ausgesucht, auf der Aras und Bäume – ein wahrer Dschungel – abgebildet waren. Das waren Entscheidungen, die sie als Achtjährige traf. So dachte sie, das interessierte sie. Da drüben hingen ihr Badeanzug und ihre Taucherbrille an einem Haken. Auf dem Beistelltisch lagen ihre Sonnenbrille und ihr Skizzenbuch. Ein getrockneter Seeigel auf der Frisierkommode. Ihre Gitarre am Fußende des Betts. Das Schild, das sie zusammen gebastelt hatten, als Werbung für die *pensione*. Diese Dinge machen inzwischen ihr Leben aus. Sie wird erwachsen werden und wegziehen, dachte er. Und sie wird ihren Weg machen und keinen Gedanken mehr an mich verschwenden. Das Leben in all seiner Pracht und Vielschichtigkeit wird sie verschlingen. Sie wird so hingebungsvoll lieben, dass nichts anderes mehr existieren wird. Er möchte alles über sie wissen, bevor das eintritt, aber er fragt sich auch, ob man jemals jemanden wahrhaftig kennen kann.

Über den Flur konnte Ulysses Cress' schweren Atem hören und nahm an, dass er schlief.

Aber in Wirklichkeit weinte Old Cress.

Cress hatte Forsters Roman zu Ende gelesen, und er lieferte ihm viel Stoff zum Nachdenken. Intellekt versus Gefühl, und Cress war ganz Gefühl und Liebe. Es bedeutete auch Abschied vom Baedeker, denn mit Forsters Augen betrachtet ist er lachhaft geworden. Am darauffolgenden Morgen legte Cress ihn auf dem Wohnzimmerboden ab, wo er die kommenden Jahre einen zufriedenstellenden Türstopper abgeben sollte. Cress stand in Bermudas und Weste vor dem Spiegel und wiederholte immer und immer wieder: »Ich bin vital.«

Tags darauf legte Cress sein Teleskop zur Seite und wischte sich über die Stirn.

»Also, alter Junge«, sagte der Orangenbaum. »Was wirst du tun? Es ist jetzt oder nie.«

»Meinst du?«

»Mach schon – trag ein bisschen Rasierwasser auf und zeig denen, was ihnen entgeht. Los jetzt, sonst schlag ich hier noch Wurzeln.«

(PAUSE.)

»Das sollte übrigens ein Witz sein.«

»Ich weiß«, erwiderte Cress.

Cress ging in sein Zimmer und tat, was der Baum gesagt hatte. Er setzte sich seinen neuen Panamahut in einem kessen Winkel auf und zog andere Schuhe an. Im Gegensatz zu Ulysses war er immer noch ein Sockenliebhaber.

Nervös stieg er die Treppe hinunter, gerade als die betagte Contessa sich auf dem Weg nach oben mit ihren Einkäufen abmühte. Er wollte ihr helfen, doch sie verscheuchte ihn mit einem höhnischen *idiota*, ein Wort, für das selbst Cress keine Übersetzung brauchte.

Er sagte *buongiorno* zu den Kindern, die bei der Statue herumflegelten, was sie ebenfalls mit *buongiorno* erwiderten sowie einem hinterhergeschobenen *Signor* Cress.

Signor Cress, dachte er. Wie eine Figur aus einem Roman.

Ulysses rief ihm von Micheles Café aus zu, doch Cress war ganz und gar Zen. Giulia stand neben Ulysses' Tisch und sah ihm hinterher, und sogar der Priester hielt mitten auf dem Platz inne, um sich zu bekreuzigen.

Cress spürte, wie sich seine Brust vor lauter Anspannung zusammenzog. Er ging zu der Steinbank, und die alten Damen verstummten und sahen zu ihm auf. Er tippte an seine Hutkrempe und gab eine blumige Begrüßung zum Besten, die er ausgiebig geübt hatte und mit der sie nun wirklich nicht gerechnet hatten. Er setzte sich ans Ende der Bank, unsicher auf einer Pobacke balancierend, und nahm sein Strickzeug aus seiner Tasche, bescheidene vier Reihen aus dunkelbrauner Wolle. Die alten Damen stießen sich an und tuschelten. Cress nahm die Nadeln und sagte: »*Sto lavorando a maglia un maglione senza maniche*« – ein Satz, der ihn geradewegs in das erste Fettnäpfchen italienischer Aussprache treten ließ, denn er hatte die Damen nicht wie beabsichtigt darüber informiert, dass er einen ärmellosen Pullover stricken wolle, sondern verkündet, dass er vorhabe, eine ärmellose Melone zu stricken. Doch es hatte funktioniert. Es folgte Gelächter gemischt mit etwas anderem, und es war das etwas andere, das Signora Mimmi veranlasste, ein Stück zu rutschen und ihm Platz zu machen. Eine unbezahlbare Geste. Er verbrachte zwei Stunden mit ihnen an diesem Nachmittag, hörte einfach zu, genoss ihre Gesellschaft und ihr temperamentvolles Geschichtenerzählen. Er erzählte ihnen sogar in brüchigem Italienisch, dass die Moken-Seenomaden keine Wörter für ›ich will‹, ›nehmen‹ und ›meins‹ kannten. Dies wurde mit Schweigen aufgenommen. Doch es war ein Schweigen, das Erstaunen ausdrückte. »Stell dir bloß so eine Welt vor!«, sagte er. »Stell dir das bloß vor!«, erwiderten sie, und Signora Mimmi winkte Michele zu und bestellte eine Runde Wermut.

PENSIONE BERTOLINI
SCHÖNE ZIMMER
GÜNSTIGE PREISE
OPTIMAL GELEGEN

Ulysses und die Kleine hatten schon drei Stunden am Bahnhof gewartet und wollten gerade Schluss machen, als ein Zug aus Venedig ankam. Ein älteres Paar aus Manchester (wie sie später erfahren würden) stieg aus, relativ gelassen angesichts des europäischen Chaos. Es waren Mr und Mrs Bambridge (für euch Des und Poppy).

Des war Geschäftsmann und würde sich nie im Leben einen günstigen Preis entgehen lassen. Er baute sich vor dem Schild auf und fragte: »Wie günstig?«

»Was immer Sie zahlen«, erwiderte Ulysses.

»So führt man doch kein Unternehmen, Junge.«

»Wir haben noch nie eins geführt«, warf die Kleine ein.

»Komm, Poppy, die beiden brauchen unsere Hilfe. Ich ruf im *Benito* an und storniere.«

»Zimmer mit Aussicht«, sagte Cress und öffnete ihnen feierlich die Tür.

Die Glocken von Santo Spirito erklangen, der himmlische Duft von *bistecca* zog von Micheles Bar herauf, und das Abendlicht war gelb und weich. Des und Poppy waren verzaubert.

»Dagegen wirkt das Benito wie ein Scheißhaus«, sagte Des.

»Schau dir bloß die *amorini*-Fresken an der Decke an, Des!«

»Und die Qualität der Bettlaken! Wunderbar.«

Cress sagte seinen Spruch auf. »Handtücher, zusätzliche Decken und Kopfkissen sind hier. Das Badezimmer ist den Gang runter. Heißes Wasser gibt es zu Genüge. Getränke im Wohnzimmer, wann immer es Ihnen beliebt. Ihre Schlüssel lasse ich hier.« Und er verschwand mit einer leichten Verbeugung.

Des und Poppy sollten eine Woche bleiben – eine Woche, an deren Ende sich diese Bekanntschaft als eine schicksalhafte herausstellen würde.

Ulysses kam nach einem Tag Arbeit in der Werkstatt die Treppe hinauf, als Des seinen Kopf zur Tür herausstreckte und fragte: »Lust auf ein Bier, Junge?«

Sie gingen ins Wohnzimmer, wo Cress gerade eben einige Flaschen kühles Bier auf den Getränkewagen gestellt hatte.

»Poppy wirft sich gerade in Schale für unseren letzten Abend. Wir gehen zu Michele. Wildschweinwürste. Was für eine Empfehlung! Prost, mein Junge!«, sagte Des.

»Prost, Des. Und danke, dass ihr euch für uns entschieden habt.«

Sie stießen mit ihren Bierflaschen an.

»War uns ein absolutes Vergnügen.«

Und dann fragte Des unvermittelt: »Ein junger Mann, der allein ein Kind großzieht. War es der Krieg?«

»Ja, sozusagen«, erwiderte Ulysses. »Aber uns geht's ganz gut so weit.«

»Das sieht man. Aber ich würde gerne helfen. Ich weiß so ziemlich alles, was es übers Geschäftsleben zu wissen gibt. Habs alleine bis nach oben geschafft. Mit vierzig war ich Millionär.«

Ulysses pfiff bewundernd.

»Plastik«, sagte Des. »Ein Wort: Gussformen.«

Ulysses richtete sich interessiert auf.

»Kannst du alles vergießen, Des?«

»Alles. Deinen Kopf. Meinen Schuh.«

»Wie sieht es aus mit zwei halben Sphären, die zusammen eine perfekte Kugel ergeben?«

»Kein Problem. Wie viele willst du? 50? 100?«

»Eine.«

»Ein Prototyp. Vernünftig.«

»Mit einem Durchmesser von 36 Zentimetern.«

»In Zoll, bitte, Junge.«

»14,17.«

»Präzise. Ein Mann nach meinem Geschmack.«

Am Morgen ihrer Abreise überreichten Des und Poppy ihnen einen Umschlag voller Bargeld. Cress öffnete ihn und sagte: »Grundgütiger, Des.«

»Es war jeden Penny wert«, erwiderte Des. »Und ich habe dir ein einfaches Unternehmenskonzept erstellt. Eine aufgeschlüsselte Preisliste, basierend auf dem Hotel Bandini am Eck.«

»Des hat gestern ein bisschen herumgeschnüffelt«, sagte Poppy. »Er hat vorgegeben, das Gebäude kaufen zu wollen.«

»Die Tatsache, dass es dort einen Speiseraum gibt, ist natürlich ein Vorteil.«

»So weit sind wir noch nicht, Des.«

»Das verstehe ich, Junge. Hier der Plan. Unterschiedliche Preise für unterschiedliche Zimmer. Saisonale Anpassungen. Lerne deinen Markt kennen. Mundpropaganda ist ein mächtiges Werkzeug. Ich werde bei jeder Gelegenheit von deiner Pension erzählen. Der persönliche Beigeschmack ist das Beste, was mir je begegnet ist. Lass alles, wie es ist. Besorg dir ein Telefon, wenn möglich.« Er blickte Ulysses streng an. »Und eine anständige Kaffeemaschine. Allein der Geruch ist Millionen wert. Dann kannst du immerhin Zimmer mit Frühstück anbieten. Steigert das Ansehen. Poppy und ich sind verrückt nach Kaffee und Gebäck gleich nach dem Aufstehen.«

»Wird gemacht, Des.«

»Hier ist meine Nummer. Ich sag Michele Bescheid, wenn die Gussform fertig ist und wann du damit rechnen kannst. Und jetzt zeig uns das Gästebuch. Wir haben einen Roman zu schreiben.«

Nach Des und Poppy kamen die Willoughbys: ein junges, frisch verheiratetes Paar aus Pennsylvania, und Cress übertrieb es ein bisschen mit den Rosenblüten. Das neue Jahr brachte die zwei Gentlemen Mr Rakeshaw und Mr Crew. Sie machten ständig Witze, und alle mochten sie. Die Ashleys kamen als Nächste. Dann Gwendolyn Fripworth und ihre Nichte, die eigens für den Saisonbeginn von Spargel und Erbsen gekommen waren.

Und so kamen über das erste Jahr hinweg immer wieder vereinzelt Gäste angereist. »Ein langsames Sich-Herantasten an die komplexe Welt des Hotelgewerbes«, wie Cress es beschrieb. Bis die Mundpropaganda schließlich Wirkung zeigte und von März bis Oktober die meisten Zimmer ausgebucht waren, und sie ein bescheidenes, aber hinreichendes Einkommen zur Verfügung hatten. Der Priester kam jedes Jahr vorbei, um die *pensione* zu segnen, und die Länge seines Besuchs stand in direktem Verhältnis zu der Qualität des Weins, der ausgeschenkt wurde. Vier Stunden für einen besonders guten Brunello.

Irgendwann begann Ulysses sich auf den November zu freuen, wenn der Großteil der Besucher abreiste und das Wetter sich für drei Monate von seiner englischen Seite zeigte: viel Regen, ein wenig Graupel, und sternenklare Nächte, die alles in Frost hüllten. Die einzigen Gäste zu dieser Jahreszeit waren Eigenbrötler und Kunstliebhaber, die normalerweise keine Probleme bereiteten.

Aber eins nach dem anderen.

Es ist immer noch 1953. Dezember. Die Bäume haben ihre letzten Blätter abgeworfen, und gelegentlich weht etwas Schneestaub von den Apenninen in die Stadt. Die Florentiner Frauen legen ihre Pelze an, und der Duft weißer Trüffel mischt sich mit dem gerösteter Maronen. Ein *presipio*, eine Krippe, wird vor der Kirche aufgestellt, und der Gitarrenspieler packt seinen Blues ein. Nach dem Fest Mariä Empfängnis richtet die Stadt ihre gesamte Aufmerksamkeit auf Weihnachten.

Die Neuigkeit schlechthin in der *Pensione Papagallo* – wie sie mittlerweile genannt wurde – war, dass Des' Gussformen angekommen waren. Sechs Stück statt einer, denn Des war nun einmal so. »Er macht keine halben Sachen. Niemals«, hatte Poppy erzählt und ihre zwei Verlobungsringe gezeigt. Ein paar Stunden später war Ulysses in seiner Werkstatt, Hände bis zu den Ellbogen in Gipsmörtel und Sackleinenstreifen. Er arbeitete zügig, klatschte die Flüssigkeit in die Gussform, legte das Sackleinen als Verstärkung darüber und dann wieder mehrere Schichten Gips. Seine ersten Versuche waren unbeholfen, und er nutzte die Sphären, um das Aufkaschieren der Globusstreifen zu üben. Welcher Kleber hielt am besten mit welchem

Papier? Welches Papier dehnte sich zu sehr, welches hielt, welches nahm die Wasserfarben und den Kleber am besten an? Ein langwieriger Prozess. Sein ästhetisches Gespür war nach einem Jahrzehnt Prokrastination welk geworden, und der Boden seiner Werkstatt wurde zu einem Friedhof ausrangierter Erdkugeln. Zwei Wochen später jedoch wurde aus zwei Hemisphären ein nahezu perfekter Globus. Er brauchte einen Tag, um die dicke Gussnaht abzuschleifen und die Oberfläche glattzuschmirgeln, und als er fertig war, konnte er seinen Blick nicht mehr davon losreißen. Das hätte er allerdings tun sollen, denn er war schon wieder zu spät.

»Entschuldige, Mass! Tut mir leid, Cress!« Er rannte über den Platz.

Giulia kam mit einem Tablett mit Kaffee aus der Bar. Sie hatte sich in eine grüne Strickjacke gewickelt, die Haare hochgesteckt und einen blauen Schal um den Hals gelegt. Sie stand vor Ulysses und stellte die Kaffeetassen auf den Tisch. Eine Haarsträhne hatte sich gelöst und sie strich sie sich aus der Stirn. »Sechs Monate sind Sie schon hier, Signor Temper.«

»So lange?« Es fiel ihm immer noch schwer, sie anzusehen.

»Das stimmt«, sagte Massimo. »Beinahe auf den Tag.«

»Sechs Monate, Cress. Was meinst du? Sollen wir nochmal um sechs verlängern?«

»Ich gehe nirgendwo hin, Junge. Hier will ich begraben werden.«

Als Giulia außer Hörweite war, lehnte Ulysses sich über den Tisch und fragte: »Was weißt du über Angina, Massimo?«

»Nicht viel. Mein Onkel hatte Angina.«

»Lebt er noch?«

»Nein. Ein Wildschwein hat ihn getötet.«

»Ein Wildschwein?«, fragte Cress.

»Passiert öfter, als man denkt.«

»Also ist er nicht an Angina gestorben?«

»Vielleicht hat sie ihn langsamer gemacht. Hast du Angina, *Ulisse?*«

»Nein, nein. Ich wollte bloß …«

»Mach dir nichts draus. Ich zieh dich bloß auf. Ich weiß, dass du von Michele sprichst.«

»Woher weißt du von Michele?«, fragte Ulysses.

»Alys hat es mir erzählt.«

»Mir hat sie es auch erzählt.«

»Mir erzählt niemand was«, beschwerte sich Cress.

Der Postbote radelte vorbei und warf eine Postkarte auf den Tisch, Bild nach oben. Ein Foto vom Big Ben.

»London ruft an«, sagte Massimo.

Ulysses drehte sie um.

»Ich glaub's nicht!«, sagte er. »Von Pete. Rosemary Clooney hat abgesagt. Er kommt her.«

Petes Ankündigung löste eine emsige Betriebsamkeit aus. Cress und die Kleine gingen auf den Markt, um einen Baum zu kaufen, und kauften schließlich zwei, einen für die Wohnung und einen für die *pensione*. Sie entdeckten eine Kiste mit Arturos Weihnachtsschmuck im Keller, und auch wenn der Effekt nicht unbedingt dramatisch war, so wirkten die Reihen der schlichten silbernen und goldenen Perlenstickerei, die sie über beide Stockwerke verteilten, doch elegant. Der Baum unten hatte einen Stern auf der Spitze, der oben eine große Blaustirnamazone, die ab und an hinunterfiel. Cress und die Kleine verliehen dem Ganzen noch einen Hauch Natürlichkeit – Zweige von Stechpalme und Eukalyptus – und der Duft war himmlisch, jedenfalls laut Cress.

Himmlisch. Das Wort beunruhigte Ulysses. Er hatte es noch nie aus Cress' Mund gehört, es hatte ausschließlich in einer Welt existiert, in der auch Darnley existiert hatte. Den ganzen Nachmittag über konnte sich Ulysses der aufkommenden Erinnerungen an ihn nicht erwehren. »Alles in Ordnung, Junge?«, fragte Cress immer wieder. Cress wusste, dass Ulysses sich vollkommen in sich zurückgezogen hatte, so weit, dass er ihn selbst mit seinem Teleskop kaum hätte ausmachen können. »Mir geht's gut«, erwiderte Ulysses. »Selbst wenns ihm nicht gutgehen würde, würde er's uns nicht sagen«, sagte die Kleine zu Cressy.

Bei Einbruch der Dunkelheit war er allein und ging hinaus auf die Terrasse. Die blasse, unvollendete Fassade der Kirche schimmerte wie ein gewaltiger Monolith, und er fragte sich, was Darnley wohl zu alldem gesagt hätte.

»Hey, Temps«, konnte er ihn sagen hören. »Es hätte nie so enden sollen.«

»Ich weiß.«

Darnley zieht an seiner Zigarette.

»Ich meine den Platz hier. Jedenfalls nicht laut Brunelleschi. Er hätte auf der anderen Seite gebaut werden und sich bis zum Fluss runter ziehen sollen. Man wäre mit dem Boot zur Kirche gefahren. Das wäre wirklich himmlisch gewesen. Wie in Venedig.«

»Da war ich noch nie, Sir.«

»Noch nie? Dann lass uns hinfahren. Wenn das mal kein Plan ist. Ach, und Temps … Wenn es so weit ist, dann nennst du mich Alex.«

Drei Tage bis Weihnachten und immer noch keine Nachricht von Pete. Die Kälte war schneidend und Ulysses döste auf dem Sofa, nachdem er den ganzen Tag in seiner Werkstatt vor zwei kleinen, irdenen Feuerschalen gefroren hatte. Claude saß auf der Baumspitze und sang sich selbst etwas vor. Die Mischung aus Weihnachtsmusik und Matrosenliedern war gar nicht mal so schlecht. Kurze Zeit später allerdings nahm ein anderes Geräusch überhand, eines, von dem Ulysses gedacht, ja sogar gehofft hatte, es in diesem (oder in irgendeinem anderen) Leben nie wieder hören zu müssen.

»Was zur …?«

Er sprang auf und lief ans Fenster, genau in dem Moment, als der englische Krankenwagen, Baujahr 1930, auf den Platz geklappert kam und dabei jaulte wie ein ganzer Schlachthof. Claude kam zu ihm geflogen und landete auf seiner Schulter. Er begann sich zu mausern.

»Ganz ruhig, mein Großer. Wir wissen noch nicht sicher, dass er es ist.«

Aber als Ulysses unten ankam, hatte Cols Klapperkiste schon die Aufmerksamkeit der Nachbarschaft auf sich gezogen. Die betagte Contessa drehte sich zu ihm und rief: »Gehört der zu dir?«

»Vielleicht«, erwiderte Ulysses.

»*Tipico*«, bemerkte sie verächtlich und ging davon.

Pete purzelte aus der Beifahrertür, noch fahler als gewöhnlich. Er stolperte Ulysses in die Arme und sagte: »Er hat mich an einen Stuhl gefesselt, Temps. Wollt mich nicht gehen lassen, bis ich gesagt hab, er kann mitkommen. Eine Woche war ich mit ihm da drin gefangen.«

»Meine Güte, Pete. Ganz schön redselig.«

Im Hintergrund Col, der herumschrie und auf das Armaturenbrett einschlug.

»Wieso ist er hier?«

»Ginny will bei Mrs Kaur bleiben. Peg ist mit Ted weg. Er hat sich mit seiner Schwester gestritten, und ich wollte zu euch kommen.«

»Wer kümmert sich um den Pub?«

»Hayley Manners, seine Neue. Hat früher mal mit eiserner Hand *The Victory* geführt.«

»Schicker Mantel übrigens.«

»Das alte Ding? Hab ich schon seit Jahren.«

Plötzlich verstummten die Sirenen. Col kletterte auf der Fahrerseite aus dem Krankenwagen und schloss behutsam die Tür.

»Was machst du hier, Col?«

»Dir auch ein herzliches Willkommen.«

»Du weißt, was ich meine.«

»Wollte nur mal sehen, was es mit der Sache hier auf sich hat. Ist das ein Verbrechen?«

»Natürlich nicht.«

»Aber den Mann in Mailand umzufahren war eins«, sagte Pete.

»Kannst du vielleicht mal aufhören damit? Ich hab ihn kaum berührt«, entgegnete Col und ging zum Heck des Wagens. Auf Cols Rücken klebte ein Schild: ›Tritt mich‹, in drei Sprachen. Ulysses trat ihn.

»Was soll das, verdammt?«

Ulysses zog ihm das Schild vom Rücken und zeigte es ihm.

Col drehte sich zu Pete um: »Du schläfst heute besser mit offenen Augen.«

»Ich mach schon die ganze Woche kein Auge zu«, erwiderte Pete.

»Habt ihr Gepäck?«, fragte Ulysses.

Pete deutete auf seine Reisetasche. »Ich hab bloß ein paar Unterhosen und Socken.«

Col schloss die Hecktür des Krankenwagens auf. »Ein Koffer, drei Pappkartons.«

»Was ist in den Kartons, Col?«

»Dosenfleisch«, sagte Pete. »Das isst er, seit wir losgefahren sind. Es hat gerochen, als ob ich neben etwas Totem schlafen würde.«

Ulysses steckte Col in die *pensione* unten und nahm Pete mit zu ihnen nach oben. So war er in der Nähe des Klaviers, das war ihre Begründung, aber die Wahrheit war, dass Pete es nicht ertragen konnte, auch nur eine Minute länger mit Col in einem Raum zu sein. Als Pete ins Wohnzimmer kam und Claude sah, blieb ihm die Luft weg. »Ich hätte nie gedacht, dass ich ihn nochmal wiedersehe. Wie im Himmel habt …?«

»Geht nicht auf meine Kappe, Pete«, erklärte Ulysses. »War Cressys Geniestreich im Alleingang.«

»Sieht mir auch sehr nach Cress aus.«

»Was sieht nach mir aus?«, fragte Cress, der gerade hereinkam.

»Komm her, Cressy«, sagte Pete, und die beiden Männer gaben sich die Hand.

»Pete!«, rief die Kleine.

»Hallo, mein Herz.«

»Schau mal, was ich hab!«, und sie drückte ihm die Gitarre in die Arme. »Ich will Blues spielen«, sagte sie, und Pete legte ihre Finger auf die Bünde – klassisches Terrain in E. »Das ist ein guter Anfang«, sagte er.

Claude hob ab und gab ein wenig aeronautische Magie zum Besten. »Scheiß aufs Palladium!«, skandierte er immer wieder.

»Nun sieh sich das mal einer an«, sagte Pete.

»Immer wieder für eine Überraschung gut«, entgegnete Ulysses.

»Man sollte meinen, er ist zu schwer, um sowas zu machen«, sagte Cress.

Da kam Col ins Zimmer. »Wusst ichs doch! Der verdammte Vogel! Wer würde den schon essen wollen?!«

Claude erschrak und flog gegen das Fenster. Er fiel zu Boden wie ein Sack Kartoffeln.

»Claude!«, rief die Kleine.

»Wieso hast du das getan?«, fragte Cress.

»Was getan?«, fragte Col zurück.

»Sowas überlebt keiner«, sagte Pete.

Doch Claude überlebte es.

Und der unglückliche Einbruch der festlichen Stimmung wurde mit dem Vorschlag, bei Michele zu Abend zu essen, schnurstracks behoben. Die Kleine marschierte voraus.

»Das ist wirklich nicht übel«, sagte Pete, als er die Tür zu der Wärme und dem Geruch des italienischen *ambiente* öffnete.

»Ich verstehe immer noch nicht«, sagte Col und blickte zu dem Papagei, der in Ulysses' Armen lag. »Wie ist er hierhergekommen?«

»Ist uns hinterher.«

»Ist euch hinterher?«

»Wie eine Brieftaube«, sagte Ulysses.

»Finden Brieftauben nicht immer nach Hause zurück?«

»Ganz genau«, sagte Cress.

»Fang gar nicht erst an, Doktor Dolittle.«

»Brieftauben finden immer zu ihrem heimischen Schlag zurück. Ergo …«

»Ergo? Was zur Hölle ergo?«

»Ergo«, sagte Cress, »sind wir sein Schlag.«

Giulia brachte sie zu einem Tisch im hinteren Teil der Bar, und Ulysses erzählte ihr, dass der Vogel gerade eine *concussione* (er riet das Wort) erlitten habe. Sie zog erschrocken den Atem ein und legte sich die Hand auf die Brust, woraufhin er sich wünschte, er wäre derjenige mit der *concussione*. Er erkundigte sich nach den Tagesgerichten, und sie beugte sich zu ihm. »*Tortellini in brodo*«, schnurrte sie in sein Ohr. Es war für ihn der erotischste Moment seit Jahren. Ihm wurde schwindelig und er stolperte gegen den Stuhl.

»Der Vogel!«, rief Cress. »Fang den Vogel auf, Pete!«

Pete hechtete Claude hinterher und fing ihn auf, nur Zentimeter entfernt von einer Katastrophe.

»Gibt keine verlässlicheren Hände als deine«, sagte Cress.

Die *tortellini in brodo* an diesem ersten Abend sollten noch jahrelang für Gesprächsstoff sorgen. Welch köstlicher Balsam für Seele und Körper! Sie gaben ihnen Kraft für all das Unvorhergesehene, das noch kommen würde.

»So salzig, schweinern, hühnchenhaft«, sagte Col in einem seltenen Anflug von epikurischer Eloquenz.

»Und dieser Schwarm schwimmender Teigtaschen, der sich dem Biss nur ein klein wenig widersetzt«, sagte Pete.

»*Al dente*«, erklärte Cress.

»Wer ist das?«, fragte Col.

»Mit Biss«, sagte Cress. »*Al dente*. Bedeutet bissfest. *Al dente*.«

»Hör auf, *al dente* zu sagen, verdammt«, sagte Col und wischte seine Schüssel mit einem Stück Brot aus. »Grad als ich angefangen hab, dich wieder zu mögen.«

Ulysses gab der Kleinen eine Münze für die Jukebox. »Das ist für Pete«, sagte sie. »Ella Fitzgerald, *My One and Only*.«

Pete zündete sich eine Zigarette an und sagte, sie sollten auf die Klavierbegleitung achten. »Hört ihr?«, fragte er. »Ellis Larkins.« Und Note für Note spielte er auf einer unsichtbaren Tastatur mit. Michele kam zu ihnen an den Tisch.

»Signor Temper«, sagte er leise, »*telefono*.«

»Ich komme«, und Ulysses stand auf und folgte Michele an die Bar. Einige Augenblicke später war er wieder zurück.

»Was gibt's?«, fragte Cress.

»Das war Peg.«

»Peg?«, wiederholten sie im Chor.

»Sie kommt.«

»Sie kommt? Wohin?«

»Hierher.«

»Hierher?«

»Morgen. Sie sind in Rom.«

»Sie?«

»Peg und Ted.«

»Herrjeh, nicht dieser Trottel Ted«, sagte Col.

»Sind unterwegs nach Venedig.«

»Ruhig bleiben und dir nichts anmerken lassen«, sagte Pete.

»Das konnt ich noch nie besonders gut, Pete.«

»Ich auch nicht, Temps. Keine Ahnung, wieso ich das gesagt hab. Zeit für Drinks.« Und er stand auf und bestellte eine Runde *biciclette*.

Die Kleine wirkte besorgt. Sie drehte sich zu Ulysses und fragte: »Wieso kommt Peg her, Uly?« »Um dich zu sehen natürlich!« Und die Kleine strahlte. »Wohnt sie bei uns, Uly?« »Nein, Liebes.« (Er setzte ein Lächeln auf, aber konnte ihr nicht in die Augen sehen.)

»Bleibst du bei uns, Peg?«

»Nein. Ted will in dem Hotel am Eck bleiben.«

»Das Bandini?«

»Genau das. Der Freund von 'nem Freund von 'nem Freund hat da mal übernachtet.«

»Tolle Empfehlung, Peg.«

Sie lachte.

(PAUSE.)

»Ich wünschte, du würdest bei uns bleiben.«

»Ja. Aber du weißt ja, wie Ted ist.«

»Nicht wirklich. Wir haben Platz für dich, Peg.«

»Das wusste ich nicht.«

»Du hättest fragen können. Die Kleine hätte sich wirklich gefreut.«

»Will sie mich sehen?«

»Du kannst dir nicht vorstellen, wie sehr.«

Der folgende Nachmittag war kühler, der Himmel war gelbstichig und drohte mit Schnee. Ulysses blies sich in die Hände, zog seinen Schal zurecht und kam sich vor wie ein alter Trottel, wie er in dem schwindenden Licht vor dem Brunnen wartete. Das waren natürlich Cols Worte gewesen. Aber er konnte einfach nicht anders. Die Wahrheit war, dass er sich darauf freute, Peg zu sehen, und diese Vorfreude war das Einzige, was seinen vom Kater vernebelten Kopf einigermaßen klärte. Er sah auf die Uhr. Nicht mehr lange, da war er sich sicher. Die Haustür öffnete sich und die Kleine kam auf ihn zugerannt. »Habs mir anders überlegt«, sagte sie.

Frankie Laines *I Believe* schallte aus dem Café. Die Kleine und Ulysses sangen mit. Ein Auto fuhr über den Platz, das dumpfe Tuckern des Motors hallte laut in der frostigen Luft. Ulysses drückte die Hand der Kleinen, aber das Auto war kein Taxi und fuhr weiter in die Via Mazzetta.

»Ich dachte, das wäre sie«, sagte die Kleine.

»Ich auch«, erwiderte er.

»Witzig, dass wir dasselbe gedacht haben.«

Die Kleine fing an zu tanzen, um sich aufzuwärmen. »Solltest du versuchen«, sagte sie. »Okay, mach ich«, erwiderte er.

Peg und Ted sprachen wenig im Taxi. »Wir können doch nicht nach Rom und Venedig fahren, ohne in Florenz haltzumachen.« Teds Spielchen. »Siehst du das Licht?«, fragte Peg, als sie den Fluss überquerten. »Es ist bloß Licht«, entgegnete Ted und las zum zehnten Mal seine drei Tage alte Zeitung.

Zehn Minuten später rollte das Taxi auf die Piazza Santo Spirito und hielt vor dem Palazzo Guadagni. Nackte Bäume, Weihnachtslichter, das Glimmen der Kirche und die perfekte Symmetrie der Gebäude. Und vor dem Brunnen in der Mitte tanzten ein Mann und ein Mädchen in dem warmen Rosa der Dämmerung. Der Mann und das Mädchen lachten und ihr Atem gefror in der Luft. Sie wirkten glücklich, und mehr musste Peg nicht wissen. Jetzt konnte sie wieder ruhig schlafen, konnte sich vielleicht sogar vergeben. Sie hätte es gut sein lassen sollen, hätte den Taxifahrer bitten sollen, weiterzufahren, aber da hörten das Mädchen und der Mann plötzlich auf zu tanzen und blickten zu ihr. Der Mann zeigte auf das Taxi und winkte. Ted zahlte und sagte: »Wir essen heute Abend nicht mit ihnen.« Peg öffnete die Tür. »Hast du verstanden?«, fragte er. »Ja, ja«, gab sie zurück.

Die Luft war scharf und schnitt beim Einatmen. Holzrauch mit Knoblauch und irgendetwas Schmierigem. Sie strich ihre Strumpfhose glatt, stieg aus und wickelte sich fest in ihren Pelzmantel ein. Sie winkte, und die Kleine rannte auf sie zu, und sie war Eddie. Diese Augen, dieser Mund, die Haare. Peg kniete sich hin, um sie zu begrüßen, aber eigentlich tat sie es, um nicht zu fallen.

Klack, klack, klack über den Platz. Peggys Song. Sie kam auf ihn zu. Hüfte schaukelnd, ein Arm schlenkernd, Zigarette zwischen den rougeroten Lippen. An der anderen Hand die Kleine, und Ulysses mit dem vertrauten Ziehen in der Magengegend. Ted verlassen vor dem Palazzo Guadagni mit den Koffern, angepisst, dass Peg vorausgegangen war (ohne ihn um Erlaubnis zu bitten). Ulysses ging auf sie zu. Sie warf ihre Zigarette weg, und die Glocken der Basilika begannen zu läuten.

»Ist das Läuten für mich?«, fragte sie.

»Für wen sonst?«, erwiderte er. »Hab mir ein Bein ausgerissen dafür. Tut immer noch ganz schön weh.«

Peg lachte. Sie sahen sich in die Augen, und da war Vertrautheit, und Geschichte. Ihr Atem war warm in seinem Gesicht, leicht schal, aber nicht unattraktiv.

»Komm schon her«, sagte er.

Sie lagen sich in den Armen. (Die Leute beobachteten sie. Die betagte Contessa vom Fenster in ihrer Wohnung. Michele und Giulia vom Eingang des Cafés.)

»Du siehst so italienisch aus«, sagte sie.

»Das machen die Hosen.«

»Deine Haare sind dunkler.«

»Findest du?«

Sie fuhr ihm mit den Fingern durchs Haar.

»Steht dir«, sagte sie.

»Und du siehst aus wie du.«

Er nahm ihre Hände in seine und trat einen Schritt zurück, um sie in ihrer ganzen glorreichen Erscheinung auf sich wirken zu lassen. Er stieß einen Pfiff aus.

»Hey«, unterbrach die Kleine sie. »Das da ist unser Haus. Und das ist unser Café. Und das sind Signor Michele und Signora Giulia. Wink mal! Und das ist unser Brunnen.«

Peg lachte, und Ted rief nach ihr.

»Ich sollte gehen …«, setzte sie an.

»Und das ist unser Cressy.«

Peggy wandte sich um. Sein Anblick brach ihr Herz.

Der alte Knabe lächelte sie an mit Tränen in den Augen und Kloß im Hals.

»Holt die Polizei«, sagte er. »*Qualcuno ha rubato tutta la bellezza.*« Jemand hat alle Schönheit gestohlen.

»Worte sind Goldstaub, Cress?«

»Was sonst«, erwiderte er. »Hier, eine Orange für dich.«

Er hielt ihr eine sizilianische *tarocco* hin. Sie nahm sie, ritzte die Haut mit dem Fingernagel ein und hielt sich die Orange an die Nase. Beißende Erinnerungen.

»Komm«, sagte Cress. »Auf dich warten ein Klavier, ein Glas Blubber und ein bewusstloser Papagei.«

»Das wollte ich hören.«

Wieder rief Ted nach ihr. Peg war genervt.

»Los«, sagte Ulysses, »ihr drei geht nach oben. Ich helfe Ted.«

Als sie im Hauseingang verschwunden waren, lief Ulysses über den Platz zu Ted. »Alles klar, Ted?« Die beiden Männer gaben sich höflich die Hand. »Die Kleine wollte Peg ihr Zimmer zeigen. Macht dir doch sicher nichts aus.« Ulysses nahm einen der Koffer. »Gute Fahrt gehabt?«, fragte er, und Ted meckerte irgendetwas. »Ja, naja, das ist einfach so zu dieser Jahreszeit.«

Peggy Temper stieg die Steintreppen hinauf, als sei sie in einem Film. Setz dich in Szene, Peg, setz dich in Szene. Das Echo ihrer Absätze, Stufe um Stufe um Stufe. Die betörende Naht ihrer Strümpfe tanzte zum Takt ihrer Hüften, ta dah, ta dah, ta dah. Im ersten Stock linste eine alte Frau neugierig durch den Türspalt. Peg lächelte dieses Lächeln, und es war so verdammt ansteckend – vier Jahre war es her, dass diese alte Schrulle sich ein Lächeln abgerungen hatte. Die gute Kleine vorneweg, am Plappern über dieses und jenes mit dem Hang zur italienischen Redseligkeit. Schlaues kleines Ding. Alles von Eddie, hätte ihre Mum gesagt. Nichts von dir. Die Atmosphäre war ein bisschen erdrückend, fast wie in einem Museum. Peg befand sich außerhalb ihrer Komfortzone, aber sie war sich nicht mehr so sicher, wo diese überhaupt endete. »Was?«, fragte sie. Cress war stehengeblieben und sah sie an. »Die Wahrheit«, sagte er. »Gut oder schlecht?« Sie wusste, was er meinte. »So lala«, antwortete sie. Ihre Oberschenkel fühlten sich stark an beim Treppensteigen, und ihr Herz schlug wie wild. »Ich hab Ted gesagt, dass ich ihn heirate.« Cress schüttelte den Kopf und ging voraus.

»Da wären wir«, sagte Alys. »Mein Zuhause.« Zwei Worte, die Peg nicht hätten treffen sollen, doch sie taten es. »Hier lang«, sagte die Kleine, und Peg knöpfte ihren Mantel auf. Der Geruch von Glühwein, Gewürzen und Orangen schwer in der Luft. Schall und Rauch im Flur, und Türen, die zu exquisiter Stickerei und Betten führten. Der schwache Mief von Kohle aus der Küche. Sie glitt weiter ins Wohnzimmer und brach aus ihrem Pelz wie der Frühling. Ihr neuer

Büstenhalter trieb es auf zwei altbekannte Spitzen. Typisch Peg. Sie ging zum Baum, und Parfüm mischte sich mit Pinienduft. Pete am Klavier im Kerzendämmer. Col machte irgendeine Bemerkung über den Idioten in Mailand, den er angefahren hatte. Nichts änderte sich. Und trotzdem …

Manches eben doch. Sie stand am Fenster: Gelbes Licht fächerte durch unzählige Fensterläden, der Glockenturm und die Weihnachtskrippe, über ihr ein dunkler Zug Vögel vor magentafarbener und dunkelblauer Maserung. Temps und die Kleine. Sie hatte sie an diesen Ort verloren. Ein Tosen tobte in ihren Ohren. Cress reichte ihr ein Glas Blubber. Sie trank es in einem Zug aus, und das Geräusch verschwand. Wieder Musik und Lachen. Die Kleine gab ihr den in ein Laken gewickelten Papagei. »Wie Maria mit dem Jesuskind«, sagte Pete. »Und ihr seid die drei Weisen, oder?«, erwiderte Peg. »Seppl, Brummbär, Schlafmütze?« Claude öffnete die Augen. »Peg«, krächzte er leise. »Was ist, mein Guter?«, und sie neigte ihren Kopf zu ihm hin. »Was ist?« Sein Schnabel nah an ihrem Ohr. »Was?«

»Ted. Heirate ihn nicht.«

»Habt ihr Peg gesehen?«, fragte Ulysses.

Es war der Abend des Vierundzwanzigsten, und sie saßen bei Michele auf einen letzten *caffè corretto,* bevor er für zwei Tage schließen würde. »Da ist sie!«, sagte Cress und zeigte nach draußen. Ulysses fiel auf, dass sie ihre Sonnenbrille trug. »Und kein Ted!«, sagte Col. »Da ist er doch«, erwiderte Ulysses. »Verdammte Scheiße«, fluchte Col. Die Kleine hatte ein Geschenk für Giulia und Michele: eine signierte Fotografie von Ingrid Bergman. Sie waren begeistert. »Ich habs unterschrieben«, sagte die Kleine.

Sie hatten eine Stadtführung geplant, aber Peg hatte nur Stöckelschuhe dabei, also bot Ulysses an, alle mit dem Auto nach San Miniato al Monte zu fahren. Ted klinkte sich aus. »Ach, schade«, sagte Col.

Ulysses fuhr den *lungarno* entlang Richtung Osten. Der Fluss war zu ihrer Linken, und die Kleine und Cress zeigten Peg die Sehenswürdigkeiten. Die Uffizien, die Nationalbibliothek, Palazzo Vecchio, das Institut und Museum für Wissenschaftsgeschichte. »Die ersten Uhren, die es je gab, sind hier ausgestellt«, sagte Cress. »Die ersten Teleskope, Sternhöhenmesser und nautischen Instrumente. Die ersten tragbaren Himmelsgloben, und, natürlich –«, Cress musste Luft holen, »– Galileo. Der Vater der modernen Physik.«

Peg sah Ulysses an und zwinkerte ihm zu. »Das hab ich vermisst«, flüsterte sie.

»Galileo hat nicht – wie die meisten Leute glauben – das Teleskop erfunden. Es ging darum, wie er es genutzt hat. Er hat experimentiert, observiert und Schlussfolgerungen gezogen. Seine Entdeckung von Jupiters Monden belegte Kopernikus' Behauptung, dass die Erde sich um die Sonne bewegte.«

»Das heliozentrische Weltbild«, sagte Pete.

»Hat ein ziemliches Chaos ausgelöst«, sagte Cress.

»Ich hab einen Song darüber geschrieben«, sagte Pete. »Not All About You Anymore.« Er summte den Refrain, während Betsy sich die Viale Michelangelo hinaufschlängelte, die – passenderweise – zur Viale Galileo wurde.

Sie standen vor der Kirche San Miniato und blickten über die Stadt unter ihnen. Peg nahm ihre Sonnenbrille ab, um sich ein Körnchen Mascara aus dem Auge zu wischen, und Ulysses bemerkte erleichtert ihre leicht geröteten Augen und nicht etwa einen blauen Fleck. Cress fing an, von Arnolfo di Cambio zu erzählen. Architekt, Bildhauer, Designer, Stadtplaner, sagte er.

»Aber konnte er ein Schinkensandwich machen?«, fragte Col.

»Halt die Klappe, Col«, erwiderte Peg.

Cress ignorierte ihn und sprach weiter. »Was wir hier vor uns sehen, war Arnolfos Vision von 1284. Da drüben kann man noch etwas von seiner Stadtmauer erkennen. Könnt ihr sie sehen?« »Wir können sie sehen«, antworteten sie alle. »Diese neue Stadtgrenze zeigte nicht nur, wie wichtig der Fluss und die Brücken waren, sondern brachte auch die Kirchen der Bettelorden in die Stadt. Fixpunkte auf dem Kompass beziehungsweise des Kreuzes: Santissima Annunziata im Norden, Santo Spirito im Süden, Santa Maria Novella im Westen und Santa Croce im Osten. Und dort im Zentrum, in all ihrer Pracht und alle Blicke auf sich ziehend: die Kathedrale. *Il Duomo*. Das Symbol für den Ruhm der Stadt.«

Peg fand Ulysses auf dem Friedhof.

»Das ist er?«, fragte sie.

»Jep. Arturo Bernadini.«

Sie setzte sich neben Ulysses. »Kommst du oft hierher?«

»Nicht wirklich. Hin und wieder, für ein bisschen Ruhe. Er hat mein Leben verändert, Peg.«

»Du hast seins gerettet.«

»Da bin ich mir nicht so sicher«, entgegnete er.

»Aber du warst derjenige, der ihm im Gedächtnis geblieben ist. Mehr als sonst jemand. Das ist die Wirkung, die du auf die Leute hast, Tempy.«

»Ach, ich weiß nicht«, erwiderte er und zündete sich eine Zigarette an. »Danke, dass du gekommen bist. Ich weiß, du hast Opfer gebracht dafür.«

Peg schwieg. Sie nahm seine Zigarette und sagte: »Niemand kennt mich so gut wie du.«

»Wie fühlt sich das an?«

Peg gab keine Antwort.

»Morgen ist Weihnachten«, sagte er. »Ich hoffe, es schneit.«

»Ted hasst Schnee«, erwiderte sie. Sie beugte sich zum Grab hin. »Mach, dass es schneit, Arturo. Lass es schneien für deinen Jungen hier.«

Cress fuhr Peg und Col zurück in die *pensione*. Pete wollte laufen, und die Kleine wollte bei Pete bleiben, also ging Ulysses voraus die Treppen hinunter und ins Viertel San Niccolò. In der Stadt wurden die Bürgersteige hochgeklappt. Die Leute drängten sich in den Straßenbahnen, und die letzten Kunden eilten aus den Läden, bepackt mit Lebensmitteln und Weihnachtseinkäufen. Die Kleine erzählte Pete von *La Befana,* der alten Frau, die den Kindern Geschenke bringt. »Aber nicht zu Weihnachten, Pete, sondern zum Epiphaniasfest, am 6. Januar. Aber ich krieg meine an Weihnachten, stimmts, Ulysses?« »Stimmt.« »Und wenn die Kinder böse waren, dann bekommen sie ein Stück Kohle.« »Das scheint mir ein bisschen übertrieben«, sagte Pete. »Ist ziemlich hart an der Schmerzgrenze.«

Sie kamen ans Flussufer und lehnten sich über die Mauer. Vor ihnen Ponte Vecchio, unter ihnen der träge Fluss. Die Hügel rings um die Stadt waren dunkel und nur stellenweise gesprenkelt mit Lichtern. Von irgendwoher kam Musik. Ulysses steckte zwei Zigaretten an und gab eine davon Pete. Er war gerne mit Pete zusammen. Pete schlug leise Töne an.

Sie bogen in die Via Guicciardini und Pete fragte: »Machts dir was aus, wenn ich da kurz reingeh, Temps? Würd gern ein paar Kerzen anzünden. Kommt nicht so oft vor, dass ich mit der Kirche meinen Frieden schließe.«

»Klar«, erwiderte Ulysses, und sie schwenkten in Richtung Eingangstür, vorbei an dem Baum auf seinem weihnachtlichen Wachposten und hinein in das düstere Kirchenschiff. Man konnte die Wärme von Körpern spüren, und der süßliche Geruch von Weihrauch hing in der Luft. Pete steckte seine Finger in das Becken mit Weihwasser und berührte seine Stirn. »Man kann nicht oft genug gesegnet werden«, sagte er. »Ich will auch«, sagte die Kleine, also hob Ulysses sie hoch und sie tauchte die Finger ins Becken. Sie schnipste Wasser auf Ulysses, er versuchte auszuweichen, und dabei fiel sein Blick auf ein Gemälde hinter ihr, und sein Herz setzte für einen Moment aus. Hier war es also! Nach all den Jahren. Er setzte die Kleine ab, und sie ging mit Pete voraus. Ulysses holte eine Münze aus der Tasche, und plötzlich flackerte die verschlossene Kapelle in dem Licht leuchtender Farben. Darnley sagte …

Ulysses Temper, Miss Evelyn Skinner, ich würde Ihnen gerne Pontormos Kreuzabnahme *vorstellen.*

Denken Sie, man würde uns es gleich mitnehmen lassen und denen die Mühe sparen, Captain Darnley?

Ulysses lehnte sich gegen die Gitterstäbe. Hallo, Evelyn, erinnerst du dich an mich?

Die Kleine hinter ihm: »Mir gefällt das Bild.«

»Mir auch«, lächelte er. »Mir gefällt die Wolke.«

»Willst du eine Kerze anzünden? Pete hat mir gezeigt, wie es geht. Du musst an jemanden denken, den du magst. Schaffst du das?«

»Ich denke schon.«

Sie gingen zu einem Altar.

»Pete hat die hier angezündet«, sagte die Kleine.

Es mussten mindestens fünfzig Stück sein.

»Himmel«, sagte Ulysses.

»All seine Frauen«, erwiderte die Kleine. »Was ist eine Genugtuung?«

»Wenn man etwas wiedergutmacht, was man falsch gemacht hat«, sagte Ulysses, nahm eine Kerze und warf eine Münze in das Kästchen.

»Hast du an jemanden gedacht?«, fragte die Kleine.

»Ja.«

»Eine Frau?«

Er lächelte. »Ja, eine Frau.«

»Gut«, sagte sie. »Jetzt musst du sie anzünden. Genau so. Und du musst ganz fest an sie denken. Machst du das auch?«

»Mach ich.«

»Ganz fest?«

»Mhm.«

»Und jetzt steckst du die Kerze auf den Ständer. Das da ist meine. Du kannst deine danebenstellen, wenn du magst.«

»Glaubst du, sie weiß, dass ich an sie gedacht habe?«, fragte Ulysses.

»Pete meint, es ist wie ein ganz besonderer Anruf. Und den kriegen sie, auch wenn sie nicht da sind.«

»Tatsache?«

»Wer bin ich, dass ich das bestreiten würde?«

Der Abend brach früh an. Die Kleine und Pete gingen voraus in die *pensione,* während Ulysses in die Via dello Sprone bog, um noch zu seiner Werkstatt zu gehen. Er überquerte die Piazza dei Sapiti, und irgendwo in dem Nebel aus Weihnachtslichtern erzählte eine Violine von Einsamkeit. Er drehte den Schlüssel im Schloss, drückte die schwere Holztür auf und schaltete das Licht ein – Staubwirbel im Schein der Glühbirne. Drei Gipskugeln gleich Monden auf den oberen Regalbrettern. Das Bild so, wie er es hinterlassen hatte. Er hatte eines Morgens, nachdem er die Kleine zur Schule gebracht hatte, eine Druckerei in San Frediano gefunden und einen Abdruck einer der Kupferplatten seines Vaters machen lassen. Zwölf Globusstreifen, frühe 1920er Jahre. Das Papier nicht ganz das Richtige für einen Globus, aber perfekt als Bild. Er ließ es sich in einem schlichten Rahmen einfassen, wickelte es in braunes Papier und band es mit einer Schnur zu. Für Massimo, schrieb er darauf.

Kurz bevor er wieder auf den Platz kam, besorgte er in der Via Maggio eine Flasche Sekt. Ein paar Touristen standen vor seinem Haus und sahen zu dem Apartment hoch. Die Fenster standen offen, er erhaschte einen Blick auf Cress neben dem Weihnachtsbaum, und Pete und Peg schenkten dem Abend ihre Musik. Jeder, der sie von hier unten sah und hörte, würde zweifellos bei ihnen da oben sein wollen, würde zu ihnen gehören wollen, dachte er.

Er rannte die Treppe hinauf, zwei Stufen auf einmal nehmend, und blieb im ersten Stock vor der Tür der betagten Contessa stehen. Er stellte die Flasche Spumante vor ihre Tür und läutete, aber wartete nicht.

Niemand hörte ihn in die Wohnung kommen. Er stand in der Tür zum Wohnzimmer und zog seinen Schal aus. Peg sang *That's All.*

Pete, Zigarette im Mund und dicht über das Klavier gebeugt, entlockte den Tasten Liebesgeflüster aus einer anderen Dimension. Col saß neben Cress auf dem Sofa, ihre Bewegungen aufeinander abgestimmt: Hand mit Zigarette zum Mund, Glas mit Wein zum Mund. Die Kleine saß auf dem Boden und streichelte den Papagei. Ted stand am Fenster und war Ted: halb drinnen, halb draußen, unbeholfen, steif und reich. Ein verdammt kurioser Haufen waren sie, aber sie bedeuteten ihm alles. Er nahm das Päckchen für Massimo mit auf sein Zimmer und warf seinen Mantel auf das Bett. Peggys Stimme folgte ihm durch das Apartment. Aus der Küche der Geruch nach gebackenem Fisch und Salbei. Er schenkte sich ein Glas Wein ein und stellte sich wieder in die Tür zum Wohnzimmer. Er konnte den Blick nicht von ihr abwenden. Das würde er nie können. Laut Cress war es ein Fluch und ein Segen, jemanden so absolut zu lieben, und vielleicht stimmte das auch. Ulysses trank einen Schluck Wein. Er hatte schon vor langer Zeit die Hoffnung aufgegeben, zu verstehen, was Peg in anderen Männern sah. Das Lied neigte sich dem Ende zu, und sie sah ihn an, lächelte nur für ihn. Das, was sie beide hatten, war einzigartig, dachte er. Unvergleichbar. Er hob sein Glas und prostete ihr zu. Petes letzte Takte nurmehr zarte Töne, die alle Saiten zum Klingen brachten. Um Mitternacht läuteten die Glocken, der Widerhall feierlich zwischen den dunklen Hügeln. Von der Terrasse aus sahen sie zu, wie die Gemeinde die Kirche verließ und sich auf dem Platz versammelte. Cress erklärte, dass die Festlichkeiten erst nach der Messe beginnen würden. Das Essen, die Geschenke, die …

»Weihnachten ist eine große Sache, oder?«, sagte Pete.

»Was für eine scharfsinnige Bemerkung«, sagte Col.

»Hier in Italien, meine ich.«

»Florenz«, sagte Ted und nahm einen Schluck Sekt.

»Florenz und weiter?«, fragte Col.

»Nichts weiter«, sagte Ted. »Wir sind hier in Florenz.«

Col griff sich an den Magen und wickelte sein letztes Pfefferminzbonbon aus.

Ulysses kam mit einer neuen Flasche Spumante und mehreren Stücken Panforte auf die Terrasse.

»Möchte jemand was Süßes?«

»Ich krieg keinen Bissen mehr runter«, sagte Pete.

»Wie geht's ihr?«, fragte Peg.

»Schläft tief und fest«, erwiderte Ulysses. »Willst du sie sehen?«

»Natürlich ist Florenz nicht Rom«, sagte Ted.

»Was du nicht sagst«, sagte Col.

Sogar Peg musste lächeln.

Sie folgte Ulysses in die Küche. Er stellte zwei Espressokannen auf den Herd.

»Hier lang«, sagte er.

Sie gingen durch die Küche und den Flur, die Stimmen auf der Terrasse wurden leiser.

Sie sahen der Kleinen beim Schlafen zu. Ein Kissenbezug voll mit Geschenken am Fußende ihres Betts. Ulysses zog ihr die Decke über die Schultern.

»Lass uns in dein Zimmer gehen«, sagte Peg.

Leise verriegelte er die Tür hinter ihnen. Peg zog ihren Rock hoch; es war kein Abend für Unterwäsche. Sie vögelten gegen die Wand gelehnt, und als der Kaffee kochte, war der Kuchen gegessen.

Peg nahm sein Gesicht in ihre Hände.

»Was?«, fragte er.

»Kaffee!«, rief Cress.

»Geh schon mal vor«, sagte er immer noch keuchend. Aber er kam nicht nach. Ließ sie alle auf der Terrasse stehen, mit Glocken und Getränken und dem Gezanke von Col und Ted. Er kroch unter die Decke und schloss die Augen. Er hörte Peg und Ted die Wohnung verlassen. Teds Tonfall schneidend, Pegs Schweigen gegenüber Männern etwas Neues. Später, als alle schliefen, ging er ins Bad und wusch sich. Er wusste, die Kleine würde ihn in aller Herrgottsfrühe wecken.

Der erste Weihnachtstag begann für Cress mit Kaffee auf der Terrasse.

»Hier bist du also!«, sagte Massimo, der plötzlich im Türrahmen stand.

»Bist du deiner Mutter entwischt, Mass?«, fragte Cress.

»Sie denkt, ich sei immer noch im Bad. *Buon Natale*, mein Freund.«

»Frohe Weihnachten, Mass!«

»Hier«, sagte Massimo und gab ihm ein kleines Paket.

»Was ist das?«, fragte Cress.

Noch mehr Neuland für einen Mann der Tatsachen.

Cress packte es aus. »Also, ich werd nicht mehr«, sagte er.

»Gedichte«, sagte Massimo. »Über eine Liebesbeziehung in dieser Stadt.«

Auf dem Buchrücken stand der Titel: *Alles*. »Constance Everly«, sagte er. Er blätterte die Seiten durch, hielt ein, las vor:

Sie fanden genügend Abgeschiedenheit.
Betraten nasses Ufer im Schatten einer Brücke,
Hand auf Wange – Finger, Mund,
Und dann ihr Kuss,
Denn die Augen der Stadt ruhten nicht auf ihnen.
Leise Glocken sprachen die Stunde.
Doch wie spät? Zeit stand still.
Der leise Zauber einer Verlockung flog und
Peitschte Wasserwellen zu ihren Füßen.

Pete, beseelt und verkatert, bewegte sich langsam vom Sofa zum Klavier. Er stellte den Hocker ein und trank einen Schluck Grappa. Er war mit der Muse aufgewacht und hielt sie in Ehren. Über die Tasten gebeugt gestaltete seine linke Hand eine feine Melodie, eine Abfolge immer gleicher Akkorde, die sich nach einer Weile wie von selbst spielten. Die rechte Hand war Lust und Laune von leichter Improvisation. Ein Stück über Schönheit, von der Seele gespielt, war, was Pete an diesem Tag zu bieten hatte. Er nannte es *Cressys Song*, nachdem der alte Knabe dabei wie angewurzelt dagestanden hatte.

Die Musik hatte Cressy zu seiner Mum geführt. Sechs Kinder, kein Geld, und die einzige Aussicht war das Spülbecken. Weihnachten ein Tag wie jeder andere. Wie er begriff, dass auch sie Träume hatte. Schwierig, über diesen Schmerz hinwegzukommen. Es dauerte schon ein ganzes Leben, und war immer noch nicht vollbracht.

Peg war mit der Kleinen auf der Terrasse und konnte sich nicht sattsehen an Eddies Zügen. Neun Jahre, dachte Peg. Und sie ist der Beweis dafür, dass diese Monate Wirklichkeit waren.

Die Kleine sah Peg an. So viel zu begreifen. »Ich mag es, wenn du singst«, sagte sie. Peg lächelte. Die Kleine würde immer bei anderen Frauen nach diesem Lächeln suchen.

Und Pete spielte weiter.

Col stand am Fenster und blickte über den Platz. Ginny hätte es wirklich gefallen hier, aber Ginny war bei Mrs Kaur und ihrem Neffen. Col wusste mittlerweile Bescheid. Sein Magen zog sich zusammen. Und wenn ich sie gehen lasse, was wird dann aus mir?

Massimo wickelte die Welt in zwölf Segmenten aus. Ulysses beugte sich zu ihm, um ihm den Namen seiner Mutter zu zeigen, versteckt in Russland. »Das ist wunderschön«, sagte Massimo. Diesen Freund wollte er niemals verlieren, doch es gab noch Dinge, die gesagt werden mussten. Es konnte noch einen Tag warten. Selbst ein Jahr noch.

Und Pete spielte weiter.

Ulysses ging durch den Flur. Er sah Col am Fenster im Wohnzimmer stehen, Cress in der Tür, wie er Pete beobachtete. Ted kam an ihm vorbei, auf dem Weg zum Bad. Er öffnete den Kühlschrank, nahm eine Flasche Spumante heraus und schenkte zwei Gläser ein. Dann ging er auf die Terrasse. Peg mit der Kleinen, Claude über ihnen, frei. Er reichte Peg ein Glas und flüsterte: »Ich helf dir, Eddie zu finden. Massimo hat mich auch gefunden, und ich bin sicher, wir …«

»Das war nicht sein Name, Temps. Nicht sein richtiger. Ich habs versucht«, sagte sie.

Und Pete hörte auf zu spielen.

Dämmerung verdunkelte den Raum, und die Konstellationen an der Decke, kaum zu erkennen bei Tageslicht, erwachten in dem schwindenden Licht zum Leben. Pete stand auf und schaltete die Lampen ein.

»Hey, es schneit«, sagte er.

Sie gingen alle zum Fenster.

»Ich werd nicht mehr«, sagte Ulysses.

»Ich hasse Schnee«, sagte Ted.

»Er mag dich auch nicht besonders«, sagte Col.

Peg lächelte.

Unten auf dem Platz wartete Signora Mimmi.

»Das ist Signora Mimmi!«, sagte Cress. »Ich frage mich, auf wen sie wartet.«

»Auf dich!«, sagten sie alle.

»Aber ich hab kein Geschenk für sie«, erwiderte er.

»Doch, dich!«, sagten sie alle.

Er schnappte sich den nächstbesten Mantel, ausgerechnet Pegs Pelz, und wollte schon losrennen, als …

»Wo ist mein Gedichtband?«, fragte er.

Ulysses und Peg standen nebeneinander am Fenster und sahen zu, wie Cress auf den Platz lief. Er und Signora Mimmi gingen Händchen haltend auf eine Bank zu. Cress wischte den Schnee herunter, und sie setzten sich, die Gesichter einander zugewandt. Cress öffnete seinen Gedichtband, und seine Worte wurden zu Wolken.

Weihnachten 1953 musste im Gästebuch verewigt werden. Sie alle schrieben etwas wie ›Wir kommen wieder!‹, aber so wie in diesem Jahr würden sie nicht mehr zusammenkommen.

Sie alle fuhren am folgenden Tag ab. Peg und Ted so früh es der

Anstand erlaubte, und der war eher knapp bemessen. Peg umarmte die Kleine so unbeholfen, dass Ulysses wegsehen musste. Ted ging voraus und lud das Gepäck ins Taxi. »Vergiss nicht, was ich dir gesagt habe«, sagte Claude, und Peg würde es nicht vergessen, aber sie hielt sich nicht daran. Ted und Peg heirateten im Juni und wurden Mr und Mrs Holloway. Sie fuhren in die Flitterwochen nach Paris. Gibt keinen vergleichbaren Ort, sollte Ted später sagen.

Col war als Nächster an der Reihe. »Du musst nicht fahren«, sagte Ulysses. »Doch, das muss ich«, erwiderte Col. Ginny fehlte ihm, wenn er ehrlich war. Und auch England.

»Ohne London und meinen Pub bin ich verloren«, sagte Col. »Bin eben ein Gewohnheitstier. Dienstags Dosenfleisch, freitags Fisch.«

»Das kannst du hier auch haben«, entgegnete Ulysses. »So verschieden sind wir nicht.«

Col streckte ihm die Hand hin. »Ciao, Temps. Lass von dir hören.«

»Bis dann, Col.«

»Cress, alter Junge.«

»Danke für den Besuch.«

»Sicher, dass ich dich nicht überreden kann?«, fragte Col zu Pete gewandt.

»Nein, danke, Col. Ich will das allein durchziehen.«

Col kletterte auf den Fahrersitz. Sobald der Motor ansprang, erfüllte das Kreischen des Krankenwagens den Platz. Col lehnte sich aus dem Fenster. »Dosenfleisch ist übrigens im Keller!«

»Ja, ja.« Dann war er verschwunden.

»Wie kommst du nach Hause, Pete?«, fragte Ulysses.

»Per Anhalter, Temps. Brauch ein bisschen Zeit für mich. Die Freiheit der Landstraße und all das. Und wenn nichts draus wird, dann wenigstens ein Song.«

(*Freedom of the Open Road* wurde ein Jahr später zum Hit in den Clubs Londons.)

»Du hast immer ein Zuhause hier, Pete. Wir brauchen dich.«

Pete fiel Ulysses in die Arme. »Eines Tages, Temps. Du bist der

Bruder, den ich nie hatte. Ich hatte zwar einen, aber wir haben nie wirklich …«

»Ich versteh schon, Pete.«

Pete schulterte seine Reisetasche und streckte seinen Daumen nach oben. Kurz darauf hielt ein Weinhändler aus Bologna und nahm ihn mit.

Und dann waren sie wieder allein: zwei Männer, ein Kind und ein Papagei.

»Hört ihr das?«, sagte Cress.

Sie lauschten.

»Friede. Schön, oder?«, sagte Cress.

»Wir kommen ganz gut zurecht, oder?«, fragte Ulysses. »Nur wir.«

Sie gingen zu Micheles Café, in dem gerade die Lichter angegangen waren.

»Und damit geht wieder ein Jahr zu Ende«, sagte Cress.

»Ich frag mich, was das neue wohl so bringt«, erwiderte Ulysses.

»Mehr vom Alten«, sagte die Kleine. »Wer zahlt?«

1954 also. Mehr vom Alten? Nein, nicht wirklich.

Cress erwarb eine rote Moto Guzzi Falcone komplett mit Beiwagen. Sein Vertrauen in Betsy hatte nachgelassen, und er brauchte etwas Praktisches, in dem er die Wäsche zu Manfredi bringen konnte, aber auch etwas Flottes, Auffälliges. Er kaufte das Motorrad zu einem guten Preis mit einem Bruchteil des Fanny-Gewinns von einem Mann, der erst kürzlich einen Arm verloren hatte.

Als Cressy nachmittags mit seinem Motorrad auf dem Platz vorfuhr, versammelte sich eine kleine Schar Schaulustiger um ihn. Sein Lächeln blitzte unter dem Helm hervor, während er sich mit den Leuten unterhielt. Auch wenn er sonst kaum eine Ahnung hatte, was die Leute zu ihm sagten, meinten es die Götter heute gut mit ihm und er verstand das meiste. Cressy gab einem immer neue Rätsel auf.

Und die Kleine? Sie entwickelte echte Heimatgefühle und ein feuriges Temperament. Sie übte Gitarre und fing an zu singen, und die Stimme, die ertönte, war Pegs. In der Schule fand sie neue Freunde, aber außerhalb des Pausenhofs blieb sie lieber für sich. Einmal pro Monat schrieb sie an Peg, manchmal schickte sie ihr auch einfach nur eine Zeichnung. Peg schickte ihr ein Foto von Eddie – es war ihr einziges – und schrieb, sie solle gut darauf aufpassen. Die Kleine hielt es vor Ulysses versteckt, weil sie ihn nicht verletzen wollte.

Ulysses lernte viele Italienischvokabeln, aber sprach weiterhin mit einem Ostlondoner Einschlag. Er sollte nie lernen, seine R's zu rollen. Für einige war er immer noch der *soldato*, auch wenn er lieber nicht so genannt worden wäre, aber er zeigte sich wohlwollend.

Zwei bemerkenswerte Dinge passierten im März: Ulysses klebte das letzte Segment auf eine Gipskugel und schuf einen Globus. Außerdem hatte er Sex mit einer amerikanischen Touristin in einem Hotel nahe der Piazza dei Ciompi – ein wunderbares und längst überfälliges Erlebnis. Er verabschiedete sich in den frühen Morgenstunden von ihr und spazierte durch die leere Stadt zurück nach Hause. Irgendwo baute eine Blumenverkäuferin ihren Stand auf. Dämmerung angereichert mit Blumenduft – schwer zu schlagen. Er erreichte das weitläufige Rechteck der Piazza di Santa Croce, als die ersten Lichter in den Cafés angingen und die ersten Eselkarren mit Obst und Gemüse durch die Straßen klapperten. Der Morgen brach an, die Sonne irgendwo hinter dem Casentino, und der Mond, dieser zauberhafte weiße Satellit, stand hoch und voll. Und er wurde sich des Universums bewusst, diesem endlosen Baldachin aus Zufall und Wunder. Er lehnte sich gegen die Statue von Dante Alighieri, steckte eine Zigarette an und sagte: »Ich hätte schon vor langer Zeit kommen und dich von jemandem grüßen sollen, also mach ichs jetzt. Sie heißt Evelyn. Evelyn Skinner.«

EIN AUFFALLEND UNGLEICHES PAAR 1954–59

Evelyn Skinner, das letzte Mal 1944 vor dem bescheidenen *albergo* gesehen, war nicht nur am Leben, sondern gesund und überaus munter. Diese Tatsache schrieb sie dem Eiswasserschwimmen und der täglichen Dosis Lebertran zu. 1954 hatte sie ihren Lehrauftrag an der Slade School of Art längst wiederaufgenommen und ihre Werktage in Kent guten Mutes gegen ihr Einzimmerapartment in Bloomsbury getauscht (obwohl sie regelmäßig an den Wochenenden in die Grafschaft zurückkehrte). Sie war dreiundsiebzig Jahre alt und wirkte zehn Jahre jünger. Ihr Geist war wach und ihre Neugierde so unstillbar wie eh und je. Sie war beliebt beim Lehrerkollegium und ihre Studenten vergötterten sie. Sie brachte ihnen die Kunst auf eine Art und Weise näher, wie sie es noch nie erlebt hatten.

»Nein, Mr Fitzgibbon, das ist nicht ganz richtig. Goya knüpft da an, wo Velazquez aufgehört hat.«

»Mr Gunnerslake, Rom ist die Hauptstadt all dieser Zusammentreffen des achtzehnten Jahrhunderts, und Rubens in Rom hat alles verändert.«

»Außerdem, Miss Shaw, würde ich noch gerne hinzufügen, dass Kunst eine Unmittelbarkeit zu eigen ist. Plötzlich findet man sich vor einem Moment der Ekstase wieder, und das ist, wo Kunst zu wirken beginnt. Kunst fängt permanent ein …«

Am Ende jedes Semesters ging sie mit ihren Studenten in Beppes Café zum Essen. Es war nur einen kurzen Spaziergang entfernt, und als sie ankamen, setzten sie sich zu elft an die hinteren vier Tische, mit Evelyn mehr oder weniger in der Mitte. Sie aßen das Tagesgericht – normalerweise ein Nudelgericht, zubereitet von Beppes Mutter – und spülten es mit starkem Tee runter.

»Seht euch um«, sagte Evelyn und tupfte sich die Mundwinkel mit einer Papierserviette ab. »Der Raum, in dem ihr seid, ist so harmonisch gestaltet, er könnte ein Gemälde sein. Purpur mit cremefarbenen Streifen, das Holz. Alle schwarz-weiß angezogen. Gute Manieren und Freude im Überfluss. Mittagessen und Freundschaft. Das ist Perfektion, behaupte ich.« Sie hob ihre Teetasse.

»*Incipit vita nuova*«, sagte sie. »So beginnt ein neues Leben.«

Als Evelyn nach dem Krieg zurückkehrte, war ihr Leben alles andere als harmonisch gewesen. Eine erschreckende Einsamkeit hatte von ihr Besitz ergriffen und sie letztendlich ins Tierheim von Battersea getrieben, wo sie einen alten, übergewichtigen Dackel namens Barry adoptierte. Beziehungsweise er adoptierte sie, denn so funktionierte das eigentlich, oder? Sie fand Gefallen daran, die Geschichte wie einen Limerick zu erzählen (Ein Dackel im Tierheim Battersea / Der traf eine Lady aus Bloomsbury …). Fünf Jahre lang war er ihr ein wunderbarer Gefährte. Er war schamlos faul und benötigte so gut wie keinen Auslauf, um sich seinen zynischen Charakter zu bewahren. Sein Modus Operandi bestand darin, vor dem Feuer zu liegen und Kondensmilch mit etwas Whisky zu trinken. Hin und wieder begleitete er sie zu einem geselligen Abend und hatte sich angewöhnt, mit Blähungen auf sich aufmerksam zu machen, wenn er bereit war zu gehen. Eine Angewohnheit, die sie – wie Evelyn ihren Freunden erzählte – schließlich ebenfalls annehmen würde. Sie waren gut füreinander, es waren glückliche Jahre. In ihrem Seminarraum an der Kunsthochschule schlief Barry immer auf einer Decke unter ihrem Schreibtisch, während über ihm Dias zur Hochrenaissance projiziert wurden. Er starb friedlich im Schlaf während eines langen und langatmigen Vortrags über Giorgio Vasari. Evelyn war ehrlich gesagt überrascht, dass die Vorlesung nicht noch mehr Opfer gefordert hatte. »Es war nicht eine meiner besten«, sollte sie später einräumen. Sogar sie hatte nach der Hälfte nach ihrem Puls fühlen müssen.

An einem Nachmittag Ende März stand Evelyn vor ihrer Klasse. Sie gab in hellblauer Leinenhose und weißer Bluse eine flotte Figur ab.

»Oh nein, nein«, sagte sie. »Michelangelo war ein Erdbeben. Mit seiner Formensprache leitete er den Manierismus ein. Ziemlich vorausschauend, und unglaublich irritierend, da wir so viel über seine Persönlichkeit wissen. Wir manövrieren uns immer noch durch Vasaris *Vite*. Vasari wäre natürlich entzückt gewesen darüber, so ein Mann war er.«

Ihre Studenten waren hingerissen, die Gesichter erleuchtet vom Schein der Diaprojektionen hinter ihr.

»Also?«, fragte sie, wobei sie das A in die Länge zog. »Wo waren wir?«

Sie hatte es wieder geschafft. War viel zu weit von Piero della Francescas *Die Taufe Christi* abgeschweift, und musste sich nun mit einem Blick zur Tür vergewissern, dass Bill Coldstream sie nicht wieder beobachtete. Sie sah auf die Uhr. Wieder einmal den Wettlauf mit der Zeit verloren.

»Ich muss Sie für heute entlassen, meine sehr verehrten Damen und Herren. Aber um kurz zusammenzufassen: das mathematische Fundament von Schönheit und Harmonie. Pieros Liebe zur Geometrie. Sein einzigartiger Stil während der Frührenaissance. Der heilige Moment ist auch der unverbindliche Moment. Ich wünsche Ihnen allen ein schönes Semesterende. Gehen Sie, lernen Sie, lieben Sie!«

Die Licher gingen an, Jesus verschwand, und geräuschvolle Vorfreude machte sich unter den Studenten breit. Bücher wurden in Taschen geworfen, und Stühle quietschten über den Boden, während sie zur Tür strömten.

»Auf Wiedersehen, Miss Skinner!«, hallte es über den Korridor. »Auf Wiedersehen«, erwiderte Evelyn. »Sie auch, mein Lieber. Ich rate Ihnen, Roberto Longhi nachzuschlagen. Und Carlo Ludovico Ragghianti. Aber ja doch, das hoffe ich. Vielen Dank, Mr Cornwallis, ich werde mich bemühen. Auf Wiedersehen.«

Und dann Stille. Vorzügliche Stille. Sie schloss die Augen und würdigte das Semesterende mit yogischen Atemübungen. Nach ungefähr fünf Minuten durchtränkte die Anwesenheit einer anderen Person die Luft. Sie öffnete die Augen und sah Jem Gunnerslake an seinem Platz sitzen. Der Junge mit dem widerspenstigen Haar und den geschliffenen Manieren.

»Jem«, sagte sie. (Vornamen für die Leute, die sie mochte.)

»Miss Skinner.«

»Alles in Ordnung?«

»Ja«, antwortete er und stand auf. »Ich habe etwas für Sie. Ich habe es in einem Laden in der Charing Cross Road gefunden, und ich weiß, wie viel sie Ihnen bedeutet hat.«

Evelyn nahm die braune Papiertüte entgegen. Darin war ein in weinroten Stoff gebundenes Buch, mit *Niente/Nichts* in goldenen Buchstaben auf dem Rücken.

»Erstausgabe«, fügte er hinzu.

»Ach du liebes Bisschen! Sie ist wundervoll«, sagte sie und blätterte die Seiten durch, bis sie zu einem Gedicht über Straßenbahnen und Lichter auf dem Arno und Sandgräber kam, und sie war wieder einundzwanzig und kurz davor, eine Liebesbeziehung mit einer Stadt einzugehen, die ein Leben lang andauern sollte. Sie zeichnete mit den Fingern Constance Everlys ausgeblichenen Namen nach und sagte: »Ihr Einfluss auf mich war so groß, Jem.«

»So wie Ihrer auf uns, Miss Skinner.« Jem sah sie an und lächelte, und er lächelte selten, aufgrund seiner schlechten Zähne.

»Ich werde es hüten wie meinen Augapfel«, sagte Evelyn und drückte das Buch an ihre Brust. »Meine eigene Ausgabe habe ich in einem Zug nach Rom verloren. Ein wertvoller Fund für einen Reisenden, dachte ich damals.«

»Und jetzt?«

»Unachtsamkeit und in Gedanken bei der ersten Liebe. Sie wissen, wie das ist.«

Doch Jem Gunnerslake wusste es nicht. Seine erste Liebe würde noch warten müssen.

Sie gingen zusammen aus dem Seminarraum, und auf den Steintreppen hatten sie das seltene Vergnügen, den Künstler des Tages und gelegentlichen Tutor anzutreffen.

»Guten Abend, Lucian«, sagte Evelyn. »Wie geht es Ihnen?«

»Oh, Miss Skinner, gut, danke!« Er eilte eifrig an ihnen vorbei.

Als er außer Hörweite war, sagte Evelyn: »Er scheint ziemlich beliebt zu sein bei den Damen, habe ich gehört. Nicht ganz ungefährlich, der Gute.«

»Haben Sie *Die Traumdeutung* gelesen?«, fragte Jem.

»Ja, das habe ich«, erwiderte Evelyn. »Auf meiner ersten Reise nach Florenz wurde es mir von meinem Freund Mr Collins empfohlen. Ich erinnere mich, als wäre es gestern gewesen: Wir saßen auf der Piazza della Signoria und haben Wermut getrunken – zu der Zeit mein bevorzugtes Getränk – und über Giambolognas *Raub der Sabinerinnen* diskutiert. Ich weiß noch, wie er meinte, dass das Buch seiner Zeit voraus sei.«

Evelyn blieb bei der Eingangstür stehen. »Die Kirche kann uns die verschiedenen Erscheinungsformen unseres Menschseins nicht erklären. Wir müssen bei Freud nach Antworten suchen. Die Psychoanalyse ist die Zukunft. Das hat er damals zu mir gesagt, Jem, und ich glaube, er hatte recht. Ich habe die erste englische Übersetzung gelesen.«

Sie ließen den vertrauten Gestank von Leinöl hinter sich und traten ins Freie. Frischgemähtes Gras hing in der Frühlingsluft, und ein Rasenmäher rollte gemächlich über den Hof. In der Jahreszeit der treibenden Blüten und Blätter wirkten Büsche und Bäume verwirrt angesichts all der hervorbrechenden Farben.

Ein Pfiff durchbohrte die Luft.

»Nicht für mich, Mr Gunnerslake. Das ist die Sprache der Jugend.«

Jem sah sich um, und eine gutaussehende Frau mittleren Alters kam hinter einem Baum zum Vorschein. Evelyn winkte ihr zu.

»Großer Gott«, sagte Jem. »Ist das die, für die ich sie halte?«

»Ja«, erwiderte Evelyn, »das ist sie.«

Dorothy ›Dotty‹ Cunningham, die berühmte abstrakte Künstlerin.

In Künstlerkreisen wie in Schriftstellerkreisen kennt man sich üblicherweise, und Dotty und Evelyn hatten sich vor mehr als dreißig Jahren über Evelyns Vater, den Maler H. W. Skinner, und dessen Mätresse und Muse zu jener Zeit, Gabriela Cortez, kennengelernt. Evelyn war alt genug gewesen, um Dorothys Mutter zu sein, und sie nahm ihren jungen Schützling an der Hand und führte sie durch die Wirren des lesbischen Lebens. Nie Liebende, doch immer Freundinnen. An jenem ersten Treffen sagten sie beide: »Es kommt mir so vor, als würde ich dich seit einer Ewigkeit kennen.« Ein halbes Leben später war es dann wirklich so.

Dotty lehnte sich gegen den Baum, Arme verschränkt, Kopf keck zur Seite geneigt. Eine Pose, die heißen konnte ›Ich bin ganz Ohr‹ oder ›Zieh dich aus‹, abhängig von den Umständen und der jeweiligen Tageszeit. Ihre maskuline Art sich zu kleiden und ihr kurzgeschnittenes Haar waren genauso bekannt wie ihre Gemälde. An diesem Nachmittag trug sie abgewetzte Kordhosen, ein zu großes Leinenhemd und ein locker gebundenes, getupftes Halstuch, das man eher mit einem Landwirt zur Erntezeit in Verbindung gebracht hätte. Ironischerweise verabscheute Dotty das Land. Hampstead Heath lag für sie mitten im Nirgendwo.

»Lust, schwimmen zu gehen, Schätzchen?«, rief sie Evelyn zu.

»Hab ich schon jemals keine Lust gehabt?«, entgegnete Evelyn.

Ihre Umarmung war innig, vertraut, und als sie voneinander abließen, tauchte Jem Gunnerslake zwischen ihnen auf und erklärte Dorothy, wie sehr er ihre Arbeit bewundere. Rasch gab er eine absolut kompetente Kritik zum Besten, die drei von Dottys berühmtesten Werken umfasste: *Journeywoman*, *Maria* und *Arrested Time*.

Dotty bedankte sich und fuhr ihm mit den Fingern durchs Haar, ihre Nägel umrandet von den Farbresten ihres letzten Werks. »Ich freue mich darauf, Sie wiederzusehen«, sagte er mit dem Selbstbewusstsein eines Mannes mittleren Alters, der kurz davor stand, sich auf seine erste Affäre einzulassen.

»Schöne Ferien, Miss Skinner.«

»Ihnen auch, Jem. Und danke schön«, sagte sie und hielt die braune Papiertüte mit dem Buch hoch.

Sie sahen ihm hinterher, wie er durch das Tor und in Richtung U-Bahn-Station verschwand, wo er den Zug nach Northumberland nehmen würde, um dort eine Woche lang den Lorbeerbaum seiner Mutter zurückzuschneiden.

Dotty sah ihre Freundin fragend an.

»Jem Gunnerslake«, sagte Evelyn. »Verlorene Seele, aber unglaublich liebenswürdig. Vom Typ ›immer zuerst die anderen‹. Ich mag ihn sehr. Könnte mir gut vorstellen, dass er sich eines Tages von der Kunst abwendet und der Medizin widmet.«

»Das ist ein ziemlicher Gegensatz. Obwohl, Leonardo war ja auch fast so weit.«

»Außerdem hört er sich gerne meine Geschichten von damals an.«

»Das tun wir alle, Schätzchen«, sagte Dotty und hakte sich bei ihr ein. »Komm, das kühle Nass wartet.«

In der Gower Street bekamen sie ein Taxi, und die Überschwänglichkeit des anfänglichen Wiedersehens schwang um in eine nüchterne Zusammenfassung der Ereignisse seit ihrer letzten Begegnung.

»Gunnerslake?«, hakte Dotty nach. »Nicht zufällig verwandt mit der amerikanischen Theaterkritikerin, oder?«

»Wer?«

»Jem. Sie ist nicht seine Mutter, oder?«

»Wer ist nicht seine Mutter?«

»Penelope. Sie sehen sich ähnlich.«

»Ich habe keine Ahnung, wen du meinst.«

»Doch, das hast du. Penelope Gunnerslake. Wir haben uns doch dieses Stück angesehen.«

»Welches Stück?«

»Im West End. Vor ungefähr vier Jahren. Charlie hat uns mitgenommen.«

»Wetherall?«

»Genau. Charlie Wetherall hat uns zu diesem Stück mitgenommen, in dem der alkoholabhängige Barpianist allen die Show stahl.«

»Ach Gott, ja, genau! Eine kleine, aber bemerkenswerte Rolle. Er war wundervoll. So glaubhaft.«

»Penelope Gunnerslake war die Frau, die neben uns saß«, sagte Dotty.

»Die Rothaarige mit den Perlen?«

»Die Rothaarige mit den Perlen.«

Die Luft kühlte merklich ab, als sie den schattigen Hampstead Heath Park durchquerten.

»Fast da«, sagte Evelyn.

»Sie hat sie sogar im Bett getragen. Diese Perlen.«

»Die Theaterkritikerin?«

»Hab ich dir damals schon erzählt.«

»Das hast du mit Sicherheit nicht«, erwiderte Evelyn und holte ihren Geldbeutel aus der Tasche. Sie sah Dotty an. »Hat sie auch eine Rezension zu dir geschrieben, meine Liebe?«

»Sie war sogar ziemlich schmeichelhaft«, entgegnete Dotty.

Das Taxi hielt auf der Highgate West Hill. Evelyn zahlte und sie stiegen aus.

»Sie hat nicht vielleicht gesagt: ›Das mit Pauken und Trompeten angekündigte Finale kann den lustlosen Anfang nicht wieder wettmachen‹?«, erkundigte sich Evelyn spöttisch.

»Das ist gut«, erwiderte Dotty lachend.

»Der Schwung ging im zweiten Akt verloren?«

»Schön, dass du dich so amüsierst.«

»Oh, das tu ich«, sagte Evelyn. »Drei Zugaben waren zwei zu viel?«

Sie betraten den Park durch einen Seiteneingang und gingen den Pfad entlang auf das Tor zu, das zu dem Schwimmteich führte. Ein kräftiger Pflanzengeruch durchdrang die milde Nachmittagshitze.

»Ich war gestern Abend in der Kolonie«, sagte Dotty. »Muriel lässt dich grüßen.«

»Ah, Muriel«, erwiderte Evelyn liebevoll.

Sie legten ihre Sachen in die Wiese am Wasser und gingen zur Umkleidekabine. Evelyn erschien in ihrem guten alten, schwarzen Badeanzug mit kurzem Bein und stellte die Träger etwas kürzer. Ihr Körper hatte sich über die Jahre kaum verändert, abgesehen von der leichten Polsterung um die Mitte, eine Ansammlung der Sechs-Uhr-Cocktails, die sie so pünktlich wie das Stundengeläute des Big Ben einzunehmen pflegte. Dottys Anzug dagegen war – naja, er erinnerte ein wenig an Zirkus. »Er erfüllt seinen Zweck«, erklärte sie.

Sie liefen vorsichtig über den nassen Steg und ließen ihre Handtücher bei der Leiter. Wie immer wärmte Dotty sich auf, bevor sie ins Wasser ging. Sie dehnte ihre Armmuskulatur und lockerte ihre Oberschenkel mit ein paar tüchtigen Klatschern. Sie stieß Evelyn an und bedeutete ihr, ihrem Blick zu folgen. Eine unentschlossen wirkende Frau stand am Rand des Teiches. Dotty glaubte fest daran, dass es einen direkten Zusammenhang gab zwischen der Art und Weise, wie man ins Wasser stieg und wie man Sex hatte. »Kompletter Blödsinn«, war Evelyns Meinung dazu. »Ich halte mir einfach nur die Nase zu und lasse mich reinfallen.«

»Meine Rede«, erwiderte Dotty und tauchte mit einem eleganten, formvollendeten Kopfsprung ins Wasser.

Kälte und Adrenalin durchfuhren Evelyn. Dreizehn Grad im Gegensatz zu den knapp dreißig Grad Außentemperatur. Sie schnappte stumm nach Luft und gab sich der kalten Sensation hin. Auf Augenhöhe mit dem grünen Wasser schwamm sie durch den Teich, umringt von kleinen Wellengipfeln im Sonnenlicht, über ihr die Wolken im Wind.

Das waren Evelyn die liebsten Tage, ihr Frühlingserwachen. (Wieder vorbei an den Seerosen und den Rohrkolben.) Über das Wasser ragende, starrdunkle Baumstämme wurden von Lichtsprenkeln zum Leben erweckt, und die tiefhängenden Schleier der Trauerweiden trafen auf ihre leuchtenden Spiegelbilder. Sie atmete ruhig durch die Nase, und die Enten passten sich der Behäbigkeit ihres Schwimmstils an. Am Ufer erhob sich mit majestätischem Flügelschlag ein Reiher in die Luft und kreuzte nah über der Wasseroberfläche ihre Bahn. Sie war im Paradies.

Eine Gruppe junger Frauen mit Sonnenbrillen und rotgeschminkten Lippen, die aussahen wie ein Synchronschwimmteam, traf sich auf dem Ponton. Ihre Anwesenheit war eine schiere Freude. Als Dotty sie erblickte, wusste Evelyn sofort, dass sie zurückschwimmen und in ihrem jugendlichen Reiz schwelgen würde, was sie auch tat. Schließlich sprangen sie alle zusammen kopfüber ins Wasser, was Dotty dazu veranlasste, zu Evelyn zu blicken und anzüglich ihre Augenbrauen hochzuziehen. »Oh Dotty, *plus ça change.*«

Evelyn stieg aus dem Wasser, dankbar, dass die Muskeln in ihren Armen noch nicht völlig dahingeschwunden waren. Sie nahm ihr Handtuch, wickelte sich darin ein und lief vorsichtig zu der Wiese, um sich von der Sonne trocknen zu lassen.

Sie legte sich zu Vogelgesang, Bienengesumme und Klee. Alles Leben in dieser pastoralen Idylle ist Poesie, dachte sie. Zeitlos, resolut, universell. Das Bild sollte sich über die Jahrzehnte ständig wiederholen: Frauen auf der Suche nach Trost und Geborgenheit, nackte Körper im Schoß der Natur. Alle Frauen, die ihr je etwas bedeutet hatten, waren früher oder später mit ihr hierhergekommen. Außer Livia natürlich: süße Pusteblume, die ihre Samen in Evelyns Leben ausgestreut und die erste Liebe zum Keimen gebracht hatte.

Zum ersten Mal war sie mit Constance hierhergekommen, als die Teiche offiziell geöffnet wurden. Sie war fünfundvierzig gewesen, Constance bereits über siebzig, wahrscheinlich so alt wie Evelyn jetzt. Constance hatte zu der Zeit mäßigen Erfolg mit ihrem Gedichtband *Alles* gehabt, dem Folgeband zu *Nichts*. Der dritte Band, *Etwas*, sollte nie erscheinen. Sie erlitt einen Herzinfarkt in der Gotthardbahn, auf ihrer – letzten – Reise nach Florenz. Die vorherrschende Meinung war, dass die Überquerung des Kerstelenbach-Viadukts eine atemberaubende Erfahrung sein sollte, und für Constance war es das wortwörtlich gewesen. Man fand sie mit dem

Stift noch in der Hand. Ihre letzten Überlegungen zur Liebe: *Ich werde weiter staunen.*

Sie hatte eine streitlustige Anhängerschaft von Frauen, die diese Zeile auf ihren Grabstein gravieren lassen wollten, sobald sie die Erlaubnis bekämen, sie auf dem Englischen Friedhof in Florenz, so nahe wie möglich bei Barrett Browning, beizusetzen. Natürlich kam nichts davon zustande. Nur Evelyn wusste von Constances letzten Wünschen. Einäscherung. Eine Bootsfahrt auf dem Arno, früh am Morgen, mit einem der *renaioli*, der Sandgräber. Sonnenlicht, Dunst, Erinnerungen. Ihre Asche wurde auf der müden Reflexion eines Palazzo verstreut. Kein Kräuseln. Eins geworden. In Frieden. Ihr Zuhause.

Evelyn sah nach oben und schützte ihre Augen mit der Hand vor der Sonne. Dotty winkte und kam auf sie zu. Sie wirkte ein wenig nachdenklich. »Dämmerschoppen, Schätzchen?«, fragte sie.

»Schon so spät?«, erwiderte Evelyn und griff nach ihrer Uhr.

»Geht ein bisschen vor.«

»Okay. Ich geh mich umziehen.«

Die Götter meinten es gut mit ihnen und schickten einen schwarzen Austin FX3 in die Highgate West Hill, der zügig gen Süden fuhr, bis das Grün dem weißen Rand Bloomsburys und den roten Ziegelfassaden der Fitzrovia-Mietshäuser wich.

Evelyn hatte schon den ganzen Nachmittag über Dottys Unruhe bemerkt. Sie nahm Dottys Hand und küsste sie. »Was beschäftigt dich, Liebes?«

Dotty seufzte. »Meine Farbe hat sich gegen mich gewandt. Ich bin allergisch.«

»Welche?«

»Titanweiß. Schon immer der Störenfried. Ich bin ziemlich verzweifelt, Lynny.«

»Ach, Dotty.«

Sie fuhren die Oxford Street entlang und kamen zum Soho

Square, wo das Glockengeläute von St Patrick sie begrüßte. Schauspieler waren auf dem Weg zur Shaftesbury Avenue, und Prostituierte machten einen Abendspaziergang, bevor die Nacht sie ihren Freiern zur Schau stellen würde. Kaffeegeruch kroch durch die Fenster herein, Gerumpel von Gemüsekarren, die auf dampfige Kücheneingänge zueilten. Vor Cafés saßen Italiener und Malteser, Zigaretten im Mundwinkel, Zehen wippend im Takt der Jukebox. Schwule Identität versteckte sich in den Schatten dieser dunklen Straßen, und beide Frauen hatten schon irgendwann einmal einen warmen Abdruck in einem fremden Bett hinterlassen – beiläufige Versprechen, gegeben für ein Leben, gehalten für eine Nacht.

Das Taxi bog in die Dean Street und hielt vor Leonis *Quo Vadis*. Das Restaurant öffnete erst in einer halben Stunde, doch der Manager erkannte das breite Lächeln seiner Stammgäste und sperrte die Tür auf, um sie zu begrüßen. Er gab ihnen den besten Tisch, hinten an der Wand mit den Bildern, von wo aus sie jeden, der hereinkam, ungestört beobachten konnten. Fünf Minuten später kam ein Tablett mit Negronis und einer Schale Oliven. Evelyn stand auf und sagte: »Mein Bester, wie schön, Sie zu sehen!«

»Von denen hier wachsen Ihnen Brusthaare«, sagte er mit seiner weichen, keltischen Intonation und stellte das Tablett ab.

»Hoffen wir's«, sagte Dotty und griff sich einen der Cocktails, als hinge ihr gesamtes Schaffen davon ab.

Die beiden Frauen prosteten sich zu, und Dotty holte ihre Brille hervor und betrachtete prüfend eines der Gemälde über dem Tisch. »Ich hab dich ganz gut getroffen, oder?«, fragte sie. »Die Person, die du warst. Die Person, zu der du dich damals entwickelt hast. Ich halte dieses Porträt für mein einzig wirklich gelungenes.«

»Aber es gab doch noch andere.«

»Nichts Vergleichbares«, erwiderte Dotty und nahm es von der Wand. »Nichts Vergleichbares.«

Sie hatte es im Sommer nach ihrem ersten Zusammentreffen gemalt – 1924 vielleicht? Evelyns einsame Figur, gleich einem Wrack auf ein römisches Kissen gesunken. Mit wundem Herz dem Betrachter zugewandt. Weißes Kleid, weiße Laken, schimmernd sonnengebräuntes Gesicht. Ihre Hand schützend über die Augen erhoben gegen den blendenden Schein. Dotty hatte echtes Sonnenlicht aus den Farbtuben gedrückt.

»Warum war ich so traurig?«, fragte Evelyn. »Weißt du das noch?«

»Livia?«

»Nein, nein. Livia war lange vorbei. Wie befremdlich das Herz.«

»Hör dir das hier an«, sagte Dotty.

Auf der Rückseite der Leinwand hatte sie den Tag damals beschrieben, und sie las vor: »Geräuschkulisse: Glocken, das Kreischen von Mauerseglern, Tante Maria betet den Rosenkranz. Zeit: Vormittag. Wetter: Sonne brennt ohne Unterlass, keine Wolken. Atemlos.«

Sie waren in Italien gewesen, zu Besuch bei Evelyns Tante, deren Ehelosigkeit, Vermögen und chronisch schlechter Gesundheitszustand für enge Beziehungen zur katholischen Kirche gesorgt hatten. Gott hatte Tag und Nacht ein offenes Ohr für sie. Sie hatte außerdem eine prachtvolle Villa, die vor den Blicken der Stadt verborgen hinter hohen Mauern lag. Daher war Tante Maria seit Langem ein beliebtes Reiseziel der beiden Frauen gewesen, bis sie schließlich immer mehr abbaute und letztlich im Winter 1943 starb. Es war Evelyn gewesen, die die Augen der alten Frau geschlossen hatte. Es war nicht weiter überraschend, dass sie ihre Villa den Nonnen einer Klostergemeinschaft vermacht hatte, was Dotty höchst erotisch fand. Die unterbewertete und falsch zugeschriebene Sammlung von Stillleben ging an Evelyn.

»Wenigstens hast du die Familienfrüchte bekommen«, schrieb Dotty ihr damals.

»Hilf mir auf die Sprünge. Wieso warst du gleich nochmal den ganzen Krieg über in Italien?«, fragte Dotty und trank ihren Negroni aus. Sie zog Evelyn gerne und oft damit auf, dass sie während des Krieges nicht in London gewesen war.

»Ich habe mich um meine Tante gekümmert«, erwiderte Evelyn.

»Das hab ich dir schon unzählige Male gesagt, du schamloses Weibsbild. Ich gehe dahin, wo ich gebraucht werde. Hab ich schon immer gemacht. Das hat man davon, wenn man von einer kränklichen, kritischen Mutter großgezogen wird.«

»Du bist bei deinem Vater aufgewachsen.«

»Sie hat nur eine Nabelschnur entfernt gewohnt.«

»Spionin«, sagte Dotty grinsend.

»Alles Quatsch.«

»Spionin, Spionin, Spionin«, sagte Dotty selbstzufrieden und bestellte noch eine Runde Cocktails. »Spionin«, flüsterte sie und schoss mit den Fingern auf den Brotkorb.

Die beiden waren, auch wohlwollend betrachtet, nicht angemessen gekleidet für ein Abendessen im Restaurant. Darüber hinaus rochen sie eindeutig nach Teich, doch Peppino, der Besitzer, wollte nichts von alldem hören und bestand darauf, dass sie blieben. Er entkorkte eine verführerische Flasche Bardolino und raunte ihnen die schmackhaften Empfehlungen der Küche zu. Als er gegangen war, fragte Evelyn: »Sehe ich so beschwipst aus, wie ich mich fühle?«

»Mich brauchst du nicht fragen, meine Liebe«, erwiderte Dotty, »ich unterhalte mich seit einer Stunde mit zwei Evelyns. Prost, Süße.«

Natürlich wurden sie von den anderen Gästen – Theaterbesucher, die vor der Vorstellung zum Essen kamen – argwöhnisch beäugt, bis sich herumgesprochen hatte, wer Dotty war. Ihre notorische Berühmtheit drängte jedes Interesse an den Spezialitäten des Hauses in den Hintergrund, und all die mondänen, beperlten Frauen waren erpicht darauf, Dottys Aufmerksamkeit zu gewinnen. Sie sahen sich als die nächste Muse, als das Sujet der nächsten Leinwand, die nächste Eroberung. Dotty labte sich an ihrer Aufmerksamkeit, besonders jetzt, da in ihrem Leben wieder Platz war.

»Ich habe sie verlassen«, sagte sie und steckte sich eine Olive in den Mund.

»Aha. Ich dachte es mir schon«, sagte Evelyn und seufzte.

Caroline Beevor-Candy war die Frau, um die es ging. Selbstverständlich nicht ihr echter Name, denn Dotty war zu diskret, um die Identitäten ihrer Liebschaften preiszugeben. Doch ihre Affären folgten dem immer gleichen Muster: Dottys Vorliebe für junge, verheiratete Frauen, die frischen Wind bedeuteten in dem klimakterischen Hinterland kreativer Erschöpfung. Auch wenn Dotty die Angewohnheit hatte, den (oft signifikanten) Altersunterschied schönzufärben, verliebte sie sich ausnahmslos in die Liebe und in die damit einhergehende Inspiration. Der Anblick einer schönen Frau, die sich unter ihr dem Höhepunkt entgegenwand, steigerte ihre Produktivität ins Unermessliche, und in jenen anfänglichen Tagen der Lust wurde ein Gemälde nach dem anderen verkauft und füllte die Kassen der Cork Street. Evelyn fragte sich des Öfteren, ob wohl die Galerien die zukünftigen Liebhaberinnen ihrer Freundin beschafften, sozusagen als Garant gegen das künstlerische Äquivalent einer Schreibblockade.

Es dauerte normalerweise sechs Monate, bis liebesbedürftige Ehemänner und kränkelnde Kinder zur unabwendbaren Realität wurden, ähnlich den ersten Blättern, die im schwülen Atem des Septembers ihr Leben aushauchten. Rosatöne wurden zu Preußischblau oder Schwarzgrün, und großformatige, dramatische Seestücke wurden über *Glieder mit Sommerschweiß* gemalt.

Dotty betrachtete wieder das Porträt ihrer Freundin. »Ich habe nie wieder so gut gemalt«, sagte sie und hängte das Bild wieder an die Wand. Sie stürzte ihren Grappa hinunter, als wäre es Wasser, und sackte in sich zusammen wie eine gerissene Lunge.

Evelyn wusste, was zu tun war. Und sie wusste, dass sie die Einzige war, die es tun konnte. Sie griff über den Tisch nach Dottys Hand. »Wie wäre es mit Florenz?«, fragte sie.

Und Dotty, angetrunken und mit glasigen Augen, erwiderte: »Meinst du, sie würde mir gefallen?«

Tags darauf gingen sie in Cooks Reisebüro in Mayfair.

»Komm schon, Dotty, tu deiner alten Freundin einen Gefallen. Ein Tapetenwechsel wird dir guttun.«

Verkatert zündete Dotty sich eine Zigarette an und hustete. Und damit war ihr Kurztrip beschlossene Sache: den Zug von Calais, Umsteigen in die Gotthardbahn und eine Reise durch die Alpen. Drei Tage in Florenz, drei Tage in Rom und ein Flug zurück nach London. Was könnte schöner sein? Die Kasse klingelte.

In der Nacht klingelte das Telefon. Evelyn wälzte sich aus dem Bett.

»Ich nehme meine Staffelei mit.« Es war Dotty.

Dotty geht es besser, dachte Evelyn. »Wunderbar«, erwiderte sie.

»Nur Kohle und Bleistifte. Zurück zu den Wurzeln. Was hältst du davon?«

»Eine großartige Idee.«

»Es macht dir nichts aus?«

»Ich hätte es dir selbst vorgeschlagen, wenn ich der Meinung wäre, dass du auf mich hörst.«

(Ein heiseres Lachen kam aus dem Hörer.)

»Dotty? Es steckt immer noch alles in dir. Die Person, die du warst, als du mich gemalt hast.«

»Danke, Schätzchen.«

»Geh jetzt schlafen.«

Evelyn legte auf. Obwohl sie hellwach war, legte sie sich wieder ins Bett. Sie trank etwas Wasser, nahm Eleanor Clarks *Rome and a Villa* und las, während sie dem Prasseln des Regens lauschte.

Fünf Tage später machten Evelyn und Dotty sich auf den Weg auf den Kontinent. Ein auffallend ungleiches Paar: die eine ausstaffiert wie ein Hochseefischer, die andere mit weißem Umhang und Turban. Sie nahmen die Fähre in Folkestone und genossen eine ruhige Überfahrt bei blauem Himmel, auf blauem Wasser und unter weiß kreisenden Möwen.

In Paris nahmen sie (wegen der Staffelei) ein Taxi vom Gare du Nord zum Gare de Lyon, wo sie es sich in einem Bistro gemütlich machten, das Evelyn noch aus Kriegszeiten kannte. *Jules* war vom

Bahnhof aus zu Fuß zu erreichen und sehr beliebt bei wohlhabenden Familien, die in den Süden reisten. Eine solide Weinkarte bildete die Grundfesten des Bistros, sodass niemand ganz nüchtern in den Reisebus steigen musste.

Der dreistündige Aufenthalt war kurzweilig. Spätes Licht wurde zu Dämmerung und schließlich zu Dunkelheit, während man sich tellerweise *Coquilles St Jacques* und Austern einverleibte, begleitet von einem frischen Hauswein, von dem Dotty schwor, es sei ein Pouilly-Fumé. Als Dotty die letzte der Austern schlürfte, sagte sie plötzlich: »Margaret Irgendwer.«

»Oh Gott. Was ist mit ihr?«, gab Evelyn zurück.

»Hast du noch Kontakt mit ihr?«

»Nein, gar keinen. Dem Himmel sei Dank. Nicht seit dem Desaster in Florenz. Wie um alles in der Welt bist du jetzt auf die gekommen?«

»Nicht umdrehen, aber die Frau da hinten sieht aus wie sie. Nicht umdrehen, hab ich gesagt!«

»Ahh! Ogottogott! Bist das wirklich du?«, kreischte Margaret Irgendwer über die Terrasse, in einem Tonfall, der die Franzosen dazu brachte, die Engländer noch ein klein wenig mehr zu hassen.

Evelyns Lächeln gefror.

»Du siehst aus, als hättest du einen Schlaganfall«, sagte Dotty.

»Vielleicht habe ich das auch«, flüsterte Evelyn.

Margaret kam zu ihnen, nahm sich einen Stuhl und lehnte sich dabei so ungeschickt über den Tisch, dass die Weinkaraffe in Gefahr geriet. (In Situationen wie diesen entwickelte Dotty blitzartige Reflexe.)

»Evelyn Skinner«, flötete Margaret, »wie lange ist es her? Zehn Jahre? Du bist keinen Tag gealtert.«

»Du kennst Dotty, oder?«, nuschelte Evelyn, als ob sie gerade erst sprechen gelernt hätte.

»Aber ja doch. Immer noch mit allen Wassern gewaschen?«

»Naja, du weißt ja, was man über Fische und Wasser sagt.«

»Ganz schön ungezogen von dir, dass du mich nach Florenz nicht mehr kontaktiert hast.« Margaret wandte sich wieder Evelyn zu. »Aber ich bin zum Glück nicht nachtragend. Du fährst nicht zufällig wieder dorthin, oder?«

»Oh, nein«, antworteten Evelyn und Dotty wie aus einem Mund. »Nein. Nein, nein.«

»Also ich komme gerade von einer kleinen Tour zurück«, sagte Margaret. »Habe mich prächtig amüsiert auf der Verrocchio-Ausstellung, wer hätts gedacht? Ich war mit einer neuen ... Freundin unterwegs.«

Und sie blickte zu ihrem Tisch und lächelte einem unschuldigen, blonden Lämmchen zu. Das Wort Metzger kam Evelyn in den Sinn.

»Was?«, fragte Margaret.

»Was?«, fragte Evelyn zurück.

»Du hast Metzger gesagt.«

»Hab ich das?«

»Oh. Ich habe mich bloß gefragt, ob das Meredith Metzger ist?«

»Nein, nein. Myrtle Fobright. Wir teilen eine Leidenschaft für die Ornithologie. Wer ist Meredith Metzger?«

»Ich weiß nicht«, erwiderte Evelyn.

»Aber du hast doch eben ihren Namen erwähnt.«

»Evelyn glaubt, sie hat gerade einen Schlaganfall«, schaltete sich Dotty ein und stieß Evelyn unter dem Tisch an.

»Im Ernst?«, fragte Margaret.

Evelyn nickte.

»Ist das nicht was Ernstes?«

»Nicht, wenn es nur ein kleiner ist«, sagte Dotty, trank ihren Wein aus und zündete sich eine Zigarette an.

»Sollten wir etwas unternehmen?«, fragte Margaret.

»Wahrscheinlich«, erwiderte Dotty und blies eine Rauchwolke aus. Sie wandte sich Evelyn zu und hielt ihr verlockend die Zigarette hin. »Kannst du ...?«, fragte sie.

Evelyn griff nach der Zigarette und nahm einen Zug.

»Sie wird wieder«, sagte Dotty.

»Puh«, seufzte Margaret erleichtert. »Wo waren wir stehengeblieben?«

»Ich weiß nicht, wo du warst«, sagte Dotty und sah auf die Uhr, »aber wir müssen unseren Zug erreichen. Tüdelü, Margaret! Gute Heimreise.«

Punkt neun Uhr rollte der Zug in der Dunkelheit los, ließ die Pariser Lichter hinter sich und fuhr in Richtung Schweiz.

In ihrem Schlafwagenabteil kletterte Dotty die Leiter des Stockbetts hinauf und wälzte sich in ihrem Seidenpyjama hin und her. Evelyn suchte ihr Bett nach Flöhen ab und war erleichtert, außer sich selbst kein Lebewesen vorzufinden. Bevor sie das Licht löschte, schenkte sie sich noch einen Brandy ein.

»Margaret Irgendwer? Was zur Hölle hast du dir dabei gedacht?«, fragte Dotty und lenkte die Aufmerksamkeit zur Abwechslung auf Evelyn und ihre weniger erfolgreichen Affären.

»Nicht viel«, erwiderte Evelyn. »Wir haben uns kurz nach Gabrielas Tod kennengelernt. Auf einer furchtbar öden Weinverkostung. Ich hing einfach nur in den Seilen an dem Abend, und Margaret war… naja, sie war …«

»Eine Rankhilfe?«, schlug Dotty vor.

»Ja, genau. Das ist es. Und sie hat eher energisch Liebe gemacht. Es hat mich irgendwie aufgeweckt.«

»Buchstäblich oder metaphorisch?«

»Ein bisschen von beidem, glaube ich. Ich war in Trauer.«

»Das weiß ich.«

»So lange her mittlerweile. Sie hat mir immer Blumen geschenkt, die lange hielten.«

»Nelken?«

»Ja.«

»Naja, lass dir das eine Lehre sein. Gute Nacht, Schätzchen. Wir sehen uns in der Schweiz.«

Der Schlaf ließ nicht lange auf sich warten und er brachte Evelyn

Traum und lebhafte Erinnerung: ein Abendessen mit ihrem Vater im *Quo Vadis*. Die Stimmung war so ausgelassen wie immer, trotz einer radikalen Veränderung in der Vater-Tochter-Beziehung, nachdem seine Geliebte und Muse Gabriela Cortez begonnen hatte, eine leidenschaftliche Beziehung zu Evelyn zu entwickeln. Evelyn war nur allzu bereit dazu und verfolgte diese neue Bindung mit Enthusiasmus. Sie war noch nie so glücklich gewesen. Vater und Tochter prosteten sich zu, und als das Essen vorüber war, gab Evelyn ihrem Vater einen Brief, den sie fünfundzwanzig Jahre zuvor in Florenz geschrieben hatte. Sie konnte nicht erklären, wieso er ihn erst jetzt bekam. Sie hatte den Brief zeitweise verloren. Und über die Jahre hatten sie einander des Öfteren zeitweise verloren. Es ging um Liebe. Er las ihn an Ort und Stelle und schwieg eine Weile in Gedanken versunken. Dann nahm er ihre Hand, küsste sie, und sie verloren kein Wort mehr darüber.

Am darauffolgenden Tag fuhr er sie mitsamt ihren Sachen zu Gabrielas kleiner Wohnung.

»Ihr habt meinen Segen«, sagte H. W. »Ich habe nur zwei Bedingungen.«

»Was ist die erste?«, fragte sie.

»Dass ihr nicht über mich als Mann sprecht, sondern nur über mich als Maler.«

Sie rollte mit den Augen und lachte. »Und die zweite?«

»Dass ich euch beide malen darf.«

»Nicht während des Aktes«, sagte sie streng.

»Danach?«

Die Bedingungen wurden erfüllt, und das Gemälde wurde allseits überschwänglich gepriesen und von der Nationalgalerie mithilfe des großzügigen Vermächtnisses eines Lords Soundso erworben.

Evelyn und Gabriela waren zehn Jahre zusammen. Sie wohnten in einer behaglichen, geschmackvoll eingerichteten Wohnung am Rande Bloomsburys, in der Evelyn auch jetzt noch lebte. Gabriela Cortez starb 1937 im Kampf gegen Franco. Sie sollte Evelyns letzte große Liebe bleiben. Nicht lange nach ihrer Beerdigung, an einem Wochenende im Mai, stand Evelyn vor dem Gemälde in der gutbesuchten Nationalgalerie und weinte. Dotty war bei ihr.

Mitten in der Nacht wachte Evelyn auf und bemerkte, dass der Zug stillstand. Sie spähte hinter dem Vorhang durchs Fenster, und ihr Blick folgte einer Laterne, die sich den Bahnsteig entlangbewegte, bis sie auf eine zweite traf. Es waren zwei Männer, die Evelyn für Wachtposten hielt. Sie kannte die Stadt nicht, in der sie sich befanden – kleine Bahnhöfe im Dunkeln glichen sich wie ein Ei dem anderen –, aber das machte die Sache umso aufregender. Sie fröstelte plötzlich, zog die Decke bis unters Kinn und wickelte sich Dottys Pullover um den Kopf. Die gleichmäßigen, tiefen Atemzüge ihrer Freundin lullten ihre Sinne ein, und sie wusste, dass wenn sie das nächste Mal aufwachte, die Schweiz sich vor dem Fenster präsentieren würde.

Der Zug überquerte die Grenze planmäßig um sechs Uhr des darauffolgenden Morgens. Frische Bergluft mischte sich mit dem Duft von Kaffee, Eiern und …

»Sind das Würstchen?«, fragte Evelyn, noch im Bett liegend.

»Auf jeden Fall was Schweiniges«, erwiderte Dotty.

Angetrieben von den Jahren der Entbehrung waren die beiden Frauen auf den Beinen, angezogen und frisiert, bevor im Bordrestaurant die nächste Runde Fleisch in der Pfanne brutzelte.

Die stets wechselnde Aussicht auf Berge, Schluchten, Wiesen und Wälder überwältigte sie und löste bei beiden eine Introspektion aus, die sie später in Florenz – oder vielleicht war es Rom – miteinander teilen sollten. Angesichts der majestätischen Alpen und der ingenieurtechnischen Meisterleistung, die durch den Gotthardpass verlief, verfiel Dotty in Schweigen und zog sich mit ihrem Skizzenbuch und Kohlestiften zurück. Die Stunden verstrichen in einer Reihe sorgfältig skizzierter Linien und Schatten: abstrakte Felsformationen und steile Gefälle, deren meisterhafte, mikroskopische Details oft Gesichtern oder Masken glichen.

Evelyn ließ ihre Gedanken wandern, und vor ihrem geistigen

Auge wirbelten Fakt und Fantasie, denn die Reise war ihr so vertraut. Sie konnte jede Steigung, jede Kurve und jede Geschwindigkeitsveränderung voraussagen. Der Zug fuhr ratternd in den Gotthardtunnel ein. Evelyn schloss die Augen und begegnete der Dunkelheit mit Dunkelheit. Sie waren ungefähr in der Mitte des Tunnels, als sie plötzlich an Louis Favre denken musste, den Mann, dessen Unternehmen 1872 – acht Jahre vor ihrer Geburt – mit dem Bau des 15 Kilometer langen Tunnels begonnen hatte. Zwei Arbeitertrupps hatten sich von gegenüberliegenden Seiten des Bergs einen Weg durch den Stein gebohrt und gesprengt, mit der Absicht, sich nach 7,5 Kilometern in der Mitte zu treffen. Als sie schließlich aufeinandertrafen, hatten sie sich nur um etwa dreißig Zentimeter verfehlt. Favre war zu diesem Zeitpunkt seit vier Monaten tot, umgekommen in Stress und Konkurs. Doch an der Stelle des Durchbruchs wurde ein Bild von ihm durch die Öffnung gereicht, in Gedenken an das Versprechen, dass er die erste Person sein würde, die den Tunnel durchquert.

Evelyn war immer noch eingenommen von der Brillanz dieses Unterfangens, als sie von einem lauten Holpern aufgeschreckt wurde und wieder Sonnenlicht auf ihr Gesicht fiel. Der Zug hatte den Tunnel durchquert. Sie bürstete sich Flecken hellgrauer Staubflocken von ihrem dunklen Pullover, öffnete eine Flasche Wasser und trank. Sie war aufgeregt und fühlte sich lebendig. Abenteuer war eben die beste Medizin.

Ungefähr um fünf Uhr nachmittags kamen sie am Bahnhof Santa Maria Novella an. Evelyn war eine der Ersten auf dem Bahnsteig, und wie immer rief sie: »*Firenze! Amore mio!*« Und selbstverständlich antwortete die Stadt mit ihren Glocken

Um 17:15 Uhr saßen die beiden Frauen in einem Taxi in Richtung *Pensione Picci*, einem kleinen Gasthaus mit sprödem Charme auf dem Lungarno Corsini, und um 17:45 Uhr hatten sie ihr Zimmer mit Aussicht und erst kürzlich installiertem, eigenem Bad bezogen. »Man stelle sich das nur vor«, kommentierte Dotty.

Um 18:30 Uhr hatten sie ihre Taschen ausgepackt, und um 19:00 Uhr machten sie es sich in zwei Korbsesseln gemütlich und blickten den Wolken nach, die souverän über die Kuppel des San Frediano in Cestello hinwegzogen, während sie dem Rumpeln der Straßenbahnen und dem Heulen der Vespas unter ihnen lauschten.

Sie waren müde von der Reise, und als die Sonne auf ihrem Weg nach Westen Schatten in die Länge zog und Farbe über das Wasser streute, nippten sie an perfekt gekühltem Prosecco, der wiederkehrenden Gästen gratis angeboten wurde.

»Weil wir wissen, dass ihr auch woanders bleiben könntet«, sagte der Inhaber, Enzo, in seinem ruppigen Florentiner Dialekt.

»Nicht zu diesem Preis«, erwiderte Evelyn.

Tags darauf war Evelyn schon früh wach, und sie stieß die Fensterläden auf und pries das Licht. Dotty hob ihren Kopf vom Kissen und stöhnte: »Großer Gott! Was ist denn das?«

»Das ist der Morgen«, antwortete Evelyn.

Sie starteten gediegen in den Tag, und als sie schließlich zum Frühstück hinuntergingen, sahen sie sich aufgrund einer eibedingten Auseinandersetzung am Buffet gezwungen, ihr morgendliches Mahl andernorts einzunehmen. Evelyn kannte ein Café in der Nähe der *Pensione Simi* (die es allerdings seit Langem nicht mehr gab), und sie machten sich auf den Weg. Nach Kaffee und Croissants spazierten sie den Fluss entlang, den Uffizien und dem ersten Tag mit einer zeichnenden Dotty entgegen. Die Staffelei balancierte prekär auf ihrer Schulter und lüpfte ihr in einem fort den Panamahut, den sie bei einem Besuch der Alhambra gefunden hatte. Evelyn trug den faltbaren Anglerstuhl an die Brust gedrückt und beschwerte sich über dessen Karpfengeruch.

Im Säulengang der Uffizien richtete Dotty sich in einer Ecke unter den Statuen von Galileo und Pier Antonio Micheli ein, während Evelyn sich auf die Suche nach einem korrupten *carabiniere* machte, um Dotty einen Tag ohne ungewollte Zwischenfälle zu garantieren.

Als Evelyn wiederkam, war die Staffelei aufgestellt, das große Skizzenbuch darauf platziert und Dotty mit tiefgezogenem Hut durch und durch inkognito. Sie hatte vor, die Porträts zu verschenken. »Kunst um der Kunst willen«, sagte sie. »Aus schierer Freude am Handwerk und an Großzügigkeit.«

»Nicht signiert, natürlich«, fügte sie hinzu.

»Natürlich«, erwiderte Evelyn, die dabei war, ein Schild mit Erläuterungen auf Italienisch und Englisch zu schreiben, um die ersten Modelle zu ermuntern, bevor die Sache sich letztendlich herumsprechen würde.

Evelyn ging, als Dotty mit ihrem ersten Porträt begann: ein Ehepaar mittleren Alters aus Connecticut (Hank und Gwen), die tags zuvor furchtbar unter der Hand eines Karikaturisten gelitten hatten.

Sie stand in der Sonne vor den Uffizien und wusste plötzlich nicht mehr, was sie mit ihrer Zeit anfangen sollte. Sie überlegte einen Augenblick, bevor sie sich nach links wandte. Wäre sie jedoch nach rechts abgebogen, dann wäre sie mit dem Mann zusammengestoßen, an den sie genau in diesem Moment gedacht hatte. Ulysses Temper stand nämlich an der Bar eines Cafés bei der Ponte Vecchio, trank einen Espresso und wartete auf Cressy mit seiner Moto Guzzi Falcone.

Evelyn überquerte die Piazza dei Giudici, wo einst ein *tiratoio* gestanden hatte, eine weitläufige Hütte, in der man feuchte Wolle zum Trocknen auslegte. Evelyn hatte diese verlorengegangene Zeitkapsel der Renaissance nie zu Gesicht bekommen, doch Constance hatte sie als kleines Mädchen gesehen – sie hatte ein Gedicht darüber geschrieben –, bevor sie Mitte des 19. Jahrhunderts zerstört wurde, um Platz für die Handelskammer zu schaffen. Die Stufen, die vom *tiratoio* zum Fluss führten, waren allerdings noch vorhanden. Dort hatte man die Wolle gewaschen, gespült und gefärbt. Die Wollindustrie hatte Florenz zu ihrem Reichtum verholfen, und ein Viertel der Einwohner hatte darin Arbeit gefunden, als die Stadt sich auf dem Gipfel ihres Ruhms befand. Die Wäscher, die Kämmer, die

Spinner, die Weber, die Färber. Und selbstverständlich wurde allen ein Hungerlohn gezahlt, bis zum Ciompi-Aufstand von 1378.

Evelyn bog nach links in die Via de' Benci ab.

Die Unterschicht hatte zusammengedrängt in diesem berüchtigten Armenviertel gelebt, das einst Marschland gewesen war. Genau hier, dachte Evelyn. Genau hier, wo ich jetzt stehe. Wie nicht anders zu erwarten, hatten die Franziskaner – einer der Bettelorden, die in die Stadt gekommen waren – sich hier niedergelassen und eine Kirche gegründet, um den Armen zu helfen. An dieser Stelle erschien zu ihrer Rechten, ganz so, als würde sie einen Stadtrundgang leiten, die Basilika Santa Croce. Was für ein Timing, dachte sie. Sie steuerte über die *piazza*, zwischen geparkten Autos hindurch und auf die Statue Dantes zu. Sie hatte immer das Gefühl, dass er sich freute, sie zu sehen.

Sie ging zu dem Kräuterladen von San Simone, der stets getrockneten Salbei in rauen Mengen auf Lager hatte, und kaufte ein kleines Büschel für Dotty, die ihn gerne in ihrem Atelier verbrannte, um der Muse den Weg zu ebnen.

Auf der Piazza Sant'Ambrogio hätte sie sich ein zweites Frühstück in Form eines *lampredotto* gegönnt (die lange Schlange vor dem Stand sprach für die Qualität), doch sie hatte keinen großen Hunger und entschied sich deshalb für ein paar Francesca-Äpfel, eine winzige, uralte Sorte, die einen unwiderstehlichen Duft verströmte. Einen der Äpfel aß sie vor der Tür einer Werkstatt, in der ein Mann den Wirbelkasten einer Violine aus einem Stück Holz schnitzte. Sie spazierte weiter und kaufte bei einer Straßenverkäuferin einen Knopf für ihre Strickjacke. Er passte zwar nicht zu den anderen vier Knöpfen, die alle grün waren, aber er war sehr schön.

Als Evelyn um die Ecke zu den Uffizien bog, packte Dotty gerade ihre Staffelei zusammen.

»Du siehst zufrieden aus«, bemerkte sie.

»Was für ein Morgen«, erwiderte Dotty. »Sieben Porträts, ob du's glaubst oder nicht. Und ein oder zwei waren richtig gut. Und du?«

»Hab mich hauptsächlich herumgetrieben. War angenehm überrascht zu sehen, mit was für einer Geschwindigkeit sie die Stadt wieder aufgebaut haben – sieht herrlich intakt aus. Ich habe ein paar Postkarten gekauft. Such dir welche aus. Ach genau, und das hier ...«, und Evelyn hielt ihr den Salbei hin. Dotty hielt inne und sah sie an. »Du bist ein Schatz!«

Evelyn blickte zu den Statuen, die in den Mauernischen standen, und sagte: »Die *tre corone fiorentine:* die drei Kronen von Florenz. Dichter natürlich. Das da ist Dante, und dort Petrarch und Boccaccio. Was stimmt nicht mit Dante?«

»Ist das eine Fangfrage, Lynny?«

»Ganz und gar nicht.«

»Na los, sag schon.«

»Sein Name ist falsch geschrieben.«

»Wie achtlos.«

»Und der Lorbeerkranz auf dem Kopf.«

»War er denn kein Laureat?«

»Nein. Boccaccio hätte ihn als solchen gesehen. Petrarch nicht.«

»*Bastardo*«, sagte Dotty und reichte ihrer Freundin den Anglerstuhl.

Sie gingen zur Piazza della Signoria und Dotty sagte: »Dreimal darfst du raten, wen ich gesehen habe.«

»Wen?«, fragte Evelyn.

»Hartley Ramsden und Margot Eates.«

»Grundgütiger. Haben sie dich erkannt?«

»Nein, Gott sei Dank. Ach, und Vi Trefus war auch dabei«, fügte sie hinzu.

»Vi? Mit Hartley und Margot?«

Dotty nickte.

»Ich glaub's nicht. Was für eine Truppe.«

»Haben irgendwas von Cimabues *Kruzifix* geschwafelt. Wäre ich nicht so versunken gewesen in das wundervolle Profil einer jungen Frau aus Norwich, hätte ich mich wahrscheinlich in den Fluss gestürzt.«

Sie aßen zu Mittag an einem Tisch mit Blick auf die Loggia dei Lanzi und den Palazzo Vecchio. Das Essen bestand aus exzellenten *spaghetti ai carciofi*, gefolgt von Kutteln mit Kartoffeln, dazu eine Karaffe Rotwein, und zum Schluss *gelati* – Schokolade und Crema – gekrönt von dem obligatorischen Espresso.

Evelyn widmete ihre Aufmerksamkeit dem Tisch: wie das Sonnenlicht darauffiel und Schatten über die Reste des Mittagessens warf. Der Weinkrug, der Aschenbecher, die Zigarettenstummel, rot vom Lippenstift. Die Vase mit Trauben von Blauregen, die Gezeitenmarke des Kaffees in den Espressotassen, die gesamte Szene verstummt unter dem Staubschleier, der sich von dem provisorischen Spalier über ihnen herabsenkte. Die Geschichte eines Essens. Aber auch die Geschichte einer Freundschaft.

Sie waren die letzten Gäste. Evelyn legte ein paar Geldscheine auf den Tisch und stand auf. »*Andiamo, cara!*«

»Ach, lass uns noch ein bisschen bleiben«, sagte Dotty. »Es ist schon fast Zeit für Cocktails.«

»Genau«, erwiderte Evelyn. »Komm schon, Dotty. Auf, auf.«

Dotty schulterte ihre Staffelei und stieß ein paar Blumentöpfe um, als sie gingen.

»Macht nichts«, sagte Evelyn. »Ich habe großzügig Trinkgeld gegeben.«

Sie waren noch nicht weit gekommen, als ein kleines Kind vor Evelyn stehenblieb und schrie: »Pinocchio!«

»Du lieber Himmel, wo?!«, stieß Evelyn entsetzt hervor.

»Hinter dir«, informierte sie Dotty.

Evelyn drehte sich um. Sie stand vor einem Schaufenster, in dem der berühmte Puppenjunge in verschiedenen Verkleidungen ausgestellt war.

»Kein Fan?«, fragte Dotty, als sie weitergingen.

»Als Mädchen ganz sicher nicht«, erwiderte Evelyn. »Ich hielt ihn immer für einen Wahnsinnigen. Und dass er die sprechende Grille umbringt, hat mich wirklich getroffen. Für mich war das, wie die Wahrheit zum Schweigen zu bringen. Politisch gesehen natürlich.«

»Natürlich«, schmunzelte Dotty.

»Und wir wissen ja, wo das hinführt.«

»Wie alt warst du damals, Schätzchen?«

»Neun, ungefähr.«

»Du warst nie wirklich ein Kind, oder, Lynny?«

»Nein, ich glaube nicht. Ich habe zu der Zeit schon Vasaris *Vite* gelesen.«

Sie kamen in Sichtweite des Flusses. »Aber es war doch ein netter Film, oder?«, fragte Dotty.

Evelyn blieb stehen.

»Er hat dir nicht gefallen?«

»Nein, das hat er nicht. Pinocchio ist ein armer Junge aus der toskanischen Provinz, der gezwungen wurde, seine wahre Identität abzulegen, nur um dieselben weißen Handschuhe überzuziehen, die auch Mickey Maus trägt. Weiße Handschuhe, Dotty. Manchmal denke ich, ich bin die Einzige, der so etwas auffällt.«

»Das liegt daran, dass du tatsächlich die Einzige bist«, erwiderte Dotty, hakte sich bei ihrer Freundin unter und schlug den Weg zu ihrer *pensione* ein.

»Hast du gesehen, wie die Frau da drüben mich angeschaut hat?«, fragte Dotty.

»Ja, hab ich.«

»Ich seh immer noch gut aus.«

»Du hast noch nie schlecht ausgesehen.«

»Ich glaube schon. Zwischendrin irgendwann mal.«

»Aber nur ganz kurz.«

»Ja, nur ganz kurz.«

Gegen Mitternacht löschten sie das Licht. Kurz darauf das Rasseln einer Streichholzschachtel, ein Aufflammen und Dottys Gesicht in gelbem Schein in der Dunkelheit. Sie saß im Bett und griff nach dem

Aschenbecher. »Ich wollte dich etwas fragen, Lynny. Heute Nachmittag, als ich auf dich gewartet habe, bin ich zur Loggia, um die Statuen zu zeichnen. Vor allem die Giambolognas.«

»Welche? *Herkules* oder den *Raub?*«

»Den *Raub* …«

»Eine der besten …«

»Ganz genau. Sie hat mich erregt.«

»Das soll sie auch.«

»Das habe ich mich gefragt. Aber es hat mich beunruhigt.«

»Giambologna war sich sehr wohl bewusst, was er tat, Dotty. Er hat den erotischen Tanz genauso gut verstanden wie die Reaktionen darauf. Der Kampf zwischen dem idealen Menschen und dem Sterblichen. Es ist beinahe so, als ob er uns dabei beobachtet, wie wir die Statue betrachten. Wahrlich eine Meisterleistung. Aber Kontext ist alles: Die eiserne Hand der Kirche hatte alles fest im Griff. Diese Statue, mehr als alles andere, steht für die künstlerische Freiheit in der Renaissance. Die Freiheit, außerhalb der Kirche zu denken und zu fühlen. Es geschah nur dank der Rückbesinnung auf die großen, klassischen Traditionen – Themen der klassischen Antike –, dass die Künstler sich aus den Zwängen des Christentums befreien und so ihre eigenen Geschichten von Gut und Böse erzählen konnten. Blutig und verherrlichend, ergreifend und, ja, erregend.«

Dotty reichte Evelyn durch die Dunkelheit die Zigarette, die Spitze glühte orange. »An dieser Stelle muss gesagt werden, dass ohne Giambologna Bernini nicht Bernini gewesen wäre.«

»Wäre er nicht?«

»Nein. Und was wäre dann aus uns geworden?«

»Ja, was wohl? Gibt es nichts, was du nicht weißt, Lynny?«

»So einiges«, erwiderte Evelyn und drückte die Zigarette aus. »Ich weiß nicht viel über Rennsport.«

»Das ist nicht weiter tragisch«, sagte Dotty. »Nacht, Schätzchen.«

Am nächsten Morgen waren die beiden schon früh wach. Dotty opferte ihre Staffelei für mehr Mobilität und packte nur ihren Hocker und das große Skizzenbuch ein. Sie nahmen sich die zwei letzten hartgekochten Eier vom Buffet als Wegzehrung mit und gingen los, um in der Via dei Neri in einem Café, das vollgepackt war mit modisch gekleideten jungen Leuten, ihren Kaffee zu trinken. Evelyn überlegte, ob sie zur Piazza del Carmine hinübergehen sollte, um sich die Fresken Masaccios anzusehen, aber entschied sich letzten Endes dagegen. Hätte sie auf diese leise Stimme gehört, diesen Impuls nach Süden zu gehen, hätte sie die Piazza Santo Spirito zur selben Zeit überquert wie Ulysses, der auf dem Weg in seine Werkstatt war. Sie wären ungläubig voreinander stehengeblieben, und sie hätte gefragt: »Du bist es wirklich, oder?«, und er hätte geantwortet: »Ja, ich bin es.« Sie wäre auf ihn zugegangen und hätte ihn umarmt. Sie wären für einen kurzen Moment sprachlos gewesen, erstaunt darüber, wie das Schicksal sie wieder zusammengeführt hatte. Sie wären Arm in Arm zu Micheles Café geschlendert, hätten Espresso bestellt, und Ulysses hätte Michele in holprigem Italienisch erklärt, wer Evelyn war, wie sie sich kennengelernt hatten, und dass er noch nie zuvor in seinem Leben so glücklich gewesen war, jemanden wiederzusehen. Evelyn hätte seine Sprachkenntnisse kommentiert und schließlich gefragt: »Also, Ulysses, sag schon, wie geht es dem guten Captain?«

So hätten sich die Dinge abgespielt, wäre Evelyn nach Süden gegangen.

Was sie an jenem Morgen allerdings tat, war zu einem nahegelegenen Zeitungsstand zu gehen und *La Repubblica* zu kaufen. Dann nahm sie den Bus nach Fiesole. Die Mandelbäume, die die Steigung zum Kloster San Francesco säumten, standen in voller Blüte. Rosen lugten pink und duftend aus Hecken hervor, und die Aussicht über das Mugnonetal war betörend. Evelyn setzte sich mit Blick auf einen Olivenhain und las ihre Zeitung, aber sie hatte das nagende Gefühl, dass sie eigentlich woanders sein, jemand anderen sehen sollte.

Als sie später zu dem Säulengang zurückkam, porträtierte Dotty gerade zwei gutaussehende, ältere Männer – offensichtlich langjährige Lebenspartner. Es war eine wunderbare Zeichnung: vier verschiedene Bleistiftstärken auf getöntem Papier. Sie baten Dotty zwar nicht darum, das Bild zu signieren, doch als sie das zusammengerollte Papier entgegennahmen, beugte sich einer der beiden zu ihr hinunter und flüsterte: »Wir wissen, wer Sie sind. Vielen Dank.«

Zum Mittagessen gingen Evelyn und Dotty in eine kleine Trattoria beim Pitti-Palast, nahe der Casa Guidi, einst das Zuhause des Dichterehepaars Browning. Sie teilten sich ein *bistecca* und gingen anschließend im Boboli-Garten spazieren, was die vernünftigere Alternative zu einer weiteren Karaffe Rotwein war.

Gemächlich schlenderten sie durch das Amphitheater, das vor langer Zeit der Steinbruch gewesen war, in dem die Steine für Signor Pittis Palast-Extravaganza geschlagen worden waren, vorbei an Neptuns Brunnen und über die Terrassen bis nach oben. Hier breitete sich Florenz in ihrer ganzen Pracht vor ihnen aus. Goldenes Licht kündigte die Dämmerung an, und sie standen in einem Strahlenkranz, erhaben und glücklich. Evelyn setzte sich, gegen eine Mauer gelehnt, und schloss die Augen, und Dotty fing sie genau in diesem Moment ein, in einem Porträt so voller Seele und Zärtlichkeit, dass es dem, das in dem Restaurant in London hing, in nichts nachstand.

Als sie in die *pensione* zurückkamen, badeten sie und legten sich schlafen. Über eine Stunde beobachtete Evelyn, wie die Leinenvorhänge sich aufblähten und zusammenfielen, und passte ihren Atem dem Puls des Stoffes an. Von draußen drang das Rumpeln der Straßenbahnen herauf, Vogelgezwitscher und Gelächter, und sie dachte an Menschen, die nicht mehr am Leben waren. Sie verspürte keine Nostalgie, sondern nur Liebe in den Erinnerungen an die Menschen, dank derer sie sie selbst geworden war. Die Privilegien und die Freiheiten, die sie ihr geschenkt hatten. Dankbarkeit und Güte waren für immer verwoben in einem eng gesponnenen Netz aus gefälligen Namen: Constance, Dotty, Thaddeus Collins, H. W., Gabriela, Livia, und natürlich ihre Mutter. Ihre Mutter war der Knoten, der alles zusammenhielt. Das hatte sie erst spät gelernt, auf die harte Tour, zu spät, um sich wirklich bedanken zu können. Eine Frau, deren italienische Abstammung ein starker Kontrast war zu der blassen, voreingenommenen Gesellschaft, auf die sie traf; bis zu der Nacht, in der sie H. W. Skinner kennenlernte. Wohl der unkonventionellste Mann, den sie jemals getroffen hatte, ein Mann, der sein Herz an zahllose Frauen verschenkte – Tratsch, den sie besser hätte ernst nehmen sollen. Letztendlich heiratete sie einen Mann, dessen Künstlerseele sie niemals halten konnte, und auch seine Muse wurde sie nie. Sie war gefangen in einer Art ergebener Liebe, auferlegt von der Kirche, während ihr Körper nach Flügeln schrie. Er bot ihr täglich die metaphorischen Federn und Wachs, doch sie schaffte es nicht, schaffte den Absprung nicht. Sie konnte nur sehen, was sie nicht war.

Ihre Währung sollte letzten Endes nur Geld sein. So gab sie anderen die Freiheit, das zu tun, was sie selbst sich nie hatte nehmen können. Sie schenkte ihrer Tochter die erste Zugfahrkarte, die der Beginn von Evelyns aufregendem zweiundzwanzigstem Lebensjahr war.

Evelyn erinnerte sich noch an den Weg vom Bahnhof zur *Pensione Simi*, durch dunkle Straßen, die wimmelten von Leben und Gerüchen, und über *trecento*-Plätze, wo vor ihren Augen die Statuen zum Leben erwachten und Glocken die Toten des Mittelalters aus ihren Gräbern läuteten. Überall ein Zusammenspiel von Schönheit. Die Stadt schlug ihren Umhang zur Seite und stellte sich Evelyn vor, und sie begegnete ihr mit weit aufgerissenen Augen, klopfendem Herzen und offenem Mund. Tollpatschig stolperte sie aus dem Taxi und in den Vorraum des Hotels. Sie war sprachlos. Sie war weniger überwältigt von der Schönheit an sich, sondern eher von der Realisierung, dass wenn es so unglaubliche Schönheit geben konnte, auch das genaue Gegenteil existieren musste. Und in jenem flüchtigen Moment spürte sie das Gegenteil.

Evelyn stieg aus dem Bett und Dotty öffnete die Augen. »Guten Morgen, Schätzchen«, sagte sie. »Es ist immer noch Abend, Dotty.«

Evelyn öffnete den Schrank und nahm ein langes, schwarzes Kleid heraus, weit geschnitten mit Dreiviertelarm, und dazu ihre griechischen Sandalen. Sie steckte sich die Haare hoch, trug knallorangenen Lippenstift auf und ging zum Fenster, um auf die Stadt hinauszublicken, die sich in dämmriger Eleganz unter ihr bewegte. Der Himmel glich einem Ozean, und die Wolken den Wellen, eine alles durchdringende Stille hatte sich ausgebreitet, und die untergehende Sonne am Horizont dieses Meeres schien die Morgendämmerung einzuleiten.

Dotty lag weniger elegant hinter Evelyn in ihrer Unterwäsche auf dem Rücken, die Beine ausgestreckt gegen die Wand gelehnt. »Sieh dir bloß mal diese Dinger an«, sagte Dotty und klatschte sich auf die Oberschenkel. »Wer könnte da widerstehen?«

»Wir nähern uns der Zeit, in der ›die Fliege der Wassermücke weicht‹. *Come la mosca cede a la zanzara*«, sagte Evelyn und schloss die Fensterläden – das Zimmer augenblicklich nur noch schattig und kühl.

»Ziemlich eloquent«, sagte Dotty.

»In der Tat. Dantes *Inferno*.«

Dotty warf einen Blick auf die Uhr und sagte: »Fakt ist, dass wir uns der Stunde nähern, zu der das Wasser dem Cocktail weicht. *Come l'acqua cede a la cocktaila*«, und sie rollte sich von der Wand weg, traf unerwartet auf Schwerkraft und plumpste vom Bett.

Harrys Bar lag versteckt hinter dem Palazzo Corsini. Sie stand in keiner Weise in Verbindung mit der wesentlich berühmteren *Harrys Bar* in Venedig, und war ein Jahr zuvor von einem Mann namens Enrico eröffnet worden, der von seinen englischsprachigen Freunden Harry oder auch Henry genannt wurde. Er war während des Krieges Bartender im Hotel Excelsior gewesen und der Mann, der Evelyn an ihrem tiefsten Punkt erlebt hatte. Als sie nun in der Tür stand und in den dunklen Innenraum blickte, hatte Evelyn ein mulmiges Gefühl dabei, ihrer Vergangenheit gegenüberzutreten.

Unberechtigterweise, wie sich herausstellte. Enrico erblickte sie sofort, erklärte, sie habe sich überhaupt nicht verändert, nahm ihre Hand und küsste sie in einer feierlichen Geste. »Ich habe mich schon gefragt, was wohl aus meiner wunderbaren Miss Skinner geworden ist«, sagte er und führte sie und Dotty zu einem Ecktisch, der ihnen sowohl Privatsphäre als auch einen Blick über die Bar bot. Er brachte ihnen, was er Evelyn damals schon immer serviert hatte – *biciclette* – »Du überraschst mich immer wieder, Lynny!«

»*Cin Cin!*« Die Gläser klirrten.

Evelyn erzählte Dotty, dass sie damals, 1944, einen Monat lang darauf warten musste, mit der alliierten Militärregierung die Stadt betreten zu können. Und als sie endlich in Florenz eintrafen, waren Tränen geflossen. Die Gebäude, die einst am Flussufer über das Wasser geragt hatten, waren verschwunden. Das historische Zentrum, die mittelalterlichen Türme, alles verschwunden. Sie konnte über den Fluss direkt nach Orsanmichele blicken und die Kathedrale sehen, eine unverbaute Aussicht, die man nie für möglich gehalten hätte. Was im Herzen von Dantes Florenz gestanden hatte, war zu Schutt und Asche geworden. Ein Akt der Zerstörung, der einzig und allein dazu gedacht war, den Vormarsch der Alliierten aufzuhalten – natürlich vergebens. »Eine Militärstrategie, für die es keinerlei Rechtfertigung gab«, sagte Evelyn. Sie konnte sich noch daran erinnern, dass die Menschen wie benommen durch die Trümmer gestolpert waren, sprachlos angesichts der Gewalt, die man ihrer schönen Stadt angetan hatte.

Sie hatte sich im Hauptquartier der Superintendantur, die sich mittlerweile im Palazzo Pitti befand, sofort an die Arbeit gemacht. Die Superintendantur war für die Evakuierung der Kunstwerke verantwortlich gewesen, und sie erfasste gefundene, geplünderte und beschädigte Werke. Sie begann mit der Rückführung von Statuen und Gemälden an ihre ursprünglichen, heiligen Orte. Gelegentlich beteiligte sie sich an den Intrigen des Kunsthistorikers Berenson, aber für gewöhnlich arbeitete sie allein. Zu dem Zeitpunkt war in ihr eine Veränderung vonstatten gegangen. Der Krieg hatte ihre Seele zerfressen, und sie war einer alles vereinnahmenden Erschöpfung erlegen, die sie vollkommen gefangen hielt. Ihre Nächte verbrachte sie schweigsam trinkend im Hotel Excelsior, unter dem wachsamen Auge Enricos, der stets ungefragt und zum richtigen Zeitpunkt mit einem frischen Getränk zur Stelle war.

Dotty zündete Zigaretten für sie beide an. »Dieser Soldat, den du kennengelernt hast …«

»Ulysses?«

»Genau. Was war so besonders an ihm?«

Evelyn überlegte einen Augenblick.

»Ich bin mir nicht sicher. Ich habe mich das selbst oft gefragt. Seine Güte? Die Narbe an seiner Lippe? Seine Augenbrauen, sein Lächeln?«

»Hört sich ein bisschen so an, als hättest du dich verliebt, Schätzchen.«

»Interessanter Gedanke«, sagte Evelyn, hob ihr Glas an die Lippen und trank. »Zwei Jahre nachdem Gabriela starb, war ich in Rom, um mich um Tante Maria zu kümmern. Als Maria starb, war es so, als würde ich Gabrielas Tod noch einmal durchmachen müssen. Ulysses' Begeisterung für das Leben war wie ein Wundermittel. Sein Optimismus, seine Überzeugung, dass er nicht sterben würde. Als ob er alles, was ihm etwas bedeutete, irgendwie vor dem Krieg hatte abschirmen können. Wie war das möglich? Er war so herrlich unbesiegbar, Dotty. Im Gegensatz zu mir. Ich war Margaret entkommen, stand am Straßenrand und wartete auf was? Auf den Tod, so scheint mir. Auf einen Ausweg, auch auf einen endgültigen. Und dann bin ich dem Leben begegnet. Dieser unbezahlbare, lebensbejahende Moment vor diesem Meisterwerk der Renaissance wäre wertlos gewesen ohne ihn und den guten Captain. Es war der perfekte Moment. War ich verliebt in ihn? Vielleicht ein bisschen. Als die

Bomben fielen, und er meine Hände fest in seinen hielt und gegen das Chaos anschrie, ›Nicht heute, Evelyn! Nicht wir und nicht heute!‹. Seine Zuversicht war so überzeugend, Dotty. Ich war wieder jung, fühlte mich wieder jung. Dafür werde ich immer dankbar sein.«

»Du könntest nach ihm suchen.«

»Warum um alles in der Welt sollte er sich an eine alte Frau wie mich erinnern?«

»Weil du unvergesslich bist, Evelyn Skinner.«

Der darauffolgende Tag brachte die Abreise. Dotty zeichnete den ganzen Morgen über und war mittags so ausgelaugt, dass sie in die *pensione* zurückkam, um sich hinzulegen. Evelyn ließ Dotty schlafend im Zimmer zurück, nachdem sie ihr eine Nachricht unter einen Apfel auf die Kommode gelegt hatte. Sie hatte schon gepackt und wollte einen letzten Blick auf Florenz werfen, bevor sie den Zug Richtung Süden nach Rom nahmen und sich in das lärmende Herz der Stadt stürzen würden.

Das Licht draußen blendete sie, und sie setzte ihre Sonnenbrille auf. Wie immer spazierte Evelyn nicht auf direktem Weg zu ihrem Ziel, sondern ließ sich leiten von Blauregen, der über die Mauern privater Villen fiel, und Magnolienbäumen, die in scheuer Pracht kurz vor der Blüte standen. Leben imitiert Kunst. Die Stadt wurde beherrscht von blauen und malvenfarbenen Blumen, ein überwältigendes Meer von Februar bis Mai, das sie jedes Mal in Staunen versetzte. Veilchen, Blauregen, Schwertlilien… nicht zu vergessen die Kornblumen im Sommer, die ihr des Öfteren ein prächtiges Bett gewesen waren, irgendwo in einer vergessenen Wiese, in einem vergessenen Jahrzehnt. Blau vor gebrannter Umbra oder dem Ocker einer Mauer, Blau vor saftigem Gras, Blau vor einem weißen, halb geöffneten Leinenhemd – ein Blau von einer atemberaubenden Intensität, die Erinnerung daran viel zu leicht aufzuspüren im trüben Tümpel der Vergangenheit. Nackte Haut und Liebe immer neben Blau.

Eine so frühreife Zurschaustellung des Frühlings.

Evelyn wusste, wohin sie ging. Hatte, seitdem sie den Urlaub planten, gewusst, wo sie enden würde – die beiden Soldaten immer in ihren Gedanken. Sie fragte sich manchmal, ob sie noch am Leben oder tot waren, und wies ihnen immer unmissverständlich einen Platz unter den Lebenden zu. Alles andere war unvorstellbar.

In dem kühlen Dunkel der Kirche kroch ihr Weihrauch in die Nase, und ihre Haut reagierte auf den plötzlichen Temperatursturz. Zu ihrer Rechten die Capponi-Kapelle und das Gemälde, das all die Jahre ungeschehen machte. Die Gesichter der beiden Männer neben ihr. Darnley, der sagte: »Ulysses Temper, Miss Evelyn Skinner, ich würde Ihnen gerne Pontormos *Kreuzab* …«

»Möchten Sie reingehen?«

Evelyn drehte sich um, überrascht von der auf Englisch gestellten Frage. Hinter ihr stand ein Mädchen in der Schirmmütze eines Lokführers. Neun? Zehn vielleicht? Dunkles Haar, kurze Stirnfransen, und ein liebenswürdiges Gesicht voller Fragen. Ihre Sonnenbrille war am Kragen ihres T-Shirts festgeklemmt, und in der Hand hielt sie eine Rolle getöntes Papier, das Evelyn sehr bekannt vorkam.

»Woher weißt du, dass ich Engländerin bin?«, fragte Evelyn.

»Weil Sie sich nicht bekreuzigt haben, als sie reingekommen sind«, erwiderte das Mädchen.

»Oh, gut beobachtet.«

»Also, was sagen Sie? Ich habe einen Schlüssel.«

»Was für ein glücklicher Zufall. Und hast du auch einen Namen?«

»Manchmal Kleine, manchmal Alys. Sie?«

»Immer Evelyn.«

Alys sah sich um, bevor sie das Tor aufsperrte. »Kommen Sie. Bleiben Sie dicht hinter mir.« Und Evelyn tat wie befohlen. Sie ging auf das Gemälde zu und schloss die Augen.

»Sie sehen es sich ja nicht mal an«, sagte Alys.

»Nein, ich rieche es«, erwiderte Evelyn. »Der olfaktorische Bulbus leitet Geruch an die Amygdala und den Hippocampus weiter, die

Bereiche im Gehirn, die für Emotionen und Erinnerung zuständig sind.«

»Das wusste ich nicht.«

Evelyn trat einen Schritt zurück und sagte: »Kommst du oft hierher, *signorina* Torwächterin?«

»Manchmal. Und Sie?«

»Nein, eher selten. Das Gemälde hier habe ich das letzte Mal im Krieg gesehen.«

»In welchem?«

»Touché, Kleine.«

»Ich bin am Ende des Krieges geboren.«

»Der Krieg also. Das ist der, in dem ich es gesehen habe. Allerdings nicht hier.«

»Gar nicht so lange her.«

»Nein. Gar nicht so lange her.«

»Und was ist das da?«, fragte Evelyn, obwohl sie ganz genau wusste, was auf dem eingerollten Papier zu sehen sein würde.

»Eine Zeichnung. Hab ich heute Morgen machen lassen.« Alys rollte das Bild auf und hielt es neben ihr Gesicht. »Das bin ich«, sagte sie.

»Ja, daran besteht wirklich kein Zweifel.«

Dann stach Evelyn etwas ins Auge. In der rechten unteren Ecke war die Zeichnung signiert worden. Und es war Dottys Signatur. Sie hatte dem Mädchen ein wertvolles Geschenk gemacht.

»Ich habe ihr gesagt, sie soll es signieren«, sagte Alys. »Sie wollte erst nicht. Aber dann hat sie es doch gemacht. Vielleicht ist es gar nicht ihr echter Name.«

»Oh nein, das ist er, da bin ich mir sicher.«

»Glauben Sie, es ist was wert?«

»Oh ja.«

»Viel?«

»Am besten passt du gut darauf auf.«

»Dann lasse ich es rahmen.«

»So ist's recht«, sagte Evelyn und sah auf die Uhr.

»Müssen Sie irgendwo hin, Evelyn?«

»Das muss ich tatsächlich. Ich habe eine Verabredung mit Rom.«

»Jetzt?«

»Bald.«

»Dann schließ ich mal wieder ab«, sagte Alys, zog das Tor zu und sperrte ab. Den Schlüssel legte sie auf den Rand eines Weihwasserbeckens.

»Mir gefällt die Wolke«, sagte die Kleine.

Evelyn hielt inne.

»Die Wolke da«, wiederholte sie und zeigte auf das Gemälde.

»Ach ja?«, fragte Evelyn. »Ich kannte mal jemanden, dem die Wolke auch gefallen hat.« Sie betrachtete das Mädchen forschend, suchte nach einer Ähnlichkeit zu dem Soldaten aus ihrer Vergangenheit. Sie schob den Gedanken beiseite. Es konnte nicht sein. Evelyn drückte die schwere Holztür auf und trat hinaus an die Sonne. Sie setzte ihre Sonnenbrille auf, und die Kleine tat es ihr nach. Nebeneinander gingen sie im Gleichschritt auf die Ponte Vecchio zu, und Evelyn machte der Kleinen ein Kompliment für ihre Schirmmütze.

»Ich hab sie mir gekauft, nachdem ich Fellinis *Vitelloni* gesehen habe.«

»Hat dir der Film gefallen?«

»Ja, hat er. War eine willkommene Abwechslung vom Neorealismus.«

»Hast du genug gehabt?«

»Er hat seine Aufgabe erfüllt.«

»Die da wäre?«

»Die Regeln des Filmemachens für immer zu verändern. Ich glaube, *Fahrraddiebe* wird als einer der großen Filme bekannt werden.«

»Da könntest du recht haben«, erwiderte Evelyn.

»Der und die letzte Szene in *Vitelloni*, als Moraldo im Zug ist und die Kamera durch die Schlafzimmer seiner Freunde schwenkt. So ist es doch, oder nicht? Abschied nehmen. Die ganzen Menschen, die man zurücklässt.«

»Musstest du schon mal Abschied nehmen?«

»Nur einmal.«

Für einen Moment wurden sie von einer Gruppe Touristen, die auf der Brücke herumtrödelte, auseinandergedrängt, und Alys musste um sie herumrennen, um zu Evelyn aufzuschließen. »Wissen Sie viel, Evelyn?«

»Ein bisschen was.«

»Sie sehen so aus, als wüssten Sie viel.«

»Das macht der weiße Turban.«

»Wieso sind all die Statuen Männer?«

Evelyn lachte. »Ah, ja. Das ist problematisch. Kurze oder lange Antwort?«

»Wann geht dein Zug?«

»Gute Frage. Also die kurze. Weil Männer sie gemeißelt, gegossen, geformt haben. Italien während der Renaissance war eine Welt von Männern für Männer. Eine Welt, die für die Unterlegenheit der Frauen plädierte.«

»Oje.«

»In der Tat, oje.« Evelyn blieb in der Mitte der Brücke stehen. »Komm her«, sagte sie.

Die Kleine kam zu ihr und blickte über den Fluss hin zu den dunklen Hügeln. Evelyn begann Orte aufzuzeigen.

»Da – die Biblioteca. Ein Schaukasten für Männer. Dort – der Palazzo Vecchio, ein Schaukasten für Männer. Da drüben – das Institut und Museum für Wissenschaftsgeschichte, ein Schaukasten für Männer. Und dort – die Uffizien, ein Schaukasten für Männer. Die Geschichte hat die Ungesehenen ausradiert«, sagte Evelyn. »Und wir werden niemals erfahren, welche Errungenschaften die Frauen zu dieser einzigartigen Epoche beigetragen haben.«

»Aber wo waren sie denn?«, fragte die Kleine.

Evelyn sah ihre junge Schülerin an. »Wie alt bist du?«, fragte sie.

»Fast neun. Aber die Leute sagen immer, dass ich einen alten Kopf auf jungen Schultern trage.«

»Tun sie das? Mir sagt man das Gegenteil.«

Die Kleine lachte. »Sie sind witzig.«

»Wo also waren die Frauen? Naja, das hing von der Gesellschaftsschicht ab. Meistens drinnen, wenn sie wohlhabend und verheiratet waren. Beachtlich viel Zeit verbrachten sie im Geburtsraum, in der Hoffnung, männliche Erben zu produzieren. Eine kontinuierliche Abfolge von Schwangerschaften vom Einsetzen der Fruchtbarkeit bis in die Mittvierziger. Natürlich wurde von ihnen auch erwartet, den Haushalt zu führen, die Bediensteten zu organisieren, zu nähen, Brot zu backen und Feuer zu schüren. So sah das Leben einer Frau aus, Kleine. Sonst gab es nur das Kloster – die einzig mögliche Alternative für Frauen. Das war die Wahl, die sie hatten.«

»Danke, aber das Leben können Sie behalten, Evelyn.«

»Ach ja, kann ich das?«, lachte Evelyn.

»Haben Frauen nicht auch gemalt?«

»Es war ihnen nicht erlaubt. Aktiv an Kunst oder Wissenschaft teilzunehmen wurde ihnen verboten. Außer natürlich man hatte einen Maler als Vater; dann hatte man Zugang zu Werkstatt und Materialien. Aber es war de facto nur das Kloster, das Raum zur Selbstentfaltung bot. Kreative Frauen aus guten Florentiner Familien wählten diesen Weg oft aus genau diesem Grund. Merk dir diesen Namen, Kleine: Plautilla Nelli. Sie war die erste Malerin der Renaissance und sehr erfolgreich, und sie leitete eine Schule für Künstlerinnen. Zwar konnte sie selbst ihre Werke nicht verkaufen, das Kloster allerdings schon. Sie war eine Radikale, die den Konventionen ihrer Zeit die Stirn bot. Und kaum jemand kennt ihren Namen.«

»Ich kenne ihn jetzt.«

»Ja, du kennst ihn jetzt. Die Brücke, die da drüben stand«, sagte Evelyn und zeigte auf einen Punkt etwas entfernt von ihnen.

»Die Ponte alle Grazie?«

»Genau. Vor langer Zeit einmal waren kleine Wohnstätten und Andachtsräume auf Stützen daran angebaut, mit Blick über den Fluss. Alleinstehende Klausen zum Gebet. Fromme Nonnen, *le Murate* genannt, die Eingemauerten, hausten ihr Leben lang in winzigen Zimmern in diesen Bauten, ohne sie jemals zu verlassen.«

»Nie?«, fragte die Kleine.

»Nie. Sie beteten für die Stadt. Und ihr Essen wurde durch kleine Fenster gebracht, die man nur über in das Flussbett gestellte Leitern erreichen konnte. Jeden Sonntag empfingen sie auf demselben Weg die heilige Kommunion. Ihr gesamtes Leben gefangen – oder abgeschieden, je nachdem wie man es nimmt. Die Andachtsräume wurden schließlich entfernt und *le Murate* in ein Kloster übergesiedelt. Das war 1424.«

»Das ist nicht leicht zu verdauen.«

»Nicht wahr? Und dann machte man aus dem Kloster ein Gefängnis, das es bis heute gibt. Symbolisch und auch leicht ironisch.«

Die Kleine schwieg nachdenklich.

»Wir werden niemals erfahren, wie das Leben innerhalb dieser Mauern aussah. Das Was-wäre-wenn. Wir haben viel mehr Freiheiten als diejenigen, die vor uns kamen. Und du wirst so viel mehr haben als ich.«

Evelyn blickte wieder auf die Uhr. »Mein liebes Kind, ich muss mir ein Taxi nehmen. Mein Zug geht um fünf.«

»Wollen wir uns die Hand geben und auf Wiedersehen sagen?«, fragte die Kleine.

»Das sollten wir.« Und Evelyn streckte ihr die Hand hin. »Ach genau. Noch ein Name für dich: Artemisia Gentileschi. Sie gefällt dir bestimmt. Voller Rage. Nochmal vielen Dank, *cara signorina* Torwächterin. Es war mir ein außerordentliches Vergnügen. Auf dass wir uns wiedersehen!« Und mit diesen Worten drehte sie sich um und ging davon.

»Evelyn!«, rief die Kleine.

Evelyn wandte sich noch einmal um.

»Kloster oder Ehe?«

»Kloster!«, antwortete Evelyn.

»Ich auch!«

»Bis dahin, Kleine«, sagte Evelyn und winkte ein letztes Mal, bevor sie auf ein Taxi am Straßenrand zuhielt.

»Bis dahin, Evelyn«, sagte die Kleine und hielt die zusammengerollte Zeichnung ans Auge und sah dem Taxi hinterher, bis es verschwunden war.

Ulysses hörte Alys' ungezähmte Schritte über das Steinpflaster eilen – schlapp, schlapp, schlapp – und sah von seiner einwöchigen englischen Zeitung auf. Sie drängte sich an einer Gruppe Touristen vorbei, die den Papagei auf der Statue von Cosimo R. bestaunten, und kam außer Atem bei ihm an. Er zog sie an sich und küsste sie auf die Stirn. Haare aus Schweiß und Sonne.

»Geht's dir gut?«, fragte er und sie nickte und setzte sich. Schatten krochen langsam über die Terrasse, und er gab ihr seinen Pullover. Sie verbarg ihr Gesicht darin, so wie sie es immer tat. Eines Tages würde sie das nicht mehr tun. Aber noch gehörte er ihr und sie ihm. Michele kam heraus, stellte zwei Biere auf den Tisch und erkundigte sich nach Cressy. Ulysses erwiderte, er käme gleich.

Die Kleine griff nach Ulysses' Bier und nahm einen Schluck. Es schmeckte ihr zwar nicht, aber sie wollte einfach schnell erwachsen werden. Sie riss ein Stück Brot ab und verschlang es heißhungrig. Sie wollte von der Schule gehen und die Jungs verprügeln, die sich über sie lustig machten. Sie wollte fließend Italienisch sprechen und wie Evelyn den Zug nehmen und später auf unzählige Kilometer von Abenteuern und durchwachten Nächten zurückblicken. Sie konnte sich nicht vorstellen, alt zu sein, aber sie sah sich selbst auch nicht länger als jung.

Alys setzte das Glas ab und wischte sich über den Mund. Ulysses sah sie an, als könne er ihre Gedanken lesen.

»Was hast du da?«, fragte er.

Sie hielt das zusammengerollte Papier in der Hand und sagte:

»Ich will auf Cressy warten, bevor ich es dir zeige. Es ist es wert, zu warten.«

Cressy rief ihnen einen Gruß zu, als er über den Platz kam. Ulysses zog einen Stuhl für ihn heran, und Cressy griff nach dem Bier, noch bevor er sich gesetzt hatte. »Hab sie repariert«, sagte er.

»Oh, Cressy …«

»Hat den ganzen Nachmittag gedauert, aber …«

Die Kleine stupste ihm liebevoll den Kopf in die Seite. Sie war diejenige, die die alte Handhebel-Espressomaschine auf dem Flohmarkt gefunden hatte.

»Und was ist das?«, fragte Cressy und tippte auf die Papierrolle in Alys' Schoß.

»Sie wollte es mir nicht zeigen, bis du kommst«, sagte Ulysses.

»Das hier«, sagte sie, löste die Schnur und glättete das Papier, »bin ich. Es war umsonst.«

Cressy stieß einen Pfiff aus. »Na, das ist mal eine Schönheit.«

Ulysses runzelte die Stirn. »D. Cunningham?«

»Das müssen wir auf jeden Fall rahmen lassen«, sagte Cressy, nahm das Porträt und rollte es vorsichtig wieder zusammen.

»Die Dorothy Cunningham?«, fragte Ulysses.

»Ich weiß nicht, ob sie eine die ist, aber die Unterschrift ist echt«, antwortete die Kleine. »Eine Dame hat mir erzählt, dass sie es war …«

»Dorothy Cunningham war hier?«

»Drüben in dem Säulengang vor den Uffizien.«

»Welche Dame hat dir das erzählt?«, fragte Ulysses.

»Die, mit der ich in der Kirche war.«

»In welcher Kirche?«

»Das sind ganz schön viele Fragen, die einem hier gestellt werden«, gab die Kleine zurück und tat so, als würde sie Cressys Bier trinken. Sie wischte sich den Mund ab und sagte: »Die Kirche, in der das rosa-blaue Gemälde hängt. Da, wo wir mit Pete hingegangen sind. Ich bin einer alten Dame hinterher, weil sie interessant aussah. Sie war ganz in Weiß angezogen.«

»Vielleicht war es eine Nonne«, überlegte Cressy.

»Sie hatte einen weißen Turban auf dem Kopf.«

»Vielleicht auch nicht«, wägte Cressy ab.

»Und ich habe ihr das Bild von mir gezeigt. Und dann hat sie gesagt, sie muss gehen, weil sie eine Verabredung mit Rom hat.«

»Eine Verabredung mit Rom?«, wiederholte Cressy. »Man stelle sich das vor.«

»Mit dem Zug um fünf. Ich habe ihr gesagt, dass mir die Wolke gefällt. Und dann hat Evelyn – so hieß sie – dann hat sie gesagt ...«

Ulysses sprang auf, noch bevor sie zu Ende gesprochen hatte. »Wartet nicht mit dem Essen!«, rief er und rannte über den Platz in Richtung Fluss. Entlang des Lungarno Guicciardini blieben die Leute stehen, um ihm hinterherzuschauen. Er wich Autos und Fahrradfahrern aus und kam auf der Ponte alla Carraia einer Straßenbahn gefährlich nahe. Seine Lungen platzten schier, seine Beine brannten. »*Scusi, scusi*«, rief er und rannte über die Piazza Goldoni und die Via dei Fossi hinauf. Auf die Piazza Santa Maria Novella, über Straßenbahnschienen, vorbei an Arbeitern, und die Leute starrten und beschwerten sich aus vollem Hals.

Ich komme, Evelyn. Ich weiß, dass du es bist.

Er rannte auf den alten Bahnhof zu, nahm drei Stufen auf einmal, hechelnd wie ein Hund, und brach vor der Anzeigentafel beinahe zusammen. Er las die Nummer des Bahnsteigs, rannte darauf zu, und die Leute riefen wild gestikulierend, er sei eine Zumutung für Menschenmengen. Am Tor zum Bahnsteig angekommen sah er den Zug, der langsam anfuhr, und er bettelte darum, durchgelassen zu werden, und der Zug wurde schneller und er auch, und seine Beine waren so müde, doch er rang sich einen letzten Spurt ab und dachte schon, er würde es schaffen, würde gerade noch –

Doch der Bahnsteig war zu Ende. Und der Zug war weg.

Er setzte sich auf den Boden. Ein Polizist beugte sich über ihn, während er nach Luft rang.

Dotty hatte vom Zug aus die Geschehnisse am Bahnsteig verfolgt.

Als Evelyn wieder in ihr Abteil kam, sagte Dotty: »Ein junger Mann ist gerade dem Zug hinterhergerannt, als würde sein Leben davon abhängen.«

»Liebe«, erwiderte Evelyn.

»Was sonst?«

Evelyn lehnte sich über ihre Freundin, um aus dem Fenster zu blicken. »Ich kann niemanden sehen«, stellte sie fest.

»Zu spät«, sagte Dotty und wickelte ein Panino mit Mortadella aus. »Auch mal beißen?«

»Nein, danke.«

»Du wirkst ein bisschen verloren«, sagte Dotty.

»Ich komme mir vor, als hätte ich etwas vergessen«, erwiderte Evelyn. »Ich fühle mich irgendwie unvollständig.«

»Du wirst wiederkommen.«

»Ja, wahrscheinlich werde ich das.«

Aber das Wissen um ihre Rückkehr vertrieb das Gefühl des Unbehagens nicht. Sie nahm sich ebenfalls ein Panino mit Mortadella.

»Vielleicht beiß ich doch mal.«

»Mach das, hau rein«, befahl Dotty. »Da ist Artischocke drauf.«

»Köstlich. Macht einen Unterschied, oder? Hätte ich beinahe vergessen: Ich habe das Mädchen getroffen, das du gezeichnet hast.«

Dotty lachte. »Mütze und dunkle Stirnfransen?«

»Ein Original.«

»Ich fand sie ganz entzückend.«

»Aber du magst Kinder doch nicht, Dotty.«

»Nein, das nicht. Aber sie war eher wie eine kleine Erwachsene.«

»Sie meinte, sie hätte eine Pension.«

»Eine Pension?«

Evelyn biss in ihr Sandwich.

»Du hast es signiert, Dotty.«

»Ich weiß. Ich musste. Für laufende Kosten. Eine Pension zu führen ist nicht gerade billig.«

Ungefähr ein Jahr später, im Januar 1955, plante Evelyn eine weitere Reise nach Florenz, die sie allerdings aufgrund einer hässlichen Grippe absagen musste. Sie verbrachte mehrere Tage im Bett und war launisch und frustriert.

Jem Gunnerslake kam mit einem Strauß Blumen vorbei, und Evelyn freute sich über seinen Besuch. Er bestätigte ihr, dass seine Mutter in der Tat Penelope, die Theaterkritikerin, war. »Wieso?«, fragte er.

»Nur so«, erwiderte Evelyn, die es nicht abwarten konnte, Dotty davon zu erzählen.

Er stand vor einer Fotografie – ein seltenes Gruppenfoto der Drei Vis (Virginia, Violet und Vita). Sie machten einen unglücklichen, aber interessanten Eindruck. Dotty war ebenfalls darauf zu sehen; sie steht mit einem Gewehr in den Händen im Hintergrund. Verschwommen, aber die Haltung unverwechselbar Dotty.

»Ich würde Miss Cunningham gerne wiedersehen«, sagte Jem.

Evelyn lächelte und dachte, wenn sie zu hören bekommt, wer deine Mutter ist, dann wirst du das wahrscheinlich auch.

An diesem Abend kam Dotty vorbei, um ihr eine Suppe zu kochen.

»Dieser Grippevirus wäre an mir vorbeigegangen, ohne mich eines Blickes zu würdigen, wenn ich nochmal fünfundvierzig wäre«, sagte Evelyn.

»Das wäre dann der männliche Erregerstamm«, erwiderte Dotty.

Evelyn lachte und musste husten.

Dotty brachte ihr eine Schale Suppe und gestand, dass sie vergessen hatte, die Knochen mitzukochen.

»Schmeckt trotzdem sehr gut«, sagte Evelyn.

»Du bist ganz offensichtlich krank.«

»Die hier wollte ich dir noch zeigen«, sagte Dotty, öffnete ihre Mappe und holte eine Zeichnung nach der anderen heraus.

»Das Licht«, sagte Evelyn.

»Du«, sagte Dotty.

»Deine Interpretation der Stadt.«

»Und du.«

»Wie hätten diese Männer damals nicht erfolgreich sein können?«, fragte Dotty. »Diese Stadt hat ihnen alles gegeben, oder? Die Stadt war alles.«

»Oh ja. Wäre Michelangelo in Bologna zur Welt gekommen, dann hätte vielleicht alles ganz anders ausgesehen«, antwortete Evelyn, die sich mit einem Mal viel besser fühlte.

1956 kehrte Evelyn schließlich wieder nach Florenz zurück, dieses Mal ohne Dotty. Sie nahm den Zug von Venedig, um sich eine kurze Verschnaufpause von der Biennale zu gönnen, auf der Dotty ihre Arbeiten aus Florenz ausstellte. Sie verbrachte einen Morgen damit, dem Wiederaufbau der Ponte Santa Trìnita zuzusehen, und von dort führte ihr Streifzug durch eine schmale Straße auf den Platz vor der Santo Spirito. Der Markt war noch in Gange, und es herrschte ein bezauberndes Chaos. Sie betrat den Platz auf der Nordseite, neben der Kirche; sie hätte nicht wissen können, dass Ulysses und die Kleine den Platz an der Südseite in dem Jowett Bradford verließen, auch wenn der Transporter doch eher ins Auge stach. Er war auf dem Weg nach San Gimignano, um einen Globus auszuliefern. Um den Preis war nicht gefeilscht worden, und so war er beachtlich hoch geblieben. Der Globus war einer seiner besseren. Evelyn aß bei Michele zu Mittag, und ihr fiel ein älterer Mann auf, der mit einem Papagei und einer älteren Dame auf einer der Steinbänke saß und mit seiner Begleitung – der Dame, nicht dem Papagei – Wermut trank. Sie wunderte sich nicht weiter über diesen Anblick, da Santo Spirito von jeher ein eher extravagantes Viertel gewesen war. Wieso um alles in der Welt bin ich nicht hiergeblieben?, fragte sie sich. Ihre Kollegen blieben immer im Bandini, gleich bei dem deutschen Kunsthistorischen Institut im Palazzo Guadagni, aber sie hatte es immer als zu männlich empfunden. Na und?, dachte sie jetzt. Vielleicht würde sie es ausprobieren, wenn sie das nächste Mal wiederkam. Ein stattlicher Mann mit Schürze brachte ihren Espresso. Sie unterhielten sich ungezwungen über den wirtschaftlichen Wandel im Viertel, der ziemlich bemerkenswert war. Wenn sie ihn bloß nach einer Empfehlung für eine günstige *pensione* in der Nähe gefragt hätte. Das tat sie jedoch nicht. Er brachte die Rechnung, und sie schlenderte zurück zum Bahnhof. Sie nahm den letzten Zug nach Venedig und ging mit Dotty zu einer Feier bei Peggy Guggenheim. Peggy hatte ein gutes Auge für Kunst, und sie unterhielten sich über Jackson Pollock. Evelyn verriet ihr, wo es die besten eingedosten Sardinen zu kaufen gab, und Peggy war begeistert. »Du bist immer willkommen hier«, sagte sie.

1958 gingen Evelyn und Ulysses sogar auf der Ponte Vecchio aneinander vorbei. (Etwas, worüber sie später herzlich lachen sollten.) Beide waren sie in ein Gespräch vertieft – Evelyn mit einem jungen Kunstrestaurator und Ulysses mit Massimo. Evelyns Blick war flussabwärts auf die Ponte Santa Trìnita gerichtet, die ein Jahr zuvor fertiggestellt worden war. »Was für ein wunderbarer Tag.« So oder so ähnlich lautete ihr Kommentar, auch wenn die Statue *Frühling* ihren Kopf erst drei Jahre später wieder erhalten sollte. Es gab Gerüchte, dass er gestohlen, entführt und an einen amerikanischen Milliardär verkauft worden war. Natürlich ausgemachter Blödsinn. Er wurde letzten Endes bei Baggerarbeiten im Flussbett gefunden.

Ulysses und Massimo dagegen blieben in der Mitte der Brücke stehen und blickten flussaufwärts zum Casentino. Massimo erzählte Ulysses, dass die Person, in die er sich vor Kurzem verliebt habe, ein Mann sei. Er stand da mit seinen Händen in den Hosentaschen vergraben und erwartete, entweder bemitleidet zu werden oder eine kostbare Freundschaft zu verlieren, denn vergangene Eingeständnisse hatten stets einen dieser beiden Ausgänge zur Folge gehabt. »Er behandelt dich hoffentlich gut«, war jedoch das Einzige, was Ulysses zu sagen hatte. Und damit verließen sie die Brücke und zu Massimos großer Erleichterung begrüßten sie den Abend mit Negronis und Albernheiten. »Über diese Sachen musst du dir bei mir keine Gedanken machen«, sagte Ulysses. Er lernte den Freund zwei Monate später kennen. Ruhig, verlässlich, interessant. Mehr konnte man sich von einem Mann nicht wünschen.

Diesen Tanz sollten Evelyn und Ulysses noch jahrelang fortführen. Nur in Gedanken waren sie immer beieinander. Ein eleganter Two-step, geboren aus einem Jig an einem Straßenrand in der Toskana. Er ging in eine Ausstellung und dachte an sie. Sie sah einen Globus und dachte an ihn. Sie besuchte mit Dotty einen Jazz Club, und der Klavierspieler ähnelte dem Saloon-Pianisten, den sie in dem Stück im West End gesehen hatten. Aber das konnte nicht sein, oder? Er spielte ein Stück, von dem er sagte, dass er es kaum je vortrug. Er nannte es *Cressys Song*.

Im Dezember 1959 saß Evelyn in ihrer Wohnung in Bloomsbury über ein Notizbuch gebeugt, als sie plötzlich innehielt. Sie war dabei, eine Einleitung zu Stillleben zu schreiben, in der Frauen einen besonderen Platz einnehmen sollten, als es sie plötzlich fröstelte. Sie zog ihre Strickjacke enger zusammen, und ihr Blick fiel auf den orangefarbenen Knopf, den sie fünf Jahre zuvor in Sant'Ambrogio gekauft hatte. Er war auffallend anders. Genau wie die Erinnerung an das neunjährige Mädchen, die manchmal Alys und manchmal Kleine genannt wurde. Sie nahm ihr Glas Claret und stellte sich vor das Feuer. Manches Schaffen ist erhaben, anderes wird abgetan als unbedeutend oder trivial, dachte sie. Und wer entscheidet das? Letzten Endes Privileg und der männliche Blick.

Sie schenkte Wein nach und setzte sich wieder.

Das Leben des Geistes versus das Leben des Physischen, schrieb sie. Sakral versus profan. Die Gebildeten versus die Ungebildeten. Eine Welt, in der das Äußere und das Innere in ständiger Opposition zueinander stehen.

Das Reich der heimischen Küche ist die Welt der Frau (diesen Satz unterstrich sie). Es ist eine Welt der Routine, eine Welt der Körper und der Körperfunktion. Eine Welt aus Blut, Kadavern, Eingeweiden und Knechtschaft. Männer haben Zugang, doch sie arbeiten hier nicht; Frauen allerdings haben hier nichts als Arbeit. Gelegentlich zeigen diese Gemälde männliche Gegenstände auf einem Tisch: eine Pfeife, eine Uhr, eine Landkarte. Auch wenn es sich oft um äußerst groteske Kompositionen handelt, sind sie doch in ihrer Intention erfolgreich: Sie erklären den weiblichen Raum für nichtig. Männlicher Triumph über die Trivialität der Szene.

Sie nahm einen Schluck Claret und schrieb weiter.

Die Kraft der Stillleben liegt genau in dieser Trivialität, denn sie bildet eine verlässliche Welt ab. Es herrscht Wechselseitigkeit zwischen den abgebildeten Gegenständen und den nicht abgebildeten Menschen. Die Zeit angehalten in gespenstischer Abwesenheit. Wer war es, der das Essen zubereitet hat? Wer hat den Fisch ausgenommen? Wer hat die Küche geputzt? Das alles sind Handlungen, die Leben beinhalten. Gegenstände, die den Alltag repräsentieren, bevölkern den Raum: Teller, Schüsseln, Krüge, Kannen, Austernmesser. Die Form und Funktion dieser Gegenstände bleibt unverändert. Sie sind fester Bestandteil geworden, unscheinbar, und wir nehmen sie als gegeben hin. Doch in diesen Formen bleibt etwas Kraftvolles erhalten: Kontinuität. Erinnerung. Familie.

Sie legte ihren Stift zur Seite. Das Mädchen wäre mittlerweile vierzehn, oder? Mindestens vierzehn. Und ein neues Jahrzehnt kündigte sich an. Wie wundervoll!

LA DOLCE VITA
1960

Das neue Jahrzehnt wurde willkommen geheißen. Lebt wohl, Fünfziger! Was habt ihr schon je für uns getan?

»Also, eigentlich so einiges«, sagte Massimo, zündete sich eine Zigarette an und machte sich bereit, eine sachkundige Rede zu halten. »Einige erklärende Worte«, begann er. »Seit Kriegsende und dem Sieg über den Faschismus herrscht enorme Erleichterung und man ist wieder optimistisch. Nicht zuletzt dank des Marshallplans – oder des European Recovery Program, um den offiziellen Namen zu nennen – erlebt das Land gerade ein Wirtschaftswunder.«

»Das kann ich nachempfinden«, sagte Pete.

»Ich auch«, stimmte Cressy ihm zu.

»Der Wiederaufbau ist überall in vollem Gange und Massenmigration aus dem benachteiligten Süden in den urbanen, bessergestellten Norden hat dafür gesorgt, dass der Wohlstand einen Weg in die Arbeiterklasse gefunden und die neue Konsumgesellschaft zum Blühen gebracht hat. Fiat, Pirelli, Alfa Romeo, Vespa …«

»Gucci«, warf Ulysses ein.

»Gucci«, wiederholte Massimo. »Alles Namen, die Italien einen festen Platz auf der internationalen Bühne verschafft haben. Mode ist mittlerweile für die Massen verfügbar.« Er ließ das Etikett seines neuen Konfektionsjacketts aufblitzen. »Und Waschmaschinen, Kühlschränke und, vor allem, Dosentomaten haben das Leben der Frauen in bisher ungeahnter Weise verändert. Was sonst noch?«

»Fernseher«, bot Cress an.

»Ach ja, Fernseher. Überall Fernseher! Und die *Pensione Bertolini* hat sogar ein Telefon, und niemanden interessiert es. Alles in allem gute Zeiten«, endete Massimo und blies eine beachtliche Rauchschwade aus. Sie saßen draußen vor Micheles Café unter einer großen Markise, die von Campari gespendet worden war, um konsistent hohe Verkaufszahlen zu garantieren. Die Bar war rappelvoll. Ulysses sah Giulia dabei zu, wie sie Teller mit Linsen und *cotechino* als Glücksbringer verteilte.

»Ein Trinkspruch«, sagte Claude, der dem Abend seinen Stempel aufdrücken wollte. »Hallo, Sechziger! Weiter so, bitte!«

Die Männer hoben ihre Gläser: »Hallo, Sechziger! Weiter so, bitte!«

Die Kleine saß auf den Stufen zur Kirche und zupfte ihre Gitarre. Natürlich wurde sie nicht mehr Kleine genannt, sie war Alys. Mit all ihren vierzehn Jahren und vier Monaten. Beatnik, in Lokführermütze, Fischerpullover und Jeansshorts, noch bevor sie wusste, was das Wort bedeutete. Sie winkte Pete und Cress zu, die gerade über den Platz kamen, hinter ihnen Ulysses und Massimo ins Gespräch vertieft. Sie hatte sich von Ulysses distanziert und wusste nicht recht, wie sie es wieder geradebiegen sollte.

Über Nacht hatte sich alles verändert. Das Gefühl, dass die Welt sie mit spöttischem Blick betrachtete – naja, das hatte sie ständig, jetzt, da sie Mädchen küssen wollte. Und sie kam sich ein bisschen falsch vor, und die Kirche half kein bisschen, genauso wenig wie ihre Mitschüler, die tratschten und stichelten. Sie hatte Guido ihre kaum ausgebildeten Brüste anfassen lassen, nur um die Gerüchte in Schach zu halten. Als sie an jenem Abend nach Hause gekommen war, hatte sie Ulysses nicht in die Augen blicken können und war ohne Abendessen ins Bett gegangen. Vielleicht war das der Anfang gewesen? Also der Anfang der Distanziertheit. Eine beschämende Tat kann die anderen nicht schmälern, aber woher hätte sie das wissen sollen? Sie war vierzehn Jahre und vier Monate alt, bestand nur aus Hormonen und Fragen, und ihre Periode ließ auf sich warten. Die Leute kamen zur Ruhe, Alys lächelte, und die Blaukehlchen sangen.

»Und da ist Peg«, sagte Cress.

Das erste Lied hieß *The Tower of Rotherhithe* und war ein Original. Pete hatte ihr mit der Melodie geholfen, aber die Worte kamen allein von ihr. Es war die Geschichte einer Frau, die sang, um einen Mann aus dem Krieg zurückzubringen, und ihre Worte, ihre Liebe, trugen ihn die Themse hinauf. *My sweet boy our river,* das war der Refrain. *My sweet boy our river, come closer, come hither, come follow these words you hear on the wind, they'll guide you, they'll heal you, they'll feed you forever, just come back and give me the print of your hand.* Der Soldat kehrte jedoch nie zurück und der Turm wurde in Friedenszeiten zur Ruine.

»Es hat eine irische Empfindsamkeit«, flüsterte Pete. Ulysses wusste, dass das Lied von Peg handelte.

Peg arbeitete schon seit Längerem nicht mehr und war mit Ted in einen Vorort im Osten Londons gezogen. Sie wohnten in einem großen, gotisch wirkenden Haus mit einer lächerlich riesigen Zufahrt in der Nähe der Endstation Central Line. Es schrie geradezu ›Mittelschichtleichen im Keller‹, es war ganz und gar Ted. Niemand verstand, wieso sie es getan hatte. Allen voran Cress. Er hielt es für einen Akt der Selbstsabotage und Verzweiflung. Cress wollte, dass Ulysses sie aus London heraus und nach Hause holte. »Und wo ist zu Hause, Cress?«, fragte Ulysses. »Hier bei uns.« »Ich bin mir nicht so sicher, dass sie das genauso sieht«, erwiderte Ulysses. Es war ihr erster Streit, und Alys sagte: »Seht ihr? Am Ende schafft sie es immer, alle auseinanderzubringen.« Das brachte sie ganz schnell dazu, den Mund zu halten. Gut war es trotzdem nicht.

Es gab keine Bars mit Klavier in Pegs Nähe, also hörte sie auf zu singen, und so glitt ihr diese Rettungsleine aus den Fingern. Mit jedem Tag war es früher Zeit für ihren Cocktail, und der gute, alte Ted – Mr Versicherung und Mr Risikoscheu – schüttelte und rührte nicht. Natürlich mit Olive, denn Peg bevorzugte Zitrone. »Du Dreckskerl«, sagte sie jedes Mal, und sie küssten sich, und sie biss ihm in die Lippe, bis er blutete, so wie es ihm gefiel. Er kontrollierte die Rechnungen und wusste immer, wenn sie mit Italien gesprochen hatte. »Wir müssen haushalten«, sagte er dann. »Haushalten? Seit wann?« »Seit du aufgehört hast zu arbeiten.« »Du wolltest doch, dass ich aufhöre.« »Das hab ich nie gesagt.« »Ach, Peg«, sagte Claude, irgendwo in Zeit und Raum.

Mittlerweile rief nur noch Ulysses an. Deshalb hatte er das Telefon in der *pensione* installieren lassen. Immer wenn Peg sagte: »Nur noch Stehplätze«, war das das Zeichen für ihn, an einem anderen Tag wieder anzurufen. Er hatte schon seit Monaten nicht mehr mit ihr gesprochen, und die Briefe, die er von ihr bekam, waren eine schale Beschreibung ihres Alltags. »Ich habe Kuchen gebacken!« »Wann hatte Peg je einen Scheißkuchen gebacken?« Pete fluchte nie, aber das brachte selbst ihn auf die Palme.

Peg machte Versprechungen, sie wieder in Florenz besuchen zu kommen, aber nach dem ersten Besuch kam sie nie wieder. Natürlich redete sie darüber, aber Peg redete zu jener Zeit über so einiges. Alys besuchte sie fast jedes Jahr, wenn auch nur widerwillig. Sie kam jedes Mal missmutig und traurig nach Hause und gestand schließlich, dass sie Ted nicht mochte. »Warum magst du ihn nicht?«, fragte Ulysses. »Ich mag ihn eben nicht«, erwiderte sie. »Du musst mir schon ein bisschen mehr sagen«, sagte er. »Hat er dir etwas getan?« »Nein, das ist es nicht. Es sind die Sachen, die er sagt.« »Was für Sachen?«, hakte Ulysses nach. »Er erzählt Peg, dass ich besser bin als sie.«

Cress riet Ulysses, über den Tellerrand zu blicken und kreativ zu werden. Und das tat er dann auch. Er organisierte für Peg und Alys eine zweiwöchige Auszeit von Ted, die sie von nun an jeden Sommer bei Col verbringen würden. Ted würde keine Einwände haben, das wusste er, denn Col würde ihn mit Sicherheit umbringen. »Ein Wort von dir genügt«, sagte Col.

In diesem ersten Sommer wurde Col wieder ganz der Alte und stolzierte wie ein Gockel um seine Frauen herum. Ginny und Alys waren unzertrennlich, gingen im Kanal baden, wenn das Quecksilber auf die Dreißig zuschoss, und fauchten Jungs an, die ihre Ständer in ihre Richtung schwenkten. Doch es war Peg, die von der Auszeit am meisten profitierte. Ginnys Anwesenheit besänftigte ihre mütterliche Rage, und ihr verkrampfter Kiefer konnte sich wieder entspannen. Pete spielte Klavier, und Peg sang sich die Seele aus dem

Leib. »Wie früher«, sagte Mrs Lovell über ihrem Rostbraten. Peg erwähnte sogar einmal Eddies Namen, bevor sie zu singen begann – so etwas kommt vor, wenn eine Frau sich geborgen fühlt. »Was Peg liebt, das hält Peg fest«, sagte Col, aber das verwirrte Alys, denn sie kam sich nicht besonders festgehalten vor. Alys sollte im Juli wieder nach England fahren, aber sie hatte Eddies Foto verloren und Angst davor, was Peg sagen würde. »Du hattest ein Foto von Eddie?«, fragte Ulysses. »Seit wann?« »Seitdem ich klein war«, antwortete sie.

Der Jubel und Applaus des Publikums holten Ulysses wieder zurück in die Gegenwart. Pete drehte sich zu ihm und sagte: »Das hat sie richtig gut gemacht, Temps. Im Gegensatz zu mir wird sie nie Hunger leiden, sie nicht. »Und er griff nach Ulysses, Zigarette und nahm einen tiefen Zug.

Alys ließ ihre Augen über die Gesichter in der Menge schweifen, bis sie das der blonden Romy Peller erblickte: eine fünfzehnjährige, durch und durch amerikanische, blühende Schönheit. Das Mädchen, das sie vor einer Stunde in einem dunklen, nach Pisse stinkenden Hauseingang geküsst hatte. Münder im Mondlicht, verbunden durch die silbernen Stränge ihres Speichels. Alys wollte an Ort und Stelle ›Ich liebe dich‹ sagen, aber die Nacht war jung, und vor ihr lag noch ein ganzes Leben.

Sie hatten sich zwei Monate zuvor im Kino kennengelernt. Nebeneinander, stocksteif und mit flachem Atem. Romy nahm Alys auf ihrer Vespa mit, und Alys umschlang von hinten Romys Taille und drückte sich an sie, nur um den Shampooduft ihrer Haare riechen zu können. Romys Dad war Professor und hatte sich ein Sabbatjahr genommen, um ein Buch über Henry James zu schreiben, und das Einzige, was Romy tun musste, war Italienisch zu lernen und Mädchen zu küssen. Für beides hatte sie ein Talent. Alle dachten, sie wären einfach bloß gute Freundinnen, doch Cress fiel an diesem Abend alles wie Schuppen von den Augen, als er Alys' strahlendem Blick in Richtung eines Jungen folgte, der zur Seite trat und ein Mädchen preisgab.

Jaja, dachte er, da ist jemand verliebt.

Aber war das nicht jeder nach den Fünfzigerjahren? Selbst du, Cress?

Die letzten sechs Jahre waren die glücklichsten seines Lebens gewesen. Sein tägliches Werben um Signora Mimmi nahm eine intime Note an, als sie ihm ihren Vornamen verraten hatte: Paola. Sie aßen einmal die Woche zusammen zu Abend, entweder bei ihm oder bei ihr, und kochten zusammen Rezepte aus Artusis *Von der Wissenschaft des Kochens und der Kunst des Genießens*. Paola hatte es ihm zu Weihnachten geschenkt, und jede ölbefleckte Seite war für ihn das Äquivalent zu zwei Paar Fußspuren im Sand. Manchmal stiegen sie auf die Moto Guzzi und fuhren in die Hügel hinaus, um auf der Terrasse eines bescheidenen *albergos* zu Mittag zu essen. Cress sagte Paola, dass sie in ihrer Sonnenbrille und ihrem Schal aussehe wie ein Filmstar. Massimo machte ein Foto von ihr, das schließlich in Micheles Bar hängen sollte. Die Leute dachten, es wäre Anna Magnani. Manchmal sprach Paola von ihrem Mann, aber Cressy machte das nichts aus. Immerhin hatte sie schon ein Leben gelebt, bevor sie ihn aus dem Gleichgewicht gebracht hatte. »Gibt es in deinem Herzen auch Platz für mich?«, fragte er.

Nachts, allein, konnte Cress kaum glauben, dass jemand so Wunderbares Zeit mit ihm verbringen wollte. Er hatte angefangen, seine Mutter loszulassen. Oder hatte seine Mutter angefangen, ihn loszulassen? Vielleicht lag es daran, dass er endlich in guten Händen war.

Alys rief ihrem Publikum zu: »Das nächste Stück wurde von unserem Freund Pete geschrieben!« Sie zeigte auf Pete, und die Leute drehten sich um und sahen ihn an. Pete fühlte sich zurückversetzt ins *Haughty Hen*, 1956. Er war in jenem Sommer eine kleine Berühmtheit gewesen, hatte sogar Groupies gehabt, die ihn von der U-Bahn-Station bis nach Hause verfolgt hatten. Die darauffolgenden Jahre waren jedoch so bunt und unberechenbar gewesen wie eh und je. Er hatte die Rolle eines Schreis in einem Krimi im West End bekommen, die laut Col wie für ihn gemacht war, und auf die ein oder andere Weise stimmte das auch. Sogar mit Tarifvertrag, also war auch die Bezahlung in Ordnung. Pete musste lediglich von der Seitenbühne aus einen Schrei ausstoßen, jedes Mal wenn jemand umgebracht und die Bühne in Dunkelheit gehüllt wurde. Den ersten Monat ging auch alles gut, bis Pete irgendwann Konzentration und Nerven verlor und plötzlich ohne Grund zu schreien begann. Die Hauptdarstellerin erschrak zu Tode, fiel in Ohnmacht und stürzte von der Bühne, wobei sie sich den Arm brach. Pete wurde fristlos entlassen. Col begegnete ihm am Piccadilly Circus, wo er sich als Straßenmusikant verdingte. »Tu so, als würdest du mich nicht kennen«, flüsterte ihm Pete zu. »Mach ich eh immer«, erwiderte Col und erzählte Ulysses später, dass Pete mittlerweile eine Zumutung für jeden Arbeitgeber sei. Nicht nur sein Ruf eilte ihm voraus, sondern mittlerweile stand ihm ›Vollidiot‹ auf die Stirn geschrieben.

»Das Lied heißt *Freedom of the Open Road*«, verkündete Alys.

There you go, the sky is low
The future's dim, but it's staying true.
'Cause …
Now you know the way it blows
The rise and fall of Empire scores,
It's just playing thin.
You never talked about it.
I asked but you said it's myth.
You never talked about it.
Said only the rich have bliss.
But I saw it there.
How I saw it there.
On the open road.
See – I know the way!
Oh, I know the way!
Don't you doubt my load.
Freedom of the road.

Fuck you, so wrong about time
An unwarranted sense of yours not mine,
How could you?

(»Ich hab nie ›Fuck you‹ gesagt«, flüsterte Pete. Ulysses musste grinsen. »Das weiß ich doch, Pete.«)

How the mighty fell was used to quell
A beating heart,
A world apart, in virtue.
Don't try and you won't fail
The despot's Holy fucking Grail
Keep the people at his call
Safe against a crumbling wall
So he can shoot you.
'Cause I saw it there!
How I saw it there!

Alle stimmten in den Refrain mit ein. Hundert – zweihundert? – Stimmen, berauscht von Petes Worten, high von diesem neuen Jahrzehnt des Friedens, der Revolution und *make love not war.* Massimo wandte sich Pete zu und rief über den Krawall hinweg: »Die Macht deiner Worte, Pete!«

»Du hast Talent«, sagte Ulysses. »Lass dir ja nie was anderes einreden. Nicht von Col, nicht von irgendwem. Hast du mich verstanden?«

»Verstanden, Temps«, erwiderte Pete, legte sich die Hand aufs Herz und sagte: »Namaste.« Und mit dieser Geste der Wertschätzung wandten sich die drei Männer von Bethaus und Bühne ab und überließen Alys ihren Beschwörungsformeln von Jugend und Optimismus.

Ulysses wäre gerne noch länger geblieben, aber die Abmachung lautete: Nach zwei Liedern ist Schluss. Sie war ihm gegenüber mittlerweile befangen und schüchtern; er wusste nicht, wann es angefangen hatte, aber das Gefühl von Verlust schnitt tief. Sie ließ ihn kaum noch an ihrem Leben teilhaben, also ergriff er jede Gelegenheit dabei zu sein, wenn sie mit anderen jungen Leuten auf dem Platz Gitarre spielte und sang. Manchmal rannte er zum Fenster und stieß die Läden auf, nur um etwas über sie zu erfahren – was sie interessierte, bewegte, verärgerte. Seit Kurzem drehte es sich oft um Liebe. Es passierte so viel, ununterbrochen. Und er wollte nur, dass sie die Schule gut zu Ende brachte.

»Väter und Töchter«, sagte Cress, als könnte er Ulysses' Gedanken lesen. »Da gibt es einfach so viel …«

»So viel was, Cress?«, entgegnete Ulysses.

»Hilf mir, Pete.«

»Mit was?«

»Mit einem Wort. Ein Wort, das die Unbeholfenheit zwischen Vätern und Töchtern beschreibt.«

Pete dachte nach. »Unbeholfenheit ist gut, Cress.«

»Ja, aber es ist nicht das Wort, oder, Pete?«

»Reserviertheit?«, schlug Massimo vor.

»Reserviertheit ist schon besser, aber es ist auch nicht das Wort.«

»Sie will nicht, dass du alles über sie weißt«, sagte Pete. »Sie hat Gefallen gefunden an Privatsphäre. Das macht die Pubertät. So vieles, das man verstehen muss.«

»Ja, aber das ist kein Wort, oder, Pete?«, erwiderte Cress.

»Gefallen an Privatsphäre?«, fragte Ulysses.

»Ich glaube, ich hatte das nie«, sagte Massimo.

»Außerdem hat sie Angst davor, dich zu enttäuschen«, sagte Pete. »Nach dem ganzen Mist mit Peg und überhaupt.«

»Vergesst nicht, dass ich immer noch nach dem richtigen Wort suche«, sagte Cress, doch Cressys Wort wurde nie gefunden, und an der Steinbank angekommen gingen sie alle ihres Weges. Cress wartete auf Paola, und Massimo ging zurück in sein Büro, um Phil anzurufen, der immer noch in den Vereinigten Staaten war. Feuerwerk explodierte und störte die Nacht.

»Früh in die Falle heute, Pete?«

»Dachte schon, du fragst nie, Temps.«

Die Haustür fiel hinter ihnen ins Schloss. Ihre Schritte hallten erschöpft durch das Treppenhaus.

»Deine Jacke gefällt mir übrigens wirklich gut«, sagte Ulysses.

»Das alte Ding? Hab ich in Warschau gekauft.«

Ein Paar Augen spähte aus der Tür zu ihrer Linken und musterte sie kritisch. »Frohes neues Jahr«, sagte die betagte Contessa, die eigentlich weniger betagt, sondern vielmehr unentwegt schlechtgelaunt war.

»Ihnen auch, Contessa«, erwiderten sie.

Und Alys? Ihre Nacht endete, wo sie begonnen hatte. In demselben dunklen Hauseingang mit Romys Daumen in ihrem Mund. Sie konnte das Salz der Chips schmecken, die sie vorher gegessen hatte. Konnte die raue Kante des Fingernagels spüren. »Saug dran«, sagte Romy, und Alys gehorchte, während sie sich aneinander gegen die Tür drängten, als die *carabinieri* vorbeifuhren. Alys sah auf die Uhr. Ulysses war großzügig gewesen bei ihrem heutigen Ausgang, aber mittlerweile war es an der Zeit zu gehen. Unten am Fluss verabschiedeten sie sich voneinander. Eine ging nach Norden, die andere nach Süden.

Um zwei Uhr morgens kam sie in den Palazzo zurück und schloss behutsam die Tür zwischen sich und der Welt. Sie streifte vorsichtig ihre Schuhe ab und achtete darauf, Cressy nicht zu wecken, dessen Zimmertür nur angelehnt war. Auf dem Weg zur Küche bemerkte sie im Wohnzimmer Licht.

»Du hättest nicht auf mich warten müssen«, sagte sie.

»Doch«, erwiderte Ulysses. »Und das werd ich auch immer tun.«

»Selbst wenn ich zwanzig bin?«

»Jep.«

»Fünfzig?«

»Immer.«

Sie lachte. »Du bist ein hoffnungsloser Fall.«

»Du siehst glücklich aus«, sagte er.

»Ich glaub, ich geh ins Bett.«

»Okay.«

Als sie bereits an der Tür war, drehte sie sich um und fragte: »Was hast du gesagt?«

»Ich habe gesagt, dass du mich niemals enttäuschen könntest, Alys. Ich bin unheimlich stolz auf dich. Mit jeder Faser meines Herzens. Auf deinen Geist und deine Freude und deine Wut. Darauf, wie du singst und deinen Weg durch diese gottverlassene …«

»Ich liebe ein Mädchen.«

(PAUSE.)

»Das Mädchen ist ein Glückspilz… deinen Weg durch diese gottverlassene Welt findest.«

Sie sahen sich an und die Distanz schrumpfte. »Ein neues Jahr, Alys. Ich hoffe, es ist deiner wert.«

»Nacht, Uly.«

»Nacht, Kleine.«

Der Januar kroch dahin, und die Revolution trat in den Hintergrund. Der Wind blies Graupel aus Richtung der Hügel, und die Luft war eisig und hatte einen scharfen Biss. Wolken hingen tief und die Stimmung war gedrückt. Blutorangen waren Grundnahrungsmittel, und Alys schwänzte die Schule, um Romy warmzuhalten. Cress lernte, *gnocchi* zu machen: »Eigentlich ganz leicht: Kartoffeln, Mehl und flinke Finger.« Petes Stimmung schlug um, nachdem Ulysses ihn wieder einmal gefragt hatte, ob er nicht nach Florenz kommen und bei ihnen leben wollte. Er blieb einen ganzen Tag lang in seinem Zimmer, während Claude vor seiner Tür wartete und sich durch eine Tüte Sonnenblumenkerne pickte. Ulysses arbeitete an einem neuen Set von Globussegmenten, für einen Globus mit 50 Zentimetern Durchmesser – sein bisher anspruchsvollster. Und dann klingelte am 8. Januar um vier Uhr nachmittags das Telefon. Er hob ab und antwortete der Vermittlungsstelle, »*Sì, sì.*« Eine kurze Pause und …

»Peg? Bist du das?«

Er stellte seine Kaffeetasse ab und klopfte eine Zigarette aus der Packung.

»Temps? Ich hätte nicht gedacht, dass ich durchkomme.«

(PAUSE.)

»1960, Peg! Wo hast du gesteckt?«

»Ja, ja. Wie geht's Cress?«

»Hat die Zeit seines Lebens.«

Peg steckte sich eine Zigarette an. »Alys?«

»Verliebt.«

»Ach, Scheiße, Tempy. Das sind die schlechtesten Neuigkeiten, die du mir geben konntest.«

»Nimms gelassen, Peg …«

»Pass bloß auf, dass sie nicht schwanger wird. Bitte …«

»Wird sie nicht.«

»Woher willst du das wissen?«

»Ich weiß es einfach.«

»Jetzt tu nicht so dämlich. Wir dachten alle, wir …«

»Peg. Hör auf. Es ist ein Mädchen. (PAUSE.) Sie ist in ein Mädchen verliebt.«

Peg fing an zu lachen. »Das sind die besten Neuigkeiten, die ich je gehört habe.«

»Ganz ruhig, Peg. Sei nett.«

»Werd ich sein, keine Sorge.« (Peg nahm einen Zug von ihrer Zigarette.) »Das hatten wir auch noch nicht in unserer Familie.«

»Wo ist Ted?«

»Schläft tief und fest. Ist spät geworden gestern. Ich hol mir was zu trinken, bleibst du dran?«

»'Türlich.«

Er konnte hören, wie sie durch das Zimmer ging. Die Kühlschranktür wurde geöffnet und zugeworfen. Eiswürfelklirren im Glas. Ihre Schritte zurück zum Telefon.

»Bist du noch dran?«

»Ich bin noch da.«

»Ein Mädchen also?«

»Jep.«

Er klopfte die Asche von seiner Zigarette ab.

»Frohes neues Jahr, Peg.«

»Meinst du, das wird es?«

»Du könntest es brauchen, oder?«

»Kann nicht klagen.«

»Wie ist es in Essex?«

»Wir haben einen großen Garten.«

»Ich wusste nie, dass du einen wolltest.«

»Wollt ich auch nicht.«

Peg lachte. Es gab nichts Besseres, als sie lachen zu hören.

»Ah, ja«, sagte Ulysses. »Hier ist er auch schon. Unser bester Mann ist grad reingekommen.«

Pete stand vor ihm mit Claude im Schlepptau. Ulysses legte die Hand über die Sprechmuschel. »Dir geht's gut, Pete?«

»Viel besser, danke, Temps.«

»Peg ist dran«, sagte Ulysses und hielt ihm den Hörer hin.

»Hallo, Peg!«, rief Pete.

Er ging zum Klavier und begann zu spielen. »Sag ihr, das hier ist für sie.«

»Pete hat gesagt, das hier ist für dich«, sagte Ulysses zu Peg und hielt den Hörer nah an die Tasten. Am anderen Ende der Leitung begann Peg zu singen, *I'm a Fool to Want You.*

»Du warst immer schon ein Star, du göttliches Geschöpf.«

Peg blieb das ganze Lied über am Telefon. Es kostete sie zweifellos ein Vermögen, aber es war Peg jeden Pfennig wert, wieder Peg zu sein.

Pete beendete das Klavierstück mit einem melodischen Schnörkel zu dem Klimpern von Eis in einem geleerten Glas.

Ulysses nahm den Hörer wieder an sein Ohr. Sein Atem, und ihr Atem, der ihm rauchig ins Ohr ging.

»Es gibt niemanden wie dich, Peg.«

»Ich muss auflegen«, sagte sie, und sie legten auf.

Petes letzter Abend im Palazzo kam viel zu früh. Es war spät, und sie hatten sich vollgestopft mit Cressys *gnocchi*, die er mit Salbeibutter zubereitet hatte, mit einem Hauch von Parmesan darüber. Alys war bei Romy, und nachdem Pete anfangs Johnny Mathis zum Mitsingen zum Besten gegeben hatte, machte er nun seine Gedanken zu Musik. Dutzende Kerzen verliehen der Atmosphäre Beschaulichkeit, und Pete fragte: »Hast du jemals das Gefühl, schon mal hier gewesen zu sein, Temps?«

Ulysses richtete sich vom Sofa auf. »Meinst du mit ›hier‹ das Leben, Pete, oder …«

»Die Stadt. Florenz.«

»Ich war schon mal hier«, sagte Cress, der alle viere von sich gestreckt auf dem Boden lag. »Ich war ein Mönch.«

»Ein Mönch?«

»Da bin ich mir ziemlich sicher.«

»Das hast du mir noch nie erzählt, Cress.«

»Bis vor Kurzem war ich mir auch nicht sicher. Als ich neulich im Kloster von San Marco war, stand ich in einer der Zellen und hatte ein Déjà-vu. Da wo Fra Angelico die *Verkündigung* gemalt hat. Es war, als ob ich ihm dabei zusehen würde.«

»Und hast du ihm geholfen, Cress?«

»Nein, Pete, das hab ich nicht. Ich hab ihm nur zugesehen. Licht schien herein. Die Heiligkeit seines Herzens. Die Transzendenz des Augenblicks.«

»Das ist ein schönes Wort, Cress.«

»Das Überschreiten der Grenze menschlicher Erfahrung. Übersinnliches.«

Ulysses schenkte ihnen Wein nach.

»Hast du jemals diese Sache mit dem Spiegel ausprobiert, Temps?«

»Welche Sache mit dem Spiegel, Pete?«

»Du starrst dich einfach selbst im Spiegel an, starrst dir selbst in die Augen, so lange bis nichts mehr Sinn ergibt und dein Verstand sich von der Realität löst – wenn er sie nicht sowieso schon losgelassen hat –, und was sich dir im Spiegel zeigt, das bist du in einem früheren Leben.«

Ulysses starrte ihn an. »Nein. Das hab ich noch nie versucht, Pete.«

»Ich schon.«

»Und?«, fragte Cress.

»Ich war eine Frau.«

»Oh, wie schön«, sagte Cress.

»Wie auf einem dieser Porträts in den Uffizien. Mit Perlenkette, hell geschminkt, hohe Stirn. Sehr würdevoll. Ein kunstvoll verziertes, rotes Kleid, das mir von den Schultern rutschte. Und ich hatte schöne Schultern. Die Haare so gescheitelt.« Pete veranschaulichte, wie sein Alter Ego die Haare getragen hatte.

»Hört sich so an, als wärst du reich gewesen«, sagte Cress.

»Das wäre mal 'ne Abwechslung.«

»Nur die Reichen ließen Porträts von sich malen. Die Perlenkette hat dir wahrscheinlich irgendein Typ geschenkt, nachdem du sein Kind bekommen hast. Perlen symbolisieren Fruchtbarkeit«, sagte Cress. »Du hattest wahrscheinlich einen ganzen Haufen Kinder, Pete.«

»Hat sich so angefühlt.«

»Aber das musste man auch, wegen der hohen Sterblichkeitsrate bei Kindern. Und die, die du zur Welt gebracht hast, sind dir sofort weggenommen und einer Amme gegeben worden.«

»Das scheint mir nicht ganz in Ordnung zu sein«, sagte Pete.

»Das war es natürlich nicht. Aber die Menstruation hat sich schneller wieder eingestellt, wenn man die Kinder nicht stillte.«

»Woher weißt du das alles, Cress?«, fragte Ulysses.

»Habs gelesen. Der Druck, sich fortzupflanzen, war unglaublich hoch. Besonders nach dem Schwarzen Tod von 1348. Hat die halbe Bevölkerung ausgelöscht.«

»Ich hab ein bisschen angespannt gewirkt, wenn ichs mir recht überlege«, sagte Pete. »Ich glaube nicht, dass es ein schönes Leben war.«

»Das war es nicht. Nicht für eine Frau«, stimmte Cress ihm zu.

»Aber es hat dich zu dem gemacht, der du jetzt bist«, sagte Ulysses. »Einfühlsam, wissend, tiefgründig.«

»Danke, Temps. Ich habe damals ein Lied darüber geschrieben: *Love Shouldn't Come With a Dowry*. Die Melodie ging ungefähr so …« Und seine Finger bewegten sich anmutig über die Tasten, während Zigarettenrauch seine rotgeäderten Augen reizte.

Ulysses stand auf und öffnete eine weitere Flasche Wein. Er beugte sich über Pete und küsste ihn auf den Scheitel. »Gott vergelts«, sagte Pete. Claude krächzte und sagte: »All die Welt ist Bühne. Und alle Fraun und Männer bloße Spieler. Sie treten auf und gehen wieder ab, sein Leben lang spielt einer manche Rollen.«

Ulysses, Pete und Cress sahen den Vogel an.

»Wo hat er das bloß immer her?«, flüsterte Cress.

»Ist mir ein Rätsel«, erwiderte Ulysses.

»Vielleicht ist er Shakespeare«, überlegte Pete.

»Wie bitte?«, fragte Ulysses.

»Vielleicht. Ist er. Shakespeare.« Pete formte die Worte mit dem Mund und deutete auf Claude.

»Der Papagei?«, fragte Cress. »Der größte Bühnenautor, den es je gab?«

Pete zuckte mit den Schultern. »Ich sag ja nicht, dass es stimmt, aber …«

»Trag mich«, unterbrach Claude.

Sie wandten sich dem Vogel zu. Claude räkelte sich auf einem Kissen und zeigte mit ausgestrecktem Flügel – als ob er eine Schreibfeder hielte – in ihre Richtung. »Trag mich«, sagte er wieder mit einer gewissen Erwartungshaltung.

Am darauffolgenden Tag fuhr Pete ab. An einem überwiegend blauen Himmel stand eine Sonne mit begrenzter Feuerkraft. Er hatte sich entschieden, per Anhalter nach London zurückzufahren, und Cress hatte ihn großzügig mit Brot und Käse ausgestattet und ihm als Überraschung ein Einmachglas Kapernäpfel eingepackt, das seine Stimmung an so manchen Abenden seiner Reise aufhellen würde. Pete hatte vor, in Jugendherbergen zu übernachten, deren Anzahl sich seiner Aussage nach im letzten Jahrzehnt verdoppelt hatte. Ein Ansporn für junge Leute, zu reisen und sich mit fremden Kulturen auseinanderzusetzen. »Um den Abgrund zu überbrücken, den der Krieg aufgerissen hat«, sagte er. »Wir sind uns alle ziemlich ähnlich.«

Sie überquerten den Platz, und Abschiedsrufe schallten durch die Luft. Cressy, Alys, Pete und Ulysses, der Claude im Arm trug, so wie es verlangt worden war.

Sie kamen an den zwei Neueröffnungen der Nachbarschaft vorbei, die *trattoria* und der *tabacchi*, die schon immer da gewesen zu sein schienen. Sie kamen an Betsy vorbei, warfen einen liebevollen Blick in ihre Richtung, ließen die Kirche hinter sich und gingen weiter zum *lungarno*. Hier holte Pete sein Schild heraus. Darauf stand einfach nur ›Norden/Nord‹. Er steckte sich eine Zigarette an, und eine Minute später hielt ein Fiat Millecento: ein gutgelaunter Antiquitätenhändler auf dem Weg nach Milan.

Pete schulterte seine Reisetasche.

»Komm her«, sagte Ulysses und die beiden umarmten sich.

»Ciao, Pete!« »Ciao, Liebes.«

»Komm bald wieder, Junge!« »Machs gut, Cress.«

Mit der Reisetasche über der Schulter und die vertraute Rauchwolke hinter sich herziehend, lief Pete zu dem Auto; ein Träger rutschte über seinen dünnen Arm, als er die Beifahrertür öffnete und einstieg. Das Auto fuhr los in Richtung Norden. Und dann diese luftleere Blase namens Abwesenheit.

Der Februar flüsterte verhalten vom Frühling. Cress bereitete die *pensione* für die neue Saison vor: kleine Reparaturen, ein neuer Anstrich für die Türen – nichts Anspruchsvolles – und ein paar Änderungen auf der Wochenkarte. Der Speisesaal hatte vor drei Jahren seine Türen geöffnet, und sie hatten kaum je mehr als sechs Gäste gleichzeitig an dem großen Gemeinschaftstisch sitzen, was sie ohne Probleme bewältigen konnten. Hier hatten Des und Poppy 1957 das australische Pärchen Ray und Jane kennengelernt – eine Freundschaft, die über einer Schüssel *ribollita* ihren Anfang genommen hatte und ein Leben lang andauern sollte. »Wie nennt man *ribollita* bei uns zu Hause?«, fragte Jane. »Altes Brot«, erwiderte Des. »Wer hätte das gedacht«, lachte Jane.

Ulysses schnappte sich Alys für einen Abend im Kino, bevor Romy sie ihm stibitzen konnte. Fellinis *La Dolce Vita* war gerade erschienen. Sie nahmen Massimo mit und es war genau wie in alten Zeiten. Sie wagten es nicht, sich zu rühren, als der Abspann geendet hatte, und Alys verkündete, der Film sei ein Meisterwerk. Anschließend gingen sie zu Michele. Cress sagte irgendetwas über Anita Ekberg und wie sie im Trevibrunnen umhergetollt war, und sie mussten alle lachen, denn umhertollen war kein Wort, das Cress normalerweise benutzte. Giulia sagte, sie würde den Film gerne sehen, aber Michele hatte kein Interesse, also sagte Ulysses – so berauscht von diesem Abend –: »Ich geh mit dir«, und Giulia errötete, denn näher waren sie einer romantischen Verabredung nie gekommen. Letztendlich sollten sie nie zusammen ins Kino gehen, aber es sich vorzustellen, war ein schönes Gefühl. Der gelungene Abschluss eines Abends voller Träumereien.

Alys sah sich den Film noch einmal mit Romy zusammen an. Sie erzählte Romy, dass *La Dolce Vita* genau ihrer Vorstellung von Fellinis weiterer Laufbahn entsprach, die sie nach *Vitelloni* gehabt hatte. Aber Romy interessierte sich nicht wirklich dafür – ein kleiner Riss in dem harmonischen Fundament ihrer Liebe. Ohne zu zögern, spachtelte Alys den Spalt zu und zeichnete eines Nachmittags nach der Schule einen Akt von Romy. Sie verwendete Kohle und weiße Kreide auf schwarzem Papier und ließ Romy wie eine Statue aussehen.

Im März kamen die Schwalben zurück.

Alys sah sie als Erste um den Glockenturm fliegen, und Cress sagte: »Sie sind früh dran dieses Jahr.« »Das hab ich auch gedacht«, erwiderte Alys. Im März kamen auch wieder Gäste angereist. Mrs Shields aus Sunderland war die Erste. Sie empfand eine schwärmerische Bewunderung für Michelangelo und verbrachte Stunden damit, die Vorzüge Davids zu bestaunen. Außerdem hatte sie eine Schwäche für die Hausbar und dezimierte allabendlich den Camparibestand. Teilnehmer eines Kurses zur Wertschätzung der Kunst aus Boston buchten drei Zimmer für zwei Wochen und schätzten ausnahmslos alles wert, was man nicht von vielen Touristen behaupten konnte. Es war ein guter Start in die Saison und eine Möglichkeit, ohne großen Aufwand die Kassen zu füllen. Auch Des kam wieder zu Besuch. Nur für eine Nacht, aber immerhin. Er kam aus Milan angereist, wo er auf einer Tagung der Plastikindustrie über die Zukunft des Materials gewesen war.

»Ich bin die Zukunft, das hab ich ihnen gesagt«, sagte Des.

»Dann läuft es also, Des?«

»Ein Wort: Telefone. Ich scheiße Geld, Temps. Willst du ein rotes?«

»Nein, danke, Des.«

»Bleibst bei dem Klassischen, Schwarzen. Gefällt mir. Ein Mann mit Geschmack.«

Des und Ulysses saßen auf einer Bank auf der Piazza dei Sapiti und tranken Kaffee. »Hierher kommst du also, um allein zu sein, eh? Hast du dir eigentlich schon eine Frau ausgeschaut?«

»Nicht wirklich.«

»Niemand Besonderes?«

»Alle sind besonders, Des. Hauptsächlich Gäste.«

»Das reicht dir?«

»Ich denke schon. Mit der Kleinen und Peg, du weißt schon …«

»Du hast jedes Recht glücklich zu sein, Junge. Ich bin mir sicher, dass es eine Frau gibt – oder einen Mann, lass uns fortschrittlich denken –, die oder der gerne mit dir zusammen wäre. Ich habe von meiner Frau gelernt, ein Mann zu sein.«

»Hast du ihr das schon mal gesagt?«

»Nicht mit so vielen Worten. Ich kaufe ihr stattdessen Sachen. Brauchst du Geld?«

»Nein, uns geht's gut. Cress hat bei der Olympiade in London ein Vermögen gewonnen. Wir haben immer noch nicht geschafft, es auszugeben.«

»Auf was hat er gewettet?«

»Fanny Blankers-Koen.«

»Aber nicht die vier Goldmedaillen?«

Ulysses nickte.

»Ein Mann mit Vision.«

Des schlürfte seinen Cappuccino. Eine Taube flog vorbei und ließ eine beachtliche Menge Kot fallen.

»Jetzt zeig mir endlich die Globen«, sagte Des.

Ulysses öffnete die Tür, und der Geruch nach frischer Farbe und Kleber drängte ihnen in die Nase. Der Boden war bedeckt mit weggeworfenem Papier und Fetzen blauen Pappmachés. Auf durch die Werkstatt gespannte Leinen waren Globussegmente zum Trocknen aufgehängt.

»Hier wirkst du also deine Wunder«, sagte Des.

»Hier hinten«, erwiderte Ulysses. Er machte sich in der Dunkelheit zu schaffen, zündete einige Kerzen an und sein Arbeitsplatz erwachte zum Leben.

Sechs Erdgloben mit jeweils 36 Zentimetern Durchmesser, befestigt auf Füßen aus Walnussholz und Messing, drehten sich langsam um ihre Achse. Alle waren unterschiedlich bemalt. Einige sahen so aus, als wären sie vor sehr langer Zeit gefertigt worden. Er hatte das Relief der Ozeane sowie Details der Erdoberfläche wiedergegeben:

die Tiefen dunkelblau, hellblau für flache Bereiche und das Land in verschiedenen Tönen von Braun und Ocker.

»Fantastisch«, sagte Des. »Und die hast du mit meinen Gussformen gemacht?«

»Ohne dich wären sie nicht zustande gekommen«, erwiderte Ulysses.

»Aus einer synthetischen Verbindung von hochgiftigen Kunstharzen geht Schönheit hervor. Wer hätte das gedacht? Ich nehme vier Stück.«

»Des, du musst nicht …«

»Vier. Einen für jeden meiner Jungs und einen für mich. Du darfst sie aussuchen.«

»Schau dir noch an, woran ich gerade arbeite«, sagte Ulysses und führte Des zu seinem Schreibtisch unter dem Fenster am Eingang, wo ein zur Hälfte bemalter Globus auf ausgebreiteten Lumpen lag.

»Bisher habe ich die alten Kupferplatten meines Vaters verwendet. Alles 36er, alle steinalt. Der Globus hier stammt allerdings von meiner eigenen Gravur. Meine erste überhaupt. Nur die Umrisse der Länder, Längengrade und Breitengrade.«

»Keine Namen.«

»Noch nicht. Aber hier, schau: Ich schreibe die Namen von Hand. Feder und Tusche. Außerdem hie und da eine Zeichnung.«

»Ein Seeungeheuer«, feixte Des. »Berge. Ein Känguru. Gefällt mir.«

»Genau. Und diese Globen werden immer aktuell sein, Des. Korrekte Ländernamen, korrekte Grenzlinien.«

»Ich nehme zwei.«

»Des …«

»Ich verkauf sie für dich. Beschaffe dir Kontakt zu Galerien. Du willst doch nicht, dass kleine Schuljungen mit ihren verschmierten Flossen darauf herumtapsen. Das ist Kunst, Junge. Die muss zum richtigen Preis verkauft werden. Und um den kümmere ich mich.«

»Ich zeichne gerade die Vorlagen für einen 50 Zentimeter, also

19 Zoll, großen Globus. Das ist er. Und das ist die Landkarte, die ich dafür verwende.«

»So funktioniert das also? Mit einem Raster?«

»Ja.«

»Und auch noch spiegelverkehrt?«

»Ich bin fast fertig. Es sollen zwei Versionen werden. Eine mit Namen und eine ohne. Als Nächstes übertrage ich die Zeichnungen auf die Platte.«

»Das nenn ich Hingabe. Und zeitintensiv. Schneller geht's nicht?«

»Eines Tages mal mit Lithographie. Aber vorerst gehe ich zu diesem Typ in San Niccolò. Er ist Künstler und ein Meister des Tiefdrucks. Er hat ein Säurebad, das groß genug ist, um die Platte zu ätzen, und eine Presse, die diese Größen drucken kann.«

»Brauchst du Gussformen?«

»Ganz bestimmt, Des.«

»Wird erledigt. Kannst du noch größere als die 50er machen?«

»65 vielleicht?«

»Dann geb ich davon noch ein paar dazu. Falls dir langweilig werden sollte. Na dann, was soll es heute zum Abendessen geben?«

»*Bistecca* mit weißen Bohnen und Spinat.«

Des blieb stehen. »*Bistecca?* Du kannst die Leute doch nicht mit *bistecca* füttern, Junge. Ich habe euer Geschäftsmodell sicher nicht darauf ausgelegt, dass ihr keinen Gewinn am Essen machen sollt. Billiges Essen war abgemacht. *Brodo, brodo* und verdammt nochmal *brodo.* Und nicht an Tomaten sparen. Steak ist fürs Excelsior!«

Ulysses lachte. »Es ist für dich, Des. Du bist heute Abend der einzige Gast.«

»Ach ja?«

»Wir essen zusammen. Du, ich, Cress und die Kleine.«

»Und Massimo?«

»Kommt später mit Phil nach.«

»Den beiden geht's gut?«

»Mehr oder weniger. Die Entfernung und …«

»Unterschiedliche Wünsche?«

»So siehts aus.«

»Mir und Poppy gings eine Zeit lang genauso. Ich wollte einen Bentley und sie einen Jaguar.«

»Was habt ihr gemacht?«

»Einen Kompromiss geschlossen. Haben beide gekauft. Brauchen wir noch Käse für heute Abend?«

Bevor Ulysses etwas erwidern konnte, war Des im *pizzicagnolo* verschwunden und begrüßte die Inhaberin so herzlich wie eine langjährige Freundin.

Des reiste ab, und der April stand vor der Tür. Zusammen mit Sonnenschein, blühendem Blauregen und Cressys Bermudashorts. Mit der Zurschaustellung seiner wohlgeformten Beine hatte der Frühling offiziell begonnen, und die *signore* auf der Steinbank pfiffen ihm hinterher, wann immer er vorbeikam. Er gab sich schüchtern, doch in Wirklichkeit gefiel es ihm. Er kam sich vor wie ein guter Fang, was er im Alter von sechsundsiebzig Jahren nicht mehr gedacht hätte. Und er genoss die bewundernden Blicke, die Paola ihm verstohlen zuwarf, während er über den Platz stolzierte, um seine Einkaufstasche mit Artischocken und Zitronen zu füllen. War das etwa gerade eine kleine Tanzeinlage, Cressy? Auf jeden Fall!

Cress machte es sich auf der Terrasse neben seinem *Citrus Aurantium* gemütlich. Dichte Büschel weißer Blüten verströmten ihren Duft, und das Osterfeuerwerk der Kathedrale hallte leise über den Fluss.

»Was liest du da?«, fragte der Baum.

Cress hielt das Buch hoch. »Elizabeth Barrett Browning. *Aurora Leigh.*«

»Taugt es was?«

»All die Assoziationen sind mir ein bisschen fremd, aber stellenweise ist es ganz wundervoll. Nicht so leicht zugänglich für mich wie Constance Everly …«

»Sie ist ja auch die Schriftstellerin deines Vertrauens, oder?«

»Das ist sie. Aber hör dir das hier an …« Cress blätterte durch die Seiten. »Hier: ›Mein Mutter-Wunsch war allgegenwärtig, Und ich ging suchen, blökend wie ein Lamm …‹ Mutter-Wunsch«, sagte er. »Das ist mal ein Bild.«

»Beschreibt das deine Gefühle, alter Junge?«

»Nein, meine nicht«, erwiderte Cress. »Aber ich fürchte, es könnten Alys' sein.«

Eines Nachmittags, die Luft war warm und pollenschwer, waren Alys und Romy in Romys Zimmer und hörten Musik. Sie trugen nur noch ihre Unterwäsche und bewegten sich engumschlungen langsam zum Rhythmus des Liedes. Die Fensterläden standen offen, und man konnte den Fluss erkennen, auf dem gerade ein Fischer mit einem Wels von der Größe eines kleinen Wildschweins kämpfte. Die Tür war abgesperrt, und die Musik war laut, aber nicht so laut, dass Romys Vater sich beschwert hätte, weil er mit seinem Buch so schleppend vorankam. Er zündete sich eine Zigarette an und blickte auf den Fluss hinaus. Die Lage hatte ihn all die Monate zuvor überzeugt, eine beachtliche Summe als Kaution für die Wohnung zu hinterlegen. Er hatte eigentlich vorgehabt, allein herzukommen, aber es dann irgendwie geschafft, sich Frau und Tochter aufzuhalsen. Er zog den Bogen Papier aus der Schreibmaschine, fluchte innerlich und begann von vorne. Tipp, tipp, tipp. *Ich hasse meine Lieben.* Er starrte auf die Worte. Eigentlich hatte er *mein Leben* schreiben wollen.

Seine Frau Patty war auf der Terrasse und trank. Sie konnte die Musik hören, aber es kümmerte sie nicht. Sie dachte, dass die Mädchen wahrscheinlich rauchten und über Jungs redeten, so wie sie es in ihrem Alter getan hatte. Sie streckte sich auf der Sonnenliege aus und dachte an Marcello Mastroianni. Wäre sie allein gewesen, hätte sie einen Eiswürfel über die Innenseite ihres Oberschenkels gestrichen und ihn sich reingesteckt.

Die Musik endete, und Romy hob den Arm, um die Nadel wieder

an den Anfang zu setzen. Alys stand unsicher in der Mitte des Zimmers.

»Arme hoch«, befahl Romy, und Alys hob die Arme, und ihre Weste wurde ihr über den Kopf gezogen. Sie fühlte eine Brise auf ihrer Haut. Sie benötigte keinen Büstenhalter, aber wünschte sich trotzdem einen. Romy schob sie zum Bett, und Alys wollte sagen ›Ich liebe dich‹, aber alles geschah viel zu schnell. Romys Hand schlüpfte in Alys' Unterhose; sie war wie elektrisiert und kam sofort, und es war ein unvergleichliches Gefühl. Alys wollte sich revanchieren, doch da klopfte Romys Mutter an die Tür, angetrunken und harmoniebedürftig, und fragte, ob sie eine Kleinigkeit essen wollten.

»Was hast du im Angebot?«, rief Romy.

»Ricotta. Ach, und Schinken.«

Also aßen sie zusammen mit Romys Mutter Ricotta und Schinken auf der Terrasse, während die Dämmerung ihre Farben auslegte. Romys Mutter redete während dieses prachtvollen Spektakels ohne Unterlass. Alys dachte, dass Peg wahrscheinlich dasselbe getan hätte.

Kurz darauf machte Alys sich auf den Weg. Sie und Romy küssten sich – mit viel Zunge – auf dem Weg nach unten in dem rachitischen, alten Aufzug, und hier sagte Alys es endlich: »Ich liebe dich.« Romy lächelte. Alys ging am Ufer entlang zurück in die Stadt, noch feucht und nach Pheromonen riechend von den jüngsten Anstrengungen. Sie wünschte sich plötzlich, Romy hätte ebenfalls *Ich liebe dich* gesagt, und fragte sich, wieso sie das nicht getan hatte. Claude war der Erste, der sie über den Platz kommen sah. Er flog von der Statue Cosimo R.s herunter und landete auf ihrem Arm. »Ich liebe dich, Claude«, sagte sie. »Ich liebe dich auch«, erwiderte er. Na also, dachte sie. Ist doch wirklich nicht so schwer.

Zwei Tage später hatte sie zum ersten Mal ihre Periode und versteckte ihre Unsicherheit unter einem Haufen Hygieneprodukte. Ihr Körper hatte ein Eigenleben und das Einzige, was sie tun konnte, war sich festzuklammern und zu versuchen, diese Achterbahnfahrt zu genießen. Ulysses fragte, ob sie eine Wärmflasche wolle. Sie wünschte sich nur, sie hätte jemanden, mit dem sie reden könnte.

Eine Woche später hatten sie den Plan geschmiedet, nach Fiesole auszubüchsen. Sie waren im *Vivoli* Eis essen, und Romy hatte ihr gerade erzählt, dass ein Freund ihres Vaters eine Villa besaß, zu der ihr Vater einen Schlüssel hatte. Er sollte eigentlich hin und wieder nach dem Haus sehen, tat es aber nie.

»Also, was denkst du?«, fragte Romy.

»Was denk ich über was?«, erwiderte Alys.

»Du bist wirklich dumm manchmal.«

»Bin ich das?«

»Der Schlüssel. Er gehört uns, wenn wir wollen«, sagte Romy. »Ich sage, ich übernachte bei dir, und du sagst, du bleibst bei mir. Wir nehmen die Vespa. Zwei Nächte weg von diesem Irrenhaus, in dem ich lebe. Du und ich, Kleine. Wie siehts aus? Der Traum der Liebe.«

Mehr Poesie konnte man von Romy nicht erwarten. Alys konnte unmöglich nein sagen.

Freitag nach der Schule winkte sie Cress und Ulysses zum Abschied zu. Sie hatte einen kleinen Rucksack mit ihren Schwimmsachen, einem sauberen Oberteil und einer Flasche Wein gepackt, die sie aus dem Keller hatte mitgehen lassen. Sie hatte sich ihre Gitarre umgehängt, einen Pullover um die Hüften gebunden und Ulysses die Telefonnummer von Romys Eltern gegeben. »Bis Sonntag!«, rief sie. Sie trafen sich auf dem *lungarno* bei der Brücke. Schmetterlinge, als sie Romy auf ihrer Vespa sah. Alys stieg auf und roch die Sonne in Romys Haar.

Es dauerte eine Weile, bis sie in Fiesole ankamen. Die Luft hier war sauberer als in der Stadt, und sie hielten am Marktplatz, um an einem Stand Vorräte einzukaufen. Romy wusste nicht, ob es Gas in der Villa gab, also kauften sie Brot, Käse und Gebäck, denn sie hatten nach dem Küssen oft Hunger. Vom Platz verließen sie auf kurvigen

Schotterpisten die Zivilisation und fanden sich zwischen uralten Olivenhainen und hohen Gräsern wieder. Romy hielt an, um auf eine handgezeichnete Karte zu blicken. Sie stellte den Motor ab. »Wir sind da«, sagte sie. Sie nahmen ihre Taschen und gingen auf eine von Zypressen umringte Steinvilla zu.

Im Inneren war es düster und kühl, schlicht eingerichtet mit Florentiner Möbeln. Schwere Holzstühle, die viel zu unbequem waren, um lange darauf zu sitzen, standen versprengt an den Wänden. Sie gingen durch das Zimmer in die Küche dahinter, öffneten Fenster und Läden, und das milchige Licht, das durch den Raum schnitt, bot ein hinreißendes Schauspiel.

Alys ging in den Garten, über die Wiese und zum hinteren Rand des Grundstücks. Sie hatte geglaubt, dass man von hier aus Florenz sehen könnte, aber dem war nicht so. Sie blickte auf eine nicht enden wollende Landschaft hinaus: rollende Hügel, Weinberge, Pinien, hier und da eine Villa. So viel Raum, dachte sie. So hoch über der Stadt zu sein, barg eine gewisse Freiheit – die Klaustrophobie der Straßen war verschwunden. All das animierte sie dazu, ihre Turnschuhe abzustreifen – das Gras taufeucht unter ihren Füßen – und ihre Jeans auszuziehen. Die Sonne schien warm auf ihre Beine, und Romy rief ihren Namen. Sie drehte sich um. Romy stand auf der Terrasse im oberen Stock und winkte. »Hier oben«, rief sie. »Ich komme«, erwiderte Alys.

Sie lagen nackt auf dem warmen Steinboden der Terrasse, aßen Orangen und tranken Wasser. Sie rückten näher und näher zusammen. Alys stützte sich ab und rollte sich nach oben, ein Bein zwischen Romys; der Steinboden drückte hart gegen ihren Ellbogen, aber das war es ihr wert. Ihr Orangenmund umschloss Romys Brustwarze, und ihre Hand schob sich zwischen Romys Beine. Hier draußen mussten sie nicht leise sein, und sie lachten über die Geräusche, die sie machten, und heulten wie die Wölfe.

Die Nacht brachte Kälte, und die Villa war dunkel. Der Strom war abgestellt worden, und sie hatten keine Taschenlampe. Zwei Kerzen waren ihr ganzes Licht, also mussten sie rationieren. Der Wein wärmte sie, und sie rauchten Zigaretten unter Millionen von Sternen, während Lichter wie Nadelspitzen die schwarzen Hügel durchstochen. Schwarze Flecken schossen durch den Rand ihres Blickfelds, und Alys wusste, dass es *pipistrelle* – Fledermäuse – waren.

»Ekelhaft«, sagte Romy.

Alys lachte. »Sie sind süß. Sie fressen die Insekten, die uns stechen wollen.«

»Du weißt ganz schön viel, oder?«

Alys zuckte die Achseln. »Ich merk mir einfach Sachen, die ich so höre.«

»Ich wette, du könntest ganz allein ein Lagerfeuer machen.«

»Willst du, dass ich eins mache?«

»Nein. Aber ich weiß, dass du es könntest. Du bist wie ein Junge.«

»Ich bin kein Junge.«

Alys und Romy sagten nicht mehr viel danach. Alys nahm ihre Gitarre und fing an zu spielen. Sie hatte angefangen ein Gedicht zu vertonen, und Pete hatte ihr versichert, dass die Melodie wunderschön sei. Plötzlich lehnte sich Romy zu ihr und küsste sie. Alys dachte, dass es vielleicht eine Entschuldigung war, konnte aber nicht genau sagen wieso.

Als die Kerze runtergebrannt war, gingen sie schlafen. Die Betten waren feucht, sie ließen ihre Kleider an. Sie schliefen lang und tief, und Alys wachte zum Schimmern der Morgendämmerung auf. Sie ging auf die Terrasse, und der Himmel stand in Flammen. Nichts mehr spielte eine Rolle, und sie schrieb ihr Lied zu Ende. Später fuhren sie nach Fiesole für ein frühes Mittagessen und parkten auf dem Marktplatz. Romy hatte sich herausgeputzt und sah aus, als wäre sie mindestens einundzwanzig, Alys trug dieselben Sachen wie am Tag zuvor, mit dem einzigen Unterschied, dass sie heute roten Lippenstift trug. Sie hatte Romy gebeten, ihn für sie aufzutragen, also trug Romy ihn auf und sagte, sie sähe heiß aus. Alys fragte Romy, wohin sie gingen, und bekam zur Antwort: »In das Lieblingsrestaurant meiner Mutter. Hier lang.« Stufen führten sie zu einer von Bäumen umsäumten Terrasse, auf der ein Kellner ihnen einen Tisch mit Blick auf Florenz gab. »Haben wir genug Geld für das alles?«, fragte Alys, und Romy erwiderte: »Wir wären nicht hier, wenn wir das nicht hätten. Wir nehmen das ganze Programm«, sagte sie. »Pasta, Fisch, Salat, Nachtisch und Kaffee.« Romy trank Wein, Alys nicht.

Romy begann eine Unterhaltung mit der amerikanischen Familie hinter ihnen. Der Sohn hieß Chad, ging aufs College, und Romy sagte nur noch: »Yeah, yeah, yeah«, und spielte mit ihren Haaren. Alys fühlte sich unwohl, dachte aber, dass das an dem Preis für das Essen liegen müsse.

Plötzlich bot sich ihr die Gelegenheit, in die Unterhaltung einzusteigen, und sie packte sie beim Schopf und sagte: »Monte Ceceri.«

Alle Augen ruhten auf ihr.

»Bist du sicher?«, fragte Chad.

»Ziemlich sicher. Er ist gleich da drüben.« Alys zeigte auf den Hügel. »Leonardo da Vinci hat da mal ein Fluggerät getestet. Er hatte verschiedene Ideen in seinem Notizbuch skizziert, allerdings wurden die Maschinen zu seinen Lebzeiten nicht mehr gebaut. Und selbst wenn man sie gebaut hätte, wären sie nicht erfolgreich gewesen. Die meisten folgten der Anatomie von Vögeln. Mit Flaschenzügen und Hebeln, um das Schlagen von Flügeln zu imitieren …«

»Sie weiß alles«, unterbrach Romy sie und lachte.

»Nicht alles«, sagte Alys peinlich berührt. Sie fuhr sich mit der Hand über den Mund und wischte den Rest des Lippenstifts ab.

Romy zahlte, und Alys sagte, sie wolle ins Amphitheater gehen, um zu zeichnen. »Kommst du mit?«

Romy rührte sich nicht vom Fleck. »Ich komm nach«, sagte sie.

Alys hatte das Amphitheater ganz für sich. Sie setzte sich auf eine der Stufen und holte ein Notizbuch und einen Bleistift aus der hinteren Hosentasche ihrer Jeans. Vor ihren Füßen brachen kleine Blumen durch die Risse in den römischen Steinen. Sie setzte ihren Bleistift auf das Papier und aus einer Linie wurde der komplizierte

Kelch einer Blume. Es war seltsam, Romy nicht zu mögen. Sie mochte das, was sie zusammen taten, aber Alys war glücklicher, wenn sie mit Romy im Bett war, als wenn sie mit ihr am Tisch saß und sie sich unterhielten. Oder wenn sie mit ihr in eine Galerie ging. Oder ins Kino. Sie fragte sich, ob die meisten Leute solche Gefühle für die Person empfanden, mit der sie zusammen waren. Peg auf jeden Fall. Peg und Ted wurden körperlich, aber ihre Worte waren gemein. Das waren die Gedanken, die Alys sich machte, als Romy die Stufen hinunterkam. Romy bückte sich und küsste sie; verdammt, sie wurde einfach nicht schlau aus ihr. Sie stiegen zusammen die Steinstufen hinauf und gingen zu Romys Vespa. Romy sagte Alys, sie solle sich gut festhalten.

Abends lagen sie nebeneinander im Bett, den Geruch der anderen am ganzen Körper, als Romy sich zu Alys drehte und fragte: »Findest du, er war süß?«

»Wer?«, fragte Alys zurück.

»Chad.«

»Ich weiß nicht.«

»Echt? Findest du nicht, er ist, naja, der perfekte Mann?«

Alys zuckte die Schultern, denn sie wusste nicht, was Romy mit ›der perfekte Mann‹ meinte.

»Ich werd mal jemanden wie ihn heiraten«, sagte Romy.

Und mit diesen sieben Worten änderte sich Alys' Leben schlagartig.

Auch in Florenz sollte sich jemandes Leben schlagartig ändern, was zwangsläufig Konsequenzen für die jungen Liebenden mit sich bringen würde. Romys Vater hatte gerade einen neuen Bogen Papier in die Schreibmaschine gespannt, als unvermittelt der Kronleuchter auf ihn herabstürzte. Es war das Ergebnis einer simplen Gleichung: marode Dachbalken plus Schwerkraft ergibt vorprogrammierten Unfall.

Patty Peller saß auf der Terrasse und trank. Sie hörte einen Knall und dachte, es sei ein Unfall unten auf dem *lungarno*. Sie ging sogar ans Geländer, um nachzusehen. Erst später – um zu fragen, ob er ein Sandwich wolle – ging sie in das Arbeitszimmer ihres Mannes, und als endlich Polizei und Krankenwagen eintrafen, war Reade Peller bereits seit über einer Stunde unter dem Kronleuchter eingeklemmt. Drei Männer mussten anpacken, um das Ding von ihm herunterzuheben. Als man sein Gesicht schließlich von der tragbaren Schreibmaschine der Marke Empire Aristocrat befreite, hatten sich die Typenhebel so tief in seine Haut eingegraben, dass sein Gesicht ein einziges Durcheinander aus Buchstaben und Zahlen war. Seine Frau wollte schon hinter der Trage in den Krankenwagen steigen, als ihr auf einmal einfiel, dass sie ja eine Tochter hatte. Sie machte auf dem Absatz kehrt und brachte die nächsten dreißig Minuten damit zu, nach der Telefonnummer zu suchen, die Romy irgendwo hingekritzelt hatte. Schließlich zündete sie sich eine Zigarette an und wählte.

»Was?«, entgegnete Ulysses. »Ich dachte, sie wären bei Ihnen, Mrs Peller.«

»Und ich dachte, sie wären bei Ihnen, Mr Temper.«

Wie man sich wahrscheinlich denken kann, war die Unterhaltung von kurzer Dauer.

Es war das erste Mal in seinem Leben, dass Ulysses nicht wusste, wo Alys war. Er konnte sich nur allzu deutlich an das Versteckspiel in der Zypressenallee erinnern, und er wollte schreien. »Dass du sie nicht sehen kannst, heißt nicht, dass es ihr nicht gutgeht, oder sie nicht irgendwo in der Nähe ist«, sagte Cress.

Cress brachte ihn zum Sofa und sagte: »Wir müssen genau überlegen. Sie ist verliebt. Das heißt sie ist freiwillig gegangen. Gefallen gefunden an Privatsphäre, weißt du noch? Das hat Pete gesagt. Sie hat sich in ein Hotel geschlichen …«

»Ein Hotel?«

»Nehm ich mal an.«

»Und wie will sie das bezahlen?«

»Vielleicht hat sie Geld aus meiner Schublade gemopst.«

»Cress, sie …«

»Was wolltest du in ihrem Alter tun, sag schon? Allein sein. Mit Peg. Ihr habt doch alles Mögliche angestellt.«

Ulysses stand auf. »Ich geh sie suchen.«

»Wo?«

»Überall, Cress.«

»Geh ruhig. Ich bleibe hier und versorge die Gäste.«

Ulysses zog los, und Cress bereitete das Abendessen zu. Er war nicht so gelassen, wie er gedacht hatte, denn die Pasta war verkocht, und die *salsa al pomodoro* schmeckte nach nichts.

Die Nacht brach herein.

Patty Peller saß im Flur ihres Apartments mit einem großen Glas Negroni in der einen und dem Telefonhörer in der anderen Hand. Sie dankte dem Arzt und legte auf. Die Prognose für ihren Mann war gut – er hatte einen außergewöhnlich dicken Schädel. Das hätte sie den Ärzten auch vorher sagen können. Sie starrte auf das Telefon und auf den hässlichen Konsolentisch, der übersät war mit Fotografien, alten Eintrittskarten zu Museen und viel zu vielen Schlüsseln. Ihre Tochter war verschwunden, und sie hatte das Gefühl, dass sie irgendetwas Offensichtliches übersah – was natürlich auch so war. Es sollte noch einen weiteren Negroni dauern, bevor sie auf die Lösung kam.

Alys konnte nicht einschlafen. Sie hatte noch nie zuvor neben jemandem gelegen und stumm geweint. Eine geschlagene Stunde. Wie dumm von ihr zu glauben, dass Romy den Rest ihres Lebens mit ihr verbringen wollte, wo sie in Wirklichkeit einen Jungen wie Chad wollte.

Sie stand auf und zog sich an. Sie nahm ihren Rucksack und die Gitarre und schlich die Treppe hinunter. Auf dem Weg nach draußen nahm sie eine Schachtel Streichhölzer und Romys von Hand gezeichnete Karte mit. Mit einem sanften Klicken fiel die Tür hinter ihr ins Schloss.

Die Nachtluft war würzig und trug den Ruf einer Eule zu ihr. Sie wusste nicht, welche Richtung sie einschlagen sollte, und eine leise

Panik packte sie und drehte ihr den Magen um. Doch sobald ihre Augen sich an das Dunkel gewöhnt hatten, sah sie die unzähligen Sterne über sich und die Schotterpiste, die sich bleich wie Brotkrumen durch die Bäume schlängelte. Sie hielt ihre Gitarre wie einen Schläger und machte sich auf den Weg.

Ihre Angst verschwand in der Dunkelheit, sie empfand nur noch eine stille Traurigkeit. Sie verstand nicht, wie ihre Liebe wegen eines Jungen enden konnte. Würde es immer so ablaufen? Sie hatte wieder dieses Gefühl, dass etwas mit ihr nicht stimmte, und sie verpasste eine Abzweigung und stand mit einem Mal vor einem Tor. Sie riss ein Streichholz an und hielt es vor die Karte. Und in diesem Moment machte sich Peg in ihr bemerkbar: trotzig und stark. Den Weg hier zurück, und scheiß auf alle, die was anderes sagen. Peg ging den Rest der Nacht voraus, erhobenen Hauptes und mit gewetztem Messer. Und scheiß auf diese beschissene Romy Peller, sagte Peg. Du bist zehnmal besser als sie. Links halten jetzt. Na bitte. Schon fast da.

Fünf Minuten später stand sie auf dem Marktplatz. Die Straßenlampen leuchteten, und das Licht schien durch die Fenster des Hotels Villa Aurora. Alys ging hinein und erbettelte sich einen Telefonanruf. Es fiel ihr schwer sich zusammenzureißen, jetzt, da sie wusste, dass sie in Sicherheit war.

In der *pensione* klingelte das Telefon, und Cress nahm ab.

»Immer mit der Ruhe, Mrs Peller«, sagte er. »Was für Schlüssel sind verschwunden? Wo? Eine Villa in Fiesole?« Cress notierte sich die Wegbeschreibung.

»Nein, nein, ich bin schon unterwegs. Sie schüren die Signalfeuer zu Hause. Nein, das meine ich nicht wörtlich, Mrs Peller«, sagte Cress und legte auf.

Er schrieb eine Nachricht für Ulysses und nahm seinen Helm. »Ich komme auch mit, alter Mann«, sagte Claude. »Weiß ich zu schätzen«, erwiderte Cress.

Cress war schon an der Tür, als das Telefon wieder läutete. Er rannte zurück und hob ab. »Mrs Peller, ich bin – Alys? Bist du das,

Liebling?« Cress lauschte. »Bleib, wo du bist, und rühr dich nicht vom Fleck. Ich bin unterwegs.«

Cress stieg auf sein Motorrad und ließ den Motor an. Er zog sich die Brille über die Augen, und Claude hüpfte in den Beiwagen. Er raste los, die Via Mazzetta entlang, bog links in die Via Maggio und wieder links auf den Lungarno Guicciardini. Er fuhr über Rot und schoss über die Brücke auf die Borgo Ognissanti, wo er sich tief über den Lenker beugte für geringstmöglichen Luftwiderstand; seine Bermudashorts flatterten im Wind, und er wurde eins mit dem Motorrad. Plötzlich ertönte hinter ihm das Sirenengeheul eines Polizeiwagens. Claude steckte den Kopf aus dem Beiwagen, um zu sehen, was los war, und ein »Ach, verdammt!« entfuhr ihm. Cress war nicht in der Stimmung für Polizeiintervention und befahl Claude sich festzukrallen, während er versuchte, die Polizisten abzuschütteln. Er fuhr jetzt mit Höchstgeschwindigkeit, und ein paar blaue Federn wirbelten in seinem Windschatten. Cress schaffte es bis zur Via il Prato, bevor er langsamer werden und schließlich anhalten musste. Schwindlig von der Verfolgungsjagd sah er den Polizisten im Rückspiegel näher kommen. Blaulicht pulsierte über die Straße. »Was sollen wir tun?«, fragte Claude. »Überlass das Reden mir«, erwiderte Cress.

Der Polizist baute sich vor Cress auf und forderte ihn auf, sich auszuweisen. Etwas verdattert sah er zu, wie Cress seinen Helm abnahm, denn das war sicherlich nicht der Mann, den er am Steuer einer Moto Guzzi Falcone erwartet hatte, und schon gar nicht mit einem blauen Papagei im Beiwagen.

Bevor der Polizist etwas sagen konnte, hielt Cress abwehrend seine Hand hoch und erklärte ihm auf Italienisch, dass, wenn er die Absicht habe, ihm einen Strafzettel zu geben, er doch bitte schnell machen solle, da er selbst es eher eilig habe.

»Wieso eilig?«, fragte der Polizist.

»Eine *emergenza*«, erwiderte Cress.

»Was für eine *emergenza?*«

Cress schwieg.

»*Signore?*«

»Jetzt sag schon!«, rief Claude.

»Meine Enkelin. Sie ist weggelaufen, um die aufkeimenden Bedürfnisse der Liebe zu stillen (*le nascenti agitazioni dell'amore* – Cress erinnerte sich an die Worte aus einem Gedicht), und jetzt ist die Liebe vor ihr weggelaufen. Sie ist irgendwo da oben« – er zeigte auf die schwarzen Hügel – »birgt ihr gebrochenes Herz in Händen und versucht verzweifelt die Komplexität menschlicher Emotionen zu begreifen. Sie ist am Boden zerstört, wo sie doch vor Kurzem noch die Welt erobern wollte. Und ich muss mir überlegen, mit welchen Worten ich ihrer Erfahrung Wert verleihen kann. Wie kann ich ihr verständlich machen, dass die Liebe, dir ihr jetzt so unwahrscheinlich und für immer unerreichbar scheint, sich ihr eines Tages wieder zeigen wird? Welche Worte können ihr jetzt Trost spenden? Wie kann ich ihr versichern, dass ihr Leben auch ohne das Objekt ihrer Begierde lebenswert ist und gelebt werden will?«

»Und?«, fragte der Polizist.

Claude drehte sich erwartungsvoll zu Cress.

»Es gibt keine Worte, Wachtmeister. Ich kann nur zu ihr gehen und ihr sagen, wie sehr man sie liebt. Und immer lieben wird.«

Der Polizist musste sich schnäuzen. »Wo müssen wir hin?«, fragte er.

»Piazza Mino. Fiesole«, antwortete Cress.

»Folgen Sie mir«, erwiderte der Polizist.

Alys fand die Polizeieskorte ein wenig übertrieben, als Cress auf dem Platz auftauchte, doch dann überschlugen sich die Ereignisse. Sie stand auf und rannte auf Cress zu, während der Polizist aus seinem Auto stieg und auf sie zurannte. Er erzählte ihr von seiner ersten Liebe, Giulietta, und für eine Weile drehte sich alles um ihn. Schließlich stieg er erleichtert wieder in seinen Wagen und fuhr winkend davon. »*Ciao*, Cressy!«

Cressy gab Alys sein Taschentuch und sagte: »Du bist in Sicherheit, Liebes. Aber wir müssen los und Romy holen und ihr von ihrem Vater berichten. Das verstehst du doch.«

»Ich rede nicht mit ihr«, erwiderte Alys und stieg in den Beiwagen. »Das musst du auch nicht«, sagte Cress, und Claude krächzte: »Rann nie der Strom der treuen Liebe sanft.« »Halt den Schnabel, Claude«, erwiderte Alys.

Romy war wach, als Cressy klopfte. Er berichtete ihr, was ihrem Vater zugestoßen war, und sie sagte: »Das wars dann wohl mit dem Buch. Die Welt wird nicht drum weinen.«

Romy hielt sich dicht hinter der Moto Guzzi, und Cress lieferte sie vor dem *Ospedale Santa Maria Nuova* ab, wo ihre Mutter schon auf sie wartete. Romy winkte, Alys nicht. »Keine Ahnung, was ich je in ihr gesehen habe«, sagte Alys.

Was auch immer sie in ihr gesehen oder nicht gesehen hatte, Alys weinte trotzdem stundenlang in ihrem Zimmer. Mitternacht. Ein Uhr. Zwei Uhr. Die Uhr tickte weiter, und gerade als Cress und Ulysses dachten, die Tränen seien versiegt, schwemmte eine neue Flutwelle sie hinaus auf einen Ozean der Verzweiflung. Ulysses brachte ihr eine Schüssel *brodo di pollo*, und Alys fragte, ob sie ein Glas Wein dazu trinken könne, was er allerdings verneinte. Cress brachte ihr später eine Tasse heiße Schokolade, und sie fragte, ob sie eine Zigarette dazu haben könne, was er ebenfalls verneinte. Alys schlief schließlich in voller Montur ein, und Cress deckte sie zu.

Ulysses sah ihr zu, wie sie schlief. Er versuchte, den Kloß im Hals hinunterschlucken, aber er wurde übermannt und musste sich wegdrehen. »Das ist die Erleichterung«, sagte er. »Ich weiß doch, ich weiß«, beschwichtigte Cress. Aber sie wussten beide, dass es noch etwas anderes war. Zusammen sahen sie am Morgen darauf die Sonne aufgehen. Und als der Tag sich mit Farbe füllte, war ihre Müdigkeit wie weggeblasen. Draußen auf der Terrasse sagte Ulysses: »Ich hätte all das niemals ohne dich geschafft, Cress.«

»Es war einer dieser Momente, für die ich gemacht bin«, entgegnete Cress.

»Nein, Cress. Ich meine all das.« Er machte eine Geste, die ihre gesamte Umgebung miteinschloss. »Und all das mit Alys.«

Cress wusste nicht, was er sagen sollte. Schon wieder so viel Liebe. Paola erschien auf ihrer Terrasse und winkte ihm zu. Er winkte zurück.

»Ich mache heute das Frühstück«, sagte Ulysses. »Und das Abendessen. Du solltest heute jemand anderem das Leben versüßen. Geh ruhig.«

All das musste Konsequenzen haben, und sie folgten auf dem Fuß. Die Kleine musste ihre Freizeit in der *pensione* verbringen, und sie verbrachte Nachmittage und Abende damit, Geschirr zu spülen oder Zimmer zu putzen und Betten frisch zu beziehen.

Eine Woche später, als sie wusste, dass Alys in der Schule war, kam Romy in der *pensione* vorbei.

»Können Sie ihr bitte diesen Brief geben, Mr Temper?«

»Sicher«, erwiderte Ulysses. »Wie geht es deinem Vater, Romy?«

»Den Umständen entsprechend gut. Wir reisen ab, sobald er sich an den Rückenstützgürtel gewöhnt hat. Scheinbar sind die Dinger im Flugzeug ziemlich umständlich.«

Am selben Abend noch las Alys den Brief.

Es war ein eloquenter Brief mit zärtlichen Worten, doch hauptsächlich war es ein Dankesbrief. Das überraschte Alys. Die Dinge, an die Romy sich erinnerte. Alys' brillantes Billardspiel im Gambrinus-Keller. Die Zoohandlung hinter dem Palazzo Vecchio und ihr Plan, die ganzen Singvögel zu befreien. Alys' Bemerkungen über Michelangelos David – dass es an erster Stelle eine Statue von Charakter sei und nicht von idealen körperlichen Proportionen, nicht wie der Donatello. Ich habe die Skizze, die du auf eine Serviette gezeichnet hast, schrieb sie. Ich werde sie behalten, weil ich glaube, dass sie irgendwann mal was wert sein wird.

Ich weiß nicht, wieso du mitten in der Nacht gegangen bist, schrieb Romy. Aber ich bin dir nicht böse. Ich bin mir sicher, dass ich der Grund dafür war. Um auf etwas Positives zu sprechen zu kommen: Meine Eltern lassen sich scheiden, und ich werde vielleicht in eine Kommune ziehen. Machs gut, Alys. Und sie verabschiedete sich mit lieben Grüßen.

Romy und ihre Eltern flogen zurück in die Staaten, nur wenige Tage nachdem sie den Brief abgeliefert hatte.

»Ich glaube, wir werden noch von Romy Peller hören«, sagte Cress, und Ulysses stöhnte: »Herrgott, Cress, sag sowas nicht. Ich kann nicht mehr.«

»Ich weiß, Junge, ich weiß.«

Der Sommer kam mit Pauken und Trompeten in die Stadt. Die Touristen schmorten und in der *pensione* rackerte man sich ab. Das Foto von Eddie, das Alys verloren hatte, wurde in Claudes Käfig neben dem Spiegel wiedergefunden. Ulysses fand, Eddie sah gut aus, aber Claude sagte, so gut auch wieder nicht. Des' Gussformen kamen an, und Ulysses begann mit der Arbeit an den größeren Globen. Alys fuhr nach London, und als sie wiederkam, hatte sie nicht viel mehr über Peg zu berichten, als dass sie kleiner wirkte. Col hatte sich gefreut, Peg, Alys und Ginny wieder bei sich zu haben. Er hatte in letzter Zeit ziemlich unter Stress gestanden, denn der Pub und die umliegenden Gebäude sollten enteignet werden. Die Gemeinde wollte alles abreißen lassen, um Platz zu schaffen für neue Bauvorhaben. Sogar Nichols Square, schrieb Col. Seine neue Freundin Ingrid hatte einen Mops (gehabt), den Col beim Rückwärtseinparken übersehen hatte, woraufhin sie ihm die Hölle heißmachte. Ingrid sagte, dass sie ihm das nicht vergeben könne, und verließ ihn. Es störte Col nicht wieder Junggeselle zu sein, vor allem jetzt nicht, wo seine Mädels wieder bei ihm waren. Col hatte Peg – ihren Spott, ihre Herablassung – nur zu gerne bei sich. Und um ehrlich zu sein, war Peg auch gerne mit Col zusammen – nicht, dass sie das jemals zugegeben hätte. Pete hatte unerwartet Glück und ergatterte eine Rolle in einem neuen West-End-Musical namens *Oliver!*. Er sagte, es basierte auf einem Roman von Charles Dickens, und Col entgegnete, dass es ein Flop werden würde. Pete nahm daraufhin die Noten für das Stück mit in den Pub. Zufälligerweise war es derselbe Abend, an dem Ted auftauchte. Er saß bei der Tür, einen Pint, den er nicht trank, vor sich auf dem Tisch, und beobachtete ohne Unterlass Peg.

»Wie die verdammte Stasi«, sagte Pete, und natürlich sah niemand, wie Ted den Pub verließ. Später sang Peg *As Long As He Needs Me,* und kein Auge blieb trocken. Normalerweise hielt Peg sich mit dem Alkohol im Zaum, wenn Alys dabei war, aber an dem Abend vergaß sie sich. Stichelte gegen alles und jeden, nichts und niemand war vor ihr sicher. »Mach dich locker, Kleine«, sagte sie zu Alys. »Such dir 'nen Jungen.« Alys ging voller Scham zu Bett in dieser Nacht. Allerdings beschämt von sich selbst, nicht von Peg.

Früh am nächsten Morgen fand Alys ihre Mutter am Boden des kleinen Hinterzimmers liegend. Hatte sich in die Hosen gepinkelt – etwas, das Alys nie jemandem erzählen würde.

»Alys? Sonst noch was?«, fragte Ulysses.

»Ach, genau«, erinnerte sich Alys plötzlich. »Mrs Lovell ist gestorben.«

»Mrs Lovell ist gestorben?«, wiederholte Cress. »Wie?«

»Das Alter. Lag mit dem Gesicht im Rostbraten.«

»Aber sie war jünger als ich«, sagte Cress. Er schwieg für den Rest des Tages.

»Als du gesagt hast, Peg wirkt kleiner …?«, hakte Ulysses nach.

»Ach, du weißt schon. Einfach älter.«

Mitte August, und sie konnten Giglio kaum mehr erwarten.

Wie immer überquerten sie frühmorgens den Platz, und Claude flog voraus zu Betsy, auch wenn er sich schwertat an Höhe zu gewinnen, da er mittlerweile einen beachtlichen Bauch vorweisen konnte. (»Du musst aufhören, ihn zu tragen«, sagte Cress zu Ulysses.) Betsy sprang sofort an, und Ulysses beugte sich vor und küsste das Lenkrad. »Zum Porto Santo Stefano, Betsy!«

Sie erhaschten Blicke auf Sonnenblumen und eine türkisblaue See, und die Luft war salzig und roch nach Kräutern. Die Fenster waren offen, und der Wind wirbelte durch Alys' Haar. Hin und wieder strich sie es sich aus dem Gesicht, und man sah ihr breites Lächeln – Pegs Lächeln. Ulysses beobachtete sie im Rückspiegel. Nirgendwo sonst war der Lauf der Zeit so offenkundig wie in ihrem Gesicht. Sieben Jahre, einfach so verstrichen. Vom Kind zur jungen Frau. Du musst sie loslassen, lautete der stets wiederkehrende Refrain in seinem Kopf.

Sie waren die Letzten auf der Fähre. Das Horn ertönte, und das Schiff bewegte sich zu leichtem, kühlem Gegenwind auf das offene Meer hinaus. Claude hob ab, und die Touristen zückten ihre Kameras. (Klick! Klick! Klick!) Cress zog seine Bermudas hoch und ließ sich die Sonne auf die Oberschenkel scheinen. Alys trank aus einer Wasserflasche und ließ sich den Inhalt über das Kinn laufen. Ulysses war ruhig und mit sich und der Welt im Reinen, und seine Ohren begannen bereits, sich rot zu färben.

Ulysses stand allein im *salotto* und konnte Massimo in der Küche mit der Espressomaschine hantieren hören. Insekten schwebten in dem diesigen Nachmittagslicht zwischen Pflanzensporen wie in einer schläfrigen Trance. Die Leinenvorhänge bauschten und flauten, bauschten und flauten im langsamen Rhythmus des Meeres. Die Fliesen waren kühl unter seinen Füßen, und er konnte Sandkörner zwischen seinen Zehen spüren. Durch die Fenster drang das vertraute Rascheln des Eukalyptus und der Gesang der Zikaden.

Die Fotos an den Wänden erzählten eindrucksvoll von ihrem Leben: sieben Jahre Salz und Wein und Freundschaft, Gelächter und Wutanfälle, Gelegenheit und Schmerz. Sie warteten jedes Jahr damit, bis sie auf der Fähre waren, und dann …

Ulysses drehte sich um, und Massimo reichte ihm eine Tasse Espresso. Er war nicht länger mit Phil zusammen, und auch wenn das seine Entscheidung gewesen war, hatte er sich laut Cress doch ziemlich zurückgezogen. Massimo legte sein Kinn auf Ulysses' Schulter und sagte: »Schau, wie dünn ich da bin, *Ulisse.* Erst ein Jahr her.«

»Aber auf dem Foto trägst du Streifen, Mass.«

»Du bist lieb.«

»Weißt du, was Cress mir erzählt hat?«

»Sag schon.«

»Dass wir am Äquator weniger wiegen als an den Polen.«

»Also ziehe ich nach Ecuador?«

»Eine Möglichkeit.«

Massimo lachte. »Wie geht's Alys?«

»Ein bisschen mitgenommen. Dir?«

»Ebenso. Aber jetzt, da du da bist, schon besser«, sagte Massimo und küsste ihn auf den Rücken.

»Sprichst du mit ihr, Mass?«

Alys stand kurz vor ihrem fünfzehnten Geburtstag. Sie hätte ausschlafen und Trübsal blasen sollen, doch die Sonne hob sie sanft aus ihrem Bett und schickte sie ins Landesinnere, um ihrem feurigen Aufstieg an vorderster Front beizuwohnen. Anschließend kletterte Alys die Granitfelsen zum Wasser hinunter und schwamm hinaus, während ein neuer Tag sich niederließ.

Auf der Fähre hatte Ulysses zu ihr gesagt: »Wir müssen verstehen, wozu das Herz fähig ist, Alys.«

»Weißt du, wozu es fähig ist?«

»Ich denke schon«, antwortete er.

»Warum hast du niemanden, Uly?«

»Das kann ich nicht beantworten. Nicht einmal für mich selbst.«

»Ist es wegen Peg?«

»Nicht mehr. Wir hatten unseren Moment, und Momente gehen vorüber. Lerne, sie zu nutzen, Alys.«

Nie zuvor hatte er so mit ihr gesprochen. Als ob er wusste, was sie fühlte, und seine Schweigsamkeit war keineswegs Gleichgültigkeit, sondern reflektierte stumm den verborgenen Schmerz über etwas Unaussprechliches.

Alys hielt die Luft an und tauchte unter. Am Grund erkannte sie die dunklen Flecken der Seeigel. Das verzerrte Bild ihrer Beine, die Wasser traten, damit sie nicht unterging. Sie wirkten so bleich im Licht der Morgendämmerung.

»Hey, Alys!« Es war Massimo.

»Wie ist das Wasser?«, fragte er.

»Traumhaft, Massi.«

(Ein Mann mittleren Alters im Sekundenflug.)

Massimo tauchte auf. »Da draußen wartet eine ganze Welt, Alys. Eine Welt mit Leuten wie wir. Hau ab aus diesem Land, und geh sie suchen.«

Mittagessen Mitte August. Achtundzwanzig Grad Celsius im Schatten. Mit Bewegung musste man haushalten.

»Alle mal herschauen!«, rief Massimo, während er den Selbstauslöser einstellte und zu ihnen gerannt kam.

(Klick.) Für immer festgehalten.

Von links nach rechts: Alys und Massimo, dann Ulysses. Ihre Arme umeinandergelegt in selbstverständlicher Vertrautheit. Cress steht vor Ulysses und hat Claude auf dem Arm. Claude liegt auf dem Bauch, das Gesicht verführerisch der Kamera zugewandt. Hinter ihnen eine Farbexplosion auf der Terrasse. Natürlich Geranien, aber auch Lavendel und Dahlien in leuchtendem Rot und Orange. Man kann den langen Holztisch erkennen, darauf Reste frischer, gebratener Sardellen, Tomaten in Hülle und Fülle, und *fagioli* mit Muscheln – das Menü zusammengestellt und gekocht von Ulysses. Zwei Flaschen des hiesigen, spritzigen Ansonica-Weißweins spitzeln hinter Massimos Schulter hervor. Eine der Flaschen ist halbvoll. Über ihnen ranken sich dick und schwer die Weinreben, und die Trauben hängen tief. Das ist Claudes Lieblingsschlummerplatz. Er träumt nicht mehr vom Amazonas, nur noch von Giglio. Er würde gerne für immer hier leben, hat diesen Wunsch aber noch nicht geäußert. Eine Eidechse hat es sich vor der Kamera gemütlich gemacht. Alys trägt abgeschnittene Jeans und ein abgetragenes Hemd von Ulysses. Sie hat ihre Sonnenbrille auf, ihr Gesicht ist gebräunt, und sie wirkt älter, als sie ist. Nur ein Jahr, oder zwei, aber das reicht, um sich des zögerlichen Anfangs des Erwachsenwerdens sicher zu sein. Als sie in dem kristallklaren Wasser schwamm, keimte langsam eine Idee: In zwei Jahren wird sie von zu Hause weggehen. Sie will auf die Kunsthochschule in London. Und sie wird noch viele Male lieben. Jedes einzelne Mal wird so aufregend wie das vorausgegangene Mal sein, und jede Person wird die Eine sein, denn sie wird wahrhaft lieben und wahrhaft geliebt werden. Ihr Lächeln ist breit, denn sie spürt, dass etwas seinen Anfang nimmt. Seitdem sie hier ist, hat sie erst elfmal an Romy gedacht. Cress trägt die Bermudashorts, die Paola für ihn genäht hat, speziell, um das formschöne Profil seiner Beine zu unterstreichen. Sein T-Shirt mit Kragen ist aus Aertex, einem vielseitig einsetzbaren Stoff, auf den er schwört. Er ist barfuß, und seine Zehennägel sind frisch geschnitten. Jeder Tag ist ein neuer Anfang. Paola sagte zu ihm, dass er ihr neuer Anfang sei, und Cress wuchs an jenem Tag über sich hinaus. Er pflückte Feigen ohne Leiter. Massimo fühlt sich attraktiv, beschwingt und interessant bei seinen Freunden, und dementsprechend ist er gekleidet: ein rotes Hawaiihemd mit weißen Tennisshorts, die denen des großen Nicola Pietrangeli zum Verwechseln ähnlich sind. Seine Oberschenkel sind seit der Trennung von Phil nicht mehr so bequem gepolstert, sondern muskulös und schlank. Liebeskummer steht mir, denkt er. Er könnte damit vielleicht sogar sein Gewicht unter Kontrolle halten. Dieser Gedanke bringt ihn zum Lachen. Ein spontaner, kehliger Ausbruch an freudigem Gelächter, etwas, das man selten von ihm zu hören bekommt. Das ist es auch, was Ulysses veranlasst sich ihm zuzuwenden, als der Auslöser klickt. Ulysses trägt eine kurze, weiße Hose und ein Hemd über seiner Weste, nachdem er sich auf einem nachmittäglichen Angelausflug die Schultern verbrannt hat. Er ist barfuß, seine Füße sind gebräunt. Da er im Profil zu sehen ist, kommt das Grübchen in seiner Wange zur Geltung, und seine Haare fallen ihm in die Stirn. Ah, wie er Massimo ansieht! Uralte Geschichte, dieser Ausdruck. Das Lachen hat Ulysses an Darnley erinnert.

»Hey, Temps«, konnte er ihn sagen hören. »Ich habe nachgedacht. Nach dem Krieg könnten wir …«

»Könnten wir was, Sir?«

Darnley steckt sich eine Zigarette an.

»Wir könnten einfach hier sitzen bleiben. Und aufs Meer schauen. Das wäre schon genug, oder?«

»Mehr als genug, Sir.«

Im Oktober wurde Ulysses vierzig. Peg schickte ein Telegramm, auf dem stand: SCHEISSE. VIERZIG. ALT. Ulysses kaufte sich eine neue Hornbrille, die er mittlerweile zum Lesen und für Arbeiten an den Details seiner Globen brauchte. Man konnte durchaus sagen, dass er sich zu einem gutaussehenden Mann mittleren Alters wandelte.

An jenem Abend ging die Truppe ins Odeon, um sich *Ben Hur* anzusehen. Sie waren alle hin und weg von dem Spektakel in CinemaScope. »Sowas hab ich noch nie gesehen!« »Und die Kostüme erst!« »Charles Heston mag ich normalerweise nicht.« »War das Charles Heston?« »Hör schon auf, Cressy!« »Und dieses Streitwagenrennen. Ich konnte gar nicht hinsehen«, sagte Massimo.

Danach gingen sie bei Michele abendessen. Ein nächtlicher Spaziergang von der Piazza della Repubblica über den Fluss. Giulia enttäuschte sie nicht, tischte ihnen *penne* und Kaninchen auf, und *bracioline* in einer Soße aus grünen Bohnen zusammen mit einem Liter Sangiovese. Ulysses' Geburtstagskuchen war *castagnaccio*, sein Lieblingskuchen mit Maronen. Sogar Michele kam hinter der Theke hervor, um ihm die Hand zu schütteln. Was ein bisschen später folgte, hätte peinlich werden können. Weder er noch Giulia verstanden, wie es genau passierte, doch es ergab sich, dass sie sich ungestört an einem dunklen Ort wiederfanden, an dem es nur sie beide gab, und sie küssten sich. Ohne Schuldgefühle. Ohne diesen Moment der Tollheit zu bereuen, breitete sich schiere Freude auf ihren Gesichtern aus. Und dabei sollte es bleiben: ein Kuss, mehr nicht. Aber sich nach diesem intimen Moment der Zärtlichkeit wiederzusehen, sollte von nun an Farbe in ihre Wangen bringen. Und wenn Giulia flüsternd die Tagesgerichte vortrug, spannte sich seine Hose im Schritt wie schon seit Jahren nicht mehr.

Und plötzlich war 1960 vorbei. Ulysses saß mit Massimo auf der Terrasse, und sie warteten auf das neue Jahr. Pete hatte in London bleiben müssen wegen *Oliver!*, aber es machte ihm nichts aus, denn er verdiente gut und konnte das Geld zur Seite legen. Alys mit ihren fünfzehn Jahren und vier Monaten sang auf den Kirchenstufen, umgeben von einer Menge Jugendlicher. Dieses Mal sogar mit Mikrophon (und durchdringendem Rückkopplungseffekt, aber es erfüllte seinen Zweck). Und Cress und Paola? Sie saßen Arm in Arm auf der Bank mit irgendeinem warmen Getränk in der Hand. Nur sie, ihre Welt, ihre Liebe.

Alys schlug die ersten Akkorde an und die Menge verstummte. Sie beugte sich zum Mikrophon und sagte: »Dieser Song heißt *Grace and Fury*.«

DER LAUF DER DINGE
1962–66

Im Sommer 1962, als sie siebzehn wurde, verließ Alys Florenz. Sie legte Kitty Lesters Platte *Love Letters* in die Jukebox, nahm ihre Gitarre und ihren Rucksack und sagte adieu. Ulysses fuhr mit ihr im Zug bis nach Milan und steckte heimlich einen Umschlag mit Geld und ein Päckchen Wegzehrung von Giulia in ihre Tasche. Es war nicht allzu schwer, sie gehen zu lassen.

In London wohnte sie bei Col und arbeitete im Pub. Genau genommen durfte sie das zwar nicht, doch alle kannten sie, inklusive der Polizisten, die immer wieder gerne Zeit im Hinterzimmer verbrachten. Sie stellte ein Portfolio zusammen und sparte Geld für die Kunsthochschule, ihren einzigen Fixpunkt am Horizont. An manchen Abenden sang sie zusammen mit Pete, was zu einer neuen Erfahrung für sie wurde, denn die Leute verglichen sie mit ihrer Mutter. Sie sagten, sie habe Pegs Stimme, aber nicht ihr Aussehen. Das machte etwas mit ihr: Es weckte ein wenig Wut und andere unschöne Gefühle.

Alys war dabei, als mit dem Abbruch begonnen wurde. Sie stand neben Col und Gin Gin, als die Abrissbirne kreiste. Die gotischen Villen an dem Platz in der Nähe waren zuerst an der Reihe. »*Sie nennen es Räumung des Armenviertels, aber wir waren nie ein Armenviertel, oder?*«, schrieb sie an Ulysses und Cress in ihrem ersten Brief nach Hause. »*Col sagt, er wird den Pub nicht verkaufen, nur über seine Leiche. Ginny weint, wenn Mauern fallen, denn sie versteht es nicht und denkt, es sei wieder Krieg. Devy hat sie gestern besucht, und Col hat nichts dazu gesagt. Er hat zu viel zu tun, als dass er diesen Kampf auch noch austragen könnte. Devy hat einen Kuchen mit Kerzen darauf mitgebracht, um Col aufzumuntern. Col hatte zwar nicht Geburtstag, aber es hat ihn aufgemuntert. Ihr fehlt mir beide. Wie immer liebe Grüße.*«

Im Wintersemester 1963 begann Alys, an der Wimbledon School of Art zu studieren. Sie wohnte teils bei Col und teils auf einem Sofa in der Nähe der Schule. Sie befand sich in einem Zustand der Ungewissheit, aber kam zu der Erkenntnis, dass das wahrscheinlich schon immer der Fall gewesen war. Anfangs fiel es ihr schwer, ihrer Sichtweise Ausdruck zu verleihen, was ihre Noten auch reflektierten. Aber sie ging jeden Tag in ihre Vorlesungen und praktizierte ihr Handwerk, und darauf kam es letzten Endes an. Doch sie sah, wie die anderen das erreichten, was sie gehofft hatte zu erreichen, und obwohl sie es ihnen gönnen wollte, fürchtete sie manchmal, dass der Erfolg der anderen Misserfolg für sie bedeutete. Sie konnte es nicht abwarten, dass ihre Arbeit Bestätigung fand. Sie hatte angefangen zu studieren in der Hoffnung, als der neue Stern am Kunsthimmel entdeckt zu werden, und wurde nun stattdessen ignoriert. Ihr Mutter-Wunsch wurde zu einem Mutter-Betteln, und Schwärmereien für Dozentinnen wurden zu abendlichen Übungsstunden mit Kohle und Parfüm. Sie las wieder und wieder weise Worte, und doch war sie immer noch unverändert sie selbst, sobald sie das Buch zuschlug, und die Enttäuschung darüber ließ sie Tage im Bett zubringen.

Doch eines Abends im Frühling wurde sie von Freunden zu einer Vorlesung in Holborn eingeladen. Zu viel Gras und der falsche Bus sahen sie zu spät durch die Türen und die Treppe hinauf durch den Gang stürmen, bis sie vor der Aula unvermittelt abbremste, da eine unverwechselbare Stimme auf den Flur drang. Evelyn Skinner. Sie musste lachen.

»Aber nein, nicht doch. Das sehe ich vollkommen anders«, sagte Evelyn. »Wenn das Leben der Frauen nicht dokumentiert ist, wie um alles in der Welt können wir dann behaupten, uns ein vollständiges Bild davon machen zu können? Wir haben doch nur den Rahmen der Geschichte geschaffen. Oder vielleicht sollte ich besser sagen, Sie und Ihre Vorgänger haben das, Mr Dixon. Und wo immer man auf Rahmen trifft, da herrscht auch Ausgrenzung.«

Die Frauen im Publikum jubelten. Alys ging nach oben in die Galerie, von wo aus sie auf der Bühne die wunderbare Evelyn Skinner sehen konnte. Zweiundachtzig und dem Anschein nach gedieh sie immer noch prächtig. Sie sah zehn Jahre jünger aus – dank Lebertran, Eisbaden und regelmäßigen Abendessen im *Quo Vadis* mit Dotty Cunningham. Nicht, dass Alys das zu diesem Zeitpunkt wusste, sie sah einfach die Frau wieder, die einen so bleibenden Eindruck bei ihr hinterlassen hatte. Die Galerie war verraucht und bis zum letzten Platz von Kunststudenten besetzt. Alys sah sich suchend nach ihren Freunden um und sah Martha, die sich in der vorderen Reihe gegen das Geländer lehnte und aufmerksam zuhörte. Alys ging zu ihr. »Tschuldigung, tschuldigung«, murmelte sie, als sie sich an den anderen Zuhörern vorbeidrückte. Sie setzte sich neben Martha und die beiden küssten sich innig.

Alys sollte all das später in einen Brief an Ulysses und Cress schreiben. Wie Evelyn aussah: elegant und imponierend. Leinenhose, Bluse und bunter Schal. Ach, sie war wirklich umwerfend!

Evelyn fuhr fort: »Schauen wir uns als Beispiel *Susanna und die Ältesten* von Gentileschi an, hier hinter mir auf der Leinwand zu sehen. Sehen Sie es sich gut an. Es ist eine Geschichte aus der Bibel, in der eine junge Frau im Bad von zwei älteren Männern beobachtet wird, die versuchen, sie zu sexuellen Handlungen zu erpressen. Ein beliebtes Thema in Gemälden der Renaissance und des Barock, hauptsächlich, weil sich hier die Gelegenheit bot, nackte Frauen zu malen.«

Das Publikum lachte.

»Sie mögen lachen«, sagte Evelyn, »und doch ist das die traurige Wahrheit. In Gentileschis Version, die Sie hier sehen, zeigt sie uns das aus der Perspektive einer Frau – und es ist keine angenehme. Susanna ist sitzend in der Mitte des Bildes zu sehen, und ihre Angst und Bedrängnis machen den wesentlichen Teil des Werks aus. Wir sehen keine Spur von Koketterie. Diese Männer sind lüstern, berechnend und heimtückisch, während sie nackt und verletzlich ist.

Sie windet sich, sie wird missbraucht. Die Malerin weiß das, denn es ist ihre eigene Erfahrung.«

Draußen vor der Conway Hall war es kühl geworden, und ein leichter Abendnebel hing vor Scheinwerfern und Straßenlampen, selbst vor der Flamme eines Streichholzes. Alys stand auf dem Gehweg und rauchte. Ihre Freunde waren dabei aufzubrechen und stiegen auf ihre Roller, um nach Soho zu fahren. »Kommst du mit?« »Ich komm nach«, sagte Alys.

Eine Stunde war vergangen, die Kälte war ihr in die Knochen gekrochen, und man hatte Evelyn insgeheim längst aus einem anderen Ausgang nach draußen bugsiert. Alys gab auf und lief los in Richtung Soho. Auf der New Oxford Street überkam sie das seltene Gefühl von wahrem Mutter-Wunsch, und sie ging zu einer Telefonzelle in einer Seitenstraße und fütterte sie mit Münzen.

»Ted? Alys hier. Ist Peg da? Nein, ich … Ich will einfach nur mit Peg sprechen, bitte.« (Scheiße, hol sie einfach ans Telefon!) »Peg? Ja, mir geht's gut. Und dir?« (Peg lallte ein wenig, war aber lieb.) Alys lehnte sich gegen die Glasscheibe und erzählte Peg von ihrem Abend. Von dem Vortrag und von Evelyn, und wie sie gewartet hatte. Peg kannte sich aus mit Warten, und sie redete ihr gut zu. Sagte, sie solle los und ihre Freunde suchen und sich was zu essen kaufen. Peg war gut zu ihr, bevor das Geld zur Neige ging.

Ulysses faltete den Brief zusammen und sagte: »Wer hätte das gedacht.« Evelyn Skinner war wieder in ihr Leben getreten. »Heute ist ein guter Tag, Cress«, sagte er und steckte den Brief wieder in den Umschlag. »Ich setz uns Kaffee auf«, erwiderte Cress.

Im Mai geschah etwas Bedeutsames. Etwas Unvorhergesehenes. Etwas, das die Fundamente ihrer kleinen Florentiner Welt erschüttern sollte. Der Giardino dell'Iris beim Piazzale Michelangelo war erst seit Kurzem wieder geöffnet, und Cress und Paola waren an jenem Tag die ersten Besucher. Eine seltene, weiße und pfirsichfarbene Blumenart hatte Paolas Aufmerksamkeit erregt, und sie kniete sich hin, um sie sich genauer anzusehen. Cress hatte sich nur kurz abgewandt, und als er sich wieder zu ihr drehte, sah er eine Menschenmenge, wo kurz zuvor noch Paola gekniet hatte, und alle blickten nach unten.

Cressy rief Michele an, der die beste Freundin in Lazio anrief, die der Schwester und dem Bruder Bescheid sagte, bis ihm Paolas Tod schließlich entrissen wurde. Ihre Leiche wurde neben der ihres Mannes in der Nähe von Prato beigesetzt, was für Cressy nicht überraschend kam. Er saß nun jeden Tag auf der Steinbank, Giulia brachte ihm Kaffee, Michele brachte ihm *La Nazione* zum Lesen, und die Leute kamen und sprachen ihm ihr Beileid aus, denn sie verstanden nur zu gut. Cressy und Paola waren etwas Besonderes gewesen. Dass die Leute auf dem Platz das verstanden, war für Cress schon ausreichend. Und natürlich hatte er noch den Giardino dell'Iris; dass er nur vier Wochen im Jahr geöffnet war, machte ihn zu der perfekten, privaten Gedenkstätte.

Cress wurde alt in diesem Sommer, aber das war die Trauer; das sagte Ulysses in einem Telefongespräch mit Col, Pete und Peg. Alle drei standen an einem späten Juliabend im Pub über den Hörer gebeugt. »Was können wir für den alten Romeo tun?«, fragte Col. »Sei gut zu ihm«, erwiderte Ulysses, und Col verstummte sofort. Er entschuldigte sich sogar, für den Fall, dass er zu weit gegangen war.

»Ich halte euch auf dem Laufenden«, sagte Ulysses. »Und wir überlegen uns auch was«, sagte Peg. »Sag ihm, er ist mein Fels in der Brandung. Sag ihm… du weißt schon.«

»Mach ich. Worte wie Goldstaub, oder, Peg?«

»Genau.«

»Das hat sie gesagt?«, fragte Cress.

»Das hat sie.«

Cress trank an diesem Morgen wieder seinen Kaffee. Er aß sogar ein Stück Gebäck. Pegs Worte – der alte Junge liebte sie eben. Es wäre falsch, zu sagen, dass Cress nicht mehr der Alte wurde, denn das wurde er. Aber er brauchte eben ein wenig Zeit. Also kümmerte sich Ulysses in der Zwischenzeit um die *pensione.* Kaffee lief jeden Morgen um acht Uhr zum Läuten der Glocken in die Espressotassen. Tabletts mit Kaffee und Gebäck wurden vor jede Tür gestellt. Ein kurzes Klopfen, Abgang, die Tür öffnete sich und man hörte einen glücklichen Gast. Ulysses wechselte auch die Bettwäsche und fuhr die schmutzigen Laken zu Manfredi. Alys schickte ein Telegramm, um zu fragen, ob sie nach Hause kommen solle. *»Bleib, wo du bist, Liebes, und gedeihe.«* Er hatte noch nie etwas so Poetisches geschrieben. Sie sollte das Telegramm ihr Leben lang aufbewahren.

Cress blieb auf der Terrasse bei seinem Orangenbaum, umgeben von Duft und Blüte. Baum war wortkarg, und zusammen verfolgten sie das scharfe Auflodern der Morgendämmerung, den Glanz der Mittagshöhe, das Abdriften der Abendsonne. Cress schlief sehr viel. Er träumte von Schmetterlingen.

Die Szene: später August. Ein ermüdend tranceartiger Gespenstertag. Die Hitze schlug auf die Stadt ein wie ein Hochofen – Cols Worte. Fensterläden waren gegen die glühenden Dunstschwaden fest verschlossen, und der Platz lag leblos bis auf ein paar unterernährte Tauben und vereinzelte Touristen bei Michele, die sich Spaghetti in vertrocknete Münder schoben und sich allesamt wünschten, sie hätten stattdessen Salat bestellt. Und dann auf einmal:

Eine Krankenwagensirene, heulend und kreischend wie eine Todesfee. Ein Geräusch, das Ulysses seit zehn Jahren nicht mehr gehört hatte.

»Was zur …?«, stammelte er völlig verschlafen. Er stand vom Sofa auf und stieß die Fensterläden zurück. »Also, ich werd nicht mehr«, sagte er zu Claude, der zum Fenster geflogen kam und dabei eine Spur aus Kot hinter sich herzog.

Ulysses zog sich rasch ein Hemd über und stürzte die Treppe hinunter. Die betagte Contessa wartete schon auf ihn am unteren Absatz.

»Sie brauchen neue Freunde«, sagte sie.

»*Sì, sì*, ich weiß, ich weiß, Contessa«, erwiderte er.

Dann war er auch schon draußen in der Sonne, steckte sein Hemd in die Hose und hielt sich schützend die Hand über die Augen. Er sah, wie neben der Basilika der grüne Krankenwagen zum Vorschein kam. Col schrie und fluchte und schlug auf das Armaturenbrett ein, während sie über das Pflaster holperten und Pete mit aller Kraft die übriggebliebene Hecktür festhielt. Alle Fensterläden am Platz wurden aufgestoßen, um zu sehen, was es mit dem Tumult auf sich hatte. Unvermittelt bremste der Transporter ab, und Pete wurde kopfüber herausgeschleudert. Das Heulen brach ab, und die dichte Stille wurde nur von zwei rollenden Radkappen durchbrochen, die unheilverheißend auf den Rinnstein zuklapperten.

Pete kroch auf allen vieren zu Ulysses und stöhnte: »Nie wieder.«

»Was ist passiert, Pete?«

»Wir haben vor Parma eine der Hecktüren verloren und einen spektakulären Auffahrunfall auf einer der Hauptstraßen verursacht. Col hat Gas gegeben, und nur dank Pegs Geistesgegenwart bin ich nicht unter die Räder eines Alfa Romeo gekommen.«

»Peg?«

»Ja. Sie hat meine Beine festgehalten, bis Col anhalten und ihr helfen konnte, mich reinzuziehen.«

»Peg ist hier?«

»Jep. Hey, Peg!«

Nicht ganz die Anmoderation, die sie sich vorgestellt hatte, aber was soll man machen? Peg schwang Absätze voran ihre nackten Beine aus dem Auto, die ab den Oberschenkeln von einem gegürteten, kurzärmligen Kleid in Smaragdgrün bedeckt waren. Die zehn Jahre waren hinter einer Sonnenbrille versteckt, und die Sonne betonte die zehn Jahre blonder. »Oh, mein Gott«, entfuhr es Ulysses.

Klack, klack, klack kam sie über das Pflaster. Hüfte schwingend, Arme baumelnd. Pegs Song, oder etwa nicht? Und da war es wieder, das leichte Ziehen in Ulysses' Magengegend.

»Peg? Was zur …?«

»Die beschissensten Tage meines Lebens, Temps. Frag nicht. Frag bloß nie!«

Ulysses breitete seine Arme aus und hielt sie fest. »Ich hab dich vermisst«, flüsterte er. »Hey! Interessiert sich denn nie jemand für mich?«, unterbrach Col. »Wer bin ich denn? Ein verdammter Niemand?«

Pete begann zu würgen.

»Halt den Mund, Col«, sagte Peg.

»Danke, sehr freundlich.«

»Mund«, sagte Peg und zeigte darauf.

Col hielt sich die Hände vor den Mund, roch an seinem Atem und zuckte zurück. »Hat jemand von euch ein Pfefferminz?«, fragte er. »Komm her«, erwiderte Ulysses und zog ihn in eine Umarmung. »Das gefällt mir schon besser«, sagte Col.

Das Klicken einer Tür war zu hören, und sie drehten sich um. Es war Cressy. Ein bisschen verschlafen, ein bisschen verwirrt. Er blickte von einem zum anderen und sagte: »Peg. Col. Pete.«

»Hat also nicht sein Gedächtnis verloren«, sagte Col.

»Halts Maul, Col«, sagte Peg.

»Was macht ihr denn hier?«, erkundigte sich Cress.

»Wir sind wegen dir gekommen, Cress«, erwiderte Pete. »Um sicherzugehen, dass es dir auch gutgeht.«

»Natürlich geht's mir gut.« (Cress musste schlucken. Verdammte Tränen in den Augen.) »Natürlich geht's mir gut.«

»Komm her«, sagte Peg.

Cress tat wie befohlen, denn Pegs Arme waren ein guter Ort für ihn. Cress war geschrumpft. »Alles gut«, sagte Peg. »Alles gut.«

Sie rumpelten die Treppe hinauf, schwatzend und witzelnd, als ob sie sich erst gestern zum letzten Mal gesehen hätten. Sie gingen am Eingang zur *pensione* vorbei, die momentan von einer Gruppe Kunsthistoriker aus Leamington Spa belegt war, die laut Cress aufgrund unterschiedlicher Ansichten zu Leonardo und Raphael ein ziemlich zänkischer Haufen waren. Als Cress den Schlüssel im Schloss drehte, hatten sie bereits die Zimmer aufgeteilt und beschlossen, dass Peg bei Alys schlafen sollte, Pete bei Ulysses, doch niemand wollte sich ein Zimmer mit Col teilen. »Sehr freundlich, vielen Dank auch«, sagte Col.

Es war befremdlich für Peg, nach so vielen Jahren im Zimmer ihrer Tochter zu stehen. Ein Bett in der Ecke, eine Staffelei und ein Zeichentisch die einzigen Möbelstücke. Ausgewaschene Tomatendosen voller Bleistifte, eine leere Weinflasche als Kerzenhalter, und ein mit Farbspritzern übersäter Terrakottaboden, der mittlerweile mehr nach Terrazzo aussah. Eddies Foto war mit Klebeband an der Wand befestigt. Immer noch dieses Verlangen, das in Pegs Schritt brannte – oh, verdammt, wo war bloß die Zeit hin? Peg war jetzt alt genug, um seine Mutter zu sein, was die Geschichte ihrer Liebe auf eigenartige Weise verzerrte. Zwanzig Jahre des Hoffens und Liebens hatten sie gebrochen und es Ted ermöglicht, durch die Risse hineinzuschlüpfen. Und nun gab es kein Zurück mehr. Ich hab meine Seele verkauft, Eddie, und ich spüre die Leere jeden einzelnen Tag. Unser Kind ist inzwischen erwachsen. Auf der Kunsthochschule! Sie hat dein Talent, du wärst so stolz, und sie sieht aus wie du, Eddie. Hat mein Lächeln, sagen die Leute, aber ich sehe nur dich. Und manchmal tut es weh, sie anzusehen, ihre glatte Haut, und an die Jahre zu denken, die sie vor sich hat. Dann will ich sie ohrfeigen, Eddie, und deshalb muss ich sie mir vom Leib halten, weil sie mich manchmal bitter macht, aber ich will nicht verbittert sein, weil das die Liebe zerstört. Ich weiß einfach nicht, was ich tun soll. Das ist also aus mir geworden, Eddie. Letzten Endes bin ich doch wie meine Mutter.

Sie wandte sich ab und stellte sich vor eine Porträtzeichnung von Alys, das Licht in ihren Augen mit weißem Zeichenstift festgehalten, so grimmig, so stark, und Peg wurde sich plötzlich bewusst, wie jung die Kleine gewesen war, als sie sie weggegeben hatte. Etwas in ihrem Inneren zog sich schmerzhaft zusammen, aber sie hatte nichts gegessen, vielleicht war es das? Sie verbarg ihr Gesicht in ein paar Kleidungsstücken, die an einer Stange hingen. Sie wusste nicht, wie ihre Tochter roch, aber so nah wie jetzt hatte sie sich ihr noch nie gefühlt.

Peg setzte sich auf das Bett und blickte zur Tür hinaus. Auf dem Flur herrschte ein einziges Durcheinander. Col versuchte seine blutende Nase unter Kontrolle zu bekommen, Pete hielt Claude schützend im Arm, und Cress sagte zu Col: »Was bitte hast du erwartet? Einen Papagei so runterzumachen!«

Old Cressy. Wie er ihr gefehlt hatte. Wie gut er sie kannte, wie gut er sie beruhigen konnte. Es war ihre Idee gewesen, herzukommen. Sie hatte Col die Lorbeeren dafür ernten lassen, aber sie war es gewesen. Sie wusste, was passierte, wenn die Wellen über einem zusammenbrachen, dieses Taumeln, mit dem der Ballast sich verlagert und du dich so weit zur Seite neigst, dass du denkst, du kenterst und ertrinkst.

Temps kam zu ihr ins Zimmer. Dieses Lächeln, dasselbe, das er als Junge hatte. Unbeholfen und liebenswert. Er setzte sich zu ihr aufs Bett, nahm ihre Hand in seine, und sie entzog sich ihm nicht. Sie könnte ihm alles erzählen, und er würde ihr vergeben, würde sie niemals verurteilen. Aber was willst du schon sagen, Peg? Dass du des Lebens müde bist und überfordert? Du wirst sowieso nichts sagen. Immer weiter schwadronieren, auch wenn du die Schnauze voll hast von deiner Wut. Laber, laber, Rhabarber, wer trinkt noch einen mit?

»Ich weiß, dass es deine Idee war«, sagte er.

»Die Ehre gebührt Col.«

»Ich weiß, dass du es warst.«

»Was ist da draußen los?«

»Col war unhöflich zu Claude, also ist Claude ihm ins Gesicht geflogen.«

»Wie geht's ihm?«

»Col oder Cress?«

»Cress.«

»Besser, jetzt wo du da bist. Wie lange bleibst du, Peg?«

»Bis er wieder auf die Beine kommt.«

»Danke.«

»Du siehst gut aus.« (Sie streicht ihm mit der Hand über Wange und Kinn.) »Hast zu dir selbst gefunden, oder? Was? Du siehst aus, als würdest du mich was fragen wollen.«

»Wie bist du von ihm weggekommen.«

»Bitte nicht, Temps.«

»Ich mach mir Sorgen um dich.«

»Und ich mir um dich. Das machen wir eben, oder?«

»Hat er dich geschlagen?«

»Lass gut sein. Heute ist ein schöner Tag.«

»Hier«, verlegen holt er seine Brille aus der Tasche und setzt sie sich auf. »Die muss ich mittlerweile tragen«, sagte er. »Beim Arbeiten und beim Lesen.«

»Sie steht dir.«

»Findest du?«

»Trägst du sie auch im Bett?«

Er läuft rot an und nimmt sie ab. Ihre Hand auf seinem Bein.

»Nicht hier, Peg. Das ist …«

»Ich weiß, ich weiß.«

An diesem Abend ging Peg zu Ulysses in die Küche, um ihm mit dem Essen für die Gäste zu helfen. Col, Pete und Cress gingen voraus zu Michele, und Peg hörte sie im Treppenhaus. Col erzählte irgendwas von überfahren und Lesley, und Cress fragte: »Aber nicht Lesley Greenaway?«, und Col antwortete: »Nein, Lesley, der Mops. Ingrids Mops.« »Was für ein Mops?«, erwiderte Cress. »Herrgott nochmal«, sagte Col. »Gerade als du angefangen hast, mir leidzutun.«

Peg musste lachen. »Was?«, fragte Ulysses. »Nur die drei«, sagte sie.

Es war, als ob sie nie getrennt gewesen wären.

Peg fiel es leicht, seinen Anweisungen zu folgen. Sie hantierte zum ersten Mal mit Mörser und Stößel, machte zum ersten Mal Pesto und fand, es hatte eine beruhigende Wirkung. Später half sie für den Abend als Kellnerin aus und zog einige Blicke auf sich, als sie eine Unterhaltung über Carrara-Marmor unterbrach. Sie sollte sogar im Gästebuch Erwähnung finden, allerdings musste die Seite leider ausgerissen werden. »Was stimmt bloß nicht mit den Leuten?«, fragte Cress. »Sowas zu schreiben, wo es alle Welt sehen kann.«

Um kurz vor zehn blies Ulysses die Kerzen aus und löschte das Licht. Er dachte, sie würden zu Michele gehen, aber Peg nahm ihn an der Hand und führte ihn nach oben in sein Zimmer.

»Peg?«

Sie schubste ihn auf das Bett.

Vor dem Fenster ein schwarzblau marmorierter Himmel, an dem der Mond Verstecken spielte, Sterne, erleuchtete Wohnungen, und Cols Lachen, das von Michele herüberdrang.

»Setz die hier auf«, sagte sie und zog die Brille aus seiner Hosentasche. Sie öffnete seinen Reißverschluss, schob ihr Kleid hoch und setzte sich rittlings auf ihn. Eine Weile verharrten sie so. Dann ein langsames Wiegen der Hüfte, bis sie es nicht mehr aushielten. Sie presste ihm beide Hände auf den Mund, um sein Stöhnen zu unterdrücken.

Um zehn Uhr dreißig gingen sie nach unten auf den Platz. Peg rief Cress' Namen und Old Cressy strahlte über das ganze Gesicht, als er sie sah. Peg setzte sich neben ihn, nahm seine Hand, und Ulysses nahm sich einen Stuhl vom Nachbartisch und setzte sich neben Pete. Er schenkte den restlichen Wein aus und fragte: »Was haben wir verpasst, Cress?«

»Naja, ich wollte gerade von meiner letzten Vision erzählen«, sagte Cress.

»Was ist es diesmal?«, fragte Col.

»England gewinnt die Weltmeisterschaft 1966«, erwiderte Cress.

»Du träumst«, sagte Col. »Die sind scheiße. Waren sie schon immer, werden sie immer sein.«

»Aber das ist noch nicht alles«, sagte Ulysses und hob sein Glas. »Und das ist das Geniale daran.«

Col sah ihn an. »Also, du Genie?«

»Geoff Hurst Hattrick.«

»Mr Zwei Linke Füße?«, fragte Col. »Mr Geoff *Ich hab noch nie für England gespielt* Hurst?«

»Im Februar wird er das«, entgegnete Cress. »Er wird in die Mannschaft kommen, das hab ich gesehen, und das ist meine Wette. England gewinnt, aber mit einem Geoff Hurst Hattrick. Alles auf Schwarz.«

»Ich bin dabei«, sagte Pete.

»Du musst die Wette für mich in London abschließen, Pete. Hier ist das nicht so gern gesehen. Ich geb dir einen speziellen Koffer mit falschem Boden, um das Geld mit zurück zu nehmen.«

Pete tippte sich an die Nase. »Danke, Cress.«

»Du lässt hoffentlich die Finger von Tubs, oder?«, fragte Col.

»Ich hab an Soho Sid gedacht.«

»Soho Sid?«, spottete Col. »Hat der noch seinen Laden?«

»Einen ziemlich großen sogar«, sagte Pete. »Hat sich neben dem *Mandrake* eingenistet.«

»Ich mag Sid«, sagte Peg.

»Ich bin wenigstens auf zehn zu eins aus«, sagte Cress.

»Zehn zu eins!«, rief Col. »Glaubst du etwa, das wird wieder ne Blankers-Koen? Ein Blitz schlägt nie zweimal an derselben Stelle ein, Signor Cresswell!«

»Eben doch«, erwiderte Pete. »Alan Beantree.«

»Alan …?«

»Beantree«, sagte Pete. »Du weißt schon. War mit seinem Hund draußen und ist im August 1939 vom Blitz getroffen worden. Als er sich erholt hatte, hat er allen seinen Fuß gezeigt.«

»Seinen Fuß?«

»Wo der Blitz wieder ausgetreten ist. Ein Jahr später war er mit seinem Hund draußen und ist wieder getroffen worden.«

»Ist er gestorben?«

»Das will ich hoffen«, sagte Ulysses. »Er liegt neben meinen Eltern begraben.«

»Und was soll das alles?«, fragte Col.

»Na, von wegen der Blitz schlägt nie zweimal ein«, antwortete Pete. »Ich behaupte, das tut er. Weil er es getan hat.«

»Aber genau genommen waren die beiden Einschläge verschieden, Pete«, sagte Cress.

»Herrgott nochmal«, sagte Col.

»Der erste Blitz, der Alan Beantree traf, war ein Überschlag. Wenn der Blitz von einem hohen Objekt – in diesem Fall ein Baum – auf einen Menschen überspringt. Alan Beantree war ein besserer Leiter für die Blitzenergie als der Baum.«

»Was ist mit dem Hund passiert?«, erkundigte sich Peg.

»Zunder.«

»Tot?«

»Nein, der Hund hieß Zunder.«

»So wahr mir Gott helfe, Temps«, sagte Col.

»Er ist weggerannt«, erklärte Pete. »Hat eine neue Familie in Bow gefunden.«

»Und der zweite Einschlag«, fuhr Cress fort, »war ein direkter. Geradewegs aus der Luft. Alan Beantree hatte es nicht mehr bis zum Baum geschafft. Wurde niedergestreckt im besten Mannesalter.«

»Er war siebzig, Cress!«, widersprach Peg.

»Ein direkter Einschlag, der tödlichste von allen«, ignorierte Cress sie. »Davon erholt man sich nicht so leicht. Wer will noch eine Karaffe Roten?«

»Ich«, antworteten alle.

Peg zwinkerte Ulysses zu. *Cress wird schon wieder* bedeutete dieses Zwinkern. Er drückte unterm Tisch sein Bein gegen ihres, ihre ganz private Blitzenergie. Giulia bemerkte es, als sie ihnen den Wein brachte; die Luft war so aufgeladen, dass es ihr beinahe die Haarspangen aufstellte. »Da ist aber jemand zufrieden!«, sagte sie im Dialekt, bevor sie wieder in der Bar verschwand.

Die Tage verstrichen, Cressys Seele sah sich in der Lage, ihren Schutzwall zu durchbrechen, und es war ein erhebender Anblick. Ulysses befahl ihm, mit allen an die frische Luft zu gehen, damit er in Ruhe putzen konnte, und Peg hätte Ulysses gerne geholfen, aber natürlich war es Peg, die Cress an seiner Seite haben wollte. Pete wollte ein wenig für sich selbst durch die Stadt wandern und ein oder zwei Lieder komponieren. »Ich kann die Muse spüren«, sagte er.

»Da ist nur grad jemand über dein Grab gelaufen«, entgegnete Col.

Mit Col als Sozius und Peg im Beiwagen setzte Cress alle Hebel in Bewegung, und alle Erlebnisse, die er mit Paola geteilt hatte, erwachten wieder zum Leben. Er schoss hinaus zum Piazzale Donatello und dem Cimitero degli Inglesi: ein winziger, grüner Hügel umringt von drückendem Verkehr. Laut Cress ein kleines Wunder.

Große Zypressen warfen unter der Septembersonne geometrische Schatten auf die Toten, und Rosen ballten sich dichtgedrängt vor weißen Marmormonumenten. Mit beiden Händen auf ihrem Grabstein trug Cress Elizabeth Barrett Brownings *Wie ich dich liebe* vor. Mit einem kleinen Kloß in der Kehle, angesichts des wortvollkommenen Endes. Typisch Cressy. Er wartete nur darauf, dass Col sich über ihn lustig machte, aber das tat er nicht. Col sagte, es sei eine sehr bewegende Interpretation gewesen, und Col benutzte solche Worte nie. Selbst Peg hob erstaunt die Augenbrauen.

Sie spazierten einen schattigen Pfad entlang, und Col sagte, er mache sich Sorgen über den Abriss der Reihenhäuser. Alle wussten, dass Col für seinen Pub lebte und ohne den Pub… naja, man brauchte gar nicht erst darüber nachdenken. »Und was soll aus meinem Kirschbaum werden, Col?«, fragte ihn Cress. »Ich binde mich daran fest, wenn es sein muss, Cress. Ich kann auch diese Art von Mann sein.«

Eigentlich hatte Cress für den nächsten Tag einen Ausflug nach Chianti geplant, aber er hatte vergessen, den anderen davon zu erzählen. Er hatte gehofft, dass Ulysses sie in Betsy zu den Weingütern rausfahren würde, doch der Morgen kam, und Ulysses war verschwunden. Peg sonnte sich auf der Terrasse. »Kannst du irgendwen sehen, Col?«, fragte sie.

Col beobachtete den Platz durch das Teleskop. »Nein, er hat sich aus dem Staub gemacht«, antwortete er.

»Hast du ihn gesehen?«, fragte sie Pete, der gerade von einem Spaziergang zurückkam.

»Nein, hab ich nicht, Peg. Aber Betsy steht nicht mehr da.«

»Betsy ist weg?«, hakte Cress nach. »Also das ist es. Ist jedes Jahr das Gleiche. Ungefähr zur selben Zeit. Er verschwindet einfach für einen Tag.«

»Wohin?«, wollte Col wissen.

Cress zuckte die Achseln. »Er verschwindet eben, manchmal schon nachts.«

»Wer hätts gedacht«, sagte Col. »Er hat ne Frau. War allerhöchste Eisenbahn«, und er steckte sich eine Zigarette an.

Peg schwieg.

»Da bin ich mir nicht so sicher«, wandte Cress ein.

»Wär schön, wenns so wäre«, sagte Pete. »Jedes Jahr, sagst du, Cress?«

Cress nickte.

»Ganz schön engagiert. Sowas ist mir auch noch nicht zu Ohren gekommen«, sagte Pete und schrieb noch am selben Tag ein Lied darüber. *364 Days and Counting* hieß es. Er schrieb es schnell und war fertig, als Ulysses später an dem Abend zur Tür hereinkam.

»Hey, Temps, hör dir das mal an!«

Ulysses hängte seinen Hut an den Kleiderständer und kam ins Wohnzimmer. Eine sanfte Melodie mit einem sanften Refrain über ein Leben gelebt an einem Tag. Pete verzichtete auf den offensichtlichen Verweis auf Eintagsfliegen.

»Wo warst du, Sonnenschein?«, fragte Peg. Dabei stieß sie Ulysses in die Seite und zwinkerte ihm scherzhaft zu, aber er war nicht in der Stimmung. Er ging früh zu Bett an dem Abend. Kontemplativ war das Wort, das Cress verwendete, um ihn zu beschreiben.

Peg holte Pete in die Küche und bat ihn, mit ihr das Zimmer zu tauschen. Pete, zugänglich wie immer, sagte: »Ja, klar. Mit ihm schläft es sich ganz ausgezeichnet.«

Peg schlich sich in Ulysses' Zimmer, schlüpfte aus ihrem Kleid und stieg zu ihm ins Bett. Ulysses drehte sich zu ihr und sagte: »Ich will einfach nur daliegen, Peg.« Also lagen sie, die Arme umeinandergelegt, da und lauschten den Stimmen, die dem Glockengeläut wichen, das letzten Endes dem Vergessen wich. »Hast du eine Frau, Temps?«, fragte Peg, und er antwortete: »Ich habe keine Frau.« Sie drehten sich voneinander weg, aber ihre Fußsohlen berührten sich die ganze Nacht über.

Am darauffolgenden Tag reisten Peg, Col und Pete wieder ab. Allen Protesten zum Trotz setzten sie sich auf ihre angestammten Plätze im Krankenwagen. Cress hatte im Heck eine Holzplatte als Türersatz montiert, und Col hatte Pete versprochen, dass sie in Soutigny Halt machen würden. »Was zur Hölle ist in Soutigny?«, fragte er bloß. Claude kam von seiner Statue geflogen und schiss auf die Windschutzscheibe, während Pete mit wissendem Blick auf den speziell bearbeiteten Koffer tippte. Niemand konnte es ertragen, Ulysses und Peg Abschied nehmen zu sehen.

»Alle fertig?«, rief Col.

»Fahr schon los«, sagte Peg.

Der Krankenwagen sprang polternd an und der Motor heulte auf.

»Ciao, Temps!«

»Ciao, Peg!«

»Auf Nimmerwiedersehen!«, rief die Contessa.

Und dann waren sie auch schon weg.

Cress würde sein Lebtag nicht vergessen, dass sie seinetwegen nach Florenz gekommen waren. Schon wieder so viel Liebe. Cress fand, dass er schon mehr als genug bekommen hatte, und für Cress war das genauso schlimm, wie gar keine Liebe zu erfahren. Doch der Baum widersprach ihm. »Das stimmt nicht. Die Liebe ist eben so.« Und seine Blätter zitterten in der Brise, die von den südlichen Hügeln wehte. »Irgendwo fangen sie mit der Weinernte an«, sagte der Baum.

»Ist das so?«, entgegnete Cress.

»Und die Schwalben bereiten sich auf den Abflug vor.«

»Sie werden mir fehlen«, sagte Cress.

»Das ist der Lauf der Dinge.«

Sergio Leone kam 1964 ins Odeon geritten. Es war der Beginn der *Trilogia del Dollaro.* Als sie aus *Für eine Handvoll Dollar* kamen, sagte Massimo: »Meiner Meinung nach hat Ennio Morricone die Filmmusik revolutioniert.«

Cress und Ulysses stimmten ihm von ganzem Herzen zu.

Ein Jahr später, nachdem sie *Für ein paar Dollar mehr* gesehen hatten, sagte Massimo dasselbe.

Col unterrichtete sie regelmäßig über Neuigkeiten zu Geoff Hurst und beobachtete ihn sogar beim Training. Er handelte sich dabei einen gewissen Ruf ein – keinen guten –, und Peg befahl ihm, von nun an das Fernglas zu Hause zu lassen. Col sagte, dass Hurst Jimmy Greaves nicht gewachsen sei, und sein Sodbrennen kam wieder. Er gab Cress und seinen Wetteinsätzen die Schuld daran. Im Oktober wurden Alys und Pete verhaftet, als sie vor der amerikanischen Botschaft am Grosvenor Square gegen den Vietnamkrieg demonstrierten. Alys malte Plakate, auf denen stand: MILITARISMUS IST RASSISMUS. Sie wurden am selben Abend wieder auf freien Fuß gesetzt, und das ohne Anzeige, denn Col kannte den diensthabenden Polizisten. Col wartete vor der Polizeistation auf sie und sagte: »Das ist ein neuer Tiefpunkt, selbst für dich, Pete.« »Vergelts Gott«, erwiderte Pete.

Geoff Hurst schaffte es in den englischen Weltmeisterschaftskader, aber Col war überzeugt, er würde auf der Bank bleiben, außer Greaves sollte etwas Schlimmes zustoßen.

Und tatsächlich stieß Greaves etwas Schlimmes zu. Eine Verletzung am Bein sorgte dafür, dass er ab dem Viertelfinale ausschied.

»Wieso hast du gezweifelt?«, fragte Cress.

»Mir ist schlecht«, erwiderte Col.

»Dann leg dich hin.«

»Bis wann?«

»Bis zum Finale«, sagte Cress und legte auf.

Das Finale war am 30. Juli 1966, ein Tag, an dem Geschichte geschrieben wurde.

Draußen vor Micheles Bar feuerte die Sonne auf die Campari-Markise, die mittlerweile zu einem attraktiven Rosaton verblasst war. Vor dem kleinen, prekär verkabelten Schwarzweißbildschirm hatte sich eine Menschenmenge versammelt. Man stand unter Strom. Buchstäblich. Ein verschüttetes Getränk entfernt von einer Katastrophe.

Dazwischen saßen Cress, Massimo und Ulysses und sahen gelassen zu, wie England die Weltmeisterschaft gewann und, weitaus wichtiger, wie Geoff Hurst seinen Hattrick aus dem Hut zauberte. Später feierten sie auf der Terrasse zurückhaltend ihren Sieg. Sie erlaubten sich nur einen etwas besseren Wein.

»Es gibt nur einen Geoff Hurst!«, sang ein alternder und übergewichtiger Mann oben ohne irgendwo in einem Pub im Osten Londons. »Nur einen Geoff Hurst! Es gibt nur einen!«

Soho Sid zahlte den Gewinn ohne zu murren aus. Er hatte bereits ein Vermögen gemacht, was also kümmerte es ihn? Wie sie später herausfinden sollten, war er so fasziniert gewesen von ihrer Wette, dass er dieselbe Wette ausgerechnet bei Tubby Folgate abgeschlossen hatte. Sid war also auf seine Kosten gekommen, und Tubby leckte wieder seine Wunden.

Col brauchte an dem Abend eine Stunde, um eine Verbindung nach Italien zu bekommen.

»Wie viel haben wir gewonnen?«, fragte Ulysses.

»Ein verdammtes Vermögen«, erwiderte Col und wickelte ein Pfefferminz aus.

Sie hatten ihre Wetteinsätze zusammengelegt, und drei Tage später verteilte Pete den Gewinn entsprechend, und sie alle hatten ordentlich abgeräumt, danke der Nachfrage. Col verwaltete Pegs Anteil (wegen Ted) und sie hatte endlich die Mittel und Wege aus ihrer Situation auszubrechen und brauchte nun nur noch ein Ziel.

Alys kam in diesem Sommer nach Florenz zurück. Es war der Sommer, in dem sie einundzwanzig wurde.

Sie hatte vielleicht nicht Pegs Aussehen geerbt, aber sie hatte etwas viel Wichtigeres. Alys hatte esoterische Bücher gelesen und mit der Natur Gespräche geführt, wie es Cress schon seit Jahren tat. Sie hatte LSD probiert – einmal und nie wieder – und Bob Dylan in der Royal Albert Hall gesehen und war hingerissen von ihm. Sie hatte viele Liebhaber gehabt, darunter auch Männer, doch sollte sie Frauen immer den Vorzug geben, denn Frauen zu küssen brachte ihre Seele zum Leuchten. Ihre Zeit an der Kunsthochschule war erfolglos geblieben, aber sie hatte die Möglichkeit gehabt zu lernen und sich auszuprobieren. Sie ließ das Malen schließlich sein, konzentrierte sich aufs Zeichnen. Technisch gesehen war sie brillant, sie wusste einfach nicht, was sie sagen wollte.

Sie ging durch die Halle des Bahnhofs Santa Maria Novella, ein Gepäckträger folgte ihr mit ihren Taschen. Sie trug einen Pferdeschwanz und kurze Stirnfransen, eine Jeansschlaghose, Mulltuchbluse und die unentbehrliche Perlenkette um den Hals, außerdem einen Knutschfleck überm Schlüsselbein, ein Andenken an die Frau, mit der sie den Schlafwagen geteilt hatte. In der linken Hand trug sie ihre Gitarre und in der Rechten den Koffer mit falschem Boden und einem Haufen Bargeld. Ein Stück weiter sah sie Ulysses stehen, und ihr Herz machte einen Sprung. »Uly!«, rief sie. Er drehte sich um. Wie sie ihn vermisst hatte!

DIE SCHLAMMENGEL
1966–68

Es wurde wieder Herbst, die Tage waren kürzer, die Nächte länger, und dank eines Sturmtiefs über dem Mittelmeer regnete es sechs Wochen ohne Unterlass. Norditalien war überflutet.

Anfang November saß Ulysses in seiner Werkstatt und blickte auf das Hochwasser hinaus. Er konnte die Feuchtigkeit spüren, die durch den Boden nach oben drang. Die Abenddämmerung senkte sich, und der Platz war verlassen und leblos. Tags darauf war der Feiertag, an dem die Stadt den Sieg Italiens über Österreich im Ersten Weltkrieg feierte. Die Leute waren bereits für das Wochenende weggefahren, und Alys fuhr mit Cress nach Rom, da der alte Junge so sehr an den Romantikern interessiert war. Die *pensione* stand leer, also war Ulysses zum ersten Mal seit Jahren auf sich allein gestellt – eine Vorstellung, bei der ihm schwummrig wurde. Er hatte mit Massimo vereinbart, dass sie sich später bei einer Zusammenkunft der britischen Filmindustrie treffen würden, bei der es wohl um die Swinging Sixties und London ging. Der Regen machte die Aussicht auf einen Abend in der Stadt allerdings nicht gerade verlockend.

Der Globus mit 50 Zentimetern Durchmesser, der vor ihm stand, war bis dato seine beste Arbeit. Er war bereits verkauft, an eine Familie, deren Stammbaum sich über Jahrhunderte zurückverfolgen ließ, was in einer Stadt wie dieser nichts Ungewöhnliches war. Er feilte noch ein wenig an den Details, Pinsel in der einen und Lumpen in der anderen Hand, aber er war so gut wie fertig. Ein Farbtupfer hier, ein Farbtupfer da, vorsichtig, es nicht zu übertreiben. Der Fuß wurde von einem Schreiner in der Nähe gefertigt, es sollte ein freistehender Sockel aus Eichenholz mit Messingmeridian werden. Es würde ihm das Herz brechen, sich von dem Globus zu trennen.

Er drückte seine Zigarette aus und beschloss, Feierabend zu machen. Er öffnete die Tür und leerte die heißen Kohlen aus dem *scaldini* in den Rinnstein, dann nahm er seinen Hut und den Regenmantel und schaltete das Licht aus. Nur noch das Prasseln des Regens.

Er bog auf die Via Maggio, wo er vom Duft der Köstlichkeiten in den *alimentari* angelockt wurde. Beladen mit Käse, Fleisch, Pasta und zwei Flaschen vorzüglichen Weins, machte er sich auf den Weg nach Hause; als er am Platz ankam, war er vollkommen durchnässt.

Er stand lange unter der Dusche. Dann legte er sich aufs Bett und lauschte dem Trommeln des Regens auf den Fensterläden. Micheles rotes Neonschild pulsierte durch das Dunkel, und aus der Jukebox drangen leise die Beach Boys mit *Don't Worry Baby*. Jedem anderen hätte er abgesagt, aber nicht Massimo. Es war einer dieser Abende, die man am besten mit einem Grappa und in Gesellschaft eines großen, blauen Papageis auf dem Sofa verbrachte.

Er zog einen Anzug an, band sich locker eine dunkle Krawatte um und entschied sich gegen Halbschuhe und für Gummistiefel. Mit einem Regenschirm bewaffnet ging er hinaus in die sturmgepeitschte Nacht. Auf dem Lungarno Guicciardini hörte er den Donner durch die Hügel rollen. Die Straßen waren überschwemmt, und vorbeifahrende Taxis und Busse warfen in hohem Bogen Wasserwellen auf Passanten. Die Gehsteige waren verstopft von schwarzen Regenschirmen und die für den Feiertag hastig aufgehängten grün-weiß-roten Wimpel waren klitschnass.

Doch es war der Fluss, der die aufsehenerregendste Veränderung durchgemacht hatte. Die grünen Uferflächen, sonst Platz der Fischer, waren von der Strömung verschluckt worden. Wenn man die Brücke Santa Trìnita überquerte, tobte das Wasser nur etwa einen Meter darunter durch die Steinbögen. Wie hatte sich ein so sanfter, grüner Strom in das hier verwandeln können?

Massimo erwartete ihn vor dem Palazzo Strozzi, und nachdem er Ulysses Komplimente zu seiner eleganten Erscheinung gemacht hatte – »Und was bitte spricht gegen Gummistiefel, *Ulisse?*« –, sagte er, er sei schon oben auf der Versammlung gewesen, und es war unglaublich öde, obwohl der Wein wie erwartet sehr gut war. »Also würde ich vorschlagen, wir gehen etwas essen«, schloss Massimo.

Sein Vorschlag war *Zia Chiara*, das versteckt hinter der Piazza Santa Croce lag. Es war ein kleines Restaurant, das eigentlich nichts weiter als der Eingangsbereich eines privaten Wohnhauses war, mit lediglich drei Zweiertischen und ohne Speisekarte. Man aß, was immer Zia Chiara an dem Tag für ihre Familie im oberen Stockwerk zubereitete. Ulysses wusste, dass das Essen ausgezeichnet war. Endlich zeichnete sich ein Aufwärtstrend für den Abend ab.

Der Wind hatte nachgelassen, als sie sich Richtung Osten auf den Weg machten, und sie kamen zügig voran. Sie trafen einigermaßen trocken bei Zia Chiara ein und waren bester Laune. An den Wänden hingen Fotografien – einige in Sepia, andere verblasst –, die das Leben der Familie auf dem Land zeigten, bevor sie nach Norden in die Stadt gezogen waren. Außerdem natürlich ein Kruzifix und das signierte Foto eines Filmstars: *Zia Chiara. Niemand kann es besser. Sophia Loren x*

Sie saßen neben einer Katze, die der allabendlichen Übernahme ihres Hauses scheinbar gleichgültig gegenüberstand und sich ausgiebig wusch, bevor sie sich auf Massimos Schoß niederließ. Ein Krug Rotwein und ein Brotkorb mit *pane casalingo* wurden serviert, und anschließend vergaß Chiara eine Stunde lang ihre Anwesenheit.

Die Unterhaltung wandte sich sofort Alys' und Cressys Pilgerfahrt nach Rom zu. »Cress wollte sehen, wo Keats starb. Meinte, es würde ihm helfen, die Stadt mit den Augen eines Fünfundzwanzigjährigen zu sehen«, sagte Ulysses.

»Ich war verlobt, als ich fünfundzwanzig war«, erwiderte Massimo.

»Ach ja?«

»Mit Annunziata Berlingo. Nachdem ich die Verlobung gelöst habe, hat sie einen Frescobaldi geheiratet.«

»Keine schlechte Partie.«

»Er gehörte nicht zum Kern der Familie. Ein entfernter Verwandter. Glaubst du, sie besuchen die Cinecittà Studios?«

»Wenn es nach Alys geht, auf jeden Fall.«

»Ein Souvenir wäre sehr willkommen – egal was.«

Ulysses lachte. »Das weiß sie.«

Massimo schenkte ihnen ein und sagte: »Meine Mutter hat übrigens einen Verehrer.«

»Deine Mutter?«

»Ich weiß, ich weiß. Wir haben sie zu ihrer eigenen Sicherheit in das Heim gegeben. Sie spielt sich auf wie ein Teenager. Über beide Ohren verliebt. Aber was soll man machen?«

Als das Rind schließlich gebracht wurde, waren die beiden mit dem Wein schon gut vorangekommen, und das schlechte Wetter war Schnee von gestern. »Regen? Wo regnet es?«, fragte Massimo. Irgendwann brachte Ulysses den Wasserstand und die Gewalt des Flusses zur Sprache.

»Wahrscheinlich wegen der Schneeschmelze des Monte Falterona«, sagte Massimo. »Oder vielleicht hat man den Damm geöffnet, um den Druck zu senken?« Massimo stand auf. »Wo wir schon von Druck senken sprechen«, sagte er, und die *signora* deutete in den hinteren Teil des Raumes.

Sie zahlten, wünschten frohe *festa*, und die beiden Männer ließen die alte Frau schlafend in ihrem Stuhl zurück, während der ältere Bruder auf der Suche nach einem Stück Käse die Treppe heruntergeschlurft kam.

Die Piazza Santa Croce war verlassen, einige Autos standen geparkt, aber es waren keine nächtlichen Spaziergänger unterwegs. Am Eck zur Via de' Benci umarmten sie sich und vereinbarten, den darauffolgenden Samstag zum wiederholten Mal miteinander *Achteinhalb* im Rex anzusehen. Massimo ging nach Norden und Ulysses nach Süden, der Fluss immer lauter, je näher er kam.

Er überquerte die Ponte Vecchio. Die Brücke bebte unter seinen Füßen, der Arno wütete gegen die alten Steine, die Taddeo Gaddi 1345 errichtet hatte, und das Wasser spritzte über die Brüstung. Ein abnehmender Dreiviertelmond stand eingehüllt in Wolken vor einem sternenlosen Nachthimmel.

Er kam zum Palazzo Pitti, die Stadt menschenleer. Über die Via dello Sprone gelangte Ulysses zur Piazza dei Sapiti, wo er das Wasser bemerkte, das durch die Öffnungen im Rinnstein auf den Gehweg sprudelte. Er warf einen flüchtigen Blick zu seiner Werkstatt, in der Dunkelheit sein Globus, verletzlich und rein. Cress sagte, er habe die Essenz des Planeten eingefangen.

Als er zur Piazza Santo Spirito kam, war alles ruhig. Wie nicht anders zu erwarten, waren überall die Fensterläden geschlossen, nur ein oder zwei Wohnungen waren erleuchtet, und er wusste, wer die Schlaflosen waren. Er betrat das Treppenhaus, ging aber nicht sofort nach oben. Ein Rumoren in seinen Eingeweiden war der Grund, weshalb er zuerst in den Keller ging.

Er ging die Steintreppe hinunter und stand knöcheltief in Wasser. Ein penetranter Geruch nach Kanalisation umgab ihn, was nicht wirklich überraschend war. Das Deckenlicht flackerte, aber ging nicht aus.

Die Kohlesäcke, die obenauf lagen, waren noch trocken, und er trug sie nach oben. Ebenso wie die Kisten, die er für die betagte Contessa im Keller aufbewahrte. Kisten mit Käse und Wein für die *pensione* kamen als Nächste, Gläser mit hausgemachter *passata*, Flaschen mit Öl und San Pellegrino, alles Unverdorbene, alles noch zu rettende Hab und Gut schaffte er nach oben ins Erdgeschoss. Jedes Mal, wenn er wieder in den Keller ging, hatte er das Gefühl, dass das Wasser gestiegen war. Er war unruhig und erschöpft, und sein bester Anzug vollkommen durchnässt. Um zwei Uhr morgens ging er zu Michele.

Michele lehnte sich aus einem der Fenster über der Bar: »Hey, *soldato!* Schon mal auf die Uhr gesehen?«

»Es hat die Keller erwischt, Michele.«

»Es erwischt immer die Scheißkeller!« Aber Michele kam zu ihm runter. Es sollte eine lange Nacht werden.

Ulysses setzte Kaffee auf und zog sich um. Ein ungutes Gefühl begleitete ihn, und er dachte erst, dass Alys und Cressy der Grund dafür wären. Er ging auf die Terrasse, um frische Luft zu schnappen. Der Regen war zu einem Nieseln abgeschwächt, und die Stadt wirkte benommen, wie unter einem gespenstischen Schleier gefangen. Die Dämmerung war noch fünf Stunden entfernt. Was ist bloß los?, fragte er sich. Diese Unruhe erinnerte ihn an den Krieg, an den unsichtbaren Feind auf der Lauer. Er würde nicht schlafen können, das wusste er. Er trank den letzten Kaffee und beschloss, Kohle, Kisten und Säcke nach oben zu bringen, da es ihm das Vernünftigste schien. Er nahm sich eine Taschenlampe und ging ins Treppenhaus.

Um 4:30 Uhr erschien die betagte Contessa vor ihrer Wohnungstür. »Klauen Sie jetzt etwa meine Sachen, Signor Temper?«

»Der Keller steht unter Wasser, Contessa.« Er stellte ihr ihre restlichen Kisten vor die Füße. »Nehmen Sie's oder lassen Sie's bleiben.« Er war wahrlich nicht in der Stimmung, sich mit ihren Launen herumzuschlagen.

»*Grazie, graz* …«, stotterte sie, aber er war schon wieder weg.

Er zog die hölzerne Eingangstür behutsam hinter sich zu und trat in die Dunkelheit hinaus. Bei Michele war Licht, und er konnte dessen stattliche Erscheinung mit einem Espresso in der Hand am Tresen ausmachen. Er wandte sich nach links in die Via Maggio, die Taschenlampe leuchtete ihm den Weg zum Fluss.

Er konnte ihn hören, bevor er ihn sah: Das Geräusch war ohrenbetäubend. Ein furchteinflößender, schwarzer Strom, beinahe auf einer Höhe mit dem oberen Abschluss des Geländers, schäumte, heulte und spie Fontänen in den Wind. Unvermittelt krachte eine riesige Eiche, die vom Casentino heruntergeschwemmt worden war, gegen die Mauer direkt vor ihm und sandte Wolken von Sprühnebel in die Höhe. Er stürzte mit klopfendem Herzen zu Boden, entsetzt über diese gewaltige Konfrontation mit der Natur. Die Taschenlampe ging aus.

Er rappelte sich auf. Der Fluss toste jetzt über die Ufermauern hinweg und schwarze Wogen schlugen wirbelnd in alle Richtungen. Er schlug ein paarmal mit der Taschenlampe gegen seinen Oberschenkel, und ein Lichtstrahl zuckte auf und schien auf die Mauerziegel. Kleine Risse waren zu sehen, durch die Wasser drang.

Er machte kehrt und rannte los, die Borgo San Jacopo bereits überflutet, als er vorbeikam. In der Ferne unheilverkündend eine Sirene.

Michele war in der Bar und unterhielt sich mit ein paar Männern, und noch bevor Ulysses ihm erzählen konnte, was er gesehen hatte, rief ihm Michele zu: »Alles ist außer Gefecht, *soldato!* Strom, Telefone – schau, dass du so viel Wasser wie möglich in irgendwelchen Gefäßen sammelst, bevor es keinen Druck mehr in den Leitungen gibt.«

Ulysses rannte über den Platz, hinein ins Treppenhaus und nahm zwei Stufen auf einmal.

Er klopfte an die Tür der Contessa.

»Sie schon wieder«, sagte sie.

»Contessa. Füllen Sie jeden Behälter, den Sie haben, mit Wasser. Die Badewanne, Schüsseln, alles.«

»Sie machen mir Angst, Signor Temper.«

»Haben Sie keine Angst. Tun Sie es einfach, Contessa.«

»Was ist los?«

»Ich weiß es nicht.«

Zurück in der Wohnung nahm er den Hörer in die Hand, um Massimo zu warnen, aber die Leitung war tot. Badewanne, Töpfe, Pfannen, alle verfügbaren Gefäße wurden mit Wasser gefüllt, dann ging er nach unten, um dasselbe in der *pensione* zu tun.

Er nahm die Treppe nach unten und lief hinaus. Ein Hubschrauber dröhnte über ihm. Ulysses richtete seine Taschenlampe auf die überschwemmten Straßen und bahnte sich einen Weg zur Piazza dei Sapiti. Das Wasser stand hier bereits einen guten halben Meter. Er leuchtete mit der Lampe durch das Fenster der Werkstatt, und in dem Strahl sah er Papierbögen und glänzende Gussformen aus Plastik auf der schwarzen Oberfläche treiben. Die Holztür war angeschwollen, und er musste seine Schulter dagegenpressen, um sie aufzustemmen. Im Inneren der Geruch von Farbe und Kloake, und

Wasser, das immer höher stieg. Es hatte aufgehört zu regnen, und er musste seinen Globus retten. Er steckte die Taschenlampe in die Hosentasche, hob die riesige Kugel an und machte sich auf den Weg nach draußen. Da sah er drei Bündel zusammengeschnürter Kupferplatten seines Vaters oben auf einem Regal liegen. Scheiße. Es war schon zu spät.

Dunkelheit umgab ihn. Ein gelegentliches Aufblitzen des Mondes. In seinen Stiefeln stand das Wasser, und sie waren schwer wie Stein. Seine Beine kämpften gegen die Strömung, das Wasser mittlerweile hüfthoch. Er hob den Globus noch höher, dankbar, dass der Regen ausgesetzt hatte, denn sonst wären seine Mühen vergeblich gewesen. Er bog auf die Via Maggio, und das Wasser zog schwer wie Schlamm an ihm.

Blitz!

Er drehte sich um. (Klick.) Für immer festgehalten.

Der Fotograf hob grüßend die Hand und watete in Richtung Palazzo Pitti davon.

Ulysses wandte sich nach rechts, und die Straße nahm der aufziehenden Dämmerung die Farben; der ansteigende Untergrund ließ das Wasser flacher werden und seine Schritte wurden sicherer. Er erreichte den Platz – fast geschafft – und seine Arme brannten, weil er den Globus so hoch über den Kopf gestreckt trug, doch gleich würde er zu Hause sein. Michele am Fenster über der Bar rief ihm etwas zu, und Ulysses sah nach oben und nickte, bevor sich plötzlich eine gewaltige braune Welle hinter ihm erhob und er von den Wassermassen mitgerissen wurde. Er spürte, wie ihm der Globus aus den Händen gerissen wurde, den Aufprall, als die Flut ihn gegen den Brunnen schleuderte, das Rauschen in seinen Ohren. Er packte mit letzter Kraft den Rand des Beckens, während das Wasser an ihm vorbei in die Via San'Agostino stürzte. Doch die Strömung war zu stark und letztendlich musste er loslassen. Er wurde über den Platz gespült und blieb zu Füßen der Statue liegen. Als der größte Teil des Wassers schließlich abgeflossen war, stand er auf. Er sah sich um, doch der Globus war verschwunden. Er hatte gerade noch genug Zeit, ins Treppenhaus zu gelangen, bevor die nächste Flutwelle schäumend über den Platz rollte. Er saß auf den Stufen, benommen, außer Atem und zitternd. Die Contessa rief im oberen Stockwerk seinen Namen. Langsam machte er sich auf den Weg nach oben.

Um zwölf Uhr mittags machte Bürgermeister Bargellini eine Durchsage im Radio und erklärte, dass das Hochwasser nun die Piazza del Duomo erreicht habe und in einigen Vierteln die Häuser bis in den zweiten Stock unter Wasser stünden. Er forderte die Bewohner auf, Ruhe zu bewahren, und bat diejenigen mit Booten oder Kanus, diese zum Palazzo Vecchio zu bringen.

Ulysses zog sich um, und kurz darauf klopfte es an der Tür. Die betagte Contessa hatte die Ansprache scheinbar auch gehört. Sie stand vor der Tür und sagte: »Signor Temper, bei mir ist der Strom ausgefallen. Ich habe kein Licht und kein Gas. Mir ist kalt und ich habe kein Wasser, und dieser *idiota* erzählt irgendetwas von Hochwasser. Warum hat er es nicht aufgehalten?«

Ulysses bat sie herein und bot ihr einen Platz neben dem Kohleofen an.

»Ich hatte früher auch Kohle«, sagte sie, »aber dann haben die mir Gas aufgezwungen, und jetzt habe ich überhaupt nichts mehr.«

Es gab ein einfaches Mittagessen aus Spaghetti mit *passata,* und sie verfolgte jeden seiner Handgriffe beim Kochen. Er gab ein paar übriggebliebene Würste und eine Handvoll Oliven dazu sowie eine Prise Chili. Er öffnete eine Flasche Wein (eine der guten), was sie mit einem »Vorzüglich, in der Tat« kommentierte. Aus dem Transistorradio kam die Warnung, dass das Wasser in der Stadt verschmutzt sei. »Für wie lange?«, fragte die Contessa. Er goss die Pasta ab, aber fing das Salzwasser auf, um es für die Toilette zu nutzen.

»Wieso die Toilette?«, fragte die Contessa.

»Weil man nicht spülen kann«, antwortete er.

»*O mio Dio*. Wie im Krieg.«

Sie aßen und sprachen dabei nur wenig. Als sie fertig waren, machte ihm die Contessa Komplimente für seine Kochkünste. »Vielleicht nur ein bisschen mehr Salz«, fügte sie hinzu.

»Vielleicht«, sagte er.

Er stellte die Espressomaschine auf den Herd. »Das ist die beste Kaffeemaschine, die es gibt«, sagte die Contessa. »Lässt einen nie im Stich. Ganz im Gegensatz zum Bürgermeister.«

Ulysses trank seinen Kaffee auf der Terrasse mit Claude. Der Brunnen auf dem Platz war zu einer Insel geworden, und man hätte ein Boot gebraucht, um zur Kirche zu gelangen. Bevor das Licht schwand, sah man auf dem Wasser eine faulig gelbe Schlammschicht schimmern, und es stank nach Öl. Rote Benzinkanister wippten auf der Wasseroberfläche, und die Farbe wirkte irgendwie fehl am Platz. Ein Auto wurde auf den Platz gespült und krachte gegen die Metalljalousien des *tabacchi*.

Die engen Straßen, die vom Platz wegführten, waren alle überflutet, genauso wie ihr *cortile*. All die Werkstätten, all die Lebensgrundlagen, all die Zauberkünstler hinter diesen Schaufenstern, die Schuhe wieder tragbar machten, Stühle reparierten und Wunder aus Holz und Rahmen aus Gold zum Vorschein brachten. Mittlerweile trieben auch Gemälde auf dem Wasser – ein Antiquitätengeschäft oder eine Galerie hatte den Wassermassen nicht standhalten können. Kurz hoben noch die Putten ihre Köpfe, bevor das Bild in den Fluten versank.

Um fünf Uhr nachmittags war die gesamte Stadt ohne Strom. Ulysses und die Contessa saßen am Ofen und hörten bei Kerzenlicht die italienischen Nachrichten. In allen Teilen der Toskana hatte es Überschwemmungen gegeben. Florenz war abgeschnitten, von Rom im Süden und Bologna im Norden, Straßen und Eisenbahnstrecken waren unpassierbar, Telefonverbindungen außer Betrieb.

»Irgendjemand müsste unten im Haus nach dem Rechten sehen«, sagte die Contessa. »Aber ich habe nicht die richtigen Schuhe.«

Ulysses schaltete die Taschenlampe an und ging ins untere Stockwerk, in die *pensione*. Er öffnete die Schublade, in der Cress die Kerzen aufbewahrte, und machte sich auf den Weg nach unten, bis er den Wasserpegel im Treppenhaus sehen konnte. Es stand bei ungefähr einem Meter, weit unter dem Stockwerk der Contessa; immerhin konnte er sie damit ein wenig beruhigen. Er setzte sich auf die Stufen. Der benebelnde Geruch von Benzin und Jauche, das Geräusch von Schutt, der blechern gegen die Haustür schwappte wie das dumpf wogende Scheppern eines untergehenden Schiffes. Er musste an Massimo denken, aber er wusste, dass Massimos Wohnung im obersten Stockwerk lag. Er fragte sich, wann Alys und Cress wiederkommen würden. Es war ihm wichtig, zu wissen, dass alle in Sicherheit waren, denn ohne sie war er nichts. Die Taschenlampe flackerte. Er schlug mit der Handfläche dagegen und ein schwacher Strahl streifte über die Wasseroberfläche. Ein Karpfen fühlte sich gestört und schwamm pfeilschnell davon. Und das Wasser stieg.

Die Nacht blieb schwarz. Keine Sterne, bloß schwache Rauchschweife über der Stadt. Hubschrauber warfen Scheinwerferlicht über die dunklen Dächer, das rhythmische Knattern ihrer Rotorblätter in der Luft. Ulysses hielt den Regenschirm über die Contessa, während sie durch das Teleskop blickte. Sie sagte, sie hätte Angst gehabt während des Kriegs. »So wie jetzt.« Sie sagte, nicht viele Leute hätten Arturo Bernadini gemocht, aber sie schon, und er sei es wert gewesen, gerettet zu werden. Sagte, sie habe Ulysses beobachtet, wie er all die Jahre zuvor auf das Dach geklettert sei, und dass sie ihn für mutig hielt. Merkwürdig, aber mutig. »Und du warst so jung. Ich glaube, die Hubschrauber retten Leute von den Dächern. Vielleicht könnten sie deine Hilfe gebrauchen.«

Sie kampierten im *salotto*. Ein Kerzenständer, eine Flasche Grappa in greifbarer Nähe der Contessa, und ein singender Papagei.

»Macht er das öfter?«, fragte sie.

Ulysses zuckte die Schultern.

»Was ist das für ein Geräusch?«, fragte die Contessa.

»Wo?«

»Da draußen.« Sie zeigte aufs Fenster.

Ulysses stand auf und öffnete die Läden. Gegenüber stand Michele mit einer Kerze am Fenster. Namen klangen über den Platz. »Signor, Signora Bruni?«, rief er. »Signora Carrai?«

Lichter flackerten auf in der Dunkelheit. »*Sì. Qui!*«

»Geht es Ihnen gut, Signora Buonarotti?« »*Sì, sì.*«

»Signor Conti?« »*Sì, qui!*« Eine weitere Kerze.

»Signora Moretti?«

Eine nach der anderen erschienen Kerzen in den Fenstern, Menschensterne in einer Hochwassernacht.

Und dann hörte Ulysses es. Nicht *soldato,* und auch nicht Signor Temper, sondern *Ulisse.* Er hob seine Kerze und rief: »Ich bin hier, mir geht's gut! Die Contessa ist bei mir, ihr geht's auch gut.«

Unvermittelt schallte ein Ruf über den Platz: »Ich bin Signor Lami, und ich habe keine Kerzen!« »Wo sind Sie, *signore?*« »Westflügel. Oberstes Stockwerk. Fünftes Fenster von Michele.«

»Winken Sie mit etwas Weißem«, rief Ulysses zurück und wartete.

»Ich kann Sie sehen«, rief er wieder. »Öffnen Sie beide Fensterflügel, *signore,* und winken Sie weiter!«

Ulysses wandte sich Claude zu. »Hier, Claudie«, und nahm ihn hoch. »Da drüben. Siehst du das Weiße in dem Fenster? Folg meinem Finger, Claude. Genau da.«

Claude krächzte. »Guter Junge.«

Ulysses nahm eine Kerze aus der Schachtel und hielt sie ihm hin. »Das hier muss nach da drüben. Glaubst du, das schaffst du, Claude?«

Die Contessa verfolgte unterdessen mit Spannung das Geschehen und sagte immer wieder: »*Che straordinario! Che straordinario!*«

»Glaubst du, du schaffst es, Claude?«

Claude krächzte.

Ulysses steckte dem Papagei behutsam die Kerze in den Schnabel und hielt ihn aus dem Fenster. »Da drüben«, flüsterte er. »Gradaus rüber.«

»Winken Sie weiter, Signor Lami!«, rief er. »Treten Sie einen Schritt zurück, sobald Sie den Papagei sehen!«

»Los, Claude, flieg!«

Und Claude breitete die Flügel aus und schwang sich in die Nacht.

Ein blaugelber Blitz in der Dunkelheit, ein grandioser Anblick!

Das Gewicht der Kerze ließ ihn abrupt an Höhe verlieren, und die Contessa zog scharf die Luft ein, als Claudes Brustgefieder die schwarze Wasseroberfläche streifte, doch er fing sich und stieg wieder auf. Oh, wie majestätisch er aufstieg! Er zog zwei Kreise über dem Platz, bis er die Flugroute errechnet und den Landeplatz ausgespäht hatte: drei Meter... zwei Meter... Gerade, gerade... Geschwindigkeit drosseln.

»Du schaffst es«, flüsterte Ulysses.

»Du schaffst es«, flüsterte die Contessa.

Ulysses rief Signor Lami zu, er solle zurücktreten, und schon verschwand Claude durch das offene Fenster. Man hörte Glas splittern, und bange Sekunden verstrichen.

»Hast du gesehen, ob der Mann auch wirklich das Fenster geöffnet hat?«, fragte die Contessa.

(Das hatte er. Signor Lami war einfach so überrascht gewesen, plötzlich einen großen, blauen Papagei vor sich zu sehen, dass er die Weinflasche, die er in der Hand gehalten hatte, fallen ließ.)

»Schau!«, rief die betagte Contessa. »Er hat es geschafft!«

Und das hatte er. Wo bis vor Kurzem noch Dunkelheit geherrscht hatte, war nun Licht. Claude erhob sich wieder in die Luft und schwang sich hoch auf, bis zu dem Glockenturm hinauf, wo er in einen Ruhezustand schwebte, das Brausen des Windes ein entfernter und ursprünglicher Laut, den er zum ersten Mal im Ei gehört hatte. Die Aufforderung auszubrechen. Das Splittern der Schale. Dieser unbeschreibliche, erste Atemzug. Oh, was es bedeutete, zu fliegen! Er setzte sich auf den Kopf von Cosimo R., der aus dem Arnomeer ragte, und sollte dort bleiben, Zeuge der Nacht und Wächter über seine Menschen, bis das Land wieder auftauchte aus der Ursuppe, die einst das Leben selbst geboren hatte. Vielleicht würde man sogar eine Statue von ihm errichten. Das wäre doch mal was!

22-Uhr-Nachrichten:

Florenz ist ein See. Drei Meter Wasser auf der Piazza del Duomo. Mittlerweile ruft man aus den Fenstern der oberen Stockwerke um Hilfe. Den ganzen Nachmittag über haben Hubschrauber Menschen von Dächern gerettet. Allerdings nur Frauen und Kinder, Männer wurden zurückgelassen. Pisa und das umliegende Flachland haben die volle Wucht der Überschwemmung erfahren und Florenz um Hilfe gebeten. Florenz kann nicht einmal sich selbst helfen.

Ulysses stellte das Radio ab. »Wir haben eine lange Nacht vor uns«, sagte die Contessa.

(An diesem Punkt realisierte Ulysses, dass die Frau keinerlei Absicht hatte, nach Hause zu gehen.)

»Sie können hier bleiben, wenn Sie möchten, Contessa«, sagte er.

»Das wäre schön, Signor Temper. Natürlich im Gästezimmer.«

Bevor sie einschlief, sagte sie noch, dass irgendjemand wachbleiben müsse, nur für den Fall. Ulysses versprach ihr, die ganze Nacht Wache zu halten.

Um Mitternacht verließ er die Wohnung, ließ die Tür angelehnt und ging die Treppe hinunter. Das Licht der Taschenlampe zeigte einen sinkenden Wasserpegel, und er wusste, dass sie Glück gehabt hatten. Drei Meter auf der Piazza del Duomo.

Er öffnete die Fensterläden in seinem Schlafzimmer. Es hatte aufgehört zu regnen. Er legte sich hin und schlief sofort ein.

Der frühe Morgen brachte einen flammenden Sonnenaufgang und das willkommene Geräusch von fahrenden Autos. Er stand auf und blickte aus dem Fenster auf die Verwüstung. Eine verschlammte Madonna stand in der Mitte des Platzes. Ihre zertrümmerte Hand zeigte zum Himmel.

Am Morgen des 5. Novembers erschienen die Bewohner einer nach dem anderen in ihren Hauseingängen, benommen von dem Horrorszenario, das sich ihnen bot. Zwar war das Wasser verschwunden, aber es hatte Unvorstellbares zurückgelassen: eine dicke Schicht stinkenden, schwarzen Schlamms, der alles bedeckte. Eine glitschige Kombination aus Heizöl, Dreck und Jauche, ein prägnantes Zeichen, das den Aktionsradius des Arno an den Gebäuden markierte, eine inkonsistente Linie, die sich mal höher, mal niedriger durch die Straßen der Stadt zog. Rollläden aus Metall vor Ladenfronten und Restaurants waren entweder verbogen oder fortgerissen worden, das Innere zerstört. Zwei Autos lagen neben dem Brunnen auf ihrem Dach, und vor den Türen der Basilika lag Cressys Moto Gucci Falcone auf der Seite. Die Steinbänke, Hüter von Erinnerungen, waren zu Hütern von Schlacke geworden. Steinplatten waren zerfetzt und Fenster zerschmettert worden, und im Morast begraben lagen Alltag und Intimes. Schuhe aus der Schusterwerkstatt waren über die apokalyptische Landschaft verstreut und vermittelten den Eindruck, dass nicht weit entfernt die dazugehörigen Leichen liegen müssten. Da war kein Leben, das jemals wieder zur Normalität zurückkehren würde.

All die Dinge, die man nicht aus den Wohnungen oder Läden oder Cafés im Erdgeschoss hatte bergen können, begannen, auf dem Platz aufzutauchen: ein Kinderwagen, ein Akkordeon, Kissen, ein Spielzeugauto, Konservendosen, Stühle, Kleidung, Radios, ein Fernseher, Koffer, Gemälde, Briefe. Es brach einem das Herz, aber es führte kein Weg daran vorbei, man musste es zu dem restlichen Unrat auf einen Haufen werfen. Selbst wenn es sich um eine Jukebox handelte.

Michele versuchte erfolglos die Maschine aus der Bar herauszumanövrieren. Als Ulysses auf ihn zukam, sah er auf. »*Che disastro*«, sagte er. Ulysses packte mit an und half ihm, die Maschine auf den Platz zu tragen. Im Inneren der Bar hatte das Wasser einen guten Meter hoch gestanden. Die Flaschen in den höheren Regalen, das öffentliche Telefon und die alte Kaffeemaschine, die man aus Süditalien hergebracht hatte, waren die einzigen Dinge, die nicht von Schlamm bedeckt waren.

Ulysses griff sich ein paar Stühle und trug sie hinaus zu dem Haufen Unrat. Giulia stand im Durchgang zur Küche. »Nochmal steh ich sowas nicht durch, *Ulisse*«, sagte sie, und Tränen tropften ihr von den Wangen. Er folgte ihr in die Küche und konnte sehen, dass das Wasser hier noch höher gestanden hatte. Alles war mit Scheiße bedeckt, der Geruch giftig und grausam.

»Wo soll ich bloß anfangen?«, rief sie. »Sag mir, wo? Nicht einmal Wasser zum Putzen, um die …« Ulysses wollte sie in den Arm nehmen, aber da drängte sich Michele an ihnen vorbei und machte eine schroffe Bemerkung über ihre Tränen. »*Ulisse*«, sagte er, »hilf mir. Wir bringen alles nach draußen. Zuerst die Kühltruhe.«

Massimo traf Ulysses auf dem Platz an. Die beiden hielten sich umschlungen, und stillschweigend wurde alles gesagt, was gesagt werden musste.

»Wie siehts bei dir im Viertel aus?«, fragte Ulysses.

»Furchtbar.« Massimo erzählte ihm, was er gesehen und gehört hatte: »Uferböschungen sind weggespült worden. Die Biblioteca Nazionale wurde vom Wasser komplett eingekesselt und überflutet. Ins Viertel Santa Croce kann niemand rein, alle Straßen sind verstopft mit umgeworfenen Autos und totem Vieh. Die Türen des Baptisteriums wurden aus den Angeln gerissen – der Bürgermeister ist gerade mit einer Filmcrew dort – und Tafeln aus der Paradiespforte fehlen.«

»*Madonna mia*«, flüsterte Giulia und ging zurück in die Bar.

»Niemand kennt die genaue Zahl der Toten«, sagte Massimo.

Die Männer sahen zu einem Hubschrauber auf.

»Habt ihr schon gehört, dass man alle Häftlinge aus dem *Le Murate* entlassen hat?«, fragte Michele. »Jetzt geht die Plünderei los!«

Ulysses ging zu Giulia hinein, um ihr zu helfen, einen Tisch nach draußen zu tragen.

»Warst du schon in deiner Werkstatt, *Ulisse?*«

»Noch nicht.«

Michele drehte sich zu ihm. »Du hilfst uns, aber warst noch nicht dort? Gehen Sie mit ihm in seine Werkstatt, Signor Buontalenti. Jetzt.«

Das Pflaster war rutschig von dem stinkenden Matsch – dem

fango – und jeder einzelne ihrer langsamen Schritte war ein Risiko. Die Menschen waren in den Straßen und begannen mit den Aufräumarbeiten. Schlimmer als der Krieg, sagten sie. Mit versteinerten Gesichtern versuchte man zu schaufeln, zu rechen, zu fegen – eine unmögliche Aufgabe ohne Wasser und Putzmittel, aber irgendetwas müssen wir doch tun, sagten sie. Käsehändler, Fischhändler, Metzgerei – alle zerstört. Das jeweilige Sortiment verfaulte auf der Straße. Kurzwarengeschäft, Fahrradwerkstatt, Spielwarenladen – alle zerstört.

Als sie zur Piazza dei Sapiti kamen, bereitete sich ihnen auch dort ein Bild der Zerstörung. Die engen Straßen hatten die Wassermassen mit so hoher Geschwindigkeit hierhergeschleust, dass der Platz die ganze Gewalt der Flut zu spüren bekommen hatte: Die Tür zu Ulysses' Werkstatt stand offen und die Wände im Inneren waren geschwärzt. Die Globen, die vor Kurzem noch auf den oberen Regalbrettern gethront hatten, waren in den Strudel gesogen worden, genau wie die alten Atlasse, die er seit seiner Ankunft in der Stadt sammelte. Des' Gussformen, Werkzeuge, die Platten seines Vaters …

Draußen stand eine Frau und heulte auf: »Ich habe alles verloren, alles. Ich habe alles verloren.«

Ulysses wurde schwindlig. Der Raum stank. Die Stimme der Frau kippte ins Panische.

»*Ulisse?*«, sagte Massimo.

Ulysses spürte Massimos Hand auf seinem Rücken. Er suchte in seiner Jackentasche nach den Zigaretten.

»Nicht hier«, sagte Massimo sanft. »Hier ist überall Öl, *Ulisse*.«

Ulysses schwankte nach draußen und übergab sich.

Zusammen mit Gruppen schweigsamer Florentiner gingen sie zum Fluss hinunter. Der Pegel war zwar um knapp fünf Meter gesunken, aber es schnellten immer noch Wassermassen in Richtung Meer. Von der Ponte Vecchio stachen in alle Richtungen Baumstämme heraus und büschelweise Blätter und Äste hingen wie riesige Nester dazwischen fest. Die Goldschmieden und Juweliere waren geplündert worden, und die Inhaber machten sich in dem Schlamm auf die Jagd nach jedem noch so kleinen Glitzern. Die Uferpromenade vor der Bibliothek war fortgeschwemmt worden und mächtige Schlammbänke blockierten den Eingang.

Auf der Nordseite kamen die ersten Boote und Kanus entlanggestakt, und Eimer wurden aus Fenstern herabgelassen, um Essen einzuholen und Wasser und alles, was die kommenden Stunden irgendwie erträglich machen konnte. Die beiden Männer sahen sich gezwungen umzukehren. Die nächste Straße hielt geschwärzte Matratzen und Kleidung bereit, die in Sonne und Wind trockneten und aushärteten. »*La fine del mondo*«, sagte ein Mann. Das Ende der Welt.

Auf dem Platz vor Santa Croce standen sie genau dort, wo sie nur zwei Nächte zuvor gewesen waren. Autos lagen übereinandergestapelt in Wasser und Schlamm, und an Dantes Statue war eindeutig der Wasserstand abzulesen. Sechs Meter, konnte das sein? Unvorstellbar. Hier wohnten hauptsächlich ärmere und ältere Menschen in Kellern und Erdgeschosswohnungen. »Komm«, sagte Massimo, und sie rutschten und kletterten durch die stinkende Trümmerwüste und hielten sich aneinander fest, um nicht zu stürzen, aber jeder Versuch, zu Zia Chiara zu gelangen, war vergebens. Straße um Straße stand unter Wasser und die *carabinieri* zwangen sie kehrtzumachen, mit der Begründung, die Fundamente seien brüchig und Mauern stünden kurz vor dem Einsturz. Massimo fragte einen Mann, ob er wisse, wo Zia Chiara und ihre Brüder abgeblieben seien, doch er zuckte nur mit den Achseln. Niemand wusste irgendetwas, so schien es, nicht einmal, ob sie heute essen würden.

Um vier Uhr begann das Licht zu schwinden, und die Arbeiten wurden eingestellt. Ulysses und Massimo ließen Stiefel und verschlammte Kleidung auf dem oberen Treppenabsatz zurück, wuschen sich auf der Terrasse mit einer Schüssel Regenwasser und stellten die Überreste neben die Toilette. Kurz nach sechs klopfte es an der Tür. »Ich bin nicht zu früh, oder?«, fragte die betagte Contessa.

Sie aßen den letzten Aufschnitt und anschließend Spaghetti mit Öl, Knoblauch und Chili. Die Contessa lobte Massimo dafür, wie die einzelnen Zutaten miteinander harmonierten. »Ein klein wenig mehr *pepperoncino,* vielleicht?«

»Vielleicht«, erwiderte er.

Ulysses stand auf und stellte die Espressomaschine auf den Herd.

Die Nachtluft war frostig und man hörte das Sirenengeheul der Krankenwägen der Misericordia und der Feuerwehr. Die Contessa behauptete, Rom habe sich aus der Verantwortung gestohlen, und verkündete in einer bemerkenswerten Kehrtwende, Bürgermeister Bargellini sei der Einzige, der in dieser Sache etwas unternähme.

»Und die Casa del Popolo«, sagte Ulysses.

»Was hast du mit diesen Kommunisten am Hut?«, entgegnete sie.

»Ich weiß, dass sie Essen und Medizin verteilen.«

»Und die Bäcker in Fiesole nicht zu vergessen«, sagte Massimo. »Sie versorgen die Armen mit Brot.«

»Ja, naja, Bäcker sind gute Leute«, lenkte sie ein. »Einem Bäcker würde ich blind vertrauen. Aber wo sind die Räumfahrzeuge? Wo ist das Militär? Rom denkt wohl, wir können einen Erdrutsch mit einem Löffel wegschaufeln.«

Die Contessa trank ihren Kaffee aus und verkündete, sie sei müde. Sie hakte sich bei Ulysses ein, und er brachte sie nach unten in ihr Apartment. In der kurzen Zeitspanne, die es dauerte, bis Ulysses wieder zurückkam, war Massimo auf dem Sofa eingeschlafen. Lähmende Erschöpfung hatte alles und jeden befallen. Er deckte Massimo zu und schloss die Fensterläden.

Ulysses lag im Bett, seine Müdigkeit war jedoch verflogen. Zähe Stunden lagen vor ihm. Die Verzweiflung der Stadt drang in sein Zimmer, kalt und verloren und begraben in Schlamm. Vielleicht wissen die Leute es gar nicht, dachte er. Vielleicht weiß niemand, wie viel Hilfe wir wirklich brauchen.

Aber sie wussten es. Die Welt hörte zu, und lange bevor er aufhörte, sich Gedanken zu machen, machten sich weltweit Freiwillige bereit. Kunstrestauratoren und ein Heer aus Studenten, die fest daran glaubten, die Welt verändern zu können. Sogar ein Mann aus Manchester, dem die Erinnerung an ein ehemaliges Liebesnest in einem Renaissancepalazzo in den Fingerspitzen kribbelte.

Des beugte sich über den Tisch und schaltete das Radio ab. »Ich muss etwas unternehmen, Poppy.«

»Das weiß ich doch, Des. So bist du nun mal.«

»Ich fahre mit einem Land Rover in die Toskana runter und nehme ein paar essenzielle Dinge mit, kümmer mich ein bisschen. Kommst du mit?«

»Diesmal nicht, Des.« (Sie erwarteten gerade ihr erstes Enkelkind.) »Aber wieso fährst du nicht über London und nimmst Piano Pete mit? Du wolltest ihn doch schon immer mal kennenlernen?«

»Großartige Idee!«, erwiderte Des. »Ich könnte wahrscheinlich in ein paar Tagen los.«

»Du brauchst einen Land Rover, Des.«

»Ich kaufe einen.«

In Bristol legte ein mittlerweile dreißigjähriger Jem Gunnerslake – Medizinstudent, wie Evelyn Skinner es vorausgesagt hatte – seine Ausgabe des *Observer* zur Seite und rief bei seiner Universität an; er brauche zehn Tage frei, da er sich um einen Notfall in der Familie kümmern müsse. Er stieg in den Zug mit Galoschen, einer Regenjacke von K-Way und einer Garnitur Kleidung zum Wechseln. Vom Deck der Fähre aus beobachtete er, wie England kleiner wurde. Er ging nach Florenz, um Kunstwerke zu retten. Er war ein Mann der sechziger Jahre, durch und durch, Frieden und Liebe pulsierten durch seine Herzklappen. Er lächelte breit und zeigte seine gerichteten Zähne.

Ulysses erwachte zu einem Tag der ersten Male: Die ersten Wasserlieferungen kamen in der Stadt an (zum Waschen, nicht zum Trinken, aber immerhin etwas). Die erste Welle junger Freiwilliger versammelte sich vor der Bibliothek, und sie bildeten eine Kette, um den Schlamm vom Eingang wegzuschaffen. Die ersten Telegramme kamen wieder an, und Ulysses erhielt eines aus Rom. Es war tags zuvor geschickt worden, und man brachte es ihm, als er gerade Matsch aus dem *cortile* schaufelte.

STRASSEN UNPASSIERBAR. VERSUCHEN ES MORGEN WIEDER. BALD ZUHAUSE. LIEBE DICH.

Und da kamen die Tränen. Er wandte sich von den anderen ab, denn er konnte sie nicht stoppen.

Nachmittags fuhr eine lädierte, schlammüberzogene Betsy auf dem Santo Spirito ein, nachdem sie den ganzen Weg dicht hinter einem Bus der Mönche des Klosters Grottaferrata geblieben war. Alys, das Gesicht dicht hinter der Windschutzscheibe, versuchte den Anblick der zerrütteten Leben vor ihr zu verkraften. Ulysses sah sie als Erster und, ach, der Ausdruck auf seinem Gesicht – der Ausdruck auf ihrem. (Klick.) Für immer festgehalten. Er stand mit Michele, Giulia und der betagten Contessa vor dem Café, die sofort sagte: »Wird aber auch Zeit. Ich hoffe doch, sie haben Essen mitgebracht.«

Natürlich hatten sie das. Wein und Wasser ebenfalls, und es sollte das erste Mal seit Tagen sein, dass sie Eier und Brot aßen und Milch tranken. Alys kletterte aus dem Transporter und Ulysses ging auf sie zu. Ihre Arme um seinen Hals gelegt, sagte sie: »Wenn dir irgendetwas zugestoßen wäre …«

»Was macht die Jukebox hier draußen, Michele?«, fragte Cress. »Bring sie wieder ins Warme, und ich hab sie im Handumdrehen geputzt und repariert.« »Können Sie dasselbe für mein Herz tun, Signor Cress?«, fragte Giulia.

Alys stand im Bahnhof und wartete. Sie war schlammverklebt von Kopf bis Fuß und trug Jeans, Pullover und Arbeitskittel. Die Haare hochgesteckt, Sonnenbrille und eine Zigarette im Mundwinkel. Massimo fand, sie sei der Inbegriff von Coolness, wobei er den Doppelvokal natürlich in die Länge zog.

Es war das dritte Mal in drei Tagen, dass sie hier war, und trotz der

Kälte des Nachmittags gefiel es ihr. Es war wie eine direkte Verbindung zu der Welt da draußen, ein Kommen und Gehen der Züge, die neuesten Zeitungen, und eine Chance, ihren Vorrat an Zigaretten aufzustocken. Da der Bahnhof vom Hochwasser nicht beeinträchtigt worden war, hatte sich hier so etwas wie Normalität erhalten. Wenn man von dem schlammverschmierten Boden und den Postern absehen konnte, die den Leuten sagten: ALLES WASSER KOCHEN, da Typhus und Cholera eine reale Gefahr darstellten. Schwaden von Dieselgestank kamen von dem Generator, der das Telegrafenbüro mit Strom versorgte. Alys steckte sich eine Zigarette an und sah zu, wie ein Zug einfuhr.

Hunderte von Studenten kamen täglich an, und die Stadt hatte Schwierigkeiten, Unterkünfte für sie zu finden. Jugendherbergen und Studentenwohnheime waren zum Bersten gefüllt, und die leeren Schlafwagons im Betriebshof waren requiriert worden. Cress und Ulysses hatten zugestimmt, die *pensione* denjenigen zur Verfügung zu stellen, die einen Schlafplatz benötigten, und bisher lief alles glatt. Einige der jungen Freiwilligen hatten sogar von sich aus angefangen, Michele und Giulia beim Ausräumen und Putzen der Bar zu helfen. Alys sah einer jungen Frau nach, die ganz offensichtlich nicht den Blick von ihr abwenden konnte. Es war ein Leichtes Liebschaften aufzutun, wenn man Zimmer anzubieten hatte. Die Frau ging allerdings weiter und legte ihren Arm um die Hüften eines Mannes. Ach, naja, man muss auch mal verlieren. Alys zog an ihrer Zigarette. Und da fiel er ihr auf. Wirkte etwas verloren, ein bisschen älter als der Rest. Hübsches Lächeln.

»Tschuldige!«, rief sie und rannte hinter ihm her.

Er blieb stehen. »Ich?«

»Bist du gekommen, um bei den Räumarbeiten zu helfen?«

»Das bin ich.«

»Brauchst du nen Schlafplatz?«

»Ja, ich denke schon.«

»Ich heiße Alys«, und sie streckte ihm ihre Hand hin.

»Jem. Jem Gunnerslake.«

»Komm mit, Jem.«

Sie verließen die Bahnhofshalle und gingen die Treppe hinunter nach draußen auf den schlammbedeckten Vorplatz. Überall geteerte Autos und gigantische Trümmerhaufen. Das Wasser hatte hier zwei Meter hoch gestanden.

»Oh Gott«, sagte Jem.

»Vorsicht, wo du hintrittst«, sagte Alys. »Man kann es nicht sehen, aber viele der Pflastersteine sind herausgebrochen.«

»War es woanders noch schlimmer als hier?«

»Schwer zu sagen. Unten am Fluss ist es ziemlich schlimm. Auch in Santa Croce, Gavinana und San Niccolò. Die Keller sind immer noch überflutet, weil es nicht genügend Pumpen gibt, und du wirst noch Tausende Autos wie die hier zu sehen bekommen. Das Militär ist da und schaufelt die ganze Scheiße irgendwohin, aber abgesehen davon gibt es nicht viel, was momentan helfen könnte.«

Jem rieb sich die Nase.

»Chlor. Ich hab mich schon dran gewöhnt. Man hat die ganze Stadt damit zugekleistert.«

»Ich hab die Poster gesehen.«

»Die Impfzentren haben jetzt geöffnet. Brauchst du eine, Jem?«

»Ich bin bedient.« Er klopfte sich auf den Arm.

Als sie den Platz vor Santa Maria Novella überquerten, zeigte Alys auf die Kirche und sagte: »Falls du Kerzen brauchst, kannst du sie von einem Priester da drüben für 100 Lire das Stück kaufen.«

»Brauche ich welche?«

»Erstmal nicht, wir haben noch genug. Aber sie sind immer gerne gesehen.«

»Und wenn ich telefonieren muss?«

»Keine Chance. Telegramme sind möglich. International nur im Hauptpostamt. Stell dich allerdings auf stundenlanges Warten ein. Wir haben momentan kein Licht, keine Heizung und kein Wasser. Die Toilette spülen wir zweimal täglich mit einem Eimer – bevor wir zur Arbeit gehen und einmal abends. Außer es ist zwingend notwendig. Du weißt schon.«

»Alles klar.«

»Du bekommst ein Handtuch und eine Schüssel kaltes Wasser – morgens und abends – zum Waschen. Schlammige Kleider und Stiefel lassen wir draußen auf dem Treppenabsatz. Brot und Marmelade zum Frühstück. Meistens Tee, manchmal Kaffee, wenn wir welchen kriegen können. Milch, manchmal …«

»Wenn ihr welche kriegen könnt.«

Sie lächelte. »Eine Schüssel Pasta zum Abendessen. Es gibt auch eine Kantine in der Accademia, wenn du lieber da essen willst. Sag uns einfach am Morgen Bescheid. Kann sein, dass du ein Zimmer für dich allein hast, kann sein, dass du mit anderen teilen musst. Oder bist du da zimperlich?«

»Bei Autopsien bin ich zimperlich.«

Alys lachte. »Hier links. Du bekommst den Rundgang für Touristen.«

»Wie viel?«, fragte Jem.

»Für den Stadtrundgang?«

»Für das Zimmer.«

»Nichts, Jem Gunnerslake. Das ist das Geschenk der Stadt an dich. Im Austausch für Hunderte Stunden Knochenarbeit, die du ableisten wirst.«

»Wie wird das ablaufen?«, fragte er und rutschte aus bei dem Versuch mit ihr Schritt zu halten. »Wie fange ich mit der Arbeit an, meine ich? Geh ich einfach hin?«

»Könntest du. Aber in den Uffizien gibt es ein Büro, das dich dahin schickt, wo du gebraucht wirst.«

»Und wo ist das normalerweise?«

»Kommt drauf an. Könnte ein Krankenhaus sein – Duomo direkt voraus, Jem Gunnerslake – oder den älteren Leuten Essen bringen. Momentan ist es jedoch meistens die Biblioteca. Ist ziemlich schaurig da drin. Gute sieben Meter Schlamm in den unteren Stockwerken und das Wasser steht noch hüfthoch. Da sind auch die Bücher. Keine Generatoren, nur Taschenlampen und Kerzen zum Arbeiten. Hunderte von uns sind da gerade beschäftigt. Eimer mit Schlamm oder Büchern werden rausgereicht. Schlamm kommt raus, die Bücher nach oben zum Abspülen und Trocknen.«

»Und was dann?«

»Dann werden sie ins Forte di Belvedere gebracht, zur Restauration.«

»Okay.«

»Skulpturen kommen in den Palazzo Davanzati, Leinwandgemälde in die Accademia und Tafelbilder in die *limonaia* in den Palazzo Pitti. Aktuell sind achtzehn Kirchen und fünfzehn Museen betroffen.«

»Du weißt ganz schön viel.«

»Man bekommt viel mit. Jeder, mit dem du zusammenarbeitest, war vorher irgendwo anders. Ich war an meinem ersten Tag in den Uffizien.«

»Meisterwerke säubern?«

»Nein. Die hatte man schon woanders hingeschafft, Gott sei Dank. Uns haben sie nur die anvertraut, die sie für unwichtig befunden haben.«

»Wie unwichtig?«

»Die Frau neben mir hat einen Velázquez freigelegt.«

»Ach was!«

»Die in den Uffizien wussten nicht mal, dass er im Keller war. Das ist das Problem mit dieser Stadt, Jem. Niemand weiß, wo irgendetwas ist.«

An dem Abend waren die oberen Treppenabsätze und Geländer im Haus der *pensione* mit schlammverkrusteten Kleidern und Stiefeln bedeckt. Drinnen herrschte im Flur ein einziges Chaos aus Mänteln, Pullovern und Schals, und die Gästezimmer glichen Schlafsälen. Einzelbetten waren jetzt Doppelbetten, und sie hatten zusätzlich

Feldbetten aufgestellt. Auf dem Badezimmerboden waren Schlammspuren, und jemand hatte das Radio angelassen, das zwischen stetem Rauschen sogar hin und wieder Musik spielte.

Im oberen Stockwerk stieß der Kohleofen Hitze und Dampf aus, und der Tisch war fürs Abendessen gedeckt.

»Leute, das ist Jem. Das ist Alicia, Tom, Aldo, James, Carole …«

Jem nickte, »Hallo, hallo«, aber würde sich nie ihre Namen merken. (Zu nervös.) »Setz dich zu mir, Jem«, sagte Alys. »Danke«, erwiderte er.

Um sieben brachten Ulysses und Cress Schüsseln mit Pasta, Brot und Salat. Es gab immer Gejubel, wenn sie hereinkamen – du hättest den Ausdruck auf Cressys Gesicht sehen sollen! Jedes Mal großes Getue um Cressy. Fünf Minuten später klopfte es an die Tür: »Ich bin aber nicht zu früh, oder?« Die betagte Contessa kam herein und fügte hinzu: »Ihr seid also alle noch da.«

»Hübscher Pelz«, sagte eine junge Frau namens Niamh.

»Hab ich selbst geschossen«, entgegnete die Contessa.

Um zehn waren die Kerzen zwischen den Überresten des Abendessens vollkommen heruntergebrannt. Die Studenten räkelten sich müde und mit geröteten Wangen auf Stühlen, Sofas und Böden, und wickelten sich ihre Schals fester um den Hals. Man erzählte Geschichten, und Zigaretten glommen mal in Aschenbechern, mal in Mundwinkeln. Der restliche Wein wurde getrunken.

Auf der Terrasse flackerte eine Petroleumlampe. Handtücher und Lumpen hingen auf einer Wäscheleine, und Ulysses, Cress und die betagte Contessa drängten sich gegen die Kälte zusammen. Gesprächsfetzen aus der Wohnung zogen nach draußen durch die ruhige Luft. »Die Jugend hat etwas Intrinsisches in die Stadt gebracht«, sagte Cress. »Filzläuse«, erwiderte die Contessa. »Ich dachte eher an Herzblut und Hoffnung«, widersprach Cress.

(Aufgeschnappt:)

»Was machst du, Jem?« »Ich studiere. Medizin.« »Kannst du dir meinen Fuß mal anschauen?« (Gelächter.) »Was?« »Der tut mir schon seit Tagen weh.« »Ich wette, man fragt dich das die ganze Zeit, oder?«

»Nicht die ganze Zeit. Und ich schau's mir gerne mal an. Auch wenn ich mich auf Gynäkologie spezialisiert habe.« (Gelächter.) Alys schlug ein paar Akkorde auf ihrer Gitarre an, und die Unterhaltung verstummte. Die bekannten Anfangstakte des Liedes, das die Hymne ihrer Zeit werden sollte: *God Only Knows.* Sie sangen es wieder und wieder, und ihre Stimmen hallten durch die sternenübersäte Nacht, und niemand kann behaupten, dass diejenigen, die zuhörten, nicht einen Kloß im Hals hatten. Soldaten, die die Straßen patrouillierten, die Schlaflosen und die rastlosen Herzen, die Gebete in den Himmel stießen. Eine reine Melodie, getragen vom eindringlichen Schein der Petroleumlampe. »Viel besser wird das Leben nicht mehr«, hätte Pete gesagt.

Am nächsten Morgen war es bitterkalt. Die Studenten machten sich schon früh auf den Weg zum Fluss, und Ulysses und Cress begannen die Arbeit an den Steinbänken. So weit, so normal, bis plötzlich ein bis oben vollgepackter, nagelneuer Land Rover in ihre Routine schoss.

»Also ich werd …«, sagte Cress. Sogar Claude flog von Cosimo R. herunter, um zu schauen, was los war.

Der Land Rover kam schlitternd zum Stehen. Des kletterte vom Fahrersitz und zog seine Fahrhandschuhe zurecht.

»Des!«, riefen Ulysses und Cress.

»Hallo, Junge. Hallo, Cress, mein alter Freund. Bin glaub ich die ganze Strecke mit hundert Sachen durchgefahren.«

»Und Pete! Wie zur Hölle habt ihr zwei …?«

»Lange Geschichte«, erwiderte Des.

Pete fiel Ulysses in die Arme. »Oh, was für eine wunderbare Fahrt, Ulysses. Überhaupt kein Drama.«

»Was macht ihr hier?«, fragte Ulysses.

»Wir sind die motorisierten Katastropheneinsatzkräfte«, antwortete Des. »Auf diesen Präsidenten in Rom kann man sich ja nicht verlassen …«

»Des hat ihn mal auf einer Konferenz getroffen.«

»Ziemlicher Trottel«, sagte Des. »Hier wären wir also.«

Er ging um das Fahrzeug und öffnete die Heckklappe. »Ich habe Handlenzpumpen mitgebracht, Gasmasken, Regenkleidung, Gummistiefel, Anglerhosen, Petroleumlampen, Kerzen, Decken, Wollsocken, Transistorradios, Batterien, Körpercreme für die Damen, Milchpulver, Salbe gegen Fußfäule, Bleiche, Schwämme, Schaufeln, Besen … Was noch, Pete?«

»Industriereiniger«, antwortete er.

»Literweise«, bestätigte Des. »Und Erste-Hilfe-Kästen, und so viel Essen und Mineralwasser, wie wir mitnehmen konnten, oder, Pete?«

Pete streckte seinen Daumen nach oben; er hatte noch nie glücklicher ausgesehen.

»Ich habe ein schlechtes Gewissen, dass wir euch keinen Impfstoff bringen konnten«, murmelte Des.

»Welchen Impfstoff?«, fragte Ulysses.

»Typhus und Tetanus«, flüsterte Des. »Mein Kontakt wurde an der Grenze verhaftet.«

»Das tut mir leid, Des.«

»Na gut, also dann, Ulysses. Können wir irgendwo einen …?«

»Kaffee mit einem Hauch Grappa bekommen?«

»Ein Mann nach meinem Geschmack«, sagte Des. »Mach die Vorhut, Kamerad.«

Pete wurde bei Ulysses einquartiert, und Des bekam ein Zimmer für sich allein. »Gefällt mir, was du aus dem Zimmer gemacht hast«, sagte er zu Cress. »Mit Keramikgefäßen liegst du absolut im Trend.«

Später wechselten sie sich beim Auspumpen des Kellers ab. »Die Anglerhosen haben sich schon bezahlt gemacht«, sagte Des. Cress machte sich an die Reinigung der Jukebox, jetzt, da er Industriereiniger hatte.

Auf der anderen Seite des Flusses stiegen Alys und Jem in der Bibliothek die Treppen in eine düstere Unterwelt hinab, in der die Luft giftig war und Gasmasken Pflicht. Das Wasser war verschwunden, aber der Schlamm stand immer noch kniehoch und war gefroren.

Sie gingen auf die ihnen zugeteilten Plätze und Alys streckte für Jem den Daumen nach oben. Der erste Eimer kam an, dann der nächste, und der nächste, ununterbrochen und in forschem Tempo. Dann ein Buch, in schwarzen Schlick eingeschlagen. Bücher über Bücher, das schriftliche Patrimonium der westlichen Zivilisation. Manchmal ein Goldschimmer oder ein Blau, das durch den Matsch blitzte, und ihr Atem stockte. Es ließ sie demütig werden, dieser flüchtige Blick auf so Altehrwürdiges.

»Himmelsakrament!«, stieß Des hervor.

»Herrjeh, Temps«, sagte Pete. Zwei Tage später standen sie auf der Piazza dei Sapiti, und der verwesende Unrat, den die Flut hinterlassen hatte, stand beinahe zwei Meter hoch. Ein stinkender, öliger Einheitsbrei aus Mobiliar, zerbrochenen Globen, Büchern und Kleidung.

»Ich habe ein paar Gussformen retten können«, sagte Ulysses.

»Ja, das ist Plastik«, sagte Des. »Unzerstörbar.«

»Ein einziges Elend«, sagte Pete. »Kaum ist der Schlamm weggeschafft, kommt noch mehr zum Vorschein.«

»Sisyphusarbeit«, stimmte Des ihm zu. »Aber die Leute sind hartnäckig. Wenn wir etwas von der Evolution gelernt haben, dann …«

»Tausende sind obdachlos«, sagte Ulysses. »Viele von ihnen alt.«

»Die Hüter der Geschichte«, sagte Pete.

»All die Handwerker, einfach verschwunden.«

»Da sehen die Dinge gleich anders aus, oder?«, sagte Des. »Die Seele der Gemeinde stirbt. Kann ich euch mit Geld aushelfen, Jungs?«

»Nein, danke, Des. Uns geht's gut.« Cress war wieder einmal überwältigt.

»Was war es diesmal?«

»Weltmeisterschaft«, antwortete Pete. »Nicht nur auf Sieg, sondern …«

»Der Geoff Hurst Hattrick?«, fragte Des.

Die beiden nickten.

»Ein Mann mit Vision«, sagte Des.

Hier tauchte der Visionär höchstpersönlich wieder auf. Bis zu den Achseln in brandneuen Anglerhosen. Glänzende Augen, der Mund erwartungsvoll geöffnet. Es war offensichtlich, dass Cress ihnen etwas Wichtiges zu sagen hatte.

»Ich habe euch was Wichtiges zu sagen«, sagte er. »Wir können die Toiletten wieder spülen.«

»Immerhin etwas«, sagte Pete.

»Und …«, sagte Cress.

Er bedeutete ihnen, ihm zu folgen.

Sie standen am Flussufer, das zwar nicht mehr überschwemmt war, aber dafür einer Müllhalde glich, auf der die Leute alte Matratzen und Autos abluden. Aber Cress wollte ihnen etwas anderes zeigen. »Schaut«, sagte er, »da drüben!«

Eine lange Reihe schwerer Lastwagen kam in die Stadt gefahren, jeder beladen mit einem Kran oder Traktor oder Generator, und Jubel brach überall um sie herum aus. Dann das schwere Rumpeln und Scheppern, als die ersten Autowracks abgeschleppt wurden.

Der Abend brach an und brachte schneidende Kälte. Cress saß umgeben von Kerzen und Studenten am Esstisch und hielt Audienz. »Ich würde sagen, es ist ein kleines *miracolo*«, sagte er. »Die Moto Guzzi wurde von der ersten Flutwelle auf die Stufen geschleudert und war so vor dem ganzen Öl, Unrat und Schlamm, was alles später kam, in Sicherheit. Könnt ihr mir sagen, weshalb?«

»Gott ist ein Motorradliebhaber?«, schlug Ulysses vor, während er den Tisch abräumte.

Massimo stand am Fenster und beobachtete Cress und die Studenten. »Wer ist der junge Mann in dem grünen Pullover, Alys?«, fragte er.

»Das ist Jem. Er ist vor ein paar Tagen angekommen. Wirklich nett. Ich arbeite mit ihm in der Bibliothek. Soll ich dich vorstellen?«

»Nein. Na gut, ja. Nein, Alys, nicht. Ich …«

»Jem?«

Jem sah auf und lächelte. Alys winkte ihn zu sich. »Das ist Massimo. Massimo, Jem.«

Die betagte Contessa saß auf dem Sofa und starrte Claude an, der zurückstarrte. Wer als Erster blinzelt.

In der Tür standen Pete und Des. Des reiste am nächsten Tag ab, er musste auf eine Konferenz zur Nachhaltigkeit von Plastik und nahm sogar eine der teerüberzogenen Gussformen mit. Pete hatte beschlossen zu bleiben.

»Machts dir was aus, Des?«, fragte Pete.

»Ob es mir was ausmacht? Natürlich nicht. Wenn ich nicht einer der Hauptredner wäre, würde ich auch noch bleiben. Aber die Fahrt wird einsam ohne dich, so viel kann ich dir sagen.«

»Temps!«

Ulysses kam aus der Küche. »Alles in Ordnung, Pete?«

»Ich hab nachgedacht, Temps. Ich fahre nicht nach Hause. Nicht mit Des. Nicht mit sonst irgendwem. Was hältst du davon?«

»Ich halte eine ganze Menge davon, Pete. Was hältst du davon?«

»Ist vielleicht ein bisschen bekloppt, wenn ich ehrlich sein soll. Ich hab keine Ahnung, was ich machen soll.«

»Du machst das, was du immer schon gemacht hast«, erwiderte Ulysses und blickte zum Klavier.

Pete beugte sich tief über die Tastatur, Finger fertig über Schwarz und Weiß, Zigarettenrauch in den rotblinzelnden Augen. »Das Stück heißt *Angeli del fango*«, verkündete er. Schlammengel.

Es war eine Ballade über die jungen Männer und Frauen, die nach Florenz gekommen waren. Über das Gute, das aus der Not geboren wird, über die Liebe in all ihren Formen, über Güte und Fürsorge, und nur die dritte Strophe handelte von Kunst, aber sie sprach auch nur von der Paradoxie der Bedeutung. Typisch Pete. Er nahm einen mit auf eine Reise, machte kehrt und erwischte einen eiskalt. Er lehnte sich zurück und ließ die Knöchel krachen. Ein leichter Grasgeruch wehte von der Terrasse zu ihnen herein. »'Allo, 'allo. Das riecht mir ganz nach Marrakesch«, sagte Pete.

Und das war es dann auch. Früh ins Bett. Die Studenten knipsten ihre Taschenlampen an und gingen nach unten in die *pensione* zum Schlafen. Des verabschiedete sich ebenfalls, gab Ulysses einen Umschlag und bat ihn, ihn an Michele und Giulia weiterzuleiten. »Ist es das, was ich denke?«, fragte Ulysses. »Du denkst richtig«, erwiderte Des. »Geld für eine neue Küche und alles andere, was sie so brauchen. Es steckt auch eine Nachricht von mir drin. Wenn ich Menschen in Not nicht helfen kann, was macht es dann für einen Sinn, reich zu sein? Gute Nacht, Junge.«

»Bis morgen, Des.«

Mittlerweile war nur noch Jem im Zimmer, der lesend am Bücherregal stand. In seinen Händen ein Buch mit burgunderrotem Stoffeinband. Er sah auf und zitierte:

Alte Frauen leuchten den Weg
Schließen sorgsam die Fenster
Haben ihr Mutterlicht gebracht
Die Stadt zu schließen für die Nacht.
Doch wie ein Kind den Schlaf nicht liebt,
Die Stadt aus Tiefen aufwärts stiebt …

Massimo applaudierte, wenn auch ein wenig zu enthusiastisch.

»*Alles* von Constance Everly«, sagte Cress.

»Das ist es«, bestätigte Jem und hielt den Gedichtband hoch. »Ich habe den Band *Nichts* für meine ehemalige Kunstdozentin, Evelyn Skinner, gekauft. Sie und Constance waren gute Freundinnen. Das ist wohl einer der Gründe, warum ich hier bin. Wegen Evelyn. Wie auch immer«, sagte er, »es ist schon spät, und ich rede …«

»Oh nein«, unterbrach Alys. »Du bleibst, wo du bist, Jem Gunnerslake.«

»Constance Everly?«, fragte Cress.

»Evelyn Skinner?«, fragte Ulysses.

»Ja«, sagte Jem.

»Ich glaube, du setzt dich besser wieder hin und erzählst uns alles, was du weißt«, sagte Cress.

Massimo holte eine Flasche *amaro*, und Jem tat wie geheißen.

Eineinhalbtausend Kilometer entfernt saß Evelyn Skinner mit hochgelegtem Fuß und dem Knöchel in Eis gepackt in ihrer Wohnung in Bloomsbury. Sie hatte die letzten vierundzwanzig Stunden das Gefühl, ihren Ohren nicht mehr trauen zu können, aber dachte nicht, dass diese beiden Leiden etwas miteinander zu tun hatten. Sie hatte die Nachrichten über das Hochwasser aufmerksam verfolgt – vielleicht ein wenig zu aufmerksam, denn sie war ständig abgelenkt, und vor ein paar Tagen, als sie aus dem Kenwood-Badeteich für Frauen stieg, war sie ausgerutscht. Der Knöchel war nur verstaucht, und als es passierte, hatten sich alle königlich amüsiert, da sie unerwarteterweise herausgefunden hatte, dass sie im Alter von sechsundachtzig noch einen Spagat meistern konnte. Die Ärztin hatte ihr Ruhe verschrieben und sie beschworen, diesen Rat zu befolgen.

Es war Sonntagnachmittag, und Dotty reichte ihr ein riesiges Glas Gin Tonic. »Mit einer Schmerztablette einzunehmen«, sagte Dotty. »Ach, genau«, erinnerte sie sich plötzlich, »hier«, und sie gab ihr die neueste Ausgabe des *Observer*. »Die Überschwemmung in Florenz ist auf Seite fünf.«

Evelyn las vor: »*Florenz kämpft um ihre Vergangenheit.* Naja, das war schon immer so. Oh Gott, nein! Sie sagen, Cimabues *Kruzifix* ist nicht mehr zu retten.«

»Ist das so wichtig?«

»Oh Gott, aber ja doch. Das ist es wirklich, Dotty. Die heilbringende Verbindung zwischen byzantinischer Malerei und der Renaissance. Ohne Cimabue gäbe es keinen Giotto.«

»Und ohne Giotto?«

»Ohne Giotto könnten wir genauso gut Feierabend machen.« Evelyn faltete die Zeitung wieder auf und sagte: »Das Militär benutzt

Flammenwerfer, um Pferdekadaver zu beseitigen, del Sartos *Letztes Abendmahl* in San Salvi hat den Fluten nicht standgehalten. Gefangene aus dem *Murate* wurden zwischenzeitlich freigelassen und sind geflohen.«

»Naja, das würde wohl jeder, oder?«, spöttelte Dotty. »Nicht weiter mitteilenswert.«

»Und Froschmänner sind in die Kanalisation runter, um Blockaden zu entfernen.«

»Da kann man nur hoffen, dass sie anständig bezahlt werden.«

»Professor Carlo Ragghianti – und ich zitiere – glaubt, ›Hilfe aus dem Ausland sei unabdingbar, um die gebeutelten Florentiner Bürger mit Optimismus in eine ungewisse Zukunft blicken zu lassen‹.«

Dotty stand auf und fragte: »Lust auf Oliven?«

»Wieso nicht«, erwiderte Evelyn und blätterte weiter. Kaum hatte sie die Seite umgeschlagen, rief sie aufgeregt nach Dotty.

Dotty eilte ins Zimmer zurück. »Was ist los, Schätzchen?«

Evelyn reichte Dotty die Zeitung: Ein Foto von einem Mann, der bis zur Hüfte im Hochwasser von Florenz stand und mit über den Kopf gestreckten Armen einen großen Globus trug. Die Bildunterschrift betitelte: Atlas steigt aus den Fluten.

»Das ist nicht Atlas«, sagte Evelyn mit zitternder Stimme. »Das ist …«

»Dein Soldat, oder?«

Evelyn nickte. »Ich hab ihn gefunden, Dotty.«

Fünf Tage später marschierten sie durch den Flughafen Rom. Die reizende Frau im Cook-Reisebüro hatte ihnen geraten zu fliegen, da das Schienennetz vom Hochwasser beschädigt worden war. Danach ging es weiter mit dem Bus nach Florenz. »Bus?«, fragte Dotty, als ob sie noch nie in einem gesessen hätte. Wie sich herausstellte, hatte sie das auch nicht.

Dottys Garderobe erinnerte an Meer und Strand, Evelyn war zweifellos schlammgemessen gekleidet. Sie trug Galoschen und einen

Reitregenmantel, der schon bessere Zeiten gesehen hatte, wenn auch noch nie ein Pferd. Dotty sagte, sie rieche streng nach Gummi, was ihrer Meinung nach aber einen gewissen Reiz hatte.

Sie fuhren mit dem Taxi zum Busbahnhof, wo ein freundlicher, hilfsbereiter Gepäckträger sie zu *Giuseppe Verdi* begleitete, der italienischen Version eines Fernfahrerimbisses. Es war nur noch ein Tisch frei, was ein gutes Zeichen war.

Kaum hatte Evelyn ihren Mund aufgemacht, wurde sie wieder zur Italienerin. Ihre Charmeoffensive knackte einen griesgrämigen Kellner, der zu einer wahren Enzyklopädie an Spezialitäten wurde, die nicht auf der Tafel geschrieben standen. Schließlich einigten sie sich auf die *spaghetti alla carbonara,* Brot und eine Karaffe weißen Hauswein.

Evelyn sah sich um und seufzte.

»Du bist zu Hause«, sagte Dotty.

»Wir sind zu Hause. Die ganzen Jahre, die wir bei Tante Maria verbracht haben.«

»Wir waren eher ungezogen«, sagte Dotty. »Glaubst du, sie wusste Bescheid?«

»Natürlich wusste sie Bescheid! Das hat sie mir noch gesagt – *Ah, grazie*«, sagte Evelyn, als der Wein gebracht wurde. »Gesagt, bevor sie gestorben ist. ›Ich hoffe, du findest die Richtige‹, waren ihre Worte. Sie hat ›die Richtige‹ gesagt.«

»Wie nobel von ihr«, sagte Dotty und schenkte ihnen Wein ein. »Hier …«

Die beiden Frauen hoben ihre Gläser. »Auf Ulysses«, sagten sie. Der Wein war frisch und würzig, die Carbonara köstlich. »Absolut authentisch«, sagte Evelyn. »Wie meinst du?«, fragte Dotty. »Keine Sahne.« »Keine Sahne? Aber es ist so cremig!« »Das Cremige ist ausschließlich Eigelb mit einem winzig kleinen Hauch Eiweiß. Dazu kommt Käse, sowohl Parmesan als auch Pec …«

»Dacht ich mir doch, dass es Pecorino ist!«, rief Dotty. »Und ist das Speck oder noch so ein genialer Trick?«

»Kein Speck, meine Liebe. Sondern *guanciale*. Backenfleisch.«

»*Guanciale*«, wiederholte Dotty. »Wie mir Italien gefehlt hat! Erst dieses feine Knuspern, und dann füllt sich dein Mund mit diesem ölig salzigen Aroma …«

»Das einzige Gewürz ist eventuell eine Prise Pfeffer. Und das ganze Ensemble wird schließlich von einem Schuss Nudelwasser zusammengebracht.«

»Wer hätte das gedacht!?«

Sie kämpften sich mit ihrem Gepäck durch die Abfahrtshalle, bis eine junge Amerikanerin jemanden fand, der ihnen half.

In der Schlange vor dem Bus sagte Dotty: »Wenn das mal kein Abenteuer ist!« Und die junge Frau erwiderte: »Ist das Ihr erstes Mal in Florenz, Miss Cunningham?« Und Evelyn antwortete: »Sie spricht von der Busreise.«

Eine Viertelstunde später sagte Dotty: »Nie wieder!«

Der Bus hatte Rom noch nicht einmal verlassen.

Sie kamen mit der Dämmerung kurz vor dem Fünf-Uhr-Läuten am Bahnhof Santa Maria Novella an. Evelyn und Dotty stiegen aus und holten ihr Gepäck. Der Geruch von Diesel und Abwasser zerschnitt die Luft und verlieh ihrer Ankunft eine düstere Aura.

»Oh Gott«, sagte Evelyn. »Was ist dir bloß zugestoßen, Firenze, *amore mio?*«

»Eine Stimmung wie im Mittelalter«, sagte Dotty. »Brutal, gewalttätig und voller Misstrauen.«

Vorsichtig bewegten sie sich über schmierigen Asphalt auf den trostlosen Bahnhofsvorplatz zu, der von Bogenlampen hellerleuchtet war. Sie verabschiedeten sich von der jungen Amerikanerin und mussten zusehen, wie sie auf dem Öl ausrutschte und beinahe stürzte.

»Mit dem Zeug würd ich es lieber nicht drauf ankommen lassen«, sagte Dotty.

Das Glück war ihnen wohlgesonnen, und eines der letzten Taxis, die eine Sondergenehmigung für Fahrten in die Stadt hatten, fuhr in eben diesem Moment an ihnen vorbei. Dotty hob ihre Hand.

»Gut gesehen«, lobte Evelyn. Sie stiegen ein und Evelyn nannte dem Fahrer die Adresse.

Der Fahrer nahm aufgrund gesperrter Straßen einen Umweg zum Fluss, und unterwegs sahen sie keine Straßenlaternen und keine Neonwerbung, sondern nur ein sich endlos erstreckendes Trümmermeer. Hie und da eine brennende Feuerschale, um die Soldaten und Obdachlose standen und sich wärmten.

Um 17:30 Uhr kamen Evelyn und Dotty vor der *Pensione Picci* an und stellten fest, dass die Herberge auf einem leicht erhöhten Teil des *lungarno* gebaut worden und daher größtenteils unversehrt geblieben war.

»Mein lieber Enzo!«, sagte Evelyn. »Du hast das Telegramm also bekommen«, und Enzo erwiderte, es sei der Höhepunkt seiner Woche. »Ihr seid meine einzigen Gäste«, sagte er mit seinem rauen Florentiner Akzent. Er nahm ihr Gepäck und bat sie ins Haus. Als sie die Treppe hinaufstiegen, erzählte er ihnen, dass jeden Tag kleine Wunder geschähen und man Fortschritte sehen konnte in der Stadt. Es gab wieder Strom und fließend Wasser, und Enzo gestand, das Abendessen würde etwas einfacher ausfallen, aber er ließe sie auf keinen Fall verhungern.

»Wie kommen die Leute zurecht?«, fragte Evelyn.

(Noch eine Treppenflucht weiter.)

»Ach, die Leute!« Er seufzte tief. »Leidgeprüft, aber unverwüstlich. Etliche Geschäfte sind nurmehr Ruinen. Tausende Familien leben in Baracken. Zwanzigtausend sind auf Hilfsgüter angewiesen. Aber wir machen weiter, das haben wir immer. Wir räumen auf und putzen weiter, und wenn wir daran denken, singen wir. Und wir werden wieder triumphieren. Hier wären wir«, sagte er. »Ihr Zimmer, *signore.* Wie Sie es beim letzten Mal zurückgelassen haben.«

In der Ecke stand eine kleine Elektroheizung und glühte orangefarben. Enzo stellte die Taschen auf die Ablage.

»Eins noch«, sagte er und verschwand. Fünf Minuten später klopfte er an die Tür und überreichte Evelyn eine Flasche perfekt gekühlten Prosecco. »Weil ich weiß, dass ihr auch woanders übernachten könntet«, sagte er.

Nachdem er die Tür geschlossen hatte, warf sich Dotty aufs Bett und war untröstlich. »Die armen Leute, Lynny.«

»Ich weiß, mein Schätzchen.«

Am folgenden Morgen starteten die beiden Frauen unter einem niedrigen, grauen Himmel. Achtsam bewegten sie sich vorwärts, und obwohl der gröbste Unrat weggeräumt worden war – »In den Fluss, so wie es aussieht«, sagte Dotty –, hatte das Abpumpen der Keller eine neue Welle aus Schlamm und Öl durch die Straßen geschickt. Die Stadt hockte wieder einmal unter einer stinkenden Schicht von bedenklich faulendem Schlick.

Zelte des Roten Kreuzes, Tische und Bänke waren auf den Plätzen aufgestellt worden. Feuerstellen und das Sirenengeheul von Krankenwagen und Feuerwehr waren allgegenwärtig.

Entlang des Arno wurden Uferbereiche und Geländer wieder aufgebaut, und die Erde bebte unter dem Rumpeln der Traktoren und Bagger. Abseits des Flusses hatten die ersten Geschäfte mit vorsichtigem Optimismus wieder aufgemacht, wenn auch kaum mit Waren bestückt. Ein *fruttivendolo* verkaufte ihnen Mandarinen und Birnen.

Sie machten Halt in einem Café, das erst an diesem Morgen wieder geöffnet hatte, und der Besitzer zeigte ihnen die Linie, die das Hochwasser hinterlassen hatte: zwei Meter. Er platzierte sie unheilverheißend an einen Tisch darunter, brachte ihnen Cappuccino und Gebäck, und Evelyn blätterte *La Nazione* durch. Dreizehntausend Kunstwerke beschädigt oder verloren. Keine Hoffnung mehr für Cimabues *Kruzifix*. Millionen von Büchern immer noch von Schlamm bedeckt. »Und meine geliebte Kirche San Firenze hat furchtbar gelitten«, sagte sie.

»Irgendwelche guten Neuigkeiten?«, fragte Dotty.

Evelyn überflog die Seiten. »Ah, ja. Hier ist was. Masaccios Fresken in der Capella Brancacci sind unbeschädigt. Giottos Fresken in

Santa Croce sind fürs Erste in Sicherheit, obwohl das Wasser durch die Wände dringt und Salz droht, die Farbe abzulösen. Was meinst du? Sollen wir uns das mal ansehen, Dotty?«

»Wenn wir es langsam angehen, haben wir vielleicht sogar eine Chance«, erwiderte Dotty.

Es dauerte zwei Stunden, bis sie bei Santa Croce ankamen. Sie versuchten hauptsächlich in den Spuren der Autos oder anderer Leute zu laufen, und besonders Evelyn war von der Anstrengung erschöpft. Der Anblick der engen, immer noch unter Wasser stehenden Straßen und der einsturzgefährdeten Fassaden gestützt von Holzgerüsten versetzte ihrem Herzen weitere Stiche. Als sie auf der Piazza Santa Croce ankamen, waren zwar die Autowracks weggeräumt worden, doch abgesehen davon, schien man in den vierzehn Tagen kaum Fortschritte gemacht zu haben. Der Platz war immer noch ein Sumpf der Verwesung.

»Nur das Hochwasser von 1333 ist vergleichbar mit dieser Tragödie hier«, sagte sie. Sie trat einen Schritt zurück, um einige Bagger vorbeizulassen. Sie lehnte sich gegen die Wand und fragte sich, was um alles in der Welt sie hier zu suchen hatte. Wie konnte sich eine Sechsundachtzigjährige in einer Stadt nützlich machen, die angewiesen war auf Energie und starke Arme und, ja, einen guten Gleichgewichtssinn? Du törichte, törichte Frau.

»Kopf hoch, Lynny«, sagte Dotty, als könne sie ihre Gedanken lesen. »Noch ist nicht aller Tage Abend.«

Sie machten kehrt, und Dotty ging voran zu den Uffizien. Draußen auf der *piazza* saßen überall auf dem Boden verteilt junge, schlammverkrustete Leute. Einige trugen Perlenketten, alle hatten glasige, müde Augen und schmutzige Gesichter. Evelyn lebte bei ihrem Anblick auf. Langhaarig, kurzhaarig, Bärte, Hippies, Frauen in Röcken und kurzen oder langen Hosen, eine Aura von Erschöpfung und Liebe, wärmende Feuerstellen, Weinflaschen, gestiftet von einem dankbaren Florentiner, machten die Runde, und Lieder der Beatles, Beach Boys, von Bob und Baez tönten aus einem gebrechlichen Transistorradio, das schon bessere Zeiten gesehen hatte. »Die Männer sehen fast alle aus wie Allen Ginsberg«, sagte Dotty.

»Sie sind die Zukunft«, erwiderte Evelyn.

»Gott steh uns bei.«

Die anwesenden Kunststudenten erkannten Dotty sofort und machten ihr und Evelyn an einem der behelfsmäßigen Speisetische Platz. Die beiden Frauen teilten sich die Mandarinen und Birnen, und die Studenten gaben ihnen etwas von ihrem Wein. Eine junge Frau fragte sie, ob sie hier seien, um bei der Restauration zu helfen, und Dotty antwortete: »Oh ja. Und auch deswegen«, und sie stieß Evelyn an, um das Foto von Ulysses herumzuzeigen. Die Gewalt der Fluten wurde kommentiert, und auch die Anstrengung im Gesicht des Mannes und die Ästhetik des Globus, aber sonst, nein. Niemand wusste, wer er war, oder hatte ihn gesehen.

»Den Versuch war es wert«, flüsterte Dotty.

Sie hätten nicht ahnen können, dass nur sechshundert Meter von ihnen entfernt Jem Gunnerslake unter der Erde Bücher an eine junge Frau weiterreichte, die einst Kleine genannt wurde, aber mittlerweile als Alys bekannt war. Aber diese Offenbarungen mussten noch warten. Für den Moment hatte sich eine gewisse Zufriedenheit über die Szene gelegt.

Die Tage vergingen. Frost, Nebel, Düsternis, blauer Himmel, Sonne.

Evelyn zeigte das Foto von Ulysses Ladenbesitzern, Studenten und sogar einer Gruppe *carabinieri* vor dem Dom. Ein Passant glaubte sich an einen Globenmacher in San Frediano zu erinnern, und Evelyn machte sich sofort auf den Weg, aber ohne Erfolg. Der Fußweg erschöpfte sie, und ihr Knöchel brannte von der Überbeanspruchung. Die kommenden zwei Tage verbrachte sie mit hochgelegtem Fuß in der *pensione.* »Wir sind nah dran, ich habs im Gefühl«, sagte Dotty, um Evelyn aufzumuntern.

Doch Evelyn war sich nicht mehr so sicher. Sie schlief viel, was ihr überhaupt nicht ähnlich sah.

Internationale Geldmittel für die Restauration beschädigter Kunstwerke begannen in die Stadt zu fließen, und Dotty, in einem Anfall von Nächstenliebe, spendete eines ihrer Werke an *Künstler für Florenz*. Sie schickte ein Telegramm an ihre Galeristin, Joyce, und erkundigte sich, ob ein großformatiges Bild mit dem Titel *Es ist immer nur ein Anfang* noch vorhanden war, und die Antwort lautete ja. Evelyn überredete Dotty, das zu tun, was sie selbst gerne getan hätte: sich in Santa Croce nützlich machen.

Mit einer Gruppe Studenten betrat Dotty die Basilika und traf dort auf Mr Hempel vom Victoria and Albert Museum, der sie im gleichen Moment erblickte wie sie ihn. Sie hatten sich auf einer Benefizveranstaltung für Wasauchimmer kennengelernt. Er war Restaurator für Skulpturen und teilte sie sofort zur Arbeit an den Marmordenkmälern ein. Schichtweise Lösungsmittel, gefolgt von schichtweise Talkumpuder, um das Öl aus dem Stein zu ziehen. Quälend langwierig, und ein Tag kam Dotty vor wie ein Monat, doch sie arbeitete zum einen am Denkmal Dantes – sie konnte es kaum abwarten, Evelyn davon zu erzählen! – und zum anderen war neben ihr eine sehr hübsche, junge Frau aus Stockholm zugange.

»Kannst du das kurz halten, Dotty?«

»Aber sicher doch, Inga.«

Und dann …

Eines Morgens, als der Dezember schon vor der Tür stand, trug der Himmel ein stechendes Blau, und die klirrende Kälte sorgte für klare Gedanken; Evelyn stützte sich an der Schlafzimmerwand ab, stand auf einem Bein auf, nahm das andere herunter und belastete den Knöchel mit ihrem ganzen Gewicht. Ein kleiner Hüpfer und kein Schmerz. Sie war genesen. Auf geht's, meine Liebe.

Sie war wieder in dem kürzlich eröffneten Café und saß unter der Wasserstandlinie mit einem doppelten Espresso. Das Koffein hämmerte unerbittlich in ihrer Brust. Vor ihr auf dem Tisch lag das Foto von Ulysses. Sie hatte das Gefühl, dass sie irgendetwas übersah, irgendetwas über die Maßen Vertrautes, das jedoch schwer zu bestimmen war. Sie konnte es nicht in Worte fassen. Ein Schatten fiel auf das Bild, und sie blickte auf und dem Besitzer des Cafés ins Gesicht.

»*Chi è?*«, fragte der Mann.

»Ein Freund«, antwortete Evelyn. »Aber ich weiß nicht, wo er ist. Ich weiß, dass er irgendwo hier in Florenz sein muss. Aber wo? Das ist die Frage.«

Der Mann nahm den Zeitungsausschnitt in die Hand. Augenblicklich sagte er: »*Il Palazzo di Bianca Cappello.*«

»Was?«, erwiderte Evelyn.

»Via Maggio. Hier, sehen sie. Genau hier, diese Ecke. Das Muster ist eindeutig.«

»Ach du lieber Himmel, das ist es! Daher kam es mir so bekannt vor! Danke, vielen Dank, mein Guter.«

Evelyn band sich ihren Schal um, trank ihren Kaffee aus und verließ das Café.

Sie überquerte die Brücke Santa Trìnita und blieb kurz stehen, um den Ingenieuren zuzusehen, die unter ihr das Flussbett räumten. Der traurige Anblick eines ausgeweideten Klaviers, das nach oben gehievt wurde, der Totengesang der Saiten zitterte klagend durch die Luft.

Auf der anderen Seite angekommen sah sie sich um und ging über die Straße. Vorbei an *Borgo San Jacopo* und in die Via Maggio. Sie verlangsamte ihr Tempo, nahm sich Zeit, sich die Gesichter anzusehen und in schmale Gassen zu blicken, denn sie wusste, dass sie es fast geschafft hatte. Sie stand vor dem Palazzo di Bianca Cappello, sah auf das Foto, und es bestand kein Zweifel: Dieser schicksalsschwere Moment war genau hier aufgenommen worden.

Eine Frau, die ihren Verkaufsstand ausräumte, stellte sich neben sie, zeigte auf das Foto und sagte: »*Signor Temper.*«

»*Sì, Signor Temper*«, erwiderte Evelyn. »*Dove?*«

Die Frau zeigte auf den Platz vor der Kirche. »*Santo Spirito.*«

Natürlich, Santo Spirito!, dachte Evelyn.

Sie geht weiter. Nach rechts an der Basilika vorbei, behutsam über die Pflastersteine, hält immer wieder inne, sieht sich immer wieder um. Sie ist ihm so nahe, sie kann es spüren. Sie sieht einen alten Mann, der eine Jukebox reinigt, und einen großen, blauen Papagei auf einer Statue. Und dann …

Ihn. Er putzt eine Steinbank.

Sie kommt näher. »Ulysses?«, fragt sie.

Er sieht auf und lächelt.

»Du bist es, oder?«

»Hallo, Evelyn.«

Zweiundzwanzig Jahre – wo fängt man an?

Manche würden vielleicht sagen, da, wo man aufgehört hat.

»Also, Ulysses. Erzähle. Wie geht es dem guten Captain?« Sein Schweigen alarmierte sie, wie er langsam und gleichmäßig die Luft einzog.

Und an dem Küchentisch in dem alten Palazzo erzählte Ulysses ihr seine Geschichte. Teile davon hatte auch Cress noch nicht zu hören bekommen und er musste ein paar Tränen wegblinzeln, um ehrlich zu sein. Darnley, Arturo, Peg, das Mädchen namens Alys, die Erbschaft, der Umzug nach Italien, die *pensione*, Dottys Porträt von Alys, die wilde Jagd nach dem Zug. »Du warst das?«, fragte Evelyn. »Ja, aber woher weißt du, dass ich es war?« Evelyn lachte. »Dotty Cunningham hat dich vom Zug aus gesehen. Sie ist meine älteste Freundin. Sie ist auch hier in Florenz.« Sie konnten es nicht glauben, wie viele Straßen zu ihm und auch zu ihr geführt hatten. Evelyn verspürte zu gleichen Teilen Trauer und Freude, als sie hörte, wie nahe sie sich gekommen waren, wie sie sich beinahe hätten berühren können, wenn doch nur … Die Zeit ist so kostbar, du weißt schon.

Zwei Tage später zogen Evelyn und Dotty ins Gästezimmer. Es war das beste Zimmer, und es roch immer noch nach Des. »Johanniskraut, oder?«, fragte Evelyn. »Und ein Hauch von Zitrus«, sagte Dotty. »Teuer«, fügten sie hinzu.

Dottys und Evelyns erster Abend sollte zweifach Anlass zur

Freude bieten, da das Leitungswasser in der Stadt wieder für trinkbar erklärt wurde. Das hieß unbegrenzt baden und duschen, wenn auch mit kaltem Wasser. Die Studenten glänzten, und Pete sagte, sie rochen so lieblich und frisch wie Sommerwäsche. Er saß wie immer vornübergebeugt am Klavier, und ein Potpourri aus Revuenummern brachte den Abend ins Rollen. Jem, Alys und Massimo sangen mit, und Claude gab – ein wenig asymmetrisch – seine Flugkunst zum Besten.

Dotty wandte sich Evelyn zu und sagte: »Vielleicht irre ich mich, aber glaubst du, Pete ist der Pianist mit dem Alkoholproblem, den wir vor Jahren im West End gesehen haben? Eine kleine, aber bemerkenswerte Rolle.«

»Ich glaube, du hast recht«, erwiderte Evelyn.

»Ich fühle mich, als hätte ich Halluzinogene genommen, Lynny.«

»Wie wundervoll.«

Unvermittelt klopfte es an der Tür. »Ich geh schon!«, rief Ulysses.

»Ich bin aber nicht zu früh dran, oder?«, fragte die betagte Contessa und stürmte in die Wohnung. Ulysses hatte ihr einen elektrischen Heizofen gekauft, aber sie hatte ständig etwas daran auszusetzen und mied ihn letztendlich vollends, um für Essen und Gesellschaft in die *pensione* zu kommen. Man konnte es ihr nun wirklich nicht übelnehmen.

»Sie sitzen an Ihrem üblichen Platz, Contessa«, sagte Ulysses. »Wir haben außerdem zwei neue Gäste.«

»Noch zwei Gäste? Sie lassen den heiligen Franziskus ganz schön blass aussehen.«

An diesem Abend waren sie sechzehn Personen am Esstisch. Der Wein floss, und Schüsseln mit *tagliatelle al tartufo* wurden zu Brot und Gesprächen herumgereicht. Pete erzählte Cress von Cols neuer Freundin June. »Aber nicht June Woeful?« »Genau die«, sagte Pete. »Wird nicht lang halten«, erwiderte Cress. »Er braucht eine Frau, die etwas älter ist«, sagte Ulysses. »Älter als Woeful?« »Älter als er.« »Ich habe schon immer ältere Frauen bevorzugt«, sagte Pete. »Was hat er gesagt?«, fragte die betagte Contessa. »Pete sagt, er bevorzugt ältere Frauen«, übersetzte Alys. »Ich bin zu haben«, entgegnete die Contessa. Massimo erzählte Jem etwas über Ernest Hemingway, und Dotty sagte, dass sie ihn einmal in einer Bar getroffen habe. »Hat ständig was von einer Geschichte in sechs Worten erzählt«, sagte sie. »Furchtbarer Langweiler. So furchtbar männlich.« Jem sagte, seine Mutter würde sich immer noch sehr gerne an das Wochenende zurückerinnern, an dem Dotty ihr Malunterricht gegeben hatte. »Ah ja, die göttliche Penelope«, erwiderte Dotty. »Meinst du, sie wäre nochmal an ein paar Stunden interessiert?« »Unverbesserlich«, flüsterte Evelyn.

Ein Messer klopfte gegen ein Glas. Die Unterhaltung verstummte und Ulysses stand auf. Er sprach hauptsächlich ein Dankeschön aus. Dafür, dass sie alle in diesem Augenblick hier zusammen waren. Wie viel ihm das bedeutete, und ihm auch in den kommenden Jahren noch bedeuten würde. »Das ist es, was zählt«, sagte er.

Hier saßen sie also, Jung und Alt und ein paar dazwischen, Schatten und Kerzenlicht, Standbild, erhobene Gläser.

»Auf diesen Moment«, sagte er und sah Evelyn an. Sie lächelte.

»Auf diesen Moment«, wiederholten sie alle.

Weihnachten rückte immer näher, und die Studenten begannen abzureisen. Jem war mit Alys auf dem Weg zum Bahnhof, als er Massimo auf dem Vorplatz entdeckte. Massimo war nicht gekommen, um sich zu verabschieden, sondern um Jem zum Bleiben zu überreden. Nur bis das Semester wieder anfing. Es brauchte nicht viel Überredungskunst. Jem fand Massimo attraktiv und konnte sich hervorragend mit ihm unterhalten. (»Das hat er wirklich gesagt?« »Das hat er wirklich gesagt«, bestätigte Alys.)

Die drei gingen zurück in die Richtung, aus der sie gekommen waren.

»Also, ich werd …«, sagte Cress, der durch sein Teleskop blickte. »Jem ist zurückgekommen.«

»Nicht überraschend«, sagte Evelyn. »Wir sind alle zurückgekommen.«

»Bleibst du über Weihnachten, Dotty?«, fragte Ulysses.

»Ich werd da sein, Temps. Und neben meiner schwedischen Muse Dante schrubben.«

Eine Melodie zog vom anderen Zimmer herein. Es war Pete mit *Lament for Vietnam*. Sie schwiegen und hörten ihm zu.

Am Weihnachtsabend hielt der Papst im Dom die Mitternachtsmesse, aber die Freunde aus der *pensione* waren nicht dabei. Sie kamen gerade aus dem Kino. Letzte Folge der Dollar-Trilogie, *Zwei Glorreiche Halunken.*

»Dieser Ennio Morricone«, sagte Massimo.

»Ich finde, er hat die Filmmusik revolutioniert«, sagte Jem.

Ulysses und Pete lachten. »Wie füreinander geschaffen«, flüsterte Cress. Ein langsamer, nächtlicher Spaziergang über den Fluss. Das Wasser schwarz und zahm, und auf der glasglatten Oberfläche leise pulsierend die Lichter der Stadt.

»Glücklich, Lynny?«

Evelyn nickte. »Du?«

»Es gibt keinen Ort, an dem ich lieber wäre.«

Ein spätes Abendessen bei Michele, der vor Kurzem die Pforten wieder geöffnet hatte. Nina Simone aus der Jukebox, und ein Foto von Des an dem Ehrenplatz über der Kaffeemaschine. Eine Runde *biciclette* und achtmal *spaghetti alle vongole,* bitte schön. Die Menschen strömten aus der Basilika und versammelten sich zur Weihnachtsstunde auf dem Platz. Alys kam mit ihrer Gitarre über die Pflastersteine gelaufen. »Wie in alten Zeiten«, sagte Giulia, und ihre Hand streifte leicht an Ulysses' vorbei. Ganz leicht nur, aber die Funken waren noch da.

Am ersten Jahrestag der Überschwemmung kamen wie versprochen alle zurück. Sogar Des und Poppy kamen. »Mit die beste Zeit meines Lebens«, sagte er. Und würden sie das mit der Zeit nicht alle sagen? Die Verluste, die sie gemeinsam erfahren hatten, wurden zu Verbundenheit. Tausende kamen in einer kerzenbeschienenen Prozession von der Kirche San Miniato al Monte herunter, und was für ein Anblick das war. Mittlerweile wusste man, dass in Florenz dreiunddreißig Menschen ihr Leben verloren hatten, 50 000 Familien ihr Zuhause, 15 000 Autos waren zerstört worden, 6000 Geschäfte waren untergegangen, und so begann die Schwerstarbeit der Handwerksleute. Die Wasserflut war mit 65 Kilometern pro Stunde über Florenz hinweggerollt und hatte 600 000 Tonnen Schlamm zurückgelassen – eine Tonne pro Einwohner. 1500 Kunstwerke waren beschädigt oder unwiederbringlich zerstört, und ein Drittel der Sammlungen der Nationalbibliothek waren in Mitleidenschaft gezogen worden. Es sollte zwanzig Jahre dauern, bevor die Restaurationsarbeiten an vielen der Werke abgeschlossen wurden. Für einige brauchte man sogar noch länger. Und weshalb? Untersuchungen zu den Öffnungen der Dämme Levane und La Penna, durch die riesige Wassermassen freigesetzt wurden, hatten nur zur Folge, dass man sich gegenseitig die Schuld zuschob, und sie sollten nicht nur jahrelang Zankapfel bleiben, sondern dank mangelnder Zurechenbarkeit auch Verschwörungstheorien befeuern.

Doch zu dieser Zeit wurde alles von allen in Frage gestellt. Streiks und Demonstrationen flammten überall im Land auf, und Studenten besetzten die Universitäten. Auf Nimmerwiedersehen Autoritarismus, hallo Bürgerrechte. Eine neue Ideologie verankerte sich, und die junge Linke drehte jeden Stein zweimal um: Familie, Kirche, Kommunismus, Faschismus. Was auch immer es war, sie stellten es in Frage. Scheidung und Abtreibung standen wieder auf der Tagesordnung, und natürlich sträubte sich die katholische Rechte.

Um auf etwas Angenehmeres zu sprechen zu kommen: Michele kaufte mit dem Rest von Des' Geld ein Klavier. Es war entweder das oder ein Billardtisch, aber Giulia sprach ein Machtwort, jetzt, da sie wusste, dass Pete für immer bleiben würde.

ICH LIEBE NICHTS IN DER WELT SO SEHR WIE EUCH
1968–79

Anfang 1968 begann Pete bei Michele zu arbeiten. Massimo machte Porträtaufnahmen von ihm, die er als Werbefotos verwenden würde, und diese frühen Bilder fingen die Aura des grüblerischen Genies meisterhaft ein. Leicht unscharf, aufgrund des Zigarettenrauchs, aber sie erfüllten ihren Zweck. Er hatte Auftritte in Kellerlokalen und dem ein oder anderen Hotel, und es mangelte nicht an älteren Frauen, die Schlange standen, um seine Begleitung spielen zu dürfen. »Sie sind die Zukunft«, sagte er.

Massimo nahm sich ein Sabbatjahr, um in London mit Jem zusammen zu sein, der mittlerweile Assistenzarzt war. Er machte sich immer noch Sorgen wegen des Altersunterschieds, aber die betagte Contessa beruhigte ihn: »Solange schon Gras auf dem Spielfeld ist …« Col war in wachsamer Erwartung der Abrissteams und lernte Cressys Baum kennen. »Wo bist du so lange gewesen?«, fragte der Baum – etwas, das auch eine Frau Col in naher Zukunft fragen sollte. Ted kaufte sich ein neues Auto und legte sich eine Geliebte zu, und Peg lernte Autofahren, wenn er nicht zu Hause war. Alys fing eine Lehre als Globenmacherin an. Sie war ein Naturtalent, was Ulysses natürlich begeisterte. Die beiden beim Kaffeetrinken auf der Piazza dei Sapiti. Das Leben hätte nicht süßer sein können. Der März hieß Cress in Bermudas willkommen, die von allen mit demselben Enthusiasmus begrüßt wurden wie die Schwalben – etwas, auf das man sich in dieser schnelllebigen Welt noch verlassen konnte. Er bereitete sich auf die erste Mondumrundung des Apollo-Raumschiffs vor und wälzte schwere Gedanken an dem Tag, als Martin Luther King ermordet wurde. Cress weinte, und Vögel flogen aus dem Glockenturm.

Während die Welt brannte und wütete und trauerte, konnte man am Folkestone-Fährhafen einen Moment der Ruhe mitverfolgen.

Der Tag war warm und friedlich, der Himmel azurblau, was für April sehr untypisch war. Möwen glitten ihre Runden, und Salz und Hoffnung hingen in der Luft. Dotty machte den Kofferraum ihres Sunbeam Alpine zu, und Evelyn hob prüfend ihren Koffer an, um das Gewicht zu testen.

»Nicht zu schwer?«, fragte Dotty.

»Überhaupt nicht«, sagte Evelyn. »Ich glaube, ich könnte damit fertigwerden, sollte es ein unerwartetes Gepäckträgersterben geben.«

»Und du hast alles dabei?«

»Jawohl.«

»Wenn du was brauchst, kann ich es dir schicken.«

»Danke, Dotty.«

»Letzte Zigarette?«

»Wieso nicht«, sagte Evelyn und sie lehnten sich gegen die Motorhaube des Autos. Dotty knipste ihr Feuerzeug an.

Die Entscheidung nach Florenz zu ziehen war Evelyn nicht so schwer gefallen, wie sie gedacht hatte. Ihre Besuche in der Stadt waren immer zahlreicher geworden und die Dauer ihrer Aufenthalte immer länger. Dotty ging es bestens, sie hatte eine richtige Beziehung mit einer mehr oder weniger älteren, mehr oder weniger lesbischen Frau, die mehr oder weniger alleinstehend war. Dotty schien glücklich zu sein mit ihr. Ihre Allergien auf bestimmte Farben hatten sich wie durch ein Wunder gelegt, und sie war wieder vereint mit ihrem Titanweiß. Tatsächlich war es letzten Endes Dotty gewesen, die Evelyn überzeugt hatte, London zu verlassen. Dotty verstand die Anziehungskraft der Stadt: die bereits vorhandene Familie, die Fürsorge, die Erinnerungen.

»Ich werd dich vermissen«, sagte Dotty.

»Mach das nicht«, erwiderte Evelyn. »Komm mich lieber besuchen. Und bring Hannah mit.«

»Helena.«

»Ach Gott, natürlich. Helena. Ich verliere den Überblick.«

»Ist wieder alles wie im Krieg«, sagte Dotty. »Zurück zu deinem Leben von Spionage und Intrigen.«

»Blödsinn.«

»Ich wünschte, du würdest fliegen. Es ist so eine lange Strecke.«

»Ich weiß. Aber das wird wahrscheinlich das letzte Mal sein, dass ich diesen Zug nehme, Dotty …«

»Die Verlockung der Eisenbahn …«

»So viele Gedanken sind zu spinnen. So viele Erinnerungen …«

»Der einzig wahre Weg zu reisen.«

»Das ist es in der Tat. Dotty, die Schlüssel!«, sagte Evelyn.

»Hab ich.« Dotty hielt sie hoch.

»Ich habe Jem gesagt, er soll sich bei dir melden, falls er und Massimo je einen Schlafplatz in London brauchen. Und um die Badleys in Kent musst du dir keine Sorgen machen. Die bleiben zur Miete, bis sie tot umfallen. Es ist also alles geregelt. Du musst nichts tun außer malen. Und großartig sein.«

»Alles klar«, erwiderte Dotty.

»Und stirb bloß nicht vor mir. Das würde ich nicht verkraften.«

»Mach ich nicht. Du weißt, dass ich dich am liebsten von allen habe. Von allen. Das war immer so und wird immer so bleiben.«

»Ich weiß.«

Dotty sah auf die Uhr.

»Ist es an der Zeit?«, fragte Evelyn.

»Ich fürchte ja.«

»Wollen wir uns gleich hier verabschieden?«

»Wahrscheinlich besser so«, sagte Dotty.

»Und dann geh ich mit den Leuten da zur Anlegestelle und schaue nicht zurück …«

»Nein, schau bloß nicht zurück.«

Unvermittelt fiel Dotty ihr um den Hals.

»Dass du mir ja nicht anfängst zu weinen«, sagte Evelyn.

»Selber«, erwiderte Dotty.

»Ich habs zuerst gesagt.«

Und so begann das letzte Kapitel in Evelyn Skinners schillerndem Leben. Sie war siebenundachtzig Jahre alt, sah mindestens zehn Jahre jünger aus und stand auf dem Deck, den Blick auf England gerichtet, das langsam in der Ferne verschwand. Kein Schmerz, keine Reue, bereit für einen Neuanfang. Sie breitete ihre Arme aus und rief: *»Incipit vita nuova!«*

Sie hatte reichlich Zeit, um vom Gare du Nord zum Gare de Lyon zu gelangen, und ein Taxi brachte sie ins Bistro *Jules*, um die Stunden totzuschlagen. Ein Platz unter der Markise und ein spätes Mittagessen mit *coquilles St Jacques*, Brot, Salat und einem Gläschen Wein war genau die richtige Grundlage für die lange Nacht, die vor ihr lag. Sie schrieb eine Postkarte an Dotty, während die Sonne langsam weiterwanderte und ihre Strahlen sich schließlich in Evelyns Weinglas brachen. Sie skizzierte, was sie gegessen hatte – eine drollige, schnell hingeworfene Zeichnung. Dotty sollte sie später in ihrer Küche neben die Kaffeemaschine stellen.

Die Nacht fiel in den Schlafwagen, und wie immer, wenn sie mit dem Zug reiste, schlief sie problemlos ein. Nur gelegentlich nahm sie am Rande ihres Bewusstseins den unruhigen Schlaf ihrer Mitreisenden war, die sich murmelnd über einen Mann namens Antoine beklagte. Sie wurde von dem Licht geweckt, das durch die Jalousien drang. Ein kurzer Blick auf die Berge und die Vergangenheit holte sie ein.

Mit dem Flugzeug zu reisen war schön und gut, aber die Alpen in all ihrer feierlichen Erhabenheit zu durchqueren war eine ganz andere Sache. Sie sah ihr Spiegelbild in der Fensterscheibe und wurde sich bewusst, dass sie mittlerweile älter war als ihre Mutter, als diese gestorben war; auch älter als ihr Vater. Sie hatte sie alle überaltert. Ein seltsames Gefühl. Als ob es immer nur sie, Evelyn Skinner, gegeben hätte, geboren aus einer Kapsel.

Am Bahnhof Santa Maria Novella stieg sie aus, gekleidet in einen hellen, rostroten Hosenanzug, bunten Seidenschal (Hermès) und eine große Schildpattsonnenbrille. Ein Sonnenstrahl hüllte sie in schläfrig diesiges Licht. Ein Anblick, der Dotty hinter ihre Staffelei geschickt hätte. Und wie immer rief sie aus: »*Firenze! Amore mio!*«

»Evelyn!«, rief Ulysses und kam über den Bahnhofsplatz gerannt.

»Mein lieber Junge!«

»Willkommen zu Hause«, sagte er.

Evelyn begann unverzüglich, Cressy in der Küche der *pensione* auszuhelfen, und aus der einst ungewöhnlichen Freundschaft wurde eine innige Geistesverwandtschaft. Cress sagte, dass ihm die gemeinsame Zeit mit Evelyn vorkam, als ob er mit Pellegrino Artusi höchstpersönlich zusammen wäre. Ravioli wie aus dem Bilderbuch. Cress erzählte von Paola, und Evelyn fand, sie höre sich nach einer äußerst beeindruckenden Persönlichkeit an, worauf Cress erwiderte: »Das war sie, das war sie wirklich. Eine Zeit lang war ich der glücklichste Mensch auf Erden.«

An dem Tag, als sie erfuhren, dass Bobby Kennedy erschossen worden war, saßen Cress und Evelyn zusammen auf der Steinbank. Cress sagte, er bange um das Wohlergehen der Menschheit, und schweigend gingen sie Hand in Hand zurück nach Hause.

Cress legte sich schlafen, und Evelyn setzte sich auf das Sofa, um einen Brief an Dotty über das Ende alles Guten zu schreiben.

So viel Gewalt im Juni. Wir hatten das Beste, und ich bezweifle, dass wir es je wieder zu Gesicht bekommen werden. Wie grausam es scheint, einen Blick auf das zu erhaschen, was hätte sein können, schrieb sie.

Die Wohnungstür wurde aufgeschlossen. »Evelyn! Evelyn!«

Es war Alys. Der gleiche durchdringend liebenswürdige Gesichtsausdruck, den sie am Tag ihres allerersten Zusammentreffens gehabt hatte.

»Hast du es schon gehört?«, fragte sie.

»Ich habs gehört«, erwiderte Evelyn. »Komm her«, und sie legte ihren Arm um Alys, die sich neben ihr auf das Sofa setzte.

Pete kam als Nächster herein. »Ich fluche eigentlich nicht, Evelyn, aber scheiß auf alles«, sagte er.

»Komm her«, sagte Evelyn und hob den anderen Arm.

Im Alter von siebenundachtzig wurde Evelyn Skinner unerwartet Mutter. Eine Rolle, die ihr weitaus mehr zusagte, als sie es sich je hätte träumen lassen. Chaos und Kummer überschatteten in jenem Jahr alles andere, und auch die erste Mondumrundung der Menschheitsgeschichte vermochte es nicht, Cressys Stimmung in die schwindelerregenden Höhen zu schwingen, in die Errungenschaften der Wissenschaft sie so häufig gebracht hatten.

Trotz der gedrückten Atmosphäre feierten sie den Weihnachtsabend wie gewohnt bei Michele. Ein Fest des Zusammenhalts, nicht mehr, nicht weniger – so beschrieb es Ulysses. Er stand am Fenster und sah hinaus auf den Platz, als Giulia zu ihm kam und fragte: »Wie lange will Cressy noch da draußen bleiben, *Ulisse?*« Ulysses zuckte mit den Schultern. »Bis er gefunden hat, wonach er sucht.«

Ein alter Mann stand auf einer Bank mit einem Teleskop, das er auf den Mond gerichtet hielt. Und in dieser Geste, in seiner trotzig regungslosen Körperhaltung, lag ein Gebet für die Welt.

Er blickte nach oben, und ein Mann blickte nach unten.

An einem kleinen Fenster in der Apollo 8, über 400 000 Kilometer von der Erde entfernt, legte William Anders einen Farbfilm in seine Hasselbladkamera und machte ein Foto.

(Klick.)

Hier ist die Hoffnung, Cressy.

(Klick.)

Hier ist die Antwort auf dein Gebet. Eine einfache Aufnahme von dem, was der Mond sieht:

Uns.

Eine blaumarmorierte Sphäre, vergrößert durch den Mondhorizont, die so wertvoll und schön und verletzlich durch das ewige

Dunkel schwebt, in das wir am Ende alle eingehen. So beschrieb es Evelyn, während sie auf den Umschlag von Cressys *Life Magazine* starrte. Cress fand, Evelyn habe etwas von einer Dichterin, aber galt das in jenem Jahr nicht für alle, Cress? Verlust und Liebe – die einzig erforderlichen Zutaten.

Das Jahr 1969 brach an. Das letzte Jahr des Jahrzehnts. Es sollte besser etwas Gutes im Ärmel haben, oder…? Ja, genau. In London spuckte der Januar mit Graupelschauern um sich, und Col wurde vom Klingeln des Telefons geweckt. Er stand auf, bereit sich zu beschweren.

»Was zur Höl…?«

Es war das Krankenhaus. Magensäure explodierte in Cols Speiseröhre.

Er rief Mrs Kaur an, und innerhalb einer halben Stunde war er vor ihrem Laden und lieferte Ginny ab. »Danke«, sagte er. »Vielen Dank.«

Mrs Kaur beruhigte ihn. »Ich bringe Ginny morgen nach Hause. Und ich werde für Peg beten. Fahren Sie vorsichtig, Mr Formiloe.«

Col kam mit Sirenengeheul am Whipps-Cross-Krankenhaus an, schlug auf das Armaturenbrett ein und stiftete so einiges an Verwirrung unter den arglosen Sanitätern, die draußen beim Rauchen standen.

Im Krankenhaus gingen seine Gefühle mit ihm durch. Ein einziges Chaos: seine Angst, sein Schmerz, als Junge und als Mann. Peg hatte den Ärzten gesagt, er sei ihr nächster Angehöriger. Das hatte noch nie jemand für ihn getan, nicht einmal Agnes in ihren Anfangstagen.

Am Empfang fragte er nach Peggy Temper. »Peggy Holloway, meine ich«, korrigierte er sich.

(Er hatte sich nie an ihren neuen Nachnamen gewöhnt, genauso wenig wie er sich an ihre Ehe gewöhnt hatte.)

»Hier entlang«, sagte die Krankenschwester.

Seine Beine fühlten sich an wie Wackelpudding.

»Zweites Bett links«, sagte sie. »Nur zu, Mr Formiloe. Gehen Sie rein, seien Sie tapfer.«

Col holte tief Luft und zog den Vorhang zur Seite. »Oh, Peg«, sagte er und setzte sich. Er nahm ihre Hand, aber sie wachte nicht auf. Strich ihr sanft die Haare aus der Stirn. Sie war grün und blau, aber Gott sei Dank an einem Stück. Die Krankenschwester sagte, es sei ein Wunder, dass sie noch lebte. »Da erzählen Sie mir nichts Neues«, erwiderte er.

»Mr Holloway?« Ein Polizist spähte um den Vorhang.

»Nein. Ich bin Mr Formiloe. Ein alter Freund. Aus der Zeit, als sie noch nicht mit diesem Arschloch verheiratet war.«

Der Polizist musste ein Lächeln unterdrücken.

»War es Alkohol?«, fragte Col.

»Nein.«

»Nein?« (Wie erbärmlich Col sich in diesem Augenblick vorkam. Wie selbstverständlich er alles ihrem zügellosen Lebenswandel zuschrieb.)

»Da war kein Alkohol im Spiel«, sagte der Polizist. »Glatteis und Pech. Das Auto hat einen Totalschaden.«

»Wo ist es?«

»Leyton. Sie war in westlicher Richtung unterwegs.«

Sie wollte zu mir, dachte Col.

»Sieht so aus, als wollte sie für längere Zeit weg«, sagte der Polizist. »Sie hatte Koffer im Auto.«

»Haben Sie die Koffer?«

»Im Streifenwagen«, erwiderte er.

Col hob den letzten Koffer in seinen Krankenwagen und schloss die Tür. Er schüttelte dem Polizisten die Hand und gab ihm seine Adresse. Sirenengeheul zerschnitt die Luft, und mehrere Fahrzeuge kamen vor dem Eingang zum Stehen. Blaulicht blitzte über Cols Gesicht. Er zündete sich eine Zigarette an. Du hast es also getan, Peg. Hast dich endlich aus dem Staub gemacht. Ich werde dafür sorgen, dass du dahin kommst, wohin du willst. Er schnipste die Zigarette zu Boden und ging wieder zurück auf die Station. Den Gesichtsausdruck der jungen Krankenschwester registrierte er allerdings nicht, und als er den Vorhang zurückzog …

»Alles klar, Col?«

Es war Ted.

Er konnte die Säure aufsteigen fühlen und griff sich mit der Hand an den Magen.

»Du siehst ein bisschen blass aus, Col. Solltest zum Arzt gehen.« Ted lachte. »Was für ein Zufall, oder? Dass ein Typ, den ich kenne, seine alte Mutter besucht hat. Er kam gerade raus, als Peg eingeliefert wurde. Hat natürlich gleich den Ehemann angerufen, so wie sich das gehört. Wenigstens um rauszufinden, was los ist. Und der Ehemann wusste nicht, was los ist, aber dieser Anruf hat ihn wieder an Gott glauben lassen.«

Col wurde schwindlig.

»Wie auch immer«, Ted setzte sich aufs Bett, »wie du sehen kannst, bin ich jetzt hier. Deine Hilfe wird nicht länger benötigt.«

Col, ein wenig atemlos, spürte ein Kribbeln in den Händen, das Blut rauschte in seinen Ohren. So schnell, wie er sich noch nie in seinem Leben bewegt hatte, nahm er Ted in den Schwitzkasten und hielt ihm etwas Scharfes an die Kehle. »Bei Gott, ich schwör dir, das Einzige, was mich davon abhält, dir diese Schere in den Hals zu rammen, ist die Tatsache, dass du sofort medizinisch versorgt werden würdest. Und jetzt verpiss dich.« (Ein kleiner Schnitt in Teds Ohr, bevor Col ihn gehen ließ.)

»Aua«, japste Ted, fasste sich ans Ohr und sah Blut. »Du hast keine Ahnung, mit wem du dich hier anlegst. Ich habe Beziehungen zu gewissen Leuten.«

»Beziehungen zu gewissen Leuten, Ted? Ach, wirklich? Leute, die andere Leute ihre Drecksarbeit machen lassen? Verpiss dich! Und bleib uns bloß vom Hals.«

Col wachte den Rest der Nacht an Pegs Bett, bis er von der Krankenschwester vor die Tür beziehungsweise den Vorhang gesetzt wurde. Dann hielt er dort Wache, blieb die ganze Nacht über. Wurde verscheucht, hielt ein Stück weiter Wache. Wurde verscheucht. Hielt wieder Wache. Zigaretten und Tee. Er hörte, wie eine Krankenschwester einer anderen erzählte, er sei der Freund, gefolgt von einem leisen Kichern. Es gab eine Zeit, da hätte ihm diese Vorstellung sehr gut gefallen. Jetzt ging es um etwas anderes.

In den frühen Morgenstunden kam eine Krankenschwester, um ihm zu sagen, dass Peg aufgewacht sei.

Col spitzelte zwischen dem Vorhang hindurch. »Wie geht's, Liebes?«, fragte er.

Peg wandte sich ab.

Sie sagte kein Wort auf dem Nachhauseweg. Saß bloß da, mit dem Kopf gegen das Fenster gelehnt, die blauen Augen mit glasigem Blick in die Ferne gerichtet. Reagierte auch nicht, als Col ihre Hand drückte. »Nicht mehr weit«, sagte er.

Er führte sie in den Pub. Sie ging geradewegs am Ausschank vorbei und die Treppe hinauf, hatte den Tresen gar nicht registriert. Oben streifte sie ihre Schuhe ab und setzte sich aufs Bett.

»Heiße Schokolade?«

Col rechnete mit Spott. Was glaubst du, wie alt ich bin, Col? Neun? Aber es blieb aus. Peg benötigte Hilfe, um ihre Strickjacke auszuziehen. Schlüpfte aus ihrem Rock und unter die Decke. Wortlos wandte sie sich ab.

Er hörte, wie unten die Hintertür geöffnet wurde. Mrs Kaurs Stimme, und Ginny, die die Treppe hochgerannt kam. Schon stand Col an der Tür, um Ginny aufzuhalten.

»Peg hat sich im Gesicht verletzt, Liebes. Peg ist traurig.«

»Ich mach, dass sie sich besser fühlt«, sagte Ginny. »Ich habs geschafft, dass Claude sich besser gefühlt hat. Ich mach, dass die Leute sich besser fühlen.«

Ginny kam auf Zehenspitzen ins Zimmer. Sie setzte sich ans Bett und streichelte Peg den Rücken. »Ich hab dich lieb, Peggy. Ich hab dich ganz doll lieb, Peggy. Das wird immer so bleiben, Peggy.«

Peg verzog das Gesicht. Sie vergrub es im Kissen und fing an zu schluchzen.

Col ging aus dem Zimmer.

In der Küche roch es nach Curry.

Mrs Kaur – sie hatte eine Schürze mitgebracht – stand am Herd. »Ich habe mir gedacht, dass Sie nach so einer langen Nacht eine Stärkung ganz gut gebrauchen könnten, Mr Formiloe.«

Col hatte noch nie zuvor Curry gegessen. Aber er hatte es unzählige Male an Ginny gerochen.

»*Sarson ka saag*«, sagte Mrs Kaur. »*Dal makhana*. Und das hier ist *roti*.«

Col wiederholte die Worte.

Während sie aßen, sagte Col etwas über die Fülle an Geschmack. »Und kein Fleisch?«

»Kein Fleisch, Mr Formiloe.«

»Ich glaubs nicht. Hat das etwas mit Ihrem, Sie wissen schon, Ihrem …?«

»Glauben als Sikh zu tun?«

Col nickte.

»Nein, wir können selbst entscheiden. Ich habe mich dagegen entschieden.«

Als sie fertig gegessen hatten, bot Col Mrs Kaur eine Zigarette und einen Whisky an.

»Ich rauche und trinke nicht, Mr Formiloe.«

»Warum?«

Sie musste lachen. Er lachte ebenfalls, auch wenn es sein voller Ernst gewesen war.

»Macht es Ihnen etwas aus, wenn ich …?«

»Nein, nein. Machen Sie ruhig«, erwiderte sie.

Ihm wurde bewusst, wie wohl er sich in ihrer Gesellschaft fühlte, und er erzählte ihr, was er mit Ted im Krankenhaus gemacht hatte.

»Gewaltlosigkeit ist die einzige Lösung«, sagte Mrs Kaur.

»Da bin ich noch weit von entfernt«, entgegnete er. »Meine Frau hatte Angst vor mir.«

»Haben Sie ihr Anlass dazu gegeben?«

»Ich hab sie nie geschlagen.«

»Das habe ich nicht gemeint.«

»Ja, ich hab ihr Anlass gegeben.«

»Ich habe keine Angst vor Ihnen, Mr Formiloe. Damit haben Sie auf jeden Fall schon Fortschritte gemacht.«

Col trank einen Schluck Whisky. »Ich muss Peg für eine Weile zu Cress und Temps bringen. Können Sie nochmal auf Ginny aufpassen, Mrs Kaur?«

»Ist mir ein Vergnügen.«

»Und ich finde jemanden, der sich um den Pub kümmert.«

»Ich kann mich um den Pub kümmern«, sagte Mrs Kaur.

»Sie?«

»Um den Pub und Ginny, ja.«

»Das schaffen Sie?«

Mrs Kaur starrte ihn an. »Ich bin seit fünfundzwanzig Jahren Witwe, Mr Formiloe. An einem Ort, der nicht mein Zuhause ist. Ich bin Inhaberin eines gutgehenden Lebensmittelgeschäfts, habe außerdem noch eines in Leeds, und in naher Zukunft werde ich eins in Southall eröffnen. Ich unterstütze meine Familie in Punjab. Ich bete. Ich gewähre Menschen wie mir Obdach, die in dieses Land gekommen sind, um Menschen wie Ihnen zu helfen. Unserer Tradition des *langar* folgend, koche ich regelmäßig Abendessen für dreißig Leute. Ich trinke zwar keinen Alkohol, aber ich urteile auch nicht über die, die es tun. Einen Pub, Mr Formiloe, habe ich im Griff.«

Col fand sie umwerfend. Er gab ihr seine Zweitschlüssel und ging zum Telefon.

Gott weiß, wie Col es schaffte, aber er kam innerhalb von wenigen Tagen in Italien an. Bleifuß, die ganze Strecke. Unter der 100kmh-Peitsche wurde der Krankenwagen zur Schüttelmaschine. Peg schwieg den größten Teil der Reise, ihr Kopf auf einem Kissen gegen das Fenster gelehnt, den Blick auf die Landschaft gerichtet. Sie war wie gebannt vom Lauf der Sonne und der Wolken, vom Flug der Vögel. Manchmal seufzte sie tief. Dann fragte Col: »Alles in Ordnung, Peg?« Und Peg antwortete: »Ja, alles in Ordnung, Col.«

Um vier Uhr nachmittags knatterte der Krankenwagen der dreißiger Jahre zum letzten Mal auf den Platz, kreischend und heulend, und Dampf quoll unter der Motorhaube hervor. Col würgte den Motor ab, und der Transporter kam abrupt zum Stehen. »Da wären wir«, sagte Col.

Durch die Windschutzscheibe konnte Peg Cress und Temps erkennen, die bereits auf sie warteten. Sehr formell, die Hände vor dem Körper verschränkt und die Köpfe leicht zur Seite geneigt. Als ob sie auf einen Leichenwagen warteten. Hinter ihnen stand Alys. Ihre Blicke kreuzten sich für den Bruchteil einer Sekunde, bevor Peg wegsah.

»Bereit?«, fragte Col. »Gib mir einen Moment«, sagte Peg.

»Klar.« Er stieg aus und streckte sich. Peg hörte, wie Ulysses fragte: »Wie geht's, Col?«, und sah zu, wie die beiden Männer sich umarmten.

Sie hätte den Rest des Tages in dem Transporter bleiben können und einfach nur zusehen, wie das Leben vorüberzog. Ohne teilzunehmen, ohne Kommentar, ohne sich zu kümmern, wie entkoppelt. Cress hatte immer gesagt, dass sie letzten Endes alle zusammen sein würden. Cress und seine Ley-Linien. Peg holte ihre Puderdose aus der Tasche und begutachtete sich im Spiegel. Sie begann ihre blauen Flecken zu überschminken, machte sich bereit, vor den Vorhang zu treten, als sie plötzlich bemerkte, dass Alys ins Haus gegangen war. Sie steckte den Puder wieder ein. Ein geplatzter Auftritt aufgrund unvorhergesehener Umstände. Sie öffnete die Tür und stieg auf unsicheren Beinen aus. Sie stand blinzelnd im zerbrechlichen Winterlicht des Februarnachmittags. Ulysses' Arme erwartungsvoll ausgebreitet, sie sah seine guten, sorgenschweren Augen, doch dieses Mal fehlte das klack, klack, klack von Peggys Song. Es gab bloß

Absätze in der Hand und Strumpfsocken auf Pflastersteinen, und einen kleinen Schwung in der Hüfte, denn das war eben so. Oh, wie gut, wie gütig er roch. Cress musste schlucken und kam auf sie zu, aber Peg schnitt ihm Wort und Weg ab und sagte: »Dass du mir ja nicht weich wirst auf deine alten Tage. Ich hab momentan nicht genug Kraft für uns beide.«

Ein Schuss vor den Bug für Cress.

»Stütz dich auf mich, Peg, und ich zeig dir den Weg«, sagte er.

Col und Ulysses luden die Koffer aus.

»Siehst gut aus, Col«, war das Letzte, was Peg hörte, als sie die Treppe hinaufstieg. Sie ging direkt in ihr Zimmer, legte sich ins Bett und hörte, wie alle flüsternd und auf Zehenspitzen an ihrer Tür vorbeihuschten. Die Zeit folgte den Glocken, dem Lichtwandel, und sie schlief.

Irgendwann nahm sie kurzzeitig wahr, dass Alys in der Tür stand, aber sie schämte sich zu sehr, um etwas zu sagen, und gab vor, zu schlafen. Dieses Ziehen in der Magengegend, das sie beide spürten, sollte sie nie loslassen. Die Männer ließen sich nicht blicken, mieden sie, und sie fragte sich, was wohl die Ursache dafür sein könnte. Temps natürlich. Sie konnte beinahe seine Stimme hören: Peg braucht weibliche Gesellschaft, nicht uns. »Auch nicht dich, Pete«, fügte er hinzu.

Sie kam zu sich und driftete wieder ab, kam zu sich, driftete ab; und es war das Abdriften, das sie herbeisehnte. Keine Tabletten mehr, denn der Schmerz saß viel zu tief. Sie hatte sich eingebildet, Teds Spielchen durchschaut zu haben. Doch sie war immer müder und er immer bösartiger geworden. Sie kleiner und er reicher. Eines Tages hatte sie sich umgesehen, und es gab nur noch ihn. Schlaf, Peg, schlaf weiter.

Alys saß auf dem Boden im Zimmer ihrer Mutter mit einem Skizzenbuch auf dem Schoß. Sie betrachtete Peg eingehend, stumm, und fuhr sanft mit dem Bleistift über das Papier. Im Wachzustand hätte Peg niemals eingewilligt, aber es ging hier um Alys' Bedürfnisse, nicht um Pegs, denn manchmal findet sich in dem Raum zwischen Künstler und Modell Verständnis und Vergebung. Und vielleicht auch Liebe.

Peg hörte, wie die Tür geöffnet wurde. Es war die alte Frau. Imposant und pragmatisch. Beruhigend und liebenswürdig. Sie brachte ihr Essen, setzte sich zu ihr und wusch sie sogar. Nur Arme, Gesicht und Füße, aber es war eine so unschuldige und großzügige Geste, dass Pegs Tränen zu strömen begannen. Die alte Frau sprach gütige Worte, die für sie so glaubhaft klangen wie die uralten Glocken.

Am fünften Tag verließ Peg das Haus. Frühmorgens noch vor Marktbeginn. Sie eilte die Treppe hinunter und glitt durch die Straßen wie ein Gespenst. Der Fluss war wie immer ihr Orientierungspunkt. Von hier ging sie los nach Osten.

Der Spaziergang enthüllte den Schmerz der Einsamkeit, der nicht nur in ihrem Leben zentral gewesen war, sondern auch in dem ihrer Mutter und der Mutter ihrer Mutter. Keine Ausbildung, kein Geld, nur Männer. Ein ungebrochener Kreislauf, der so lächerlich schien, dass nur Orgelmusik und Plastikpferde fehlten, um ihn zu einer Karussellfahrt auf einem Jahrmarkt werden zu lassen.

Ihre Schönheit war ihr Kapital gewesen, schon immer, und niemand hatte es auch nur mit einem Wort erwähnt, als sie – zwangsläufig – nichts mehr zu investieren hatte. All die Bücher, die sie nie gelesen hatte. All die Museen, die sie als verstaubt und todlangweilig abgetan hatte. Cressy sagte immer, es koste Mühe, eine neue Seite aufzuschlagen. Man braucht Geduld und guten Willen, Peg. Es ist eine Demutsgeste, dieses Eingeständnis: Ich weiß es nicht.

Sex – das war schon immer ihr Talent gewesen. Sie konnte aus einem zwanzigjährigen Jungen einen Mann machen und aus einem Mann mittleren Alters einen Hengst. Mutter trank und konnte nicht aufhören. Mutter hatte Freunde, die nicht aufhören konnten. Sie dachte, ihr Vater sei Bill, aber fand viel zu spät heraus, dass es George war. Das war schwer zu verdauen gewesen. Die Nachbarschaft kam ihrem Treiben unten am Kanal auf die Schliche – mit versteinertem Blick, losem Mundwerk und einer Zigarette zwischen den Lippen, die sie von einem anständigen Schiffer geschnorrt hatte. »Nimm mich mit«, hatte sie zu ihm gesagt. »Wenn du alt genug bist«, war seine Antwort gewesen. Seht ihr? Anständig. Männer, die warten.

Und Eddie? Während die Wolken sich über ihr zusammenballten und der Morgen finster wurde, stellte sie fest, dass London zu Kriegszeiten der Star der Show gewesen war. Liebe und Sex kamen schnell und tanzten mit dem allgegenwärtigen Tod, und meine Güte, waren das goldene Zeiten gewesen. Das Leben war aufregend in seiner Unmittelbarkeit. Sie klammerten sich aneinander fest, denn die Quintessenz des Lebens hatte sich ihnen offenbart. Sie war so simpel wie ein kalifornischer Orangenhain mit blühenden Blüten und summenden Bienen und einer Hitze, die so berauschend war wie das Dasein selbst. Eddies Blicke hatten immer von einer reifen Zukunft gesprochen. Ted sah sie an, als sei sie Fallobst.

Peg setzte sich und zog ihre Schuhe aus. Ihre Füße hatten sich leicht violett verfärbt. Sie massierte sie, irgendwie sahen sie nicht mehr nach ihren Füßen aus. Und dann, dort am Ufer im Schlamm, als der Regen zu fallen begann, trauerte sie um alles. Mutter, Ted, Eddie, Alys. Die kompromisslose Unumgänglichkeit. Die Reise ohne Rückfahrschein. Ach, wie sie weinte.

Es war Evelyn, die sie fand. Haarsträhnen klebten ihr im Gesicht, der Mund offen, in stummer Verzweiflung. »Wir finden deine Seele, Peg, und wir bringen sie dir zurück«, sagte sie. Sie legte Peg einen Regenmantel um die Schultern, der nach Gummi und Mandarinen roch.

An Cols letztem Abend gingen sie zu Michele, und niemand hätte gedacht, dass Peg auftauchen würde. Doch auf einmal stand sie da, mit rot geschminkten Lippen und einem Hauch der alten Bravade, Evelyns Arm fest umklammert. Sie wurde stürmisch begrüßt, was sie einigermaßen überraschte, doch es war, als hätte man ihr neues

Leben eingehaucht. »So viel Liebe«, hätte Cress gesagt. »Das kann man nicht vortäuschen, Peg.« Sie rückten zusammen, und Peg setzte sich zwischen Cress und Ulysses. Die beiden nahmen jeweils eine Hand und küssten sie. Und damit war alles gesagt. Peg wurde wieder wie die Peg aus alten Zeiten behandelt, und der Abend blieb zuversichtlich.

Col schnorrte eine Zigarette von Peg, Ulysses schenkte den Wein ein, und Pete setzte sich ans Klavier, denn ein Impromptu von *Bewitched, Bothered and Bewildered* juckte ihn in den Fingerspitzen. In der Bar wurde es schlagartig still, und als er die letzte Strophe spielte, summten alle mit. Einer dieser Abende, schrieb Evelyn später an Dotty. Zu sehen, wie tief Zuneigung uns bewegt. Schwer zu beschreiben.

Als es Zeit war zu bestellen, kam Giulia mit Stift und Kellnerblock an den Tisch und stellte sich lächelnd neben Ulysses.

»*Polpettone* für alle?«, fragte Ulysses.

»Ja!«, lautete die einmütige Antwort.

»Was sind *polpettone?*«, fragte Col.

»Hackbraten«, erwiderte Cress.

»Für mich kein Fleisch«, sagte Col, und alle lachten.

»Nein, im Ernst«, sagte er. »Kein Fleisch.«

»Bist du krank?«, fragte Pete.

»Wieso muss ich krank sein, wenn ich kein Fleisch mehr esse?«

»Weil du ausschließlich Fleisch isst«, sagte Ulysses.

»Manchmal auch direkt aus der Packung«, ergänzte Cress.

»Früher. Das war einmal. Ich hatte eine Erleuchtung«, sagte Col.

»Wie heißt sie?«

»Fang bloß nicht damit an, Temps.«

»Ich kannte mal einen Mann, der aufgehört hat, Fleisch zu essen«, sagte Cress.

»Jetzt geht das schon wieder los«, stöhnte Col.

»Benny Fedora«, sagte Cress.

»War das nicht dieser Typ, der immer gepfiffen hat?«

»Genau der, Pete, ich komm gleich drauf zurück. Benny Fedora war überzeugter Fleischesser. Benny Fedora …«

»Herrgott, Cress, wir wissen, wie er heißt!«, sagte Col. »Benny Fedora, Benny Fedora …«

»Naja, auf jeden Fall hatte er einen Traum und hat danach aufgehört Fleisch zu essen.«

»Was für einen Traum?«, fragte Alys.

»Er hat sein eigenes Bein gegessen. Er meinte, es habe so echt gewirkt, dass er aufgewacht ist und sich übergeben musste.«

»Wir essen gleich!«, sagte Col. »Wer bitte will hören, wie jemand sein eigenes Bein frisst und davon kotzt?«

»Ich erzähle nur, was er mir gesagt hat«, erwiderte Cress.

Col trank seinen Wein aus und schenkte sich nach. Ulysses drehte sich zu Peg und zwinkerte ihr zu. Wie gut es tat, sie wieder lachen zu sehen.

»Also hat er aufgehört Fleisch zu essen«, sagte Pete. »Und weiter?«

»Seine Zähne sind ausgefallen.«

»Herr im Himmel«, fluchte Col.

»Weil er sie nicht mehr brauchte.«

»Darum also konnte er pfeifen«, sagte Pete.

»Genau. Als er noch Zähne hatte, keinen Ton«, sagte Cress. »Danach wie eine Nachtigall.«

»Himmel Sakrament«, fluchte Col.

In gebrochenem Englisch fragte Giulia: »Sie wollen lieber *sformato ai carciofi*, Signor Formiloe?«

»Ja, gerne. *Sformato* hört sich wunderbar an«, sagte Col. »*Grazie, signora.*«

»Du weißt doch gar nicht, was das ist«, wandte Cress ein.

»Wenn es kein Bein ist, solls mir recht sein.«

Am darauffolgenden Morgen sah Col zu, wie sein Krankenwagen zu einem Schrottplatz vor Prato geschleppt wurde.

»Gibt schlimmere Orte zum Sterben«, sagte Ulysses.

»Du musst wissen, wovon du redest«, entgegnete Col. »Gewaltlosigkeit ist der einzige Weg, oder, Temps?«

»Da stimm ich dir voll und ganz zu.«

»Komm, ich brauch einen Kaffee, sonst kann ich für nichts mehr garantieren.«

Peg hatte Cols Rückflug bezahlt. Natürlich hatten sie dank Geoff Hurst alle noch ihren Wettgewinn, aber für Peg war es die Geste, die zählte. Um ihm zu zeigen, wie wichtig er ihr war. Er war für sie da gewesen, als sie ihn gebraucht hatte. Sie versuchte, ihm das zu sagen, doch Col schnitt ihr das Wort ab: »Nicht nötig.« Nächster Angehöriger zu sein bedeutete ihm die Welt.

Ulysses brachte Col mit Betsy nach Rom. Unterwegs drehte er sich zu Col und fragte: »Mrs Kaur?«

»Wer weiß es sonst noch?«

»Nur ich und Peg.«

»Sieh zu, dass das so bleibt«, sagte Col. »Diesmal ist es ernst. Mein Leben hängt davon ab.«

Der Frühling brachte wieder Gäste in die *pensione*. Da Peg und Pete bei ihnen wohnten, standen nur noch zwei Zimmer zur Verfügung, aber für Cress war das nicht weiter schlimm, denn es bedeutete weniger Arbeit für ihn. Eine Miss Banderhorn kam mit ihrer Freundin, Miss Coleridge, angereist – beide aus Kansas – und Vater und Sohn Sweephill aus Exeter buchten das andere Zimmer. Alle baten lediglich um nichts Scharfes zum Abendessen.

Alys war allein in Ulysses' Werkstatt, Stift in der Hand, Radio im Hintergrund. Sie war dabei, einem Globus den letzten Schliff zu geben, der nur Städte zeigte, die über eintausend Jahre alt waren. Historische Namen, die zu historischen Handelsrouten wurden. Bei ihren Globen handelte es sich ausschließlich um Kunstobjekte, und Dotty hatte sie bereits der Galerieinhaberin Joyce ans Herz gelegt. Ihr letzter Globus war eine Blütenlese von Pilgerwegen gewesen, und aus dieser Studie war eine Sammlung detaillierter Skizzen einer

Brücke aus den verschiedensten Perspektiven erwachsen. Auf dieser Brücke, gebaut auf Stützen, die den Fluss überragten, standen separate Klausen zur Andacht – die Welt, die Evelyn vor so langer Zeit beschrieben hatte. Holzlatten, Stützpfeiler, eine Leiter. Detailansicht eines Fensters und einer Frau im Inneren. Alys begann langsam zu begreifen, weshalb Frauen auf einer Brücke Zuflucht nehmen würden, und sie zeichnete ihre Jugend, ihren Schmerz, ihr Altern. Ihr Dasein und ihren Wert modelliert nach einer Jungfrau, die ein Kind geboren hatte. Sie zeichnete die Leben, die diese Frauen aufgegeben hatten, in der mikroskopischen Studie einer Blume, Vase, Tasse, Schüssel, eines Stücks Stoff – intrikate, feine Spitze; gestopfte Laken auf einem Bett, ein Skizzenbuch in der Ecke, die feine Haarlocke eines Säuglings, versteckt zwischen den Seiten. Weiter und immer weiter zeichnete sie die Details nicht detaillierter Leben vergessener Frauen. Frauen, die sich vielleicht einst so viel mehr erhofft hatten.

Sie legte den Stift zur Seite und dehnte ihren Nacken. Überrascht stellte sie fest, dass Peg draußen vor dem Fenster stand und sie beobachtete. Alys öffnete die Tür.

»Du hast so friedlich ausgesehen, da wollte ich dich nicht stören«, sagte Peg. »Ich wollte fragen, ob du Lust auf einen Kaffee hast? Temps meinte, hier in der Gegend gibt es gute Cafés.« Peg war nervös und redete zu viel. »Muss komisch für dich sein, dass ich hier bin. Ich will dich auch gar nicht stören. Das war es, was ich eigentlich sagen wollte.«

»Seit zwanzig Jahren will ich, dass du mich störst«, erwiderte Alys. Peg wusste nicht, was sie sagen sollte. Sie wusste nicht, ob Alys freundlich sein oder sie verletzen wollte, und so nickte sie nur und ging. Ulysses meinte, Alys habe freundlich sein wollen. Peg ging wieder zurück und entschuldigte sich. Sie tranken Kaffee, und ein paar Mal herrschte betretenes Schweigen, aber es war ein Anfang.

Der Juli überfiel sie mit andauernder Hitze. Mückenschutzmittel brannten Tag und Nacht, und die Gruppe verschaffte sich in einem Schwimmbad in Poggetto Erleichterung. (Du musst dir eine neue Badehose zulegen, Pete. Danke, Peg, die hier kratzt schon ziemlich.) Der Juli brachte ihnen außerdem den ersten Mann auf dem Mond, und nach siebenundzwanzig Stunden ununterbrochener Fernsehübertragung bei Michele drehten Pete und Cress ein bisschen hohl. Sie schliefen vor dem schwarzweißen Geflimmer ein, und Claude stand Wache. Cress versuchte so zu gehen, als ob er sich in Schwerelosigkeit befände, und Peg sagte nur, er sähe aus, als habe er sich die Eier eingeklemmt.

Der Abend kam, und Michele war bis auf den letzten Platz ausreserviert. Viele Amerikaner waren in der Stadt, und sie tranken mit patriotischer Leidenschaft. Pete begann, die Stimmung zu kommandieren, setzte sich auf den Samthocker ans Klavier und ließ alle Register spielen.

Fly Me to the Moon, Old Devil Moon, Blue Moon, It's Only a Paper Moon, und dann natürlich … *Moon River.*

Er ließ sich Zeit mit dem Intro und blickte immer wieder zu Peg, wie um zu sagen *Komm schon, Peg, um der alten Zeiten willen.* Schließlich stand Peg auf, ein bisschen schüchtern, ein bisschen verunsichert. Es war lange her, dass sie neben einem Klavier gestanden hatte, und es war ihr anzusehen – wenigstens für die, die sie kannten. In diesem Augenblick fühlte man mit ihr, und man liebte sie wie nie zuvor. Pete sah sie mit zusammengekniffenen Augen an, ein kippenstarres Lächeln, seine Bewunderung für alle ersichtlich. Peg zwinkerte, und da war es. Man konnte es sehen. Peg, die Diva. »Es steckt in ihrer DNA«, sagte Cress.

Und in London, während Neil Armstrongs Fuß zum ersten Mal die Mondoberfläche berührte, wagte Col selbst einen riesigen Schritt und bat Mrs Kamya Kaur um ein offizielles Rendezvous. »Wieso hast du so lange gewartet?«, fragte sie.

Der Herbst in Italien wurde von weiteren Streiks in Fabriken und

Industriezentren gebeutelt. Studenten demonstrierten nach wie vor, und Zusammenstöße mit der Polizei waren gang und gäbe. Kommunismus, Marxismus, Faschismus – alle kämpften um einen Platz auf der politischen Bühne, und Massimo schrieb, dass sich aus dieser unseligen Allianz von allgemeiner Verzweiflung und sozialen Unruhen etwas Dunkles, Unheilvolles zusammenbraue. Ulysses vermisste seinen Freund und zögerte nicht, ihm das zu sagen. Er schrieb ihm vom Leben auf dem Platz: »Der Herbst atmet duftend warm Maronen, Trüffel, Hühnerleber und Schwaden von üppiger Fruchtreife. Die Traubenernte hat begonnen und die *schiacciata all'uva* liegen wieder in den Bäckereien aus. Es gibt Dinge, die ändern sich nie, Gott sei Dank.«

In der zweiten Septemberwoche verschwand Ulysses wie immer für einen Tag. Peg sagte, sie sollten ihm hinterherspionieren, doch Evelyn widersprach. Sie hielt es für keine gute Idee, und Peg entgegnete: »Scheiße, das war ein Witz!« Es war das erste Mal, dass Evelyn Pegs Ellbogen ausgefahren sah.

Mitte Oktober hatten die Schwalben sich immer noch nicht auf den Weg gemacht. »Und warum solltet ihr auch?«, sagte Cress.

Pasta alla Genovese mit *trenette* – Cress' Spezialität. Peg machte das Pesto und befolgte Cressys Anweisungen Schritt für Schritt. Die Fenster standen offen und das Radio lief, auch wenn Peg es leise gestellt hatte. Sie sang auf Englisch zu dem italienischen Text – dachte sich die Worte einfach aus – und tanzte zwischen Herd und Spüle hin und her, Hauskleid aufgeknöpft, barfuß. »Was?«, fragte sie. »Ich schaue nur«, erwiderte Cress. »Du siehst aus, als wolltest du was sagen, alter Mann.«

»Du bist schön«, sagte Cress.

»Hör auf.« Peg drehte sich um und begann das Brot zu schneiden.

»Wir haben Spaß gehabt zusammen, stimmt's, Peg? Und dir geht's wieder gut jetzt, oder? Mit dir selbst. Und damit, hier zu sein.«

»Mir geht's gut, Cress.« Peg nahm sein Gesicht in beide Hände und küsste ihn auf die Nasenspitze. »Du bist mein Fels in der Brandung. Warst du schon immer, und wirst du immer bleiben.«

Später, als die Gäste sich zurückgezogen und sie abgewaschen und aufgeräumt hatten, aßen Peg und Cress Eis auf der Terrasse, nur sie beide, nebeneinander, während die Sonne rotgolden versank und Gianni Morandi im Radio *Scende la pioggia* sang. Sie tanzten, bis die Nacht schwarz wurde und die Lichter in den Hügeln eines nach dem anderen erloschen, und schließlich ging Peg ins Bett. Cress gab ihr Constance Everlys Gedichtband, der ihr Gesellschaft leisten sollte. »Ich hab noch nie Gedichte gelesen«, sagte sie. »Was, wenn ich nichts verstehe?« »Das wirst du«, erwiderte er. »Das wirst du.«

Klopf, klopf.

Alys sah von ihrem Schreibtisch auf. »Gehst du spazieren, Cressy? Willst du Gesellschaft?«

»Nicht heute, Liebes. Ich wollte bloß Gute Nacht sagen, für den Fall, dass du schläfst, wenn ich wiederkomme.«

Alys stand auf und gab ihm einen Kuss. »Was ist los?«

»Hier.« Er gab ihr das abgerissene Deckblatt seiner *Life*, das William Anders' Foto der Erde zeigte. »Man kann eine Lösung für die meisten Probleme finden, wenn man nur das hier betrachtet«, sagte er.

Alys lächelte. »Meinst du?«

»Warts nur ab.«

Cress stand in der Tür des *salotto* und sagte: »Ich hab nachgedacht, Evelyn. Was hältst du davon, wenn wir nach Assisi fahren?«

»Oh ja, unbedingt. Nächsten Monat. Assisi ist ein Spektakel, das man nicht so leicht vergisst.«

»Du und ich auf der Moto Guzzi …«

»Das wird Dotty ganz schön eifersüchtig machen!«

»Nacht, Evelyn.«

»Nacht, Cressy, mein Schatz. Bleib nicht zu lange weg.«

Im Flur setzte Cress sich seinen Hut auf und rückte ihn vor dem Spiegel zurecht. »Bis später«, krächzte Claude.

Leise fiel die Tür hinter ihm ins Schloss, und Cress stand draußen in der Nachtluft mit ihrem leichten Abwasseraroma. Wie er diesen Geruch liebte! Er ging zu den Steinbänken, Micheles Neonschild am äußeren Rand seines Gesichtsfeldes, Pete am Klavier, das leise Gemurmel der letzten Gäste, das Klirren von Besteck, seine Ohren lebendig mit all den Geräuschen.

»Cressy!« Ulysses rannte über den Platz. »Wo willst du hin?«, fragte er außer Atem.

»Nach nirgendwo und überall«, erwiderte Cress.

»Lust auf Gesellschaft?«

»Heute nicht, Junge. Ach übrigens: Peg liegt mit Constance Everly im Bett.«

»Mich kann nichts mehr überraschen, Cress.«

Zwischen den Bäumen war es dunkel, und wilde Geister galoppierten über den Platz und zeichneten sardonisch hochgezogene Augenbrauen über Cressys weiche, gefällige Züge. Die nächtliche Szene hatte eine fellineske Qualität: Zu seiner Linken lief ein Betrunkener mit einem großen Fisch auf dem Arm, zu seiner Rechten eine Nonne mit einem seltsam anmutenden Habit, und vor ihm leuchtete eine Kirche in ästhetischer Perfektion.

Cress war nicht mehr müde, er war unterwegs auf der Straße der Erinnerung. Wie wäre es noch mit ein bisschen Ekstase als Sahnehäubchen, Cress? Was für ein Leben!

Um drei Uhr morgens erwachte Ulysses mit klopfendem Herzen und einem unheildrohenden Gefühl – die ersten Rauchfäden eines Feuers, die verstohlen in die olfaktorische Wahrnehmung wabern. Er zog sich rasch T Shirt und Hose an und lief barfuß durch das Apartment. Ein blauer Streif in der Dunkelheit. »Schh«, sagte er zu Claude, der sich auf seiner Schulter niederließ. Er kontrollierte die Küche, den *salotto,* alles schien in Ordnung zu sein. Er lauschte an Alys' Tür und konnte ihre regelmäßigen Atemzüge hören. Weiter zu Evelyns Zimmer, vor dem er dieselben ruhigen Schlafgeräusche hörte. Cressys Tür war angelehnt. Er stieß sie sanft auf und sah, dass das Zimmer leer und das Bett gemacht war.

Draußen auf dem Platz stand die Moto Guzzi, wo Cress sie geparkt hatte, und Ulysses wünschte, der alte Junge wäre einfach spontan weggefahren. Er schwang Claude in die Nacht hinaus. »Such Cress«, sagte er, und der Vogel flog los.

Ulysses folgte der Via Maggio und bog auf die Piazza dei Sapiti. Er ging am Palazzo Pitti vorbei zur Ponte Vecchio hinunter und in östlicher Richtung am Fluss entlang. Es schien ihm, als könne er Cressys Fußabdrücke im Dunkeln leuchten sehen. Immer wieder rief er Cressys Namen, leuchtete mit der Taschenlampe in dunkle Ecken, aber die Stadt war so gut wie ausgestorben, bis auf sporadisches Hundegebell und die Umarmungen klandestiner Liebespaare – nichts Ungewöhnliches. Der Fluss glitzerte ruhig im Licht der Straßenlaternen und des heller werdenden Saums am Horizont. Den ganzen Weg bis nach San Niccolò konnte er es spüren, und seine Beine wollten nachgeben. Sein Atem ging flach, und doch musste er sich zusammenreißen, um dem, was kommen würde, gegenüberzutreten. Er steckte sich eine Zigarette an und machte kehrt.

Wieder rief er nach Cress – es hörte sich eher an wie ein Klagelied –, als er auf dem Lungarno Torrigiani plötzlich etwas hörte: ein schwaches Krächzen. Er hielt ein. »Claude?« Er näherte sich der Chiesa Luterana, der Lichtkegel der Taschenlampe sein Wegweiser. Schatten, Gebüsch, und an der Wand neben dem Säulenvorbau ein zusammengesackter Körper und daneben ein Papagei, der Wache stand. Ulysses rannte zu Cress und fühlte nach dem Puls. Aber alle Wärme war aus seinem Körper gewichen, und seine Gesichtszüge wirkten friedlich. Ulysses setzte sich neben ihn, lehnte sich ein letztes Mal an ihn. Er nahm Claude auf den Schoß und merkte sofort, dass etwas nicht stimmte.

»Hey, kleiner Freund, was ist los?«

Claude konnte nur mit Mühe atmen.

»Was ist los?«, fragte Ulysses wieder.

Claudes Stimme war dünn. »Aus, aus, kleine Kerze«, flüsterte er.

»Willst du zu Cress?«

Claude blinzelte.

»Leben ist nur ein wandelnder Schatten, Ulysses.«

»Ich weiß«, erwiderte Ulysses und drückte ihn an sich. »Ich weiß, ich weiß.«

»Ich liebe nichts in der Welt… so sehr… wie euch.«

Ulysses sah die Sonne aufgehen und den Fluss zu flüssigem Gold werden, und an mehr konnte er sich später nicht mehr erinnern. Pete war derjenige, der ihn fand. Auch er hatte einen sechsten Sinn. Pete nahm es in die Hand, den anderen das zu sagen, was gesagt werden musste.

Die Frauen mobilisierten ihre gemeinsamen Kräfte. In nahtlosem Zusammenspiel wusste jede genau, was zu tun war. Kein Bestattungsgottesdienst, kein offener Sarg, sondern Krematorium mit anschließender Gesellschaft bei Michele. Eine Mitteilung über Cressys Tod an der Haustür informierte die Anwohner über die Geschehnisse, aber es war hauptsächlich die betagte Contessa, die die Neuigkeiten überbrachte. Und sie überbrachte sie mit Feingefühl, denn sie hatte den alten Jungen ins Herz geschlossen, was sie sich nie hatte anmerken lassen. Die betagte Contessa war es auch, die mit Ulysses auf den Markt ging, um Chrysanthemen zu kaufen. Sie war dabei, als er den Eingang der *pensione* dekorierte, war dabei, als er den Beiwagen der Moto Guzzi mit orangefarbenen Blüten füllte. »Eine schöne Geste«, sagte sie, und auf Englisch fügte sie hinzu: »Typisch Cressy.«

Massimo nahm den nächsten Flug zurück und war überrascht, Ulysses am Flughafen warten zu sehen. »Mir geht's gut, mir geht's gut«, sagte Ulysses, und Massimo erwiderte: »Nein, das tut es nicht, *Ulisse*, Schluss jetzt.« Das gab Ulysses den Rest, und er musste anhalten, um Massimo weiterfahren zu lassen. Des und Poppy kamen ebenfalls. »Ich hab geglaubt, der alte Cress würde ewig leben«, sagte Des. »Ich dachte, er wäre Plastik.« Pete spielte *Cressys Song*, und das sollte das letzte Mal bleiben. Hinterher verschwand er mit einer Flasche Whisky, und Alys fand ihn schließlich im Keller. »Hier unten fühl ich mich sicher«, sagte er nur.

Col kam nicht, denn er konnte es nicht ertragen. Er organisierte eine Gedenkfeier im Pub, und es kamen so viele Leute, dass einige draußen im Regen stehen mussten. Col lernte das Gedicht auswendig, das Cress auf dem englischen Friedhof rezitiert hatte, und soff sich zu einem Häuflein Elend, das kein vernünftiges Wort mehr herausbrachte. »Wenn nicht jetzt, wann dann?«, fragte Mrs Kaur.

Und was war mit Peg?

Sie sang *Someone to Watch Over Me* und setzte sich danach nach draußen auf den Platz und schrieb einen Brief. Evelyns Idee. »Lieber Cress«, begann sie. »Die ganzen Erinnerungen, die ganze Dankbarkeit.« Als sie geendet hatte, ging sie wieder in die Bar zu Michele und bestellte mithilfe von Cressys Wörterbuch ein Glas Prosecco und einen Teller Prosciutto. Sie saß allein und trank und aß. Sie betrachtete die Sätze, die er in dem Wörterbuch unterstrichen hatte, das, was ihm in seiner Anfangszeit wichtig gewesen war. *Eine Briefmarke für einen Brief nach England, bitte.*

Winter kam und mit ihm Leere.

Ulysses konnte kaum seinen Kopf vom Kissen heben, so sehr lastete der Verlust auf ihm. Er verkroch sich in sein tiefstes Inneres. 1970 und ein neues Jahrzehnt. Adieu, Sechziger! Was habt ihr je für uns getan?

»Hallo? Ist da wer?«

Er lag regungslos da und ließ die Worte an sich vorbeirauschen. Evelyn setzte sich zu ihm und las ihm vor, bis er einschlief.

Dann kam der März. Wärme mischte sich unter die Luft, und man spürte den Jahreszeitenwechsel im Wind. Die Gemüter erhellten sich, das konnte niemand verleugnen. Die Zimmer schienen gelb und größer, und die ersten Gäste kamen in die *pensione*. Alys' Stimme: »Hallo, hallo, herzlich willkommen.«

Ulysses lag im Bett und hing seinen Gedanken nach, als ihn plötzlich Flügelschlagen und ein kurzes Zwitschern aufhorchen ließen. Er öffnete die Augen, und es dauerte einen Moment, bis er seinen Blick fokussieren konnte. Zwei Schwalben mit Zweigen und Erde im Schnabel flogen durch das offene Fenster ein und aus. In einer Ecke seines Zimmers konnte er ein noch unfertiges Nest erkennen. Er beobachtete sie wie hypnotisiert und hörte Cressy sagen: »Und hier endet eine epische Reise, deren Irrungen und Wirrungen wir nicht erahnen können. Ich glaube, diese beiden hier sind aus dem Niltal zu uns gekommen.« »Meinst du, Cress?« »Ja, das meine ich. Es ist nur so ein Gefühl, und vielleicht irre ich mich, aber… Über dreihundert Kilometer pro Tag haben sie zurückgelegt, Temps. Ausgezeichnete Navigation. Sie fliegen mit bis zu dreiunddreißig Kilometern pro Stunde, obwohl auch schon über fünfzig beobachtet wurden. Sie haben Hunger, Stürme und Erschöpfung bezwungen, nur, um jetzt hier sein und ein Nest bauen zu können. Kommt dir das bekannt vor?«

Ulysses rief nach Peg. Sie kam ins Zimmer, blieb in der Tür stehen und grinste wie ein kleines Kind. Ein seltener Anblick. Sie streifte ihre Schuhe ab, legte sich zu ihm und drückte sich an ihn. Und zusammen sahen sie den Schwalben zu.

Als Ulysses Anfang April zu seinen Globen zurückkehrte, setzte er Cressy ins Herz Italiens. Schrieb seinen Namen mit einem ›i‹ am Ende statt dem ›y‹, was die Kennzeichnung aller Globen werden sollte, die nach 1970 kamen, sie hatten alle etwas Besonderes. Auch Trauer kann Schönheit zuträglich sein. Sie hatten etwas Würdevolles an sich, etwas Delikates, Edles und Aufsehenerregendes. So wie das Foto, das William Anders aus dem All gemacht hatte. Sie sollten Ulysses' Paradestücke werden.

An einem sonnigen Juninachmittag machten sie sich auf den Weg. Es wurde viel Aufhebens um das richtige Schuhwerk gemacht – »Was Bequemes, Praktisches, das guten Halt bietet«, war Petes Meinung. Massimo und Ulysses trugen die Rucksäcke, und Pete – die fähigsten Hände – nahm die Urne. Peg und Alys nahmen die Decken, und Evelyns einzige Sorge war, nicht an Überanstrengung zu sterben. »Falls ich es nicht schaffe«, sagte sie, »möchte ich bitte keine Reanimation. Rollt mich einfach über den Rand wie einen Felsbrocken.«

Mit Betsy und der Moto Guzzi fuhren sie hintereinander nach Settignano hinauf und parkten auf der Piazza Desiderio. Während der Nachmittag in den Abend überglitt, spazierten sie in Richtung des *cimiterio*, vorbei an dem schwirrenden Olivenhain und von dort schließlich auf den historischen Pfad der Steinmetze. Es war Evelyns Aufgabe gewesen, die richtigen Plätze für Cress, den Mann der Fakten, zu finden, und er wäre stolz gewesen. Jeder einzelne Schritt, den sie machten, war Geschichte. Jeder einzelne Schritt war für ihn. Sie folgten den Spuren derer, die im Italien der Renaissance mit dem *pietra serena* gearbeitet hatten. Cress wäre begeistert gewesen! Und selbstverständlich führte sie der dicht bewaldete Weg auch den Monte Ceceri hinauf, wo Leonardo da Vinci seinem Traum vom Fliegen nachgehangen hatte.

»Hier ist es«, sagte Ulysses.

Der Wald war ihre Kathedrale geworden. Unter Säulen aus Sonnenlicht lagen Evelyn, Peg und Alys Kopf an Kopf als dreizackiger Stern auf einer Decke. Pete fühlte nach seinem Puls und verkündete, er habe keinen. »Ist das möglich, Temps?« »Ich glaube nicht, Pete.«

Massimo und Ulysses saßen nebeneinander, entkorkten die Flaschen und verteilten die Gläser. Der Wein war immer noch herrlich kühl und belebte die Geister. Pete öffnete die Urne, und während Evelyn Constance Everly rezitierte, wechselten sie sich damit ab, Cressys Asche über den Waldboden zu verstreuen.

Sie tranken den Wein und waren dankbar, Cress bei sich gehabt zu haben. »Wir können uns wirklich glücklich schätzen!«, sagte Ulysses. Er und Alys erzählten wieder einmal die Geschichte von Fanny Blankers-Koen und davon, wie Cress 1953 das Geld mitsamt Claude auf die Fähre geschmuggelt hatte. Was folgte, war eine spontane Hommage von Evelyn, ein kleines Zeichen der Dankbarkeit an Claude und seine shakespeareschen Kenntnisse:

Dein ew'ger Sommer doch soll nie verrinnen,
Nie fliehn die Schönheit, die dir eigen ist,
Nie kann der Tod Macht über dich gewinnen,
Wenn du in meinem Lied unsterblich bist!
Solange Menschen atmen, Augen sehn,
Lebt mein Gesang und schützt dich vor Vergehn!

Evelyn hob ihr Glas den Bäumen entgegen, und die anderen taten es ihr gleich. Pete schwor, er könne ein Raunen der Wertschätzung durch die Blätter gehen hören, und Ulysses sagte, er höre es ebenfalls.

Der Rückweg war lang und ereignislos, und für einen kurzen Moment gingen sie alle Hand in Hand. Alys hatte die Idee, und sie ergriff Pegs.

Und so ließen sie Cress zurück, um zum Baum zu werden.

Die Jahre 1971 bis '74 waren im Großen und Ganzen buntgewürfelt, und Cressys Abwesenheit war deutlich zu spüren. Rechtsextreme wie Linksextreme wollten das Land nach ihren eigenen utopischen Vorstellungen aus den Angeln heben, und Attentate und Bombenanschläge machten Schlagzeilen. Die Friedensfreunde der *pensione* waren innerlich aufgewühlt, insbesondere Ulysses. »Wir durchleben immer noch das ideologische Erbe der französischen Revolution, Hitlers und Mussolinis«, sagte Evelyn. »Kratzt man an der Oberfläche, hebt das Monster wie gehabt seinen Kopf. Das Böse wurde zwar besiegt, aber es hat sich nicht in Luft aufgelöst. Das ist etwas, womit wir leben müssen, Ulysses.«

Vor dem Hintergrund dieses Aufruhrs begann Peg ihre Karriere als professionelle Sängerin. Dass dieses Ereignis mit ihrer Scheidung von Ted zusammenfiel, blieb von niemandem unbemerkt. Zusammen mit Pete trat sie in Hotels und Bars auf, und mit ihrem Jahrzehnte überspannenden Repertoire feierten die beiden durchschlagende Erfolge. Jeder der beiden war ein Profi, dessen musikalische Intuition der des anderen in nichts nachstand. Sie nannten sich Temper Fine, was nichts weiter war als die Kombination ihrer beiden Nachnamen.

Tief über das Mikrophon gebeugt schnarrte Pete: »Meine Damen und Herren, ich präsentiere Ihnen: Peggy Temper!« Dotty und Evelyn standen lautstark applaudierend von ihren Plätzen in der hinteren Reihe auf. Das langsame Intro zum ersten Stück, während die orangefarbene Sonne langsam hinter dem flammenden Arno versank. Dotty beugte sich zu Evelyn und flüsterte: »In einem anderen Leben, Lynny, Peg und ich …« »Ach, mach dich nicht lächerlich«, erwiderte Evelyn. »Sie würde dich zum Frühstück verspeisen.« »Schön wärs«, seufzte Dotty.

1972 begrüßte Fellinis *Roma* in Florenz. Evelyn war begeistert, dass der Regisseur der Stadt, die sie so gut kannte, Tribut gezollt hatte, und Pete verkündete, er würde seinen linken Fuß und ein Ohr dafür geben, in einem Film von Fellini spielen zu dürfen. »Du hast dir das wirklich gründlich überlegt, oder, Pete?«, fragte Massimo. »Das habe ich«, erwiderte Pete. Und in einer äußerst kuriosen Wende des Schicksals, die ganz danach aussah, als hätte Cressy seine Finger im Spiel gehabt, landete Petes Pressefoto auf dem Schreibtisch des Besetzungschefs für *Amarcord*. Bevor er es sich versah, bestellte man ihn in die Cinecittà. Massimo flehte Pete an, ihn mitzunehmen, aber Pete durfte nicht in Begleitung erscheinen – gutherzig wie er war, hatte er natürlich gefragt. Petes Rolle war klein, aber bemerkenswert, und diese filmische Erfahrung machen zu dürfen, veränderte ihn. Einen Tag lang behandelte man ihn wie einen Star. Manchmal braucht es nicht viel mehr.

»Schöne Jacke«, kommentierte Ulysses.

»Die ist von Marcello Mastroianni«, erwiderte Pete.

»Steht dir wirklich gut.«

»Danke, Temps.«

Es war auch das Jahr, in dem Massimo nach dem Tod seiner Mutter in die *pensione* zog. Er hatte zwar das Geld für eine Wohnung, aber er war nicht besonders erpicht auf die neugierigen Blicke der Nachbarn, wenn Jem zu Besuch kommen würde, also …

»Willst du das wirklich?«, fragte Ulysses. »Hier bei uns?«

»Macht es dir was aus?« »Ob es mir was ausmacht?« »Meinst du das im Ernst?« »Und du?« Das ging für eine ganze Weile so weiter.

Massimo kümmerte sich gelegentlich um das Abendessen, und seine Kochkünste fanden sogar Erwähnung im Gästebuch: *Das Gedicht aus mit Reis gefüllten Tomaten war himmlisch.* Der Gast hatte sich zwar verschrieben, aber es war doch ein ziemlich passender und charmanter Fehler.

In London band sich Col, als die Planierraupen kamen, an dem Kirschbaum fest. Die *Hackney Gazette* konnte von dem Vorfall gar nicht genug bekommen und zitierte Col: »Gewaltfreier Widerstand ist die einzige Lösung.« Der Abbruchtrupp schnitt Col los, der Kirschbaum landete in einem Container, und Col verbrachte eine Nacht im Knast, nachdem er einem Polizisten einen Fausthieb versetzt hatte. Mrs Kaur und Ginny warteten auf ihn, als er entlassen wurde. Mrs Kaur sagte, sie sei stolz auf ihn, und Col kam sich an jenem Tag vor wie ein König.

Und so begann 1973. An einem kalten Nachmittag auf dem Platz vor Santo Spirito saßen Ulysses, Massimo und Evelyn bei Kaffee und Grappa vor Micheles Bar. Die Marktleute hatten früh zusammengepackt, und Evelyn erzählte den Männern gerade von dem Sommer, in dem sie Katharine Hepburn an dem Kenwood-Badeteich für Frauen in Hampstead getroffen hatte, als Pete in das nostalgische Schwelgen hereingeplatzt kam. Er war mit Peg und Alys auf einer Demonstration für Abtreibungsrechte gewesen, und über seinem Schafwollmantel trug er ein zum Zerreißen gespanntes, handbemaltes T-Shirt, das die Selbstbestimmung der Frau proklamierte.

Er stand vor ihnen und rang nach Luft.

»Ihr werdet nicht glauben, wen wir gerade gesehen haben«, schnaufte er.

»Sag schon«, sagte Ulysses.

»Romy Peller.«

»Du machst Witze!«

Pete erzählte ihnen, dass er, Peg und Alys den Piazzale degli Uffizi überquerten, als sie Zeugen eines Unfalls wurden.

»Was für ein Unfall?«, fragte Massimo.

»Jemand ist mit einer Vespa in eine lebende Statue gekracht. Kaum zu glauben, oder?«

»Doch, schon, wenn die Person keine Pantomime mag«, entgegnete Evelyn.

Ulysses musste lachen.

»Die lebende Statue hat nicht einmal aufgeschrien«, sagte Pete. »So sehr war sie in ihre Darbietung vertieft.«

»Romy hat die Vespa gefahren?«, erkundigte sich Ulysses.

»Nein, Temps. Romy war die lebende Statue.«

»Romy ist eine lebende Statue? Das kann ich nicht glauben.«

»Alys konnte das auch nicht. Sie ist sofort hin, um dieser weißgesichtigen Jean-Seberg-Doppelgängerin erste Hilfe zu leisten, und plötzlich – Hallo, Alys, ich bin's, Romy – Alys hätte sich beinahe in die Hosen gemacht. Tschuldigung, Evelyn.«

»Haben wir das nicht alle schon mal, Pete?«

»Sie hat an der Lecoq-Theaterschule studiert«, sagte Pete.

»Woher weißt du das alles?«

»Sie hat es uns erzählt.«

»Ich dachte, man hätte sie überfahren?«, warf Evelyn ein.

»Jep, aber es war nicht so schlimm. Hauptsächlich Schreck. Der Vespafahrer war schlimmer dran. Er musste sich anscheinend entscheiden, ob er eine Gruppe Touristen oder die Statue über den Haufen fahren wollte. Also hat er die Statue genommen. Logisch, oder? Hat sich ziemlich erschrocken, als die Statue plötzlich gesprochen hat. Er ist nach hinten gekippt und mit dem Kopf aufs Pflaster geschlagen. Autsch«, sagte Pete.

»Da sind sie ja«, unterbrach Massimo.

Alys und Peg kamen neben der Kirche zum Vorschein, ihre Arme stützend um ein humpelndes, fahlbleiches Gespenst gelegt.

Evelyn konnte kaum abwarten, Dotty von alldem zu berichten.

Von dem Moment an, als sie sich im *salotto* niederließ, war sie wieder ganz die charmante, lebhafte, alte Romy; auch wenn sie keine Jugendliche mehr war, sondern eine Frau Ende zwanzig, genau wie Alys. Peg fand, dass Romy sehr viel redete für eine Pantomimin.

»Wie geht es deinen Eltern?«, fragte Ulysses.

»Du meine Güte, Mr Temper. Ihr Leben hat sich ganz schön gewandelt nach Florenz. Mein Vater hat nie sein Buch über Henry James geschrieben, aber unter dem Pseudonym Dante Pelloni wurde er schließlich doch noch zum Bestsellerautor. Er hat einen romantischen Kriminalroman geschrieben über einen Mann, der auf der Suche nach der Liebe nach Italien geht und dessen Frau ihn mit der Hilfe eines Bauarbeiters aus der Gegend umzubringen versucht.«

»Das hab ich gelesen!«, sagte Evelyn. »Die Szene, in der der Kronleuchter auf ihn fällt, hat mich wirklich zum Lachen gebracht.«

»Es soll verfilmt werden«, fuhr Romy fort. »Ali MacGraw wird für die Rolle meiner Mutter gehandelt.«

»Und wie geht es deiner Mutter?«, fragte Ulysses.

»Sehr gut. Sie ist die Marketingchefin einer Getränkefirma. Und die Freundin eines Onassis.«

Romy Peller war die *aria fresca,* die sie alle so nötig gehabt hatten:

ein fröhlicher und leicht übergeschnappter Gegensatz zu der Trauer, die die letzten zwei Jahre befallen hatte. Sie brachte Pete die klassische Glaskasten-Pantomime bei, und er verbrachte die darauffolgende Woche damit, aus etwas entkommen zu wollen, das er nicht sehen konnte. »Pete, wie er im Buche steht«, sagte Col nur dazu. »Und sonst, was gibt's Neues?«

In einer amüsanten Kehrtwende verliebte Romy Peller sich Hals über Kopf in Alys. In einer Herberge nahe der Accademia gingen sie miteinander ins Bett. Sie hatten eine gemeinsame Vergangenheit, sie waren unbeschwert und der Sex war großartig. »Also, was meinst du?«, fragte Romy. Sie hatte Alys gerade gefragt, ob sie es noch einmal miteinander versuchen sollten.

»Du und ich, Kleine. Der Traum der Liebe«, erwiderte Alys.

»Oh Gott«, stöhnte Romy. »Bitte erzähl mir nicht, dass ich das je zu dir gesagt habe.«

»Doch, das hast du.«

Romy wandte sich ab und zündete eine Zigarette an. Langsam stieß sie den Rauch aus. »Und die Antwort auf meine Frage?«

»Okay«, sagte Alys. »Aber lass es uns langsam angehen.«

Romy lachte, denn das Wort ›langsam‹ existierte in ihrem Wortschatz nicht. Aber sie ermunterte Alys an dem Abend, ihre Gitarre zu holen und auf den Stufen vor der Kirche zu singen.

Alys sang *Freedom of the Open Road,* und Massimo zeigte auf Pete, und alle jubelten. Danach sang sie *The Tower of Rotherhithe,* ein Lied, das Peg noch nie gehört hatte. Als sie über den Platz zurück nach Hause gingen, fragte Peg Ulysses, wann Alys es geschrieben hatte. »Als sie vierzehn war«, antwortete er. Es brachte Peg einigermaßen aus der Fassung, dass die Kleine schon vor so vielen Jahren die Tiefe ihres Schmerzes begriffen hatte. Peg hielt es für das schönste Lied, das sie jemals gehört hatte. Sie schrieb genau diese Worte auf einen Zettel und schob ihn unter Alys' Tür durch. Jahrelang sollte keine der beiden diesen Vorfall erwähnen.

Ungefähr eine Woche später sagte Ulysses zu Alys, dass Romy

sehr gerne in die *pensione* ziehen könne, worauf Alys erwiderte: »Auf gar keinen Fall!«

»Oh«, sagte Ulysses nur. Er mochte Romy.

»Ich meine, jetzt noch nicht«, erklärte Alys. »Zum ersten Mal in meinem Leben läuft alles rund. Ich will, dass das so bleibt.«

Als *Armacord* Ende 1973 endlich im Rex anlief, war das Ungestüm ihrer Trauer abgeflaut, und alle freuten sich auf den Anlass. Peg hatte sich prächtig herausgeputzt, und Pete marschierte hoch erhobenen Hauptes, was in Anbetracht seiner Anatomie ein wenig seltsam anmutete. Der kurze Moment, in dem er auf der Leinwand erschien, machte sie alle so unglaublich stolz – sein Gesicht vor dem schwarzen Hintergrund voller Intention und Sehnsucht. Er sagte, er hätte eine Zeile Text gehabt, die aber herausgeschnitten wurde, und Alys erwiderte: »Was bedeutet schon eine Zeile, wenn man alles mit einem Blick sagen kann? Frag Romy.« Pete sah Romy fragend an, und Romy nickte, was Pete zufriedenzustellen schien. Er bekam sogar wieder Fanpost. Gott weiß, wie sie herausfanden, wo er wohnte, aber so ist nun einmal das Showgeschäft. Nichts ist heilig.

Es war Juni 1975, die Spätnachmittagssonne füllte das Zimmer, und der Schallplattenspieler lief mit voller Lautstärke: *The Hustle* von Van McCoy and the Soul City Symphony. Ulysses und Peg vögelten – um der guten alten Zeiten willen – in ihrem Zimmer, gegen die Wand gelehnt. Das Aufeinanderklatschen von verschwitztem Fleisch war die perkussive Begleitung zum Discobeat, und oszillierende Trompeten bliesen die Melodie in eine Euphorie epischen Ausmaßes. Peg kam in den höchsten Tönen, und Ulysses war ihr dicht auf den Fersen. Er trug sie zum Bett, und sie fielen erschöpft auf die Matratze.

»Verdammt, du bist gut, Temps«, keuchte Peg.

Der Wecker schrillte. »Und auch noch pünktlich«, sagte sie. »Die Firma dankt.« (Immer noch die Peg'sche Romantik.)

Sie und Pete nahmen ein Taxi zum Excelsior, wo sie in der Hotelbar auftraten. Das Publikum erschien stets zahlreich, und Peg und Pete genossen ihre Auftritte. Kaftane von Gucci, orangefarbener Lippenstift, Sportjacken, Männersandalen und Geld, das in die Kasse klimperte. Die Glanznummern des Abends waren:

Someone to Watch Over Me / But Not For Me / Stormy Weather / I've Never Been in Love Before / You Don't Know What Love Is / Time After Time / That's All / Everything Must Change / Always on My Mind / Being Alive.

Das musikalische täglich Brot, wie Pete es nannte. Er konnte die Stücke mit geschlossenen Augen spielen, was er auch manchmal tat. Peg hatte die Regel eingeführt, dass alle Getränke, die man ihnen spendierte, erst ab der zweiten Hälfte des Auftritts bei ihnen ankommen würden. Die zweite Hälfte bestand oft aus Revuenummern – hier legte Pete noch einen Zahn zu, und seine Theatererfahrung machte sich bemerkbar –, für die sie ausnahmslos stehenden Beifall einheimsten.

An jenem Abend also hatten sie die erste Hälfte hinter sich, und Peg war nie besser gewesen. Es war einer dieser Abende, die im Gedächtnis bleiben. Ihr war ein Kerl an der Bar aufgefallen, der sie beobachtete, was an sich nichts Ungewöhnliches war. Doch der hier war keiner dieser rehäugigen Typen, die versuchten ihren Ehering zu verstecken oder sie in die Gussform ihrer Jugendfantasien zu pressen. Er sah aus, als sei er ehrlich interessiert an ihrem Gesang, und er strahlte eine Intensität aus, die unter anderen Umständen beunruhigend hätte wirken können.

Er spendierte ihr auch kein Getränk, was Peg überraschte. Zwischen zwei Stücken fragte sie Pete: »Siehst du den Kerl an der Bar da drüben?« »Melancholische Aura?«, entgegnete Pete. »Genau, das ist er.« »Kennst du ihn?«, fragte Pete. »Noch nie gesehen«, sagte Peg. »Naja, scheint so, als ob er dich kennt.«

(Letzter Song.)

»Vielen Dank zusammen, und gute Nacht.«

Peg und Pete verbeugten sich, und der Mann stand auf und ging hinaus. Seltsam, dachte Peg.

Nachdem sie zusammengepackt hatten, gingen sie zur Bar und entspannten sich bei einem Getränk, die Lichter der Stadt hinter ihnen. Hin und wieder äußerten sie sich zu ihrem Auftritt, und zu dem, was besser hätte laufen können, und hin und wieder blickten sie hinaus über den Fluss und äußerten sich zu ihrer Karriere und wie weit sie es gebracht hatten.

»Peg?«

Peggy drehte sich um. Vor ihr stand der Mann von der Bar.

Pete leerte sein Glas und stand auf. »Ich geh dann mal«, sagte er.

»Nein, bleib«, sagte Peg.

Pete setzte sich wieder und wünschte sich, er hätte nicht so voreilig ausgetrunken.

»Peggy Temper?« Der Mann war offensichtlich Amerikaner. »Wie sie leibt und lebt.« Peg sah eine unverwechselbare Ähnlichkeit zu Eddie in dem Mann. Er hatte natürlich graues Haar, aber unter ihrem Blond hatte sie das auch. Irgendetwas hatte der Kerl …

»Sind wir uns schon mal begegnet?«, fragte sie.

»Vor dreißig Jahren.«

Die Antwort kam einfach so.

»Da war Peg noch ein Teenager«, sagte Pete.

»Sei still, Pete«, lachte Peg.

»Ich heiße Glen. Glen Mollan.«

Peg gab ihm die Hand. »Freut mich, Glen.«

Der Mann stockte, als wüsste er nicht, was er als Nächstes sagen sollte. Dann, unvermittelt: »Eddie war mein bester Freund.«

Pegs Kehle war wie zugeschnürt, und der Sog der Erinnerung riss sie zurück zu dem Abend im August 1944, als sie Eddie in dem Club in Soho kennengelernt hatte. Glen Mollan war ebenfalls da gewesen. Er hatte seinen eigenen Charme gehabt und war an dem Abend sicher nicht allein nach Hause gegangen. Man hatte ihn und Eddie oft für Brüder gehalten. Es war Glen gewesen, der Peg als Erster gesehen und Eddie angestoßen hatte: »Schau dir die an«, und beide Männer hatten verhalten einen bewundernden Pfiff ausgestoßen. Doch Glen hatte bereits Getränke für eine junge Frau an der Bar gekauft, was hätte er also schon tun können? »Sie gehört dir, Eddie.« Eddie hielt sich die Hand vor den Mund, hauchte hinein und roch.

Ihre Blicke begegneten sich. Sternblitzen für eine halbe Ewigkeit.

Peg ging auf die Toilette. Pete kam hinterher und klopfte.

»Peggy? Alles in Ordnung da drin?«

»Mir geht's gut, Pete. Ist bloß der Magen.«

»Ich wart auf dich. Ich lass dich nicht allein.«

»Dünnpfiff, Pete. Bisschen Privatsphäre, bitte.«

»Oh, ja klar. Tschuldigung, Peg.«

Die Toilettenspülung ging.

Peg öffnete die Tür, und Pete stürzte auf sie zu und schlang seine Arme um sie.

Glen wartete an ihrem Platz auf die beiden und stand auf, als sie wieder hereinkamen. Erleichtert bemerkte Pete, dass drei Getränke auf dem Tisch standen. Er setzte sich so weit von Glen weg wie möglich.

»Was willst du wissen?«, fragte Glen.

»Alles«, antwortete Peg.

Eddie Clayton, Pegs American Boy, starb in Frankreich, sechs Monate nachdem sie sich kennengelernt hatten. In Wirklichkeit hieß er nicht Eddie Clayton, sondern Henry Edward Claydon, genannt Eddie. Er hatte jung geheiratet, aber die Ehe war keine glückliche. Er wollte sich scheiden lassen, um Peg zu heiraten und mit ihr in die Staaten zu gehen – das war die Wahrheit gewesen. Sogar seinen Eltern hatte er von seinen Plänen erzählt. Er kam aus einer sanftmütigen Familie, und sie hätten ihn in allem unterstützt, komme, was wolle. Peg war kein Geheimnis. Peg war Realität.

»Also hat er mich wirklich geliebt.« Das waren die ersten Worte aus Pegs Mund. »Er war verrückt nach dir«, erwiderte Glen.

»Wie ist er gestorben?«, fragte Peg.

»Ein Wettrennen in einem Jeep. Er ist gegen einen Baumstumpf gefahren und hat sich überschlagen.«

Peg wurde schwindlig. All die Jahre. All die Jahre des Wartens. All die Jahre, die sie auf Erlösung gehofft hatte. Pete nahm ihre Hand, und sie ließ es zu.

»Es tut mir so leid«, sagte Glen.

»Nein, ich …«

Aber die Worte lösten sich auf. Das Klirren von Eis. Lautes Schlucken. Das Aufflammen eines Streichholzes. Pete, der seine Zigaretten anbot. Und dann Schweigen.

»Ich sollte gar nicht hier sein«, sagte Glen. »Hätte gestern nach Mailand weiterfliegen sollen. Aber Besprechungen wurden verschoben, und ich wollte das Wochenende nicht dort bleiben, also bin ich …«

»Eddie hat eine Tochter«, sagte Peg. »Sie heißt Alys, sie ist ihm wie aus dem Gesicht geschnitten. Sie ist intelligent und talentiert, und sie lässt sich nichts gefallen. Sag ihnen das.«

»Das werd ich.«

»Warte«, sagte sie, und sie öffnete ihre Handtasche. Blinzelnd und mit Kippe im Mund kramte sie in ihrer Tasche herum, bis sie ihren Geldbeutel gefunden hatte. Mit zitternden Händen zog sie das Foto ihrer Tochter heraus und gab es ihm.

»Gib es seinen Eltern«, sagte sie.

Glen nickte und betrachtete das Foto.

»Ach du liebes Bisschen. Sie sieht wirklich aus wie Eddie«, sagte er.

Peg und Pete spazierten auf dem *lungarno* nach Hause. Peg an Pete gelehnt, barfuß, Schuhe in der Hand, denn Pete war verlässlich. Die Straßenlampen dämpften den harten Ton der Nacht, und Peg steuerte auf die Brücke Santa Trìnita zu. Sie standen gegen das Geländer gelehnt und blickten auf das Wasser. Eine Laterne erregte ihre Aufmerksamkeit. An dem grasbewachsenen Ufer eine andere Welt. Ein Mann nahm einen Schluck aus einer Feldflasche und kontrollierte seine Angelleinen.

»Ich weiß nicht, was ich sagen soll, Peg.« Pete fing an zu weinen.

»Hey«, sagte sie und zog ihn an sich. »Hey, alles gut. Mir geht's gut, Pete. Schau mich an.«

Pete sah sie an.

»Komm schon, wisch dir die Tränen weg, Dummerchen.«

Pete schnäuzte sich und fuhr sich mit der Hand über das Gesicht.

»Er wollte zurückkommen, um mich zu holen, Pete. Ich glaube, das ist alles, was ich je hören wollte.«

Um ein Uhr früh sperrte Pete die Tür zur *pensione* auf. Peg ging hinein und Pete sagte: »Ich geh Temps holen.« »Okay«, erwiderte sie. Sie setzte sich auf das Sofa und betrachtete ihre Handflächen, fuhr mit dem Daumen die Linien nach, inspizierte diese kleine Zäsur in ihrer Lebenslinie …

»Peg?«

Ulysses stand in der Tür, schlaftrunken und mit strubbligen Haaren. Sie streckte die Arme nach ihm aus, und er kam, setzte sich neben sie und nahm sie in den Arm. »Alles in Ordnung?«, fragte er. »Ja. Wirklich«, erwiderte sie, und er drückte sie an sich.

Evelyn und Pete brachten heiße Schokolade, Massimo Decken, und die alten Mauern flüsterten Peg zu: »Hier ist deine Familie.« Ulysses weckte Alys, und sie kam herein und legte sich auf den Boden, während Peg ihr von Glen berichtete. Stoisch wie immer nahm Alys die Neuigkeiten auf wie die Wettervorhersage. Peg weinte, aber nicht um sich selbst. Wenn man sie gefragt hätte, um wen, sie hätte keine Antwort gewusst. Vielleicht einfach nur um einen jungen Mann, der nie alt werden durfte – immer das gleiche, alte Lied vom Krieg. Alys ging zu ihrer Mutter und umarmte sie. Es war das allererste Mal. Man könnte sagen, dass Eddie ihnen das gegeben hatte.

Und dann, als die Sonne sich durch die Fensterläden streckte, wurde Eddie Claytons Geist endlich zur Ruhe gebettet.

Die Luft war septemberwarm, und Evelyn hatte ihren frühabendlichen Stammplatz auf der Steinbank eingenommen. Sie trug ein kurzärmliges, weißes Hemd, dunkelblaue Leinenhosen und die obligatorische Sonnenbrille. Ihr Eau de Cologne war zitronig-frisch und regelmäßig Anlass für zahlreiche Komplimente. Sie wünschte, sie hätte den Gehstock nicht nötig gehabt, aber er war auch für andere Dinge von Nutzen, wie zum Beispiel, um auf Ungewöhnliches und Interessantes zu zeigen. Wie die Blume neben ihrem Fuß.

»Evelyn?«

Sie sah auf. Es war Ulysses.

»Setz dich«, sagte sie und tippte neben sich auf die Bank. »Schau«, sie zeigte auf die kleine, gelbe Blume bei ihrem Schuh. »Stell dir nur mal vor, wie viel Willenskraft es braucht, um sich zwischen diesen Steinen aus dem fünfzehnten Jahrhundert hervorzudrücken und zu sagen: *Hier bin ich! Seht mich an!* Vor allem, wenn jeder nur an der Kirche oder dem Palazzo oder der Statue interessiert ist. Die Natur ist ein üppiges Geschenk, Ulysses. Mit der Kunst interagiert mein Geist auf völlig andere Weise. Oft ist er zermürbt von der Geschichte oder kritischer Beurteilung. Diese winzige, gelbe Blume dagegen bittet um nichts weiter als ein wenig Wertschätzung.«

Wie er sie liebte!

Klack, klack, klack! Peggys Song. Sie kam über die Pflastersteine gelaufen. Hellgraues Hemd, lila Schlaghosen, Sonnenbrille, Orangenlippen, und eine unangezündete Zigarette in der baumelnden Hand.

Peg ließ sich auf die Bank fallen.

»Du siehst aus wie eine Göttin«, sagte Evelyn.

»Danke, Evelyn«, erwiderte Peg und zündete die Zigarette an. »Schau, wie sie uns alle anstarren, Temps.«

Ulysses wandte sich um.

Die betagte Contessa spähte aus Micheles Bar zu ihnen herüber, außerdem Giulia, der Priester, Clara, die Bäckerin, Gloria Cardinale, die Kurzwarenverkäuferin, und natürlich Signor Malfatti, mit einem Laib Käse unterm Arm. Alle fragten sich, ob Peg und Ulysses wieder zusammenfinden würden, jetzt, da Peg nicht mehr gebunden war.

Aber Peg und Ulysses wussten, dass ihre Zeit vorüber war. Sie hatten es gewusst, seitdem Cressy gestorben war und sie zusammen im Bett gelegen und die Schwalben beobachtet hatten. Damals hatte sich alles verändert. Sie hatten einander sicher auf die andere Seite gebracht, und das bedeutete alles, und es sollte ihnen für immer erhalten bleiben.

»Man kann den Leuten nicht vorwerfen, dass sie ein Happy End wollen«, sagte Evelyn.

»Wir sind ein Happy End«, erwiderte Ulysses. »Oder, Peg?«

»So sieht's aus, Tempy.«

Ein Taxi hupte auf der anderen Seite des Platzes, und Pete rief zu ihnen herüber und winkte.

Peg stand auf und klopfte sich Asche von der Hose. »Ich muss los«, sagte sie. »Kommt ihr zwei später ins Excelsior?«

»Würde ich mir nicht entgehen lassen«, sagte Evelyn.

»Wann triffst du dich mit Glen?«, fragte Ulysses.

»In einer Stunde. Auf einen Kaffee vor dem Auftritt.«

»Nervös?«

»Ein bisschen.«

»Das wird schon«, sagte Ulysses. »Du siehst hinreißend aus, Peg.«

»Und denk dran«, warf Evelyn ein, »es ist nur Kaffee. Du musst dich nicht in den Mann verlieben.«

»Ha!«, entgegnete Peg. »Du bist lustig.«

Ein Jahr später verliebten sich Peg und Glen Mollan.

»Also, damit ich das richtig verstehe«, sagte Des. »Eddie war die ganze Zeit über tot. Sein bester Kumpel Glen – in einer glücklichen Fügung des Schicksals – trifft im Excelsior auf Peg, und jetzt sind Peg und Glen ein Paar.«

»Das trifft es ungefähr«, erwiderte Ulysses.

Des schüttelte ungläubig den Kopf. »Das kann sich keiner ausdenken, oder?«

Es war *Festa dei Morti*, und die beiden Männer waren auf dem

Monte Ceceri und saßen neben einem hübschen Bäumchen, an dem ein Strauß Blumen lehnte.

Ulysses lächelte. »Pete meint, der Baum hat Cressys Naturell«, sagte er. »Da mag er recht haben«, erwiderte Des. »Wie ist denn dieser Glen eigentlich so?«

»Wirklich sympathisch. Hab ihn ein paarmal getroffen. Er ist einer von uns, Des.«

Das war Glen Mollan im wahrsten Sinne des Wortes. »Eine interessante Mischung aus Col, Pete und Ulysses«, beschrieb ihn die betagte Contessa. »Aber mit dem Aussehen eines Filmstars«, fügte sie naserümpfend hinzu.

»Das wollte ich hören, Junge. Dass unsere Peg in guten, sicheren, respektvollen Händen ist.«

»Das wollen wir alle, Des.«

Des zog eine Papiertüte aus seiner Hosentasche und begann, Sonnenblumenkerne auf den Boden zu werfen.

»Claude ist nicht hier, Des.«

»Ach nein?«

»Nein. Giglio.«

»Ich hab angenommen, er wäre bei Cress.«

»Wir haben ihn unter der Weinrebe verstreut, wo er immer saß. Laut Pete bekommt man mehr Asche von einem Zwanzigerpack Zigaretten zusammen. Aber alle waren da. Sogar Dotty war dabei.«

»Mit Helena?«

»Nein. Mit Penelope.«

»Jems Mutter?«

»Genau die.«

»Ich glaub's nicht«, sagte Des. »Sie haben nicht untätig herumgesessen, die Leute.«

Ulysses zündete sich eine Zigarette an. »Wie lebt es sich so als Großvater, Des?«

»Furchtbar. Wenn deine Kinder heiraten, kommt ein komplett neuer Genpool ins Spiel. Ein Haufen Rotznasen ist das. Wie auch immer. Ich sag nur ein Wort: hypoallergen. Mein Plastik revolutioniert die Welt der Schulmedizin. Wer hätte gedacht, dass England so krank ist? Brauchst du mittlerweile eigentlich Geld?«

»Nein, mir geht's gut, aber danke.«

»Naja, sag einfach Bescheid.«

Als die Dämmerung flüsternd grüßte, standen die beiden Männer auf. Des bürstete Blätter von seiner neuen, roten Cordhose und fragte: »Ist Evelyn mittlerweile schon hundert?«

»Noch drei Jahre. Aber sie glaubt, sie wird sich mit neunundneunzig verabschieden. Zu dem Anlass wird es ein Riesenfest geben. Sie will kein Telegramm von der Queen. Sie ist da ziemlich stur, also will sie es abkürzen.«

»Kein Fan der Königsfamilie?«

»Ich glaube, sie würde eine Flasche Champagner für angebrachter halten. Oder den Ritterschlag.«

»Das nenn ich mal eine erbauliche Lebensauffassung«, sagte Des. »Eine tolle Frau! Wenn meine Zeit gekommen ist, werd ich mit Poppy neben mir in meinem Land Rover sitzen und einfach über eine Klippe fahren.«

»Weiß Poppy davon?«

»Noch nicht«, gestand Des.

»Vielleicht solltest du es ihr sagen.«

»Da könntest du recht haben.«

1978 brachte die Legalisierung von Abtreibung in Italien – ein historischer Wendepunkt für die Selbstbestimmung der Frau. Alys war weniger enthusiastisch; sie nannte es einen Anfang. In London stand Col mit Ginny und Mrs Kaur vor einer Menge Schaulustiger und sah zu, wie sein Pub abgerissen wurde. Mrs Kaur hatte ihm dabei geholfen, Umstände zu akzeptieren, über die er keine Kontrolle hatte. Folglich stieß ihm auch keine Magensäure auf, als die Abrissbirne zum ersten Mal geschwungen wurde. Dafür war das Gelächter groß, als das Aushängeschild des Pubs durch die Luft segelte und ein Mitglied des Stadtrats zu Boden brachte. »Arschloch!«, rief Col. Er erwarb schließlich einen Pub auf der anderen Seite der Kingsland Road, was seiner Meinung nach mit Timbuktu gleichzusetzen war. Mrs Kaur sagte, er übertreibe maßlos. Ginny und Devy waren derselben Meinung. Col kaufte sich einen VW-Bus und begann, sich eifrig mit *Sevā* zu beschäftigen – er nannte es selbstlosen Dienst an der Gesellschaft aus rein altruistischen Beweggründen. »Also schenkst du ab jetzt Freibier aus?«, schrieb ihm Ulysses. »Haha, Clown gefrühstückt?«, schrieb Col zurück. Außerdem kam Glen Mollan von einem Geschäftstreffen in Mailand nach Florenz zurück und machte Peg einen Heiratsantrag.

»Was hast du geantwortet?«, fragte Alys.

»Noch nichts«, erwiderte Peg und schenkte ihnen Wein ein. Der Abend war warm, die Luft diesig, und die Nacht noch ein paar Stunden entfernt. Sie saßen draußen bei Michele, umringt von Touristen. Pete war drinnen am Klavier, und an einem der anderen Tische saßen Ulysses, Massimo und die betagte Contessa und sinnierten über die beste Reife von *Parmigiano Reggiano*. Evelyn saß auf der Steinbank und schrieb einen Brief an Dotty, und ein Stück weiter vor der Statue stand Romy, ebenfalls als Statue.

»Ich bin mir nicht sicher, ob ich wegziehen will«, sagte Peg. »Ich bin mir nicht sicher, ob ich schon wieder eine Veränderung in meinem Leben will. Und ich bin mir auch nicht sicher, ob ich dich zurücklassen will.«

»Ich bin kein Kind mehr«, sagte Alys.

»Aber das warst du. Und ich war nicht für dich da. Also bleib ich erstmal hier. Glen kann mich besuchen kommen.«

»So wird es wenigstens nicht langweilig.«

»Das hab ich mir auch gedacht«, sagte Peg

Alys grinste und sagte damit mehr als mit tausend Worten.

»Bevor ichs vergesse, ich hab noch was für dich«, sagte Peg. »Ich dachte, ich hätte sie verloren.« Sie gab Alys die Kameebrosche, die Eddie ihr all die Jahre zuvor geschenkt hatte. Die Brosche, die sie das Hotelzimmer gekostet und sie unter die Eisenbahnbrücke getrieben hatte, wo Alys vielleicht oder vielleicht auch nicht empfangen worden war. Schon komisch, wie die Dinge sich zum Besten wandeln.

Alys musste lachen. »Im Ernst? So ist es also passiert?«

»Jep. Ich hoffe, die Bürde lastet nicht zu sehr. Sei gut zu Romy, Alys. Ich sehe, wie sie dich ansieht. Gefühle haben Macht. Überleg dir gut, was du damit anstellst.«

Im Oktober 1979 sah Evelyn Skinner aus dem Fenster und beobachtete den Lauf der Zeit im Wechsel von Licht und Schatten. Tageslicht schafft Schönheit und Mondlicht Mystik; das war die erste Lektion für jedes neue Semester. Sie war vor einigen Augenblicken neunundneunzig geworden, aber sie wirkte zehn Jahre jünger, was sie Lebertran und Eiswasserschwimmen zuschrieb, und natürlich der Tatsache, dass sie geliebt wurde. Obwohl sie über die Jahre ein paar Zentimeter geschrumpft war, hatte sie immer noch eine aufrechte Körperhaltung und saß kerzengerade da. Ulysses klopfte an die Tür und kam herein, und bei seinem Anblick strahlte sie übers ganze Gesicht. Er reichte ihr ein Glas *frizzantino*.

»Das hier hätte schon gereicht«, sagte sie.

»Ich weiß.«

»Du, ich, das hier.« Sie deutete hinaus auf den im Zwielicht versinkenden Platz.

»Wie schön das Abendrot, wenn das Licht des Himmels auf ein Land wie dich herabsinkt, du Paradiesexil, Italien.«

»Dante?«

»Shelley«, erwiderte Evelyn, und sie nahmen ihre Gläser und stießen an.

»Herzlichen Glückwunsch zum Geburtstag«, sagte er. »Auf dein langes und außergewöhnliches Leben.«

Sie nahm einen Schluck, bevor sie entgegnete: »Letzten Endes bist du doch noch in deinen Namen hineingewachsen. Du hast lange gebraucht, um aus dem Krieg zurückzufinden, aber du hast es geschafft, Ulysses. Übrigens habe ich dir meine Wohnung in Bloomsbury vermacht.«

»Das ist nicht nötig.«

»Vielleicht zieht es dich mal wieder nach London. Oder du schenkst sie Alys. Dotty bekommt Kent. Sie hasst das Landleben, aber sie wird den Witz schon verstehen. Am Ende wird sie es lieben lernen. Alles andere ist Nebensache. Und ich möchte, dass ihr meine Asche auf dem Arno verstreut. Wie Constance.«

»In Ordnung«, sagte er. »Sonst noch was?«

»Ich glaube, das wärs.«

»Alles klar.«

»Willst du mich noch etwas fragen?«

»Etwas, das Dotty …«

»Ach, hör nicht auf sie.«

»Warst du eine Spionin?«

»Natürlich war ich das. Sie wird es herausfinden, sobald das Nationalarchiv die Unterlagen freigibt. Ich kann nur hoffen, dass sie nicht Auto fährt oder irgendwelche anderen Maschinen bedient, wenn sie es erfährt.«

Er sah auf die Uhr.

»Jetzt sagst du mir wahrscheinlich, dass oben alle auf mich warten«, sagte Evelyn.

»Nicht alle«, lachte er. »Jem ist unterwegs. Des, Poppy und Col sind vor einer Stunde angekommen. Sie sind die Überraschung.«

»Und Dotty und Penelope?«, fragte Evelyn.

Doch bevor Ulysses antworten konnte, gellte ein schriller Pfiff durch die Luft. Evelyn drehte sich um und sah Dotty am Türrahmen lehnen, Arme verschränkt, den Kopf keck zur Seite gelegt.

Evelyn quietschte.

»Hallo, Lynny, Schätzchen.« Dotty ging zu ihr und küsste sie. Sie nahm Ulysses sein Glas aus der Hand und sagte: »'Tschuldige, Temps. Es macht dir doch nichts aus, oder?«

»Nur zu«, erwiderte er, und Dotty trank es in einem Zug aus. Sie gab ihm das leere Glas zurück.

»Pen und ich hatten gerade im Taxi unseren ersten Streit.«

»Grundgütiger! Worum ging es?«, fragte Evelyn.

»Das errätst du nie.« Dotty starrte Ulysses an.

»Schon gut, schon gut«, sagte er. »Ich bin schon weg.«

»Überraschung!«, riefen alle.

Evelyn kam in den *salotto* und schnappte theatralisch nach Luft. »Des. Poppy. Col! Was macht ihr denn hier?«, fragte sie.

»Du hast es ihr verraten«, sagte Col.

»Stimmt«, erwiderte Ulysses, und alle lachten.

Massimo und Jem brachten Teller mit Crostini – Hühnerleber, Anchovis, Tomate – und stellten sie auf den Tisch zwischen die Kerzen. Mehr Blubberwasser wurde ausgeschenkt, und Ulysses entkorkte eine Flasche Wein für diejenigen, denen der Sinn nach Rotem stand. Er hielt Evelyn die Flasche hin, und sie las das Etikett: *Carruades de Lafite. Pauillac.*

»War das Captain Darnleys …?«

»Jep«, sagte Ulysses. »Des hat eine Kiste ergattert. Nicht der 1902er, denn der 1929er war besser. Richtig, Des?«

»Wie bitte, Junge?«

»Der Wein. Der 1929er ist besser als der 1902er?«

»Wesentlich besser. Fünfhundert Pfund die Flasche.«

Alle stutzten verdattert.

»Des, jetzt hast du es schon wieder getan«, sagte Poppy.

»Was, Liebes?«, erwiderte Des.

»Die Sache mit dem Geld.«

»Ein Wort«, sagte Des, »Einwegspritzen.«

»Ahh«, erklang es einstimmig von allen, und Pete bat Massimo, eine Flasche zur Seite zu tun, damit er sie später verkaufen könne.

Es klingelte an der Tür, und Alys ging, um zu öffnen. Einen Augenblick später kam die betagte Contessa hereingeschlurft und sagte: »Ich habe diesen Mann gefunden, wie er draußen herumgelungert hat.«

Und herein kam …

»Glen Mollan!«, riefen alle, als er im *salotto* erschien.

»Was zur Hölle machst du denn hier?«, fragte Peg so romantisch wie eh und je.

»Ich habe noch nie jemanden getroffen, der neunundneunzig ist, Peg! Das konnte ich mir doch nicht entgehen lassen.«

»Schicke Jacke, Glen«, sagte Ulysses. »Das alte Teil, Temps? Hab ich in New Orleans gekauft«, erwiderte Glen.

Und so saßen sie stundenlang zusammen. Bei Ravioli gefüllt mit Maronen und Ricotta, *peposo* für die Fleischesser und Massimos berühmten Tomaten mit Reisfüllung für Col.

»Du bist Vegetarier, Col?«, fragte Des.

»Seit zehn Jahren«, erwiderte Col.

»Was hat dich bewogen, kein Fleisch mehr zu essen?«, fragte Penelope.

»Verdauung?«, fragte Des.

»Eine fantastische Frau«, warf Ulysses ein.

»Und die unvergleichlich komplexen Aromen der indischen Küche«, antwortete Col. »Nichts lässt mir so sehr das Wasser im Mund zusammenlaufen wie in Ghee karamellisierte Zwiebeln, grüne Chilis, Ingwer, Knoblauch und Kurkuma.«

Massimo ging zu Col und küsste ihn auf den Kopf. »Morgen Abend kochst du für uns, mein Freund«, sagte er.

»Als Nächstes fängt er noch an, Yoga zu machen«, sagte Romy.

»Schon dabei«, entgegnete Col.

»Ich auch«, sagte Pete. »Hilft mit meinen Stimmungsschwankungen.«

Das war Petes Stichwort, um zum Klavier zu gehen und sein neues Lied *Ninety-Nine Is the New Hundred* zu spielen. Für Petes Verhältnisse war es ziemlich flott und lustig, es klang sehr nach den Beach Boys.

Auf einmal griff Romy in ihre Handtasche und holte Cressys Ausgabe von *Zimmer mit Aussicht* hervor. »Das hier lese ich gerade, Evelyn.«

»Herrje!«, rief Dotty. »Wieso kommen alle ständig mit diesem Buch an?«

»Es ist fantastisch«, sagte Jem.

»Aber die Charaktere sind ziemlich unsympathisch«, entgegnete Dotty. »Frag sie«, und sie zeigte auf Evelyn. »Sie war dabei.«

»Du warst …?«, begann Glen Mollan, aber Dotty unterbrach ihn.

»Bornierte Snobs«, sagte sie. »Ein überwiegend englischer Charakterzug – der Glaube, dass ausschließlich die gebildete Mittelschicht die Geheimnisse der Kunst kennt.«

»Aber am Ende finden sie Liebe«, entgegnete Jem.

»Ist das denn genug?«, fragte Dotty.

»Ja!«, antworteten sie alle.

»Komm schon, Lynny«, sagte Dotty, »erzähl ihnen davon.«

»Ja, erzähl uns davon«, sagten sie.

»Haben wir so viel Zeit?«, fragte Evelyn.

»Wir haben alle Zeit der Welt«, antwortete Ulysses, und er machte die Runde, um ihre Gläser aufzufüllen.

Evelyn lehnte sich zurück und trank einen Schluck Wein. Sie schloss die Augen und das grollende Gewicht des Alters wich der Leichtigkeit der Jugend. »Also gut«, sagte sie …

ALLES ÜBER EVELYN

Es war Oktober und das Jahr war 1901.

Evelyn stand kurz vor ihrem einundzwanzigsten Geburtstag, als sie zum ersten Mal aus dem Bahnhof Santa Maria Novella herauskam und rief: »*Firenze! Amore mio!*«

Sie hatte die lange Reise vom Comer See unter einem hartnäckig grauen Himmel gemacht, doch hier schien die Sonne ganz besonders hell. Ein strenger Pferdegeruch lag in der Luft, und während die Kirchglocken zu läuten begannen, warteten Omnibusse darauf, Touristen zu ihren Hotels zu kutschieren.

Wollte man Evelyn beschreiben, müsste man sagen, dass sie gekleidet war wie jede junge, moderne Engländerin zu jener Zeit. Sie hatte sich gegen ein Korsett und für eine natürliche Kontur entschieden: ein langer, dunkler Leinenrock und eine farblich abgestimmte Bluse. Ihre Haube trug sie in der Hand. Aufgrund eines unerwarteten Wachstumsschubs hatte sie einen etwas schwerfälligen Gang, was sich allerdings bis zu ihrem vierundzwanzigsten Geburtstag wieder gelegt haben würde. Ihre Vorzüge waren dafür unverkennbar: Ihrer Mutter verdankte sie die merkbar gute Erziehung, und ihrem Vater die unkonventionelle Geisteshaltung, die es ihr ermöglichte, ein Leben lang über gezielt gestreute Indiskretionen hinwegzusehen. Und diese sollten zahlreich sein.

Sie drehte sich nach dem Gepäckträger um, der noch ihren Koffer hielt. Hinter ihr folgte schnellen Schrittes das frisch verheiratete Paar, das sie im Zug kennengelernt hatte: Hugh und Miranda Lugg. Es war ihr erstes Mal in Italien. Hugh war Angestellter einer Privatbank, bei der er zügig die Karriereleiter emporkletterte, und er war ein glänzendes Beispiel für die Art Engländer im Ausland, die alles Fremde hassten. Er zerrte seine Frau hinter sich her wie einen Sack

Kartoffeln. Ihr bleiches Gesicht mit den gehetzt blickenden, großen Augen war symptomatisch für ein mit der europäischen Küche unverträgliches, lymphatisches Temperament. Sie waren bereits seit zehn Tagen unterwegs, und Kutteln waren der kulinarische Tropfen, der das Fass zum Überlaufen gebracht hatte. Allein das Wort genügte, um Miranda Lugg an ein offenes Fenster zu treiben. Stets fest umklammert hielt sie eine kleine Reiseapotheke, die bestückt war mit Tabletten des Arzneimittelunternehmens Burroughs, Wellcome & Company, Holborn Viaduct, London. Ihr Atem roch leicht nach Kampfer und Verdauungsstörungen.

Eine Straßenbahn rumpelte vorbei, und Evelyn sah ihr nach. Kinder turnten auf der hinteren Plattform herum und quietschten vergnügt.

»Ich glaube, Sie haben mich nicht gehört, Miss Skinner«, sagte Mr Lugg. »Wollen wir gemeinsam zum *Simi* fahren?«

»Oh, aber gerne doch«, erwiderte Evelyn, während sie dem Träger ein großzügiges Trinkgeld gab. »Viel zu viel«, kritisierte Hugh Lugg und marschierte auf einen gelangweilten Droschkenfahrer zu. In stockendem, aber charmantem Italienisch sagte Evelyn:

»Wir würden gerne in die *Pensione Simi, 2 Lungarno delle Grazie,* wenn Sie so freundlich wären.«

Die Droschke schlängelte sich durch enge Straßen, und das Geschrei der Straßenverkäufer hallte in ihren Ohren wider. Überall standen mit Säcken beladene Handkarren, und aus den Fenstern wurden Körbe zu den Händlern hinuntergelassen. Wein, Obst, Gemüse, lebendige Hühner – »Schau, ein Huhn!« –, doch Mrs Lugg schaute nicht, denn sie saß vornübergebeugt mit ihrem Taschentuch auf den Mund gepresst da und hatte dank der durchdringenden Gerüche einen beträchtlichen Anfall. Es war die Mischung aus menschlicher Zivilisation und Mangel derselben. Was für ein Unterschied zu Kent, dachte Evelyn.

Das Pferd bog nach links, und plötzlich lag der Arno mit seinen Brücken direkt vor ihnen. »Oh«, entfuhr es Evelyn, als sie neben dem grünen Strom entlangratterten. Ein junger Mann auf einem Fahrrad fuhr lachend in Schlangenlinien neben ihnen her.

»Mach, dass er aufhört«, sagte Mrs Lugg.

»Husch, husch, *niente, niente*«, rief Mr Lugg, der sich nur allzu gut an Baedekers Ratschlag, wie mit impertinenten Bettlern umzugehen sei, erinnern konnte.

»Das ist kein Bettler, Mr Lugg«, sagte Evelyn.

»Was sollte er sonst sein, Miss Skinner?«

Evelyn wandte sich zu dem Fahrradfahrer und lächelte. »Er ist lebenshungrig.«

Als die Droschke schließlich vor dem *Simi* zum Stehen kam, schied das Pferd eine beachtliche Menge heiß dampfender Äpfel aus, und Mr und Mrs Lugg stürzten aus der Kutsche und flohen in Richtung Hauseingang. Gleich darauf wurde ihr Gepäck ins Haus getragen, und Evelyn hörte, wie ungeduldig auf die Glocke an der Rezeption eingeschlagen wurde. Flink folgte sie den Koffern ins Haus, gespannt auf die Räumlichkeiten, die für die kommenden achtundzwanzig Tage ihr Zuhause sein sollten.

Evelyn steuerte in den Salon, wo ihr Blick von Empire-Möbeln aus Mahagoni und einem hässlichen Kronleuchter gefesselt wurde. Queen Victoria hing noch immer an der Wand, eingeklemmt zwischen zwei fleckigen Hogarth-Stichen. Zwei schweigsame, ältere Damen und ein Geistlicher mit weißem Backenbart sahen von dem Chesterfield-Sofa zu ihr auf, jedoch ohne sie zu grüßen. Ein Zimmer voller Melancholie, dachte sie. Es glich eher einem Bestattungsinstitut als einer vor *conversazione* strotzenden, authentisch italienischen Pension, wie sie es sich erhofft hatte. Das Klavier in der Ecke war in einen dicken Schutzmantel aus Staub gehüllt.

Evelyn ging zur Rezeption, gerade als die Inhaberin die Treppe hinuntereilte.

»*Scusi, scusi*«, sagte sie. »Der Henry is mit'm Schädel inner Stuhllehne steckenblieben.«

(Und eine Cockney-Inhaberin noch dazu.)

»Willkommen in meiner schönen Pension«, sagte sie.

Evelyn verstand ›schnöde‹ und erwiderte: »Ja, das ist es ein wenig.«

Ihr Zimmer war um einiges besser – wesentlich italienischer, wenn man es sich recht überlegt – als die Räume im unteren Stockwerk, und nachdem sie prüfend mit der Hand über den teuren Bettüberwurf gefahren war, ging sie zum Fenster und öffnete die Läden. Das Licht der Spätnachmittagssonne wanderte über den roten Fliesenboden und schien warm auf ihre Füße. Unten auf der Straße ratterten die Straßenbahnen den *lungarno* entlang, und der Fluss schwappte gegen die Steinmauern. Die Zypressen schienen schwarz vor dem dunstig goldenen Himmel. »Ein Zimmer mit Aussicht«, seufzte sie.

Als Evelyn später am selben Abend in den Salon kam, überraschte es sie nicht, dass der Drink *du soir* Sherry war und nicht Quina, Wermut oder die knallroten Magenbitter, die üblicherweise zum *aperitivo* gereicht wurden.

Die schweigsamen Frauen, die sie bei ihrer Ankunft gesehen hatte, saßen nebeneinander auf demselben Sofa, im Zwiegespräch mit demselben Geistlichen. Bei näherer Betrachtung fiel Evelyn auf, dass die beiden Frauen Zwillinge waren, nicht mehr ganz jung und beide mit einem Gesichtsausdruck permanenter Fassungslosigkeit.

»Das sind die Brown-Schwestern«, sagte eine korpulente Frau mittleren Alters neben ihr. »Ihre Garderobe macht ihrem Namen meist alle Ehre, er wird ihnen also leicht im Gedächtnis bleiben. Die Schwester auf der Linken ist Bernadette, die andere heißt Blythe. Irgendjemand in der Familie hat wohl Sinn für Humor gehabt. Der Pfarrer ist Reverend Hyndesight – da können Sie sich Ihren eigenen Reim drauf machen. Er ist Protestant. Der Mann, der so hitzig mit dem Russen dort diskutiert, ist Mr Collins. Er sagt allem und jedem den Kampf an – ein Sozialist. Und ich bin Miss Constance Everly. Sie sind mir sofort aufgefallen, und ich habe mir gesagt, dass diese junge Frau möglicherweise noch unsere Rettung sein wird. Wie Sie sehen können«, sagte sie mit einer raumgreifenden Geste, »ist das hier nicht unbedingt die lebhafteste Truppe, die das *Simi* je gesehen hat. Der Tod lauert hinter der Blümchentapete, Miss …«

»Oh, Skinner. Evelyn Skinner.«

Sie gaben sich die Hand.

»Herzlich willkommen, Miss Skinner. Wie reizend, Sie hier bei uns zu haben.«

Und damit wurde die wichtigste Regel für das Zusammenleben in der *pensione*, die verlangte, einen neuen Gast genauestens unter die Lupe zu nehmen, bevor man eine Unterhaltung wagte, prompt über Bord geworfen.

Unversehens machte sich der Geruch von verkochtem Kohlgemüse breit und trieb die Gäste zum Abendessen. »Kindermord in Bethlehem«, psalmodierte Miss Everly und dirigierte die Truppe mit erhobenem Arm nach nebenan, um sich von den Gaumenfreuden erschlagen zu lassen.

Am Esstisch fiel Evelyn auf, dass unsichtbare Schützengräben gezogen worden waren, und war erleichtert, dass man sie neben dem Sozialisten und gegenüber von Miss Everly platziert hatte. Der Pfarrer setzte sich an das Kopfende (natürlich) und Evelyn war dankbar, dass er sein Tischgebet lautlos sprach. Die Brown-Schwestern wollten auf Biegen und Brechen dem Ehepaar Lugg gegenübersitzen, das wiederum einfach nur froh war, ausschließlich mit Engländern an einem Tisch zu sein. Evelyn sah zu dem anderen Tisch und fragte sich, ob die vier Gäste, die auf ihre Suppe warteten, nur eingeschlafen oder schon tot waren.

Der Pfarrer schenkte den Wein aus, und nachdem die Suppenteller abgeräumt waren, betupfte Evelyn sich die Mundwinkel mit ihrer Serviette und antwortete auf die eben gestellte Frage.

»Ich habe ein Zimmer mit Aussicht«, sagte sie mit Nachdruck.

»Ich nicht«, entgegnete Mr Collins. »Ich habe den *cortile*.«

»Ich habe auch eine Aussicht«, sagte Miss Everly, »wie es sich für jemanden meines Standes ziemt.«

»Miss Everly ist Dichterin«, sagte Mr Collins.

»Tatsächlich?«, fragte Evelyn.

»Um für meine Sünden zu büßen.«

»Bei dem Sündenregister …«

»Mr Collins!«

»Laut Ihren Gedichten jedenfalls, Miss Everly.«

»Sie haben meine Werke gelesen?«, fragte Miss Everly.

»Wie könnte ich widerstehen?«

»Miss Skinner«, sagte Miss Everly, »tun Sie mir den Gefallen und beschreiben Sie mir, was Sie gesehen haben, als Sie zum ersten Mal hier aus dem Fenster geblickt haben. Geben Sie mir kühne und mächtige Worte. Trauen Sie sich«, und Miss Everly schloss die Augen, bereit ihren deskriptiven Segen zu empfangen (ihre Worte). Mr Collins drehte sich zu Evelyn und flüsterte ihr ins Ohr: »Das fragt sie jeden, der hier ankommt. Machen Sie es unterhaltsam.«

Evelyn räusperte sich. »Ich habe einen einsamen Ruderer gesehen, der seine Bahnen durch den Arno zog. Die Ausläufer der Berge verschwanden in Schatten, und die Zypressen um San Miniato waren gekrönt von gespenstischem Nebel. In der sanften Abendsonne schienen die Mauern eher golden als ockerfarben zu sein. Überall in der Stadt sprangen Lichter an, die sich eins nach dem anderen auf der Wasseroberfläche niederließen. Und durch dieses Lichterspektakel schlängelte sich der Ruderer. Wasser tropfte von seinen Rudern, und für einen kurzen Moment war ich in diesen Tropfen und fiel in die düstergrünen Tiefen der Geschichte.«

»Sie haben den Raum in Ehrfurcht verstummen lassen«, sagte der Pfarrer.

Die Zwillinge applaudierten.

Die Dichterin lachte. »Sie ist jetzt schon ganz hingerissen! Sie haben sich das Florentinische Fieber eingefangen! Ach, meine liebe Miss Skinner, nun gibt es kein Zurück mehr. Dieses Leuchten in den Augen werden Sie mit ins Grab nehmen. Miss Skinner hat aus Betrachtung Liebe gemacht. Die erste Regel der Kunst! Betrachtung wird zu Liebe. Oh, willkommen, meine Liebe! Willkommen!«

Mr Collins stand auf und füllte reihum die Weingläser. »Pfarrer Hyndesight, welche Freuden erwarten Sie auf der anderen Seite der Fensterläden?«, fragte er. »Aussicht oder *cortile?*«

»*Cortile*«, antwortete der Pfarrer und sehnte das Ende dieses Themas herbei.

»Für uns gibt es Wäscheleinen und tropfende Unterkleider, oder, Herr Pfarrer?«, sagte Mr Collins.

»Also wirklich, Mr Collins«, kam es von den Zwillingen wie aus einem Munde.

»Das macht er absichtlich«, erklärte Miss Everly. »Er schockiert gern.«

»Ich schlage gerne Volten.«

»Chapeau!«, sagte Miss Everly.

»Und was in aller Welt soll das bedeuten?«, fragte der Pfarrer irritiert.

»Die Welt ist im Wandel begriffen«, erwiderte Mr Collins nur. Evelyn sah, wie er das Gemälde von Queen Victoria betrachtete. Er sah mit hochgezogenen Augenbrauen zu Evelyn und formte mit den Lippen die Worte: »Aus Alt mach Neu«.

»Mr Collins ist Philosoph«, sagte Miss Everly.

»Soi-disant«, sagte der Pfarrer zu den Frischvermählten; er hatte vor, sie unter seine weiten, liturgischen Fittiche zu nehmen.

»Humanist«, sagte Mr Collins.

»Humorist«, ergänzte Miss Everly.

Evelyn sah von einem zur anderen, folgte den Gesprächen und merkte sich, wer was und auf welche Weise gesagt hatte.

Alle waren typische Engländer, und sie strahlten eine übertriebene Jovialität aus, als wären sie Passagiere auf einem sinkenden Schiff, die keine Schwimmwesten mehr ergattert hatten.

Miss Everly war ihr ausgesprochen sympathisch, ähnlich wie Mr Collins, der sie an eine jüngere Version ihres Vaters erinnerte. Doch am meisten faszinierte sie das Dienstmädchen, das in der Ecke des Zimmers stand und sie anstarrte. Sie wusste nicht genau, weshalb ihr Herz wie verrückt in ihrer Brust schlug, und dachte anfangs, es läge vielleicht an der Suppe.

»Miss Skinner, Sie sind ja ganz rot!«, bemerkte Miss Everly eher indiskret. »Ist Ihnen heiß?«

»Nein, ich …«

»Das ist der Wein …«

»Womöglich ein leichtes Fieber …?«

»Die lange Reise …?«

»Nein«, widersprach Evelyn. »Ich … Ich bin einfach nur glücklich. Das ist alles. Glücklich, Sie alle kennenzulernen und diesen Moment hier erleben zu dürfen.«

Reziproke Gefühlsbekundungen wurden wie Zuckerkrümel über den Tisch gestreut, bis Pfarrer Hyndesight den Komplimenten mit einer unzeitigen Ankündigung ein Ende setzte. »Ich werde diesen Sonntag in der St Mark's English Church eine Predigt halten. Hat jemand Interesse?«, fragte er. »Irgendjemand?« Glücklicherweise trug das Dienstmädchen in diesem Moment den Eintopf auf und es blieb ihnen erspart, ihm zu antworten.

»Schon wieder Rindereintopf«, seufzte Mr Collins.

»Wir gehen davon aus, dass es Rind ist«, sagte Miss Everly. »Aber ich habe schon seit einer ganzen Weile den Concierge nicht mehr gesehen.«

»Also wirklich, Miss Everly!«, empörte sich der Pfarrer.

»Auf ein Neues, liebe Freunde. Attacke!«, sagte Mr Collins und nahm seinen Löffel – oder war eher die Gabel angebracht? Ein Messer vielleicht? So ging er mit gutem Beispiel voran und mobilisierte die anderen Gäste. Alle bis auf die frischgebackene Ehefrau, die Evelyn im Zug kennengelernt hatte. Signora Cockney hatte speziell für sie eine Mahlzeit aus gekochten Eiern und Crumpets zubereitet – etwas sattsam Bekanntes und, weitaus wichtiger, Linderndes.

Tags darauf schlief Evelyn lange und verpasste die Frühstückspflaumen. Vor dem *Simi* grüßte sie eine Mischung aus heiter bis wolkig mit angenehmen Temperaturen. Sie hatte nicht die Absicht, dem Pfarrer und seinen Gefolgsleuten Gesellschaft zu leisten, sondern blieb auf dem Gehweg stehen und sah zu, wie das Leben an ihr vorüberzog. Glocken läuteten, als Pferdekarren bepackt mit den Wäschesäcken der Hotels an ihr vorbeiruckelten. Auf dem Karren, der aus dem *Simi* gefahren kam, saß hinten ein junger Mann, der brenzlig auf einem Berg Wäsche balancierte. Er winkte ihr zu, und sie winkte zurück.

»Das ist Matteo«, sagte Mr Collins, der neben ihr aufgetaucht war.

Evelyn wandte sich ihm zu und lächelte. Es freute sie, dass Mr Collins den Namen des jungen Mannes kannte. Aber er war ja auch Sozialist.

»Und was haben Sie heute vor, Mr Collins?«

»Ich lasse mich rasieren. Es geht nichts über italienische Barbiere, Miss Skinner. Bis heute Abend!«

Sie beobachtete, wie er dem Wäschekarren hinterherhetzte.

Sie überquerte die Straße und lehnte sich gegen die Ufermauer. Das Wasser im Arno stand niedrig, und die *renaioli* machten gerade Pause. Die Männer schaufelten von morgens bis abends Ablagerungen aus dem Flussbett in Karren und Boote. Vier von ihnen saßen mit Zigarette im Mund da, Hüte in den Nacken und Hemdsärmel nach oben geschoben. Miss Everly hatte ihr erzählt, dass der Schotter von der Aushöhlung der Gebäude am Flussufer kam und die Steine für zukünftige Bauten wiederverwendet würden. »Nichts wird je verschwendet«, sagte sie. »Der Arno ist wie der Ganges, ein Lebensquell. Er gibt, und er nimmt. Kloake und Fischhändler.« Miss Everly wusste alles über die Stadt.

Auf halber Höhe der Ponte Vecchio wurde ihr Blick angezogen von der dunklen Masse des Casentino, der teils verborgen hinter Nebel in der Ferne zu sehen war. Das dicht bewaldete Tal aus schwarzen Bäumen und Wildschweinen, Mythen und Einsiedlern war einst das Zuhause des exilierten Dante gewesen. Auf dem Gipfel des Monte Falterona sprudelte der Arno aus seiner Quelle. Evelyn dachte an das Kloster La Verna und den verlassenen Monte Alverna, der dem Heiligen Franziskus von Assisi geschenkt worden war. An jenem heiligen Ort hatte er die Wundmale Christi und den Segen Gottes empfangen. Es gab Dinge, an die sie nicht glaubte, aber auch solche, an die sie glaubte. Und an Heilige glaubte sie durchaus.

Sie ging weiter nach Norden zur Piazza del Duomo, und als sie ankam, brach die Sonne zwischen den dunklen Wolken hervor, und in Giottos marmornem Campanile schlugen die Glocken. Sie hielt ihre Haube fest und blickte nach oben zu der Kuppel, diesem verlässlichen Wahrzeichen, das man überall in der Stadt erspähen konnte. Seit ihrem siebten Lebensjahr, als sie zum ersten Mal das Skizzenbuch ihres Vaters durchgeblättert hatte …

Eine kleine, kastanienbraune Stute, deren Kopf in einem großen Sack Hafer steckte, begann unvermittelt lautstark zu scheißen. Zwei englische Damen, die zu diesem Zeitpunkt vorbeikamen, wurden unverschämterweise angespritzt, und ihre durchdringenden Schreie ruinierten Evelyns Moment der Hommage.

Unbeirrt ging sie weiter und stieß auf eine reizende kleine Buchhandlung, in der sie eine Ausgabe von Elizabeth Barrett Brownings *Casa Guidi Windows* erstand. Miss Everly hatte versprochen, ihr in der kommenden Woche die Casa Guidi zu zeigen. Gerade als Evelyn bezahlen wollte, sah sie ein dünnes Büchlein in weinrotem Stoffeinband von einer gewissen Constance Everly. Auf dem Buchrücken stand in verblassten Goldbuchstaben der italienische Titel: *Niente* (Nichts). Es führen wahrhaftig alle Wege zur Poesie!

Evelyn setzte sich in ein Café an der Piazza Vittorio Emmanuele und konnte sich nicht entscheiden, welches Buch sie als Erstes aufschlagen sollte. Also entschloss sie sich, dem beliebten Freizeitvergnügen der Europäer zu frönen und die Menschen zu beobachten. Hauptsächlich Frauen, muss dazu gesagt werden. Sie stellte die üblichen Vergleiche an – diese hat schöneres Haar, jene eine sinnlichere Figur und ein freundlicheres Lächeln –, aber irgendetwas störte sie immer, etwas, das mit dem Dienstmädchen zu tun hatte, das ihr heute schon mehrmals über den Weg gelaufen war. Es war nicht unangenehm oder gar aufdringlich gewesen. Um ehrlich zu sein, konnte sie das Abendessen kaum erwarten.

An jenem Abend beschwerte sich der Pfarrer, dass er eine halbe *lira* gezahlt habe, nur um in einem Palazzo, an dessen Namen er sich nicht erinnern konnte, in rauen Mengen minderwertige Kunst zu begutachten. »Barock!«, sagte er und schnalzte verächtlich mit der Zunge. »Die Kunst des schlechten Geschmacks.«

»Der Herr Pfarrer glaubt, Florentiner Kunst endet mit Beginn des siebzehnten Jahrhunderts«, sagte Mr Collins.

»Wie meinen?«, fragte der Pfarrer.

»Sie glauben, dass nach dem sechzehnten Jahrhundert keine echte Kunst mehr geschaffen wurde«, wiederholte Mr Collins etwas lauter.

»Ich sage nur, dass sie ihren Zenit überschritten hatte. Die Stadt hatte sich verändert.«

»Also kein Rubens, kein Velázquez, keine Artemisia …«

»Kein Zuhören, Mr Collins.«

»Mein Vater ist H. W. Skinner, der Maler«, sagte Evelyn.

»Wusst ichs doch!«, rief Miss Everly. »Die Ähnlichkeit ist mir gleich aufgefallen. Ich habe vor Kurzem seine Ausstellung in der Royal Academy besucht.«

»Ich ebenfalls«, sagte Mr Collins.

»Kenne ich vielleicht Arbeiten von ihm?«, fragte Pfarrer Hyndesight.

»Das bezweifle ich, Herr Pfarrer. Viele Akte. Und nicht unbedingt prüde.«

»Er hat auch Landschaftsansichten gemalt«, sagte Evelyn.

»Und Akte in Landschaften.«

»Welches Werk war das?«

»*Nach Titian.*«

»Zu seinen Einflüssen zählt vor allem der Post-Impressionismus, habe ich gelesen«, verkündete Mr Lugg stolz.

»Ja«, erwiderte Evelyn. »Besonders Cézanne. Ich habe ihn kennengelernt.«

»*Schlafende Venus*. Das ist es«, warf Miss Everly ein.

»Ach, das haben Sie wirklich?«, fragte Mrs Lugg.

»Wie war er so?«, fragte Mr Collins.

»Titian?«, entgegnete der Pfarrer verwirrt.

»Cézanne«, berichtigte Mr Collins.

»Französisch«, antwortete Evelyn, und alle erwiderten: »Ah!«, als ob diese Beschreibung ausreichend wäre.

Evelyn lehnte sich zurück und dachte: *Was für eine lebhafte Gesellschaft wir doch sind.*

Sie nahm die anderen Gäste in Augenschein, die still dasaßen und mit ihrer Suppe kämpften. Sie fragte sich, ob sie zurechtkommen würden, sollte man ihnen etwas zu kauen servieren.

Als sie mit dem Essen fertig waren, begann das Dienstmädchen, das Geschirr abzuräumen. Sie ging reihum und stand schließlich hinter Evelyn, die den sanften Druck ihres Körpers spürte. Ein leichter Schweißgeruch stieg ihr in die Nase, als das Mädchen sich über ihre Schulter beugte. Evelyn konnte den Blick nicht von ihr abwenden. Und als die Hand des Dienstmädchens nach den am weitesten entfernten Tellern griff, schimmerten in dem Kerzenschein die dunklen Härchen auf ihrem Arm. Evelyn war wie benommen. Ein leeres Glas wurde umgeworfen, Evelyn und das Dienstmädchen griffen beide instinktiv danach, und ihre Hände berührten sich für einen kurzen Augenblick. Sie sahen sich an. »*Vi chiedo scusa*«, sagte das Dienstmädchen und zwinkerte Evelyn verstohlen zu. Evelyn versuchte ihr Lächeln zu verbergen, jedoch ohne Erfolg.

»Einen Penny für Ihre Gedanken, Miss Skinner«, sagte der Pfarrer.

»Äh«, erwiderte Evelyn und versuchte Zeit zu schinden. »Ich habe nächste Woche Geburtstag. Kann ich das so sagen, oder war das …?«

»Selbstverständlich können Sie das«, bestätigte Miss Everly.

»Ich werde einundzwanzig«, sagte Evelyn.

»Einundzwanzig!«

»Vielleicht könnte uns die Signora einen Braten zaubern«, sagte der Pfarrer.

»Einen Braten?«, erwiderte Evelyn. »Ich hatte mir etwas Authentischeres erhofft. Vielleicht könnten wir in eine bei den Einheimischen beliebte Trattoria gehen.«

Ein delikater Magen, der in den kulinarischen Weiten der Grafschaften Englands zu Hause war, bekundete grollend seinen Protest.

»Ich weiß, wo wir hingehen«, sagte Mr Collins. »In die Via Tornabuoni. Offene Küche, Holzkohleofen, von Hand geschürt. Funkenflug, so weit das Auge reicht.«

Mr Lugg sagte, er und seine Frau würden sie nicht begleiten können, sollte der dubiose Charme einer unleserlichen italienischen Karte über die Unbedenklichkeit englischer Verpflegung triumphieren.

»Wir müssen in der Nähe der *pensione* bleiben. Sie verstehen, die Verfassung meiner Frau.«

»Ich verstehe«, erwiderte Evelyn.

Die Bemerkung verbreitete sich wie ein Lauffeuer, und Mrs Luggs Verfassung wurde natürlich als Schwangerschaft verstanden.

In den kommenden Tagen folgten verhaltene Kommentare. »Wie geht es Ihnen, Mrs Lugg? Ist Ihnen ein wenig übel?«

»Ein bisschen«, erwiderte die arglose Frischvermählte.

»Aber Sie sind bestimmt hocherfreut?«

(Das verwirrte sie.)

»Ist es das erste Mal?«

»Nein, ich hatte einen kleinen Anfall in Venedig.«

Später lag Evelyn in ihrem Zimmer im Bett; die Ereignisse des Abends ließen sie schwindeln und raubten ihr den Atem. Diese Anziehungskraft, die das Dienstmädchen auf sie ausübte. Die Anziehungskraft, die sie auf das Dienstmädchen ausübte. Das Leben offenbarte sich ihr auf außergewöhnliche Weise. Sie konnte immer noch Stimmen unten im Salon hören. Gedämpftes Gemurmel gefolgt von Gelächter. Sie wusste, dass, nachdem sie sich zurückgezogen hatte, die Unterhaltung sich zweifellos auf ihren Vater und seine Geliebten sowie die sogenannten ›Arrangements‹ in der Ehe ihrer Eltern gerichtet hatte. Wie zur Bestätigung, hörte sie Schritte auf der Treppe, das Wort ›Geliebte‹ und ›die Familie der Mutter hat Geld‹. Sie rollte sich auf die Seite und versuchte zu schlafen.

Tags darauf: Regen. Rauchgeruch machte sich in Evelyns Zimmer breit, als unten im Salon das Kaminfeuer geschürt wurde.

Evelyn schrieb einen Brief an ihren Vater:

Liebster Vater,
letzte Nacht wurde ich von einem äußerst dramatischen Sturm geweckt. Blitze zersplitterten den Himmel, und bis zum Morgen hatte der Arno sich in einen reißenden Strom verwandelt. Ich fürchte, die Sandgräber werden heute Morgen nicht arbeiten können. Sie werden mir fehlen. Ich muss an das verheerende Hochwasser von 1333 denken …

Evelyn legte ihren Stift zur Seite. Sie hatte nicht viel zu sagen über das verheerende Hochwasser von 1333. Sie stand von ihrem Schreibtisch auf und ging durch das Zimmer. Der Himmel war violettgrau gemasert, aber die Sonne strengte sich an, die Wolkendecke zu durchbrechen. Sie öffnete das Fenster und streckte ihre Hand aus. Es hatte aufgehört zu regnen, sie konnte keine Zeit verlieren. Sie setzte ihren Hut auf, raffte ihren Rock und rannte die Treppe hinunter, direkt in die Arme des Dienstmädchens. Bettwäsche dämpfte ihren Fall, Gelächter ihre Verlegenheit. Sie waren sich so nahe, es wäre unhöflich gewesen, sich nicht zu küssen, doch …

»*Perdonatemi.*« »Nein, mir tut es leid. Es war meine …«

»Wasn hier los?«, fragte Signora Cockney und stapfte auf sie zu.

»Es war meine Schuld, *signora*«, sagte Evelyn. »Ich habe nicht aufgepasst, wo ich hinlaufe.«

»Bisschen Zurückhaltung, Liebes«, sagte die Signora und ging zum Wäscheschrank.

Die beiden jungen Frauen schwiegen. Sie sahen der Signora hinterher und wieder allein verloren sie ihre Befangenheit. Sie hielten sich an den Händen, und um sich diese Tatsache zu bestätigen, verstärkten sie beide leicht den Druck. Sie stellten sich vor (Livia, Evelyn) und verabschiedeten sich. Evelyn blieb bei der Tür stehen und sah sich um. Sie verabschiedete sich noch einmal und eilte hinaus, benommen, aufgedreht und so glücklich wie nie zuvor in ihrem Leben. Als sie in Richtung Uffizien loslief, wusste sie, dass sie an der Schwelle ihres bisher aufregendsten Abenteuers stand.

»Miss Skinner!«

(Es war Miss Everly.)

»Hallo«, sagte Evelyn.

»Sie strahlen ja über das ganze Gesicht. Das hat Florenz so an sich. Die Stadt durchdringt uns mit allen möglichen …«

»Du meine Güte«, sagte Evelyn und hielt sich die Nase zu.

»Ach ja, der Geruch von Florenz. Müll und Verfall. Das sind die *pozzi neri*, die vom Regen aufgewühlt werden. Riesige, unterirdische Behälter von dem Zeug, die überlaufen, bis ihre Präsenz plötzlich nach oben dringt. Aber man kommt schließlich nicht nach Italien für Nettigkeiten, man kommt, um zu leben. Aus Leidenschaft! Wohin treibt es Sie an diesem schönen Tag, Miss Skinner?«

»Hierher. In die Uffizien.«

»Ach, so ein Zufall! Mich auch. Hätten Sie gerne etwas Gesellschaft? Und eine sehr enthusiastische Fremdenführerin?«

»Es wäre mir ein Vergnügen«, erwiderte Evelyn.

Als sie auf den Eingang zugingen, bemerkten sie eine lebende Statue, deren halbnackte Anwesenheit von einem Windstoß, der unter ihren feuchten Lendenschurz fuhr, nachdrücklich zur Schau gestellt wurde.

»Ich dachte, es wäre eine echte Statue«, flüsterte Evelyn. »Wer soll das sein?«

»Michelangelo.«

»Woher wissen Sie das?«

»Die Pose. Eher weibisch. Außerdem das Rundbild vor seinen Füßen. Ein schlechtes Imitat der Heiligen Familie. Ein Zinnbecher scheint mir angemessener, um Münzen zu sammeln.«

»Soll ich ihm eine *lira* geben, Miss Everly?«

»Das werden Sie nicht tun! Halten Sie sich ans Kupfer, Miss Skinner. Höchstens ein paar *centesimi*. Es ist ja nicht so, dass der Mann Schwerstarbeit leistet.« Mit diesen Worten gingen sie an ihm vorbei und betraten das Gebäude.

Am Fuß der Treppe sagte Miss Everly: »Sie werden heute eine Menge Verkündigungen zu Gesicht bekommen, Miss Skinner. Viele Anbetungen der Könige, Kreuzabnahmen, und nicht zu vergessen Geißelungen Christi. Und wir werden heute einen Überfluss an Ekstase sehen, und nicht nur der spirituellen Art. Aber wie ich merke, sind Sie eine Frau von Welt.«

»Das bin ich allerdings«, bestätigte Evelyn.

»Sehr gut«, sagte Miss Everly und raffte ihren Rock. »Ich hoffe, Ihre Knie machen Ihnen keine Probleme, Miss Skinner?«

»Oh, nein«, antwortete Evelyn. »Die Beine habe ich von meiner Mutter. Belastbar und italienisch. Sie wurde noch von keinem Heiligen in die Knie gezwungen.«

»Hervorragend! Nun denn, *avanti*, die Treppe hinauf.«

Auf dem Weg nach oben sprachen sie nur wenig. Als sie angekommen waren, schlug Miss Everly vor, gleich in die Tribuna zu gehen.

Auf dem Korridor kamen sie an zahllosen Büsten vorbei: Apollo, Ceres, Tiberius und viele andere römische Antiken, wobei Miss Everly das Mienenspiel sowie Anomalien in den Gesichtszügen kommentierte. »Voller Unentschlossenheit, dieses Gesicht. Sieht aus, als könne er sich nicht einmal im Restaurant für ein Gericht entscheiden, geschweige denn ein Heer befehligen.« Als sie zu Herkules und Nessus kamen, erklärte Miss Everly, dass die Statue von Giovanni da Bologna in der Loggia dei Lanzi dieser hier bei Weitem überlegen sei. »Hier entlang!«, rief sie. »Ah, Masaccios *Madonna mit*

Kind – so zerbrechlich, so… Oh, der Filippo Lippi. Wieder eine *Madonna mit Kind.* Aber dieses Mal nur mit zwei Engeln zur Abwechslung. Botticelli war sein Schüler, Miss Skinner. Können Sie den Einfluss erkennen?«

»Ich …«

(Doch das war nur eine rhetorische Frage.)

»Kommen Sie!«, sagte Miss Everly. »Im Botticelli-Zimmer gibt es ganz liebliches Haar zu sehen.«

Und damit gingen sie ins Botticelli-Zimmer.

Sie standen vor einem Gemälde und begutachteten es mit kritischem Blick.

»Und?«

»Sie sieht aus, als ob sie sich langweilt«, sagte Evelyn. »Als Madonna hat man es wahrscheinlich nicht leicht.«

»Eine äußerst undankbare Rolle«, erwiderte Miss Everly. »Und doch ist sie das Idealbild der italienischen Frau. Nun, der Granatapfel, Miss Skinner, symbolisiert …?«

»Ewiges Leben? Wiedergeburt?«

»Korrekt. Er ist außerdem die Frucht vieler Legenden.« Miss Everly sah sich um und fuhr mit gesenkter Stimme fort: »In der griechischen Mythologie wuchs der Granatapfel aus dem Blut von Agdistis' verletztem …«

Evelyn neigte sich vor, um besser zu hören. »Seines verletzten was, Miss Everly?«

Miss Everly sah sich wieder um und sagte: »Penis, Miss Skinner.«

Eine Gruppe Touristen, die in der Nähe war, sog erschrocken die Luft ein.

»Agdistis war ein lüsterner, junger Gott; er war gewalttätig und eher unsympathisch. Der gute alte Dionysos war verantwortlich dafür, dass Agdistis seine Genitalien verlor, und in dem Blut wuchs daraufhin wie gesagt der Granatapfelbaum. Eine hungrige Nymphe kam vorbei, aß die Frucht und wurde davon schwanger. Ergo, ein Symbol der Fruchtbarkeit. So etwas lernt man nicht aus dem Baedeker. Folgen Sie mir, meine Liebe!« Sie marschierte voraus. »Ich bin nicht zu schnell für Sie, oder?«

»Oh nein, aber nicht doch«, erwiderte Evelyn.

»Noch eine *Annunziazione!*«, verkündete Miss Everly. »Hallo, Gabriel, hallo, Maria. Und hier wären wir auch schon. La Tribuna. *Scusate, Americani, scusate.* Sie stehen irgendwie immer im Weg herum. Die bedeutendsten Juwelen aus der Sammlung der Medici, Miss Skinner. Nur die Kuppel für sich ist schon ein Wunder: besetzt mit Tausenden wertvollen Muscheln, die von Handel und Gewerbe an weit entfernten Ufern flüstern. Der Marmorboden, der rote Samtmantel der Wände. Wie viele Gedichte und Liebeserklärungen dieser Raum wohl hervorgebracht hat? Wie viele Versprechen aus tiefster Seele, sich zu bessern, hier, wo Schönheit und Dankbarkeit Hand in Hand gehen. Das hier ist Nahrung für die Seele, Miss Skinner.«

Die Enge des Raums sandte sie in verschiedene Richtungen, und Evelyn war froh, einen Moment für sich zu haben. Der Anblick so viel weiblichen Fleisches hatte durchaus eine positive Wirkung auf ihren Körper, allerdings machte er sie auch etwas benommen. Es gab zwei Ausführungen der Venus, die ihr Herz in Flammen aufgehen ließen: zum einen die geschwungene Rückenlinie von Carraccis Venus über zwei prallen Pobacken, die aus den Falten eines auf die Hüften gerutschten Stofftuchs hervorspitzelten. Die Putte, die ihre Zunge herausstreckte, machte sie jedoch etwas verlegen, und sie ging weiter.

Miss Everly gesellte sich wieder zu ihr, als sie vor Titians *Venus von Urbino* stand. »Früher hatte man es mit einer Schiebewand verdeckt, um ihre Nacktheit zu kaschieren. Ein ziemlicher Verlust.«

Evelyn war froh, dass es nicht mehr verdeckt war.

Auf dem Ostkorridor trafen sie auf einen Malkurs. »Hier gibt es nichts zu sehen, außer kindischen Enthusiasmus«, sagte Miss Everly, während sie Evelyn mit energischen Schritten an einem Rubens vorbeizog. Sie kamen an einer Gruppe schwerfälliger Amerikaner vorbei, die etwas von Cara-va-dschioo murmelten, und Miss Everly flüsterte: »Aus-spra-che«, und schob sich an ihnen vorbei. »Seit Henry James bilden sie sich ein, Florenz gehöre ihnen.« Sie führte Evelyn in den nächsten Raum und sagte mit einer überschwänglichen Geste: »Caravaggio.« Ganz so, als ob sie selbst den Künstler entdeckt hätte.

»Was empfinden Sie, Miss Skinner?«

Evelyn fragte sich, ob es überhaupt eine richtige Antwort gab.

»Entsetzen. Schönheit«, erwiderte sie.

»Da haben Sie recht. Sehen Sie, hier – folgen Sie der Erzählung des Lichts zu der Szene im Hintergrund. Oh, nein, nein, nein«, unterbrach sie sich plötzlich und blickte zu einem Amerikaner zu ihrer Linken. »Was dieser Herr dort erzählt, hat weder Hand noch Fuß. Caravaggio kam aus dem Manierismus und stürzte sich voller Wut und Drama in einen reformierten Klassizismus. Für seine Kollegen war er ein Schlag ins Gesicht. Sehen Sie, hier …«

»Schatten, Schmerz, Dunkel, Licht. Sprechen Sie mir nach, Miss Skinner.«

»Schatten, Schmerz, Dunkel, Licht.«

»Ganz genau«, sagte Miss Everly, und sie marschierten weiter zum nächsten Raum, während ein verdatterter Tourist in seinem abgegriffenen Baedeker nach einem Hinweis auf ihr Mantra suchte.

Als Müdigkeit und Hunger sie überwältigten, legten sie eine Pause an einem geöffneten Fenster ein und ließen ihren Blick unkritisch über die Stadt schweifen.

»Florenz sucht ihresgleichen, denken Sie nicht?«, sagte Miss Everly. »Gebrannte Umbra, Ocker, Naturfarben. Graue und braune Fensterläden. Der Arno immer grün. Die Farbpalette der Stadt.«

»Ich bin zum ersten Mal in Florenz, Miss Everly. Es gibt so viel zu sehen, und ich bezweifle, dass ich genug Zeit habe, um …«

Miss Everly bremste sie mit erhobener Hand. »Sie werden wiederkommen, meine Liebe. Wir alle kommen wieder.«

»Erinnern Sie sich noch an Ihr erstes Mal hier?«

»Na, und ob! Vom Saulus zum Paulus hat es mich gewandelt. Die

Stadt mochte vielleicht eine Sprache sprechen, die ich nicht verstand, aber hier drin« – sie griff sich an die Brust – »verstand ich ganz genau, was sie sagte.«

»Und das war …?«

Miss Everly spreizte vier Finger und sagte: »Ich. Werde. Dich. Verzaubern.« (Bei dem ›Dich‹ drückte sie mit dem Finger sachte auf Evelyns Herz.) »Öffnen Sie sich. Dinge geschehen hier, wenn man es nur zulässt. Wunderbare Dinge, Miss Skinner. Wenn Sie es am wenigsten erwarten. Sind Sie bereit, Dinge geschehen zu lassen, meine Liebe?«

»Oh ja«, antwortete Evelyn. »So bereit wie noch nie.«

»Liebe den Körper, und die Seele wird folgen.«

»Haben Sie das geschrieben?«

»Leider nein. Wahrscheinlich die Griechen. Es klingt nach den Griechen.«

Ihre nächste Anlaufstation war ein Raum voller Statuen. »Niemand Bemerkenswertes hier«, sagte Miss Everly.

Es war vielleicht einer der letzten Ausstellungsräume vor dem Ausgang, doch für Evelyn war es eine Offenbarung. Miss Skinners Stimme tönte im Hintergrund: »Vielleicht Kleopatra? Oder Ariadne? Es könnte sogar Sappho sein… Aber der Arm – irgendwie sonderbar.«

Doch Evelyn kümmerte sich nicht um den Arm oder wer der Bildhauer gewesen war oder wer dargestellt wurde. Es war die Schönste aller Frauen, ausgestreckt mit dem Gesicht nach unten liegend und nackt – vollkommen, so wie sie war. Meeresrauschen toste in ihren Ohren. Brüste linsten verstohlen aus Marmorfalten hervor – die Brustwarzen so echt – und ihr betörender Anblick erfüllte Evelyn mit purer Lebenslust. Wach. Lebendig. Und wahr.

»Miss Skinner! Sie sind so blass. Aus dem Weg, aus dem Weg! *Scusate, Americano*, bitte, *scusate!* Beeilen Sie sich bitte, machen Sie Platz. Haken Sie sich bei mir unter, Miss Skinner. Kommen Sie. Das ist die Schönheit. All diese Schönheit. Wir Engländerinnen sind der Gnade der Muse ausgeliefert. Ich war tagelang bettlägerig, als ich das erste Mal den del Sarto gesehen habe.«

Sie führte Evelyn zu einem Stuhl und einem erfrischenden Glas Wasser. Keine der beiden sprach. Es war ein zu erhebender Moment.

Abends ließ Evelyn das Essen ausfallen. Zettelchen mit Nachrichten von Miss Everly wurden unter ihrer Tür durchgeschoben, und sie genoss es, von dem Fauxpas der Luggs zu lesen, die den Namen eines deutschen Grafen nicht hatten aussprechen können.

Als sie kurz davor war einzuschlafen, klopfte es an der Tür. Sie öffnete und fand sich Angesicht zu Angesicht mit dem Dienstmädchen Livia wieder. Sie hielt eine Schüssel mit frischem Wasser in den Händen. Livia ging an ihr vorbei ins Zimmer und stellte die Schüssel auf der Kommode ab. Sie drehte sich um und lächelte Evelyn an. »Is dein Geburtstag bald«, sagte sie in gebrochenem Englisch mit überraschendem Cockney-Akzent.

»Ja«, erwiderte Evelyn, »stimmt.«

Am Abend ihres Geburtstags war Wermut das Getränk *du soir.* Wermut! Man stelle sich bloß vor! Miss Everly sprach einen Toast auf einundzwanzig Jahre Lebenszeit aus – alles in Versform, versteht sich –, bevor sie Evelyn ins Esszimmer führte, in eine exquisit gestaltete Szenerie aus Kerzenlicht und Düften. Gebrochene Rosmarinzweige schmückten Bilderrahmen und waren in Stuhllehnen geflochten worden, und die kleinen, blauen Blüten komplementierten die Veilchen, die längs aufgereiht in der Mitte des Tisches standen. Der Geruch war festlich und berauschend.

Evelyn setzte sich, und Livia kam lächelnd aus der Küche. Sie stellte sich hinter Evelyn, schüttelte ihre Serviette auf und legte sie ihr langsam und verführerisch auf den Schoß. Sie tat dasselbe für Miss Everly, allerdings nicht mit demselben haptischen Vergnügen. Die anderen Gäste kamen herein und bestaunten die Authentizität und *bellezza* ihres italienischen Abends. Pfarrer Hyndesight war ganz überwältigt und sprach ein Tischgebet, noch bevor er sich setzte. Mr Collins rief: »Na also, das ist doch schon besser!«, und nahm Evelyn gegenüber Platz. Er griff nach der Weinflasche und begann, die Gläser in seiner näheren Umgebung zu füllen.

Als das Kaninchen mit weißen Bohnen und Blattgemüse serviert wurde, war man zu beiden Seiten Evelyns in ein Gespräch vertieft, und sie tat sich schwer, auch nur einem der beiden zu folgen.

Zu ihrer Linken genoss Miss Everly eine hitzige Diskussion mit einem Amerikaner, der Henry James studierte: die Wirkung, die seine Anwesenheit in Florenz gehabt hatte, und die Wirkung, die Florenz auf ihn gehabt hatte. Miss Everly hasste ihn ab der ersten Minute.

»Aber nein!«, sagte Miss Everly gerade. »Da bin ich völlig anderer Meinung. Die Streitigkeiten zwischen Ghibellinen und Guelfen waren im Kern ein Kampf zwischen Papst und Kaiser – und hier in Florenz ein legitimer Machtkampf zwischen Familien. Völlig unnötig, und er führte zur Exilierung meines geliebten Dante. Er kam nie darüber hinweg. Und ich, um ehrlich zu sein, auch nicht.«

Zu ihrer Rechten hatte der Pfarrer ihr gerade eine Frage gestellt.

»Miss Skinner?«, wiederholte er. »Können Sie eines nennen? Ein Element der Transformation?«

Evelyn überlegte einen Augenblick. Livia strich an ihr vorbei, was ihre Nervenbahnen Funken sprühen ließ, und für einen Sekundenbruchteil flackerten selbst die Kerzen erregt. *»Il calore è un elemento di trasformazione«*, antwortete Evelyn und blickte zu Livia, die angefangen hatte, den Tisch abzuräumen. »Hitze ist ein Element der Transformation«, sagte sie.

»Hitze? Interessant. So wie Sie es sagen, hört es sich sehr positiv an«, sagte Mr Lugg. »Hitze verwandelt mich üblicherweise in einen keuchenden Klumpen. Daher reisen wir ausschließlich im Herbst und Winter. Ich musste wegen der Hitze das Angebot eines Postens in Indien ausschlagen.«

»Nicht nur wegen der Hitze, Liebling«, wandte Mrs Lugg ein.

»Nein, nein. Nicht nur wegen der Hitze.«

Sie blickten ihre Tischnachbarn erwartungsvoll an, in der Hoffnung, in ihrem Vorurteil und ihrer Engstirnigkeit bestätigt zu werden.

»Ach, das ist doch reizend«, sagte Miss Everly plötzlich, ignorierte den Amerikaner und widmete sich ganz der Diskussion. »Einfach ausgedrückt, Miss Skinner, plädieren Sie dafür, weniger Kleidung zu tragen?«

»Das tue ich«, erwiderte Evelyn. »Je weniger, desto besser. Was das für einen Unterschied für den Körper machen könnte. Der Verlust des Gewichts. Die Leichtigkeit auf der Seele, die Bewegungsfreiheit. Sich eines Ballasts zu entledigen: Das ist für mich transformativ.«

»Wir erinnern uns nur allzu gut an die steifen Korsette«, sagten die Brown-Schwestern. »Als wir aufgehört haben sie zu tragen, hatten wir überhaupt keine Kraft mehr im Rückgrat und sind immer wieder vornübergekippt.«

»Die Knochen werden zu Gelee«, sagte Mr Collins.

»Es ist eine unumstößliche Tatsache, dass die Hitze der europäischen Sonne uns Reisende dazu bringt, den englischen Tweed abzustreifen und die in milderen Gefilden üblichen Stoffe anzulegen. Leichtere Kleidung, leichtere Intuition. Je leichter der Körper, desto leichter der Geist. Ich verspüre hier auch einen gewissen Drang, Hosen zu tragen«, sagte Miss Everly.

»Gütiger Himmel!«, riefen die Zwillinge. »Hosen?«

»Ja, Hosen, Miss und Miss Brown. Den intimsten Teil meiner Anatomie fest umschlossen zu wissen, würde mir ein überwältigendes Gefühl von Freiheit bescheren.«

Evelyn merkte, dass die Gäste am anderen Tisch aufgehört hatten, ihre Suppe zu schlürfen, und zu ihnen herübersahen.

»Wieso haben Sie das Bedürfnis, Hosen zu tragen, Miss Everly?«, fragte Mr Lugg.

»Weil ich das Bedürfnis habe, entschlossenen Schrittes voranzuschreiten, Mr Lugg. Zu gehen, wie ein Mann gehen würde. Mit all den Vorteilen. Ich muss dabei nicht Frau sein, denn ich wünsche mir, die männlichen Blicke abzuwehren und mich so problemlos wie ein Mann durch die Stadt zu bewegen. Ich möchte die Stadt mit den Augen eines Mannes sehen. Eine Dichterin ist eine Gestaltwandlerin, verstehen Sie?«

»Eine was?«, fragte Blythe Brown.

»Eine Selkie«, sagte Miss Everly. »Von Robbe zu Mensch, von einem Augenblick zum nächsten. Ich schwimme im Ozean, um die unergründlichen Tiefen zu erforschen – die wogenden Gefühlswallungen –, um dann in all meiner Menschlichkeit demütig aufzutauchen und in einer Handvoll Zeilen die Myriade von Geschichten zu erzählen, die ich erleben durfte. Von den Welten zu erzählen, die ich bereiste, von den Schlachten, die ich schlug wie Odysseus.«

»Sagte sie nicht gerade, sie wäre eine Robbe?«, erkundigte sich eine der Browns.

»Keine echte Robbe«, erklärte Evelyn.

»Warum hat sie es dann gesagt?«

Glücklicherweise kam die Unterhaltung zu einem abrupten Ende, als einer der Herren am Nebentisch sich an einem Stück Kaninchen verschluckte. Mr Collins war sofort zur Stelle.

»Aus dem Weg, aus dem Weg.«

Er stellte sich hinter den Gentleman, der mittlerweile blau angelaufen war, umfasste sein Abdomen mit beiden Armen und drückte kräftig zu. Das delinquente Stück Fleisch schoss aus seinem Mund und Queen Victoria genau zwischen die Augen.

Lähmendes Schweigen senkte sich über den Speiseraum. Evelyn fragte sich, ob ihre Geburtstagsfeier hier ein Ende nehmen würde. Miranda Lugg, die den Vorfall, wie so vieles, falsch verstand, sagte mit erhobener Stimme zu dem Gentleman: »Sie widern mich an.«

Man kann durchaus sagen, dass dieses Nahtoderlebnis die bisher heitere Stimmung des Abends etwas dämpfte. Doch die Brown-Schwestern nutzten die Gunst dieser unfreiwilligen Unterbrechung und schlugen eine musikalische Einlage in Form eines Duetts vor, das sie geschrieben hatten, als der Erste Opiumkrieg auf seinem Höhepunkt war.

»Frisch, fromm, fröhlich, frei«, sagte Mr Collins.

»Ich kenne die Schwestern Brown seit vielen Jahren, Mr Collins, und ich kann Ihnen versichern, dass niemand besser im Duett singt als die beiden«, sagte der Pfarrer. »Wir können uns glücklich schätzen. Miss Everly? Nach Ihnen, bitte.«

Miss Everly stöhnte und trank ihr noch volles Weinglas in einem Zug aus.

Evelyn wartete, bis der Speiseraum sich geleert hatte.

»Kommen Sie denn nicht mit, Miss Skinner?«, fragte Mr Collins.

»Gleich, Mr Collins. Ich …«

»Ich verstehe, Miss Skinner«, und er lächelte dieses Lächeln, das er ihr gegenüber seit Kurzem ständig zeigte, und ging aus dem Zimmer.

Verlegen stand Evelyn am Tisch und spielte mit einem Rosmarinzweig; ihre Wangen glühten, und sie war leicht angetrunken. Sie hatte sich gerade entschieden, in die Küche zu gehen, als Livia im Zimmer erschien. Reglos standen sie sich gegenüber und blickten sich tief in die Augen. Die Luft zwischen ihnen vibrierte spürbar. Evelyn zögerte. »Ich«, setzte sie an. »*Io*«, noch einmal auf Italienisch. »So ein schönes Geschenk hat mir noch nie jemand gemacht. Danke, Livia.« (Ach, wie gut es sich anfühlte, ihren Namen zu sagen!) »Danke für all das hier. Ich werde mich immer daran erinnern. Und ich werde immer davon erzählen – bis ich alt und runzlig bin.«

Livia musste lachen.

»Bestimmt, das werde ich. Mich immer daran erinnern«, sagte Evelyn. »Denn wenn ich etwas mag, dann mag ich es sehr und will es nie mehr loslassen. Ich will nicht, dass das hier zu Ende geht.« Sie trat näher. Und noch näher.

Livia lachte. »Nichts muss enden«, und sie beugte sich über den Tisch und pflückte ein Veilchen, um es Evelyn zu geben. »Für dich«, sagte sie.

Evelyn beeilte sich in den Salon zu kommen und sah, dass zwischen Mr Collins und Miss Everly noch ein Platz frei war.

»Sie strahlen ja förmlich«, sagte Miss Everly.

»Mir ist nur ein bisschen heiß«, erwiderte Evelyn.

»Aber Hitze ist doch ein Element der Transformation, oder etwa nicht?«, sagte Mr Collins und zog beide Augenbrauen hoch.

Mitternacht. Evelyn war einundzwanzig Jahre und eine Minute alt. Die Lichter einer Straßenbahn flackerten für einen Moment durch ihr Zimmer. Sie wickelte ihr Taschentuch auf und betrachtete die lila Blume, die in der Mitte des weißen Quadrats lag. Sie öffnete ihren Baedeker, legte sie zwischen die Seiten und klappte das Buch zu. Dann hob sie es an die Lippen und küsste es. Sie konnte nicht wissen, dass es bloße zwei Tage dauern würde, bis ihr Kuss von dem Buch auf einen Mund übergehen sollte.

Es war Nachmittag, und Evelyn war auf ihrem Zimmer, träge vom Mittagessen. Der Klang einer Geige lockte sie ans Fenster, und da entdeckte sie Livia unten auf dem Gehweg. Evelyn rannte die Treppe hinunter, Haube verrutscht, Knöpfe offen, Haare verstrubbelt.

»Ich habs eilig, Miss Everly!«

»Flieg frei wie ein Vogel, mein süßes Kind!«

Und schon war sie draußen, rannte am Ufer des Arno entlang, den Rock mit beiden Händen hochgerafft, zwischen Handkarren und Wäschereijungen und Straßenmädchen hindurch, zwischen Hunden und Priestern und Nonnen, Waschfrauen und Touristen, und die ganze Zeit rief sie dabei ihren Namen …

Livia blieb stehen. Sie drehte sich um und lächelte.

Zusammen gingen sie am Fluss entlang Richtung Osten und vorbei an den Sandgräbern. Sie fanden genügend Abgeschiedenheit. Betraten nasses Ufer im Schatten einer Brücke und wandten sich einander scheu zu. Hand auf Wange – Finger, Mund. Und dann ihr Kuss, denn die Augen der Stadt ruhten nicht auf ihnen. Es war Evelyns erster Kuss. Sie hielt ihre Haube fest, als ein Windstoß sie ihr vom Kopf lüpfen wollte. Leise Glocken sprachen die Stunde. Doch wie spät? Zeit stand still. Der leise Zauber einer Verlockung flog und peitschte Wasserwellen zu ihren Füßen.

In der Zeit, die sie benötigten, um zur *pensione* zurückzukehren, fand innerhalb dieser alten, voreingenommenen Mauern ein außergewöhnlicher Wandel statt. Die Liebe war ihnen vorausgeeilt und hatte Wohlwollen und Heiterkeit gestreut. Die dunklen Mahagonimöbel hatten italienischen Charme angenommen, und Signora Cockneys Aussprache war wider Erwarten so sauber wie die unbefleckte Empfängnis. Es würde zum wiederholten Male keinen Eintopf zu Abend geben, und sogar Pfarrer Hyndesight übte sich in Barmherzigkeit, indem er Mr Collins zu einem bevorstehenden Opernabend einlud. Und Miss Everly? Kurz gesagt: Sie schrieb ihre besten Gedichte seit Jahren. Das Wetter hatte sich ebenfalls von den zärtlichen Umarmungen beeinflussen lassen. Die Sonne schien mit frischem Elan, und ihr langer, warmer Atem blies zum Angriff auf den halbherzigen Herbst; die Sterne funkelten heller, und sogar der Vollmond schien verliebt.

Die Liebe strahlte grenzenlos an jenem Tag. Wenn das Licht im richtigen Winkel auf die Piazza Santa Croce fiel, hätte man beinahe glauben können, dass Dante lächelte, als er eine junge Frau namens Evelyn zu einer anderen namens Livia sagen hörte: »Von dir lerne ich, und aus dir wachse ich.«

Sie verloren keine Zeit, bevor sie von Küssen zu etwas anderem übergingen. Es geschah an dem Abend, für den der Pfarrer einen Theaterbesuch geplant hatte – eine Aufführung von Spontinis *La Vestale*.

»Ich habe gehört, es soll genauso gut sein wie die Covent-Garden-Produktion«, verkündete er eines Morgens am Frühstückstisch.

Evelyn wusste, dass der Theaterbesuch mit Livias freiem Abend zusammenfallen würde, also hatten die beiden vereinbart, dass Evelyn sich am Ende des zweiten Akts unter einem Vorwand entfernen und Livia irgendwo in der Nähe im Dunkeln auf sie warten würde. Die Täuschung war dramatisch genug, wer brauchte schon Opern?

Die Musiker des Orchesters stimmten ihre Instrumente, und Evelyn drückte sich seitwärts durch die Reihe im dritten Rang, von wo aus Miss Everly ihr enthusiastisch zuwinkte. Mr Collins war noch nicht eingetroffen, und sein leerer Platz erzürnte den Pfarrer sichtlich. Er saß im ersten Rang, zusammen mit den Luggs, den Browns und einem amerikanischen Paar, das er in San Lorenzo vor einer Bande streunender Katzen gerettet hatte. Das Publikum war ziemlich ausgelassen – kein bisschen wie in Covent Garden. Jetzt kam auch Mr Collins, er schien etwas aufgeregt zu sein und sah überraschend gut aus. »Entschuldigung, Entschuldigung«, sagte er, während er sich zu seinem Sitzplatz durchschob. »Sie sind zu spät«, sagte Pfarrer Hyndesight. Mit dem Schnalzen des letzten Konsonanten wurde die Beleuchtung gedimmt, und die Ouvertüre begann. Miss Everly griff nach Evelyns Hand, und die beiden Frauen ergaben sich der Musik.

Nach dem ersten Akt folgten Evelyn und Miss Everly den anderen Zuschauern in das Café, wo sie von einem stattlichen Deutschen, der gut Englisch sprach, ein Glas Champagner akzeptierten. Miss Everly fand die Sopranistin ganz hervorragend, und Evelyn stimmte ihr zu. Kurz darauf flüsterte Evelyn ihr ins Ohr: »Am Ende des zweiten Aktes werde ich Kopfschmerzen vortäuschen und mich verabschieden, Miss Everly.«

»Wie wundervoll«, erwiderte Miss Everly. »Ein romantisches Abenteuer?«

Evelyn lächelte.

»Machen Sie sich keine Sorgen«, sagte Miss Everly. »Ich werde mich darum kümmern.«

Als der zweite Akt sich schließlich dem Ende zuneigte, stand Evelyn auf, um zu gehen. Miss Everly sagte: »Sie hat unerträgliche Kopfschmerzen. Ein einziges Hämmern und Pochen. Es kann sein, dass wir sie die nächsten Tage nicht sehen werden, Herr Pfarrer.« Die Abendluft war frisch, und Evelyn drängte sich mit gesenktem Kopf an den wartenden Kutschern und ihren lüsternen Bemerkungen vorbei und eilte ihrem Rendezvous entgegen. Sie war noch nicht weit gekommen, als ihr Rendezvous auf sie zukam und sie in eine dunkle Gasse zog.

Ein warmer Mund auf ihrem, eine harte Wand im Rücken. Irgendwo erklangen Schritte und trieben sie weiter in die Schatten. Ein Hund bellte. Ein Mann sang aus einem Fenster über ihnen. Warmer Atem auf ihrem Nacken, ihrem Ohr. Die heikle Situation machte sie wagemutig und sie ließ ihre Hand in Livias Bluse gleiten und ihre Brust umschließen. Livia griff nach Evelyns Rock und schob ihn nach oben; ihre Hand schlüpfte in Evelyns Unterhose, und Evelyn spürte, wie Finger sanft in sie hineinglitten. Hufgeklapper und das Rattern einer Kutsche in der Nähe. Und dann nur noch ungezügelte Lust, eine Hand, die über ihren Mund gelegt wurde, und ihr Körper ergab sich den Wellen.

Die jungen Liebenden ließen sich von Kirche, Stand und Konventionen nicht beirren und Sex stand ganz oben auf der Agenda. Sie waren sich einig, dass sie einen Vorwand zum Schutz ihrer Liebe brauchen würden, den sie auch unverzüglich fanden: ›Italienischstunden‹.

Der Unterricht wurde abgehalten, wann immer Livia nicht arbeiten musste. Darüber hinaus waren verstohlene Berührungen und schmachtende Blicke die Funken, die das Feuer ihrer heimlichen Leidenschaft am Laufen hielten. Evelyns Sprachkenntnisse wuchsen beständig.

»Ist sie nicht ein süßes, kleines Ding?«, fragte Miss Everly eines Morgens, als Livia mit einem Armvoll Bettwäsche an ihnen vorbeikam.

Evelyn errötete. Erst eine Stunde zuvor hatten sie sich gegenseitig im Wandschrank angefasst.

»Sie ist eine ausgezeichnete Lehrerin«, erwiderte Evelyn. »Wir haben bereits mit den Modalverben angefangen. Könnte und sollte.«

»Und lass uns würde nicht vergessen«, sagte Miss Everly.

Zwischen stummen Küssen konnte man oft Verbkonjugationen aus Evelyns Zimmer dringen hören. Manchmal blieb Signora Cockney vor der Tür stehen, um zu lauschen, und sie wurde an ihre eigenen Jahre des mühseligen Spracherwerbs erinnert. Der Pfarrer war voller Bewunderung für »Miss Skinners Enthusiasmus und Eifer«. Und Mr Collins? Er schüttelte nur den Kopf und lächelte. Als ob er ein Geheimnis teilte, von dem er nicht die geringste Absicht hatte, es zu verraten.

Zurück in Evelyns Zimmer: Ihr Notizbuch war achtlos zur Seite geworfen worden und lag neben Blusen, Strümpfen und Unterwäsche. Die jungen Frauen lagen mit entblößten Oberkörpern einander zugewandt im Bett, küssten sich, und eine leichte Brise drang durch die angelehnten Fensterläden und strich ihnen sanft über die Haut. Und die ganze Zeit über sagte Evelyn brav auf: »Der Omnibus kommt um zehn. Der Omnibus kam um zehn. Der Omnibus ist um zehn gekommen …«

Einige Tage später kaufte Evelyn Postkarten bei *Alinari* und wollte in die *pensione* zurück, um sie zu schreiben. Doch unversehens schüttelte der Morgen seine graue Müdigkeit ab und Florenz erstrahlte in all ihren architektonischen Wundern; mit frischem Tatendrang machte sie sich auf in die Stadt, die ihr mit jedem Tag vertrauter wurde. Sie blieb stehen, um hier an einer Orange und dort an einem Bund Basilikum zu riechen, und unterhielt sich mit den verschiedenen Verkäufern. Auf der Piazza della Signoria saß eine Gruppe Touristen draußen vor einer Bar, und nachdem sie sich die Statuen auf dem Platz angesehen hatte, entschied sie spontan, sich ebenfalls zu setzen und ihre Postkarten dort zu schreiben. Ein Pferdekarren fuhr vor ihr her, und sie achtete darauf, Abstand zu halten.

Das Licht war wundervoll. Schatten hingen leise in den Ecken, und die Sonne hatte sich in den Dreipassen der Loggia verfangen: Tapferkeit, Mäßigung, Gerechtigkeit und Weisheit. Die vier Kardinaltugenden.

Eine Brise folgte ihr wie von Geisterhand in die Loggia dei Lanzi und führte sie zu Giovanni da Bolognas *Raub der Sabinerinnen*. Die Statue verstörte und verzauberte sie, erzeugte gleichermaßen Scham und Sinnenrausch.

Ihr Blick verweilte auf dem Fuß, dem Spann, der Rundung der Ferse, die auf das Gesäß der Frau gedrückte Hand und das Fleisch darunter. Nur war es kein Fleisch, oder? Es war Marmor. Sie nahm ihr Notizbuch heraus und fertigte eine einfache Zeichnung an. Ohne Schattierungen, einfach nur Linien, die die dynamische Bewegungsform wiedergaben und die Erotik inmitten des Horrors aufzeigten. Die Genialität der Umsetzung.

Sie setzte sich an einen der Tische und bestellte einen Quina-Wermut. Draußen zu sitzen gab ihr ein Gefühl von grenzenloser Freiheit. Sie rollte die Ärmel ihrer Bluse hoch, ihre olivfarbene Haut darunter war die ihrer Mutter. Die Postkarte für ihren Vater lag vor ihr, doch sie beschloss erst einmal einen ersten Entwurf in ihr Notizbuch zu schreiben, bevor sie die Worte auf der Rückseite des Duomo verewigen würde. Wieder blickte sie zu den Sabinerinnen hinüber.

»Miss Skinner?«

Evelyn wandte sich um. Geblendet von der Sonne hob sie eine Hand über die Augen.

»Oh, Mr Collins.«

»Darf ich?«

»Ich bitte darum.«

Mr Collins setzte sich und bedeutete dem Kellner, ihm das gleiche Getränk zu bringen, das vor Evelyn stand.

»Ich komme gerade aus den Uffizien. Miss Everly hat mich begleitet, sie ist eine ziemlich gute Fremdenführerin. Von jetzt an werde ich Granatäpfel mit anderen Augen betrachten.«

Evelyn musste lachen.

»Miss Everly meinte, dass Ihnen in einem der Ausstellungsräume schlecht geworden ist?«

»Hat sie das allen erzählt?«

»Nein, nur mir«, erwiderte Mr Collins.

»*Grazie, signore*«, sagte Mr Collins, als sein Getränk gebracht wurde.

»Hat Miss Everly sich Sorgen gemacht?«, fragte Evelyn.

»Nein, ganz und gar nicht. Ich glaube, sie hatte den Eindruck, dass Ihnen etwas ganz Außergewöhnliches widerfahren sei.«

»Wie zum Beispiel?«

»Das hat sie nicht gesagt. Sie wissen ja, wie sie ist. Dieser Ausdruck in den Augen, als ob … ach, Sie wissen schon. Als ob ein Geheimnis gelüftet wurde«, sagte Mr Collins und sah sie mit durchdringendem Blick an. »Ist Ihnen denn etwas Außergewöhnliches widerfahren, Miss Skinner?«

»Ich bin mir nicht sicher«, sagte sie.

»Mein Gott! Es wird doch nicht etwa Liebe sein, oder?«

»Natürlich nicht«, erwiderte Evelyn sichtlich verärgert, und Mr Collins griff nach seinem Getränk, lächelte und wechselte das Thema.

»Lassen Sie uns anstoßen«, sagte er.

Sie hoben ihre Gläser.

»*Incipit vita nuova*«, sagte er.

»So beginnt ein neues Leben«, entgegnete Evelyn.

Sie stießen an.

»Halten die Leute Miss Everly für eine gute Dichterin?«, fragte Evelyn.

Eine Furche erschien auf Mr Collins' Stirn. »Ich glaube, die Leute im *Simi* finden sie etwas albern.«

»Ich finde sie sehr schlau.«

»Das denke ich auch. Und ich glaube, sie denkt über vieles nach und regt zum Nachdenken an. Außerdem ist sie lustig. Ist sie eine gute Dichterin? Ja. Da ist Menschlichkeit in ihrem Werk. Nonkonformismus. Aber Ruhm wird ihr nicht zuteilwerden.«

»Wieso?«

»Weil die Welt nicht weiß, was sie mit ihr anfangen soll.«

»Aber ich will, dass die Welt es weiß!«

»Sie sind eine Romantikerin, Miss Skinner.«

»Ich werde ihren Namen von den höchsten Gipfeln rufen!«

Mr Collins nahm einen Schluck von seinem Getränk, das Eis klirrte in dem Glas. »*Die größten Dichter bleiben ungekrönt / bis knochenweiß der Tod bleicht ihre Stirn.* Nicht jeder kann eine Elizabeth Barrett Browning sein, und Constance weiß das. Aber dass sie keine Browning ist, bedeutet nicht, dass ihre Mühen vergeblich sind. In vierzig, fünfzig Jahren wird man sie vielleicht würdigen. Ich jedenfalls erfreue mich an ihrem Verstand.«

Evelyn sah, wie seine Züge weich wurden, als er sprach. Die Findigkeit und der Zynismus seiner allabendlichen Gesellschaft waren Bewunderung gewichen. Dieser Mr Collins war ihr sympathischer als die Abendversion.

Mr Collins blickte auf die Postkarten.

»H. W.?«

»Mein Va–«

»Natürlich, Ihr Vater.«

»Er hat es lieber, wenn ich ihn H. W. nenne. Er fühlt sich alt, wenn ich Vater sage. Er hat eine ziemlich junge Geliebte momentan. Bitte sagen Sie das niemandem, Mr Collins. Wir sind eine unkonventionelle Familie.« Evelyn griff nach ihrem Glas.

»David. Ponte Vecchio. *Il Duomo.* Wer sind die anderen glücklichen Empfänger?«

»Weiß ich noch nicht. Was ich erzählen will, passt auf keine Postkarte.«

»Was wollen Sie denn erzählen?«

»Ach, so viel. Ist es falsch, Schönheit zu bewundern, wenn es Hand in Hand mit so viel Horror geht?«

»Die Sabinerinnen?«

»Ja.«

Mr Collins überlegte einen Augenblick. »Es ist gleichermaßen berechnend und erotisch. Die Männer genießen ihr Entsetzen, der Künstler genießt unser Unbehagen.« (Seine Eiswürfel klirrten, als er sein Glas schwenkte.) »Stellen Sie sich vor, Miss Skinner, dass Giovanni da Bologna hier mit uns am Tisch sitzt. Was, glauben Sie, würde er tun?«

»Trinken?«

»Was noch?«

»Uns zuhören. Er würde es genießen, der Mittelpunkt der Aufmerksamkeit zu sein.«

»Ganz bestimmt. Was noch?«

»Sagen Sie es mir, Mr Collins.«

»Er würde lächeln, denke ich. Denn er versteht die Reaktion. Alle konnten diese Statue sehen, Miss Skinner. Hinz und Kunz und Cosimo I. Vielleicht hätte sie weniger Anstoß erregt, wenn sie in einem Museum ausgestellt worden wäre. Aber sie war für einen öffentlichen Platz in Auftrag gegeben worden. Der Mann wusste, was er tat. Eine allansichtige Plastik muss umschritten werden, um von allen Seiten betrachtet werden zu können, und so werden wir Teil des Horrors, des Geschehens, des Tanzes. Er weiß um das große Dilemma, das er uns präsentiert, Miss Skinner. Er zeigt uns das, was in uns steckt.«

Mr Collins zündete sich eine Zigarette an und bedeutete dem Kellner, eine weitere Runde Getränke zu bringen. Evelyn widersprach nicht.

»Die Kirche hat kein Vokabular für die verschiedenen Ausdrucksweisen unseres Menschseins. Hierfür müssen wir uns bei Freud umsehen. Psychoanalyse ist die Zukunft, Miss Skinner. Haben Sie *Die Traumdeutung* gelesen?«

»Das habe ich nicht, Mr Collins.«

»Ich glaube, Sie fänden es sehr spannend. Eines Tages wird die Kirche die Gesellschaft nicht mehr kontrollieren können, und was für eine Gesellschaft dann aus uns werden wird.« Er sah Evelyn an und neigte seinen Kopf. »Ich glaube, Sie und ich sind uns ziemlich ähnlich, Miss Skinner.«

Evelyn trank ihren Wermut und überlegte, ob er meinte, sie seien beide Sozialisten.

»Darf ich?«, fragte Evelyn und griff nach seinen Zigaretten.

»Selbstverständlich«, erwiderte Mr Collins und riss ein Streichholz an.

Es war ihre erste Zigarette, und sie barg leichten Schwindel und neue Erkenntnisse für Evelyn.

»Heute eine Zigarette, morgen das Wahlrecht!«, sagte sie.

»Sie lehnen sich ganz schön weit aus dem Fenster«, witzelte Mr Collins und hob sein Glas. »Was hält das Leben in England nach Ihrer Rückkehr für Sie bereit, Miss Skinner?«

»Ich werde weiterhin in der Galerie meiner Tante in der Cork Street arbeiten.«

»Mir scheint«, sagte Mr Collins und blickte auf ihre Skizze der Statue, »dass Ihr Vater Ihnen einen großen Teil seines Talents vererbt hat. Vielleicht gibt es da noch einen anderen Weg, den Sie einschlagen könnten?«

»Ich bin nur mittelmäßig. Mein Vater war schon immer mein treuester Unterstützer und wird das auch immer bleiben, aber die Begabung und die Belastbarkeit – das bin nicht ich. Ich sehe es auch nicht als Verlust, denn ich bin frei. Ich habe mitangesehen, wie mein Vater Niederlagen einstecken musste …«

»Aber Ihr Vater ist erfolgreich!«

»Nicht in seinen Augen. Er ist kein Cézanne. Alle Künstler quälen die Gedanken an das, was sie nicht sind, und an Kunst, die nicht die ihre ist. Es ist einsam, Mr Collins. Aber ich glaube, ich könnte eine denkwürdige Lehrerin abgeben.«

»Denkwürdig? Ihr Wort in Gottes Ohr.«

»Wer hätte nicht gerne, dass man sich an ihn erinnert?«

»Ich, zum Beispiel.«

Evelyn leerte ihr Glas. »Das glaube ich Ihnen nicht.«

Sie gingen zum Neptunbrunnen und blieben vor der Rückenansicht der weißen Marmorstatue stehen.

»Wundervolle *chiappe*«, sagte Mr Collins.

Evelyn hob fragend die Augenbrauen.

»Hintern, Miss Skinner.«

»Wahrlich nicht von schlechten Eltern!«

Mr Collins lachte, und Evelyn errötete. Der Wermut hatte sie vorlaut werden lassen.

Kutschen fuhren kreuz und quer über den Platz, während einige Pferde ausgespannt und gefüttert wurden, die grellroten Decken, die sie sonst auf dem Rücken trugen, beiseitegelegt. Gruppen englischer Touristen, die wie üblich die Nase in Reiseführer gesteckt hatten und das Leben um sie herum kein bisschen wahrnahmen.

Sie schlenderten über den Piazzale degli Uffizi, den *lungarno* entlang und zurück zur *pensione*. Das gelbe Licht ein letztes, schläfriges Aufbäumen des Sommers. Mr Collins bot Evelyn seinen Arm, und sie hakte sich unter.

»Mir scheint, Sie wissen genau, was Sie vom Leben wollen«, sagte er.

»Das tue ich.«

»Ehe? Kinder?«

»Nur weil man kann, heißt das noch lange nicht, dass man sollte, Mr Collins.«

Er nickte.

Zum ersten Mal in ihrem Leben hatte sie diese elementare Wahrheit ausgesprochen. Sie kam sich vor, als trüge sie Miss Everlys metaphorische Hosen.

Als sie die *pensione* erblickten, blieben sie stehen.

»Sollen wir nacheinander hineingehen?«, fragte Mr Collins. »Erst ich, dann Sie? Für den Fall, dass getratscht wird.«

»Lassen Sie uns gemeinsam hineingehen, damit die Leute etwas zu tratschen haben, was meinen Sie?«, sagte Evelyn. Sie betraten die *pensione* und gingen unter neugierigen Blicken an der Rezeption vorbei.

Einige Tage später gab es wieder Eintopf zum Abendessen, was besonders die Luggs erfreute.

»Gott hat uns alle hier an diesem Tisch zusammenkommen lassen«, sagte Pfarrer Hyndesight mit seiner Predigerstimme.

»Und die Gotthardbahn«, flüsterte Mr Collins. Er bearbeitete gerade ein Stück Fleisch, das ihm verdächtig nach Pferd aussah.

»Dominikaner oder Franziskaner, Miss Skinner?«, fragte der Pfarrer.

»Oh, Franziskaner, zweifellos«, erwiderte Evelyn. »Der heilige Franziskus war eine gute Seele. Gepeinigt, aber aufrichtig. Die Franziskaner bekämpften Ketzerei mit Liebe, und ich für meinen Teil bin eine Befürworterin der Liebe.«

Livia stand in ihrem Blickfeld.

»Hört, hört«, sagte der Pfarrer.

»Von all den katholischen Heiligen im Mittelalter war er derjenige, der uns das Konzept der Natur als Gott ans Herz legte. *La Creazione*«, sagte sie und trank einen Schluck Wein. »*Domini canes* bedeutet auch Hunde Gottes. Daher kommt der Name. Das fand ich schon immer etwas verstörend.«

»Ach du liebe Güte, stimmt das wirklich?«, fragte eine der Brown-Schwestern. »Ich werde heute Nacht kein Auge zumachen.«

»Nur der Gedanke daran lässt mich zittern«, sagte die andere.

»Sie waren schon immer ein militanter Haufen«, sagte Mr Collins. »Sind den Ketzern mit Fackeln hinterher. Ich wäre der Erste gewesen, der in Flammen aufgegangen wäre.«

»Schön wärs«, flüsterte der Pfarrer.

»Sie sind auch ausgerechnet gegen Dante vorgegangen«, sagte Miss Everly. »Sie haben die Bedingungen für autoritäre Literatur diktiert: keine Texte in Vernakularsprache. Und erst dieser Savonarola. Hat die Verbrennung von Akten und Frauenporträts unterstützt, aufgrund der Versuchung, die sie darstellten. Können sich Männer denn nicht beherrschen, Herr Pfarrer?«

»Fragen Sie nicht mich«, erwiderte der Pfarrer.

»Wir hatten früher einen Gärtner, der uns mit der Heckenschere gejagt hat«, sagte eine der Brown-Schwestern.

»Großer Gott!«, sagte Miss Everly.

»Und welche Kirche gehört den Hunden?«, erkundigte sich Mrs Lugg.

»Santa Maria Novella wäre eine«, antwortete Evelyn. »Es herrscht eine eher gedrückte Atmosphäre darin. Ich habe einmal jemanden sagen hören, dass man die Kirche als gefühllos beschreiben würde, wäre sie ein Mensch.«

»Da hält man dann wohl besser Abstand«, sagten die Schwestern.

»Aber nein! Ganz im Gegenteil!«, widersprach Miss Everly. »Sie müssen sie sich ansehen! Sie müssen die Kapellen von Rucellai, Gondi und Strozzi gesehen haben!«

»Das müssen Sie in der Tat«, bestätigte Mr Collins.

»Dann werden wir das tun«, sagte Blythe.

»Gähnen Sie nur nicht.«

»Gähnen?«

Mr Collins vollführte eine groteske Pantomime, die verdeutlichen sollte, wie Geisterhunde in einen offenstehenden Mund eindrangen.

»Mr Collins!«, sagte der Pfarrer, wobei ein Lächeln seinen Tadel Lügen strafte.

»Morgen früh wollen wir uns Santa Croce ansehen«, sagte Blythe.

»Oh, die Anmut und die Menschlichkeit von Giottos …«, setzte die Dichterin an.

»Die Fresken sieht man sich am besten im Morgenlicht an«, unterbrach sie der Pfarrer. »Ich würde Ihnen empfehlen, Ihre Operngläser mitzunehmen. Rechts des Hauptaltars ist die Bardi-Kapelle, wo Sie den Freskenzyklus des Heiligen Franziskus finden.«

»Wenn man nicht weiß, in welcher Beziehung Giotto zum Heiligen Franziskus stand und der Heilige Franziskus zur Menschheit, werden die Fresken von geringem Interesse sein«, las Mr Lugg aus Ruskins *Morgens in Florenz* vor. »Könnten Sie uns diese Beziehung näher erläutern, Herr Pfarrer?«

»Das kann ich tatsächlich, Mr Lugg. Mit einem einzigen Wort: Hingabe.«

Die Brown-Schwestern seufzten.

»Dieser gutherzige Heilige predigte unentgeltliche Arbeit und Leben in Armut, unerfreuliche Arbeit und Leben in Keuschheit, obrigkeitshörige Arbeit und Leben in Gehorsam.«

»Klingt fürchterlich«, sagte Mr Collins und gab sich dem Fleisch geschlagen. »Was haben Sie morgen vor, Miss Skinner?«

»Mein Tag wird hauptsächlich aus Italienischunterricht bestehen«, erwiderte Evelyn.

»Sie sind äußerst fleißig«, sagte Mr Collins.

»Possessivpronomen«, ergänzte Evelyn.

»Was mein ist, ist dein, und was dein ist, ist mein?«, sagte Mr Collins.

»Etwas in der Art.«

Als der Unterricht am folgenden Tag begann, ging es jedoch eher in die Richtung: Ich bin dein, und du bist mein.

Die beiden jungen Frauen lagen in ihren Kleidern auf dem Bett und sahen sich tief in die Augen. Ihnen blieb nicht viel Zeit zusammen, denn Livia hatte eine Kiste Hühner zu rupfen, und Evelyn konnte zwischen unterdrückten Seufzern jedes Sandkorn in dem elenden Stundenglas fallen hören. Als Livia aufstand, um zu gehen, verspürte Evelyn eine so quälende Sehnsucht, dass sie kurz darauf ebenfalls das Zimmer verließ.

Sie spazierte zur Ponte Vecchio, überquerte die Brücke und setzte sich draußen in ein Café in der Nähe der Kirche Santa Felicità. Wie Miss Everly gesagt hatte, betrat man auf der südlichen Seite des Flusses eine andere Welt. Ein mittelalterliches Viertel, das aus engen Straßen und hohen Türmen bestand – die defensive Architektur der

Reichen und Mächtigen zu jener Zeit. Sie dachte, dass sie hier ungestört bleiben könne. Inkognito zwischen Schreinern, Sattlern und Hutmachern.

Ihr Getränk wurde gebracht, und das eisige Klirren in dem Glas riss sie aus ihren Grübeleien. Sie nahm einen Stift aus der Tasche und begann zu schreiben.

Lieber H. W. – darf ich dich heute Vater nennen? Macht es dir etwas aus? Ich habe das Bedürfnis nach einem väterlichen Ohr.
Du hast einmal mit mir über Leiden gesprochen. Ich weiß noch, ich war ziemlich jung, aber fühlte mich erwachsen, da du dich mir anvertraut und mir das Komplexe und Paradoxe des menschlichen Gefühlslebens erklärt hast, bevor du mir von der bevorstehenden Trennung von meiner Mutter erzähltest. Wenn ich jetzt daran zurückdenke, wird mir bewusst, wie weit ich für eine Neunjährige war.

Evelyn nahm ihr Glas und trank einen Schluck Wermut. Das Sonnenlicht blendete sie und sie musste blinzeln.

Mich plagt nun ebenfalls ein Leiden.
Wenn ich sie durch die Tür oder ums Eck kommen sehe, oder wenn sie mir auf der Treppe entgegenkommt, wollen mir meine Beine nicht mehr gehorchen. Ganz so als ob die Muskeln jämmerlich verkümmert wären, und ich muss all meine Willensstärke aufbringen, um mich aufrecht zu halten. Das hört sich an, als wäre ich krank, doch das bin ich nicht. Ich habe mich nie besser gefühlt.
Die Welt ist klar. So klar und deutlich, dass ich alles oder vielmehr hinter alles sehen kann. (Wenn man die Logik dieses Satzes einmal außer Acht lassen will.) Wenn du mir das Gemälde einer Obstschale mit Zitronen, Feigen, Pflaumen und Birnen zeigst, kann ich dir die Frau beschreiben, die diese Früchte vom Baum gepflückt hat; ich kann sie mit so viel Zärtlichkeit beschreiben, dass ich mich selbst in ihren Augen reflektiert sehe, gleich einer Kerze, als einzige Quelle des Lichts. Zeig mir das Gemälde eines

Rochens, der meerwassertropfend auf einem Küchentisch liegt, und ich erzähle dir von dem Mann, der ihn fing.

Das Fasanenpaar? Ich kann dir den Weg des Bauern von Bett zu Feld zu schussbereitem Gewehr beschreiben. Eine halbe Muschelschale? Die Hand, die sie öffnete.

Ist das Vorstellungskraft? Ist es das, was dich antreibt zu malen? Ist das dein Vermächtnis an mich?

Es ist kein Leichtes zu wissen – oder lass uns sagen festzulegen –, wo die einzigartige Geschichte eines Menschen beginnt. Steht am Anfang wirklich die Geburt oder doch die, die vorher kamen? Sie flößen dir gelebtes und ungelebtes Leben ein, bis es einem in Fleisch und Blut übergeht, die Reue, die Freude, so unangestrengt – so unbeirrt, könnte man sagen –, wie sie einen bestimmten Gang vererben (du an mich), oder ein Stirnrunzeln (du an mich) oder dünnes, mausgraues Haar (Mutter an mich). Wenn dem so ist, dann beginnt meine Geschichte mit dir.

Was ich sagen will, ist, dass du mir dein Leiden samt übermächtiger Begleiterscheinungen vermacht hast. Natürlich spreche ich von …

»Der Liebe.«

Ein Schatten fiel auf das Papier.

»Was?«, sagte Evelyn, verdeckte das Geschriebene mit der Hand und sah auf.

»Einzig wenn wir Liebe erfahren, wissen wir, was es heißt, Mensch zu sein. Ich habe über diesen Satz nachgedacht, als ich heute in San Frediano spazieren gegangen bin«, sagte Miss Everly. »Die meisten leben in Armut und Elend, und doch … Darf ich?«

»Oh, ich bitte darum, Miss Everly. Schön, Sie zu sehen.«

Miss Everly nahm Evelyn gegenüber Platz und holte ihr Zigarettenetui hervor.

Evelyn klappte ihr Notizbuch zu.

Miss Everly steckte sich eine Zigarette zwischen die Lippen und sagte: »Ich bin über die Piazza Santo Spirito gekommen und in die Basilika gegangen. Lichtbündel teilten das Mittelschiff, und ich habe beobachtet, wie eine junge Frau sich vor dem Altar zu Boden warf. Eine Szene so dramatisch wie bei Caravaggio. Was war wohl der Grund für ihre Verzweiflung? Was machen wir ohne die Liebe?«

»Warten«, erwiderte Evelyn.

Miss Everly lächelte und stützte ihr Kinn auf ihre Hand. Nachdenklich blickte sie Evelyn unverwandt ins Gesicht. »Warten«, wiederholte sie. »Und Sie, meine Liebe? Warten Sie auch?«

»Nein«, sagte Evelyn. »Jetzt nicht mehr.«

Miss Everly schlug vor, zu San Miniato al Monte hinaufzuspazieren und die Aussicht auf die Stadt zu genießen. Sie sagte, ein Perspektivenwechsel würde den Ansturm tiefer Einsichten und leidenschaftlicher Gefühle, den beide Frauen gerade erlebten, ins rechte Licht rücken. Außerdem könnten sie einen Abstecher in einen reizenden *forno* machen, um sich mit Gebäck einzudecken. Hohe Zypressen säumten den Weg und die feuchtkühle Luft kompensierte den schweißtreibenden Aufstieg. Miss Everlys Gesicht war gerötet und glänzte und sie lehnte sich gegen eine moosbewachsene Mauer im Schatten einiger Pinien, um wieder zu Atem zu kommen.

»Ich kenne jemanden, der diesen Weg auf Knien gegangen ist. Dabei war er nicht einmal katholisch«, sagte sie.

»Du meine Güte«, erwiderte Evelyn.

»Wir sind ganz in der Nähe von dem Ort, an dem er gestorben ist. Kommen Sie.«

Sie mieden den Piazzale Michelangelo und den Touristenrummel und stiegen weiter die Anhöhe zum Kloster und der Kirche hinauf. »Diese Erfahrung wird uns verändern«, sagte Miss Everly. »Hier lernt man echte Gottesfurcht. Gott meine ich natürlich im Sinne von Natur.«

»Natürlich«, sagte Evelyn, die sich bereits verändert vorkam.

Die Aussicht war genauso schön, wie Miss Everly sie beschrieben hatte. Evelyn dachte, Miss Everly sei immer noch außer Puste, aber der Rhythmus ihrer Atmung war wesentlich emotionsgeladener – vielleicht weinte sie auch. Evelyn blickte diskret zur Seite.

Unversehens ergriff Miss Everly in einer liebevollen Geste Evelyns Arm und sagte: »Man kann den Grundriss immer noch sehen. Arnolfo di Cambios letzter Mauerring, der die Stadt einschließen sollte. Folgen Sie meinem Finger, Miss Skinner. Da drüben, dort drüben, runter… Sein Traum war eine umschlossene Stadt. Sein *insieme*. Das, was die Italiener Zusammensein nennen. Es war selbstverständlich ein Meisterwerk, was Verteidigungsanlagen betrifft, aber es war auch so viel mehr. Es hat die Stadt geformt und sie zum direkten Nachkommen Roms erhoben. Das hat die Leute daran glauben lassen, dass Florenz zu Großem bestimmt war. Er schuf eine Stadt mit Wiedererkennungswert, Miss Skinner. Und das ist sie immer noch. So wird sie für immer zu einem Teil von uns. Sie lässt uns nie los, zieht uns wieder und immer wieder in ihren Bann.«

Dann Stille. Wind in den Zypressen. Vogelgezwitscher. Evelyn, die Köstlichkeiten aus der Bäckerei auswickelte.

»Hätten Sie gerne eine *sfoglia?*«, fragte sie und bot Miss Everly ein mit Creme gefülltes Gebäckstück an, das sie extra für ihren Ausflug gekauft hatte.

»Eine grandiose Idee! Lassen Sie uns zum Friedhof gehen und den Toten das Leben ein wenig versüßen.«

Sie gingen vorbei an der Kirche, vorbei an einem Mönch, der in Richtung Campanile hastete, und betraten schließlich den Friedhof.

»Kommen Sie«, sagte Miss Everly, »wir setzen uns neben diese *amorini* dort drüben. Sie sehen so aus, als könnten sie etwas sterbliche Gesellschaft und ein bisschen Tratsch vertragen.«

Sie saßen auf einer niedrigen Mauer am Ende einer kunstvoll verzierten Krypta.

»Hätten Sie auch gerne einmal eine Fotografie von sich auf Ihrem Grab, Miss Everly?«

»Ich? Oh nein. Meine Asche soll in den Arno, mit Verlaub. Fischfutter. Und bitte nenn mich Constance.«

»Sehr gerne. Aber nur wenn du mich Evelyn nennst.«

Evelyn tupfte sich den Mund mit ihrem Taschentuch ab und

sagte: »Neulich abends habe ich gehört, wie du dich mit Mrs Lugg über eine Nonne unterhalten hast, die Künstlerin war.«

»Ach, ja. Suor Plautilla.«

»Genau die.«

»Vasari hat über sie geschrieben. Sie muss von Bedeutung für ihn gewesen sein, sonst hätte er das nicht getan.«

»Mrs Lugg hat eher abschätzig über sie gesprochen«, erwiderte Evelyn.

»Naja, wenn du dem Fluss zur Quelle folgst, dann findest du den Ehemann.«

Evelyn lächelte. »Du meintest, Suor Plautilla sei sehr produktiv gewesen.«

»Oh ja, das war sie. Sie ist nur aufgrund ihres Geschlechts in Vergessenheit geraten. Immer die alte Leier, fürchte ich, meine Liebe. Ich bin eine der wenigen, die ihr Gemälde des *Letzten Abendmahls* gesehen haben. Das war eine Neuheit – für eine Frau, meine ich. Es war das größte Gemälde der Welt von einer frühen Künstlerin. Beinahe so groß wie Leonardos. Sie hatte das Bild im oberen linken Eck signiert und hinzugefügt: *Orate pro pictura* – betet für die Malerin. Eine simple Anerkennung ihrer selbst, wer sie war.«

»Wo kann man sich das Bild ansehen, Constance?«

»Das kann man nicht. Gerüchten zufolge ist es immer noch im Kloster Santa Maria Novella. Vielleicht im Refektorium? Ich habe nicht die leiseste Ahnung.«

»Das ist ja schrecklich.«

»Nicht wahr? Wenn wir schon ihre Werke nicht finden können, was gibt es noch für Hoffnung für die anderen?«

»Gab es noch andere?«

»Aber ja. Die Entscheidung, die gebildete Frauen treffen mussten, war heikel und folgenschwer: Ehe und keine Entfaltung ihrer künstlerischen Schöpferkraft oder eine Entfaltung ihrer Schaffenskraft im Kloster. Also sind Frauen ins Kloster eingetreten, um malen zu können. Das war das Opfer, das sie bringen mussten. Aber haben

Frauen je kein Opfer gebracht, um nach ihrem eigenen Ermessen zu leben? Nicht jede von uns ist geschaffen für Mann, Mariage, Mutterschaft. Und das sollten wir auch nicht sein. Wir leben nur einmal, liebe Evelyn, nur einmal. Das müssen wir zu nutzen wissen.«

Abends saß die Gruppe englischer Gäste zum letzten Mal am Esstisch zusammen. Oder wie Miss Everly sagte: »Unser *Ultima Cena.*«

Wie üblich hatten sich am Tisch zwei verschiedene Unterhaltungen entsponnen, und als man bei den allabendlichen Käseplatten angelangt war, lehnte Miss Everly sich zu Mrs Lugg und fragte: »Geht es Ihnen besser, meine Liebe?«

»Das tut es in der Tat, Miss Everly.«

»Die europäische Küche ist nicht nach jedermanns Geschmack. Man muss auf Abenteuer gefasst sein.«

»Das habe ich mir auch sagen lassen«, erwiderte Mrs Lugg.

»Ich musste an Sie denken, als ich dieses kleine Gedicht verfasst habe«, sagte Miss Everly.

»Ich möchte es auch hören, Miss Everly«, sagte Evelyn und rückte näher heran.

Miss Everly begann:

Das zu essen, was wir sonst verschmäh'n
Braucht Mut und große Zuversicht.
Ein Schweinsfuß der Einen
Un zampone der Anderen.
Ein Festmahl mit vielerlei Namen.
Doch selbst ich geh Hirn von der Fahne.

Mrs Luggs wurde übel, und sie presste beide Hände auf ihren Magen.

»Bravo, Miss Everly!«, rief Evelyn. »Wirklich unterhaltsam.«

»Einfach nur eine kleine Albernheit«, sagte sie. »Ziege!« Sie griff nach einer Platte mit blauem *formaggio di capra.* »Hat irgendjemand Lust auf Ziege?«

»Kultur und Schicklichkeit«, sagte der Pfarrer und schenkte ihnen Wein nach. »Die Straße von Dover ist nicht der einzige Weg zu Kultur und Schicklichkeit«, entgegnete Mr Collins.

»Sie sind offensichtlich kein Patriot«, sagte der Pfarrer.

»Das hat nichts mit Patriotismus zu tun. Ich sehe die Welt als Einheit. Ich glaube daran, dass wir stark sind, wenn wir zusammenarbeiten.«

»Unsinn«, sagte der Pfarrer und flüsterte den Zwillingen, die vor Evelyns Augen zu einer Person zusammenwuchsen, zu: »Sozialist«.

»Es wird der Tag kommen, an dem wir Krieg führen werden gegen Ihre europäischen Brüder, wie Sie sie nennen, Mr Collins. Das ist eine unabwendbare Tatsache«, sagte Mr Lugg. »Sie sind nicht wie wir. Aber sie wollen, was wir haben.«

»Und wollen wir etwa nicht, was sie haben, Mr Lugg? Michelangelo? Dante? Schönheit? Wein auf einer sonnenüberfluteten Terrasse? An grünen Hängen gelegene Villen, die zu Spottpreisen zu haben sind?«

Mr Lugg ignorierte Mr Collins geflissentlich und griff nach einem Stück stinkendem Ziegenkäse.

»Na gut, aber werden Sie kämpfen?«, fragte der Pfarrer und lenkte das Thema wieder auf den britischen Imperialismus. »Das ist eine einfache Frage.«

»Zu welchem Zweck?«, gab Mr Collins zurück.

»Der Zweck ist irrelevant.«

»Der Zweck ist nicht irrelevant.«

»Dann eben um einem anderen Land eine Lektion zu erteilen«, sagte der Pfarrer.

»Ein Land ist keine Person. Also werde ich das sicher nicht tun.«

»Pff«, machte der Pfarrer.

Ein Teelöffel klimperte gegen ein Glas, und Mr Lugg erhob sich.

»Das ist unser letzter Abend mit Ihnen allen«, sagte er. »Sie alle haben uns so zuvorkommend behandelt …«

»Nonsens!«

»Besonders meine Frau. Ich danke Ihnen allen.« Er hob sein Glas. »Und doch wurde unsere Zeit hier von Unpässlichkeit überschattet, und wir haben nur wenig von der Stadt gesehen. Was würden Sie uns für unseren letzten Tag morgen empfehlen, Herr Pfarrer?«

Der Pfarrer dachte über seine Antwort nach und genoss sowohl das Schweigen als auch die Aufmerksamkeit.

»Ich denke, Sie sollten ihre Frau im *Duomo* beglücken«, sagte er schließlich.

Evelyn nahm ihre Serviette vor den Mund und unterdrückte mühsam ein Lachen. Mr Collins fing an zu kichern, und Miss Everly beschäftigte sich eingehend mit einer Käseplatte.

»Glauben Sie denn nicht, dass er sie im *Duomo* beglücken könnte?«, fragte der Pfarrer.

»Meiner Erfahrung nach lässt sich jeder gerne im *Duomo* beglücken«, erwiderte Mr Collins.

»Endlich etwas, worüber wir uns einig sind«, sagte der Pfarrer. »Exzellent!«

Evelyn stand auf. »Entschuldigen Sie mich«, sagte sie und ging aus dem Zimmer.

»Wussten Sie, dass wann immer Ghirlandaio aus Florenz abreisen musste, er angab, unter Domweh zu leiden?«, fragte der Pfarrer Mr Lugg.

»Hat er das? Wie anrührend.«

Evelyn ging in den Salon und ließ sich auf ein Sofa fallen. Eine Staubwolke stieg empor. Ihr fiel auf, dass sich an der Wand gegenüber ein Porträt des Königs eingeschlichen hatte und Edward nun mit der ehemaligen Königin auf Konfrontationskurs ging. Ein lautes Husten erklang. Sie blickte zur Tür und sah Mr Collins mit zwei Weingläsern in den Händen an der Schwelle stehen, den Mund zu einem Grinsen verzogen.

»Miss Skinner?«

»Kein Wort, Mr Collins.«

»Ich …«

»Bitte.«

»Ich habe Ihren Wein mitgebracht«, sagte er. »Erlauben Sie?« Er setzte sich neben Evelyn.

»Bitte hören Sie auf, mich so anzusehen, Mr Collins.«

»Woher wissen Sie, dass ich Sie ansehe?«

»Ich weiß es eben.«

Unvermittelt wandte sie sich ihm zu. »Ich habe Ihnen etwas Wichtiges zu sagen.«

Mr Collins rückte näher. »Raus damit.«

»Entschuldigen Sie meine Unverblümtheit, aber« – Evelyn schlug die Beine übereinander – »ich mag Sie, Mr Collins.«

»Ich mag Sie auch.«

»Aber ich bin nicht verliebt in Sie.«

»Das weiß ich.«

»Ach ja?«

»Sie sind in Livia verliebt. Das Dienstmädchen.«

»Entschuldigung?«

»Keine Sorge, Miss Skinner. Niemand sonst weiß davon.«

»Aber wie …«

»Weil ich in Matteo verliebt bin. Der Mann aus der Wäscherei. Verstehen Sie, Miss Skinner, während Ihr Augenmerk auf Brüste gerichtet ist, liegt meines auf den *chiappe*.«

»Oh, Mr Collins!«

»Thaddeus, bitte.« Er küsste ihre Hand. »Schreib mir, Evelyn«, sagte er. »Ich werde es dir auf ewig verübeln, wenn du es nicht tust.«

»Sie sind hier!«, rief Miss Everly und kam den anderen voran in den Salon. »Aber nein, Mrs Lugg«, sagte sie. »Zeit ist das, worum es geht. Die vergängliche Blüte der Zeit. Das träge Schwingen des Pendels, der Galgen der Zeit. Hm, der Galgen der Zeit.«

Sie holte ein Notizbuch aus ihrer Tasche und begann hastig etwas hineinzukritzeln.

Eine Diskussion über die weitere Abendgestaltung entbrannte, und nachdem Mr Collins geschickt den Vorschlag eines weiteren

Duetts der Zwillinge abgewehrt hatte, bat er Miss Everly um eine Lesung. »Vorzugsweise eines Ihrer Gedichte«, sagte er.

»Also wirklich, Mr Collins!«, rief Miss Everly, die in Wahrheit natürlich äußerst geschmeichelt war.

Doch der stets präsente Selbstzweifel des Künstlers ließ auch diesmal nicht lange auf sich warten, und so sah sich Miss Everly im Handumdrehen jeglichen Selbstvertrauens und Erfolges beraubt. Sie beschloss, zum Abschluss ihres Aufenthalts statt ihrer eigenen Werke Elizabeth Barrett Brownings *Casa Guidi Windows* vorzutragen. (»Wir waren einmal lose befreundet. Wie lose? Ich war zehn.«)

»Alle 1999 Zeilen, Miss Everly?«

»Wäre das ein Problem, Herr Pfarrer?«

»Ich habe nur an die Schwestern Brown gedacht.«

»Stehen sie das nicht bis zum Ende durch?«

Miss Everly ging das Risiko nicht ein. Sie las eine Stunde, reichlich Zeit, um stürmischen Applaus zu ernten. Als die alte Standuhr Mitternacht schlug, sagten sich alle Gute Nacht, Auf Wiedersehen, Bon Voyage und verschwanden über die Treppe ins Bett. Evelyn sah sich um und dachte, dass sie sie alle vermissen würde. Rückblickend sogar Pfarrer Hyndesight.

Ruhe kehrte ein, nachdem alle gegangen waren. Es waren nur noch sie und Miss Everly übrig; sie saßen sich gegenüber und hielten sich an den Händen gefasst.

»Constance.«

»Meine liebe Evelyn.«

»Du wirst mir fehlen.«

»Du wirst mir auch fehlen.«

»Ich könnte weinen«, sagte Evelyn.

»Dann weine, Liebes. Dieses Zimmer hat Bedarf an Gefühlsausbrüchen, hier drin strotzt es nur so vor Selbstbeherrschung.«

»Ich habe noch nie so viel Spaß mit jemandem gehabt«, sagte Evelyn. In diesem Augenblick kam Livia herein, und ihre Blicke trafen sich.

»Außer …?«, sagte Miss Everly.

Evelyn errötete, und die beiden Frauen mussten lachen.

»Genieß es«, sagte Miss Everly. »Das habe ich in deinem Alter auch getan. Die Liebe ist die wunderbarste Entdeckung in der Sphäre menschlicher Existenz.«

Am folgenden Morgen machte der Pfarrer sich mit den Zwillingen auf den Weg nach Arezzo, und die Luggs brachen ebenfalls früh auf, um die Bettler vor der Kathedrale zu vermeiden.

Eine Droschke nach der anderen fuhr vor der *pensione* ab – Miss Everly reiste nach Neapel auf der Suche nach Elend und Inspiration, und Mr Collins nach Venedig auf der Suche nach Romantik und einem Gondoliere. (Er sollte fündig werden und ein kurzes, aber ekstatisches Leben mit Aussicht auf den Canal Grande führen.)

Evelyn winkte ihnen vom Eingang der *pensione* aus hinterher.

»Alles Gute, Thaddeus!«, rief sie.

»Dir auch alles Gute!«, hallte es zurück.

»Lass dich inspirieren, Constance!«

»Das werde ich! Und vergiss nicht, mir zu schreiben, meine Liebe!«, rief Miss Everly aus ihrer Droschke.

Das Geklapper von Pferdehufen auf Pflastersteinen, das Ächzen der Räder. Adieu, adieu!

Und dann waren sie verschwunden, und sie war allein.

Das *Simi* wurde wieder zu dem, was es eigentlich war: ein trister Zufluchtsort für die englische Mittelschicht, die sich über alles Fremdländische beschwerte. Sie sah zu, wie die nächsten Gäste ankamen. Ein amerikanischer Geschäftsreisender, ein korpulenter Deutscher mit Gicht und ein übergriffiger italienischer Käsehändler. Wir sind der Anfang eines Witzes, dachte sie.

Als der junge Mann und seine Mutter in der *pensione* ankamen, war Evelyn bereits seit vierzehn Tagen in Florenz. Ein ganzes Leben, wäre man eine Fruchtfliege. Sie fielen Evelyn auf, als sie die Treppe herunterkamen, denn die Mutter sprach überdeutlich mit Signora Cockney. »Alice Clara Forster und Sohn. Forster, ja«, sagte sie. »Ein Zimmer mit Aussicht.« Der junge Mann errötete, als Evelyn an ihm vorbeiging. Er war großgewachsen und schlaksig, mit einem schlechtsitzenden Anzug und einem gutmütigen, maulwurfartigen Gesicht.

Zwei Tage später saß Evelyn im Salon und schrieb an ihren Vater.

Mein lieber H. W.,
die Italiener können vieles, außer Tee kochen. Tee ist das einzige Getränk, das ich in der pensione trinke. Irgendwie definiert es mich als Engländerin. Trinke ich Wein, Wermut oder die grellroten Magenbitter, fällt der Mantel meiner englischen Identität zu Boden und enthüllt eine junge Frau von überraschend europäischem Temperament. Ich gestikuliere, diskutiere und argumentiere selbstbewusst und habe einen ungezügelten Appetit. Ich betrachte Kunstwerke eingehend, mit von körperlichem Erwachen geschärftem Blick, anstatt mich von den sperrigen Worten männlicher Kritik benebeln zu lassen. Gerne würde ich noch einmal Paul Cézanne treffen, Vater. Ich glaube, ich hätte wesentlich mehr zu sagen, seit meinem Aufenthalt hier im Simi …

Ein Husten.

Evelyn sah auf und lächelte den jungen Mann an.

»Reisen Sie ohne Begleitung, Miss Skinner?«

»Das tue ich«, erwiderte sie. »Tratscht man über mich?«

»Ein wenig«, sagte er.

»Wunderbar«, erwiderte sie.

Er lachte. »Darf ich?«

»Ich bitte darum«, sagte sie, und er nahm ihr gegenüber Platz, schlug tollpatschig die Beine übereinander und trat ihr dabei gegen das Schienbein.

»Bitte entschuldigen Sie«, murmelte er.

»*Di niente*«, sagte Evelyn.

»Sind Sie vor Ihrer Mutter geflohen?«, fragte sie.

»Für den Augenblick«, sagte er. »Sie hatte einen ihrer Tobsuchtsanfälle. Ich wünschte, ich wäre die Art von Mann, die sie aufmuntern könnte. Sie hält mich für absolut unfähig.«

»Und sind Sie das?«

»Ja. Ich habe zahllose Landkarten verloren und Züge verpasst. Ich verpasse ständig irgendetwas.«

Evelyn dachte, dass er einfach nur Gelegenheiten verpasste, einen Mann zum Küssen zu finden.

»Ich bin dabei, Italienisch zu lernen«, sagte er und holte ein italienisches Fremdwörterbuch hervor.

»Mit Erfolg?«

»Ganz und gar nicht. Es ist ziemlich hoffnungslos«, erwiderte er und zupfte an seiner Socke.

Ein gewöhnlicher, junger Engländer aus der Mittelschicht, dachte Evelyn. Ohne Zweifel intelligent. Aber Kopf und Körper mussten erst noch zusammenwachsen.

Forster sah auf. »Ich finde Sie sehr mutig.«

»Mich?«

»Sie reisen ohne Begleitung.«

»Ich bin nicht mutig«, widersprach Evelyn. »Ich bin einfach nur bereit für ein Abenteuer. Sie sind derjenige, der mutig ist.«

»Ich? Oh, nein, nein …«

»Mit Ihrer Mutter zu reisen.«

Er errötete und musste lächeln. »Ja«, sagte er leicht zerstreut.

»Wie lange sind Sie schon unterwegs?«, fragte Evelyn

»Ach, drei Wochen ungefähr. Nur noch fünfzig weitere.«

»Ach herrje.«

»Wir waren am Comer See. Eigentlich wollten wir nur eine Nacht in Cadenabbia bleiben, aber letzten Endes waren es dann zehn. Mutter fand, die Bergluft würde mir guttun. Es war so angenehm, Miss Skinner. Kaum Zwischenfälle. Eine Handtasche, die verloren und wiedergefunden wurde, und man entdeckte einen Floh und einen

Tausendfüßler. Aber auf Flöhe war ich gefasst. Mein Freund Dent hat mir Ammoniak empfohlen. Damit bekommt man sie los, sie sind nicht gerade versessen auf das Zeug. Aber wer ist das schon? Ich nicht.«

Eine Straßenbahn ratterte draußen vorbei.

Forster deutete mit einem Nicken auf das Fenster. »Deshalb kann ich nachts nicht schlafen. Können Sie?«

»Ja. Das ist es nicht, was mich nachts nicht schlafen lässt«, sagte Evelyn, die plötzlich Livia in der Tür stehen sah. »Das klingt, als hätten Sie nicht besonders viel Spaß, Mr Forster«, sagte sie.

»Italien war bisher eine eher ernüchternde Erfahrung für mich, Miss Skinner. Eine Art Antiklimax. Als ich den Dom von Monza besichtigte, haben Leute, die oben auf dem Turm waren, auf mich heruntergespuckt. Das war nicht so schön. Mutter sagt, ich sei ›beklagenswert glücklos‹. Sie glaubt, dass wenn wir nach Pisa fahren würden, der Schiefe Turm mit hoher Wahrscheinlichkeit auf mich herabstürzen würde.«

Evelyn musste lachen.

»Mutter und ich waren bis jetzt ausschließlich in der Gesellschaft von Engländern mittleren Alters. Alle haben uns stets prüfend beäugt, unsicher, ob wir ihren Ansprüchen auch gerecht werden.«

»Den Ansprüchen hier werden Sie ohne jeden Zweifel gerecht, Mr Forster!«

»Ich danke Ihnen, Miss Skinner. Ich bin so froh. In einem unserer Hotels spielte die eine Hälfte der Gäste Patience, während die andere Hälfte schlief.«

Evelyn ließ ihren Blick durch den Salon wandern.

»Dann ist ja alles beim Alten«, sagte sie.

»Wir könnten in England sein«, sagte er und betrachtete den gemusterten Teppich, die Bilder von Queen Victoria und des noch nicht gesalbten Königs und das deprimierend stümperhafte Aquarell der Themse.

»Ich hatte Pflaumen zum Frühstück«, fügte er hinzu. »Pflaumen!«

Evelyn lachte.

»Morgan! Morgan!«

»Mutter«, flüsterte er.

»Sie wurden aufgespürt«, sagte Evelyn.

»In der Tat. Ich gehe besser«, sagte er und entknotete seine Beine, um aufzustehen.

»Ich hoffe, Sie finden, wonach Sie suchen«, sagte sie.

»Danke, Miss Skinner. Wissen ist ein großer Befreier. Ich wünsche Ihnen noch einen schönen Tag.«

Am darauffolgenden Tag beobachtete Evelyn ihn im Salon bei einer Tasse Tee. Er war in vielerlei Hinsicht ein unschuldiges Kind – hoffnungslos naiv und unglückselig. Er hatte die langen, feingliedrigen Hände eines Pianisten, und mehrere Gäste hatten sich anerkennend zu seinem Spiel geäußert. Da saß er nun, verloren in Beethoven. Am Ende seines kleinen Auftritts applaudierte Evelyn – beziehungsweise sie klopfte mit ihrem Löffel gegen die Porzellantasse – und er wirkte peinlichst berührt von ihrer Anerkennung.

»Wenn Sie eines Tages so leben, wie sie spielen …«, sagte sie.

Er erhob sich von dem Klavierstuhl und dröselte seinen Körper auf.

»Ich habe meinen Baedeker verloren«, gestand er.

»Nehmen Sie meinen«, bot sie ihm an.

»Wenn ich doch nur meine Mutter verlieren könnte«, sagte er.

»*Andiamo*«, entgegnete sie, und er folgte ihr in das Speisezimmer, wo der Baedeker neben einer Teekanne und einem Teller Kekse lag.

In diesem Moment – wie wunderschön – kam Livia aus der Küche und blieb vom Pfeil ins Herz getroffen abrupt stehen. (Evelyn senkte ihren Bogen.)

»Brauchen Sie ihn denn nicht mehr?«, fragte Forster und blätterte den Baedeker durch.

»Nein, alles, was ich brauche, habe ich hier«, sagte Evelyn, wobei sie ihrer Liebsten sehnsüchtige Blicke zuwarf.

Da fand Forster das Veilchen, das zwischen den Buchseiten gelegen hatte.

»Was ist das?«, fragte er und hielt die Blume ans Licht.

»Ein Veilchen. *Una Viola*«, erwiderten Evelyn und Livia wie aus einem Mund.

Sein Blick wanderte zwischen den beiden Frauen hin und her. Sie hatten dieselbe Pose eingenommen, eine Hand auf der Hüfte, die andere an die Wange gelegt.

»Manchmal liegt Magie in einer bestimmten Körperhaltung«, sagte er. Er legte das Veilchen wieder zwischen die Seiten und verpasste den Moment, in dem die zwei jungen Frauen sich im Vorbeigehen ganz kurz die Hand drückten.

»Sie sind sicher, dass Sie Ihr Buch heute nicht mehr benötigen, Miss Skinner?«, fragte er.

»Ganz bestimmt«, erwiderte Evelyn. »Ich habe gleich Italienischunterricht, und das wird den Großteil des Nachmittags in Anspruch nehmen.« Sie wünschte ihm einen guten Tag, er verbeugte sich und ließ den Baedeker auf den Teller Kekse fallen, die sich wiederum auf dem Boden verteilten.

»Morgan! Morgan!«

Er ging aus dem Zimmer und über den Flur. Am Fuß der Treppe blieb er kurz stehen und blickte fragend nach oben, Evelyns Duft noch immer in der Luft. Er schüttelte den Kopf und vertrieb die verrückte Vorstellung, die dort gerade womöglich geweckt worden war. Geschlagen folgte er der fordernden Stimme seiner Mutter, die irgendetwas von einem Mackintosh erzählte.

In einem Zimmer zwei Stockwerke über der Rezeption lag Livia nackt und mit von sich gestreckten Gliedern auf Evelyns Bett. Evelyn bewegte sich zwischen ihren Beinen nach oben und erfreute sich an einer Lektion in italienischer Aussprache.

Evelyn küsste Livias Knöchel.

»*Caviglia*«, sagte Livia.

Ihre Wade.

»*Polpaccio.*«

Küsste ihr Knie.

»*Ginocchio.*« Sie kicherte. Kitzlig.

Evelyn fuhr mit der Zunge ihren Oberschenkel entlang nach oben.

»*Coscia.*«

Finale, dachte Evelyn und bewegte sich auf den Punkt zu, an dem ihre Beine zusammentrafen. Livia stöhnte leise.

»*La mia passera.*«

»*Mi piace la tua passera*«, waren Evelyns letzte Worte, bevor Mund und Zunge eine weitaus vergnüglichere Beschäftigung fanden, als zu sprechen.

Einige Abende darauf folgte Forster Evelyn in den Speiseraum und bemerkte: »Ich muss schon sagen, Sie machen wirklich sagenhafte Fortschritte mit Ihrem Italienisch, Miss Skinner. Wie gelingt Ihnen das?«

»Ich habe ein Ohr für Sprachen, Mr Forster. Und ich lerne sehr viel.«

»Allein?«, fragte er.

»Manchmal schon. Livia, das Dienstmädchen, hat mir mit den wichtigsten Vokabeln sehr geholfen. Ich habe festgestellt, dass es mir viel leichter fällt, wenn ich mit ihr zusammen lerne.«

»Ich glaube, das würde mir auch helfen. Jemand, mit dem ich üben kann.«

»Unbedingt«, erwiderte Evelyn. »Außerdem macht es mehr Spaß. Und man lernt Italien von einer ganz anderen Seite kennen. Es wird Ihnen eine ganz neue Welt eröffnen.«

»Vielleicht kann ich mich dann sogar von meinem Baedeker verabschieden.«

»Das wäre doch etwas, oder?«, sagte Evelyn.

Als sie sich an den Tisch setzten, sah Evelyn ein zusammengefaltetes Stück Papier unter ihrem Gedeck.

»Glauben Sie, das könnte ein Billetdoux sein?«, fragte Forster.

»Ich habe nicht die geringste Ahnung«, erwiderte Evelyn und faltete den Zettel auseinander.

»Was ist es?«, erkundigte sich Forster neugierig.

»Es ist ein Fragezeichen«, antwortete Evelyn und hielt ihm den Zettel hin.

»Was glauben Sie, dass es bedeutet?«

»Ich weiß nicht«, sagte Evelyn.

»Glauben Sie, es ist ein schlechtes Zeichen?«

»Nein, das glaube ich nicht. Ich denke eher, dass es womöglich auf die große Frage selbst hindeutet.«

»Die, weshalb wir hier sind?«, fragte er.

»Genau.«

»Selbstverständlich nicht hier in der *Pensione Simi* ...«

»Nein, natürlich nicht.«

»Sondern Schicksal.«

Evelyn lächelte. »Ich glaube, Sie haben recht.«

»Morgan! Morgan!«

»Du liebe Zeit. Mutter«, flüsterte er und flüchtete aus dem Speisezimmer in den Salon.

Evelyn blickte auf das Fragezeichen in ihrer Hand. Was fragst du mich? Etwas über die Liebe?

Der amerikanische Geschäftsreisende hustete. »Miss Skinner? Sie sind ganz in Gedanken versunken. Ich habe gefragt, ob Sie auch gerne etwas von dem *vino rosso* hätten.«

»Ja, das wäre herrlich«, antwortete Evelyn. Sie blickte in die Ecke, aber die Schöne war bereits in der Küche verschwunden.

Mit nur drei Tagen bis zu Evelyns Abreise hingen Angst vor Abwesenheit und eine ungewisse Zukunft in der Luft, und drückendes Schweigen machte sich vermehrt zwischen ihnen breit. Erschöpft von Sex und Verbkonjugationen hielten sie sich länger im Arm, wann immer sie konnten. Die Unmöglichkeit einer länger andauernden Liebe intensivierte die Minuten und Stunden auf eine Weise, die mit Freiheit nicht zu vergleichen war. Sie versprachen sich nichts, und Evelyn erwähnte mit keinem Wort, dass sie zurückkommen würde. Die Wahrheit war, dass sie kaum etwas erwähnten außer der banalen Schönheit der Gegenwart.

Evelyn wollte gerade die *pensione* verlassen, als sie Forster bemerkte, der mit einem Notizblock auf den Knien im Salon saß. Anstatt etwas zu sagen, beobachtete sie ihn – der Mann hatte so wenig Zeit für sich selbst, dass sie ihn nicht unnötig stören wollte. Seine Wangen waren gerötet, und sie hoffte insgeheim, dass er etwas Anzügliches schreiben würde. Er blickte auf und lächelte.

»Miss Skinner.«

»Mr Forster.«

»Meine Mutter hat einen Hexenschuss, deshalb ist meine Hinrichtung aufgeschoben worden.«

»Würden Sie mir gerne Gesellschaft leisten? Ich wollte gerade …«

Evelyn hatte den Satz noch nicht beendet, als er plötzlich aufsprang und begann, sich überall suchend abzuklopfen.

»Haben Sie etwas verloren, Mr Forster?«

»Wahrscheinlich, aber ich weiß nicht, was. Baedeker oder kein Baedeker?«, fügte er hinzu.

»Kein Baedeker«, erwiderte sie bestimmt, und gemeinsam gingen sie zur Tür.

Draußen erweckte die Sonne sie zu neuem Leben. Forster atmete tief durch – er wirkte sehr glücklich –, überquerte, ohne sich umzusehen, die Straße, und nur dank der schnellen Reaktion eines Fahrradfahrers blieb es ihnen erspart, den Nachmittag im *ospedale* zu verbringen.

»Puh!«, stöhnte er. »Sehen Sie, wovon ich rede?« Er sah Evelyn an.

Evelyn nahm ihn am Arm und zog ihn in die Kirche Santa Maria delle Grazie.

»Wir werden eine Kerze anzünden, Mr Forster.«

»Bin ich dann in Sicherheit?«

»Abertausende von Leuten haben es auch schon versucht. Wieso also nicht auch wir?«

»Glaube ähnelt eher einem Glücksspiel, oder?«, sagte er, als er den Docht anzündete.

»Worum sollte ich bitten?«, fragte er.

»Wie wäre es mit einem langen Leben?«

»Ja, das ist gut. Auch für meine Mutter. Was meinen Sie, muss ich für sie eine separate Kerze anzünden?«

»Ich bin keine Expertin, Mr Forster, aber ich denke, eine wird genügen.«

Er zahlte für die Kerze, und das Klimpern der Münzen hallte durch die Kirche.

»Meine Mutter besteht darauf, dass wir Engländer unsere Fehler haben, aber dass wir sie im Ausland auf keinen Fall zeigen dürfen, da sonst Fremde über uns Bescheid wissen könnten.«

Evelyn lachte. »Ich glaube, das ist ein offenes Geheimnis. Fremde wissen sehr wohl, was wir sind. Ziemlich schrecklich, fürchte ich. Wir müssen versuchen, uns zu ändern.«

»Ich könnte anfangen, mehr Trinkgeld zu geben. Die Gepäckträger beschweren sich immer über mein Trinkgeld. Ich bin mir sicher, dass deshalb immer wieder Teile meines Gepäcks verschwinden.«

»Das wäre ein Anfang«, sagte Evelyn und verschwand unvermittelt in einer Bäckerei.

Als sie wieder herauskam, sagte Forster: »Ich dachte schon, ich hätte Sie für immer verloren! Ein Taschenspielertrick zwischen Straße und *il foranio*. Aber jetzt sind Sie ja wieder da! Ich bin hocherfreut, Sie wiederzusehen.«

Evelyn reichte ihm einen in Papier eingewickelten Krapfen und sagte: »*Bombolone alla crema*, Mr Forster. Eine befreundete Dichterin hat mich damit bekannt gemacht. Sie meinte, sie sind ein wahres Lebenselixier. Ein Allheilmittel.«

Forster biss in den Krapfen. Er schloss die Augen und Cremefüllung erschien in seinen Mundwinkeln. »Miss Skinner, Ihre Freundin hat recht. Ich hege keine Zweifel, dass diese cremige, kleine Kugel mich für immer am Leben erhalten könnte.«

Er blieb stehen und breitete die Arme aus. »Überhaupt kein Schmerz, Miss Skinner. Kein Schmerz. Und ich glaube, mein Italienisch ist besser geworden.«

Als sie am Palazzo Strozzi angekommen waren, überredete Evelyn Forster, zum Barbier zu gehen. (Abends sollte er daraufhin den einzigartigen Genius italienischer Barbiere preisen, und Schamesröte stieg dabei in seine traumhaft glatten Wangen.)

Sie machten kehrt, überquerten die Ponte Vecchio und gingen in Richtung Santa Felicità, wobei sie unterwegs in einem Café haltmachten, um sich einen Aperitif zu genehmigen. Sie setzten sich unter einen der Sonnenschirme, bevor es anfing zu regnen, und sahen einer Droschke mit Touristen hinterher.

»Zwei Wermut Chinato«, sagte Evelyn zu dem Kellner.

»Wie schaffen Leute es, sich nicht hoffnungslos in Italien zu verlieben?«, fragte sie.

Forster dachte einen Augenblick nach. »Lassen Sie mich es so ausdrücken, Miss Skinner: Italien und ich haben uns noch keine stürmischen Liebeserklärungen gemacht, aber wir sind uns immerhin schon auf dem Sofa nähergekommen.«

»Ich glaube, es ist ein Land, in dem Dinge geschehen.«

»Dinge, Miss Skinner?«

Liebe!, wollte sie schreien. Wo Liebe geschieht.

»Ja«, erwiderte sie stattdessen. »Dinge.«

»Sie geben sich sehr mysteriös.«

»Ist das Leben das nicht auch?«

Er dachte darüber nach. »Um ehrlich zu sein, ich fühle mich in Cambridge zu Hause. Im Universitätsleben. Da fühle ich mich sicher.«

Der Kellner kam an den Tisch und brachte ihre Getränke.

»*Cin cin*«, sagten beide und stießen an.

»Kennen Sie R. H. Hobart Cust, den Kunstwissenschaftler?«, fragte Forster. »Der Autor von *Meister des Straßenpflasters von Siena?* Anfang dieses Jahres erschienen?«

Evelyn schüttelte den Kopf. »Nein, ich kenne ihn nicht.«

»Er hat eine Wohnung in der Via de' Bardi, die er gerne mit prahlerischen jungen Männern füllt, um sie Vorträge über Kunst halten zu lassen. Ich habe ihn vor zwei Tagen besucht.«

»Wie war es?«

»Die Teegesellschaft war angenehm, der Vortrag über Kunst öde und die Männer furchtbar.«

»Ach du liebes Bisschen.«

»Aber Cust hat endlich einen Italienischlehrer für mich aufgetrieben. Ausgerechnet ein Priester. Ich habe ihn gestern getroffen. *L'ho visto ieri.* Wir haben uns über Wein, Öl und Aussichten unterhalten. Ach, und Eier.«

»Das hört sich… vielversprechend an?«

»Wenn ich ein Restaurant im Apennin betreiben würde, wäre ich derselben Meinung. Mutter sagte, er sähe aus wie jemand, der Flöhe hat. Sie hat mich untersucht, als ich zurückkam.«

»Und?«

»Keine, zum Glück. Was haben Sie gestern gemacht?«

»Botticellis *Primavera* in der Accademia.«

Forster nahm einen Schluck von seinem Wermut und sagte: »Der Maler Roger Fry hat immer den Staub von diesem Bild geleckt, wenn der Museumswärter nicht zu sehen war.«

»Im Ernst?«, erwiderte Evelyn. Sie hätte gerne gewusst, weshalb Roger Fry das getan hatte, aber sie wollte nicht unwissend erscheinen und sagte stattdessen: »Ah, deshalb war Flora so sauber.«

Forster lachte. »Sehr gut.«

Sie beobachteten einen Kunstrestaurator, der eine Reihe von Gemälden zum Palazzo Pitti trug.

»Wenn ich sehe, wie Gemälde so durch die Gegend getragen

werden, frage ich mich oft, ob die Person einen Leonardo oder eine Artemisia Gentileschi im Arm trägt, oder vielleicht sogar einen Rubens.«

»Oh Gott, keinen Rubens. Ich mache mir nicht besonders viel aus Rubens.«

»Ach nein?«

»Viel zu prüde für meinen Geschmack. Seine Akte wirken alle so geistesabwesend. Als ob sie aus Versehen ihre Kleidung verloren hätten und sich nun auf die Suche machen müssen.«

Evelyn lächelte. »Aber ein Meisterwerk im Arm zu halten – ich würde es so zärtlich wiegen wie ein Kleinkind.«

»Ich hätte Angst, es fallen zu lassen.«

»Das würden Sie wahrscheinlich auch, oder?«

»Ja, ganz bestimmt. Ein vierhundertjähriger Geniestreich zerstört von einem Tollpatsch wie mir.«

Er erschauderte, als hätte er diese Demütigung tatsächlich durchlebt und würde nicht nur den Teufel an die Wand malen.

»Mutter ist mittlerweile wahrscheinlich von ihrem Mittagsschlaf erwacht und macht sich für das Abendessen zurecht. Schlingt die Kohle runter, während wir hier sitzen.«

»Das Essen ist wirklich grausig, oder?«, fragte Evelyn. »Außerhalb des *Simi* dreht sich das Leben ums Essen. Es wird zelebriert. Aber bei uns ist es …«

»Es ist Dantes dritter Kreis der Hölle! Unsere Strafe für die begangene Sünde der Völlerei!«, sagte Forster. »Mittwegs auf unsres Lebens Reise, fand in die *Pensione Simi* ich mich verschlagen, weil mir die Spur vom graden Wege schwand.«

»Sie sind lustig, Mr Forster.«

»Bin ich das?«

»Ja. Erstklassige Gesellschaft.«

»Ich muss sagen, dass ich mich selbst noch nie so gesehen habe.«

Sie zahlten, standen auf und gingen zurück in Richtung Brücke.

»Ist Ihnen denn aufgefallen, wie gut selbst die Ärmsten zu essen scheinen?«, fragte Evelyn. »Sie kennen sich sehr gut mit Gemüse aus. Sie sollten sie einmal auf den Märkten beobachten.«

»Wir halten uns von den Märkten eher fern, Miss Skinner. Wegen der Bettler. Wenn ich sie verscheuche, lachen sie mich aus. Mutter hält mich für ineffektiv. Vor der Santissima Annunziata hat sich mir einmal so eine arme Seele vor die Füße geworfen. Ich sah mich gezwungen, meine Taschen in ihre Büchse zu leeren, damit sie mich wieder gehen ließ.«

»Was essen Sie denn gerne, Mr Forster?«

Forster grübelte lange darüber nach. »Rote Bete«, sagte er schließlich. »Rote Bete esse ich wirklich gerne.« Ein Lächeln erhellte sein Gesicht, und seine Augen strahlten. Glockengeläut begleitete die hereinbrechende Dämmerung und hallte über Terrakottadächer, vorbei an grünen und grauen Fensterläden und ockerfarbenen Fassaden, vorbei an den Juwelieren der Ponte Vecchio und weit hinaus bis zu den dunklen Hügeln und noch viel weiter.

»Sehen wir uns morgen, Miss Skinner?«

»Ich fürchte nicht, Mr Forster. Morgen ist meine letzte Italienischstunde.«

»Ah. Dann wünsche ich *buona fortuna.*«

Sie sprachen nicht mehr auf dem Rückweg in die *pensione.* Forster sah verstohlen Männern hinterher, Evelyn Frauen. Ihr Ansehen und ihre Zugehörigkeit zur englischen Mittelschicht das perfekte Gegenstück zu ihren verborgenen Sehnsüchten.

»Komm mit zu mir …«

Livia hatte es nur einmal sagen müssen, um Evelyn zu überzeugen. Sie gingen ein Risiko ein, aber sie waren jung und verliebt, und bald würden sie getrennte Wege gehen. Wenn also nicht jetzt, wann dann? Die Tür führte zu einem steilen Treppenflur, in dem ein beißender Geruch von Abfall und Essen herrschte. Mit gerafften Röcken stiegen sie leichtfüßig in den zweiten Stock, ihr Alibi in Form eines italienischen Wörterbuchs in Evelyns Arm.

Ein Augenblick Verlegenheit, als sie Livias Zimmer betraten. Es war spärlich eingerichtet, aber – wie Evelyn erwartet hatte – sauber. Allerdings lag eine erdrückende Schwere in der Luft, die Klaustrophobie einer Existenz begrenzter Möglichkeiten. Livia schenkte etwas Wasser in ein Glas und gab es ihr. Sie lächelten sich an. Bisher hatten sie noch kein Wort gesprochen. Evelyn ging mit dem Glas in der Hand zum Fenster und konnte durch die Läden Santa Croce und die Statue Dantes erspähen. Plötzlich wurde ihr bewusst, dass die drückende Atemlosigkeit, die sie zuvor wahrgenommen hatte, ihre eigene war. Die Ungleichheit ihrer beiden Leben wurde immer offensichtlicher. Sie blieb am Fenster stehen und konzentrierte sich darauf, regelmäßig zu atmen. Als sie sich umdrehte, hatte Livia sich ausgezogen und lag auf dem schmalen Bett. Wenigstens darin lag Gleichheit: im Ablegen der Kleider. Evelyn stellte das Glas ab. Sie liebte sie noch viel mehr.

Evelyn wachte zuerst auf. Strahlen der Nachmittagssonne glitten durch die Fensterläden, und es dauerte einen Moment, bis sie realisiert hatte, dass sie nicht in ihrem Zimmer im *Simi* war. Kleider und Unterwäsche lagen auf dem Boden verstreut. Eine Schüssel mit schmutzigem Wasser, das von einem Staubschleier überzogen war, darin die Lappen, mit denen sie sich gegenseitig gewaschen hatten, die seidige Spur ausgewrungenen Verlangens. Daneben die Kringel einer Orangenschale. Ein Italienischwörterbuch. Ein Kanten Brot, mittlerweile steinhart. Alles schien wie eingerahmt zu sein. Und die Art und Weise, wie das Licht auf die Schüssel fiel, erzählte die größte Geschichte.

Sie betrachtete die geschwungene Linie blasser Nacktheit neben ihr und verlor sich in dem Moment. Das Leben war sinnlos ohne sie, ohne das Leben, das sie verkörperte. Sie würde nie in der Lage sein, ihre Dankbarkeit auszusprechen, ohne dabei gönnerhaft und herablassend zu klingen. Livia rührte sich leicht. Evelyn küsste ihr Lächeln. *Ich liebe dich Ich liebe dich Ich liebe dich*, immer und immer wieder, bis es zu einem einzigen Parlando geworden war.

An diesem letzten gemeinsamen Nachmittag wälzten sie sich widerwillig aus dem Bett und nahmen eine überfüllte Straßenbahn von San Marco nach Fiesole. Sie standen hinten auf der windigen Plattform, hielten ihre Hauben fest und lachten mit den Kindern über die quietschende, ratternde Reise. Die Straßenbahn kam wackelnd zum Stehen, bevor sie sich mühsam den Hügel hinaufplagte.

In Fiesole war es angenehm warm, doch Schultertücher wurden enger gezogen, als der Herbst in unerwarteten Böen vom Apennin heranwehte. Untergehakt spazierten sie zu einem Aussichtspunkt, von dem aus sie einen herrlichen Blick auf das Panorama der Stadt und das Arnotal hatten. Die Nachmittagssonne hatte das Tal golden gefärbt, und die Dächer erstrahlten in tiefem Rot. Und natürlich: der Dom.

Sie gingen durch Olivenhaine, Feigenbäume und hohe Gräser, hielten sich an den Händen und entdeckten unverhofft eine Gruppe Esskastanien, unter der sie die stachligen Früchte aufsammelten. An einem Straßenstand kauften sie *gelato* und liefen den Pfad zu dem römischen Amphitheater hinunter; mit maronenprallen Taschen setzten sie sich und fütterten sich gegenseitig mit süßem Schokoladeneis, und da sie allein waren, wärmten sie sich ihre Lippen mit Küssen. Die Luft roch schwach nach Rosmarin und Thymian. Evelyn stand auf, ging zur Mitte der Bühne und trug eines von Constances Gedichten vor. Es erzählte von Entdeckung und Staunen und Vergebung. Livia beobachtete sie, lächelte und applaudierte. Dann begann es zu regnen – aber die Sonne schien immer noch –, und beide sahen sie sich hoffnungsvoll nach einem Regenbogen um, doch das wäre zu perfekt, zu unwirklich gewesen für den letzten Tag ihrer Liebe. Sie unterhielten sich freimütig. Über was? Den Geschmack eines Gebäcks, Frauen und Männer, dieses und jenes, über Belangloses und Alltägliches.

Auch auf der Rückfahrt war die Straßenbahn überfüllt, und die Leute beschwerten sich, während Evelyn und Livia in klagloser Glückseligkeit Brust an Brust, eng aneinandergepresst dastanden.

Räder quietschten und Wägen vibrierten, während Männer aufsprangen, sich mit einer Hand festklammerten und mit der anderen den Hut auf den Kopf gedrückt hielten, als Wind und Geschwindigkeit alles fortwehte, was nicht fest fixiert war.

Bei der Piazza San Marco angekommen stiegen die Leute aus, atemlos und aufgewühlt, als ob sie den Zorn Gottes überlebt hätten. Evelyn schlug vor, noch in die Stadt auf ein Getränk zu gehen, und untergehakt liefen sie los, die Augen schimmernd von Sonnenschein und Schmerz.

Mit dem Hereinbrechen der Dämmerung wurden sie immer schweigsamer. Evelyn beobachtete, wie Livia sich eine Zigarette anzündete. Wie sie die Augen zusammenkniff, als der Wind sich drehte und ihr den Rauch ins Gesicht blies. »Was?«, fragte Livia. »Ich zähle deine Sommersprossen.« »Wieso?« »Weil es sonst niemand tun wird«, sagte Evelyn.

Sie einigten sich darauf, auf einer Brücke Abschied zu nehmen. Der Abendhimmel leistete ihnen Gesellschaft, Lichter tanzten auf dem Arno. Die Kuppel von San Frediano in Cestello sah auf sie herab. In einem Gewirr aus eng umschlungenen, nackten Gliedern hatten sie sich bereits verabschiedet.

Hier jedoch gaben sie sich die Hand. Und sie lächelten. Dankbar.

Sie hatten beschlossen, dass Livia als Erste gehen sollte, und das tat sie auch. Sie drehte sich nicht um.

Später an jenem Abend ging Evelyn ins Teatro Verdi. Es war nicht einmal zu einem Viertel besetzt, und sie fühlte sich bloßgestellt in ihrem Kummer. Das Publikum amüsierte sich prächtig über den ersten Akt von *Boccaccio* und forderte drei Zugaben von dem Komikertrio. Evelyn hingegen fand es überhaupt nicht lustig, saß im Theaterdunkel und fragte sich, weshalb sie gekommen war.

Sie kam kurz vor Sperrstunde ins *Simi* zurück, wo Forster noch im Salon war und einen Brief schrieb.

»Mr Forster. Wie geht es Ihnen?«

»Nicht so gut. Ich wollte noch nicht schlafen gehen, für den Fall, dass ich das Abendessen nicht richtig verdauen würde.«

Evelyn setzte sich ihm gegenüber.

»Ihnen müssen die Ohren klingen, Miss Skinner. Ich habe gerade meinem guten Freund Dent von Ihnen geschrieben.«*

»Nur Gutes, hoffe ich?«, sagte Evelyn.

»Ganz im Gegenteil! Vielmehr habe ich davon erzählt, wie Sie mich auf Abwege gebracht haben. Mein erster toskanischer Krapfen. Mein erster italienischer Barbier. Was könnte ich wohl noch alles von Ihnen lernen, Miss Skinner, wenn die Zeit uns wohlgesonnen wäre?«

Was noch?, dachte Evelyn.

Sie wurden beide von einem Augenblick der Schüchternheit übermannt. Oder von Schweigen. Oder vielleicht von beidem.

»Wie war Ihr Unterricht heute Nachmittag?«, fragte er.

»Ach«, seufzte Evelyn. »Wir haben Vergangenheiten wiederholt. Und uns kurz mit der Zukunft befasst.«

»Und wie sieht die Zukunft aus?«

»Schwierig. Ich denke, wir werden bei der Vergangenheit bleiben.«

»Sie sehen traurig aus.«

»Ja«, erwiderte sie. »Ich komme gerade aus dem Teatro Verdi.«

»Waren Sie allein dort?«

»Ja.«

»Hatten Sie denn keine Angst?«

»Nein. Ich war ganz verzaubert. Alte Frauen haben die Wege beleuchtet und die Fenster geschlossen. Als ob sie die Stadt für die Nacht schließen würden. So, wie man ein Kind zu Bett bringt. Ich fand es reizend. Das würden Sie auch, glaube ich. Es herrschte Friede, und Geister …«

* Edward Joseph Dent sollte Forsters Brief über seine Zeit mit Miss Evelyn Skinner nie erhalten. Dank der Fahrlässigkeit der italienischen Post ist dieser eher enthusiastische Bericht über das Leben im *Simi* leider für immer verloren.

Forster erschauderte.

»Und etwas Steinaltes und Ewiges. Ich spüre, dass es immer hier sein wird. Um wieder und wieder zurückzukommen.«

»Werden Sie zurückkommen?«

»Oh ja. Nichts kann mich davon abhalten. Ich habe mich hier gefunden, Mr Forster. Das ist etwas, das man nicht mehr so leicht loslassen kann.«

»Mutter und ich fahren morgen aufs Land«, sagte Forster.

»Ich fahre zu meiner Tante Maria nach Rom.«

»Dann müssen wir wohl heute Abend Abschied nehmen«, Forster stand auf, Evelyn erhob sich ebenfalls. Sie gaben sich die Hand.

»Alles Gute, Mr Forster. Ich sehe eine glänzende Zukunft für Sie.«

»Ach wirklich?«

»Allerdings. Und denken Sie daran: *Mens sana in corpore sano.*«

»Von wem stammt das Zitat?«

»Wahrscheinlich von den Römern.«

»Na gut, dann wünsche ich eine gute Nacht, Miss Skinner. Es war mir ein außerordentliches Vergnügen. Genießen Sie die Zeit bei Ihrer Tante. Denken Sie an mich – mit meiner Mutter. Ach, und seien Sie vorsichtig im Pantheon. Ich habe gehört, es soll ziemlich rutschig sein, wenn es regnet.«*

Am darauffolgenden Tag fuhr Evelyn allein unter einer tiefhängenden Wolkendecke in einer Droschke zum Bahnhof. Weit und breit war kein Fahrradfahrer in Sicht, dem man hätte ausweichen müssen. Sie fragte sich, ob Livia vielleicht am Bahnhof warten würde, um sie zu verabschieden, aber sie ließ sich nicht blicken. Im Zug nach Rom verlor sie ihren Gedichtband und tat sich schwer, einen glücklichen Eindruck zu machen, als Tante Maria sie vom Bahnhof abholte.

* Während eines Aufenthalts in Rom im Januar 1902 rutschte Morgan Forster aus und verstauchte sich den Knöchel. Später brach er sich auf den Stufen von St Peter – nicht im Pantheon – den Arm.

»Du hast dich verändert«, sagte ihre Tante. »Und dein Italienisch! So fließend. So erwachsen.«

Evelyn begann zu weinen.

Zwei Jahre darauf kehrte Evelyn im Sommer nach Florenz zurück und hoffte, sie und Livia könnten dort weitermachen, wo sie stehengeblieben waren.

Die Flamme der Leidenschaft würde noch heftiger zwischen ihnen lodern, stellte sie sich vor. Wie Mann und Frau – oder Frau und Frau? –, aber es würde ein Heim, eine Arbeit und die Hingabe eines gemeinsamen Lebens involvieren.

Sie könnten es schaffen – es hatten schon andere vor ihnen gemeistert. Ein Leben im Verborgenen, aber ein erfülltes Leben nichtsdestotrotz.

Sie hatten sich Liebesbriefe geschrieben. Selbstverständlich verschlüsselt. Über die Monate waren es immer weniger Briefe geworden, bis schließlich überhaupt keine mehr kamen. Doch selbst dann hatte Evelyn immer noch daran geglaubt, dass die Liebe alles überwinden könne.

Als sie im *Simi* ankam, musste sie feststellen, dass Livia nicht dort war. Es war kein Brief für sie hinterlegt worden, doch über die Jahre begann in ihr der Verdacht zu keimen, dass es vielleicht doch einen gegeben hatte. Livia war schon Monate vor ihrer Ankunft verschwunden, und niemand konnte ihr genau sagen, wohin. Signora Cockney war die personifizierte Diskretion. Vielleicht war sie zurück nach Norditalien gezogen, vielleicht hatte sie eine Anstellung bei einer reichen Familie bekommen, vielleicht war sie verheiratet und hatte ein Kind … Vielleicht, vielleicht. Evelyn blieb eine Woche, bevor sie weiterzog. Sie verließ ihr Zimmer so gut wie nie.

Nach diesem Besuch kehrte sie einige Jahre nicht nach Florenz zurück. Sie dachte, es sei das Ende der Welt, doch das war es nicht. Sie dachte, sie hätte ihre Fähigkeit zu lieben verloren, aber dem war nicht so. Stattdessen erwies sie ihre Loyalität in Rom, tat es Keats gleich und blieb teils tagelang im Bett. Sie starb nicht (ihr Appetit war nicht zu zügeln) und sie wurde immer stärker und immer attraktiver, bis ihr Liebeskummer letztendlich nachließ. Livia wurde zu einer Erinnerung. Livia wurde zu einem Kunstwerk.

Natürlich gab es noch andere Frauen in Evelyns Leben. Da war die Frauenrechtlerin aus dem Osten Londons, die ihr zeigte, dass es ein sehr anregendes Amuse-Bouche sein konnte, vor dem Sex Fenster einzuschmeißen. Da war eine beiläufige Affäre mit einer der drei Vis, die in einem blauen Fleck und einem zweitklassigen Gedicht endete.

Und natürlich war da noch Gabriela. Wunderschöne, liebevolle Gabriela Cortez.

Und Forster? Evelyn sollte ihn nicht mehr treffen. Sie verkehrten in ähnlichen Kreisen und zogen ihre Bahnen um die Sonne, die Virginia Woolf war. Doch das Schicksal hielt sie voneinander fern und bewahrte das, was sie gewesen waren: ein vollkommenes Kapitel ihrer Jugend.

Evelyn sah ihn allerdings noch einmal etwa zehn Jahre später in der Gegend der oberitalienischen Seen. Er hatte sich einen Schnurrbart stehen lassen, gleich einem kleinen Tier, das auf seiner Oberlippe Winterschlaf hielt. Er unterhielt sich mit einem gutaussehenden, gebräunten Mann, der einen ganz ähnlichen Schnurrbart vorzuweisen hatte. Ihrer Meinung nach waren sie ein Liebespaar – sie hatte Unrecht, wie sich herausstellen sollte –, weshalb sie sie nicht ansprach und die beiden in einiger Entfernung an ihr vorbeigingen. Evelyn setzte sich auf eine Bank, von der aus sie einen ausgezeichneten Blick auf den Comer See hatte. Und von dort sah sie ihn verschwinden.

Zeit heilt also. Meistens. Manchmal nachlässig. Wenn man es am wenigsten erwartet, beißt der Schmerz wieder zu und erinnert einen an all das, was fehlt. An das, was hätte sein können. Und dann geht es vorbei. Winter wird zu Frühling und die Schwalben kehren zurück. Die Nähe zu neuer Haut schlüpft zwischen die Laken. Schönheit tut das, was verlangt wird. Arbeit erfüllt, und Konversation inspiriert. Einsamkeit wird einfach nur zu einem weiteren Sonntag. Verstreute Kleider. Leere Schüsseln. Verderbende Früchte. Verstreichende Zeit. Aber immer noch Leben in all seiner Schönheit und Verworrenheit.

Evelyn und Ulysses traten auf den dunklen Platz, als bei Michele die ersten Lichter angingen. Der stattliche Mann stand hinter dem Tresen und trank seinen ersten Espresso des Tages.

Evelyn hakte sich bei Ulysses unter, und sie gingen über das Pflaster zu Betsy, hinter sich die *pensione*, friedlich und ruhig.

Massimo schlief tief und fest mit einem Brief von Jem auf seiner Brust.

Pete rollte sich auf die andere Seite und träumte von seinem alten Leben auf der Bühne.

Alys und Romy schliefen eng umschlungen, so wie sie sich bei Tageslicht kaum jemals zeigen konnten.

Peg sicher in Körper und Geist.

Weder Ulysses noch Evelyn sahen die betagte Contessa am Fenster stehen, noch bemerkten sie den geisterhaft blauen Blitz, der um die Statue von Cosimo R. schoss.

Sie fuhren nach Osten und trafen die Sonne. Die Morgendämmerung glühte so spektakulär, dass Ulysses anhielt, Erntehelfer auf den Weingütern ihre Arbeit unterbrachen und der Himmel vor staunenden Augen in Pink, Violett und Gold aufleuchtete.

Fünf Stunden später kamen sie am Coriano-Ridge-Militärfriedhof an, der in einem grünen Tal zwischen Rimini und San Martino lag. Evelyn war nicht weiter überrascht, da sie seit Langem einen Verdacht gehegt hatte, wohin Ulysses jedes Jahr verschwand. Sie setzten sich für einen Moment. Bis auf das Geräusch des abkühlenden Motors herrschte Stille, und durch den Zaun konnten sie Reihen weißer Grabsteine erkennen.

Ulysses drückte Evelyns Hand und fragte: »Wollen wir?«

Sie überquerten die Rasenfläche. Der Friedhof war gepflegt und in gutem Zustand, und die Lavendelbüsche lockten Bienen an, deren emsige Anstrengungen den Mantel des Kummers lüfteten. Mauersegler, deren Abreise noch bevorstand, flitzten fröhlich durch die Luft.

Ulysses wusste natürlich, wo Captain Darnley lag, und ohne zu zögern, sagte er: »Da drüben, Evelyn. Da liegt er.«

Sie standen nebeneinander. Keine Gebete, aber geflüstertes Andenken.

Ulysses sagte, dass die Zeit sich zurückdrehe, wann immer er hierherkam. So beschrieb er es jedenfalls. Von dem Moment an, als Darnley fiel. Er raste mit ihm und noch zwei weiteren Verwundeten auf dem Rücksitz in ein Feldkrankenhaus in Ancona, eine Hand am Lenkrad, die andere fest auf die Wunde gepresst. »Ein Strudel der Zeit, Evelyn. Kirchen, Fresken, Sizilien. Der erste Handschlag in der Wüste. All diese Momente, diese Jahre gehörten jetzt ihm. Sich daran zu erinnern oder sie zu vergessen«, sagte Ulysses. »Ich wähle die Erinnerung an einen großartigen Mann. Alles an ihm ist lebendig. Und er ist jung. Und er lacht.«

LITERATURHINWEISE

Dante Alighieri: Die Göttliche Komödie.

Karl Baedecker: Italien. Handbuch für Reisende.

Elizabeth Barrett Browning: Aurora Leigh.

Eleanor Clark: Rome and a Villa.

Leonhard Cohen: The Tower of Rotherhithe.

E. M. Forster: Zimmer mit Aussicht. Eine Liebesgeschichte; Commonplace Book.

Robert H. Hobart Cust: The Pavement Masters of Siena (1369–1562).

Platon: Theaitetos.

John Ruskin: Mornings in Florence. Simple Studies of Christian Art, For English Travelers Author.

William Shakespeare: Der Kaufmann von Venedig; Ein Sommernachtstraum; Macbeth; Viel Lärm um Nichts; Wie es euch gefällt; Sonnet XVIII.

Percy Bysshe Shelley: Julian and Maddalon.